인생사용법

인문 서가에 꽂힌 작가들 ◥
조르주 페렉 선집 2

조르주 페렉 지음

인생사용법

소설들

김호영 옮김

문학동네

조르주 페렉 선집을 펴내며

김호영

한양대학교 프랑스언어문화학과 교수

조르주 페렉은 20세기 후반 프랑스 문학을 대표하는 위대한 작가다. 작품활동을 펼친 기간은 15년 남짓이지만, 소설과 시, 희곡, 시나리오, 에세이, 미술평론 등 다양한 장르를 넘나들며 전방위적인 글쓰기를 시도했다. 1982년 45세의 나이로 생을 마감할 무렵에는 이미 20세기 유럽의 가장 중요한 작가 중 한 사람으로 평가받았다. 시대를 앞서가는 도전적인 실험정신과 탁월한 언어감각, 방대한 지식, 풍부한 이야기, 섬세한 감수성으로 종합적 문학세계를 구축한 대작가로 인정받았다.

 문학동네에서 발간하는 조르주 페렉 선집은 한 작가를 소개하는 것에서 한 걸음 더 나아가 독자들의 기억에서 어느덧 희미해진 프랑스 문학의 진면목을 다시금 일깨우는 계기가 될 것이다. 특히 20세기 후반에도 프랑스 문학이 치열한 문학적 실험을 벌였고 문학의 새로운 지평을 개척하기 위해 각고의 노력을 기울였다는 사실을 생생히 전해주는 소중한 자산이 될 것이다. 근래에 프랑스 문학이 과거의 화려한 명성을 잃고 적당한 과학상식이나 기발한 말장난, 가벼운 위트, 감각적 연애 등을 다루는 소설로 연명해왔다는 판단은 정보 부족으로 인한 독자들의 오해에서 비롯된 것이다. 지난 세기말까지도 일군의 프랑스 작가들은 고유한 문학적 전통을 이어가는 동시에 그것을 뛰어넘기 위해 다양한 글쓰기를 시도해왔다. 그리고 그 최전선에 조르주 페렉이란 작가가 있었다.

 이번 선집에 수록된 작품들, 『잠자는 남자』『어두운 상점』『공간의 종류들』『인생사용법』『어느 미술애호가의 방』『생각하기/분류하기』『겨울여행/어제여행』 등은 페렉의 방대한 문학 세계의 일부를 이루지만, 그의 다양한 문학적 편력과 독창적인 글쓰기 형식을 집약적으로 보여주는 중요한 작품들이다. 이 작품들을 통해 우리는 동시대 사회와 인간에 대한 그의 예리한 분석을, 일상의 공간과 사물들에 대한 정치한 소묘를, 개인과 집단의 기억에 대한 무한한 기록을, 미술을 비롯한 예술 전반에 대한 해박한 지식을 만날 수 있다. 20세기 후반 독특한 실험 문학 그룹 '울리포Oulipo'의 일원이었던 페렉은 다양한 분야와 장르를 넘나들며 문학의 영역을 확장하는 데 도움이 될 만한 기발한 재료들을 발견했고, 투철한 실험정신을 발휘해 이를 작품 속에 녹여냈다. 그러나 그가 시도한 실험들 사이사이에는 삶의 평범한 사물들과 일상의 순간들, 존재들에 대한 따뜻한 시선이 배어 있다. 이 시선과의 마주침은 페렉 선집을 읽는 또하나의 즐거움이리라.

수많은 프랑스 문학 연구자들의 평가처럼, 페렉은 플로베르 못지않게 정확하고 냉정한 묘사를 보여주었고 누보로망 작가들만큼 급진적인 글쓰기 실험을 시도했으며 프루스트의 섬세하고 예리한 감성을 표현해냈다. 그 모두를 보여주면서, 그 모두로부터 한발 더 나아가려 했던 작가. 20세기 중반 이후 서구 작가들이 형식적으로든 내용상으로든 더이상 새로운 것을 만들어낼 수 없다는 자조에 빠져 있을 때, 페렉은 아랑곳하지 않고 문학의 안팎을 유유히 돌아다니며 '익숙하면서도 새로운' 무언가를 만들어 독자들 앞에 끊임없이 펼쳐보였다. 페렉 문학의 정수를 담고 있는 이번 선집은 20세기 후반 프랑스 문학이 걸어온 쉽지 않은 도정을 축약해 제시하는 충실한 안내도 역할을 해줄 것이다. 나아가 언젠가부터 새로움을 기대하기 어려워진 우리 문학에도 분명한 지표를 제시해줄 것이다.

레몽 크노를 기억하며

일러두기

1. 이 책은 다음 원서를 한국어로 완역한 것이다: Georges Perec, *La Vie mode d'emploi* (Librairie Arthème Fayard, 2010).

2. 원주는 *로, 옮긴이 주는 숫자로 표시했다. 일반적인 옮긴이 주 이외에, 타이포그래피의 유희적 측면과 사료적 가치를 살리기 위해 원서 이미지를 그대로 싣고 가능한 한 주를 달아 뜻을 전달하도록 했다.

3. 단행본이나 잡지는 『 』로, 논문은 「 」로, 노래명, 그림명, 영상물, 공연물 등은 〈 〉로 표시했다.

이 책의 몇몇 등장인물은 친구, 역사, 문학이 제공해주었다. 그 밖에 현실이나 허구에서 존재했거나 생존하는 인물과 닮은 등장인물이 있다면 그것은 우연의 일치일 뿐이다.

보라, 모든 눈을 부릅뜨고 보라.

쥘 베른, 『황제의 밀사*Michel Strogoff*』

차례

머리말

> 시선은 작품 안에 마련된 길들을
> 따라 움직인다.
>
> 파울 클레, 『교육용 스케치북』

퍼즐의 기술은 일단 하나의 간단한 기술, 즉 형태심리학의 간략한 지침으로 모두 설명할 수 있는 단순한 기술처럼 보인다. 목표 대상—그것이 지각 행위이건, 학습이건, 심리 체계이건, 혹은 지금 우리가 다루는 나무 퍼즐이건 간에—은 우선 분리하고 분석해야 할 단순한 요소들의 합이 아니라 하나의 전체, 즉 하나의 형태이자 구조이다. 요소는 전체에 앞서 존재하지 못하기 때문이다. 요소는 전체보다 더 즉각적인 것도, 더 오래된 것도 아니다. 나아가 전체를 결정짓는 것은 요소가 아니지만, 요소를 결정짓는 것은 전체다. 전체와 그 규칙에 대한 지식, 집합과 그 구조에 대한 지식은 전체를 구성하는 부분들에 대한 개별적 지식에서 추론될 수 없다. 예를 들어 우리가 퍼즐 한 조각을 사흘 동안 쳐다볼 경우, 그것의 외형과 색깔에 대해 완벽하게 안다고 생각할 수 있지만 퍼즐 조립이 좀더 진척된 상태의 모습에 대해서는 여전히 아무것도 알 수 없다. 퍼즐에서 유일하게 중요한 것은 하나의 퍼즐 조각을 다른 조각에 연결시킬 수 있는 가능성이며, 이 점에서 퍼즐의 기술과 바둑의 기술 사이에는 몇 가지 공통점이 있다. 먼저, 조각들은 오직 함께 짜맞추어졌을 때만 파악 가능한 어떤 형태와 의미를 얻게 된다. 따로 떼어 관찰하면 퍼즐 조각 하나하나는 아무런 의미를 갖지 못한다. 하나의 조각은 대답할 수 없는 질문이자 불투명한 도전일 뿐이다. 하지만 몇 분 동안의 실험과 실패 끝에 또는 약 30초 만에 비범한 영감을 받아 이 조각을 이웃하는 다른 조각

19

하나와 연결시키는 데 성공하면, 그 조각은 곧바로 사라지면서 조각으로서의 존재를 멈추게 된다. 영어로 '퍼즐puzzle'—수수께끼—이라는 말이 아주 잘 나타내듯, 이 조각들을 맞추는 데 수반된 강도 높은 어려움 역시 더이상 존재할 이유가 없을 뿐 아니라, 그럴 이유가 아예 없었던 것처럼 나타난다. 기적적으로 연결된 두 조각은 이제 하나의 조각 역할을 하게 되고, 다시 새로운 실수, 망설임, 혼란, 예상의 출발점이 된다.

퍼즐 제작자의 역할은 정의하기 어렵다. 대부분의 경우—특히 두꺼운 판지로 만들어지는 모든 퍼즐의 경우—퍼즐은 기계로 만들어지며, 퍼즐 조각을 절단하는 특정한 법칙이 있는 건 아니다. 정해진 그림에 맞게 조정된 압축 절단기가 매번 똑같은 방식으로 두꺼운 종이판을 절단하면 되는 것이다. 진정한 퍼즐 애호가들은 이런 식의 퍼즐을 거부한다. 그 퍼즐이 나무가 아닌 종이로 만들어졌기 때문도 아니고, 포장 상자 위에 완성된 견본이 재현되어 있기 때문도 아니다. 그러한 절단 방식이 퍼즐의 특수성 자체를 없애버리기 때문이다. 이 경우, 일반인들의 머릿속에 굳게 뿌리내린 생각과는 반대로, 애초의 그림이 쉽다고 간주되는 것인지(예를 들면 페르메이르풍의 그림이나 오스트리아 어느 성의 컬러 사진) 어렵다고 간주되는 것인지는(잭슨 폴록이나 피사로 그림, 또는—치졸한 패러독스이지만—아무 그림이 없는 퍼즐) 별로 중요하지 않다. 퍼즐의 어려움을 만들어내는 것은 퍼즐 그림의 주제도, 화가의 화법도 아닌 절단의 정교함이다. 한 번의 우연한 절단이 필연적으로 하나의 우연한 어려움을 만들어낼 것인데, 퍼즐의 가장자리나 세부, 빛의 얼룩, 윤곽이 뚜렷한 물체, 선, 색조 변화가 있는 부분에서는 조립이 용이하고 그 나머지 경우—구름 없는 하늘, 모래, 초원, 경작지, 응달 등—에서는 진절머리가 나도록 어려우므로, 어려움의 정도가 반드시 동일하지는 않다.

이와 같은 퍼즐에서 퍼즐 조각들은 크게 몇 개의 부류로 나뉘는데, 대표적인 것은 다음과 같다.

인물

로렌의 십자가

십자가

그리고 일단 가장자리의 조각을 맞추고, 세부 요소—거의 흰색에 가까운 아주 밝은 노란색 술 장식이 달린 붉은색 보가 덮힌 탁자, 거기 놓인 독서대와 그 위에 펼쳐진 책, 그리고 거울의 선명한 테두리, 류트, 붉은색 여자 옷 등—를 배열하고, 배경을 이루는 큰 부분들을 회색, 갈색, 흰색, 혹은 하늘색의 색조에 따라 덩어리로 나누어 놓으면, 퍼즐의 해법은 단지 가능성 있는 모든 결합을 차례로 시험해보는 데 있게 된다.

21

　퍼즐의 기술은 손으로 절단해 만드는 나무 퍼즐에서 시작된다. 퍼즐 제작자는 퍼즐 절단 시 훗날 퍼즐을 맞출 사람이 풀어야 할 모든 문제들을 미리 직접 연구해보고, 또 우연이라는 것이 흔적들을 어지럽히도록 내버려두기는커녕 그 우연을 속임수, 함정, 착각으로 바꾸고자 한다. 미리 계획된 방식에 따라, 재구성해야 할 이미지 위에 나타나는 모든 요소들—금빛 수단繡緞 소파, 약간 손상된 검은 깃털 하나가 꽂힌 검은 삼각모, 은銀 계급장으로 온통 뒤덮인 담황색 제복—은 처음부터 거짓된 정보로 사용될 것이다. 즉 긴밀하게 연결되고 구조화된 퍼즐 그림의 의미 있는 공간은, 무력하고 무정형이며 의미와 정보가 부족한 요소들, 왜곡되거나 거짓된 정보를 담은 요소들로 절단될 것이다. 예를 들어 두 개의 코니스[1] 부분에서 정확하게 맞춰지는 두 조각은, 알고 보면 각각 천장에서 아주 멀리 떨어진 서로 다른 두 부분에 속하는 것들이다. 또 제복의 혁대 버클은 마지막 순간에 큰 촛대를 이루는 하나의 금속 조각임이 드러나고, 거의 동일한 방식으로 절단된 조각이 여러 개 있다 해도 어떤 것은 벽난로 위에 놓인 키 작은 오렌지나무에 속하고, 또 어떤 것은 거울에 흐릿하게 반사된 그 오렌지나무에 속한다. 이러한 것들은 퍼즐 애호가들이 접하게 되는 고전적인 함정의 예이다.

이러한 사실로부터 우리는 아마도 퍼즐의 최후 진리라 할 수 있는 다음과 같은 무엇인가를 추론하게 될 것이다. 퍼즐이 지니는 외적인 특징들에도 불구하고 퍼즐은 혼자 하는 놀이가 아니다. 퍼즐을 맞추는 이가 수행하는 각각의 행위는 퍼즐을 제작한 이가 이미 행한 행위다. 그가 몇 번이고 손에 쥐어보면서 검토하고 어루만지는 각각의 조각, 그가 시험하고 또 시험하는 각각의 조합, 각각의 모색, 각각의 직관, 각각의 희망, 각각의 절망은 타인에 의해 이미 결정되고 계산되고 연구되었던 것들이다.

22

---

1. 고전 건축에서 기둥머리가 받치고 있는 세 부분 중 맨 위.

제1부

제1장 계단

1

그렇다, 이 이야기는 이렇게 시작될 수 있을지 모른다. 그러니까 여기서, 이런 식으로, 조금은 무겁고 느리게, 모두에게 그리고 누구에게나 속한 이 생동감 없는 장소에서, 사람들이 거의 눈을 마주치지 않은 채 지나가고 건물 속에서의 삶이 멀리서 규칙적으로 반향되는 바로 이곳에서. 아파트의 무거운 문 너머에서 일어나는 일들로부터 우리는 이 부서진 메아리들, 작은 조각들, 파편들, 희미한 흔적들, 자잘한 단서들만을 포착할 뿐이다. 그리고 '공동 영역'이라 불리는 장소에서 일어나기 마련인 이 사건이나 사고, 색 바랜 붉은 양탄자가 삼켜버리는 이 조심스러운 작은 소리, 언제나 층계참에서 멈춰버리고 마는 공동체적 삶의 일말만을 감지할 뿐이다. 같은 건물의 주민들은 서로 몇 센티미터의 거리를 두고 살고 있으며, 단지 벽 하나가 그들을 갈라놓는다. 그들은 층계를 따라 반복되는 동일한 공간을 소유하고, 수도를 틀거나 변기의 물을 내리거나 불을 켜거나 식탁을 차리는 동일한 동작을 동시에 행하며, 층에서 층으로, 건물에서 건물로 그리고 거리에서 거리로 반복되는 수십 가지 생활 습관을 동시에 수행한다. 그들은 각자의 '개인 영역'—그냥 그렇게 부르므로—안에서 바리케이드를 치고 살고, 거기서 아무것도 빠져나가지 않기를 바란다. 그러나 그나마 그들이 나가게 내버려두는 게 있다면, 줄을 맨 개나 빵을 사러 가는 아이인데, 내보내든 쫓아내든 이 출입은 바로 이 계단을 통해 이루어진다. 편지나 통지서, 짐꾼들이 들이거나 내가는 가구들, 응급치료차 왕진 나온 의사, 오랜 여행에서 돌아오는 여행자 등 지나가는 모든 것은 결국 이 계단을 통해 지나가고 도착하는 모든 것 역시 이 계단을 통해 도착하기 때문이다. 하지만 같은 이유로, 계단은 차가우면서도 거의 적대적인 익명의 장소가 되기도 한다. 그나마 옛날 주택들에는 돌계단과 철로 된 난간, 조각들, 큰 촛대들이 있었고, 층과 층 사이에는 나이든 사람들이 쉬어갈 수 있도록 이따금씩 긴 쿠션 의자가 놓여 있기도 했다. 그러나 현대식 건물들에는 벽면이 음란한 낙서로 뒤덮인 엘리베이터와 더럽고 소리가 울리는 거친 콘크리트로 된 소위 '비상용' 계단이 있을 뿐이다. 이 건물의 고물 엘리베이터는 대개 고장난 상태이고 계단은 청결 상태가 의심스러울 정도로 낙후한 장소다. 그리고 부르주아적 묵계에 따라 위층으로 올라갈수록 상황은 더 나빠진다. 4층까지는 두 겹으로 된 양탄자가 깔려 있지만, 5층에는 홑겹의 양탄자가 깔려 있으며, 꼭대기 두 층에는 아무것도 깔려 있지 않다.

그렇다, 이야기는 여기서 시작될 것이다. 바로 시몽크뤼벨리에 거리 11번지의 4층과 5층 사이에서. 한 40대 여인이 계단을 올라가고 있는데, 그녀는 스카이 천으로 된 긴 레인코트를 입었고, 장난꾸러기 작은 요정을 연상시키는 붉은색과 회색 체크무늬의 원뿔형 모자를 쓰고 있다. 오른쪽 어깨에는 갈색의 커다란 잡동사니 배낭을 메고 있는데, 속된 표현으로 '세면도구 주머니'라 불리는 부류의 가방이다. 가방과 가방끈을 잇는 크롬으로 도금된 금속 고리 중 하나에는 작고 흰 삼베 손수건이 묶여 있다. 그리고 가방 겉면에는 스텐실로 인쇄된 듯한 세 가지 그림이 규칙적으로 반복되고 있다. 하나는 커다란 추시계이고, 또 하나는 반으로 갈라진 둥근 빵이며, 나머지 하나는 손잡이가 없는 종 모양의 구리 그릇이다.

그녀는 왼손에 든 도면을 들여다보고 있다. 도면은 단순한 종이 한 장으로 아직 남아 있는 자국들이 그것이 사등분으로 접혀 있었음을 알려주며, 복잡한 글자들이 적힌 어떤 두꺼운 책자 위에 클립으로 고정되어 있다. 이 책자에는 그녀가 방문할 아파트와 관련한 세부적인 공동 규칙이 적혀 있다. 사실, 종이 위에는 하나가 아닌 세 개의 도면이 그려져 있다. 오른쪽 상단의 첫번째 도면은 이 건물이 중간쯤에 위치하고 있는 시몽크뤼벨리에 거리를 나타내는 것으로, 거리는 17구의 플렌 몽소 지역 안에서 메데리크 거리, 자냉 거리, 드 샤젤 거리, 레옹조스트 거리가 이루는 사변형의 공간을 비스듬히 가르고 있다. 왼쪽 상단에 있는 두번째 도면은 건물의 단면도로, 세대 전체의 배치를 도식화해 나타내고 있으며 몇몇 세대주의 이름을 명시하고 있다. 건물 수위인 노셰르 부인, 3층 오른쪽 아파트에 사는 보몽 부인, 4층 왼쪽 아파트에 사는 바틀부스, 5층 왼쪽 아파트에 사는 텔레비전 방송국 프로듀서 레미 로르샤슈, 7층 왼쪽 아파트에 사는 의사 댕트빌, 그리고 지금은 비어 있는 7층 오른쪽 아파트에 죽기 전까지 살았던 장인 가스파르 윙클레. 종이 하단에 있는 세번째 도면은 바로 윙클레가 살았던 아파트의 도면이다. 이 아파트는 거리 쪽으로 나 있는 세 개의 방과 안뜰을 향해 나 있는 부엌과 화장실, 그리고 창문 없는 창고방으로 이루어져 있다.

그녀는 오른손에 두툼한 열쇠 꾸러미를 들고 있는데, 그것은 아마도 그녀가 오늘 하루 동안 방문했던 모든 아파트의 열쇠 꾸러미일 것이다. 그중 몇몇 열쇠는 골프 티, 말벌, 더블 식스를 나타내는 도미노 조각, 월하향 꽃이 새겨진 팔각형 플라스틱 동전 등의 열쇠고리를 달고 있다.

가스파르 윙클레가 죽은 것은 거의 2년 전의 일이다. 그에겐 아이가 없었다. 그리고 그 이상은 아무도 그의 가족에 대해 알지 못했다. 바틀부스는 한 공증인에게 윙클레의 상속자를 찾아달라고 의뢰했다. 하나뿐인 그의 누이 안 볼티망 부인은 1942년에 죽었고, 조카 그레구아르 볼티망도 1944년 5월 구스타프 전선 돌파 작전 당시 가릴리아노에서 전사했다. 공증인이 윙클레의 증조카뻘 되는 이를 찾아내는 데는 수개월이 걸렸다. 앙투안 라모라는 청년으로, 조립식 소파를 만드는 공장에 다니고 있었다. 상속권 증명서류에 들어가는 비용을 포함해 상속세 자체가 너무 비쌌기 때문에 앙투안 라모는 물려받은 모든 것을 경매로 팔아야만 했다. 그래서 이미 윙클레의 가구들은 몇 달 전에 경매장으로 팔려 나갔고, 몇 주 전에는 한 부동산중개소가 그의 아파트를 매입했다.

계단을 오르고 있는 여자는 부동산중개소의 사장이 아니라 직원이다. 그녀는 매매 업무나 고객관리 업무와는 관계가 없고, 단지 기술적인 문제에만 관여한다. 부동산업자의 입장에서 볼 때 이 건물은 별문제가 없고, 동네도 그런대로 괜찮으며, 건축용 석재로 된 건물 외관도 보기 좋고, 엘리베이터가 좀 더럽긴 하지만 계단도 쓸 만하다. 그녀는 지금, 윙클레가 살았던 아파트의 상태를 좀더 꼼꼼히 살펴보고 더 상세한 도면을 작성하기 위해 올라가고 있다. 예를 들어, 칸막이벽과 일반 벽을 구별하기 위해 일반 벽은 더 굵은 선으로 그릴 것이며, 화살표가 있는 반원을 이용해 문이 열리는 방향을 표시할 것이다. 그리고 필요한 보수공사 내역을 뽑아 견적을 낼 것이다. 목욕탕과 창고방을 가르는 칸막이벽을 허물어 샤워실을 설치하고 나막신 모양의 욕조와 변기도 들여놓을 것이다. 또 부엌의 타일도 새로 깔 것이며, 낡은 석탄 보일러 대신 벽에 설치하는 혼합방식(중앙난방, 온수)의 도시가스 보일러를 놓을 것이다. 그리고 세 방에 아무렇게나 짜여진 쪽판 마루를 들어낸 다음 방수 시멘트를 깔고 그 위에 우모직 양탄자를 덮을 것이다.

가스파르 윙클레가 거의 40년간 살면서 작업했던 세 개의 작은 방에는 별로 남아 있는 게 없다. 몇몇 가구와 작은 작업대, 도림질용 전동톱, 작은 줄들은 이미 치워지고 없다. 침대와 마주한 침실 벽 창문 옆에 걸려 있던, 그가 그토록 좋아했던 정사각형의 그림도 이젠 없다. 그 그림은 어떤 방 안에 있는 세 남자의 모습을 그린 것으로, 서 있는 두 남자는 창백하고 뚱뚱하며 긴 프록코트를 입고 마치 나사로 죄어놓은 것처럼 실크해트를 꾹 눌러 쓰고 있다. 그리고 역시 검은 옷을 입고 있는 세번째 남자는 누군가를 기다리는 듯 문가에 앉아 손가락에 꼭 맞는 새 장갑을 끼는 일에 열중하고 있다.

여자는 계단을 올라간다. 머지않아 이 낡은 아파트는 두 배로 큰 거실과 더 넓은 방을 갖춘, 안락하고 전망 좋으며 조용하고 근사한 집이 될 것이다. 가스파르 윙클레는 지금 죽고 없지만, 그가 그토록 참을성 있게, 그토록 면밀하게 꾸며온 오랜 복수는 아직 완전히 실현되지 않은 채 남아 있다.

제2장 　　　　　　　　　보몽

1

보몽 부인의 거실은 커다란 콘서트용 피아노 한 대로 거의 전체가 채워져 있고, 악보대 위에는 아서 스탠리 제퍼슨의 유명한 팝송 〈와이오밍의 거트루드〉의 악보가 덮여진 채 놓여 있다. 오렌지색 나일론 스카프를 머리에 두른 한 늙은 남자가 피아노 앞에 앉아 조율을 준비하고 있다.

　방 왼쪽 구석에는 크롬으로 도금된 금속 다리가 달려 있고 강철로 테를 두른, 반구형의 거대한 현대식 소파가 놓여 있다. 그 곁에는 팔각형 단면을 보이는 대리석 덩어리가 탁자를 대신하고 있으며, 철제 라이터와 난쟁이 참나무가 심어져 있는 원통형의 일본 분재 화분이 그 위에 놓여 있다. 분재된 수목은 지나치게 성장이 억제되고 둔화되고 변이되어 실제로는 자라지 않으면서도 성장의 표지들을 내보이고 노화를 보여주는 종種으로, 그것을 가꾸는 사람들은 식물의 성장이 물질적 배려보다는 주인이 바치는 정신적 몰두에 달려 있다고 주장한다.

　소파보다 조금 앞쪽의 밝은 나무 마루 위에, 가장자리를 다 맞추어 놓은 나무 퍼즐 하나가 놓여 있다. 퍼즐 오른쪽 아래의 3분의 1 정도가 더 맞춰져 있는데, 맞춰진 부분은 잠들어 있는 젊은 여인의 달걀형 얼굴을 나타내고 있다. 한 줄로 땋아 머리 꼭대기로 말아 올린 그녀의 금발머리는 두 겹으로 엮어 만든 끈으로 묶여 있고, 그녀의 뺨은 마치 꿈속에서 무슨 이야기에 귀를 기울이는 듯 소라고동 모양으로 오므려진 오른손 위에 기대어 있다.

퍼즐 왼쪽에는 장식이 달린 쟁반이 있고, 그 위에는 커피 주전자, 잔과 받침, 영국제 금속 설탕 그릇이 놓여 있다. 쟁반에 그려진 그림은 이 세 물건 때문에 부분적으로 가려져 있는데, 두 부분만 온전히 식별할 수 있다. 오른쪽에는 수놓인 바지를 입은 한 소년이 강가에서 몸을 구부리고 있고, 중앙에는 물 밖으로 나온 잉어 한 마리가 낚싯줄 끝에서 팔딱거리고 있다. 낚시꾼과 다른 인물들은 물건들에 가려 보이지 않는다.

퍼즐과 쟁반 앞쪽 마루에는 몇 권의 책과 노트 그리고 몇 개의 서류철이 널려 있다. 책 제목 하나가 눈에 들어온다. 『광산과 채석장에서의 안전 수칙』. 서류철 중 하나가 펼쳐져 있는데 그 면에는 가늘고 꼼꼼한 글씨로 베껴 쓴 다음과 같은 방정식이 일부분을 채우고 있다.

만약 $f \in \mathrm{Hom}\,(v, \mu)$ (resp. $g \in \mathrm{Hom}\,(\xi, v)$)이 동형사상으로서 그 차수는 행렬 α (resp. β)라면, $f \circ g$는 동형이고 차수는 행렬 $\alpha\,\beta$이다. 행렬 $\alpha = (\alpha_{ij}),\ 1 \leqq i \leqq m,\ 1 \leqq j \leqq n$과 $\beta = (\beta_{kl}),\ 1 \leqq k \leqq n,$ $1 \leqq l \leqq p\ (|\xi| = p)$이 주어졌다고 하자. $f = (f_1, \ldots, f_m),\ g = (g_1, \ldots, g_m)$라 가정하고 $h \prod \rightarrow \xi$가 사상 $(h = (h_1, \ldots, h_p))$이라고 하자. 마지막으로 $(\alpha) = (\alpha_1, \ldots, \alpha_p)$가 A^p의 원소라 하자. l과 m $(|\mu| = m)$ 사이의 각 첨수 i에 사상 $x_i = f_i \circ g \circ (\alpha_1 h_1, \ldots, \alpha_p h_p)$를 계산한다. 그럼 우선 $x_i = f_i \circ (\alpha_1{}^{\beta 11} \ldots \alpha_p{}^{\beta 1p} g_1, \ldots, \alpha_1{}^{\beta i1} \ldots \alpha_p{}^{\beta ip} g_i,$ $\ldots, \alpha_1{}^{\beta p1} \ldots \alpha_p{}^{\beta pp} g_p) \circ h$를 얻고, 이어서 $x_i = \alpha_1{}^{\alpha i1\beta i1 + \ldots + \alpha ij\beta j1 + \ldots + \alpha in\beta n1} \ldots$ $\alpha_j{}^{\alpha i1\beta ij + \ldots + \alpha in\beta 1j} \ldots \alpha_p{}^{\alpha i1\beta ip + \ldots} \circ f_i \circ g \circ h \quad f \circ g$를 얻는다. 그러므로 $f \circ g$는 $\alpha\,\beta\,([1.2.2])$ 차수를 조건으로 할 때 동형성을 만족한다.

이 거실의 벽은 하얀색 래커로 칠해져 있다. 그리고 몇 개의 포스터 액자가 벽에 걸려 있다. 그중 하나는 식성 좋아 보이는 수도승 네 명이 카망베르 치즈 주위에 모여 앉아 있는 모습을 보여주는데, 치즈의 라벨에는 다시 식성 좋아 보이는—동일한— 수도승 네 명이 모여 앉아 있다. 이 장면은 포스터 속에서 최소한 네 번까지 분명하게 반복된다.

페르낭 드 보몽은 하인리히 슐리만에 버금가는 야심만만한 고고학자였다. 그는 아랍인들이 '렙티트'라 부르던, 그들이 스페인을 지배하던 시절 스페인의 수도였을지도 모르는 그 전설 속 도시의 흔적을 발굴하고자 했다. 아무도 이 도시의 존재에 대해 이의를 제기하지 않았지만, 스페인 연구가나 이슬람 연구가를 비롯한 대부분의 전문가들은 이 도시가 지브롤터를 마주보고 있는 아프리카 대륙의 땅 세우타일 수도, 시에라 드 마지나의 끝에 위치한 안달루시아 지역의 하엔일 수도 있다는 일치된 견해를 보였다. 그러나 보몽은 세우타나 하엔에서 이루어진 어떤 발굴 작업도 여러 이야기에서 나타나는 렙티트의 특징을 증명하지 못했다는 사실에 근거해 다른 시각을 고수했다. 여러 이야기들 중에서도 특히 어떤 성에 관한 이야기가 자주 회자되었는데, 그곳에는 '들어가는 데도, 나가는 데도 사용되지 않는 두 짝의 문이 있었다. 그 문은 늘 잠겨 있으며, 한 왕이 죽고 새로운 왕이 뒤를 이을 때마다 그 문에는 자물쇠가 하나씩 추가되었다. 결국에는 각 왕에 하나씩, 모두 스물네 개의 자물쇠가 달리게 되었다.' 성 안에는 일곱 개의 방이 있었다. 일곱번째 방은 '너무나 긴 나머지 가장 뛰어난 궁수라도 방문턱에서 화살을 쏘아 반대편 벽을 맞힐 수 없을 정도였다.' 또 첫번째 방에는 아랍인들의 모습을 재현한 '완벽한 형상들'이 있었는데, 그들은 '날쌘 말이나 낙타에 올라타 어깨 위로 터번을 휘날리면서, 가죽끈으로 언월도偃月刀[1]를 걸고 오른손으로는 창을 겨누고 있는 모습이었다.'

보몽은 '유물론적' 경향을 표방하는 한 중세 연구 학파에 속해 있었다. 예를 들어, 이 학파는 12세기 전반의 양피지, 납, 인형印形, 리본 소비량이 공식적으로 선포되고 기록된 교황의 칙서들의 수에 비해 지나치게 많았고(이는 물론 로마 교황의 교서가 아닌 칙서와 관계된 것이다. 교황의 칙서만이 유일하게 납으로 봉인되었고, 교서는 밀랍으로 봉인되었기 때문이다) 따라서 있을 법한 유출과 가능한 손실을 고려하더라도 상당한 수의 칙서들이 비밀문서나 불법적인 것으로 남아 있다는 결론을 내릴 수밖에 없다고 주장했다. 그리고 오로지 이 사실을 증명하기 위해 한 종교사 교수에게 옛 로마 교황청 상서국의 회계 기록을 샅샅이

---

1. 보병이나 기병이 쓰던 긴 칼.

조사하도록 위탁했고, 바로 거기서 당시 유명했던 논문 「교황의 비밀 칙서와 참칭 교황들의 문제」가 나오게 되었다. 인노켄티우스 2세, 아나클레투스 2세, 빅토리우스 4세 사이의 관계를 새롭게 조명한 논문이었다.

거의 유사한 방식으로, 보몽은 1798년 터키의 술탄 셀림 3세가 세운 세계 신기록 888미터 대신 크레시에서 영국 사수_{射手}들이 기록한, 훌륭한 건 사실이지만 그렇다고 특별할 것까지는 없는 기록을 기준 삼아, 렙티트 성 일곱번째 방의 길이가 적어도 200미터 이상은 되었을 것이며 활을 쏠 때의 경사를 고려할 때 방의 높이가 30미터 이하이기는 어려웠으리라는 것을 입증해보였다. 하지만 세우타나 하엔 그리고 다른 어떤 곳의 발굴 작업에서도 그 정도 크기의 방이 발견되지 않았다. 따라서 보몽은 '개연성 있는 어떤 성채가 발견되어야만 그곳이 그 전설의 도시라는 것이 증명될 수 있다면, 어쨌든 오늘날 우리에게 알려져 있는 성채 유적들은 아닐 것'이라는 확신을 갖게 되었다.

순전히 소극적이기만 한 이러한 주장을 넘어, 보몽에게는 렙티트 전설의 한 단편적 이야기가 성채의 유적에 관한 하나의 정보를 분명하게 제공해주는 것으로 보였다. 일반인은 접근할 수 없었던 사수들 방의 벽에 '왕이 그 성의 문을 열면, 그의 전사들은 첫번째 방의 전사들처럼 화석이 될 것이며 적들이 그의 왕국을 유린할 것이다'라는 말이 새겨져 있다는 이야기였다. 보몽은 이 메타포 안에서 중세 스페인의 이슬람 왕국의 왕들을 분열시키고 기독교군의 스페인 재정복을 시작하게 하는 동요의 흔적을 보았다. 보몽의 생각에 따르면, 렙티트의 전설은 그가 '무어인의 칸타브리아 패전'이라고 부른 것, 즉 펠라요가 아스투리아스 왕국의 왕위에 오르기 전에 수장 알카마흐에 맞서 싸웠던 코바동가 전투를 묘사하는 것이었다. 그리고 저급한 중상모략가들의 비꼬는 듯한 찬사를 받으면서도 보몽 자신이 흥분을 감추지 못하며 전설의 성채 발굴 장소로 지목했던 곳도, 바로 아스투리아스 중부의 오비에도라는 곳이었다.

오비에도의 기원에 대해서는 분명한 것이 없었다. 어떤 이들은 그곳이 두 명의 수도사가 무어인들의 침입을 피하기 위해 세운 수도원이었다고 주장했고, 어떤 이들은 서고트족의 아성이었다고 했다. 또 어떤 이들은 그곳이 때로는 루쿠스 아스투룸으로, 때로는 오베툼으로 불렸던 스페인계 로마인의 옛 요새 도시였다고 했다. 그리고 어떤 이들은 오비에도가 스페인 사람들이 돈 펠라요라 부르는 인물을 가리킨다고, 즉 헤레스의 로데리크 왕의 옛 말안장 창꽂이를 만들 때 새겨 넣는 펠라요이자, 아랍인들이 로마인의 후예이자 그 도시를 세운 인물로 간주해 아예 '벨라이 엘 루미'라 불렸던 펠라요 그 자체라고 했다. 이러한 엇갈린 가정들은 보몽의 주장에 유리하게 작용했다. 그에게 있어 오비에도는, 스페인 영토에 있는 무어인의 요새들 중 가장 북쪽에 위치했으며 스페인 반도 전역에 걸친 무어인의 지배를 상징했던 바로 그 전설의 렙티트였다. 그곳이 함락됨으로써 서구 유럽에서 이슬람 주도권이 종말을 고했을 것이고, 펠라요는 이러한 이슬람의 패배를 굳건히 하기 위해 그곳에 정착했을 것이다.

1930년에 시작된 발굴은 5년 이상 계속되었다. 마지막 해에 보몽은 바틀부스의 방문을 받았다. 당시 바틀부스는 그곳에서 그리 멀지 않은, 아스투리아스 제국의 옛 수도였던 히혼이라는 곳에서 그의 첫번째 해양화를 그리고 있었다.

몇 개월 후 보몽은 프랑스로 돌아왔다. 그는 발굴 과정과 관련된 78쪽 분량의 기술적인 보고서를 작성했고, 발굴 결과를 활용하기 위해 그 방면의 한 모델인 보편적 십진분류법에 기초한 조사 체계를 제안했다. 그러고는 1935년 11월 12일에 자살했다.

제3장

4층 오른쪽 아파트

1

이곳은 거실, 영국식 쪽마루가 깔려 있는 거의 비어 있는 방일 것이다. 벽은 금속판으로 뒤덮여 있을 것이다.

네 명의 남자가 방 한가운데 웅크리고 있을 것이다. 그들은 편안한 자세로 쭈그리고 앉아 무릎을 넓게 벌리고 팔꿈치를 무릎에 기댄 상태에서, 다른 손가락은 놔두고 가운뎃손가락만 깍지 긴 채 두 손을 모으고 있을 것이다. 그들 중 세 사람은 나란히 앉아 네번째 사람을 마주보고 있을 것이다. 모두 상의를 벗은 채 맨발일 것이며, 코끼리 문양이 반복해 날염된 검은 비단 바지만 걸치고 있을 것이다. 그리고 원형 흑요석이 박힌 금반지가 오른손 새끼손가락에 끼워져 있을 것이다.

32 　　이 방의 유일한 가구는 루이 13세풍의 소파로, 다리가 꼬여 있고 팔걸이와 등받이에 징이 박힌 가죽이 입혀져 있다. 한쪽 팔걸이에 검은색 긴 양말 한 짝이 걸려 있다.

다른 세 명과 마주하고 있는 남자는 일본인이다. 그의 이름은 아시카주 요시미추. 그는 1960년에 어부 한 명, 우체국 직원 한 명, 정육점 점원 한 명이 모여 마닐라에 세운 어떤 사이비 종교집단에 속해 있다. 이 사이비 종교의 일본어 명칭은 '시라 나미' 즉 '하얀 파도'이고, 영어 명칭은 '더 스리 프리 맨' 즉 '세 명의 자유인'이다.

이 사이비 종교가 창설된 지 3년 만에 '세 명의 자유인'은 1인당 세 사람씩 개종시키는 데 성공했다. 그리고 제2세대 아홉 사람은 그다음 3년 동안 스물일곱 명을 교화시켰다. 1975년 제6세대에 이르러 신도는 729명으로 늘어났고, 그중 한 명인 아시카주 요시미추는 다른 몇 사람과 함께 서양으로 건너가 새로운 신앙을 전파하는 임무를 맡게 되었다. '세 명의 자유인'교의 입문 의식은 길고 까다로우며 엄청난 비용이 들지만, 요시미추가 그 일에 필요한 시간과 돈을 투자할 수 있을 만큼 부유한 세 명의 신도를 찾아낸 이상 일단 그리 어렵지 않은 일로 보인다.

　새 신도들은 지금 입문 의식의 초기 단계에 있다. 이들은 완벽하게 범속한 어떤 대상—물질적인 것이든 정신적인 것이든—에 대한 명상에 몰입해 가장 고통스러운 감정을 포함한 모든 감정을 잊는 법을 배우기 위해 여러 예비 시련들을 이겨내야만 한다. 우선, 쭈그리고 앉되 발뒤꿈치를 바닥에 딱 붙이는 대신 발뒤꿈치와 바닥 사이에 차곡차곡 쌓여 있는, 모서리가 매우 날카로운 커다란 금속 주사위들 위에 발뒤꿈치를 얹어야 한다. 조금이라도 발을 들면 주사위들은 곧바로 무너지게 되고, 그러면 실수한 사람뿐 아니라 다른 두 동료까지도 그 자리에서 즉시 추방된다. 또 아주 조금만 자세가 흐트러져도 주사위의 모서리가 살 속으로 파고들어 견디기 힘든 고통을 겪게 된다. 세 사람은 이런 불편한 자세로 여섯 시간을 버텨야 한다. 45분마다 한 번씩 2분간 일어서 있는 것이 허용되기는 하나, 이러한 관용을 세 번 이상 받아들이면 나쁜 인상을 주게 된다.

　세 사람에게 주어진 명상의 대상은 각각 다르다. 착탈식 의자 등받이를 제작하는 스웨덴 회사의 프랑스 담당 총 대표인 첫번째 사람은 흰색 명함 같은 것에 적힌 수수께끼를 풀어야 한다. 거기에는 다음과 같은 문제가

Quelle est la menthe qui est devenue tilleul? [1]

보라색 잉크로 공들여 씌어 있고, 그 위에는 6이라는 숫자가 예술적으로 그려져 있다.

---

1. 보리수가 된 박하는 무엇인가?

두번째 사람은 슈투트가르트에 있는 한 포장용 나무상자 공장을 소유한 독일인이다. 그의 앞에 있는 강철 정육면체 위에는 꽤 분명한 형태로 인삼 뿌리를 연상시키는, 꾸불꾸불하게 생긴 나뭇조각이 놓여 있다.

인기 여가수—프랑스인—인 세번째 사람은 연말에 흔히 출간되는 책들 중 하나인 두꺼운 요리책 한 권을 마주하고 있다. 책은 악보대 위에 놓여 있다. 펼쳐진 면에는 1890년 레드너 경이 롱퍼드 캐슬의 살롱에서 연 연회 장면이 삽화로 들어가 있다. 그리고 '모던 스타일'의 꽃무늬와 꽃잎 장식으로 테두리 장식된 왼쪽 페이지에는 다음과 같은 요리법이 적혀 있다.

딸기 생크림 케이크

산딸기 또는 사철딸기 300그램을 준비한다. 베네치아식 체에 담아 잘 씻어낸다. 딸기에 설탕 200그램을 넣어 잘 섞는다. 케이크용 기구에 딸기와 설탕을 넣은 다음, 아주 진하게 거품 낸 생크림 2분의 1리터를 넣고 함께 잘 섞는다. 이 기구에 작고 둥근 종이 상자들을 끼워놓은 다음, 살짝 얼어붙을 때까지 두 시간 동안 냉장고에 넣어둔다. 먹을 때는 케이크 조각마다 커다란 딸기를 하나씩 올려 내놓는다.

34   요시미추 자신은 주사위에 전혀 불편을 느끼지 않고 쭈그려 앉아 있다. 두 손바닥 사이에 작은 오렌지주스 병 하나가 끼워져 있고, 병에 꽂힌 몇 개의 빨대는 입에 닿아 있다.

스모프는 '세 명의 자유인'교의 새 신도 수가 1978년에는 2,187명에 이를 것으로 계산했고, 옛 신도들이 한 명도 빠짐없이 살아 있을 경우 전체 신도 수는 3,277명에 달할 것으로 예상했다. 따라서 신도 수의 증가는 훨씬 더 빨리 진행될 것이다. 그래서 2017년의 제19세대에 이르면 10억이 넘을 것이며, 2020년에는 지구인 전체가, 아니 그보다 훨씬 더 많은 인구가 교화될 것이다.

4층 오른쪽 아파트에는 아무도 살지 않는다. 집주인은 '푸로 씨'라고만 알려진 사람으로, 캉과 팔레즈 사이의 샤비뇰이라는 곳에 있는 성 같은 대저택과 38헥타르의 농장에서 살고 있다. 몇 해 전 한 텔레비전 방송국이 〈정육면체의 열여섯번째 면〉이라는 드라마를 그곳에서 촬영했다. 레미 로르샤슈는 그 촬영에 참가했지만 집주인을 만나보지는 못했다.

　그를 본 사람은 아무도 없는 것 같다. 복도를 향해 있는 그 집 현관문과 수위실 유리문 위에 붙어 있는 리스트에는 어떤 이름도 적혀 있지 않다. 그 집 덧문들 역시 항상 닫혀 있다.

제4장　　　마르키조
1

5층 오른쪽 아파트의 빈 거실.

　바닥에는 별 모양의 무늬가 반복되도록 섬유 조직이 엮인 사이잘삼 양탄자가 깔려 있다.

　투알드주이[1]를 모방한 벽지에는 거대한 범선들이 묘사되어 있다. 포르투갈식 돛대 네 개와 대포, 장포를 갖추고 입항할 준비를 하는 범선들이다. 이물의 거대한 삼각돛과 고물 쪽 돛은 바람에 부풀어 있고, 선원들은 밧줄에 달려들어 다른 돛들을 졸라매고 있다.

　벽에는 네 개의 그림이 걸려 있다.

　첫번째 그림은 정물화로, 현대식 기법에도 불구하고 르네상스 시대부터 18세기 말까지 유럽 전역에서 크게 유행했던, 오감을 주제로 하는 구성양식을 그런대로 잘 보여주고 있다. 즉 탁자 위에 재떨이, 제목과 부제—미완성 교향곡, 소설—는 읽을 수 있으나 저자의 이름이 가려져 있는 책, 럼주 병, 빌보케[2]가 놓여 있으며, 다섯번째로 호두와 아몬드, 반으로 쪼갠 살구, 말린 자두 등 마른 과일 더미가 담긴 과일 그릇이 놓여 있다. 재떨이 안에서는 아바나산 엽궐련 한 대가 연기를 내며 타고 있다.

　두번째 그림은 어슴푸레한 대지 사이에 있는 어느 교외 지역의 밤거리를 보여준다. 오른쪽에는 철제 전신탑이 하나 서 있고, 각 횡목들과 만나는 교차지점에는 불 켜진 커다란 전기 램프가 하나씩 달려 있다. 왼쪽에는 한 무리의 별들이 철탑이 뒤집힌 모습(철탑 아랫부분은 하늘을,

---

1. 18세기 프랑스 베르사유 근처 주이앙조자 지역의 한 공장에서 생산되던 면직물로, 주로 인물과 풍경 도안이 새겨져 있음.　　2. 손잡이에 공받이와 공이 매달려 있는 장난감.

꼭대기는 땅을 향한 모습)을 정확히 재현해내고 있다. 하늘에는 창문 위에 핀 서리꽃과도 같은 모양의 별들이 (좀더 밝은 바탕에 짙은 파랑색으로) 만발해 있다.

세번째 그림은 전설의 동물 타랑드를 그린 것으로, 젤롱 르 사르마트가 최초로 그것에 대한 묘사를 남긴 바 있다.

타랑드는 어린 황소만큼 커다란 동물로, 사슴뿔과 비슷한 크기의 멋진 뿔이 넓게 나 있고, 발은 갈라진 쌍굽 형태이며, 큰 곰과 같은 긴 털과 거북 등껍질만큼이나 딱딱한 피부를 지니고 있다. 이 동물은 스키타이 지방에서 가끔씩 발견되며 서식 장소에 따라 몸의 색깔을 다양하게 바꾼다. 풀, 나무, 관목, 꽃, 장소, 풀밭, 바위 등 자신과 가까이 있는 것의 색깔을 띠는 것이다. 이는 바다 낙지의 일종인 폴립[3]이나 토에스, 인도 하이에나 등과 공통되는 특징이며, 특히 데모크리토스가 찬탄해 마지않았던 도마뱀의 일종인 카멜레온에게서도 발견되는 특징인데, 그는 카멜레온의 특성과 마술적 기운, 해부에 관한 책을 한 권 썼을 정도다. 실제로 나는 타랑드의 색깔이 변하는 것을 보았는데, 단지 유색 물질과의 근접에 의해서뿐만 아니라 자신이 느끼는 공포와 매혹에 따라서도 스스로 변했다. 즉 초록의 풀밭 위에서 일단 녹새로 변한 타랑드가 어느 정도 거리가 생기면 노랑, 파랑, 보라 등으로 차례대로 변하는 것을 목격했다. 마치 인도 수탉의 벼슬이 감정의 변화에 따라 변화하는 것과 흡사했다. 더욱 경탄할 만한 사실은, 이러한 색깔 변화가 얼굴과 피부에서만 일어나는 것이 아니라 촘촘한 털에서도 일어난다는 것이다.

네번째 그림은 포브스의 〈장막 뒤의 한 마리 쥐〉라는 그림의 흑백 복제본이다. 이 그림은 1858년 겨울 뉴캐슬어폰타인[4]에서 일어났던 실제 사건에서 영감을 받은 것이다.

노년의 레이디 포스라이트는 시계와 자동인형을 수집하며 그것들

3. 해파리, 말미잘 따위의 강장동물의 기본적인 체형.

4. 영국 잉글랜드 동북부, 타인강 하구에 있는 항구 도시.

을 매우 자랑스러워했는데, 그중 가장 값진 것은 깨지기 쉬운 흰 대리석의 새알에 채워져 있는 아주 조그만 회중시계였다. 그녀는 가장 나이 많은 하인에게 소장품 간수를 맡겼다. 그는 60여 년 전부터 그녀를 모셔온 마부로, 그녀를 태우고 다니는 특권을 누리게 된 처음 그 순간부터 그녀를 열렬히 사랑해왔다. 하인은 드러낼 수 없는 자신의 열정을 여주인의 수집품에 쏟아부었다. 손재주가 매우 좋았던 그는 지극한 정성으로 그것들을 다루었고, 두 세기도 더 된 것들까지 포함된 그 섬세한 기계들을 보존하고 돌보는 데 밤낮을 보냈다.

수집품 중에서 가장 훌륭한 것들은 오로지 그런 용도로만 쓰이는 한 작은 방에 보관되어 있었다. 일부는 유리장 안에 보관되어 있었지만 대부분의 소장품은 벽에 걸려 있었고, 먼지가 앉지 않도록 얇은 모슬린 천이 덮여 있었다. 마부는 인접한 작은 방에서 잠을 잤다. 몇 개월 전부터 어떤 은둔 학자가 부인의 성에서 멀지 않은 곳에 실험실을 만들어 머물면서, 마르탱 마그롱과 토리노 사람 벨라처럼 쥐를 이용해 스트리크닌과 쿠라레[5]의 길항작용을 연구하고 있었기 때문이다. 노부인과 마부는 그 학자가 탐욕을 품고 그 지역에 흘러든 강도로, 그녀의 값비싼 보물들을 탈취하기 위해 어떤 음흉한 술책을 꾸미고 있을 거라고 확신했다.

어느 날 밤 늙은 마부는 그 방에서 나는 듯한 미세하게 삐걱거리는 소리에 잠을 깼다. 그는 그 사악한 학자가 자기 쥐들 중 한 마리를 길들여 시계들을 찾아내도록 가르쳤을 거라고 생각했다. 그는 자리에서 일어나 언제나 곁에 두고 있던 연장주머니에서 작은 망치를 꺼내들고 그 방으로 들어갔다. 그리고 모슬린 장막을 향해 최대한 조심스럽게 다가가 이상한 소리의 진원지로 여겨지는 부분을 힘껏 내리쳤다. 그러나 불행히도 그것은 쥐가 아니라, 단지 부속이 조금 고장나 거의 감지할 수 없을 정도로 작게 삐걱거리는 소리를 내는 근사한 흰 대리석 알 시계였다. 망치 소리에 놀라 깨어난 레이디 포스라이트가 곧바로 달려왔고, 한 손에는 망치를, 다른 손에는 깨진 보물을 들고 입을 벌린 채 서 있는 늙은 하인을 발견했다. 그녀는 무슨 일이 일어났는지 설명할 시간도 주지 않고 바로 다른 하인들을 불러 마부를 미친 사람 취급하며 감금시키라고

38

5. 스트리크닌은 신경 자극제로 쓰이는 식물성
독약의 일종이며, 쿠라레 역시 식물에서
채취되는 알칼로이드성 독약의 일종.

명령했다. 2년 후 그녀가 죽었고, 그 소식을 들은 늙은 마부는 멀리 떨어져 있는 요양소에서 빠져나와 성을 다시 찾아와 문제의 비극이 일어났던 바로 그 방에서 목을 매 자살했다.

이 그림은 포브스가 아직 보나의 영향에서 완전히 벗어나지 못했던 젊은 시절의 작품이지만, 그는 이 일화에서 매우 자유롭게 영감을 얻어냈다. 그의 그림은 벽이 시계들로 뒤덮인 방을 보여주는데, 흰 가죽 제복을 입은 늙은 마부는 어두운 붉은색 옻칠을 한 나선형의 중국식 의자 위에 올라가 천장 들보에 기다란 비단 천을 걸고 있다. 늙은 레이디 포스라이트는 문에 서서 극도로 화가 난 얼굴로 하인을 쳐다보고 있는데, 오른쪽 팔목에는 은팔찌를 차고 있고 그 팔찌 끝에는 흰 대리석 알 하나가 달려 있다.

이 건물에는 수집가들이 몇 명 살고 있는데, 대부분 이 그림의 주인 공들보다도 더 편집광적이다. 발렌 역시 스모프가 기항할 때마다 그 지역에서 보내준 우편엽서를 오랫동안 간직했다. 그중에는 뉴캐슬어폰타인에서 보낸 것도 있었고, 오스트레일리아 뉴사우스웨일스 지방의 뉴캐슬에서 보낸 것도 있었다.

제5장   풀로
                  1

6층 오른쪽 맨 끝의 아파트. 그러니까 가스파르 윙클레의 아틀리에 바로
밑이다. 발렌은 윙클레가 20년 동안 보름에 한 번씩 소포를 받았다는 것
을 기억하고 있었다. 전쟁이 가장 치열했던 때에도 소포는 규칙적으로,
한결같이, 너무나 한결같이 도착했다. 물론 우표는 다 달랐고, 이 때문에
노셰르 부인 이전에 수위로 일했던 클라보 부인은 자기 아들 미셸에게
주려고 그 우표를 얻어가기도 했다. 그러나 우표 말고 각각의 소포 꾸러
미를 구별시켜주는 것은 아무것도 없었다. 늘 똑같은 크라프트 포장지,
똑같은 가는 끈, 똑같은 밀랍봉인, 똑같은 명찰. 아마도 세계 일주를 떠
나기 전에 바틀부스가 스모프에게 500개의 소포에 필요한 만큼의 비단
종이와 크라프트지, 가는 끈, 밀랍을 준비시켰을 것이다! 아니 그렇게 준
비시킬 필요도 없이 분명 스모프가 혼자 알아서 그것을 준비했을 것이
다! 어쨌든 그들에게는 이 준비물들로 인해 가방 하나가 더 늘어나는 일
쯤은 아무 문제가 되지 않았다.

　　여기, 6층 오른쪽 아파트의 이 방은 비어 있다. 이 방은 오렌지색 무
광 페인트로 칠해져 있는 욕실이다. 욕조 끝에는 진주조개에서 나온 커
다란 진주빛 조개껍질이 놓여 있고, 조개껍질 속에는 비누와 경석이 하
나씩 담겨 있다. 세면대 위에는 결이 드러난 대리석으로 테두리를 장식
한 팔각형 거울이 걸려 있다. 그리고 욕조와 세면대 사이의 접는 의자 위
에는 스코틀랜드 캐시미어 카디건과 멜빵 달린 치마가 널브러져 있다.

욕실의 안쪽 문은 열려 있고 긴 복도 쪽으로 나 있다. 기껏해야 열여덟 살쯤 되어 보이는 젊은 여자가 목욕탕을 향해 복도를 걸어오고 있다. 그녀는 벌거벗은 상태다. 오른손에는 머리 감을 때 쓸 계란을 한 개 들고 있고, 왼손에는 잡지『레 레트르 누벨』제40호(1956년 7-8월호)를 들고 있다. 이 잡지에는 폴 쥐리의『어느 사제의 일기』(갈리마르 출판사)에 관한 자크 르데레의 해설을 비롯해, 로메오 다디가 미치광이가 되어가는 이야기를 그린 루이지 피란델로의 중편소설『심연 속에서』(1913)가 실려 있다.

제6장 브레델
(다락방 1)

이곳은 8층의 한 다락방으로, 늙은 화가 발렌이 살고 있는 복도 맨 끝 방 바로 왼쪽에 있다. 이 방은, 고고학자의 미망인 보몽 부인이 안 브레델과 베아트리스 브레델이라는 두 손녀와 함께 살고 있는 3층 오른쪽의 큰 아파트에 딸린 것이다. 드 보몽 부인의 두 손녀 중 동생인 베아트리스는 열일곱 살이다. 그녀는 재능도 풍부하고 공부도 잘하는 학생으로, 세브르에 있는 국립 고등사범학교에 입학하기 위해 시험 준비를 하고 있다. 그녀는 엄격한 할머니로부터 이 독립된 다락방에 살지는 못하더라도 적어도 공부하러 와도 된다는 허락을 받아냈다.

바닥에는 실내용 바닥재인 붉은색 육각 기와가 깔려 있고, 벽은 다양한 종류의 소관목이 그려진 벽지로 도배되어 있다. 매우 비좁은 방인데도 베아트리스는 이곳에 다섯 명의 급우를 불러들였다. 그녀는 책상 곁에 있는, 양의 뼈로 조각된 다리에 높은 등받이가 달린 의자에 앉아 있고, 멜빵 달린 치마와 소매를 살짝 부풀린 붉은색 블라우스를 입고 있다. 또 오른손에는 은팔찌를 하나 끼고 있고, 왼손 엄지와 검지 사이에 긴 담배를 낀 채 그것이 타들어가는 것을 바라보고 있다.

그녀의 급우들 중 한 여학생은 하얀 리넨 천의 긴 외투를 입고 문에 기대어 서 있는데, 파리 지하철 지도를 주의 깊게 살펴보고 있는 듯하다. 다른 네 여학생은 모두 다 청바지에 줄무늬 셔츠 차림이며, 찻주전자를 담은 쟁반을 둘러싸고 바닥에 앉아 있다. 쟁반 옆에는 램프가 하나 놓여 있는데, 램프의 다리는 세인트 버나드종 개들이 목에 걸고 있을 법한 작은 나무통처럼 생겼다. 한 여학생은 차를 따르고 있다. 또 한 여학생은 직육면체 모양의 작은 치즈가 담긴 상자를 열고 있다. 세번째 여학생은 토머스 하디의 소설을 읽고 있는데, 표지 그림에는 강 한가운데서 작은 배에 앉아 줄낚시를 하고 있는 긴 수염의 주인공과 강둑 위에서 그를 소리쳐 부르는 갑옷 입은 기사의 모습이 나타나 있다. 네번째 여학생은 아주 무관심한 표정으로 탁자 위쪽에 걸린 어느 주교의 모습이 담긴 판화를 쳐다보고 있다. 탁자 위에는 '솔리테어'라 불리는 종류의 놀이 기구가 놓여 있다. 그것은 라켓 프레스[1]의 형태를 어렵지 않게 연상시키는 사다리꼴 판으로 되어 있으며, 그 판에는 구슬을 놓을 수 있는 스물다섯 개의 작은 받침대가 마름모꼴로 배열되어 있다. 구슬은 커다란 진주알들로, 판 옆에 있는 작고 검은 비단 쿠션 위에 놓여 있다. 판화는 생제르맹앙레 시립미술관에 소장되어 있는 보슈의 유명한 그림 〈요술쟁이〉를 그대로 모방한 것으로, 다음과 같은 별난—언뜻 보아서는 거의 뜻을 알 수 없는—제목이 고딕 문자체로 정서되어 있다.

Qui boit en mangeant sa soupe Quand il est mort il n'y boit goutte[2]

페르낭 드 보몽은 아내인 베라에게 여섯 살 난 어린 딸 엘리자베트만을 남겨놓고 자살했다. 아버지가 캔터베리의 발굴 작업 때문에 늘 파리에서 멀리 떨어져 지냈으므로 엘리자베트는 아버지를 한 번도 보지 못했다. 또 옛날이나 지금이나, 심지어 고고학자와의 짧은 결혼 생활 동안에도 실제로 그만두지 않고 가수로서의 삶을 추구하고 있던 어머니 역시 거의 보지 못했다.

20세기 초 러시아에서 태어난 베라 오를로바—그녀는 바로 이 이름으로 음악 팬들에게 알려져 있다—는 1918년 봄 러시아에서 빠져나온 후 일단 빈에 정착했고, 그곳에서 '페라인 퓌어 무지칼리셰 프리바트

1. 테니스라켓 변형 방지용 틀.

2. 수프를 먹으면서 물을 마시는 자는 죽을 때 한 방울의 물도 마시지 못한다.

아우프퓌룽(음악의 사적 공연을 위한 연합)'을 이끄는 쇤베르크의 제자
가 되었다. 그 후 그녀는 쇤베르크를 따라 암스테르담으로 갔고, 그가 베
를린으로 돌아갈 때 그와 헤어졌다. 그리고 파리로 와 에라르 극장에서
일련의 독창회를 가졌다. 그때까지만 해도 '슈프레히게장(서창敍唱)'이
라는 테크닉에 익숙하지 못했던 관객들은 빈정대며 소란스러운 반응을
보였다. 그럼에도 불구하고 몇몇 극소수 열광자들의 성원 덕분에 그녀
는 그 후 슈만의 가곡, 후고 볼프의 가곡, 무소르그스키의 가곡 등 주로
오페라 가곡으로 구성된 자신의 프로그램 안에 빈파派의 성악곡을 몇 개
추가할 수 있었으며, 그렇게 해서 파리 사람들에게 그 성악곡들을 알리
게 되었다. 오르파니크 백작이 주선한 어느 연회에서 백작이 누군가에
게 한 요청으로, 그녀는 아르코나티의 〈오를란도〉에 나오는 안젤리카의
마지막 곡을 부르기 위해 거기 갔었다.

Innamorata, mio cuore tremante,
Voglio morire…[3]

그날 그녀는 한 남자를 만났고, 그 남자는 그녀의 남편이 되었다. 그러나
결혼 후에도 그녀는 여기저기서 점점 더 열렬한 공연을 요청받았고 때
로는 꼬박 1년이 걸리는 장기 순회공연을 성공적으로 이끌어야 했다. 한
편, 남편 페르낭 드 보몽은 그의 무모한 가정들을 검증하기 위해 현장으
로 달려갔고 그렇지 않으면 언제나 연구실에 틀어박혔기 때문에 실제로
두 사람은 거의 함께 살지 못했다.

    1929년에 태어난 엘리자베트는 결국 친할머니인 늙은 보몽 백작 부
인의 손에서 자랐다. 단지 1년에 몇 주만, 가수인 어머니가 점점 더 많은
것을 요구하는 흥행주에게서 벗어나 레디냥에 있는 보몽가의 성으로 얼
마 간 휴식을 취하러 올 때에만 그녀를 볼 수 있었다. 전쟁이 끝나갈 무렵
엘리자베트가 막 열다섯 살이 되자, 어머니는 그녀에게 성악을 가르치
는 일에 전적으로 몰두하기 위해 콘서트와 순회공연을 거부했고 그녀를
파리로 데리고 와서 곁에 살게 했다. 그러나 그녀는, 극장 의상실과 연회

3. 연인이여, 나의 떨리는 마음이여 /
죽고 싶구나…….

의 다채로운 광채와 독주회 말미를 장식하던 장미꽃다발을 잃어버린 후 괴팍하고 권위적인 사람이 되어버린 한 여인의 감시를 일찌감치 거부해 버렸다. 1년 후 집에서 도망쳐버린 것이다. 그녀의 어머니는 그 후 그녀를 볼 수 없었으며, 그녀의 행방을 좇는 모든 수소문도 계속 수포로 돌아갔다. 베라 오를로바는 1959년 9월에야 마침내 딸의 삶과 죽음에 대해 알게 되었다. 엘리자베트는 발견되기 2년 전 벨기에 출신의 석공 프랑수아 브레델과 결혼했고, 함께 아르덴 지방의 쇼몽포르시앙이라는 곳에서 살았다. 그들에게는 어린 두 딸이 있었는데, 한 살 된 안과 갓난아기 베아트리스였다. 9월 14일 월요일, 그들의 집에서 이상한 울음소리를 들은 이웃 여자가 집으로 들어가려고 하다가 여의치 않자 곧 지역의 전원감시인을 불러왔다. 그들은 집 안에 대고 사람들을 불러보았으나 점점 더 높아지는 아기들 울음소리 말고는 아무 대답도 들을 수 없었다. 얼마 후, 그들은 몇몇 마을 사람의 도움을 받아 부엌문을 부수고 들어가 부부 침실로 달려갔다. 그리고 그곳에서 목이 잘려 피가 낭자한 채 알몸으로 침대에 누워 있는 부부를 발견했다.

　베라 드 보몽은 그날 저녁 그 소식을 들었다. 그녀가 울부짖는 소리가 온 건물에 울려 퍼졌다. 건물 관리인에게 이야기를 듣고 자발적으로 봉사에 나선 바틀부스의 운전기사 클레베르가 밤새 차를 몰아준 덕분에, 다음날 아침 그녀는 쇼몽포르시앙에 도착했고 두 아이를 데리고 곧바로 그곳을 떠났다.

제7장　　　　　　　　　　모렐레
　　　　　　　　　　　　　（다락방 2）

모렐레는 9층의 지붕 밑 방에 살고 있었다. 그 집 문에는 오랫동안 녹색 페인트로 17이라는 번호가 적혀 있었다.

　　모렐레는 기계조립공, 만담가, 석탄 공급 담당 선원, 선원, 승마 교사, 경음악 연주자, 오케스트라 지휘자, 햄 세척 인부, 성자, 광대, 단 5분 동안의 군인, 유심론적 성당의 성당지기, 심지어 로렐과 하디[1]의 초기 단편영화의 단역배우 등 다양한 직업을 전전하며 점점 더 빠른 리듬으로 자신의 직업 목록을 작성해가는 것을 즐긴 뒤, 마침내 스물아홉 살의 나이로 프랑스 국립 이공과대학 화학과의 실험준비 조교가 되었다. 만일 바틀부스가 다른 많은 사람들에게 그랬듯 어느 날 갑자기 그의 인생에 나타나지 않았더라면, 그는 아마도 은퇴할 때까지 그 자리에 머물러 있었을 것이다.

　　1954년 12월 여행에서 돌아온 바틀부스는 이미 퍼즐로 만들어져버린 해양화들을 원래대로 되살리는 방법을 연구했다. 이를 위해, 우선 나무로 된 퍼즐 조각들을 다시 맞추어야 했고, 톱으로 자른 모든 흔적을 없애는 방법을 찾아내야 했으며, 종이에 원래의 구조를 되돌려놓아야 했다. 그리고 나서 얇은 면도날을 사용해 붙어 있는 두 부분—종이와 나무판—을 가르면 20년 전 바틀부스 자신이 그렸던 것과 똑같은, 손상되지 않은 수채화를 되살릴 수 있을 것이었다. 그러나 그것은 어려운 문제였

---

1. ‘뚱뚱이와 홀쭉이’로 유명했던 미국의 두 영화배우.

다. 왜냐하면 그 시대에도 이미 장난감 상인들이 퍼즐 모델을 전시하기 위해 사용하는 합성수지와 합성 도료가 있었긴 하지만, 퍼즐에는 늘 절단의 흔적이 아주 뚜렷하게 남아 있었기 때문이다.

바틀부스는 평소의 습관대로 자신의 연구를 도와줄 사람이 같은 건물 안에, 혹은 가능한 가장 가까운 곳에 살기를 바랐다. 그 바람에 따라, 그는 모렐레와 같은 층에 기거하던 그의 충실한 하인 스모프의 주선으로 이 실험준비 조교를 만나게 되었다. 하지만 모렐레는 이러한 문제를 해결하는 데 필요한 어떤 이론적 지식도 없었으므로, 대신 독일 출신의 화학자인 그의 지도교수에게 바틀부스를 소개해주었다. 쿠서라는 이름의 이 학자는 먼저 스스로를 다음과 같은 동명의 작곡가의 먼 후손이라고 밝혔다.

쿠서KUSSER 혹은 쿠세르COUSSER(요한 지기스몬트), 헝가리 태생의 독일 작곡가.(1660 포조니~1727 더블린) 프랑스 체류시 (1674~1682) 륄리와 함께 일한 바 있다. 독일 여러 궁정의 성가대 지휘자였으며, 또한 함부르크 오케스트라의 지휘자였는데 특히 이곳에서 〈에린도〉(1693), 〈포루스〉(1694), 〈피람과 티스베〉(1694), 〈아프리카인 시피옹〉(1695), 〈자종〉(1697) 등 여러 오페라 작품을 선보였다. 1710년 더블린 성당의 성가대 지휘자가 된 후 죽을 때까지 그 지책에 있었다. 그는 함부르크를 대표하는 오페라 작곡가 중 한 사람이며, 그곳에 〈프랑스 여인에게 바치는 서곡〉을 소개했다. 한편 오라토리오 분야에서는 헨델의 선구자들 중 한 사람이기도 하다. 이 예술가의 작품으로 여섯 개의 서곡을 비롯한 많은 작품이 전해진다.

모든 종류의 동물성 및 식물성 접착제와 다양한 종류의 합성 아크릴 접착제를 이용한 수차례의 시도가 실패로 끝난 후 쿠서 교수는 전혀 다른 방식으로 이 문제에 접근했다. 그는 종이에 배어 있는 색소에 영향을 미치지 않으면서 종이의 섬유를 응고시킬 수 있는 물질을 찾아야 한다는 것을 깨달았고, 젊은 시절에 본 적 있는 이탈리아 메달 제조자들이 사용하는 기술을 우연히 기억해냈다. 그들은 메달의 주형 내부에 아주 얇게 설화석고를 깔았고 그 주형을 이용해 어떤 마무리 작업이나 모서리 자르기 작업도 불필요한, 거의 완벽할 정도로 매끈매끈한 메달을 찍어냈다. 이 방향으로 연구를 이끌어가던 쿠서는 마침내 아주 적절한 석고 종류를 발견해냈다. 그 석고는 거의 만져지지 않을 정도로 미세한 가루로 분해되어 아교질과 섞이고, 그다음 윙클레가 잘라낸 퍼즐 조각들의 복잡한 절단선을 완벽하게 따라가도록 고안된 초소형 주사기를 통해 적정 온도와 압력에서 주입되었다. 그러면 석고가 종이의 가는 섬유들을 재응고시키면서 그것의 처음 구조를 복원시켰다. 냉각되면서 다시 완벽하게 반투명 상태가 되는 이 미세한 가루는 수채화의 색채에 어떤 외적 영향도 미치지 않았다.

이 과정 자체는 단순했고 단지 참을성과 섬세함만을 요구했다. 그리고 적합한 기구들이 특별 제작되어 모렐레의 방에 설치되었는데, 바틀부스로부터 적지 않은 보수를 받게 된 그는 점점 국립 이공과대학에서의 자신의 일을 소홀히 하고 이 부유한 퍼즐 애호가에게 헌신하게 되었다.

사실 모렐레는 별로 할 일이 없었다. 스모프는 격주에 한 번씩, 바틀부스가 어려운 조립을 끝낸 퍼즐을 그에게 가지고 올라왔다. 그러면 모렐레는 그것을 어떤 금속 틀에 집어넣고 특정한 압력을 가해 절단의 압흔을 떠냈다. 그런 다음, 전기 분해를 이용해 이 압흔으로부터 구멍이 숭숭 뚫린 하나의 틀을, 즉 딱딱한 제2철 금속 레이스 망을 만들어냈다. 그것은 조립이 완성된 상태에서의 퍼즐의 윤곽을 충실히 재현해낸 일종의 주형 같은 것으로, 퍼즐 위에 올려놓으면 그 그림과 정교하게 일치했다. 그러고 나서 적정 온도에서 가열한 석고를 준비해 초소형 주사기에 채워 넣었고, 금속망의 구멍에 정확히 끼워지도록 두께가 몇 미크론밖에 되지 않는 바늘 끝을 분절식 관에 고정시켰다. 나머지 작업은 자동적으로 이루어졌다. 석고 주사와 주사기의 이동은 X-Y 선반의 전기장치에 의해 조정되었으며, 작업 속도는 느렸지만 석고는 규칙적으로 주입되었다.

작업의 마지막 부분은 이 실험 조교의 소관이 아니었다. 완전히 굳어진 퍼즐은 다시 얇은 포플러 나무판에 붙은 수채화가 되었고, 기요마르라는 복원 기술자의 손으로 넘어갔다. 그의 일은 이 판에서 와트만지紙를 떼어내어 종이 뒷면에 있는 모든 접착의 흔적을 제거하는 것이었다. 그는 여러 층의 석고와 채료로 덮인 프레스코화畵들을 떼어낸 적 있었고 한스 벨머가 앞뒷면에 모두 데생을 해놓은 종이 한 장의 두께를 갈라 두 장으로 나누어놓은 작업으로 이미 명성을 얻은 전문가였다. 그에게 이 일은 세심한 주의가 요구되는 습관적인 작업에 지나지 않았다.

그러므로 모렐레는 단지 보름에 한 번씩, 청소와 정리까지 포함해 모두 하루가 채 걸리지 않는 일련의 작업을 준비하고 지켜보기만 하면 되었다.

하지만 이렇게 주어진 한가로움이 유감스러운 결과를 낳고 말았다. 경제적 근심은 덜었지만 여전히 실험이 주는 마술 같은 매력에 빠져 있던 모렐레는 풍족한 자유 시간을 이용해 자신의 집에서, 아마도 실험 조교로 지내온 오랜 세월 동안 늘 욕구불만을 야기했을 여러 가지 물리실험과 화학실험을 직접 시도하게 된 것이다. 자신을 '국립 화약제조학교 실험감독'이라고 화려하게 소개한 명함을 동네 모든 카페에 돌린 후 그는 여러 종류의 출장일을 나가기 시작했다. 그리고 머리와 카펫에 사용하는 초강력 샴푸, 얼룩 제거제, 에너지 절약 기구, 특수 담배필터, 421번 말 가습걸이, 진해 작용을 돕는 차 및 기타 다른 기적 같은 신비의 제품에 대한 수많은 주문을 받았다.

1960년 2월 어느 저녁, 레몬 맛이 나는 치약을 만들어내기 위해 송진과 다이테르펜 탄화수소를 섞어 압력솥에 넣고 데우던 중 기구가 폭발해버렸다. 모렐레의 왼손이 그 자리에서 갈가리 찢어졌고 손가락 세 개가 떨어져 나갔다.

이 사고로 결국 그는 일자리를 잃게 되었고—금속망 준비작업은 어쨌든 최소한의 숙련된 손재주를 요구했다—국립 이공과대학에서 주는 턱없이 부족한 연금과 바틀부스가 그에게 보태주는 약간의 보조금으로 겨우 연명하게 되었다. 그렇지만 실험가로서의 그의 소명감은 꺾이지 않았고 오히려 더 격렬해졌다. 스모프와 윙클레와 발렌의 엄한 설교에도 불구하고 그는 실험을 계속했다. 대부분의 실험이 효과는 없지만 그렇다고 해를 끼치는 것은 아니었는데, 단 슈반 부인 같은 사람은 모렐레가 특별한 용도를 위해 고안해낸 특수 염색약으로 머리를 감은 후 머리카락이 모두 빠지기도 했다. 또 위험하다기보다는 요란한 폭발이 일어나 초기에 실험이 진화된 적도 두세 번 있었다.

그에게 일어난 잇따른 사고로 덕을 본 사람이 두 명 있었는데, 바로 그의 오른쪽 집에 사는 플라세르 부부였다. 이 부부는 인도사라사 옷감 장사를 하는 젊은 상인으로, 이미 다른 세 개의 낡은 다락방을 훌륭한 임시 거주공간으로 단장해놓은 상태였고 그 공간을 좀더 확장하기 위해 모렐레의 방에도 눈독을 들이고 있었다. 폭발 사고가 있을 때마다 이들은 불평을 늘어놓았고, 이 전직 실험준비 조교의 추방을 요구하는 탄원서를 건물 전체에 돌렸다. 모렐레의 방은 건물이 공동소유로 넘어갈 때 꼭대기 두 층의 다락방 대부분을 사들였던 이 건물 관리인의 소유였다. 여러 해 동안 관리인은 이 늙은 입주자를 내쫓는 것을 주저해왔다. 모렐레는 노셰르 부인을 포함해 이 건물 내에 많은 친구가 있었고, 특히 노셰르 부인은 그를 진정한 학자이자 뛰어난 두뇌의 소유자, 수많은 비밀의 소유자로 여기고 있었다. 한편 모렐레는 이따금 건물 꼭대기 층을 뒤흔드는 그 작은 사고들로 개인적인 이익을 챙기기도 했다. 그런 일이 있을 때마다 주위 사람들한테서 푼돈을 받아서가 아니라, 그 사고로 인해 동네 전체에 서사시적이고 감동적이며 불가사의한 이야기들이 퍼지곤 했기 때문이다.

그런데 지금으로부터 몇 달 전, 한 주 동안에 두 건의 사고가 연이어 일어났다. 첫번째 사고로 몇 분 동안 건물에서 전기가 나갔고, 두번째 사고로 유리창 여섯 개가 깨졌다. 연속되는 이 두 번의 사고로 인해 플라세르 부부는 마침내 소송에서 이겼고, 모렐레는 수감되었다.

그림에 나타나 있는 방은 현재 방의 모습 그대로이다. 인도사라사 상인은 건물 관리인에게서 이 방을 샀고 공사를 시작했다. 현재 벽에는 답답한 느낌의 엷은 밤색 무광 페인트가 칠해져 있고, 바닥에는 거의 전체의 올이 들여다보일 정도로 닳아빠진 양탄자가 깔려 있다. 상인은 이미 가구 두 개를 배치해놓았다. 하나는 검은 유리판이 깔린 육각형 다면체의 낮은 탁자이고, 다른 하나는 르네상스 양식의 큰 궤이다. 탁자 위에는 뚜껑에 일각수 한 마리가 그려져 있는 묑스테르² 상자 하나, 거의 비어 있는 커민³ 봉지 하나, 칼 하나가 놓여 있다.

세 명의 인부가 방에서 나가고 있다. 이들은 모렐레의 방과 그 이웃 방을 합치는 데 필요한 공사를 이미 시작했다. 이들은 문 옆쪽 구석 벽에 투사지로 된 거대한 도면을 붙여놓았는데, 도면에는 미래의 라디에이터 위치와 배관 및 전선의 경로가 표시되어 있으며 허물어버릴 일부 칸막이벽도 표시되어 있다.

인부들 중 한 명은 전기공사 기술자가 사용하는 것과 유사한 커다란 장갑을 끼고 있다. 또 한 명은 수가 놓여 있지만 가장자리가 풀려 너덜너덜한 스웨이드 가죽 조끼를 입고 있다. 나머지 한 사람은 편지를 읽고 있다.

2. 프랑스 치즈의 일종.
3. 식용 및 약용으로 쓰이는 미나리과의 풀
또는 그 씨앗을 말린 것.

제8장　　　　　　　윙클레

1

지금 우리는 가스파르 윙클레가 거실이라고 부르던 그 방에 있다. 이곳은 그의 집에 있는 세 방 중에서 계단에 가장 가깝고, 우리의 시선에서 볼 때 맨 왼쪽에 있다.

이 방은 작은 편이라고 할 수 있고, 거의 정사각형이며, 방문은 정면으로 층계참을 향하고 있다. 벽에는 오래된 푸른색 황마 천이 늘어져 있는데, 가구와 그림 탓에 빛이 차단되었던 몇 군데를 제외하고는 거의 무색으로 변해 있다.

거실에는 가구가 거의 없었다. 평소 윙클레는 이곳에 잘 머무르지 않았다. 그는 보통 아틀리에로 꾸며놓은 세번째 방에서 하루 종일 일했다. 그는 집에서 식사한 적이 없었다. 요리하는 것을 배워본 적도 없고, 또 싫어했다. 1943년부터는 웬만하면 아침식사까지도 자댕 거리와 샤젤 거리가 만나는 모퉁이의 리리 식당에서 하곤 했다. 그가 이 거실에 사람을 들이는 경우는 잘 알지 못하는 이들의 방문을 받을 때뿐이었다. 이곳에는 그가 아마도 자주 사용하지 않았을, 보조판이 부착된 둥근 식탁과 짚을 넣은 여섯 개의 의자가 있었고, 또 그가 직접 『신비의 섬』의 주요 장면을 새겨 넣은 큰 궤가 있었다. 리치먼드에서 탈출한 기구氣球의 추락 장면, 사이러스 스미스의 기적적인 재회 장면, 제데옹 스필레트의 조끼 주머니에서 되찾은 마지막 성냥 장면, 트렁크 발견 장면, 작품의 모험을 『그랜트 선장의 아이들』과 『해저 2만리』에 멋지게 연결시키며 결론짓는 에르통과 네모의 비통한 고백 장면 등. 이 궤를 보려면, 즉 이 궤를 제대로 살펴보려면 꽤 오랜 시간을 투자해야 했다. 멀리서 보면 이 궤는 어디서나 볼 수 있는, 브르타뉴 지방의 앙리 2세풍의 투박한 궤들을 닮았다. 사람들은 그 궤에 가까이 가서 상감된 장식들을 만져보고서야 비로소 그 미세한 장면들이 무엇을 표현하고 있는지를 알게 되었고, 그 장면들을 조각하는 데 무한한 인내와 세심함과 타고난 재능이 필요했으리라는 것을 깨달았다. 발렌은 1932년부터 윙클레와 알고 지냈지만, 1960년대 초에 이르러서야 비로소 이 궤가 다른 물건들과 다를 바 없는 그저 그런 찬장이 아니라 가까이 다가가 들여다볼 만한 가치가 있는 물건이라는 것을 알아보았다. 그 당시 윙클레는 반지를 만들기 시작했는데, 발렌은 크리스마스 즈음해 로젤바슈 거리에 있는 자기 가게에 소小장식품 코너를 만들고 싶어하던 한 키 작은 향수가게 여주인을 그에게 데리고 갔다. 세 사람은 탁자에 둘러앉았고, 윙클레는 식탁 위에 자신이 만든 반지를 전부 꺼내놓았다. 그때까지 윙클레가 만든 반지는 300여 개 정도였는데, 그는 검은 새틴 천을 댄 진열대 위에 반지들을 모두 일렬로 가지런히 놓았다. 윙클레는 실내등 조명이 부실한 점을 사과한다고 하면서, 궤를 열어 유리컵 세 개와 1938년산 코냑 한 병을 꺼냈다. 그는 좀처럼 술을 마시지 않았지만, 바틀부스는 매년 그에게 주조 연도가 붙은 포도주나 술을 몇 병씩 보냈다. 그중 한두 병만 간직하고 나머지는 마음씨 좋게도 건물 주민이나 동네 주민들에게 나누어주곤 했다. 발렌은 궤 옆에 앉아서, 향수가게 여주인이 조심스럽게 반지들을 하나씩 살펴보는 동안 코냑을 홀짝이며 궤의 조각을 들여다보았다. 그는 그 조각을 제대로 파악하기도 전에 놀랐는데, 사슴 머리나 꽃잎 장식, 나뭇잎 무늬, 볼이 통통한 아기 천사 등을 보게 될 것이라는 기대와 달리, 조그만 인물들과 바다, 수평선, 섬 전체 등이 보였기 때문이다. 조각된 섬은 난파된 사람들이 가장 높은 곳에 올라가 경악과 전의의 뒤섞임 속에서 발견하게 되는, 아직은 링컨이라고 이름 붙여지지 않았던 때의 모습이었다. 발렌은 윙클레에게 이 궤에 직접 조각을 했느냐고 물었고, 윙클레는 그렇다고 대답하면서, 젊은 시절에 만든 것인데 더이상 손을 대지는 않았다고 덧붙였다.

오늘날엔 물론 모든 것이 사라지고 없다. 궤도, 짚을 넣은 의자도, 탁자도, 실내등도, 또 액자에 담겨 있던 세 점의 복제화도. 발렌은 세 그림 중 하나에 대해서만 분명하게 기억하고 있다. 그 그림은 윙클레가 『일뤼스트라시옹』지의 크리스마스 특집호에서 발견한 것으로, '카루셀 축제의 대행렬'을 그린 것이었다. 세월이 흐르고 나서, 사실은 지금으로부터 겨우 몇 달 전에, 발렌은 『프티 로베르』 사전을 뒤적이다가 그 그림이 이스라엘 실베스트르의 작품이었다는 것을 알게 되었다.

사라지는 건 이처럼 순식간이다. 이삿짐센터 사람들이 찾아오고, 먼 친척이 드루오나 르발루아의 경매장이 아닌 법원 경매장에 모든 것을 넘겼다. 그들이 사실을 알았을 때는 이미 너무 늦었지만, 그렇지 않았다면 스모프나 모렐레나 발렌은 아마 경매장으로 가서 윙클레가 특별히 애착을 가졌던 물건을 하나라도 사려고 했을 것이다. 놓아둘 자리가 마땅찮은 관계로 궤를 사지는 못하더라도 위에 언급한 판화나 혹은 예복을 입고 있는 세 남자를 표현한, 방 안에 걸려 있던 판화, 아니면 그의 도구들이나 그림책들 중 일부라도 건졌을 것이다. 그들은 그 일에 대해 서로 이야기했으며, 결국 그곳에 가지 않은 것이 어쩌면 더 잘된 일이었는지도 모르겠다고 생각했다. 그리고 그곳에서 윙클레의 물건들을 살 수 있는 유일한 사람은 바틀부스인데, 발렌도, 스모프도, 모렐레도 감히 그에게 그것을 알리지는 못했을 것이라는 데 의견 일치를 보았다.

지금 이 작은 거실에는 아무것도 남지 않게 될 때 남는 것들이 남아 있다. 예를 들면 파리, 혹은 학생들이 건물 각 집의 현관문 밑으로 밀어 넣고 간, 새로 나온 치약을 선전하거나 세제 세 상자 구매 시 25상팀 할인을 알리는 광고지들. 혹은 윙클레가 일생 동안 구독했던 잡지로, 그가 죽은 뒤에도 몇 달 동안 계속 배달되었던 『주에 프랑세(프랑스의 장난감)』의 지난 호들. 또는 마루나 벽장 구석에서 굴러다니는 이 하찮은 물건들로, 어떻게 그곳에 들어와 있으며 왜 그대로 남아 있는지 알 수 없는 다음과 같은 것들. 시든 들꽃 세 송이, 끝부분이 검게 탄 듯한 섬조纖條가 힘없이 늘어져 있는 연약한 나무줄기들, 빈 코카콜라 병 하나, 가짜 라피아 섬유로 만든 끈을 아직도 매단 채 반쯤 열려 있는 종이 케이크 상자 하나. 상자 위에는 '루이 15세의 낙원으로, 제과점, 1742년 개점'이라는 글자가 예쁜 타원형의 화환 장식에 둘러싸여 있으며, 그 곁에는 볼이 통통한 네 명의 어린 연인의 모습이 있다. 또 층계참으로 통하는 문 뒤에 놓여 있는 주철로 된 외투걸이와 대략 Y자 모양의 서로 다른 크기로 갈라진 금 간 거울 하나가 거기에 달려 있으며, 거울 틀에는 팔을 뻗어 타오르는 횃불을 들고 있는, 분명히 일본인으로 보이는 젊은 여자 육상선수의 모습이 있는 우편엽서 한 장이 아직도 끼어 있다.

지금으로부터 20년 전인 1955년, 계획대로 윙클레는 바틀부스가 그에게 맡겼던 퍼즐들 중 마지막 퍼즐을 완성했다. 그가 백만장자 바틀부스와 맺은 계약서에는 다른 퍼즐을 결코 만들지 않겠다고 약정하는 명백한 조항이 있으리라는 것을 쉽게 예상할 수 있지만, 어쨌든 그에게는 더이상 퍼즐을 만들 의욕이 없었던 것 같다.

그는 쌓기용 나뭇조각으로 조그만 장난감을 만들기 시작했는데, 그가 자신의 에피날 판화[1] 앨범에서 베끼고 컬러 잉크로 채색한 도안으로 이뤄진, 아이들을 위한 매우 단순한 장난감이었다.

윙클레가 반지를 만들기 시작한 것은 좀더 뒤의 일이다. 그는 마노, 홍옥수紅玉髓, 프틱스석石, 라인산 색色수정, 사금석砂金石 등과 같은 돌을 구한 다음 온실을 촘촘하게 엮어 만든 정교한 반지에 박아 넣었다. 이느 날 그는 발렌에게 그 반지들 역시 일종의 퍼즐이라고 말했고, 그중 가장 어려운 것을 예로 들어 설명해주었다. 그것은 바로 터키 사람들이 '악마의 반지'라고 부르는 것으로 보통 금 또는 은으로 된 일곱 개, 열한 개, 혹은 열일곱 개의 원으로 이루어지며, 그 복잡한 중복구조는 닫히고 밀집된, 나아가 완벽한 규칙의 꼬임새로 엮여 있다. 앙카라의 카페에서는 상인들이 외국인에게 다가가 우선 닫힌 형태의 반지를 보여주고, 이어 단 한 번의 동작으로 여러 개가 서로 연결된 형태를 보여준다. 눈치챌 수 없는 미세한 동작으로 그들이 엮어놓았다가 다시 펼쳤다가 하는 반지는, 대개는 단지 다섯 개의 원으로 이루어진 하나의 단순화된 모델이다. 관

55

1. 19세기에 프랑스 에피날 지방에서 만들어진 교훈적인 내용의 통속화.

광객들이 몇 분 동안 헛되이 애쓰도록 내버려둔 후, 주로 카페 종업원으로 일하는 상인의 조수가 몇 번의 무심한 손놀림으로 반지를 재구성해주거나, 단 하나의 반지만 남게 되었을 때 위로든 아래로든 전체를 뒤집는 식의 요령을 기꺼이 가르쳐주기도 한다.

윙클레가 만든 반지의 놀라운 점은, 엮인 반지들이 엄격한 규칙성을 전혀 잃지 않으면서 그 안에 귀석貴石이 박힐 만한 작은 원형의 공간을 형성한다는 것이다. 일단 귀석을 끼워넣고 핀셋으로 가볍게 두 번 쥐어주면 반지는 영원히 고정된다. 어느 날 그는 발렌에게 말했다. "이 반지들은 순전히 나에게만 의미 있는 일이에요. 바틀부스가 이 일에 대해 트집을 잡을 수는 없을 겁니다." 발렌은 윙클레가 영국인 바틀부스의 이름을 말하는 것을 그때 처음 들었다.

그는 십여 년 동안 약 100여 개의 반지를 만들어냈다. 반지 하나를 만드는 데 수주일이 걸렸다. 처음에는 그 반지들을 동네 보석 가게에 팔아보려 했다. 그러나 얼마 후 그 일에 흥미를 잃기 시작했다. 대신 반지 몇 개를 향수가게 여주인에게 맡겼고, 또 몇 개는 이 건물 1층에 집과 가게를 가지고 있는 골동품상인 마르시아 부인에게 위탁했다. 그리고 나머지 반지는 사람들에게 나누어주기 시작했다. 리리 부인과 그녀의 딸들, 노셰르 부인, 마르틴, 오를로브스카 부인과 그녀의 이웃에 사는 여자 두 명, 어린 브레델 자매, 카롤린 에샤르, 이자벨 그라티올레, 베로니크 알타몽, 그리고 끝내는 이 건물 주민이 아닌 사람들과 그가 잘 모르는 사람들에게까지 나누어주었다.

얼마 후 그는 생투앙 벼룩시장에서 작은 볼록거울 한 꾸러미를 발견했고, 그 거울을 아주 공들여 만든 나무 쇠시리에 끼워 소위 '마녀의 거울'을 만들기 시작했다. 그는 대단히 훌륭한 손재주를 갖고 있었고 죽을 때까지 비범한 정확성과 확실성과 눈썰미를 그대로 유지했지만, 이 무렵부터는 별로 일할 의욕을 느끼지 못했던 것 같다. 그는 나무틀 하나하나를 재단해 아주 미세한 가장자리 나무 장식이 만들어질 때까지 끊임없이 세공하면서 며칠 동안이고 공들여 다듬었다. 그런 틀에 끼워진 거울은 마치 금속성의 시선, 냉소와 적의를 담고 커다랗게 뜬 차가운 눈 같았다. 불꽃무늬의 스테인드글라스처럼 만들어진 이 비현실적인 느낌의 후광과 거울의 엄격한 회색빛 광채가 대조를 이루어 어떤 불편한 느낌을 자아냈다. 성질뿐 아니라 크기에서도 어울리지 않는 이 테두리는 단하나의 점에 가능한 모든 공간을 담으려 하는 듯한 볼록면의 불길한 기운을 강조하기 위해 만들어진 것 같았다. 사람들은 윙클레가 보여주는 거울을 별로 좋아하지 않았다. 그들은 거울 하나를 손에 들고 두세 번 돌려보고는 나무 공정을 칭찬한 다음 불편한 듯 재빨리 내려놓곤 했다. 그리고 왜 그렇게 많은 시간을 거울 작업에 바치는지 묻고 싶어했다. 그는 거울들을 팔 생각을 하지 않았고 누구에게 선물로 주지도 않았다. 집에 걸어놓지도 않았다. 거울 하나가 완성되면 곧바로 장롱 속에 평평하게 정리해놓은 다음 새 거울을 만들기 시작했다.

이것이 실제로 그의 마지막 작업이었다. 남아 있는 거울을 모두 틀에 끼워넣은 후에는 그를 찾아온 노세르 부인의 간청에 따라 그녀의 수많은 종손從孫과 백일해나 홍역, 유행성 이하선염 등에 걸린 건물 아이들과 동네 아이들을 위해 몇몇 자질구레한 물건과 조그만 장난감을 만들었다. 그는 항상 처음에는 "아니오"라고 말했지만 결국에는 이례적으로, 움직이는 귀가 달린 나무 토끼나 종이 인형, 헝겊 인형, 핸들을 돌리면 나룻배, 돛단배, 수상 스키를 타는 남자가 매달린 보트가 차례로 돌아가며 나타나는 장치 등을 만들어주었다.

그러다가 지금으로부터 4년 전, 그러니끼 죽기 2년 전 그는 일에서 완전히 손을 뗐고, 도구들을 정성스럽게 정리한 다음 작업대를 분해했다.

처음에 그는 곧잘 외출했다. 몽소 공원을 산책하거나, 쿠르셀 거리와 프랭클린 루스벨트 거리를 따라 샹젤리제 아래쪽에 있는 마리니 공원까지 걸어가기도 했다. 그는 벤치에 다리를 모으고 앉아 두 손으로 꽉 쥔 지팡이 손잡이에 턱을 얹은 채, 한두 시간 동안 꼼짝 않고 앞에서 모래 장난 하는 아이들이나 양식화한 갈기를 가진 말들과 오렌지색 태양으로 장식된 두 대의 곤돌라와 더불어 오렌지색과 푸른색이 어우러진 천막 아래의 낡은 회전목마 또는 그녀나 기뇰 극장 등을 바라보기도 했다.

그의 산책 횟수는 이내 줄어들었다. 어느 날 그는 발렌에게 함께 영화 보러 가지 않겠냐고 물었다. 그들은 오후에 팔레 드 샤이요의 시네마 테크에 가서 『엉클 톰스 캐빈』의 장난스럽고 추한 재탕인 영화 〈녹색의 목장〉을 보았다. 극장을 나오면서 발렌은 윙클레에게 왜 이 영화를 보고 싶어했냐고 물었다. 윙클레는 바로 그 제목 때문에, '목장'이라는 단어 때문에 그랬다고 대답하면서, 이런 영화인 줄 알았다면 결코 보러 오지 않았을 거라고 말했다.

그 후 윙클레는 리리 식당에 식사하러 갈 때를 제외하고는 집 밖으로 나가지 않았다. 아침 11시경 그가 식당에 도착해 카운터와 테라스 사이에 있는 작고 둥근 테이블에 자리를 잡으면, 리리 부인이나 그녀의 딸들 중 하나가 커다란 그릇에 담은 코코아와 예쁘게 생긴 버터 바른 빵 두 조각을 가져다주었다. 이것은 그에게 아침식사가 아닌 점심식사였고, 그가 좋아하는 음식이었으며, 그가 진정한 기쁨을 느끼며 먹는 유일한 것이었다. 그러고 나서 그는 리리 식당이 구독하는 신문—『르 쿠리에 아르베른』, 『에코 데 리모나디에』—과 아침 손님들이 놔두고 간 신문을 모두 읽었다. 『로로르』, 『르 파리지앙 리베레』, 자주 손에 들어오지는 않는 『르 피가로』, 『뤼마니테』, 『리베라시옹』 같은 것들이었다. 그는 신문을 대강 훑어보지 않고 아주 꼼꼼하게 한 줄 한 줄 읽었는데, 감동의 논평이건 예리한 지적이건 분노의 표명이건 어떤 언급도 하지 않은 채 말없이 가만히 앉아, 슬롯머신 소리, 주크박스 소리, 잔과 접시가 부딪히는 소리, 사람들 목소리, 의자 끄는 소리 등으로 가득한 정오 카페의 분주함에도 아랑곳없이 신문에서 눈을 떼지 않았다. 오후 2시, 점심시간의 소란이 가라앉고 리리 부인이 아파트로 쉬러 올라가고 두 딸이 카페 구석의 작은 공간에서 설거지를 하고 리리 씨가 카운터에서 졸고 있을 때에도, 그는 계속 거기에, 스포츠 면과 중고자동차 매매 면 사이에 머물러 있었다. 때때로 그는 오후 내내 테이블에 앉아 있기도 했지만, 대개는 오후 3시쯤 집으로 올라갔고 6시에 다시 내려왔다. 6시는 그의 하루 일과 중 아주 중요한 순간으로, 모렐레와 주사위 놀이를 하는 시간이었다. 그들은 둘 다 탄성과 욕설, 모욕, 반목으로 점철된 격렬한 흥분으로 게임에 임했는데, 실제로 모렐레에게서는 그다지 놀라울 것 없는 모습이었으나 윙클레에게서는 전혀 이해할 수 없는 모습이었다. 왜냐하면 윙클레는 극단적으로 말하면 무감각하다고 할 수 있을 만큼 조용하고 참을성 있고 부드러운 성격이었으며, 또 어떤 어려움도 견뎌낼 수 있는 사람이었다. 그가 화내는 것을 본 사람은 아무도 없었다. 그런 그도, 모렐레가 선수先手를 쳐서 자신의 '마부'를 단번에 거두어들일 수 있는 더블 파이브를 얻어낼 때면(게다가 모렐레는 베르모 연감이나 『리더스 다이제스트』의 "당신의 어휘를 풍부하게 만드세요" 같은 의심스러운 글에서 읽은 것을 토대로 소위 어원론적 정확성이라는 명분하에 마부를 끈질기게 '조케jockey'라고 불렀다) 두 손으로 놀이판을 들어 팽개치며 불쌍한 모렐레를 사기꾼으로 몰 수 있었고, 카페의 다른 손님들이 나서서 때로 한참 동안 진정시켜야 할 만큼 불화를 일으킬 수 있었다. 대부분 그러한 사태는 금세 진정되어 다시 게임이 시작되었고, 게임이 끝나면 이들은 다시 친구가 되어 리리 부인이 그들을 위해 특별히 준비한 송아지 갈비 국수나 간 퓌레를 함께 먹곤 했다. 하지만 둘 중 하나가 게임도 저녁 식사도 포기한 채 문을 쾅 닫고 나가버린 적도 여러 번 있었다.

마지막 해에 그는 전혀 집 밖으로 나가지 않았다. 스모프는 하루에 두 번씩 그에게 먹을 것을 가져다주었고, 그의 청소와 빨래를 도맡아주었다. 모렐레와 발렌과 노세르 부인은 그에게 필요한 것들을 사다주었다. 그는 하루 종일 잠옷 바지와 소매 없는 붉은색 면내의를 입고 있었는데, 날씨가 추울 때는 그 위에 부드러운 플란넬로 된 일종의 실내용 재킷을 걸치고 물방울무늬의 얇은 비단 목도리를 둘렀다. 발렌이 오후에 그를 찾아간 적이 몇 번 있었는데, 그때마다 윙클레가 탁자에 앉아 스모프가 수채화를 보낼 때마다 동봉했던 호텔 명함을 들여다보고 있는 것을 보았다. 호놀룰루 힐로 호텔, 그라나다 카르모나 빌라, 알헤시라스 테바 호텔, 지브롤터 페닌술라 호텔, 갈릴리 나사렛 호텔, 런던 코스모 호텔, 일드프랑스 여객선, 레지스 호텔, 캐나다 멕시코 DF 호텔, 뉴욕 애스토어 호텔, 로스앤젤레스 타운 하우스, 펜실베이니아 여객선, 아카풀코 미라도르 호텔, 라 콤파나 메지카나 데 아비아시온 등. 윙클레는 명함들을 분류하고 싶으나 매우 어렵다고 발렌에게 설명했다. 물론 연대순으로 분류하는 방법이 있으나 그가 생각하기에 그것은 너무 시시했다. 알파벳 순으로 분류하는 것보다도 더 시시했다. 그는 대륙별, 이어서 국가별 분류를 시도해보았으나 만족하지 못했다. 그가 원하는 것은 각 명함이 다음 명함과 어떤 관련을 이루되 그 관련 내용은 매번 달라지게 하는 방식이었다. 예를 들어 세부 사항에 공통점이 있는 명함들이 있을 것이다. 산이나 화산, 불빛 화려한 작은 만灣, 특이한 꽃, 붉은색과 금색으로 이루어진 동일한 테두리 선, 호텔 종업원의 활짝 웃는 얼굴 같은 것 말이다. 혹은 동일한 크기나 동일한 철자법, 유사한 표어("대서양의 진주", "해안의 다이아몬드")를 가졌을 수도 있다. 또는 유사성이 아니라, 대조 내지는 거의 자의적이고 빈약한 결합에 기초한 관계도 가능할 것이다. 이를테면 이탈리아의 한 조그만 호숫가 마을이 맨해튼의 마천루에 연결되고, 스키 타는 사람들이 수영하는 사람들에, 폭죽이 샹들리에 아래에서의 저녁식사에, 철도가 비행기에, 바카라 카드놀이 테이블이 철도에 연결될 수 있다. 이것은 단지 어렵기만 한 것이 아니라 무엇보다 무용한 일이기도 하다고 윙클레는 덧붙였다. 명함을 뒤섞은 다음 아무렇게나 두 개를 고르더라도, 두 명함에 적어도 세 가지 공통점은 있을 것이 뻔하기 때문이었다.

몇 주 후 그는 명함들을 다시 신발상자에 넣은 다음 옷장 깊숙이 넣어두었다. 그 후로는 특별히 뭘 계획하거나 하지 않았다. 하루 종일 방에 틀어박혀 창가에 있는 소파에 앉아 거리를 내다보거나, 그조차도 하지 않으면 멍하니 허공을 바라보곤 했다. 침대 옆 탁자에 놓인 라디오는 아주 작은 볼륨으로 항상 켜져 있었다. 어느 날 저녁 노셰르 부인이 라디오를 끄려 하자 그는 매일 저녁 팝 클럽 방송을 듣는다며 막았는데, 그가 정말로 라디오를 듣는지는 아무도 알지 못했다.

발렌의 방은 윙클레의 작업실 바로 아래 있었다. 그러니까 약 40년 동안 그의 하루하루는, 이 장인의 작은 줄이 내는 희미한 소리와 거의 감지하기 힘든 도림질용 전동톱의 잉잉거리는 소리, 마룻바닥이 삐걱이는 소리, 차를 끓이기 위해서가 아니라 이런저런 풀이나 퍼즐에 필요한 유약을 만들기 위해 물을 끓일 때 물주전자에서 나는 휘파람 소리 등과 함께였다. 하지만 윙클레가 작업대를 분해하고 도구들을 정리한 후 더이상 그런 소리는 그의 방으로 새어 들어오지 않았다. 윙클레는 자신이 낮과 밤을 어떻게 보내고 있는지 아무에게도 이야기하지 않았다. 사람들은 이제 그가 거의 잠을 자지 않는다는 사실 정도만 알고 있었다. 발렌이 찾아가면 윙클레는 방에서 그를 맞이했고, 그에게 창가의 소파를 내준 후 자신은 침대 가에 앉았다. 그들은 많은 이야기를 나누지는 않았다. 언젠가 한번 윙클레는 발렌에게 자신이 우르크 운하 변에 있는 라 페르테밀롱이라는 곳에서 태어났다고 말했다. 그리고 또 언젠가는, 자신에게 일을 가르쳐준 사람에 대해 갑자기 열렬하게 이야기하기도 했다.

'구트망 씨'라고 불렸던 그 사람은 성물을 만들어 교회나 수도원 성물가게에 직접 파는 일을 했다. 온갖 크기의 십자가와 목걸이, 묵주, 그리고 예배당을 위한 나뭇가지 모양의 큰 촛대, 휴대용 성단, 금박과 은박 장식 묶음, 파란색 판지로 만든 사크레쾨르 성당, 붉은색 턱수염을 기른 요셉 성인, 자기로 된 그리스도의 십자가장 등. 구트망은 윙클레가 막 열두 살이 되었을 때 그를 수련생으로 삼았다. 그는 윙클레를 그의 집—뫼즈 지방의 샤르니 부근에 있는 일종의 오두막집—으로 데리고 와서는 그가 작업실로 사용하는 작은 방에 묵게 했고, 매우 괴팍한 성격이었음에도 불구하고 놀라운 참을성으로 자신이 만들 줄 아는 것들을 윙클레에게 가르치기 시작했디. 그 일은 여러 해 동안 계속되었는데, 왜냐하면 그가 온갖 것을 만들 줄 알았기 때문이다. 그러나 구트망은 다양한 재능이 있었음에도 불구하고 그다지 훌륭한 사업가는 아니었다. 만든 물건을 다 팔면, 그는 마을로 가서 이삼 일 만에 돈을 모두 탕진해버렸다. 그러고 나면 집으로 돌아와 내다 팔 물건이 다시 쌓일 때까지 조각하고, 직조하고, 엮고, 실을 꿰고, 수놓고, 꿰매고, 반죽하고, 염색하고, 윤내고, 절단하고 조립하는 일을 다시 시작했으며, 작업이 끝나면 다시 물건을 팔러 길을 떠났다. 어느 날, 그는 돌아오지 않았다. 얼마 후 윙클레는 그가 레지즐레트와 클레르몽 사이에 있는 아르곤 숲속 길가에서 동사했음을 알게 되었다.

발렌은 그날 윙클레에게 어떻게 파리로 오게 되었으며, 어떻게 바틀 부스를 만나게 되었는지 물었다. 그러나 윙클레는 단지 자신이 젊었기 때문이라고 대답했다.

제9장 니에토와 로헤르스
(다락방 3)

이곳은 화가 위팅이 그의 두 하인 조제프와 에텔에게 마련해준 방이다.

조제프 니에토는 운전사 겸 육체노동자이다. 그는 40대의 파라과이 사람으로, 상선의 수부장이 전직이었다.

에텔 로헤르스는 스물여섯 살의 네덜란드 여인으로, 요리와 세탁을 담당하고 있다.

제1정 시대 스타일의 커다란 침대가 방을 거의 다 차지하고 있는데, 침대 다리 끝에는 공들여 닦은 구리 공들이 끼워져 있다. 꽃무늬 라이스지紙를 바른 칸막이에 반쯤 모습이 가려진 에텔 로헤르스는 화장을 하고 있고, 칸막이 위에는 캐시미어 날염 숄이 걸려 있다. 니에토는 레이스가 달린 흰색 셔츠와 넓은 허리띠를 두른 검은색 바지를 입고 침대 위에 길게 누워 있다. 눈높이까지 들어 올린 그의 왼손에는 편지 한 장이 들려 있고, 편지의 마름모꼴 우표에는 시몬 볼리바르의 초상이 그려져 있다. 가운뎃손가락에 가문家紋을 새긴 커다란 반지를 낀 오른손에는, 마치 방금 받은 이 편지를 불태우려는 듯 라이터를 켜 들고 있다.

침대와 문 사이에는 유실수로 만든 조그만 서랍장이 있고, 그 위에는 '블랙 앤 화이트' 위스키 한 병과 여러 종류의 짭짤한 비스킷을 모아 담은 접시가 놓여 있다.

방은 밝은 녹색으로 칠해져 있고 바닥에는 노란색과 분홍색 바둑판무늬 양탄자가 깔려 있다. 작은 경대 하나와 『텍스트로 배우는 프랑

63

스어—중급 고등학교 2학년용』이라는 빛바랜 책이 놓여 있는, 짚을 넣어 만든 의자가 가구의 전부다.

침대 위쪽에는 〈아르미니우스와 지기머〉라는 제목의 복제화 하나가 핀으로 꽂혀 있다. 회색 투구를 쓰고 황소 같은 목에 헤라클레스 같은 이두박근을 가진, 무성한 수염과 덤불 같은 구레나룻으로 뒤덮인 붉은 얼굴의 두 거인을 그린 것이다.

출입문 위쪽에는 우편엽서 한 장이 압정으로 꽂혀 있다. 엽서에는 퐁타를리에 시청의 안뜰을 장식하고 있는 위팅의 기념비적인 조각 작품—〈밤의 야수들〉—이 나타나 있다. 광재鑛滓 덩어리들로 얽어 만든 이 작품은 전체적으로 어떤 선사시대 동물의 모습을 아주 어렴풋하게 환기시킨다.

위스키와 짭짤한 비스킷은 알타몽 부인이 그들에게 미리 올려 보낸 선물, 더 정확히 말하면 봉사료다. 위팅과 알타몽 부부는 매우 친한 사이이며, 이 화가는 이들 부부에게 자기의 하인들을 잠시 빌려주었다. 하인들은 오늘 밤 알타몽 부부가 3층 오른쪽에 있는, 즉 바틀부스의 집 바로 아래 있는 그들의 넓은 집에서 여는 연례 연회에서 임시 고용인으로 일할 것이다. 이 연회는 매년 이렇게 이루어지며, 이로써 알타몽 부부는 화가 위팅이 거의 3개월마다 그의 작업실에서 베푸는 아주 화려한 파티에 대해 일종의 답례를 하는 셈이다.

64 화가 위팅에 대해 더 많이 알고 싶다면 아래의 문헌을 참고할 것:

J. 보쇠르, 『프란츠 위팅의 조각』, 파리: 마야르 갤러리, 1965.

B. 자케, 『위팅 혹은 불안에 대하여』, 포룸, 1967, 7.

F. 위팅, 『미네랄 아트 선언』, 브뤼셀: 9+3 갤러리, 1968.

F. 위팅, 『돌과 사람들에 관하여』, 어바나 파인 아츠 도시 박물관, 1970.

E. 네이엄, 「세계적 의식을 향하여: 그릴너, 하기와라, 위팅」, 『네오크리에이티브 페인팅 선집』(S. 고갈락 편저), 로스앤젤레스: 마컴 앤드 쿨리지, 1974.

E. 네이엄, 『연못의 안개. 프란츠 위팅의 회화에 관한 에세이』, 파리: XYZ, 1974.

A. 드 크세르티니, 『초상화가 위팅』, 몬트리올: 카이에 드 라르 누보, 1975, 3.

제10장   제인 서턴
                    (다락방 4)

맨 꼭대기 층, 그러니까 지붕 바로 아래층에는, 침식을 제공받는 조건으로 로르샤슈 가족의 집에서 일하는 열여섯 살 된 어린 영국 처녀 제인 서턴의 거처인 아주 조그만 방이 있다.

　이 어린 아가씨는 지금 창가에 서 있다. 기쁨으로 얼굴이 환해져 있는 그녀는 빵 한 덩어리를 조금씩 뜯어먹으며 편지를 읽고 있다. 어쩌면 스무번째 다시 읽고 있는지도 모른다. 새장이 창문에 걸려 있다. 그 안에는 회색 깃털의 새가 한 마리 들어 있는데, 새의 왼쪽 발에는 철제 반지가 끼워져 있다.

　침대는 매우 좁은 편이다. 침대라고는 하지만, 사실은 서랍 구실을 하는 세 개의 직육면체 나무 상자 위에다가 스펀지 매트리스를 얹고 조각을 누빈 털이불을 덮어놓은 것에 불과하다. 침대 위 벽에는 대략 길이 60센티미터, 넓이 1미터 정도 되는 코르크판 하나가 걸려 있고, 그 판에는 여러 가지 종이가 핀으로 꽂혀 있다. 전기 토스터 사용법, 빨래방 티켓, 달력, 알리앙스 프랑세즈의 수업 시간표, 그리고 그녀가 영국 그린힐에서 학교 다니던 시절 연극 공연에 출연해 찍은—이삼 년은 더 어려 보이는—사진 세 장. 이 그린힐에서 매우 가까운 해로라는 곳에서 바이런, 로버트 필 경, 셰리든, 스펜서, 존 퍼시벌, 파머스턴 경 및 또다른 수많은 위인들의 뒤를 이어 약 65년 전에 바틀부스가 학교를 다녔다.

　첫번째 사진에서 제인 서턴은 밝은 빨간색 스타킹을 신고 금색 장식

65

천이 달린 붉은 수단 반바지에 흰색 셔츠 차림이며, 칼라가 없고 소매가 약간 부풀어 오르고 가장자리의 노란색 비단이 해져서 너덜너덜한 짧은 붉은색 웃옷을 걸치고 있다. 두번째 사진에서 그녀는, 할아버지인 우테르판드라곤 왕의 침대 머리에 무릎을 꿇고 있는 베릴 공주의 모습을 하고 있다.("우테르판드라곤 왕은 죽을 병에 걸렸을 때 공주를 그의 곁으로 부른다⋯⋯.")

세번째 사진은 한 줄로 서 있는 열네 명의 소녀를 보여주는데, 제인은 왼쪽에서 네 번째이다.(그녀의 머리 위에 있는 십자 표시가 그녀임을 알게 해주며, 그것이 없다면 그녀를 분간해내기가 어려울 것이다.) 이것은 요릭의 〈글라이헨 백작〉의 마지막 장면이다.

글라이헨 백작은 사라센과의 전투에서 포로로 잡혀 노예형에 처해졌다. 그는 터키 궁전의 정원을 돌보는 하인이 되었는데, 그때 터키 황제의 딸이 그를 눈여겨보았다. 그녀는 그가 귀족 출신이라고 판단했고, 그에게 연정을 품었으며, 자기와 결혼해 준다면 그의 탈출을 돕겠다고 제안했다. 그는 이미 결혼했다고 대답했지만 일부다처제에 익숙한 공주는 조금도 거리낄 것이 없었다. 그들은 곧 합의를 보았고 배를 타고 빠져나가 베네치아에 도착했다. 백작은 로마로 가 교황 그레고리우스 9세를 만나 사정을 자세히 이야기했다. 교황은 그 사라센 여인을 개종시킨다는 약속하에 그에게 두 명의 부인을 거느릴 수 있도록 허락해주었다.

66 백작의 첫째 부인은, 남편이 비록 어떤 조건을 달고 오긴 했지만 무사히 도착한 사실에 너무 기뻐한 나머지 이 모든 것에 동의했고, 은인인 사라센 여인에게 지나칠 정도로 고마움을 표했다. 그 후의 이야기는, 사라센 여인은 아이를 낳지 못했고 또 연적인 첫째 부인의 아이들을 친자식처럼 사랑했다고 전하고 있다. 그녀가 자신을 닮은 존재를 세상에 내놓지 못했다는 것은 얼마나 유감스러운 일인가!

글라이헨 마을에 가면 이 보기 드문 세 사람이 함께 잠을 잤던 침대를 볼 수 있다. 그들은 상트페테르부르크의 베네딕트 수도원에 있는 한 무덤에 모두 함께 묻혔다. 그리고 두 여인보다 오래 살았던 백작은 무덤

위에 그가 직접 작성한, 훗날 그의 것이 되기도 한 다음과 같은 비문을 새기도록 명했다.

"연적 사이였으나 서로를 자매처럼 사랑하고 또 나를 사랑했던 두 여인이 여기에 잠들다. 한 여인은 남편을 쫓아 마호메트를 버렸고, 한 여인은 남편의 목숨을 구해준 연적의 품에 기꺼이 뛰어들었다. 사랑과 결혼이라는 관계로 맺어진 우리는 평생 동안 단 하나의 침대만을 사용했다. 그리고 우리가 죽은 뒤에는 단 하나의 묘석이 우리를 덮어줄 것이다." 쉽게 예상할 수 있듯 떡갈나무 한 그루와 보리수나무 두 그루가 무덤 주위에 심어졌다.

침대 외에 방 안에 있는 유일한 가구는 침대와 창문 사이의 좁은 공간을 차지한 가느다랗고 낮은 탁자이다. 탁자 위에는 전축—휴대용 축음기의 일종으로 불리는 아주 조그만 전축—과 4분의 1정도 남아 있는 펩시콜라 한 병, 트럼프 한 세트, 갖가지 색깔의 자갈과 작은 플라스틱 다리와 조그만 양산으로 장식된 선인장 화분 하나가 놓여 있다.

음반들이 나지막한 탁자 아래 쌓여 있다. 그중 하나는 재킷이 벗겨진 채, 침대 가장자리에 거의 수직으로 기대어 서 있다. 그것은 재즈 음반—〈게리 멀리건 극동 지역 순회공연〉—으로, 재킷에는 아침 안개에 젖어 있는 앙코르와트 사원의 모습이 나타나 있다.

문 위에 박아놓은 외투걸이에는 레인코트와 긴 캐시미어 스카프가 걸려 있다. 이 방에 걸려 있는 네번째 사진은 대형 사이즈의 정사각형 사진으로, 이 아가씨가 서 있는 곳에서 얼마 떨어지지 않은 오른쪽 벽에 압정으로 고정되어 있다. 그것은 베르사유 궁전의 마루 깔린 널따란 한 살롱을 찍은 사진으로 나폴레옹 3세 스타일로 조각하고 장식한 거대한 안락의자 하나를 제외하면 가구라고는 전혀 없으며, 안락의자 오른쪽에는 근위기병으로 분장한 아주 작은 한 남자가 한 손은 의자 등받이에, 다른 한 손은 허리에 댄 채 턱을 내밀고 서 있다.

제11장

위팅

1

화가 위팅은 건물 꼭대기 두 층의 맨 오른쪽에 있는 여덟 개의 코딱지만한 방과 짤막짤막한 복도들, 서로 이어지는 두 개의 지붕 밑 방을 합쳐 거대한 아틀리에를 만들었다. 여러 개의 방으로 이어지는 넓은 로지아[1]가 아틀리에의 삼면을 에워싸는 형태다. 이 로지아로 통하는 나선형 계단 주위에는 일종의 작은 거실을 두어 작업 중에 틈틈이 쉬거나 낮 동안 친구나 손님을 맞는 공간으로 이용했다. 사실 이 거실은 L자형의 한 가구에 의해 아틀리에와 분리된다. 앞뒤로 뚫려 있는 중국풍에 가까운 책장인데, 검게 옻칠을 한 후 나전을 흉내내 상감세공하고 세공된 구리 철구鐵具를 달아놓았다. 또 이 가구는 높고 넓고 긴 형태로, L자의 긴 획에 해당하는 부분이 2미터가 조금 넘고 짧은 획에 해당하는 부분은 1미터 50센티미터 정도 된다. 가구의 꼭대기에는 시청에서 만든 오래된 프랑스 공화국 모형과 커다란 꽃병, 근사한 흰 대리석 피라미드 세 개 따위의 여러 가지 주조물이 일렬로 늘어서 있고, 다섯 개의 칸에는 자질구레한 장식품과 진기한 물건, 아이디어 상품이 빼곡히 들어차 있다. 가령, 1930년대의 레핀 콩쿠르에 나온 이른바 '키치' 작품들이 있는데, 감자 껍질 벗기는 기구, 기름을 한 방울씩 떨어뜨려주는 조그만 깔때기가 달린 마요네즈 제조 거품기, 삶은 달걀을 여러 조각으로 얄팍하게 자르는 기구, 버터로 조가비 모양의 장식을 만들어내는 기구, 아마도 최신식 코르크 마개 따개인 듯한, 지독히 복잡한 모양의 손잡이가 달린 굽은 나사송

68

---

1. 한쪽 벽면이 트인 복도.

곳 등이다. 또 초현실주의의 영향―완전히 은으로 덮은 바게트 빵―이나 팝 아트의 영향―세븐업 캔―을 받은 '레디메이드'풍의 작품도 있다. 그리고 그림 판지와 천으로 만든 낭만주의식 혹은 로코코식의 작은 장식들 안에 유리로 덮어놓은 말린 꽃이 있으며, 2센티미터 높이의 원탁 위에 깔린 레이스 식탁보라든가 각재角材 하나하나가 2, 3밀리미터를 넘지 않는 들쑥날쑥한 형태의 마룻바닥 등 부분부분을 아주 세밀하게 표현한 매력적인 정밀화도 있다. 또 금세기 초 폼페이의 모습을 담은 오래된 우편엽서도 한 세트 있다. 우편엽서는 '데어 트리움프 보겐 데스 네로'(아르코 디 네로네, 아르크 드 네롱, 네로스 아치), '라 카사 데이 베티'("전형적인 로마 귀족들의 별장의 모습을 가장 잘 보여주는 곳. 이름다운 그림과 대리석 장식품이 식물로 꾸며진 회랑에 그대로 보존되어 있다."), '카사 디 카비오 루포', '비 코 데 루파나레' 등의 모습을 보여준다. 그러나 이 모든 소장품 가운데 가장 아름다운 것은 정교한 뮤직 박스들이다. 그중 오래되어 보이는 한 뮤직 박스는 조그만 성당의 모습을 하고 있는데, 성당의 종을 살짝 들어올릴 때마다 차임장치가 〈여자는 다 그런 것〉의 그 유명한 소절 "스마니 임플리카빌리 체 마지타테"를 들려준다. 또 어떤 뮤직 박스는 고급스러운 소형 추시계 모양인데, 추가 움직일 때마다 발레용 스커트를 입은 생쥐도 따라 움직이게 되어 있다.

이 L자형 가구로 인해 직사각형의 공간이 만들어졌고, 가구가 L자로 꺾어지는 부분에는 가죽 장막으로 가린 입구가 있다. 위팅은 이 공간에 낮고 긴 소파, 팔걸이 없는 쿠션 의자 서너 개, 그리고 술병과 술잔과 베이루트의 유명한 나이트클럽 '더 스타'에서 가져온 얼음통을 갖춘 이동식 간이 바를 마련해놓았다. 얼음통에는 뚱뚱하고 작달막한 수도사가 오른손에 컵을 들고 앉아 있는 모습이 그려져 있다. 그는 긴 회색 옷을 입고 성 프란체스코회 수도사의 띠를 맸으며 검은색 망토로 머리와 어깨를 감싸고 있는데, 이 망토 부분이 바로 얼음통의 뚜껑에 해당한다.

L자의 긴 획 부분과 마주보는 왼쪽 벽에는 코르크 벽지가 발라져 있다. 벽 앞으로 약 2미터 50센티미터의 레일이 바닥에 깔려 있는데, 레일 위에는 여러 개의 철제 가로대가 미끄러질 수 있게 세워져 있고 이 가로

대에 화가는 자신이 그린, 대부분 크기가 작은 약 스무 점의 그림들을 걸어놓았다. 그림들은 거의 이 예술가의 옛 창작 기법에 속하는 것으로, 그는 이 기법을 사용하던 시기를 스스로 '안개의 시기'라 불렀고 그것으로 명성을 얻었다. 이 기법은 보통 잘 알려진 그림—〈모나리자〉, 〈삼종 기도〉, 〈러시아에서의 후퇴〉, 〈풀밭 위의 식사〉, 〈해부학 강의〉 등—을 세밀하게 모사한 후 그 위에 어느 정도 그림의 윤곽이 드러날 정도로 안개 효과를 첨가해 결국에는 묘사된 명화의 실루엣만 겨우 분간될 수 있도록 만드는, 일종의 불분명한 그리자유[2] 기법에 해당하는 것이다. 1960년 5월 파리의 전시회 〈갤러리 22〉의 개막식에서 시가나 담배를 피우는 초대 손님들이 운집해 더욱더 짙은 인조 안개를 만들어냈고, 이는 신문 가십란 기자들에게 최고의 흥밋거리가 되었다. 전시회의 성공은 금세 판가름 났다. 두세 명의 비평가만이 조소를 보냈는데, 예를 들어 스위스의 비평가 베상드르는 다음과 같이 썼다. "위팅의 회색이 연상시키는 것은 말레비치의 〈흰 바탕 위의 흰 정사각형〉이 아니라, 피에르 다크와 베르모 장군이 좋아하는 〈터널 안에서의 흑인들의 전투〉다." 하지만 대부분의 비평가들은 이러한 기법에 열광적인 반응을 보냈고, 그중 누군가는 이를 '기상氣象의 서정시'라 부르면서 위팅Hutting을, 뉴욕의 아르테 브루타의 선두주자이자 그와 거의 비슷한 이름을 가진 유명 인물 '허핑Huffing'과 같은 무게로 취급했다. 위팅은 경험자의 조언에 따라 자기 그림의 반 정도를 자신이 직접 보관했으며, 오늘날에는 엄청난 조건이 아니고서는 그림을 처분하려고 하지 않는다.

이 조그만 거실에 세 사람이 있다. 한 사람은 40대 여인이다. 그녀는 로지아와 통하는 계단을 내려오고 있다. 그녀는 상하가 연결된 검은색 가죽옷을 입고 있고, 섬세하게 만들어진 동양식 단도를 손에 들고 셈가죽으로 닦고 있다. 전해지는 이야기에 따르면, 이 단도는 1800년 6월 14일 카이로에서 광신도인 술레이만 엘 할레비가 장 바티스트 클레베 장군을 암살할 때 사용했던 것인데, 보나파르트 나폴레옹이 이집트 전투에서 반쯤 성공한 후 즉각 투입한 이 뛰어난 야전 사령관은 당시 케이스 장군의 최후통첩에 응해 헬리오폴리스에서 막 승리를 거둔 참이었다.

2. 르네상스 시대 화가들이 주로 입체감을 나타내기 위해 사용한 단색화 기법.

거실의 다른 두 사람은 팔 없는 소파에 앉아 있다. 그들은 60대 커플이다. 여자는 무릎까지 오는 패치워크 치마를 입고, 성긴 검은색 그물 스타킹을 신고 있다. 그녀는 립스틱 자국이 묻은 담배를 불가사리 모양의 크리스털 재떨이에 비벼 끈다. 남자는 아주 가는 붉은색 줄무늬가 있는 검은 양복, 연한 파란색 와이셔츠, 붉은색 사선 무늬가 있는 푸른색 계통의 넥타이를 착용하고 웃옷 주머니에 장식 손수건을 꽂은 차림이다. 희끗희끗한 머리는 짧게 손질되어 있고, 비늘무늬 테로 이루어진 안경을 쓰고 있다. 그의 무릎에는 『세금 법전』이라는 제목이 씌어 있는 붉은색 표지의 소책자가 놓여 있다.

가죽옷을 입은 젊은 여인은 위팅의 비서다. 그리고 60대 남녀는 오스트리아에서 온 손님이다. 그들은 위팅의 가장 인기 있는 안개 작품에 속하는 어떤 한 작품의 구매 협상을 위해 잘츠부르크에서 일부러 찾아왔다. 문제의 작품은 〈터키의 목욕탕〉을 토대로 한 것으로, 위팅은 그 위에 밀도 높은 증기를 그려넣었다. 멀리서 보면 이 작품은 특이하게도 터너의 수채화 작품 〈틴타겔 부근의 항구〉와 비슷해 보인다. 터너의 이 작품은 또한 발렌이 바틀부스를 가르치던 시절 가장 완성도 높은 수채화 작품의 예로 몇 번이나 보여준 바로 그 작품이며, 바틀부스는 그 그림을 정확히 모사하기 위해 직접 영국의 콘월 주州를 찾아가기도 했다.

위팅은 뉴욕의 한 창고 건물과 도르도뉴의 성, 니스에서 멀지 않은 곳에 있는 한 농가 저택을 오가며 지내므로 파리의 이 이프트에 미무는 일은 드물지만, 지금은 알타몽 부부의 연회를 위해 파리에 돌아와 있다. 그는 현재 위층의 한 방에서 작업을 하고 있으며, 작업 중인 그를 방해하는 것은 물론 엄격히 금지되어 있다.

제12장   레올

                        1

6층 왼쪽에 있는 방 두 칸짜리 작은 아파트는 아주 오랫동안 우르카드 부인이라는 여인이 혼자서 사용했다. 전쟁 전에 그녀는 판지 공장에서 일했다. 비단이나 가죽 혹은 모조스웨이드를 입힌 두꺼운 판지에 냉경硬주조한 제목 글자를 붙여 예술서적의 표지를 만들고, 그 밖에 서류 파일, 광고용 진열대, 사무용품, 검붉은 색이나 제정 시대풍의 녹색 천에 섬세한 금박 그물무늬를 입힌 서류 상자, 스텐실 장식의 특이한 소형 상자—장갑, 담배, 초콜릿, 과일 젤리 상자—등을 생산하는 공장이었다. 당연히, 바틀부스는 세계 여행을 떠나기 얼마 전인 1934년에 윙클레가 제작하는 퍼즐을 바로바로 담아놓을 상자를 그녀에게 주문했다. 길이 20센티미터, 폭 12센티미터, 높이 8센티미터의 크기에 검은 판지로 되어 있고 검은 리본으로 묶어놓은, 완전히 똑같은 모양의 상자 500개였다. 윙클레는 P. B.라는 이니셜과 각각의 번호가 적힌 타원형 명찰만 표식으로 남겨둔 채 밀랍으로 상자를 봉했다.

    전쟁 동안 이 공장은 만족할 만한 품질의 원료를 구하지 못해 문을 닫아야만 했다. 우르카드 부인은 어렵게 버티다가 마침내 테른 거리에 있는 커다란 철물점에서 요행히 일자리를 구했다. 그 일이 그녀의 마음에 들었는지, 해방 후 다시 문을 연 공장이 그녀에게 복직을 제안했음에도 그녀는 그 일을 계속했다.

    그녀는 1970년대 초에 퇴직했고, 몽타르지 근방에 있는 작은 집으로 이사했다. 그녀는 그곳에서 호젓하고 평화롭게 살고 있으며, 크레스피 양이 보내는 신년인사에 대해 1년에 한 번씩 답을 보낸다.

그녀의 뒤를 이어 이 집에 들어온 이들은 레올 부부이다. 당시 그들은 젊었고, 세 살 난 아들을 두고 있었다. 이사한 지 몇 달 후 그들은 수위실 유리문에 그들의 결혼을 알리는 공고문을 붙였다. 노셰르 부인은 그들에게 선물을 마련해주기 위해 아파트 주민들에게 모금을 했지만 41프랑밖에 모으지 못했다!

레올 식구들은 지금 부엌에 있을 것이며, 막 저녁식사를 끝냈을 것이다. 식탁 위에는 저온 살균한 병맥주 하나와 아직 칼이 그대로 꽂혀 있는 사부아 케이크 조각, 예쁜 크리스털 정과 그릇 하나가 놓여 있을 것이고, 그 그릇 속에는 말린 과일, 말린 자두, 코코넛, 호두, 헤이즐넛, 스미르나산産과 코린트산 포도, 무화과, 대추야자 열매 등을 섞어 만든 디저트 '망디앙'이 담겨 있을 것이다.

한 젊은 여인이 루이 13세풍의 식기장 옆에서 발돋움을 하며 팔을 내뻗어, 식기장 맨 위 칸에서 낭만주의풍의 풍경화가 그려진 사기 접시 하나를 꺼낸다. 풍경화에는 드넓은 초원이 펼쳐져 있는데, 초원은 군데군데 나무울타리로 둘러 싸여 있고 또 호수로 이어지는 넘실거리는 작은 시냇물과 소나무 숲으로 인해 부분적으로 잘려 있다. 멀리로는 높고 좁은 집 한 채가 보이는데, 발코니가 딸려 있고, 일부가 잘려나간 지붕 위에는 황새 한 마리가 앉아 있다.

남자는 물방울무늬 재킷을 입고 있다. 그는 왼손으로 회중시계를 쥐고 들여다보면서 오른손으로는 초기 미국풍의 커다란 추시계 바늘을 맞추고 있다. 이 시계의 윗부분에는 한 흑인 가곡단의 모습이 조각되어 있는데, 실크해트와 모닝코트와 커다란 나비넥타이 차림을 한 열 명가량의 음악가들이 다양한 종류의 관악기와 밴조, 셔플보드 등을 연주하는 모습이다.

부엌의 벽은 황마 천으로 발라져 있다. 벽에는 어떤 그림도, 어떤 복제화도, 심지어 우체국 달력조차도 걸려 있지 않다. 아이―이제는 여덟 살이다―는 아주 가는 밀짚으로 만든 매트 위에 앉아 두 손으로 바닥을 짚고 있다. 아이는 챙 달린 빨간 가죽 모자를 쓰고 있다. 윙윙 소리를 내는 조그만 팽이를 가지고 놀고 있는데, 팽이 위에는 새들이 그려져 있어 팽이의 회전이 느려질 때마다 새들이 날갯짓을 하는 것처럼 보인다. 아이의 옆에 놓인 만화 일간지에는, 덥수룩한 머리를 한 키 큰 젊은이가 흰색 줄무늬가 있는 파란색 스웨터를 입고 노새 위에 올라앉아 있는 그림이 보인다. 노새의 입에서 빠져나온 대사용 풍선 안—그림의 화자가 노새이기 때문이다—에는 이런 말이 적혀 있다. '노새가 되려는 자는 짐승으로 떨어진다.'[1]

74

1. 이는 '천사가 되려는 자는 짐승으로
떨어진다'는 파스칼의 격언을 패러디한 것이다.
지나치게 높은 곳을 지향하면 오히려 타락할
우려가 있다는 뜻이다.

제13장　　　　　　로르샤슈

1

로르샤슈 부부가 살고 있는 커다란 복충식 아파트의 현관. 이곳은 비어 있다. 벽은 흰색 유성 페인트로 칠해졌고, 바닥에는 커다란 회색 용암 타일이 깔려 있다. 유일한 가구는 가운데 있는 제1제정 시대 스타일의 넓은 책상. 책상 아래 서랍이 딸려 있고, 서랍은 중앙에 일종의 주랑처럼 늘어선 작은 나무 원기둥에 의해 나뉘며, 원기둥 사이에는 작은 폭포 옆에 누운 벌거벗은 여인의 모습이 새겨진 진자振子 하나가 박혀 있다. 책상 위 한가운데에는 두 개의 물건이 진열되어 있다. 하나는 포도송이로, 포도알 하나하나는 불어서 만든 정교한 유리구로 되어 있다. 다른 하나는 조그만 청동 조각상으로, 커다란 이젤 앞에 서서 몸을 뒤로 젖히고 머리를 약간 뒤로 꺾은 화가의 모습이다. 화가는 가느다랗게 콧수염을 기르고 굽이치는 머리카락을 어깨까지 늘어뜨린 모습이며, 헐렁헐렁한 웃옷을 입고 한 손에는 팔레트를, 다른 손에는 긴 붓을 들고 있다.

구석 벽에 걸린 커다란 펜화는 레미 로르샤슈 자신을 그린 것이다. 그는 키가 크고 마른 체형에 다소 경박해 보이는 노인이다.

레미 로르샤슈의 생애는, 한 전문 작가가 흔쾌히 대필해준 그의 회고집에서 스스로 밝힌 것처럼 오만과 경멸의 고통스러운 혼합을 보여준다. 제1차 세계대전 말기부터 그는 마르세유의 한 뮤직홀에서 막스 린데와 미국 코미디언을 흉내내면서 활동을 시작했다. 키가 크고 늘씬했으며 실제로 키튼이나 로이드나 로렐을 연상시킬 만한 우수 어린 슬픈 분위기의 무언극을 했던 그는 몇 년만 더 일찍 데뷔했더라면 희극배우로 성공을 거두었을지도 모른다. 당시 유행했던 것은 군대를 주제로 한 저속한 희극이었고 대중은 머지않아 영화계에서 이름을 날리게 되는 페르낭델, 장 가뱅, 프레장 등에게 환호를 보냈으며, 반면 '해리 커버'—이것은 그가 직접 지은 예명이다—는 침울한 빈곤 상태에서 벗어날 줄 모르는 채 자신의 장기를 선보이는 데 점점 더 어려움을 겪어야 했다. 그런데 제1차 세계대전과 1914년의 '신성한 단결'[1]과 프랑스 육군 연합을 보며, 그는 우아한 무도곡(제2제정기에 유행한) 등 시시한 노래를 전문으로 하는 '마들롱과 상브르에뫼즈'라는 그룹을 결성하는 아이디어를 얻게 되었다. 당시의 사진 중에 그가 '알베르 프레플뢰리와 즐거운 보병들'이라는 자신의 악단과 함께 있는 모습을 찍은 것이 있는데, 그는 꽤 힘 있어 보이며, 특이하게 생긴 장교 모자를 귀까지 눌러쓰고 커다란 늑골 모양의 장식을 단 수병 점퍼를 입고 완벽하게 각반을 두른 모습이다. 그룹의 성공은 의심할 여지가 없었으나, 몇 주밖에 지속되지 않았다. 파소 도블레와 폭스 트롯, 서인도제도의 민속춤, 또 세 개의 아메리카 대륙과 그밖의 다른 곳에서 온 이국적인 춤들이 그의 댄스홀의 문을 닫게 만들었기 때문이다. 그 후 변신을 위한 그의 가상한 노력('베리 제퍼슨과 핫 페퍼 세븐', '파코 도밍고와 세 명의 카발레로스', '페도르 코발스키와 스텝 지대의 마자르인들', '알베르토 스포르지와 곤돌라 사공들')은 모두 차례차례 실패로 끝나버렸다. 그가 기억하기로도, 실제로 변하는 것이라고는 이름과 모자밖에 없었다. 레퍼토리는 사실 똑같았고, 템포를 조금 바꾸거나 기타 대신 발랄라이카나 밴조나 만돌린을 집어넣거나 경우에 따라 "베이비", "올레!", "토바리치", "미요 아모레", "코라존" 등의 말을 덧붙이는 데 그쳤던 것이다.

이 모든 아티스트 생활에 진력이 나 그만두기로 결심한 지 얼마 지나지 않아, 그래도 연예 활동의 세계를 포기할 수 없었던 로르샤슈는 어떤 곡예사의 매니저가 되었는데, 이 공중곡예사는 두 가지 점 때문에 곧 유명해졌다. 첫째 그는 나이가 아주 어렸으며—로르샤슈가 처음 만났을

76

1. 1914년 푸앵카레가 모든 프랑스인에게
이념적 대립을 초월해 단결하자고 선언한 말.

때 그는 겨우 열두 살이었다—둘째 그네 위에서 몇 시간 동안이나 계속 머무를 수 있었다. 뮤직홀과 서커스장에 곧 사람들이 몰려들었는데, 그의 곡예뿐만 아니라, 지상에서 30~40미터나 떨어진 그네의 좁은 가로대 위에서 낮잠을 자고 세수를 하고 옷을 입고 코코아를 마시는 그의 모습을 보기 위해서였다.

처음에 그들의 결합은 성공을 거두었고 유럽, 북아프리카, 근동 지역의 모든 대도시 사람들이 이 신기한 재주에 갈채를 보냈다. 그러나 공중곡예사는 커가면서 점점 더 욕심을 내게 되었다. 우선은 좀더 완벽한 곡예를 하겠다는 단순한 야심 때문에, 또 점점 불가항력적으로 변해가는 습관 때문에, 그는 서커스 공연 기간 동안 밤이건 낮이건 그네 위에서 보낼 수 있도록 생활을 이끌어갔다. 그가 필요로 하는 것들을 해결해주기 위해 하인이 교대로 대기하게 되었고, 그나마 모두 곡예사가 허락한 제한된 수의 사람들이었다. 그들은 그네 아래서 기다리면서 곡예사가 필요로 하는 모든 것을, 그를 위해 특별 제작된 그릇에 담아 올려주거나 내려주었다. 이러한 생활 방식이 주위 사람들에게 실제로 어떤 어려움을 가져다주는 것은 아니었다. 다소 문제가 된다면 단지 다른 서커스 프로그램이 진행되는 동안이었다. 서커스 측에서는 이 곡예사가 높은 곳에 머물고 있다는 것을 감출 수 없었고, 관객들은 대개는 매우 조용했음에도 이따금씩 시선을 곡예사 쪽으로 돌리곤 했기 때문이다. 하지만 서커스 단장은 불평하지 않았는데, 이는 그가 누구도 대신힐 수 없는 아주 뛰어난 곡예사였기 때문이다. 게다가 사람들은 그가 장난삼아 그렇게 사는 것이 아니며, 그에게는 그것이 정상의 컨디션을 유지하고 계속해서 자신의 일을 완벽한 상태로 이끌어가는 유일한 방법이라고 여기며 흥미로워했다.

서커스 공연 계약이 끝나 곡예사가 다른 도시로 옮겨가야 할 상황이 되면 문제가 더 어려워졌다. 매니저 로르샤슈는 그의 고통을 최소화하기 위해 할 수 있는 일을 다 했다. 도심에서는 경주용 자동차를 타고 밤이나 이른 아침 시간을 이용해 한산한 거리를 전속력으로 달려 이동했으나, 곡예사가 참아내기에는 항상 너무 늦은 속도였다. 기차를 탈 때는 한 객실 전체를 예약해, 그가 조금이라도 그네 위에 있는 것처럼 지내도록 그물에서 잠자게 해주었다. 새 공연장에서는 단 1초도 지체 않고 높은 곳으로 올라갈 수 있도록, 그가 도착하기 훨씬 전에 미리 그네를 설치해놓고 모든 문을 활짝 열어놓고 모든 복도를 치워놓았다. "그가 밧줄 사다리 위에 발을 올려놓자마자 번개처럼 기어올라가 맨 꼭대기에 앉는 모습은 언제나 내 인생에서 가장 아름다운 순간들 중 하나였다." 로르샤슈는 이렇게 썼다.

그러나 불행히도 어느 날 곡예사는 내려오기를 거부했다. 이탈리아 리보르노의 대극장에서 열린 마지막 공연을 마친 그날 저녁, 곡예사는 프랑스의 타르브를 향해 자동차로 떠나야 했다. 로르샤슈와 뮤직홀 관장의 간청, 그 뒤를 잇는 나머지 서커스단 단원과 음악가들, 극장 고용인들과 기술자들의 점점 더 열렬해지는 애원, 그리고 자리를 뜨기 시작하다가 이들의 외침을 듣고 멈춰 서서 다시 돌아온 관객들의 애원에도 불구하고 곡예사는 그가 내려올 때 사용할 밧줄을 당당하게 끊어버렸으며, 점점 더 빨라지는 리듬으로 끊임없이 계속 이어지는 '대차륜 돌기'를 연기하기 시작했다. 이 최후의 곡예는 두 시간 동안이나 계속되었고, 공연장에 있던 사람들 중에서 쉰세 명이 기절했다. 경찰이 개입되었다. 로르샤슈가 가로막았음에도 불구하고 경찰들은 커다란 구조용 사다리를 놓고 올라가기 시작했다. 그러나 그들이 반도 못 올라갔을 때 곡예사는 붙잡고 있던 그네를 놓았고, 긴 비명 소리와 함께 완벽한 포물선을 그리며 바닥에 떨어져 즉사했다.

곡예사 문제로 몇 달 전부터 언쟁을 벌여온 극장장들에게 배상을 하고 나자 로르샤슈에게는 약간의 유동 자산만 남게 되었다. 그는 그것을 무역업에 투자하기로 결심했다. 우선 재봉틀 한 세트를 사서 그것을 향수와 향료로 교환할 요량으로 아덴까지 운반해갔다. 그러나 그는 바다를 건너던 도중 알게 된 한 상인의 충고로 그 일을 포기하게 되었다. 밸브 로커에서 진주알 고르는 체, 튀김 냄비, 가자미 냄비, 나선형 증류기에 이르기까지 구리로 된 도구와 집기를 거추장스럽게 끌고다니는 상인이었다. 향료 시장은, 혹은 더 넓게 보아 유럽과 근동지방 간 교역에 관계되는 모든 것은 영국과 아랍 합작의 대기업들이 거의 지배하고 있으며 이 기업들은 독점체제를 지키기 위해 아주 미약한 경쟁자들에 대해서도 서슴지 않고 물리적인 제거를 시도한다고 상인은 설명했다. 반면, 아랍과 아프리카 흑인 국가들 사이의 교역은 감시가 훨씬 적어서 더 유익한 사업 기회가 있었다. 특히 보패寶貝의 암거래가 그러했는데, 상인의 설명은 이러했다. 알다시피 이 조개는 아직도 많은 아프리카와 인도 주민 사이에서 화폐처럼 사용되고 있는데, 사람들은 보패의 종류에 여러 가지가 있고 각 종류의 가치가 부족에 따라 각기 다르게 평가된다는 것을 잘 모르고 있으며, 바로 거기에 큰돈을 벌 수 있는 기회가 있다는 것이다. 예를 들면, 홍해에서 나는 보패(시프로에아 투르두스)는 코모로 제도에서는 매우 값비싼 것으로 취급되고 있으므로 그곳에서 홍해의 보패를 인도양의 보패(시프로에아 카푸트 세르펜티스)와 1 대 15 정도의 비율로, 즉 투르두스 한 개에 카푸트 세르펜티스 열다섯 개 정도의 아주 유리한 비율로 교환하는 것은 대단히 쉬운 일일 것이다. 그런데 그곳에서 멀지 않은 다르 에스살람이라는 곳에서는 카푸트 세르펜티스의 시세가 높은 수준을 유지하고 있어서, 카푸트 세르펜티스 한 개에 시프로에아 모네타 세 개가 거래되는 것을 심심찮게 볼 수 있다. 이 세번째 종류의 보패는 일반저으로 '보패화'라고 불린다. 즉 이 보페기 기의 모든 지역에서 유통된다는 말이다. 그런데 서아프리카에서, 특히 카메룬이나 가봉 같은 나라에서는 이 세번째 보패의 가치가 매우 높게 평가된다. 따라서 모든 비용을 감안한다 해도 투자금의 약 열 배를 거둘 수 있다는 계산이 나온다. 이 일에는 어떤 위험도 따르지 않으며 단지 시간이 요구될 뿐이다. 로르샤슈는 스스로에게 대단한 여행가적 취미와 소질이 있다고는 생각지 않았으므로 그 일에 그다지 끌리지는 않았으나, 상인의 확신에 매우 깊은 인상을 받아 아덴에 다다랐을 때 상인이 꺼낸 동업 제의를 주저 없이 받아들였다.

보패 암거래는 상인이 예견한 바대로 이루어졌다. 그들은 아덴에서 별 어려움 없이 그들의 구리 제품과 재봉틀을 시프로에아 투르두스 40상자와 맞바꾸었다. 그리고 코모로 제도에서 그것들을 다시 카푸트 세르펜티스 약 800상자와 바꾸었다. 그들에게 문제가 있었다면 단 하나, 상자를 만들 나무를 구하는 것이었다. 다르 에스살람에서 그들은 1,940개의 보패화 상자를 짜고 탕가니카 지역을 횡단하기 위해 250마리의 낙타대상隊商을 고용했으며, 콩고 강에 다다라서는 강을 따라 하구까지 약 475일 동안 내려갔다. 그 장정에서 221일은 배를 타고 내려갔고 137일은 철도를 이용했으며 24일은 사람들이 직접 등에 짐을 지고 이동했고 나머지 93일은 기다림과 휴식, 본의 아닌 정지, 흑인 추장과의 담판, 행정적인 문제, 사고, 여러 난처한 일 등으로 보냈다. 이 모든 여정은 충분히 훌륭한 성과로 기록될 만한 것이었다.

그들이 아덴에 도착한 후로부터 2년 반이 더 지난 시점이었다. 그런데 그들이 모르고 있던 사실—누가 알 수 있었겠는가!—은, 그들이 아라비아에 도착한 바로 그 시기에 이미 슐랭드리앙이라는 이름의 또다른 프랑스인이 잔지바르에서 가져온 보패화를 카메룬에 잔뜩 풀어놓고 떠났으며, 따라서 서부와 중부 아프리카 전역에서 돌이킬 수 없이 화폐 가치가 떨어진 상태라는 것이었다. 로르샤슈와 그의 동업자의 보패는 더이상 유통될 수 없게 되었을 뿐 아니라, 위험한 것이 되어 있었다. 프랑스 식민통치 당국은, 7억 개의 보패—이는 프랑스령 서부 아프리카 전역에서 매매되는 전체 보패 양의 30퍼센트 이상을 차지하는 것이었다—를 시장에 유통시키면 전례 없는 경제적 파국이 초래될 것이라고 올바른 판단을 내렸다.(그러나 이에 대한 소문만으로 식민지 산물 거래 시장은 큰 혼란을 겪게 되었고, 일부 경제학자들은 이 혼란을 당시 미국 월 스트리트 주가 대폭락의 주요 원인 중 하나로 보기도 한다.) 따라서 이 보패들은 가압류당했고, 로르샤슈와 그의 동업자는 정중하지만 엄중하게 프랑스로 떠나는 첫번째 여객선을 탈 것을 권고받았다.

로르샤슈는 슐랭드리앙에게 복수하기 위해 백방으로 노력했지만 슐랭드리앙의 흔적조차 찾아내지 못했다. 그가 알아낸 것이라고는

1870년 전쟁 당시 슐랭드리앙이라는 장군이 실존했었다는 사실뿐이다. 그러나 그는 오래전에 죽었고, 후손도 남기지 않았다.

　몇 년 후 로르샤슈는 어쨌든 살아남았고, 그간의 일에 대해서는 아무도 정확히 모른다. 그 역시 회고록에서 이 점에 대해 아주 비밀스러운 입장을 취한다. 1930년대 초, 그는 자신의 아프리카 경험에서 많은 영향을 받은 소설 하나를 썼다. 소설은 1932년 토노 출판사에서 『아프리카의 황금』이라는 제목으로 출간되었다. 이 책에 대한 해설을 쓴 유일한 비평가는 이 소설을 거의 비슷한 시기에 나온 『밤 끝으로의 여행』에 견주었다.

　그의 소설을 읽은 사람은 거의 없었지만, 로르샤슈는 이를 계기로 문학계에 진출할 수 있었다. 몇 달 후 그는 『프레쥐제(편견)』라는 매우 특이한 제호로 잡지를 창간했는데, 아마도 그 잡지가 어떤 편견도 갖지 않는다는 것을 역설적으로 의미하려는 것 같았다. 잡지는 제2차 세계대전 때까지 1년에 네 번 발간되었다. 작가들의 글도 몇 편 실렸는데, 그들 중 몇몇은 나중에 유명해졌다. 물론, 로르샤슈가 자세하게 밝히지는 않지만 이 잡지가 작가들이 부담한 비용으로 출판되었으리라는 것은 어렵지 않게 짐작할 수 있다. 어쨌든 로르샤슈에 따르면, 그가 전쟁 전에 시도했던 모든 사업 가운데 이 잡지만이 완전히 실패하지 않은 유일한 것이다. 어떤 이들은 그가 제2차 세계대전 때 '프랑스 자유군'에 가담했으며 외교적 차원의 여러 임무를 맡았다고 전한다. 또 어떤 이들은 정반대로, 그가 추축국[2] 군대에 협력했으며 전쟁 후에는 스페인으로 피신해야 했다고 주장한다. 여하튼 분명한 사실은, 그가 1960년대 초에 부와 안정을 손에 넣고 결혼까지 한 채 프랑스에 돌아왔다는 것이다. 그가 익살스럽게 상기하는 바와 같이, 당시에는 새로 지은 '라디오 프랑스' 방송국 건물에 있는 수많은 빈방 중 하나에 들어가 자리를 잡기만 하면 프로듀서가 될 수 있었고, 바로 그 시기에 그는 텔레비전 방송국에서 일하기 시작했다. 또한 그는 그 시기에, 올리비에 그라티올레가 이 건물에서 자신이 기거하는 조그만 다락방 외에 여전히 소유하고 있던 마지막 두 아파트를 사들였다. 그는 그 아파트들을 합쳐 아주 근사한 복층 아파트를 만

81

2. 제2차 세계대전 때 일본, 독일, 이탈리아가
맺은 삼국동맹을 지지하여 미국, 영국, 프랑스
등의 연합국과 대립한 여러 나라.

들었는데, 『라 메종 프랑세즈』, 『메종 에 자르댕』, 『포럼』, 『아르 에 아키텍튀르 도주르디』, 그리고 그 밖의 다른 전문지들이 사진을 찍기 위해 몇 번이나 찾아올 정도였다.

발렌은 그를 처음 만났던 때를 아직도 기억한다. 엘리베이터가 고장났던 날 중 하루였다. 발렌은 집에서 나와 윙클레를 만나러가는 중이었는데, 계단을 내려오다가 새로 이사온 집 문 앞을 지나게 되었다. 현관문은 활짝 열려 있었다. 인부들이 넓은 현관에서 왔다갔다하고 있고, 로르샤슈는 머리를 긁적이며 실내장식가가 건네는 조언을 듣고 있었다. 그때 그는 마치 미국 사람처럼 꽃무늬 셔츠를 입고 목에는 스카프 대신 손수건을 매고 손목에는 사슬 같은 팔찌를 끼고 있었다. 얼마 후 그는 '파토가스'와 생가죽 잠바, 회색 리넨 셔츠를 입고 지치고 늙은 사자 또는 이리저리 떠돌아다니는 늙은 은자 같은 모습으로 나타나, 파리의 살롱보다는 그에게는 사막의 베두인 사람들 집이 더 편해 보일 것 같은 인상을 주기도 했다.

이제 그는 늘 병원에 입원해 있어야 하거나 오랫동안 정양휴가를 떠나야 하는 병든 노인이 되었다. 그의 인간혐오증은 여전히 유명하지만 점점 그런 성격을 표현할 기회를 잃어가고 있다.

82

참고서적

R. 로르샤슈, 『어느 투사의 회고록』, 파리: 갈리마르, 1974.

R. 로르샤슈, 『아프리카의 황금』, 소설, 파리: 토노 출판사, 1932.

A. 코스텔로 장군, 「슐랭드리앙의 공격이 스당을 구해낼 수 있었을까?」, 『르뷔 히스토리크 데자르메』 7월호, 1907.

D. 란데스, 「보패 제도와 아프리카의 금융」, 『더 쿼털리 저널 오브 이코노믹스』(하버드 대학 경제학부 편) 48호, 1965.

A. 즈갈, 「아프리카 국가 간의 무역제도. 신화와 현실」, 『차이트슈리프트 퓌어 에트놀로기』 194호, 1971.

제14장   댕트빌
                         1

댕트빌 의사의 진료실. 진료 테이블이 있고, 전화기, 분절식 램프, 처방전 메모지 철, 대리석으로 된 잉크병과 그것의 가느다란 홈에 끼워져 있는 무광의 철제 만년필 등을 제외하고는 거의 비어 있는 철제 책상 하나가 있다. 노란 가죽을 입힌 작고 긴 소파가 있고, 그 위쪽에는 커다란 바자렐리 복제화가 있으며, 창문 양옆으로 라피아 야자수 섬유를 엮어 만든 옷을 입힌 화분 두 개가 있고, 화분에는 넓고 두툼한 이파리를 가진 식물이 무성하게 자라고 있다. 여러 층의 선반으로 이루어진 가구의 맨 위에는 청진기, 크롬으로 도금한 탈지면 자동배분기, 90도 알코올 작은 병 하나 등 몇 가지 도구가 놓여 있다. 그리고 오른쪽 벽 전체를 덮고 있는 반짝이는 금속판들은, 의사가 자신의 도구, 서류, 의약품 들을 정리해두는 붙박이 선반과 그 밖의 다양한 의료 설비를 가려주고 있다.

    댕트빌 의사는 진료 테이블 앞에 앉아 아주 무심한 표정으로 처방전을 쓰고 있다. 그는 40대 남자로 거의 대머리이며 달걀 모양의 두상을 하고 있다. 환자는 늙은 여인이다. 그녀는 누워 있던 청진용 테이블에서 내려와 블라우스를 여미는 브로치를 다시 매만지고 있다. 마름모꼴의 금속 브로치로, 물고기 모양이 새겨져 있다.

    세번째 사람은 긴 소파에 앉아 있다. 그는 중년 남자로 가죽 잠바를 입고, 가장자리가 해져서 너덜너덜한 커다란 바둑판무늬 스카프를 두르고 있다.

댕트빌 일가는, 콘치니 암살 당시 뤼네스와 비트리에게 공헌한 대가로 루이 13세로부터 작위를 받은 옛 우체국장의 후손이다. 카디냥은 보기 드물게 난폭한 군인이었던 것으로 전해지는 이 인물에 대해 다음과 같은 흥미로운 글을 남겼다.

댕트빌은 아주 크지도 않고 아주 작지도 않은 중간 키의 사람이었는데, 약간 뾰족한 코와 면도기 손잡이 모양의 턱을 하고 있었다. 당시 그는 대략 서른다섯 살 정도였고, 머리는 둔한 편이었다. 하지만 그는 약간 음탕하다는 점, 당시 '금전 결핍증'이라고 불리던 극도로 고통스러운 병이 있다는 점만 빼면 그런대로 점잖은 인격의 소유자였다. 여하튼 그는 먹고사는 것을 해결하는 방편으로 예순세 가지의 일을 전전했는데, 가장 존경받을 만한 일과 가장 저급한 일을 모두 거쳤다. 그중 숨어서 하는 불법적인 일로는 노름판 야바위꾼, 술꾼, 도로포장 인부, 치한(파리에 있는 기간 동안) 등이 있었는데, 경찰과 야경꾼을 피해 항상 무언가 술책을 꾸미는 일이었다.

후손들은 대개는 좀더 얌전했고, 프랑스에만 열다섯 명이 넘는 주교와 추기경을 배출했으며 그밖에도 훌륭한 인재들을 많이 배출했다. 그중에서 특히 언급할 만한 인물들은 아래와 같다.

84

질베르 드 댕트빌(1774-1796): 열렬한 공화주의자로, 열여섯 살에 전쟁에 나갔고 3년 뒤 육군 대령이 되었다. 몽트노트 공격 때 전투를 지휘했다. 그의 영웅적 행위는 그의 목숨을 앗아갔지만 전쟁을 승리로 이끌었다.

에마뉘엘 드 댕트빌(1810-1849): 리스트와 쇼팽의 친구로, 특히 '팽이'라는 별명이 붙은, 현기증 날 정도로 빠른 왈츠 곡의 작곡가로 알려져 있다.

프랑수아 드 댕트빌(1814~1867): 열일곱 살의 나이에 국립 이공과 대학을 수석으로 졸업한 후, 연구에만 전념하기 위해 기술자이자 실업가의 화려한 삶을 택하지 않았다. 1840년 그는 석탄을 이용해 다이아몬드를 만드는 비법을 발견해냈다고 믿었다. 그는 스스로 '수정체의 증식'이라고 부른 어떤 이론을 기초로 석탄의 포화 용액을 냉각해 결정시키는 데 성공했다. 그의 견본을 받아본 프랑스 과학원은, 그의 실험이 흥미롭기는 하나 별로 확고하지 못한 데다 실험으로 얻어낸 다이아몬드는 빛이 흐리고 잘 깨지며 손톱만 스쳐도 금이 가고 때때로 가루로 부서지기까지 한다고 발표했다. 이러한 반론에도 굴하지 않고 댕트빌은 그 방법에 특허를 얻어냈고, 1840년부터 죽을 때까지 이 주제에 관하여 34편의 독창적인 논문과 기술보고서를 발표했다. 에르네스트 르낭은 그의 한 시평집(『논총』, 47, 여러 부분)에서 댕트빌의 사례에 대해 다음과 같이 언급했다. "만일 댕트빌이 실제로 다이아몬드를 만들어냈다면, 그는 인간사에 섞이고자 하는 사람이라면 누구나 점점 더 중요하게 여기는 상스러운 물질주의를 어느 정도 만족시켰을 것이다. 하지만 오랜 세월이 흘러도 우리가 여전히 그러듯, 이상에 몰두한 이들을 '탁월한 정신'이라는 요소와 결부시키는 일은 불가능하게 되었을 것이다."

로렐 드 댕트빌(1842~1861)은 제2제정 시대에 일어난 가장 끔찍한 사건에 속하는 한 사건의 불행한 희생자이며, 어쩌면 그 책임자일 수도 있다. 몇 주 후 그녀와 결혼하게 될 크레시 쿠베 공작이 베푼 연회에서 그녀는 미래의 시댁 식구들을 위해 축배를 들었고, 샴페인 잔을 단숨에 비운 뒤 공중으로 던졌다. 그러나 운명의 장난으로, 그 순간 그녀는 그 유명한 무라노의 바우키스 아틀리에에서 만들어진 거대한 샹들리에 바로 아래 서 있었다. 샹들리에가 끊어져 떨어지면서 여덟 명의 목숨을 앗아갔는데, 그중에 로렐이 있었고, 또 러시아 전투 당시 타고 있던 말이 죽는 일을 세 번이나 당하면서도 살아남았던, 공작의 아버지 늙은 크레시 쿠베 부사령관이 있었다. 의도된 범죄일지도 모른다는 가설이 불거져 나왔으나 확인되지 않았다. 그 연회에 참석했던 로렐의 삼촌 프랑수아 드 댕트빌은 '크리스털 잔과 샹들리에의 길항적인 진동 작용에 의해 야기된, 샹들리에 진자 운동의 증폭'이 원인이라는 가설을 내세웠지만, 누구도 이 설명을 심각하게 받아들이지 않았다.

제15장 　　　　　　스모프
　　　　　　　　　　(다락방 5)

지붕 바로 밑, 위팅의 아틀리에와 제인 서턴의 방 사이에 바틀부스의 늙은 급사장인 모르티메 스모프의 방이 있다.

　방은 비어 있다. 하얀 털의 고양이 한 마리가 눈을 반쯤 감고 다리를 모아 스핑크스처럼 앞으로 내민 채 오렌지색 침대보 위에서 졸고 있다. 침대 옆 조그만 테이블 위에는 '기네스'라는 글자가 새겨진 삼각형의 유리 재떨이, 십자말풀이 책 한 권, 『아쟁쿠르에서의 일곱 번의 범행』이라는 제목의 추리소설이 놓여 있다.

　스모프가 바틀부스의 시중을 든 지는 50년도 더 되었다. 그 스스로 급사장이라는 지칭을 사용했지만 그외 역할은 히인이니 비서에 디 가까웠다. 아니 좀더 정확히 말하자면 그 두 역할을 동시에 해왔다. 사실 그는 무엇보다 바틀부스의 여행의 동반자이자 충실한 부하였으며, 혹은 그의 산초 판사였고, 최소한 그의 파스파르투[1](바틀부스 안에 필레아스 포그가 존재하고 있던 것이 사실이므로)로서 짐꾼, 구두 솔질하는 사람, 이발사, 운전사, 가이드, 회계원, 여행 안내원, 우산 들어주는 사람 역할을 두루두루 해냈다.

　바틀부스의 여행, 곧 스모프의 여행은 1935년부터 1954년까지 약 20년 동안 계속되었다. 그들은 마음 가는 대로 전 세계를 돌아다녔다. 스

---

1. '만능열쇠'를 뜻하는 프랑스어.

모프는 1930년부터 이 여행을 준비하기 시작했고, 비자 취득을 위해 필요한 서류를 준비했으며, 통과하게 될 여러 나라들의 일반적인 수속 절차에 관한 자료를 수집했다. 그리고 효과적으로 자금을 조달받을 수 있도록 적당한 여러 지역에 구좌를 터놓았으며, 여행안내서와 지도, 기차 시간표, 요금표를 모았고, 호텔과 배를 예약했다. 바틀부스는 500개의 항구를 찾아가 500점의 해양화를 그리고 싶어했다. 항구는 바틀부스가 임의로 선택했다. 그는 지도, 지리책, 여행기, 관광안내책자 등을 뒤져 마음에 드는 장소를 표시해두었다. 그러면 스모프가 그곳에 가는 방법과 숙소 문제를 조사했다.

첫번째 항구는 1935년 1월의 첫 보름 동안 머물렀던 곳으로, 가스코뉴 만에 있는 히혼이라는 곳이었다. 그곳은, 불운했던 보몽이 실재할 것 같지 않은 스페인의 옛 아랍 수도의 유적을 끈질기게 찾아다니던 지역에서 그리 멀지 않은 항구였다. 마지막 항구는 제일란트[2]의 에스코 강 하구에 있는 브라우베르스하번으로, 그곳에서 그들은 1954년 12월의 마지막 2주일을 보냈다. 그사이 아일랜드의 카뮤스 만에 있고 코스텔로에서 멀지 않은 '머카 나게더다우하울리아'라는 작은 항구에도 있었고, 캐롤라인 제도에 위치한 그보다 더 작은 유U라는 항구에도 있었다. 또 발트 해의 항구, 라트비아의 항구, 중국의 항구, 마다가스카르의 항구, 칠레의 항구, 텍사스 주의 항구에도 머물렀다. 그리고 배 두 척과 그물 세 개밖에 없는 아주 작은 항구에도 있었고, 수 킬로미터에 이르는 방파제와 도크, 부두, 수백 대의 크레인 및 회전식 다리가 있는 거대한 항구에도 있었다. 또 안개에 잠긴 항구, 열대의 항구, 빙해의 항구, 버려진 항구, 모래로 메워진 항구, 인조 해변과 옮겨다 심은 야자수와 호화 건물과 카지노가 늘어선 유람용 항구, 한 번에 수천 척의 리버티 선船을 만들어내는 지옥 같은 조선소들, 폭격으로 폐허가 된 항구, 벌거벗은 여자아이들이 작은 거룻배 옆에서 몸에 물을 뿌리고 있는 조용한 항구, 카누가 다니는 항구, 곤돌라가 다니는 항구, 전쟁용 항구에 머물렀으며 그 항구들에는 크리크, 배와 돛을 수리하는 도크, 정박지, 지중해 항구 내의 선거船渠, 항구의 수로, 방파제, 기름통과 밧줄과 스펀지의 집적물, 붉은색

88

2. 네덜란드 남서부의 주.

돛대 묶음, 비료와 인산염과 광석 더미, 바닷가재와 게가 우글거리는 상자, 성대, 황어, 가자미, 만새기, 대구, 고등어, 가오리, 참치, 갑오징어, 칠성장어 등이 놓인 진열대가 있었다. 그리고 비누나 염소 냄새가 나는 항구, 폭풍우가 휩쓸고 간 항구, 찌는 듯한 더위로 텅 빈 항구, 수천 개의 취관吹管을 이용해 야간에 수리를 받는 구멍 뚫린 장갑함이 있는 항구, 유조선에 둘러싸인 채 시끄러운 기적 소리와 종소리 속에서 커다란 물기둥을 내뿜는 환희에 찬 여객선이 있는 항구 등에 머물렀다.

바틀부스는 각 항구마다 이동시간까지 포함해 2주일씩 할당했고, 따라서 그가 한 장소에서 머물 수 있는 기간은 보통 5일에서 6일 정도였다. 처음 이틀 동안은 바닷가를 산책하고 배들을 구경했으며, 그가 할 수 있는 다섯 가지 언어—영어, 프랑스어, 스페인어, 아랍어, 포르투갈어—중 하나로 대화가 가능한 어부들과 이야기를 나누었다. 3일째 되는 날에는 그림 그릴 장소를 정했고, 초벌 그림을 몇 장 그리다가 곧 찢어버리곤 했다. 떠나기 이틀 전날에는, 어떤 특별한 효과를 모색하거나 기대하지 않는 한 보통 오전 시간이 끝날 무렵까지 해양화를 그렸는데, 해가 뜨거나 지는 광경, 천둥 치는 광경, 거센 바람, 이슬비, 높게 또는 잔잔하게 이는 파도, 지나가는 새들, 출항하는 작은 배들, 도착하는 큰 선박, 빨래하는 여인 등을 그렸다. 그는 매우 신속하게 그렸으며, 처음부터 다시 그리는 일은 결코 없었다. 수채화가 마르는 대로 바틀부스는 그 와트만지를 떼어내 스모프에게 주었다.(스모프는 할 일이 없을 때는 시장을 구경하든, 사원이나 매음굴, 빈민촌에 가보든 마음대로 할 수 있었지만, 바틀부스가 그림을 그릴 때는 반드시 곁에 머물면서 커다란 우산을 똑바로 들고 그의 뒤에 서서 바틀부스와 그의 이젤을 바람과 비와 태양으로부터 보호해야 했다.) 스모프는 그 해양화를 비단 종이로 싸 구김 방지용 딱딱한 봉투에 넣은 후, 전체를 다시 크라프트지로 싸고 끈으로 묶어 봉인했다. 이 꾸러미는 그날 저녁, 혹은 근처에 우체국이 없을 경우 그 다음날 아래와 같은 곳으로 보내졌다.

89

스모프는 특별히 마련한 장부에 그림을 그렸던 장소들을 정성스럽게 표시하고 기록했다. 다음날 바틀부스는 항구나 그 근처에 영국 영사관이 있을 경우 그곳에 들렀고, 그 지역의 저명인사를 만나기도 했다. 그리고 그 다음날 그들은 다시 길을 떠났다. 여행의 각 단계에 소요된 시간이 때때로 이러한 시간표를 약간 변형시키기도 했지만, 보통은 아주 성실하게 지켜졌다.

언제나 가장 가까운 항구로 옮겨간 것은 아니었다. 교통사정에 따라 지나온 곳으로 되돌아가기도 했고, 꽤 멀리 우회하기도 했다. 예를 들어 그들은 철도를 이용해 봄베이에서 반다르로 갔고, 벵골 만을 건너 안다만 제도까지 갔으며, 마드라스로 다시 돌아와 실론 섬으로 갔고, 거기서 말라카와 보르네오, 셀레베스 섬을 향해 떠났다. 그곳에서 팔라완 섬에 있는 푸에르토 프린세사로 직접 가는 대신 먼저 민다나오로 갔고, 루손을 거쳐 타이완까지 올라간 다음에야 다시 팔라완으로 내려갔다.

하지만 그들이 여러 대륙을 차례로 하나씩 여행해간 것은 사실이다. 1935년부터 1937년까지는 유럽의 대부분의 지역을 돌아다녔고, 이어 아프리카로 건너가 1938년부터 1942년까지 시계바늘 방향으로 돌았다. 그다음에는 남아메리카(1943~1944), 중앙아메리카(1945), 북아메리카(1946~1948), 아시아(1949~1951)를 차례로 다녔다. 1952년에는 오세아니아 지역을 돌아다녔고, 1953년에는 인도양과 홍해의 항구를 돌아다녔다. 마지막 해에 그들은 터키와 흑해를 지나 소련으로 넘어가 북극권 너머 예니세이 강 하구에 있는 두딘카 지역까지 올라갔으

90

---

3. 가스파르 윙클레 씨 / 프랑스 파리 17구 /
시몽크뤼벨리에 거리 11번지.

며, 포경선을 타고 카라 해, 바렌츠 해, 노르 곶을 지난 후 스칸디나비아 반도의 피오르드를 따라 내려와 브루베르스하벤에서 마침내 기나긴 대여정을 마쳤다.

역사적·정치적 상황들—제2차 세계대전과 그 전후인 1935년부터 1954년 사이 에티오피아, 스페인, 인도, 한국, 팔레스타인, 마다가스카르, 과테말라, 북아프리카, 키프로스, 인도네시아, 인도차이나 반도 등지에서 일어난 모든 전쟁—은 그들의 여행에 어떤 영향도 미치지 않았다. 기껏해야 광둥으로 가는 비자를 얻기 위해 홍콩에서 며칠을 기다려야 했다든가, 혹은 포트사이드에 있는 동안 그들이 묵었던 호텔에 폭탄이 터졌다든가 하는 일 등이었다. 그들의 짐은 얼마 되지 않았고, 그들이 가지고 다니는 트렁크는 실제로 고통을 줄 만한 무게가 아니었다.

바틀부스는 거의 빈손으로 여행에서 돌아왔다. 그는 단지 500점의 수채화를 그리기 위해 여행했고, 작품이 완성되는 즉시 윙클레에게 우송했기 때문이다. 스모프는 여행 기간 동안 세 가지—클라보 부인의 아들을 위한 우표, 윙클레를 위한 호텔 명함, 발렌을 위한 우편엽서—를 수집했고, 세 개의 물건을 가져와 현재 그의 방에 두고 있다.

첫번째 물건은 부드러운 엠보이나 재목(정확히 말하면 고무를 삼출하는 프테로카르프 나무)에 구리 철구를 단 근사한 선박용 상자이다. 스모프는 이것을 생장 드 테르뇌브의 선구船具상에서 발견했으며, 한 지인망 어선에 부탁해 프랑스로 운반해왔다. 91

두번째 물건은 약 40센티미터 높이의 진기한 조각상으로 머리가 셋 달린 현무암 성모상이다. 스모프는 세이셸에서 이것을 전혀 다른 개념으로 머리가 세 개인 어떤 조각과 맞바꾸었다. 그것은 십자가로, 세 개의 작은 상이 하나의 나사못에 박힌 채 고정되어 있었다. 하나는 흑인 아이였고, 또 하나는 키 큰 노인이었으며, 나머지 하나는 본래는 흰색이었을 것 같은 실물 크기의 비둘기였다. 이 조각품은 아가디르의 장터에서 발견한 것으로, 그에게 물건을 팔았던 남자는 이 조각품이 끊임없이 변화하는 삼위일체의 형상을 나타내는 것이며, 해마다 '맨 윗자리를 차지'하는 것이 바뀐다고 설명했다. 그 당시에는 '성자'가 맨 위에, '성령'이 맨 밑에 (거의 보이지 않게) 있었다. 당시 이것은 다소 거추장스러운 물건이었으나 스모프의 독특한 정신세계를 매혹시키기에 충분했다. 그래서 그는 값을 전혀 깎지 않고 그 조각을 샀으며, 1939년부터 1953년까지 계속 끌고 다녔다. 세이셸에 도착한 다음날 그는 어느 바에 들어갔다. 거기서 맨 먼저 눈에 들어온 것은 바로 카운터 위의 그 성모상으로, 돋을새김 무늬가 있는 칵테일용 셰이커와 작은 깃발과 작은 소용돌이 형태의 샴페인 거품기가 잔뜩 꽂혀 있는 유리컵 사이에 놓여 있었다. 너무 놀란 그는 곧바로 호텔로 돌아가 그 십자가상을 가지고 되돌아왔고, 말레이시아인 바텐더와 피진 영어로 오랜 대화에 들어갔다. 대화의 초점은 14년 동안 각기 다른 삼두 조각상을 두 개나 보게 된다는 것은 통계학적으로 거의 불가능한 일이라는 것이었으며, 대화를 마칠 때쯤 스모프와 바텐더는 서로 영원한 우정을 맹세했고 서로의 예술 작품을 교환하는 것으로 그 뜻을 확인했다.

세번째 물건은 커다란 판화로, 일종의 에피날 판화다. 스모프는 이것을 긴 여행의 마지막 해에 베르겐에서 발견했다. 이 판화는 한 어린아이가 늙은 교사로부터 상으로 책을 받고 있는 장면을 표현한 것이다. 어린아이는 일고여덟 살 정도 되어 보이고, 하늘색 나사로 된 상의에 짧은 반바지를 입고 반짝이는 무도화를 신고 있으며, 머리에는 월계관이 씌워져 있다. 아이는 잎이 두툼한 식물로 장식된 나무 단상의 계단 세 개를 오르고 있다. 노 교사는 예복을 입고 있으며, 수염을 길게 기르고 철테 안경을 쓰고 있다. 또 오른손에는 회양목으로 만든 자를, 왼손에는 커다란 2절지 판형으로 된 붉은색 장정의 책을 한 권 들고 있으며, 그 위에는 『에린트링어 프라 엔 라이제 이 스코틀란트』라고 씌어 있다.(스모프는 이 책이 덴마크 목사 플렌즈가 1859년 여름 동안 스코틀랜드를 여행하며 기록한 견문록이라는 것을 나중에 알게 되었다.) 교사 옆에는 녹색 천을 덮어놓은 탁자가 있고 그 위에는 또다른 것들이 놓여 있는데, 지구

전도全圖 하나와 활짝 펼쳐져 있는 이탈리아 판형의 악보 하나다. 한편, 글씨가 새겨진 가느다란 구리판이 판화의 나무 테 위에 붙어 있으며, 언뜻 보아 판화의 장면과 아무 관계없어 보이는 제목을 알려준다: 〈라보린투스Laborynthus〉.

스모프는 이처럼 상을 받는 훌륭한 학생이 되고 싶었을지도 모른다. 공부를 제대로 하지 못한 것에 대한 그의 회한은 해가 갈수록 네 가지 작업에 대한 병적인 열정으로 바뀌어갔다. 바틀부스와의 여행을 막 시작했을 때 그는 런던의 한 커다란 뮤직홀에서 계산의 달인을 보게 되었다. 그 후 세계 여행을 하는 20년 동안 그는 인버네스의 어느 헌책방에서 발견한, 오래된 것이지만 이해하기 쉬운 수학과 산수 소책자를 읽고 또 읽었으며 암산에 열중했다. 여행에서 돌아올 때쯤 그는 꽤 빠른 속도로 아홉 자리 숫자의 제곱근이나 세제곱근을 구할 수 있는 수준에 올라 있었다. 이것이 너무 쉬워지자, 이번에는 계승階乘에 열정적으로 빠져 들었다. 1! = 1 ; 2! = 2 ; 3! = 6 ; 4! = 24 ; 5! = 120 ; 6! = 720 ; 7! = 5,040 ; 8! = 40,320 ; 9! = 362,800 ; 10! = 3,628,800 ; 11! = 39,916,800 ; 12! = 479,001,600 : [⋯] ; 22! = 1,124,000,727,777,607,680,000 혹은 10억에 다시 7,770억을 곱한 것!

스모프는 현재 76까지 와 있다. 그러나 이 계산을 풀어쓸 충분한 크기의 종이를 아직 발견하지 못했고, 설령 찾아낸다 해도 그것을 펼쳐놓을 만큼 큰 책상을 발견하지 못할 것이다. 그는 점점 자신감을 잃어가고 있고, 그래서 끊임없이 다시 계산을 시작하곤 한다. 몇 년 전 모렐레는 그를 낙담시키려고 단 세 개의 숫자를 사용해 만들 수 있는 가장 큰 숫자인 9^{9^9}, 즉 '9의 9승의 9승'이라는 숫자를 다 풀어쓰려면 3억 6,900만 개의 숫자가 필요하다는 사실을 알려주었다. 숫자 하나를 쓰는 데 1초가 걸린다고 할 때 전체를 다 쓰려면 11년이 걸릴 것이며, 숫자 두 개가 1센티미터를 이룬다고 할 때 전체를 다 쓰면 약 1,845킬로미터의 길이를 갖게 될 것이다! 그러나 스모프는 전혀 굴하지 않고 편지 봉투 뒷면, 수첩 여백, 정육점 종이 등에 계속해서 숫자의 종렬을 이어가고 있다.

스모프는 이제 거의 여든 살이 되었다. 바틀부스는 이미 오래전에 그에게 은퇴를 권했지만, 그는 매번 거절했다. 사실 이제 그가 특별히 할 일은 없다. 아침마다 바틀부스의 의상을 준비하고, 그가 옷 입는 것을 거들어준다. 5년 전까지만 해도 면도도 해주었으나—바틀부스의 고조부가 사용하던 면도칼로—이제는 시력도 떨어지고 손도 조금씩 떨리기 시작해 그만두었다. 프로니 거리에 있는 푸아 씨의 이발소에서 아침마다 사람이 와 그 대신 그 일을 하고 있다.

바틀부스는 이제 전혀 집 밖으로 나가지 않으며, 낮에는 그의 서재에서도 거의 나오지 않는다. 스모프는 옆방에서, 그보다 특별히 더 할 일이 많지도 않으므로 카드놀이를 하거나 지나간 일들을 이야기하며 대부분의 시간을 보내는 다른 하인들과 함께 대기한다.

스모프는 매일 자기 방에서 오랜 시간을 보낸다. 그는 곱셈을 조금이라도 진보시키려고 애쓰며, 휴식을 취하기 위해 십자말풀이를 하거나 오를로브스카 부인이 빌려주는 추리소설을 읽는다. 혹은 그의 무릎에 발톱을 문지르며 가르랑거리는 흰 고양이를 몇 시간 동안이나 쓰다듬어준다.

흰 고양이는 스모프의 것이 아니라 이 건물 주민 모두의 것이다. 고양이는 제인 서턴의 집이나 오를로브스카 부인의 집에 가서 살기도 하고, 이자벨 그라티올레나 크레스피 양 집으로 내려가기도 한다. 고양이는 약 3, 4년 전에 이 건물의 지붕을 통해 들어왔다. 목에 커다란 상처가 있었는데 오를로브스카 부인이 거두어 돌봐주었다. 사람들은 고양이의 두 눈이 짝짝이라는 것을 깨달았다. 한쪽 눈은 중국 도자기 같은 푸른색이고 다른 한쪽 눈은 금색이었다. 또 얼마 후에는 이 고양이가 완전히 귀머거리라는 것도 알게 되었다.

제16장　　　　셀리아 크레스피
　　　　　　　　　（다락방 6）

노처녀 크레스피 양은 8층, 그라티올레의 아파트와 위팅의 다락방 사이에 위치한 자신의 방에 있다.

　그녀는 회색 양모 이불을 덮고 침대에 누워 있다. 그리고 꿈을 꾼다. 꿈속에서, 증오로 이글거리는 눈빛을 지닌 장의사 직원이 그녀를 마주 보며 문 앞에 서 있다. 그는 오른손을 반쯤 들어 검은 테를 두른 명함을 내민다. 왼손에는 둥근 쿠션을 들고 있는데, 쿠션 위에는 두 개의 메달이 놓여 있으며 그중 하나는 스탈린그라드의 영웅을 위한 십자훈장이다.

　그의 등 뒤, 방문 너머로는 알프스 산맥의 경치가 펼쳐져 있다. 숲으로 둘러싸인 호수는 얼어붙은 채 눈으로 덮여 있다. 호수 너머에서 서로 만나는 것처럼 보이는 산 경사면은 눈 덮인 뾰족한 산봉우리를 지나 푸른 하늘에 층층이 늘어서 있다. 전경前景에는 세 사람이 어떤 묘지로 이어지는 오솔길을 기어오르고 있고, 그 묘지 한가운데는 줄마노 수반이 있으며 그보다 더 키가 큰 기둥 하나가 월계수와 식나무 덤불에서 불쑥 솟아 있다.

95

제17장　　　　　　　　계단
　　　　　　　　　　　　2

계단으로, 언젠가 그곳에 있었던 모든 것들의 그림자가 슬그머니 지나
간다.

　　그는 마르그리트와 폴 에베르, 라에티지아, 에밀리오, 마구 제조인,
마르셀 아펜첼(그의 성 아펜첼Appenzzell은 아펜첼 면面이나 아펜첼 치즈
라고 할 때의 '아펜첼Appenzell'과는 달리 'z'가 두 개 붙는다)을 기억하고
있었다. 그레구아르 생송, 신비스러웠던 미국 여자, 또 별로 마음에 들지
않았던 아라냐 부인을 기억하고 있었다. 또 단춧구멍 같은 구멍이 달린
노란색 구두를 신고 공작석 손잡이가 달린 지팡이를 짚고 10년 동안 날
마다 댕트빌 의사에게 치료받으러 왔던 남자와 『17세기 스페인 교회 사
전』을 썼지만 46개 출판사로부터 출판을 거절당했던 역사 교수 제롬 씨
를 기억하고 있었다. 현재 제인 서턴이 살고 있는 방에 몇 달인가 묵었었
던 나이 어린 대학생도 기억하고 있었다. 그 대학생은 저녁마다 채식 전
문 식당에서 일했는데, 어느 날 야채 수프가 끓고 있는 냄비에 자기도 모
르게 큰 병에 든 고기 소스를 붓다가 들켜서 해고당했다. 그는 또한 르피
크 거리에서 헌책방을 했던 트루아양을 기억하고 있었다. 언젠가 트루
아 양은 한 무더기의 벨기에 추리소설 속에서, 빅토르 위고가 벨기에인
출판업자 앙리 사뮈엘에게 자신의 저서 『징벌 시집』과 관련해 써 보낸
편지 세 통을 발견하기도 했다. 또 그는 회색 셔츠에 베레모를 쓰고 있던
지역본부장 베를루를 기억하고 있었다. 그자는 좀스러운 멍청이로 바로

옆 13번지 건물에 살고 있었는데, 1941년의 어느 날 아침 어떤 법령인지는 모르지만 아무튼 '방공조치법'을 들먹이며 이 건물의 현관과 쓰레기통을 놓아두는 작은 안뜰에 아무짝에도 쓸모없는, 모래를 가득 채운 통들을 쌓아놓게 했다. 또한 그는, 당글라르 대법관이 대법원의 동료들을 위해 열었던 성대한 연회를 기억하고 있었다. 그런 날에는 항상 격식을 갖춘 제복 차림의 국가 근위병 두 사람이 건물 입구에서 보초를 섰고, 엽란과 등나무 화분으로 현관이 장식되었으며, 엘리베이터 왼쪽에는 간이 휴대품보관소와 외투걸이와 바퀴가 있는 긴 관 모양의 옷걸이가 설치되었다. 수위는 손님들이 오는 대로 밍크 코트, 검은색 담비 코트, 아스트라한 가죽옷과 모피 코트, 수달 꼬리가 달린 프록코트 등을 받아 그 옷걸이에 걸어놓았다. 연회가 있는 날이면, 수위인 클라보 부인은 레이스 칼라가 달린 검은 드레스를 입고 레장스 양식[1]의 의자(의자는 외투걸이, 화분과 함께 연회음식 주문식당에서 대여한 것이다)에 앉아 옆에 있는 대리석 원탁 위에 활과 화살통을 맨 작은 큐피트로 장식된, 정사각형의 꼬리표를 담아두는 금속제 상자와 (흰색 또는 초록색) '옥시제네 퀴즈니에'를 선전하는 노란색 재떨이, 100수짜리 동전으로 장식된 받침 접시를 놓고 시중을 들었다.

그는 이 건물에 가장 오래 산 사람이었다. 그는 올리비에 그라티올레보다도 더 먼저 이곳에 살고 있었다. 예전에는 이 건물 전체가 다 그라티올레 가족 소유였지만, 올리비에 그라티올레가 이곳으로 이사한 시기는 그가 고작 네다섯 채 남은 아파트를 상속받기 몇 해 전인 전쟁 기간이었다. 그라티올레는 그 아파트마저 차례차례 팔아버렸고, 결국 8층에 있는 방 두 개짜리 작은 아파트만 겨우 지킬 수 있었다. 그는 또한 마르키조 부인보다도 더 먼저 이 건물에 살고 있었다. 그녀의 부모는 그녀가 태어나기 전부터 이 건물의 아파트를 하나 소유하고 있었고, 실제로 그녀는 이곳에서 태어났지만, 그때 그는 이미 약 30년째 이 건물에서 살고 있었다. 그는 노처녀 크레스피 양보다도, 늙은 모로 부인보다도, 드 보몽 가족, 마르시아 가족, 알타몽 가족보다도 더 오래 이곳에 살았다. 물론 바

97

1. 섭정 양식이라고도 하며, 프랑스에서
오를레앙 공 필리프 2세가 루이 15세를 섭정할
때 유행하던 양식.

틀부스보다도 더 오래되었다. 그는 1929년 어느 날 수채화 교습이 끝났을 때 그 젊은이—당시 바틀부스는 서른 살이 채 안 된 청년이었다—가 자신에게 했던 말을 아주 정확하게 기억하고 있었다.

"그런데 4층의 커다란 아파트가 비어 있는 것 같군요. 그걸 살까 합니다. 그러면 선생님을 만나러오는 데 걸리는 시간이 절약될 테니까요."

그리고 바로 그날 젊은이는 그 아파트를 샀다. 물론 부르는 대로 값을 치르고.

발렌, 그는 당시 약 10년째 이 건물에 살고 있었다. 1919년 10월 어느 날 그는 국립 미술학교에 다니기 위해 처음으로 고향 에탕프를 떠나 파리로 왔고, 이 건물의 방 하나에 세들었다. 당시 그는 막 열아홉 살이었다. 그 방은 집안의 한 친지가 그를 일단 궁지에서 벗어나게 해주려고 얻어준 임시 거처였다. 그 후 그는 결혼할 수도, 유명해질 수도, 아니면 에탕프로 돌아갈 수도 있었을 것이다. 그러나 그는 결혼하지 않았고, 에탕프로 돌아가지도 않았다. 명성도 얻지 못했다. 기껏해야 약 15년쯤 후 그저 그런 명성을 얻어 몇몇 고객이 생기고, 동화를 위한 삽화를 그리게 되었으며, 또 몇 군데 개인 교습도 하게 되었다. 그래서 좀더 편안한 생활을 할 수 있었고, 아등바등하지 않고 그림을 그리거나 여행을 할 수도 있었다. 더 세월이 흘러 훨씬 큰 집이나 그럴듯한 아틀리에를 구할 수 있는 여유가 생겼을 때조차도 그는 그동안 살았던 방과 집과 동네에 대한 애착이 너무 커서 도저히 떠날 수 없음을 깨달았다.

물론 이 건물에는 그가 전혀 모르다시피 한 사람들도 있었다. 심지어 이따금 계단에서 마주치는 사람들이 이 건물 거주자인지 아니면 방문객인지조차 알 수 없는 경우도 더러 있었다. 또 이제는 전혀 기억해낼 수 없는 사람들이 있는가 하면, 하나의 우스꽝스러운 이미지로만 기억에 남은 사람들도 있었다. 가령 아펜첼 부인의 손안경, 트로케 씨가 일요일마다 샹젤리제로 가지고 나가 팔았던, 병에 담긴 작은 코르크 나무 상(像)들, 프레넬 부인의 조리대 한구석에 항상 뜨거운 상태로 놓여 있던 푸른색 에나멜 커피포트 등.

그는 55년 동안 이 집에서 생활을 엮어나가면서 세월이 하나하나 지워버린 지각할 수 없는 이 미세한 부분들을 다시 살려내보려고 애썼다. 이주 완벽하게 와스칠을 해놓아 펠트 슬리퍼를 신어야만 걸어다닐 수 있던 리놀륨 바닥, 모녀가 콩깍지를 깔 때 콩을 펼쳐놓기 위해 쓰던 빨강과 초록 줄무늬의 초 칠한 피류 테이블보, 주름 잡힌 접시받침틀, 저녁식사가 끝나면 손가락 하나로 다시 올려놓곤 하던 흰 자기로 된 천장 걸개 촛대, 라디오 수신기 주위로 펼쳐지던, 부드러운 플란넬 상의를 입은 남편과 꽃무늬 앞치마를 두른 아내와 벽난로 곁에서 동그랗게 몸을 웅크린 채 졸고 있는 고양이가 있는 저녁 풍경, 나무창을 댄 구두를 신고 여기저기 찌그러진 우유통을 든 채 계단을 내려가던 아이들, 그리고 오래된 신문지를 펼쳐 놓고 재를 받아내야 했던 커다란 나무 난로…….

'반 후텐' 코코아 상자는 어디에 있을까? 활짝 웃는 모습의 저격병이 장식되어 있는 '바나니아' 상자와 베니어판으로 만든 '코메르시의'의 마들렌 상자는 또 어디에 있을까? 그리고 창문 아래 있던 식료품 찬장, 그 유명한 '마담 상 젠'의 모습이 그려져 있던 분말세제 사포니트 상자, 카피엘로가 도안한 불을 뱉는 악마의 모습이 그려져 있던 온습포용 솜 상자, 귀스탱 박사의 작은 수산화리튬 정제 주머니, 이 모든 것들은 다 어디에 있을까?

세월은 계속 흘러갔다. 그사이 이사하는 사람들은 계단을 통해 피아노, 궤짝, 말아 감은 양탄자, 식기 상자, 커다란 촛대, 어항, 새장, 오래된 벽시계, 기름때가 늘어붙은 거무스레한 조리대, 보크핀이 말린 데이블, 의자 여섯 개, 얼음통, 커다란 가족사진 등을 끌어내렸다.

99

그에게 계단은, 각 층마다 얽혀 있는 하나의 추억을, 하나의 감동을, 이제는 낡아서 감지할 수 없는 어떤 것을, 그러나 기억의 희미한 빛 속 어디에선가 고동치고 있는 그 무엇을 간직한 곳이었다. 즉 어떤 몸짓, 어떤 향기, 어떤 소리, 어떤 번쩍임, 피아노 반주에 맞추어 오페라 곡을 노래하던 어떤 젊은 여인, 서투른 솜씨로 타자기를 두드리는 소리, 크레졸의 고약한 냄새, 웅성거림, 고함 소리, 시끌벅적한 소리, 실크나 모피가 스치는 소리, 문 뒤에서 나던 고양이의 애처로운 울음소리, 칸막이벽을 두드리는 소리, 슈슈 소리를 내는 축음기 위에서 되풀이되는 탱고 음악, 혹은 7층 오른쪽 아파트에서 가스파르 윙클레의 도림질용 전동톱이 내던 지겨운 윙윙 소리, 그 소리에 답하듯 세 층 아래 4층 왼쪽 아파트의 늘 한결같았던 참을 수 없는 침묵을 간직한 곳.

제18장 　　　　　　　　　로르샤슈
　　　　　　　　　　　　　　2

넓은 현관 오른쪽에 있는 로르샤슈 부부의 식당. 이 식당은 비어 있다. 이곳은 약 세로 5미터, 가로 4미터의 직사각형 공간이다. 바닥에는 잿빛의 두툼한 회색 양탄자가 깔려 있다.

　　무광 초록색 페인트를 칠한 왼쪽 벽에는 철사를 두른 유리 보석 상자가 하나 걸려 있고, 그 안에는 세르기우스 술피키우스 갈바의 초상이 새겨진 옛날 화폐 54개가 들어 있다. 집정관인 세르기우스는 단 하루 만에 루시타니아인 3만 명을 암살했고, 법정에서 비장하게 자기 자식들을 내보임으로써 목숨을 건졌던 인물이다.

　　현관처럼 흰색 래커를 칠한 안쪽 벽에는 낮은 식기대 위쪽으로 커다란 수채화 한 점이 걸려 있다. 'U. N. 오언'이라는 서명이 있고 〈빙딩자의 추이〉라는 제목이 붙어 있는 이 그림은 시골 한복판의 조그마한 기차역을 보여준다. 왼쪽 화면에는 역무원이 매표소 기능을 하는 높은 책상에 기대어 서 있다. 50세가량의 남자로, 관자놀이가 움푹 들어간 둥근 얼굴에 턱수염이 더부룩하게 나 있다. 조끼 차림의 그는 겉으로는 시간표를 검토하는 체하고 있지만, 사실은 시간표 아래 연감을 반쯤 숨겨놓고 거기 나와 있는 민트 케이크 요리법을 작고 네모난 종이에 베껴 쓰고 있다. 그의 앞쪽, 즉 책상 맞은편에서는 코안경을 걸친 손님 하나가 몹시 화가 난 표정을 감추지 못한 채 손톱에 줄질을 하면서 기차표를 받으려 기다리고 있다. 화면 오른쪽에서는, 셔츠 위에 넓은 꽃무늬 멜빵을 한

101

세번째 인물이 커다란 통을 앞으로 굴리며 역을 빠져나가고 있다. 역 주위에는 온통 개자리¹ 들판이 펼쳐져 있고, 소들이 거기서 한가로이 풀을 뜯고 있다.

오른쪽 벽은 왼쪽 벽보다 더 짙은 초록색으로 칠해져 있고, 다음과 같은 그림이 그려진 아홉 개의 접시가 걸려 있다.

— 한 신도에게 재를 주고 있는 사제.
— 술통 모양의 저금통에 동전 한 닢을 넣고 있는 남자.
— 조끼에 한쪽 팔만 낀 채 열차칸 구석에 앉아 있는 여인.
— 나막신을 신고 눈 속에서 발을 동동 구르는 두 남자.
— 열렬히 변호하고 있는 변호사.
— 막 코코아 한 잔을 마시려 하는 실내복 차림의 남자.
— 약음기를 끼운 채 연주 중인 바이올리니스트.
— 잠옷을 입고 손에는 촛대를 든 채 벽에 있는 거미 한 마리를 희망의 상징처럼 쳐다보는 남자.
— 한 남자에게 명함을 내밀고 있는 또다른 남자. 결투를 생각나게 할 정도로 공격적인 자세.

식당 한가운데는 측백나무로 만든 모던 스타일의 둥근 탁자가 있고, 그 주위로 누빈 벨벳 천을 덮어씌운 의자 여덟 개가 빙 둘러놓여 있다. 탁자 중앙에는 약 25센티미터 높이의 작은 조각이 놓여 있는데, 투구를 쓰고 왼손에 성합聖盒을 든 나신의 남자가 수소의 등에 올라탄 모습이다.

레미 로르샤슈에 따르면 이런 수채화, 작은 조각품, 옛날 화폐, 접시 등은 '프로듀서로서의 그의 지칠 줄 모르는 활동'을 증언해주는 것들이다. 가령 '성배聖杯의 기사騎士'라고 불리는 성 프란체스코회의 어떤 하급 비밀에 대한 고전적인 희화화인 작은 조각은 로르샤슈가 〈정육면체의 열여섯번째 면〉이라는 드라마를 준비하던 중에 우연히 발견한 것일지도 모른다. 이미 이 드라마에 대해 언급한 바 있지만, 드라마는 점술행

1. 거름, 목초 등으로 쓰이는 콩과 식물.

위를 둘러싼 신비에 쌓인 한 사건을 다루었다. 또한 그림 접시는 아마 어떤 텔레비전 연속극의 배경으로 사용하기 위해 특별히 그림을 그려 넣은 것들일 텐데, 그 연속극에서는 동일한 한 명의 배우가 연속해서 여러 역할을, 즉 사제, 은행가, 여자, 농부, 변호사, 요리 평론가, 예술의 거장, 순진한 약품상, 거만한 대공大公을 번갈아 연기했을 것이다. 옛날 화폐들은—진품으로 인정된 것인데—〈열두 명의 카이사르〉라는 방송 시리즈 프로그램에 감동받은 어떤 수집가가 그에게 선사했을 것이다. 비록 거기에 나오는 세르기우스 술피키우스 갈바가 세르비우스 술피키우스 갈바와 아무런 관련 없는 인물이기는 하지만 말이다. 세르비우스는 한 세기 반 뒤 네로와 오토 사이에 7개월간 로마의 황제였던 인물로, 캄푸스 마르티우스에서 자신의 군대에 내려야 할 '도나티붐'[2]을 무시했다가 그 군대에 의해 학살당했다.

한편 수채화는, 단지 스트라빈스키의 오페라를 프랑스-영국판으로 현대적으로 각색한 작품의 무대 소품 중 하나였을 것이다.

이러한 설명이 어디까지가 사실인지를 밝혀내는 것은 어려운 일이다. 그 네 편의 방송물 중에서 두 편은 끝내 방영되지 않았다. 아홉 개 에피소드를 다룬 연속극에 출연할 것으로 예상되었던 배우들—벨몽도, 부이즈, 부르빌, 퀴블리에, 알레, 이르슈, 마레샬—은 시나리오를 읽고 난 후 전부 꽁무니를 뺐다. 그리고 당시의 취향에 맞춘 〈방탕자의 추이〉는 BBC 측으로부터 경비가 과다하다는 평기를 받았다. 〈열두 명의 카이사르〉는 로르샤슈가 전혀 관심 없어 하는 교육방송을 위해 제작되었다. 〈정육면체의 열여섯번째 면〉도 사정은 마찬가지여서, 이 작품은 프랑스 텔레비전이 급할 때 흔히 도움을 청하는 '서비스업 종사자 협회'들 중 하나가 제작했던 것으로 보인다.

텔레비전 분야에서의 로르샤슈의 활동은 실제로는 오로지 사무실 안에서만 이루어졌다. 그가 하는 일은 '총무국 별정직' 혹은 '연구 및 시행 방법 재편성 위원'이라는 애매한 직함하에 날마다 기획회의, 합동위원회, 연구 세미나, 운영위원회, 부처간 토론회, 총회, 작품 심사위원회 및 그 밖의 다른 여러 업무회의에 참석하는 것이었다. 특히 이 업무회의

2. 황제가 병사들에게 내리는 시혜.

는 수많은 전화 통화, 복도에서의 대화, 사업상의 점심식사, 시청률 문제, 외국에서의 상영 문제 등으로 이루어지는 것이기 때문에, 굳이 위계 질서를 따지자면 그 조직이 다루는 일상 업무의 가장 기본이 되는 회의 였다. 물론 그가 프랑스-영국 오페라 아이디어나 수에토니우스에게서 영감을 얻은 역사물 시리즈 아이디어를 바로 이런 모임에서 내놓았을 거라고 상상할 수도 있다. 그러나 그보다는, 그가 시청률 조사를 준비하거나 검토하고, 예산 문제로 옥신각신하고, 편집실 이용 수수료와 관련된 보고서를 정리하고, 메모를 하면서 시간을 보냈다고 보는 것이 더 그럴듯한 추측일 것이다. 아니면 자리에 앉자마자 전화를 받고 다시 자리를 떠야 하는 등, 항상 적어도 두 곳 이상의 장소에서 동시에 필요로 하는 존재라는 인상을 주면서 이 회의실에서 저 회의실로 왔다갔다하며 시간을 보냈다고 보는 편이 더 확실할 것이다.

이처럼 다양한 형태의 활동은 로르샤슈의 자만심과 권력 취향, 전략과 장광설에 대한 감각을 만족시켜주었으나 '창작'에 대한 향수를 해결해주지는 못했다. 그래도 그는 15년 동안 두 편의 작품, 즉 두 편의 수출용 교육 영화 시리즈를 만들었다. 첫번째 시리즈 〈두둔과 맘보〉는 아프리카 흑인들을 위한 프랑스어 교육을 다룬 것이었고, 두번째 시리즈 〈아나무스와 팜플레나스〉는 첫번째 것과 완전히 똑같은 시나리오를 토대로 하되 '알리앙스 프랑세즈의 학생들에게 그리스 문명의 조화로움과 아름다움을 가르치는 것'에 목적을 두고 있었다.

104

1970년대 초, 바틀부스의 계획이 로르샤슈에게 전해졌다. 당시 바틀부스가 집에 돌아온 지 이미 15년이 지난 시점이었음에도 불구하고 실제로 그의 일에 관해 제대로 아는 사람은 아무도 없었다. 뭔가 알 만한 사람들은 거의 이야기를 안 하거나 아예 입을 다물었다. 어떤 사람들은 가령 우르카드 부인이 그에게 상자를 배달했다든지, 그가 모렐레의 방에 괴상한 기계를 설치하게 했다든지, 혹은 그가 20년 동안 하인 한 명과 함께 전 세계를 여행했다든지, 그리고 그 20년 동안 윙클레가 전 세계로부터 거의 매달 두 개의 상자를 소포로 받았다든지 하는 사실은 알고 있었다. 하지만 그 모든 단편적인 이야기들이 서로 무슨 관련이 있는지는 아무도 정확히 알지 못했고, 아무도 알려고 애쓰지 않았다. 바틀부스는 자신의 존재를 둘러싼 사소한 비밀들 때문에 이 건물 안에 모순되고 대체로 일관성 없는 추측이 무성하다는 것, 그리고 때로는 자신이 불친절한 대접을 받기까지 한다는 것을 모르지 않았다. 그러나 어느 날 누군가가 찾아와 자신의 계획을 방해하게 되리라고는 추호도 생각하지 못했다.

그런데 바로 로르샤슈가 그 일에 열광했다. 그는 20년 동안의 세계 일주 여행, 조각조각 났다가 재구성되어 다시 떼어낸 그림들, 윙클레와 모렐레의 이야기 등에 대해 단편적으로 알게 되면서, 그야말로 사건 전체를 재구성해낼 수 있는 대작 방송 프로그램 아이디어를 얻었다.

바틀부스는 물론 거절했다. 그는 단 15분 동안 로르샤슈와 이야기를 나눈 다음 그를 배웅했다. 로르샤슈는 물러서지 않았다. 그는 스모프와 다른 하인들에게 여러 가지를 캐물었고 모렐레를 구슬렸다. 모렐레는 그에게 수다스럽게 설명을 했지만, 모두 엉뚱한 이야기일 뿐이었다. 또 로르샤슈는 고집스럽게 침묵을 지키고 있는 윙클레를 졸라보기도 하고, 몽타르지 공장에 가서 우르카드 부인과 대화를 나눠보기도 했으나 헛수고였다. 결국 방향을 바꾸어 노셰르 부인을 만났지만 그녀 역시 별로 아는 것 없이 허풍만 떨었다.

하지만 어떤 법규도 해양화를 그리고 퍼즐을 만드는 한 남자의 이야기를 방송하는 것을 금하지 않았기 때문에, 로르샤슈는 바틀부스의 거절 의사를 무시한 채 계획을 밀고 나가기로 결심했다. 그래서 프로그램 편성국에 〈위기에 처한 걸작들〉과 〈과거의 대전투들〉을 동시에 만들겠다는 내용의 계획서를 제출했다.

로르샤슈의 아이디어가 거절당하기에는 텔레비전 방송에 대한 그의 영향력이 너무 컸다. 그러나 그의 아이디어를 곧바로 실현시킬 수 있을 만큼 충분한 준비가 되어 있지는 않았다. 3년 후, 로르샤슈가 병이 들어 몇 주 동안 실제로 일을 전혀 할 수 없게 될 때까지 세 방송사 중 어느 곳도 그의 계획을 최종적으로 받아들이지 않았고 시나리오 집필도 완성되지 않은 상태였다.

105

특별히 그 뒤에 일어난 일에 대해 미리 이야기하고 싶은 생각은 없지만, 로르샤슈의 시도가 바틀부스에게 심각한 결과를 초래했다는 것을 밝혀두는 것 정도는 상관없을 것이다. 바로 그 텔레비전 방송물의 실패가 인연이 되어 지난해 베상드르는 바틀부스의 이야기를 알게 되었다. 그런데 특이하게도 그 무렵 바틀부스는 자신의 모든 계획의 마지막 단계를 영화화할 영화인을 추천받기 위해 로르샤슈를 만나러 왔다. 하지만 그 일은 로르샤슈에게 아무런 도움이 되지 못했다. 오히려 그것은 이미 몇 년 전부터 그에게 가혹한 중압감을 안겨준 어떤 모순의 그물 속에 그를 더욱 깊이 빠뜨릴 뿐이었다.

제19장   알타몽

1

3층에 있는 알타몽네 아파트에서는 사람들이 전통적 스타일의 연례 연회를 준비하고 있다. 정면으로 난 이 아파트의 다섯 개의 방에 각각 뷔페가 차려질 것이다. 보통 때는 작은 거실로 쓰는 이 방—널따란 현관을 마주하고 있는 첫번째 방으로, 그 뒤에 흡연실 겸 서재, 큰 거실, 안방, 식당 등이 차례로 있다—에는 양탄자가 둥글게 말려 있고, 가느다란 쪽판으로 이루어진 값비싼 마루가 보인다. 거의 모든 가구들이 치워져 있고, 다만 등받이에 중국의 의화단 사건을 다룬 장면이 들어간, 여덟 개의 래커 칠된 의자들만이 남아 있다.

벽에는 단 한 장의 그림도 걸려 있지 않다. 방의 네 면을 이루는 벽과 문 자체가 바로 장식이기 때문이다. 웅대한 파노라마가 펼쳐진 대형 화폭 하나가 벽과 문 전체를 덮어씌우다시피 했는데, 화폭의 몇 가지 정밀묘사 효과로 보아 이 그림은 틀림없이 훨씬 오래된 밑그림을 토대로 오직 이 방을 위해 특별히 복제된 그림인 듯하다. 이 그림은 19세기 후반 대중이 상상하던 인도 생활을 그대로 나타낸 것이다. 우선 눈 큰 원숭이들이 우글거리는 울창한 정글이 있고, 강줄기 끝이 땅속으로 잠기는 강변 빈터에서 세 마리의 코끼리가 서로 물을 뿌리며 물기를 털기 위해 몸을 흔들고 있으며, 좀더 멀리로는 노란색, 하늘색, 초록색 사리[1]를 입은 여인들과 허리에 간단한 옷을 두른 남자들이 말뚝 위에 올려놓은 작은 짚방석들 앞에서 엽차 잎과 생강 뿌리를 말리고 있고, 또다른 사람

---

1. 인도의 전통적인 여성 의복.

들은 나무틀 앞에 자리잡고 앉아 식물성 염료가 가득 든 항아리 속에 조각이 새겨진 판을 담가 염료를 묻힌 다음 사각형의 커다란 캐시미어 천에 무늬를 찍어내고 있다. 끝으로, 오른쪽에는 고전적인 호랑이 사냥 장면이 그려져 있는데, 나무로 만든 바람개비와 심벌즈를 흔들어대는 인도 용병들이 두 줄로 늘어서 있고, 그 사이로 이마에 술 장식과 깃 장식을 달고 또 날개 달린 붉은 말 그림의 직사각형 군기가 달린 호화로운 마갑을 걸친 코끼리 한 마리가 전진하고 있다. 이 후피 동물의 두 귀 사이에 찰싹 엎드려 있는 코끼리 조련사 뒤로는 가마 한 대가 우뚝 솟아 있는데, 그 안에는 열대지방용 방서모防暑帽를 쓰고 황갈색 구레나룻을 기른 유럽인 한 사람과 인도의 한 제후가 타고 있다. 제후의 긴 웃옷에는 작은 보석들이 박혀 있고, 눈부시게 흰 터번에는 긴 깃털 장식이 거대한 다이아몬드 한 개로 고정되어 달려 있다. 그리고 그들 앞쪽의 정글 기슭에는 작은 나무로부터 반쯤 몸을 내민 야생 동물 한 마리가 튀어오르려고 몸을 납작 엎드리고 있다.

왼쪽 벽 가운데에는 장밋빛 대리석으로 만든 거대한 벽난로가 있고 그 위에 대형 거울이 붙어 있다. 벽난로 선반 위에는 에델바이스가 가득 담긴 직사각형의 크리스털 화병과 1900년형 저금통이 놓여 있다. 저금통은 약간 몸을 뒤틀며 크게 웃고 있는 맨발의 흑인의 모습이다. 흑인은 흰 장갑을 끼고 헐렁한 스코틀랜드 방수복을 입고 철테 안경을 썼으며, 또 붉은색과 푸른색 큰 글씨로 '75'라는 숫자가 적혀 있고 성조기 무늬가 있는 실크해트를 쓰고 있다. 왼손은 앞으로 내밀고 오른손으로는 지팡이의 손잡이를 움켜쥐고 있다. 왼손 손바닥에 동전 한 개를 놓으면 팔이 올라가면서 동전이 정확히 몸속으로 들어간다. 그러면 이 자동인형 저금통은 감사의 표시로 지르박을 연상시키는 몸짓으로 두 다리를 대여섯 번 흔든다.

한편, 사각대 위에 새하얀 보를 덮어 만든 식탁이 안쪽 벽 전부를 차지하고 있다. 식탁을 가득 채우게 될 음식들은 아직 차려져 있지 않다. 다만 껍질을 쩍 벌린 채, 본래의 형태로 다시 가다듬어진 다섯 마리의 바닷가재 요리만 커다란 은접시에 별 모양으로 담겨 있다.

이 방에서 유일하게 살아 움직이는 인물이 있는데, 그는 널따란 현관 쪽으로 난 문과 식탁 사이에 놓인 등 없는 의자에 앉아 벽에 등을 기댄채 두 다리를 쭉 뻗어 약간 벌리고 있다. 그는 검은 바지에 흰 상의를 입은 하인이다. 30세가량이며 얼굴이 불그스레하고 둥글다. 그는 매우 지겨운 표정으로 소설책에 끼워져 있는 기도문을 읽고 있다. 책 표지에는 거의 벌거벗다시피한 여인이 해먹에 누워 긴 담뱃대를 입에 문 채 자개총대가 달린 소형 권총을 독자를 향해 아무렇게나 겨누고 있으며, 그 아래 다음과 같은 선전문이 실려 있다.

> 폴 윈터의 최근 소설 『쥐덫』에서, 독자는 작가의 『누에콩 속에 그녀를 재워라』, 『스코틀랜드인들은 화가 나 있다』, 『레인코트를 입은 남자』 등에 등장했던 주인공을 다시 만나는 기쁨을 누리게 될 것이다. 현재와 미래의 추리 문학을 보여주는 확실한 가치 또한 발견하게 될 것이다. 이번에는 우리의 주인공 호티 대위가 발트해의 한 항구에 죽음을 퍼뜨리는 위험한 정신병자와 싸운다.

제20장　　　　　　　　　　　모로

1

2층에 있는 넓은 아파트의 한 방. 바닥에는 황갈색 양탄자가 깔려 있고 벽에는 밝은 회색 널빤지가 붙어 있다.

　　방 안에 세 사람이 있다. 한 사람은 늙은 모로 부인으로 이 아파트의 주인이다. 그녀는 배船 모양의 침대에서 푸른 꽃무늬가 흩뿌려진 하얀 누비 담요를 덮고 누워 있다.

　　레인코트를 입고 캐시미어 스카프를 두른 모로 부인의 친구 트레뱅 부인은 침대 앞에 서서 방금 받은 어떤 그림엽서를 모로 부인에게 보여 주기 위해 핸드백에서 꺼낸다. 그림엽서에는, 모자를 쓴 원숭이 한 마리가 소형 트럭의 운전석에 앉아 있고 그 위로 '생무지쉬르에옹의 추억'이라는 글씨가 씌어 있는 작은 분홍색 두루마리가 펼쳐져 있다.

110　　　　침대 오른쪽에 놓인 침실용 탁자 위에는 노란 실크 갓을 씌운 램프, 커피 잔, 뚜껑에 밭을 갈고 있는 농부가 그려진 브르타뉴산 사블레 과자 상자, 옛 잉크병을 상기시키는 완벽한 반구형의 향수병, 말린 무화과 몇 개와 찐 에담 치즈 한 조각이 담긴 굽 달린 쟁반, 네 귀퉁이에 둥글게 다듬은 월장석을 끼워 박은 금속 마름모꼴 액자가 놓여 있다. 액자에는 깃에 모피를 댄 점퍼를 입고 야외용 식탁에 앉아 있는 40세가량의 남자 사진이 있는데, 식탁에는 쇠고기 등심, 소 위장 요리, 순대, 화이트 소스로 찐 닭고기, 발포성 사과주, 설탕에 졸인 과일을 박은 파이, 브랜디에 절인 자두 등이 잔뜩 차려져 있다.

침대 머리맡 탁자의 하단 선반에는 책이 몇 권 쌓여 있다. 맨 위에 있는 책의 제목은 『스튜어트 가문의 사랑 행로』로, 얇은 막을 씌운 표지에는 루이 13세풍의 가발과 깃털 달린 모자를 쓰고 풍성한 레이스 가슴 장식을 한 남자가 가슴을 온통 드러낸 하녀를 무릎 위에 앉힌 채 조각이 새겨진 거대한 맥주컵을 입에 가져가고 있는 그림이 그려져 있다. 이 책은 일종의 수상한 편집물로, 샤를 1세의 방탕한 생활과 수치스러운 행동을 신나게 떠벌리고 있다. 틀림없이 센 강변의 헌책방이나 역 구내 서점에서 '성인용'이라는 경고문을 붙인 채 밀봉해서 파는 저자 미상의 책 중 하나일 것이다.

이 방에 있는 세번째 인물은 왼쪽 약간 뒤쪽에 앉아 있는 간호사다. 그녀는 무심한 표정으로 삽화가 있는 잡지를 뒤적이고 있다. 잡지 표지에는, 옷 전체에 은실을 흩뿌려 장식한 환상적인 푸른색 턱시도를 입고 얼굴이 온통 땀으로 젖은 채 열광하는 청중들 앞에서 두 다리를 벌려 무릎을 꿇고 두 팔을 십자형으로 교차하고 있는 인기 절정의 한 남자 가수 사진이 실려 있다.

여든세 살인 모로 부인은 이 건물의 최고령자다. 그녀는 1960년경에 이곳으로 이사왔다. 당시 그녀의 사업이 번창하고 있었으므로, 회사 대표로서 업무를 효과적으로 수행하기 위해 부득이 고향인 작은 마을 생무지쉬르에옹(앵드르)을 떠나지 않을 수 없었다. 그녀는 포부르 생탕투안 지역의 가구상에게 목재를 대는 것을 주요 사업으로 하는 작은 합판 공장을 상속받은 뒤 금세 뛰어난 여류 사업가로 두각을 나타냈다. 1950년대 초 가구 산업이 빠르게 무너지면서 오로지 비용부담이 크거나 불확실한 거래—예를 들어 층계나 외랑外廊의 난간, 전등 받침대, 제단 방벽, 가구 다리, 빌보케나 요요 같은 장난감 등—에 속하는 합판 주문만 남게 되자, 그녀는 개인용 공구 제조, 포장, 배달 사업으로 과감하게 전업했다. 당시 인건비 인상은 필연적이었고 따라서 개인이 직접 다룰 수 있는 수리용품 산업이 비약적으로 발전할 것이라고 예견했기 때문이다. 그녀의 예측은 기대 이상의 결과를 가져다주었다. 그녀의 사업은 순식

111

간에 전국적인 규모로 확장되었으며, 독일, 영국, 스위스의 경쟁 회사에 직접적인 위협이 될 정도로 성장했다. 이들 세 나라의 경쟁 회사들은 서둘러 그녀에게 유리한 조건의 제휴 협정을 제안했다.

그녀는 40년 전에 과부가 되었고, 지금은 반신불수 상태다. 그녀의 남편은 예비역 장교였는데 '솜 강' 전투 도중 6월 6일에 사망했다. 자식도 없었고 고교 동창인 트레뱅 부인 외에는 친구도 없었던 그녀는 트레뱅 부인을 불러들여 자기와 함께 살게 했다. 그녀는 침대에 누워 있으면서도 한창 번창하고 있는 회사를 꿋꿋하게 계속 경영하고 있다. 다음에서 볼 수 있듯 회사의 생산품 목록은 아파트 설비 및 인테리어 산업의 거의 모든 영역과 다양한 부품 분야를 두루 포괄한다.

도배 용품: 휴대용 플라스틱 가방 안에 이중접이식 미터자 1개, 가위 1개, 룰렛 1개, 망치 1개, 2m 금속자 1개, 전류 조절기 드라이버 1개, 재단기 1개, 칼 1개, 솔 1개, 연추鉛錘 1개, 집게 1개, 팔레트나이프 1개, 큰 칼 1개가 들어 있음. 가방의 크기는 세로 45cm, 가로 30cm, 높이 8cm. 내용물을 포함한 총 무게는 2.5kg. 무상보증 기간 1년.

벽지 스테이플러: 4, 6, 8, 10, 12, 14mm짜리 스테이플 사용 가능. 여러 크기의 스테이플이 담긴 상자 1개와 7,000개의 스테이플이 담긴 상자 6개가 들어 있는 금속 상자 포함. 사용 설명서 한 권. 부속품으로 재단 나이프, 변류기(텔레비전, 전화, 전선), 스테이플 뽑개, 천 자르는 칼, 자석 쐐기 제공. 무상보증 기간 1년.

페인트칠 용품: 9ℓ짜리 플라스틱 통 1개, 탈수 창살 1개, 175mm짜리 폴리아미드 룰러 1개, 거품 내는 원통 1개, 래커칠을 위한 앙고라모 토시 1개, 25mm짜리 진짜 실크에 길이 60mm인 둥근 붓 1개, 넓이 60, 45, 25, 15mm에 두께 17, 15, 10, 7mm짜리 넓적한 붓 4개. 순실크. 최상품. 길이 55, 45, 38, 33mm. 무상보증 기간 1년.

페인트 분무기: 둥근 노즐과 납작한 노즐이 부착되어 있고, 노즐 상호 교환이 가능함. 엷은 막이 있는 압착기, 알루미늄 본체, 최고 3kg/cm²의 압력, 시간당 최고 7m³의 유량, 용수철 달린 송풍기, 압력계 달린 공기 펌

프, 220V 1/3마력에 작동·정지 스위치가 달린 전기 모터, 어스판이 달린 2m짜리 송전 케이블. 청동 중계관으로 연결된 4m짜리 바람공급기. 전체 무게 12kg. 무상보증 기간 1년.

유동식 발판: 바퀴가 달리고 다리 넓이가 1.6m인 사다리 1대, 마구리가 있고 다리 넓이가 1.6m인 사다리 1대, 60cm짜리 추가 높이대 2개, 난간과 대각선 지주가 부착되어 있고 50-220까지 높이 조절이 가능한 30×30cm의 발판 달린 145×50짜리 받침대 1개. 190×68짜리 발판 밑 버팀목. 제동 장치. 전체 무게 38kg. 무상보증 기간 1년.

다용도 사다리: 타원형 강철관으로 된 기둥. 다섯 가지 구성 요소. 고품질 자동 빗장 장치.(간편한 시스템) 직선 길이 5.12m, 접은 길이 2.40m, 면적 145×65×20. 무게 23kg. 부속품: 의자버팀대, 바꿔 끼울 수 있는 발판, 다리 끝 장식. 무상보증 기간 1년.

기술자 작업대: 004×060×120의 성능 좋은 작업대 외에, 회전대 위에 부착된 서랍 2개와 공구정리용으로 구멍 뚫린 양철판 한 개가 딸린 견고한 제품. 원추형 빗장 장치. 납작하게 접을 수 있음. 20/10°의 저온에도 견디도록 제작. 고온 처리된 회색 페인트 도장. 나사 조립식. 높이 90cm, 무게 60kg. 무상보증 기간 1년.

전기 변속기용 드릴·마치: 220V. 250W. 이중 절연 장치. 라디오, 텔레비전의 잡음 방지 장치. 공전 속도 0-1400/3000tr/mn. 타진 빈도 1분당 0-14000/35200번. 강철: 10mm, 콘그리트: 12ⅢⅢⅢ, 나무: 20mm. 10mm짜리 열쇠 달린 천공기. 케이블 3m. 목걸이 줄 손잡이. 깊이 제동 장치 보조키. 무게 2.5kg. 기타 부속품: 표준형 변류기, 권총형 손잡이, 측면 손잡이, 죔쇠, 이중천공기, 감속장치, 금공金工용 끌, 고정 장치, 홈 만드는 도구, 소탁자, 작은 기둥, 큰 기둥, 작은 원주, 타진 추, 둥근 회전톱, 종모양 톱, 띠톱, 연질 경석輕石, 윤내는 경석, 진동 경석, 궤도 경석, 표면 끝손질용 경석, 대패, 도림질용 전동톱, 장붓구멍 파는 기계, 기계 대패, 가요선可撓線, 갈음질 기계, 솔, 큰 전정 가위, 교반기, 압착기, 분무기, 보조판, 칼날 세우는 줄, 바이스, 2-8까지의 고속 강철 송곳 13개가 담긴 상자, 4, 5, 6, 8짜리 텅스텐 탄화물 송곳 4개와 4, 5, 6, 8짜리 바나듐 크롬에 금속을 섞은 송곳 4개가 든 상자, 6mm짜리 구멍 넓히는 송곳, 8mm짜리 구멍 넓히는 송곳, 10mm짜리 구멍 넓히는 송곳, 볼트, 대패날, 나무 선반, 고정 대패 변류기, 연관 끝 확대기, 고정된 장붓구멍을 파는 기계, 갈음질판, 평면 만드는 기계, 회전식 연마기. 무상보증 기간 1년.

공구 상자: 크롬 바나듐 8, 9, 10, 11, 12, 13, 14, 16, 17, 19, 21, 23의 12면을 가진 스패너 12개 한 벌. 아세테이트 250 홈에 손잡이가 분리된 다용도 크롬 도금 펜치, 아세테이트 180 홈에 손잡이가 분리된 만능 크롬 도금 펜치, 손잡이가 달린 둘레 200mm짜리 반연철의 반줄 줄자, 손잡이가 달린 125짜리 반연철의 각줄 줄자, 밝은 색깔의 광택 나는 28사이즈 손잡이와 래커칠을 한 리벳 해머로 된 망치, 크롬 바나듐 175의 정비기구용 나사돌리개, 바나듐 125의 정비기구용 나사돌리개, 제1크롬 바나듐 십자나사돌리개, 절연 크롬바나듐 125의 전기기구용 나사돌리개, 금속 조각용 끌, 18사이즈 열쇠, 뷰렛관, 제련 강철 20에 앞부분에 광이 나는 멍키스패너, 10개의 날이 달린 두께 계기計器, 전문가 수준의 금속제 톱 테, 빨간색 래커를 칠한 타원형 크롬 튜브, 카드뮴을 입힌 핀 뽑는 도구, 납작한 크롬 도금 집게. 무상보증 기간 1년.

공구장: 트렁크 형태. 구멍 뚫린 작은 판 24개와 갈고리에 걸 수 있는 클립 80개 포함. 높이 55, 넓이 45, 깊이 15cm. 6~9사이즈 납작한 열쇠 7개짜리 한 세트, 4/14 관이 달린 열쇠 9개짜리 한 세트, 톱 테, 십자나사돌리개, 4×100의 전기기구용 나사돌리개, 6×150의 기술자용 나사돌리개, 분리 가능한 다용도 집게, 분리 가능한 만능 집게, 13mm 발판 달린 드릴 고정용 판, 1-10mm 천공기 19개짜리 한 세트, 제3대패, 날 세 개짜리 회전톱, 10사이즈 조각끌, 20사이즈 조각도, 래커칠을 한 25사이즈 리벳해머 망치, 200호 반원형 굵은 줄, 175호 반원형 줄, 150호 3/4줄, 나무 미터자, 카드뮴 도금 핀 뽑는 도구, 카드뮴 도금 센터펀치, 구멍 뚫는 끌 2개, 나사송곳 2개, 180사이즈 못뽑이, 연통관식 수준기. 전체 무게 14.5kg. 무상보증 기간 1년.

납작 열쇠 12개 세트: 크롬 바나듐을 절삭해 만든 열쇠, 6~7, 8~9, 10~11, 12~13, 14~15, 16~17, 18~19, 20~22, 21~23, 24~26, 25~28, 27~32. 무상보증 기간 1년.

암나사 홈 파기용 공구 상자: 암나사 홈 파는 기구 9개, 미터의 피치[1] 3×05, 4×07, 5×08, 6×1, 7×1, 8×1.25, 9×1.25, 10×1.50, 12×1.75짜리 텅스텐 섞은 강철 다이스 선반 9개, 나사틀 돌리개 1개, 수나사 깎는 기구 1개가 들어 있음. 무상보증 기간 1년.

소켓 상자: 10-32까지의 크롬 바나듐 12면으로 된 소켓 18개, 자루 굽은 나사송곳 1개, 만능 연결 장치 1개, 미끄러지는 손잡이 1개, 뒤집을 수 있는 멈춤쇠 1개, 소형 보조기구 1개, 대형 보조기구 1개가 들어 있음. 무상보증 기간 1년.

벽돌공사 필수용품: 50사이즈 플라스크 3개, 수평을 재는 금속 흔들이 추 1개, 22사이즈의 끝이 둥근 흙손 1개, 20사이즈의 끝이 네모난 흙손 1개, 16사이즈의 납작하고 긴 흙손 1개, 300×16사이즈 석공 끌 1개, 300×16사이즈 석공 쇠꼬챙이 1개, 바이올린 모양의 금속 솔 1개. 무상보증 기간 1년.

전기설비 용품: 160사이즈 절연 측면 절단 집게 1개, 180사이즈 절연 크롬 도금 만능 집게 1개, 140사이즈 크롬 도금 라디오 집게 1개, 180사이즈 절연 크롬 도금 껍질까기 집게 1개, 전류 조절 나사돌리개 1개, 절연 손잡이가 부착된 바나듐 크롬 도금 나사돌리개 1개, 60W 전력 용접용 인두 1개, 접착성 띠 롤러 1개. 무상보증 기간 1년.

목공 용품: 회전톱 1개, 양면톱 1개, 목수용 망치 1개, 절단 펜치 1개, 1/2 가늘기 못뽑이 1개, 8, 10, 15사이즈 목공 기위 3개, 장붓구멍 파는 끌 1개, 7×150사이즈 나사돌리개 1개, 4×100사이즈 나사돌리개 1개. 무상보증 기간 1년.

배관공사 용품: 440×210×100사이즈 금속 상자 안에 자동점화기가 부착되고 끝이 날카롭게 생긴 용접 취관 1개(퓨즈 통 미포함), 금속 땜질 막대기 5개, 250mm사이즈 크롬 바나듐 바이스 펜치 1개, 0/30mm 구멍 도관 절단기 1개, 0/25mm짜리 도관 죔쇠 1개, 6, 8, 10, 12, 14mm사이즈 도관 축경 설치 기구 1개가 들어 있음. 무상보증 기간 1년.

자동차 용품: 접는 십자가형 열쇠, 앞 유리창 긁기용 연장, 4/4사이즈 긴 열쇠 9개 한 세트, 6×7-16×17의 납작 열쇠 6개 한 세트, 8개의 날이 부

115

---

1. 나사 1회전으로 나가는 거리.

착된 전선관용 열쇠, 건전지 방식 손전등, 기름 뷰렛관, 분리 가능한 만능 펜치, 다용도 펜치, 톱니바퀴 모양의 크롬 도금 열쇠, 점화 플러그 솔 세트, 나사돌리개 4개 한 세트, 크롬 도금 망치, 볼 링크 점화 플러그 열쇠, 접속선, 자석 열쇠 한 세트, 아연 도금한 핀 뽑기 도구들, 무두질한 가죽, 윤활유용 펌프, 수동 공기펌프, 소화기, 삼각 신호대, 수력水力 손기중기, 0/3바²짜리 타이어 압력 조절장치, 산酸 정량기, 부동不凍 장치, 백색 렌즈가 고정된 휴대용 전등, 착탈식 붉은 렌즈. 무상보증 기간 1년.

응급조치 용품 상자: 산소 포함량 10의 물 플라스크 1개, 70 수정 알코올 플라스크 1개, 대형 점착성 붕대 2개, 소형 점착성 붕대 4개, 가시 뽑는 집게 1개, 가위 1개, 요오드 플라스크 1개, 흡수성 습포 3장, 3×0.07m짜리 흡수성 거즈 밴드 2통, 1×0.05m짜리 넓은 밴드 2통, 지혈기 1개, 유연한 센티 눈금 줄자 1개(1.50m), 건전지와 전구가 부착된 크롬 도금 금속제 손전등 1개, 지워지지 않는 분필 1개, 알코올에 적신 솜 5봉지, 청량 물수건 1봉지, 안전핀이 담긴 금속통 1개, 정제약을 담을 수 있는 빈 금속통 1개, 흡수성 면봉 5통, 일회용 비닐장갑 3벌, 고무로 만든 인공호흡기용 소생관 1개, 사용설명서 포함. 무상보증 기간 1년.

캠핑족을 위한 캠핑 도구 케이스: 고품질의 6인용 필수품. 뚜껑 달린 대야 겸용 폴리에틸렌 들통 1개, 밀폐용 뚜껑이 달린 대형 샐러드 그릇 1개, 납작 접시 6개, 오목 접시 6개, 인스턴트 식품용 밀폐 상자 1개, 손잡이 달린 작은 술통 1개, 소금통 1개, 후추통 1개, 달걀 상자 1개, 물컵 6개, 찻잔 6개, 나이프, 포크, 수저 각 6벌. 케이스 크기 42×31×24cm. 전체 무게 4.2kg. 무상보증 기간 1년.

주랑柱廊공사 용품: 3.5m. 부속 용구들이 딸린 걸쇠 8개. 내연 래커 페인트로 도장한 초록색 강철 튜브. 80mm짜리 장선, 40mm짜리 안쪽기둥 4개, 35mm짜리 바깥쪽 기둥 2개. 길이 3.90m, 너비 2.90m. 최대 공유 면적 6m. 특허품 빗장 장치로 죈 걸쇠들. 기타 부속 용구: 그네 2개, 12mm짜리 폴리프로필렌 밧줄로 동여맨 사다리꼴 그네 1개, 22mm짜리 마麻로 만든 매끈한 밧줄 1개, 10mm짜리 폴리프로필렌 밧줄로 동여맨 사다리 1개. 기타 주문에 따른 특별 부속품: 노끈, 고리 한 세트, 1인용 곤돌라, 2인용 곤돌라. 조립 설명서와 기타 고정 방법에 관한 소책자 포함. 무상보증 기간 1년.

사무 용품: 섬세한 곱슬 주름, 갈색 톤의 색 배합, 23K 금장식, 깔끔한 마무리로 처리된 완벽한 모조가죽 합성품 안에 48×33사이즈 압지장 밑받침 1개, 일력 메모지철 1개, 연필통 1개, 서류 분류철 1개가 들어 있음. 무상보증 기간 1년.

제21장　　　　　　　기관실에서
　　　　　　　　　　　　1

한 남자가 건물 전체에 열을 공급하는 보일러의 꼭대기에 납작하게 엎드려 있다. 40세가량 된 남자. 노동자 같지는 않고, 기술자나 가스 검침원처럼 보인다. 남자는 작업복이 아닌 평상복 차림인데, 물방울무늬 넥타이에 밝은 푸른색 테르갈[1] 와이셔츠를 입고 있다. 머리에는 네 귀퉁이를 묶은, 추기경의 붉은 빵모자를 연상시키는 붉은 손수건을 쓰고 있다. 그는 셈 가죽으로 원통형 부품을 닦고 있다. 부품의 한끝에는 철사대가 달려 있고, 다른 쪽 끝에는 용수철 밸브가 연결되어 있다. 그의 곁에는 찢어낸 신문지 한 면이 놓여 있는데, 몇몇 제목과 광고, 기사의 일부분이 보인다.

118

| 베즐리즈 고립 지대를 소탕 했던 샬레이코 장군, 시카 고에서 사망 | 존 휘트머의 소설 『몰로스 개는 불안하다』(칼바스 출 판사) 대상 수상 |

내 민족의 평화와 나라의 정부를 파괴했던 자, 그 이유는

스파이스 2연대 군악대 오늘 오후 연주회 열어

신문지 위에는 나사못, 볼트, 둥근 쇠고리, 죄는 걸쇠, 리벳, 쇠꼬챙이 같은 여러 부품과 몇 가지 공구가 놓여 있다. 그리고 보일러 앞면에

---

1. 폴리에스테르 섬유의 프랑스 상표.

는, 다이아몬드형形 도안 위에 '리하르트&제허'라는 광고문이 새겨진 둥근 금속판이 붙어 있다.

　이 중앙난방 시설은 비교적 최근에 갖추어졌다. 그라티올레 집안이 아파트의 소유 지분을 절반 이상 갖고 있던 시절, 그들은 중앙난방공사에 대해 쓸데없는 지출이라며 완강하게 반대했었다. 그리고 그들 스스로가 당시 대부분의 파리 사람들처럼 벽난로나 나무 혹은 석탄 난로로 난방을 했다. 그러나 1960년대 초 올리비에 그라티올레가 남아 있던 건물 지분의 거의 대부분을 로르샤슈에게 팔아버리자 소유주들은 마침내 투표를 거쳐 중앙난방공사를 시행했다. 그와 동시에 지붕 전체를 수리했으며 앙드레 말로가 공표한 최근 법령에 따라 건물 외벽 정비라는, 비용이 많이 드는 공사도 실시했다. 거기다 로르샤슈 부부 소유의 복층 아파트와 모로 부인 아파트의 내부 전체 개조공사까지 진행되어 이 건물은 거의 1년 가까이 더럽고 시끄러운 공사장으로 변해 있었다.

　그라티올레 집안의 이야기는 대충 카라바 후작의 이야기와 비슷하게 시작되지만 결말은 훨씬 더 불행하다. 그 일원 중 거의 모든 것을 가졌던 이나 거의 아무것도 갖지 못했던 이니 결국엔 모두 성공하지 못했기 때문이다. 1917년, 목재 생산 및 거래로 부를 쌓았던 쥐스트 그라티올레가 죽었을 때—그는 특히 가느다란 홈 파는 기계를 발명한 인물인데, 그 기계는 아직도 수많은 쪽판 마루 공장에서 사용되고 있다—네 명의 자식은 그가 남긴 유언에 따라 재산을 나누어 가졌다. 당시 그의 재산으로는 건물 하나—이 책의 처음부터 이야기의 소재가 되고 있는 바로 이 건물—와 3분의 1은 농업에, 또 3분의 1은 목축업에, 나머지 3분의 1은 임업에 각각 활용되고 있는 베리의 농장, 오부반지다(카메룬) 광산회사의 상당량의 주식, 당대 최고가를 호가하던 브르타뉴 태생의 풍경 화가이자 동물 화가 르 메리아데슈의 대형 그림 네 점이 있었다. 결국 장남 에밀은 건물을 상속받았고, 제라르는 농장을, 페르디낭은 주식을, 그리고 외동딸 엘렌은 그림을 받았다.

아버지가 사망하기 몇 해 전 그녀의 무용 선생인 앙투안 브로댕과 결혼했던 엘렌은 이 상속에 대해 즉시 이의를 제기하려 했다. 그러나 전문가들은 그녀가 매우 불리하다는 결론을 내렸다. 우선 그들은, 아버지가 파리의 건물 관리나 농지 경작, 아프리카 주식 관리에 따르는 책임과 근심에서 그녀를 자유롭게 해주기 위해 예술 작품을 물려준 것으로 보인다고 설명했다. 또한 한창 명성이 높은 화가의 그림 네 점은 아직 채굴이 시작되지 않았고 어쩌면 영원히 시작되지 않을지도 모르는 광산의 주식과 적어도 대등한 값어치를 지니기 때문에, 재산 분배가 부당했음을 증명하기도 어려울 것이라고 판단했다.

엘렌은 그림 네 점을 6만 프랑에 팔았다. 그로부터 몇 년 후 르 메리 아데슈의 값이 떨어진 것을 고려하면—그러나 오늘날 그의 인기는 다시 올라가고 있다—그 가격은 엄청난 액수였다. 그 소자본으로 그녀와 남편은 미국으로 이주했다. 그곳에서 그들은 직업적인 도박꾼이 되어 야간열차와 시골 도박장 등지에서 불법 도박판을 벌였는데, 판이 벌어지면 때로는 일주일 이상이나 계속되기도 했다. 그런데 1935년 9월 11일 새벽, 앙투안 브로댕이 살해당했다. 죽기 사흘 전에 그가 도박장에 들어오려던 깡패 세 명을 막은 일이 있었는데, 그들이 그를 펜사콜라(플로리다)에서 40킬로미터 떨어진 제마이 크리크의 버려진 경마장으로 끌고가 몽둥이로 때려 죽인 것이다. 그로부터 몇 주 후 엘렌은 프랑스로 돌아왔다. 그리고 약 1년 전 사망한 에밀에게서 이 건물을 상속받은 조카 프랑수아로부터, 댕트빌 의사의 옆집인 7층의 방 두 칸짜리 아파트의 소유권을 얻어냈다. 그녀는 1947년 죽을 때까지 그곳에서 얌전하게, 알 수 없는 불안 속에서, 남의 눈에 띄지 않게 조용히 살았다.

17년 동안 건물을 소유하고 있던 에밀은 성실하고 능력 있는 관리자로서의 역할을 다했다. 그는 건물을 현대화하는 공사도 다양하게 벌였는데, 특히 1925년에는 엘리베이터를 설치하기도 했다. 그러나 자신이 유산의 유일한 수익자이며 또 아버지의 뜻을 존중하는 대신 형제들과 누이의 이익을 침해했다는 생각에 항상 동생들에게 책임감을 느꼈고 그들의 사업을 돕고 싶어했다. 이러한 장남으로서의 세심함이 그의 파산의 발단이 되었다.

둘째 아들 제라르는 그나마 운이 따라서 농업에 전념할 수 있었다. 그러나 셋째 페르디낭은 곧 심각한 난관에 부딪혔다. 그가 실질적인 대주주가 된 오부반지다(카메룬) 광산회사는, 유산으로 물려받기 십여 년 전에 즈윈데인 대표단 소속의 네덜란드 지질학자 세 사람이 찾아낸 풍부한 주석광 광상鑛床을 시굴하고 개발하려는 목적으로 설립된 회사였다. 그때부터 여러 차례의 예비 탐사가 계속되었지만, 그에 대한 보고서 대부분이 그다지 고무적이지 못했다. 어떤 탐사 대원들은 거대한 주석 광맥이 존재하는 것은 확실하지만 채광 여건과, 특히 수송 여건이 좋지 않다고 우려했다. 또 어떤 대원들은 광석이 너무 보잘것없어서 오히려 채굴 비용만 많이 들 것이라고 걱정했다. 또다른 대원들은 채취한 표본에 주석광의 흔적이 보이지 않고 대신 보크사이트, 망간, 철, 구리, 금, 다이아몬드, 인산염 등이 포함되어 있다고 주장했다.

이렇듯 비관적인 견해에도 불구하고, 반대를 표하는 보고서들은 회사의 주식이 주식시장에 상장되고 해를 거듭할수록 자본금이 증가하는 것에 전혀 걸림돌이 되지 않았다. 1920년 르 오부반지다(카메룬) 광산회사는 대략 7,500여 명의 주주들로부터 2,000만 프랑의 출자금을 모았고, 회사 이사회에 전직 장괸 세 명, 은행가 여덟 명, 내사업가 열한 명을 끌어모았다. 그리고 바로 그해, 초반의 소란스러운 분위기에서 후반의 흥분된 분위기로 총회가 진행된 끝에 이제는 불필요한 준비작업을 끝내고 광맥이 어떠하든 즉시 채광을 시작해야 한다는 의견이 만장일치로 가결되었다.

페르디낭은 당시 토목국 기술자로 있었기 때문에 작업 감독관으로 선임될 수 있었다. 1923년 5월 8일, 그는 가로바에 도착했다. 그리고 현장에서 모집한 500명의 인부, 11.5톤의 자재, 27명의 유럽 출신 간부와 함께 아다마와의 고원을 향해 부반지다 강의 상류를 거슬러 올라가기 시작했다.

그런데 기초공사와 수평갱도공사는 날마다 계속되는 비로 난관에 부딪히고 계속 지연되었다. 비 때문에 강물은 예측할 수 없게 불어났고 강수량도 불규칙해졌으며, 비가 조금만 강하게 쏟아져도 그때까지 설치해놓은 장애물 제거 장치나 흙으로 세워놓은 모든 것이 번번이 쓸려 내려갔다.

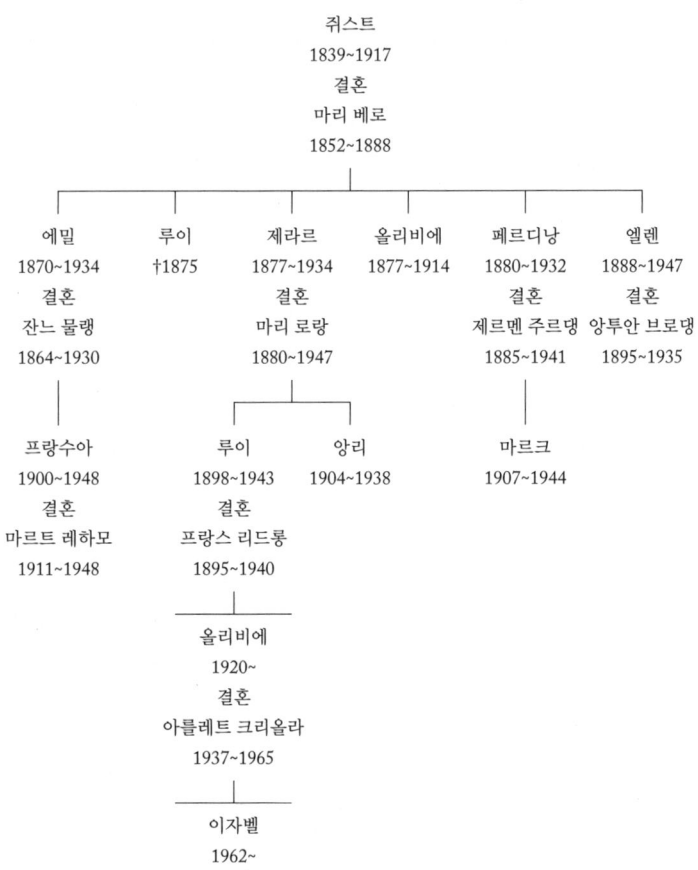

2년 후 페르디낭 그라티올레는 열병에 걸려 본국으로 돌아와야만 했다. 당시 그는 오부반지다의 주석광이 결코 수익성 높은 사업으로 개발되지 못할 것이라고 확신하고 있었다. 한편 그는 그동안 여러 지역을 돌아다니며 온갖 종과 변종의 짐승이 넘쳐나는 것을 보고 피혁 거래 사업이라는 아이디어를 얻어냈다. 병에서 회복되자마자 그는 자신의 주식을 모두 팔아 현금을 만든 다음 피혁 제품, 모피, 이국적인 뿔과 갑각 등을 수입하는 회사를 설립했는데, 얼마 지나지 않아 실내장식 분야의 전문업체가 되었다. 실제로 그 시대에는 모피로 만든 침대 밑 깔개와 족제비, 영양, 기린, 표범, 혹소[2] 등의 가죽으로 커버를 씌운 등나무 가구가 유행했다. 물소 가죽이 부속 재료로 쓰인 작은 미국산 소나무 장롱을 1,200프랑에 파는 것은 손쉬운 일이었으며, 자라 등딱지에 끼워넣어 만든 토르토시의 체경體鏡은 드루오에서 무려 3만 8,295프랑에 팔리기도 했다!

그 사업은 1926년에 시작되었다. 1927년이 되면서부터 세계 가죽 및 피혁 제품 유통이 6년 동안 계속 현기증 날 정도로 하강세를 보이기 시작했다. 페르디낭은 위기설을 믿지 않았고 고집스럽게 재고품을 쌓아갔다. 그러나 1928년 말 결국 그의 자본금 총액이 동결되어 사실상 유통이 불가능해졌고, 그는 운송비와 보관비도 지불할 수 없는 처지가 되었다. 그가 위장 파산을 피할 수 있도록 에밀은 아파트 두 채를 팔아 그에게 자금을 대주었는데, 그중 한 채가 바틀부스가 사서 이사 온 집이었다. 그러나 이 일은 별다른 도움이 되지 못했다.

1931년 4월, 페르디낭이 보유하고 있던 재고품 4만여 점의 값이 구입 당시의 가격보다 서너 배 정도 떨어지고 그것들을 보존하고 지키는 일뿐 아니라 새로 자본을 투자하는 일도 완전히 불가능해졌음이 점점 더 확실해졌을 때, 그의 물건들이 쌓여 있던 라 로셸의 창고에 화재가 발생해 모든 것이 완전히 불타버리고 말았다.

보험회사들은 보험금 지불을 거부했고 나아가 페르디낭이 방화를 교사했다고 고소했다. 페르디낭은 아내와 아들(그의 아들은 철학 교수 자격시험에 뛰어난 성적으로 막 합격한 상태였다)과 연기가 채 가시지 않은 폐허가 된 사업장을 버리고 도주했다. 그로부터 1년 후, 그의 가족은 그가 아르헨티나에서 시체로 발견되었다는 소식을 들었다.

그러나 보험회사들은 페르디낭의 미망인을 끈질기게 물고늘어졌

123

---

2. 마다가스카르에 서식하는 인도소로, 등에 큰
혹이 있는 소.

다. 결국 그녀를 돕기 위해 그의 두 매형인 에밀과 제라르가 희생해야 했다. 에밀은 그때까지 그의 소유로 남아 있던 서른 채의 아파트 중 열일곱 채를 팔았고, 제라르는 농장의 거의 절반을 팔아 돈을 마련했다.

에밀과 제라르 두 사람은 모두 1934년에 죽는다. 에밀이 폐울혈로 3월에 먼저 죽고, 제라르는 9월에 뇌출혈로 사망한다. 그들은 자식들에게 얼마 되지 않는 유산을 남겼는데, 그것마저도 해를 거듭할수록 계속 줄어들었다.

제1부

끝

제2부

제22장   로비

1

로비는 비교적 넓으며 거의 완벽한 정사각형의 장소다. 왼쪽 맨 구석에 있는 문은 지하 창고로 연결된다. 가운데에는 엘리베이터가 있고, 그 철제문에는 게시판이 걸려 있다.

오른쪽으로는 계단이 시작된다. 벽은 밝은 녹색 래커로 칠해져 있고, 바닥에는 올이 아주 촘촘한 양탄자가 깔려 있다. 왼쪽 벽에는 작은 레이스 커튼을 단 수위실 유리문이 있다.

　한 여자가 수위실 앞에 서서 이 건물의 거주자 명단을 읽고 있다. 그녀는 볼륨 있는 갈색 리넨 천 외투를 입고, 진홍색 석류석이 박힌 물고기 모양의 브로치로 앞을 여몄다. 생마포로 된 커다란 가방을 어깨에 비

---

1. 엘리베이터 운행 일시중단.

스듬히 메고 있고, 오른손에는 검은 프록코트 차림의 남자를 찍은 흑갈색 사진을 들고 있다. 남자는 구레나룻이 무성하고 코안경을 걸친 모습이다. 그는 마호가니와 구리로 된 나폴레옹 3세 스타일의 회전 책장 옆에 서 있으며 그 위에는 아룸[2]이 담긴 유리 꽃병이 놓여 있다. 그의 실크해트, 장갑, 지팡이는 바로 옆에 있는, 비늘 모양의 상감이 박힌 고급 책상 위에 놓여 있다.

이 남자—제임스 셔우드—는 모든 시대를 통틀어 가장 유명한 축에 속하는 한 사기 사건의 피해자였다. 1896년 천재적인 두 명의 사기꾼이 어느 아리마태아 사람이 그리스도의 피를 담아 두었다는 단지를 그에게 팔았던 것이다. 거주자 명단을 읽고 있는 이 여인—우르술라 소비에스키라는 이름의 미국인 소설가—은 3년 전 다음 작품의 소재를 찾던 중 이 신비에 싸인 사건을 재구성하는 일에 착수하게 되었으며, 자료 조사 끝에 최후의 몇몇 정보를 구하고자 오늘 이 건물을 찾아왔다.

1833년 얼버스턴(랭커셔)에서 태어난 제임스 셔우드는 아주 어린 나이에 고국을 떠나 보스턴에서 약사가 되었다. 1870년대 초, 그는 생강을 주성분으로 한 호흡기 질환용 젤리의 조제법을 발명해냈다. 기침에 잘 듣는 이 젤리에 대한 소문은 5년이 채 안 돼 널리 퍼졌다. '셔우드 젤리가 당신을 편안하게 해드립니다'라는 유명한 문구와, 안개 낀 마을을 배경으로 배를 깔고 엎드린 까다로운 노인으로 의인화된 감기 귀신을 갑옷 입은 기사가 창으로 공격하는 팔각형 그림이 젤리의 광고 수단이었다. 이 그림은 미국 전역으로 널리 퍼져나갔고 학생들의 압지장, 성냥갑 뒷부분, 광천수 병뚜껑, 치즈 상자 뒷부분 등에 인쇄되었다. 또 특정 기간 동안 셔우드 젤리 한 상자를 사는 모든 이들에게 덤으로 얹어준 수천 가지의 조그만 장난감이나 학용품 위에, 즉 필통과 작은 노트, 나무쌓기 장난감, 작은 퍼즐, 금 알갱이를 걸러내는 작은 체(캘리포니아 지역의 소비자들에 한함), 뮤직홀 대스타들의 가짜 사인이 들어가 있는 사진들 위에 인쇄되었다.

126

2. 천남성과天南星科의 식물.

그러나 이 경이로운 인기와 함께 따라온 막대한 부는 불행히도 당시 이 약사가 앓던 고통스러운 병을 치료해주지 못했다. 그것은 일종의 신경쇠약증으로, 그는 만성적인 가사 상태와 허탈 상태에서 벗어나지 못했다. 하지만 부의 축적은 그로 하여금 어느 정도 권태를 잊게 해주는 유일한 일인 '유니쿰 연구'를 계속하게 해주었다.

유니쿰이란 서적상과 고물상, 골동품상의 특수 용어로, 그 이름에서 짐작할 수 있듯 이 세상에서 단 하나밖에 없는 어떤 물건을 뜻한다. 다소 모호한 이 정의는 여러 범주의 물건에 적용된다. 우선 옥토베이스처럼 애초에 단 하나밖에 제작되지 않은 물건이 여기에 해당될 수 있다. 두 명의 연주자가 필요한 기괴한 콘트라베이스인 이 옥토베이스는, 한 명은 사다리 끝에 올라가 악기의 현을 담당하고 다른 한 명은 단층의 발판 위에 서서 악궁을 쥐고 연주해야 한다. 혹은 1913년 암스테르담 콘테스트에서 그랑프리를 수상했으나 전쟁으로 인해 상업화가 영원히 중단된 '레구익스 바바소르 알사티아' 같은 물건도 있다. 또 우리가 단 하나의 개체만 알고 있는 동물 종도 여기에 해당되는데, 예를 들어 유일한 표본이 마다가스카르에서 잡혀 파리의 자연사 박물관에 보존되어 있는 고슴도치 '다조갈 폰토이난티', 1966년 한 수집가가 150만 프랑에 샀던 나비 '트로이데스 알로테이', 혹은 1962년 유카탄 반도에서 찍은 사진 한 장 외에 그 존재를 확인할 길 없는 하얀색 등의 바다표범 '모나쿠스 트로피칼리스' 등이 그것이다. 단 하나 남아 있는 우표나 책, 판화, 녹음기록도 마찬가지다. 그리고 역사적 배경의 이런저런 특성상 유일한 것으로 간주되는 물건도 여기에 속한다. 베르사유 조약에 서명할 때 쓰였던 펜, 루이 16세의 머리와 당통의 머리가 떨어져 굴렀던 톱밥 바구니, 아인슈타인이 1905년 기념비적인 강연회 당시 사용했던 분필 조각 등이 그 예이며, 또 1898년 퀴리 부부가 추출한 순수한 라듐의 최초 1밀리그램, 엠스전보 사건을 일으킨 문제의 전보, 1921년 7월 21일 뎀프시가 카르팡티에에게 도전했을 때 사용했던 권투 글러브, 타잔의 첫번째 팬티, 영화〈길다〉에서 리타 헤이워스가 꼈던 장갑 역시 이 마지막 범주에 속하는 고전적인 예다. 만약 어떤 대상이든 유일한 방식으로 항상 정의될 수 있다는 점과 일본에 나폴레옹 모자를 대량생산할 수 있는 공장이 있다는 점을 고려해본다면, 이 범주는 가장 광범위하면서도 가장 애매한 것이기도 하다.

불신과 열정은 유니쿰 수집가들의 두 가지 특징이다. 불신은 이들로 하여금 찾고 있는 물건의 진정성과—특히—유일성의 증거를 지나칠 정도로 수집하게 만들며, 열정은 이들을 때로 한계가 보이지 않는 고지식함으로 이끈다. 사기꾼들은 바로 이 두 요소를 줄곧 염두에 둔 결과, 셔우드의 재산 3분의 1을 가로채는 데 성공했다.

1896년 4월의 어느 날, 셔우드가 보름 전 넓은 정원의 철책을 새로 칠하기 위해 고용한 롱기라는 이름의 한 이탈리아 노동자가 평소와 다름없이 그레이하운드 세 마리를 산책시키고 있던 이 약사에게 다가와, 꽤 그럴듯한 영어로 3개월 전 역사를 공부한다는 구이도 만데타라는 한 이탈리아인에게 방을 세놓았다고 이야기했다. 그런데 이 구이도라는 작자가 방세를 내지 않은 채 책과 서류만 가득 든 낡은 가방을 남기고 갑작스레 떠나버렸다는 것이다. 롱기는 책을 팔아 방세를 보상받고 싶었을 테지만, 남의 물건에 손대기가 두려워 셔우드에게 도움을 청하기에 이르렀던 것이다. 역사서 원고나 강의 노트에 전혀 흥미를 느끼지 못했던 셔우드는 그의 청을 거절하거나 하인 하나를 보낼 작정이었다. 그런데 그때 롱기가 라틴어로 된 오래된 책들이 있다고 밝혔다. 그의 호기심이 발동했고, 그럴 만한 가치가 있었다. 롱기는 그를 아이들과 아이 엄마들이 북적대는 커다란 목조 건물인 그의 집으로 안내한 후 만데타가 묵었던 작은 다락방 안으로 데리고 들어갔다. 셔우드는 그 가방을 열자마자 기쁨과 놀라움으로 몸을 떨었다. 노트와 찢어진 종잇장과 수첩, 오려낸 신문 기사, 빛바랜 책 더미 속에서 그는 낡은 '쿠아를리'를 한 권 발견했는데, 이는 쿠아를리라는 사람이 1530년에서 1570년 사이 베네치아에서 인쇄한 것으로 대부분은 희귀본인 데다, 나무로 장정되고 단면에 색칠이 되어 있는 이 진귀한 책들 중 하나였다.

셔우드는 정성스럽게 책을 검토했다. 책의 상태는 아주 나빴지만, 진품 여부는 의심할 여지가 없었다. 약사는 주저하지 않았다. 그는 지갑에서 100달러짜리 지폐 두 장을 꺼내 롱기에게 내밀었고, 이 이탈리아인의 어수선한 감사의 말을 자르면서 그 가방을 자기 집으로 운반하게 했다. 그러고는 가방에 담겨 있는 것들을 철저하게 검사하기 시작했는데, 시간이 지나면서 발견물이 하나하나 모습을 드러내자 점점 더 강렬한 흥분이 밀려오는 것을 느꼈다.

그가 발견한 '쿠아를리'는 진서 수집 취미 차원의 가치만을 지닌 것이 아니었다. 그것은 아르노 드 슈미예의 유명한 작품 『비타 브레비스 헬레나이』였다. 콘스탄티누스 대제의 어머니의 삶에 관한 주요 에피소드를 서술한 바 있는 작가가 예루살렘 성묘聖墓 교회의 건축 과정과 예수가 처형당했던 십자가를 발견하는 상황을 되살려낸 바로 그 작품이다. 송아지 가죽으로 된 간지에 꿰매어 만든 일종의 주머니에는 친필 원고가 다섯 장 끼워져 있었는데, 책보다 훨씬 후에 씌어졌지만 매우 오래된 것으로, 아마도 18세기 후반의 것으로 보였다. 이 원고는 지루할 정도로 꼼꼼하게 작성된 편집물이었는데, 끝없이 이어지는 촘촘한 글씨 기둥들이 열거되면서 그리스도 수난 관련 성유물들이 있는 장소와 그 세부 사항은 거의 해독할 수 없게 되어버렸다. 즉 로마의 성 베드로 성당, 성 소피아 성당, 보름스 성당, 클레르보 성당, 샤펠로쟁 성당, 보제의 폐질자 구제원, 버밍엄 세인트토머스 성당의 '성 십자가' 조각들. 생드니 사원, 나폴리 대성당, 시라쿠사의 산 펠리체 성당, 베네치아의 아포스톨리 성당, 툴루즈의 생세르냉 성당의 '성스러운 못들'. 산파올로 푸오리 르 무라 성당, 생장드라트랑 성당, 뉘른베르크 성당, 파리의 생트샤펠 성당에 있는 '론진이 그리스도의 옆구리를 찌를 때 사용한 창'. 예루살렘의 '성배'. 소피아 대성당에 있는, 그리스도의 긴 속옷을 탐내던 로마 군인들이 내기할 때 이용했던 '세 개의 주사위'. 산 조바니 인 라테라노 성당, 산타 마리아 뒤트란스테베레 성당, 산타 마리아 마조레 성당, 산 마르코 성당, 산 실베스트르 인 카피테 성당, 파리 생트샤펠 성당에 있는 '산과 쓸개즙이 스며 있는 수건'. 에브뢰의 생토랭 성당과 샤토메양, 오를레앙, 보장시의 성당들, 랭스의 노트르담 성당, 아브빌, 생브누아쉬르루아르 베즐레, 팔레르모, 콜마르, 몽토방, 빈, 파도바의 성당들에 있는 '그리스도의 가시관의 가시들'. 제노바의 생로랑 성당의 '성스러운 단지'와 로마의 산 실베스트로 성당에 있는 '성녀 베로니카의 성스러운 베일'. 로마, 예루살 렘, 토리노, 페리고르 지방의 카두앵, 카르카손, 마인츠, 파르마, 프라하, 바욘, 요크, 파리의 성당들에 있는 성의聖衣' 등.

나머지 자료들도 마찬가지로 흥미로웠다. 구이도 만데타는 골고다 언덕의 성유물에 관한 자료를 모아두었으며, 특히 모든 성유물 중 가장 값진 것으로 평가되는, 어느 아리마태아 사람이 예수의 상처에서 조금 씩 떨어지는 피를 받기 위해 사용했던 단지에 관한 역사적이고 과학적 인 자료를 모두 모아두었다. 뉴욕 컬럼비아 대학의 고대사 교수 J. P. 쇼 는 일련의 논문에서 성배에 관한 전설을 검토하면서 이 전설의 합리적 인 근거가 될 만한 현실적 요소를 밝혀내려고 했다. 쇼 교수의 분석은 그 다지 고무적이지 않았다. 그는 우선, 바로 그 아리마태아 사람이 성배를 영국으로 가져갔고 그것을 엄폐하기 위해 그곳에 글래스턴버리 수도원 을 세웠다는 전설이 성배 전설에서 비롯된 어떤(때늦은?) 기독교적 전 염에 기인할 뿐임을 입증했다. 또한 제노바 대성당의 '사크로 카티노'는 1,102년 카이사레아에서 십자군 병사들에 의해 발견되었다고 전해지는 에메랄드 잔으로, 어떻게 아리마태아의 사람 요셉이 그것을 손에 넣을 수 있었는지에 대해 의문이 생기지 않을 수 없었다. 그리고 예루살렘의 성묘 교회에 보존된 손잡이 두 개 달린 '금 성배'는 베드 존자尊者가 보지 도 않은 채 그리스도의 피가 담겼던 것이라고 주장했던 것으로, 물론 단 순한 술잔에 지나지 않는데, 이는 필경사가 '봉헌된consacré'이라는 단어를 '담긴contenu'이라는 단어로 잘못 읽은 데서 비롯된 혼동이었다. 마지막으 로 네번째 전설에 따르면, 곤데리크의 부르군트족은 아틸라와 그의 훈 족을 막기 위해 색슨족, 알라니족, 프랑크족, 서고트족 등과의 연대를 기 도한 아에티우스의 지휘하에 속죄의 성유물을 앞세우며—이는 당시에 널리 통용되던 방식이다—카탈루냐 평야에 도착했는데, 이 성유물 가운 데 '성배'도 포함되어 있었다. 이 성배는 그들을 개종시킨 아리우스파 선 교사들이 남기고 간 것으로, 약 30년 후 수아송 지역에서 클로비스에게 빼앗긴다. 쇼 교수는 이 네번째 전설을 가장 비사실적인 것으로 여기고 부정했는데, 예수의 화체化體[3]를 부인하는 아리우스파 신도들이 예수의 성유물을 숭배하거나 숭배하게 만들 생각을 했을 리가 없다는 것이다.

하지만 쇼 교수는 십자군 원정조차 하나의 조그만 에피소드에 지나지 않았던, 4세기 초부터 18세기 말까지 서구 기독교 문명과 콘스탄티노플 문명 사이에 이루어진 왕성한 교류를 통해, 예수의 매장 다음날부터 성배가 가장 주된 숭배 대상이 되었으며, 이로 미루어 볼 때 그것이 어디엔가 보존되어 있을 수도 있다는 가정이 불가능한 것은 아니라고 결론지었다.

만데타가 모은 자료를 모든 각도에서 연구한 끝에—아직 대부분의 자료가 그에게 해독 불가능한 것으로 남아 있지만—셔우드는 이 이탈리아인이 '성배'의 흔적을 찾아냈다고 확신했다. 그는 사립탐정 팀을 동원해 그 남자를 찾았으나 전혀 성과가 없었고 롱기 역시 변변한 증거를 제공하지 못했다. 따라서 그는 쇼 교수에게 직접 조언을 구하기로 결심했다. 그는 인명사전 『후즈 후 인 아메리카』 최신판에서 그의 주소를 찾아내 편지를 썼다. 답신은 한 달 후에 도착했다. 쇼 교수가 여행에서 돌아와서야 편지를 읽었기 때문이다. 그는 학기말 시험으로 매우 바빠 보스턴으로 움직일 수 없었고, 대신 셔우드를 기꺼이 집으로 맞았다.

그래서 1896년 6월 15일, J. P. 쇼의 뉴욕 자택에서 대담이 이루어졌다. 셔우드가 '쿠아를리'를 발견했다는 말을 꺼내자마자 쇼는 그의 말을 가로막았다.

131

"혹시 『비타 브레비스 헬레나이』 아닌가요?"

"맞습니다만……"

"책 뒤의 간지에는 골고다 언덕의 모든 성유물에 관한 목록이 들어 있는 봉투가 있지요?"

"바로 그렇습니다만……."

"아, 선생, 마침내 당신을 만나 기쁘군요! 당신이 찾아낸 건 바로 제 책이랍니다. 제가 알기로, 그 책은 그것 단 한 권밖에 없습니다. 2년 전 누군가 제게서 그 책을 훔쳐갔지요."

---

3. 성찬의 포도주와 빵의 실체가 예수의 피와
살의 실체로 변화하는 것.

교수는 일어나 서류 정리 상자로 가더니, 구겨진 종이를 몇 장 꺼내 들고 돌아왔다.

"자, 보세요, 이게 제가 학술지들에 게재하고 이 나라 모든 도서관에 보냈던 통지문입니다."

1893년 4월 6일, 미국 뉴욕 주 뉴욕에 있는 J. P. 쇼 교수의 자택에서 아르노 드 슈밀레의 『비타 브레비스 헬레나이』의 희귀한 판본을 도난당함. 쿠아클리, 베네치아, 1549, 171 ff. ch., 11 ff. n. ch. 매우 손상된 나무판지 장정. 송아지 가죽 간지. 채색된 단면. 세 개의 잠금쇠 중 둘은 손상되지 않음, 여백에 다수의 원고 주석이 적혀 있음. J. B. 루소의 친필 원고 다섯 장이 끼워져 있음.

셔우드는 아주 싼값에 구했다고 믿었던 이 책을 쇼 교수에게 돌려주어야만 했다. 그는 쇼가 건네준 보상금 200달러를 거절했다. 오히려 그는 이 역사학자에게 이탈리아인이 모은 풍부한 자료를 탐구하는 데 도와줄 수 있겠냐고 요청했다. 이번에는 교수가 거절했다. 대학에서 맡은 일 때문에 그럴 여유도 없었거니와 만데타의 자료에서 뭔가 캐낼 수 있으리라 믿지 않았기 때문이다. 성유물의 역사에 관해 연구한 지 20년이나 된 그로서는 웬만큼 중요한 자료라면 자신이 보지 못했을 리 없다고 생각했다.

132   셔우드는 계속 간청했고, 엄청난 보상금을 제의한 끝에 교수의 수락을 얻어냈다. 한 달 후, 시험기간이 끝나자 쇼 교수는 보스턴에 체류하면서 만데타가 남긴 수많은 메모와 논문, 신문 기사 꾸러미를 면밀히 조사하기 시작했다.

골고다 언덕의 성유물에 관한 검토는 1718년 당시 카페 로랑의 불미스러운 노래 사건으로 프랑스에서 추방되어 사부아 공국 외젠 왕자의 비서관으로 지내던 시인 장 바티스트 루소에 의해 이루어졌다. 오스트리아 왕국을 위해 싸웠던 이 왕자는, 그 전해에는 투르크인들로부터 베오그라드를 탈환했다. 다른 여러 승리에 뒤이은 이 승리는 베네치아 왕가와 합스부르크 왕가 대對 오스만투르크의 오랜 알력을 잠정적으로 종식시켰고, 1718년 7월 21일 파사로비츠에서 영국과 네덜란드가 조정국으로 참여한 가운데 평화조약이 체결되었다. 바로 이 조약에 즈음해 터키의 술탄 아흐메드 3세는 외젠 왕자의 호의를 얻고자 성 소피아 성당의 한 성벽에 만들어진 비밀 창고에서 나온 상당량의 중요한 성유물을 왕자에게 보냈다. 이때 운반된 성유물에 대한 자세한 내역은 모리스 드 삭스—그는 그 누구보다도 잘 알고 있던 군사 기술을 가르치기 위해 이미 외젠 왕자의 휘하에 들어가 있었다—가 로벤 백작부인에게 보낸 편지에 의해 전해지고 있다. '……성스러운 창[4]의 칼날 부분, 가시관, 그리스도의 태형에 쓰인 가죽끈과 채찍, 그리스도 수난의 성스러운 망토와 갈대, 성스러운 못, 매우 성스러운 단지, 성의와 매우 성스러운 베일.'

그 성유물이 어떻게 되었는지 아는 사람은 아무도 없었다. 오스트리아-헝가리 왕국의 성당이나 그 밖의 다른 지역 성당에 보존된 어떤 보물도 이 성유물과는 무관했다. 중세와 르네상스 시대 전반에 걸쳐 융성했던 성유물 숭배는 결국 급격하게 쇠퇴하기 시작했고, 외젠 왕자가 장 바티스트 루소로 하여금 당시까지 숭배되던 모든 성유물의 명세를 작성하게 한 데는 바로 조롱의 뜻이 있었다고 여길 만했다.

그러나 약 50년이 흐른 뒤 이 '매우 성스러운 단지'는 새로운 자취를 드러냈다. 1765년이라고 적힌 한 이탈리아어 편지에서 정론가 베카리아는 그의 후원자 카를로 주세페 피르미안에게, 1727년 사망 당시 문헌학자 피티스쿠스가 자신이 교장으로 있던 네덜란드 위트레흐트의 생 제롬 학교에 유증한 그 유명한 고문화재실을 방문했노라고 이야기했고 특히 '인장이 찍힌 어떤 토기 단지는 골고다의 단지라고 불렀다'고 언급했다.

물론 쇼 교수는 장 바티스트 루소의 리스트—'쿠아를리'에 끼워져 있던 것이 그 원본이다—와 모리스 드 삭스의 편지에 대해 알고 있었다. 그러나 그는 베카리아의 편지에 관해서는 모르고 있었다. 이 편지는 그를 기쁨으로 들뜨게 만들었는데, '인장이 찍힌 토기 단지'라는 언급은 오로지 그만이 간직하고 있었던, 그러나 차마 글로 써 발표하지는 못

---

4. 십자가에 매달린 그리스도를 찌른 창.

했던 가정을 뒷받침해주었기 때문이다. 즉 그리스도 수난의 날 저녁, 아리마태아 사람 요셉이 그리스도의 피를 받아 담아두었던 그 성배는 금이나 청동이나 구리로 만들어졌을 리 없고, 순수한 에메랄드를 깎아 만들었을 리는 더더욱 없으며, 아주 당연히 흙으로 만들어졌을 것이다. 요셉이 구세주의 상처를 씻으러 가기에 앞서 시장에서 구입한 단순한 토기였을 것이다. 열광한 쇼는 베카리아의 편지에 약간의 해설만 곁들여 당장 출간하고 싶어했고, 셔우드는 그를 말리느라 진땀을 뺐다. 셔우드는 성배를 찾아내는 날에는 훨씬 더 선풍적인 논문 소재를 얻게 될 거라고 확언했다!

하지만 그전에 위트레흐트에 있는 성배의 출처를 밝혀내야만 했다. 피티스쿠스의 고문화재실에 있는 대부분의 고미술품은 오랫동안 그가 연구생으로 있었던 스웨덴의 대규모 '크리스티나 여왕 컬렉션'에서 가져온 것이었으나, 이 컬렉션을 소개하는 두 개의 카탈로그인 하베르캄프의 『누모필라키움 레기나이 크리시티나이』와 『무조에움 오데스칼쿰』은 성배에 대해 언급하지 않았다. 한 가지 다행스러운 사실은 크리스티나 여왕의 컬렉션이 아흐메드 3세가 성유물을 외젠 왕자에게 보내기 훨씬 전에 구성되었다는 것이었다. 그러므로 그 이후에 입수된 것들을 알아보아야 했다. 외젠 왕자가 성유물을 성당에 기증하지 않았고 자기가 간직하지도 않았다는 사실에 비추어—자세히 알려져 있는 그의 개인 소장품의 세부 목록에 이 성유물은 나타나 있지 않다—그가 이 성유물을 측근들, 혹은 적어도 당시 이미 다수였던 측근들 중 특별히 고고학에 대단한 취미가 있는 몇몇에게 하사했으리라 보는 것도 무리는 아니다. 이러한 증여는 그가 성유물을 받았던 바로 그 시기, 즉 파사로비츠의 평화조약에 대한 협상이 진행되던 그 기간 동안에 이루어졌을 것이다. 쇼는 당시 네덜란드 대표단의 서기관이 바로 피티스쿠스의 제자이자 동시에 대자代子이기도 한 인문학자 위스테 판 에펜이었다는 사실을 알게 됨으로써 이 점의 중요성을 확인할 수 있었다. 바로 그 서기관이 자기 대부를 위해 성배를 요구하고 얻어냈다는 게 분명해진 셈이었다. 물론 그는 성배를 신앙심의 차원이 아니라—네덜란드는 당시 종교개혁을 한 상태였고, 따라서 성유물 숭배에 대해 기본적으로 적대적이었다—박물관 소장의 차원에서 바라보았을 것이다.

쇼와 다른 몇몇 교수, 박물관장, 네덜란드 고문서 학자들 사이에서 열렬한 서신 교환이 이루어졌다. 그러나 이들 대부분은 만족할 만한 정보를 제공하지 못했다. 단지 로테르담 시립 고문서보관소의 사서인 야코프 판 데이크트라는 사람만이 피티스쿠스 컬렉션의 역사에 관해 조명해줄 수 있었다.

1795년 바타비아 공화국 수립 당시 생제롬 학교는 문을 닫고 병영으로 개조되었다. 따라서 대부분의 책과 소장품은 어떤 '안전한 곳'으로 옮겨졌다. 1814년 옛 학교는 다시 네덜란드 왕국의 새 군사 아카데미의 본부가 되었다. 이 학교의 소장품은 위트레흐트의 옛 예술 과학협회 같은 다른 여러 공공 기관이나 사설 기관에서 온 소장품과 함께 판 아우드 헤던 박물관(고문화재 박물관)의 최초 소장품을 이루었다. 이 박물관의 카탈로그는 로마 시대의 인장이 찍힌 여러 토기 단지에 대해 언급하고 있지만, 그것들이 로마군 주둔지가 있던 위트레흐트 부근의 베흐텐이라는 곳에서 발견된 유물이라고 명시했다.

그렇지만 이 추정은 이론의 여지가 많은 것으로, 여러 학자들이 최초 목록 작성 당시에 혼동이 있었을 수도 있다고 주장했다. 룬트 대학의 베르셀리우스 교수는 이 토기들을 연구한 후, 관인印과 인영印影과 비문을 검토한 결과 이들 중 BC 1182년이라고 기입되어 있는 한 토기는 의심할 여지없이 다른 것들보다 훨씬 더 오래된 것이며, 로마군의 야영은 모두가 알다시피 더 뒤에 일어난 일인 만큼 이 토기가 베흐텐 발굴 당시 발견된 것이라고 보기는 어렵다는 결론을 제시했다. 이러한 결론은 1855년 코펜하겐에서 발간된 『안틱바리스크 티드스크리프트』 제22권의 한 독일어 논문에 요약되어 실렸다. 야코프 판 데이크트는 그것의 별쇄본을 뽑아 편지와 함께 보내주었는데, 거기에는 문제의 단지에 관한 다수의 그림이 풍부한 주석과 함께 실려 있었다. 그런데 야코프 판 데이크트는 이 BC 1182년 단지가 4, 5년 전에 도난당했다고 끝에 덧붙였다. 이 사서는 도난 당시의 상황을 정확히 기억하지 못했으나, 판 아우드헤던 박물관의 책임 자급 되는 사람이라면 틀림없이 제대로 설명해줄 수 있을 듯했다.

홍분으로 조마조마해하는 셔우드를 무시한 채, 쇼 교수는 박물관 관장에게 편지를 썼다. 『니우어 카우란트』지에서 오려낸 기사를 동봉한 긴 답신이 도착했다. 도난 사건은 1891년 8월 4일 밤에 일어났다. 호헬란트 공원에 위치한 박물관은 그 전해에 대대적인 보수공사를 했고, 모든 전시실이 관람객에게 아직 개방되지는 않은 상태였다. 보자르 아카데미에 다니는 테오 판 살라르트라는 학생은 고미술품 모사화를 그릴 수 있는 허가를 얻어 아직 개방되지 않아 경비도 없는 전시실 중 한 곳에서 작업을 했다. 8월 3일 저녁, 그는 박물관이 문을 닫을 때 몰래 그 안에 남아 있는 데 성공했고, 그 귀한 단지를 꺼낸 후 간단히 창문을 깨고 빗물받이 홈통을 타고 내려왔다. 다음날 아침 가택수사를 벌인 결과 그의 행위가 사전에 계획된 것임이 드러났으나, 그를 체포하려는 모든 노력은 수포로 돌아갔다. 이 사건의 공소시효는 아직 끝나지 않았으며, 박물관장은 오히려 도둑을 체포하고 골동품 단지를 되찾는 데 도움이 될 만한 모든 정보를 알려줄 것을 부탁하면서 편지를 끝맺었다.

이제 셔우드에게는, 그 단지가 바로 저 고귀한 성배이며 구이도 만데타라는 역사학도와 테오 판 살라르트라는 보자르 아카데미 학생이 동일인이라는 것이, 의심할 여지없는 사실이 되어 있었다. 하지만 어떻게 그를 찾아낸단 말인가? 만데타가 사라진 지 벌써 6개월이 넘었고, 셔우드가 고용한 사립탐정들은 여전히 대서양 양쪽의 두 대륙을 오가며 그를 찾고 있으나 아무 소득이 없었다.

바로 이때 기막힌 우연의 일치로, 만데타 판 살라르트라는 부정한 입주자를 들였던 이탈리아인 노동자 롱기가 셔우드를 만나러 왔다. 그는 뉴 베드퍼드로 일하러 다녔는데, 3일 전에 레스파돈 호텔이라는 곳에서 그 학생이 나오는 것을 봤다는 것이다. 그는 그 학생과 이야기를 나누려고 길을 건넜으나 학생은 사륜마차에 올라타 전속력으로 달아나버렸다고 했다.

바로 그 다음날 셔우드와 쇼 교수는 레스파돈 호텔을 찾아갔다. 신속하게 조사한 결과 그들은 만데타가 짐 브라운이라는 이름으로 그 호텔에 투숙했다는 사실을 확인했다. 그는 아직 호텔 안에, 게다가 자기 방에 남아 있었다. 쇼 교수는 그에게 자신을 소개했고, 짐 브라운-만데타-판 살라르트는 아무 거리낌 없이 쇼 교수와 셔우드를 맞이해 그들에게 자초지종을 이야기해주었다.

위트레흐트에서 법학을 공부하던 시절 그는 우연히 한 고서점에서 일부가 떨어져나간 베카리아의 서간집을 한 권 발견했다. 그도 알고 있는, 형법 분야에 일대 혁신을 일으켰던 유명한 논고 「죄와 형벌」이 실려 있는 책이었다. 그는 그 책을 사서 집에 돌아온 뒤 이탈리아어를 잘 모르는 탓에 간간이 하품을 하며 지루하게 훑어보았는데, 그러다가 문득 피티스쿠스 컬렉션 관람에 대해 이야기하는 그 편지를 발견하고는 시선을 멈추었다. 그의 증조부가 과거에 생제롬 학교의 학생이었기 때문이다. 이 잇단 우연으로 흥미를 느끼게 된 살라르트는 골고다의 성배를 추적하기로 결심했고, 성배를 발견하자 그것을 훔치기로 결심했다. 그의 시도는 성공했고, 박물관의 경비원들이 도난 사실을 확인하던 그 시간에 그는 이미 암스테르담에서 뉴욕으로 가는 정기선에 몸을 싣고 있었다.

그는 물론 성배를 팔 생각이었으나, 그가 접촉한 첫번째 골동품상은 코웃음을 쳤고 카탈로그에나 나올 법한 하찮은 이야기를 늘어놓은 애매모호한 법률 편지 말고 좀더 확실한 증거를 요구했다. 그런데 그 성배가 베르셀리우스가 묘사한 바로 그것이고 분명 베카리아가 보았던 바로 그것이라 해도, 그 이전의 행방은 여전히 의문으로 남아 있었다. 살라르트는 탐색 과정에서 쇼 교수의 글을 읽었고—그는 '당신은 구대륙에서나 신대륙에서나 최고의 권위자이시더군요"라고 말했고, 그리자 교수의 얼굴이 붉어졌다—도서관에서 성배에 관한 모든 자료를 꼼꼼하게 공부하고 또 쇼 교수의 강의와 세미나에도 은밀하게 참석한 후, 교수가 고대사 학부 학장에 임명된 것을 자축하기 위해 연 작은 파티를 이용해 교수의 집에 들어와 그의 쿠아를리 장정본을 훔쳐갔다. 이렇게 해서, 쇼 교수나 셔우드와는 전혀 다른 이유로부터 출발했지만 그 역시 성배의 역사를 재구성하기에 이르렀다. 드디어 확실한 증거를 갖게 된 그는 미국 순회를 계획했고, 부유한 고객을 만날 수 있다는 남부에서부터 순회를 시작했다. 실제로 뉴올리언스의 한 서적상이 25만 달러를 제안한 어느 부유한 면방적 공장 소유주를 소개해주었고, 그렇게 해서 그는 성배를 다시 가져가기 위해 뉴 베드퍼드에 돌아와 있던 참이었다.

"나는 그 두배를 주겠소." 셔우드가 간단히 말했다.

"안 됩니다. 이미 약속을 했는걸요."

"취소하면 25만 달러를 더 받을 수 있단 말이오."

"이야기는 끝났습니다!"

"그러면 100만 달러를 내겠소!"

살라르트는 주저하는 것 같았다.

"당신한테 100만 달러가 있는지 어떻게 압니까? 당신에게 지금 그 돈이 없잖아요!"

"그렇긴 하지만, 내일 저녁까지 마련해올 수 있소."

"당신이 내일 여기서 날 체포하도록 일을 꾸밀지 어떻게 압니까?"

"그러면 당신이 나한테 확실히 그 성배를 내놓을지는 어떻게 압니까?"

쇼 교수가 끼어들어 해결책을 제시했다. 일단 성배를 직접 보고 진품 여부를 확인한 후, 셔우드와 살라르트가 함께 그것을 은행의 금고에 맡겨둔다. 그리고 다음날 다시 만나, 셔우드가 살라르트에게 100만 달러를 건네주고 다 같이 금고를 열러간다. 이런 내용이었다.

살라르트는 기발한 생각이라고 여겼지만, 은행보다 중립적이면서도 확실한 장소를 요구했다. 쇼 교수는 한 번 더 그들에게 도움을 주었다. 그는 하버드 대학 학장인 마이클 스티븐슨과 아주 친했는데, 그 사람 집 서재에 금고가 하나 있음을 알고 있었던 것이다. 그에게 이 까다로운 교환 작전을 맡아줄 것을 부탁하면 되잖은가? 비밀을 지켜달라고 부탁하면 될 것이고, 이들이 교환하는 가방 안에 무엇이 들어 있는지는 알려줄 필요도 없었다. 셔우드와 살라르트는 이 제안을 받아들였다. 쇼 교수는 스티븐슨 교수에게 전화를 걸었고, 그의 승낙을 받아냈다.

"후회할 짓은 절대 하지 말아요!" 갑자기 살라르트가 말했다. 그는 주머니에서 작은 권총을 꺼내들더니 방구석으로 물러나면서 덧붙였다. "성배는 침대 밑에 있어요. 살펴봐요, 하지만 조심하고."

쇼 교수는 침대 밑에서 작은 가방을 꺼내 열어보았다. 보호용으로 두꺼운 쿠션을 댄 가방 안에 바로 그 '성배'가 들어 있었다. 그것은 베르셀리우스가 BC 1182년에 제작된 성배를 직접 보고 그린 데생과 매우 비슷했고, 새김글은 받침 아래 붉은 잉크로 나타나 있었다.

그날 저녁 그들은 스티븐슨 교수가 기다리고 있는 하버드 대학에 도착했다. 네 사람은 학장의 집 서재로 안내되었고, 학장은 금고문을 열어 가방을 집어넣었다.

다음날 저녁 네 사람은 다시 만났다. 스티븐슨이 금고를 열고 가방을 꺼내어 셔우드에게 건네주었다. 셔우드는 살라르트에게 배낭 하나를 내밀었다. 살라르트는 신속하게 배낭 속의 내용물을 확인했고—20달러짜리 지폐 200장씩 250묶음—세 사람에게 살짝 머리를 숙여 인사하고는 그곳을 떠났다.

"자, 여러분, 이제 삼페인이라도 한 잔씩 해야 할 것 같은데요." 쇼 교수가 말했다.

술자리는 길어졌고, 몇 번 잔이 오간 후 쇼 교수와 셔우드는 하룻밤 묵고 가라는 학장의 청을 받아들였다. 그러나 다음날 아침, 잠에서 깨어난 셔우드는 학장의 집이 텅텅 비어 있는 것을 발견했다. 가방만 그의 침대 옆 나지막한 테이블 위에 놓여 있었고, 성배도 가방 안에 그대로 들어 있었다. 그러나 그가 전날 밤 보았던, 하인들이 가득하고 불빛이 흘러넘치고 온갖 종류의 예술 작품이 놓여 있던 그 주택은 빈 무도회장과 살롱인 것으로 드러났다. 그리고 학장의 서재는 책과 금고와 그림이 완전히 사라진 채 아마도 탈의실인 듯한, 가구가 거의 없는 작은 방이 되어 있었다. 얼마 후 셔우드는 자신을 맞이한 그 집이 수많은 수련 단체들—피 베타 로, 티우 카파 피 등—이 연례 연회를 위해 빌리는 호화 주

139

택 중 하나이며, 아서 킹이라는 어떤 작자가 어디서도 흔적을 찾을 수 없는 자칭 '갤러해드 소사이어티'라는 이름으로 이틀 전에 예약했다는 사실을 알게 되었다.

그는 마이클 스티븐슨에게 전화를 걸었으나 그가 전혀 알지 못하는 목소리가, 무엇보다 전날 밤의 목소리와는 전혀 다른 어떤 목소리가 들려왔다. 그 진짜 스티븐슨 학장은 쇼 교수의 명성에 대해 알고 있었고, 심지어 쇼 교수가 이집트에서 지휘하던 탐험을 벌써 마치고 돌아왔느냐며 놀라기까지 했다.

롱기의 집에 있던 아이들과 아이 엄마들은 스티븐슨의 집에 있던 하인들과 마찬가지로 시간제로 고용된 이들이었다. 그리고 롱기와 스티븐슨은 뚜렷한 역할을 수행한 단역들이었으나, 여전히 진짜 신원이 파악되지 않는 살라르트와 쇼라는 사람들이 완벽하게 꾸며낸 이 음모의 이면에 대해 별로 아는 게 없었다. 살라르트는 뛰어난 위조 전문가로, 베카리아의 편지와 베르셀리우스의 논문, 『니우어 카우란트』지에서 잘라낸 듯한 가짜 기사들을 만들어냈다. 로테르담과 위트레흐트에서 그는 야코프 판 데이크트와 판 아우드헤던 박물관장의 가짜 편지들을 보냈고, 마지막 장면과 마무리를 위해 뉴 베드퍼드로 돌아왔다. 다른 작품들, 그러니까 쇼 교수의 논문과 『비타 브레비스 헬레나이』, 장 바티스트 루소의 교정본, 모리스 드 삭스의 편지 등은 모두 진짜이며, 그중 루소와 삭스의 것들은 전에 다른 사기 사건에 사용되기도 했었다. 가짜 쇼 교수는 이 자료들을 진짜 쇼 교수의 서재에서 발견했는데—이것이 이 사건 전체의 기원이다—그는 진짜 쇼 교수가 파라오의 땅으로 떠난 후 아마 세상에서 가장 규칙적으로 그의 서재를 들락거린 인물이었을 것이다. 성배에 관해 말하자면, 그것은 나별(튀니지) 시장에서 산 일종의 질그릇을 약간 변조한 것이었다.

제임스 셔우드는 바틀부스의 종조부, 그러니까 그의 외할아버지의 형제, 달리 말하면 그의 어머니의 삼촌이다. 이 사건이 있은 지 4년 후인 1900년—바틀부스가 태어난 해이기도 하다—셔우드가 사망하자 그의 막대한 재산 가운데 남아 있던 것은 1년 반 전에 조너선 바틀부스라는 영국인 사업가와 결혼한, 그의 유일한 상속자인 조카딸 프리실라에게 돌아갔다. 그 후 그의 소유물과 그레이하운드 세 마리, 말들, 소장품은 보스턴에서 뿔뿔이 팔려나갔고, 그중 '베르셀리우스의 설명이 딸린 로마 시대의 단지'는 어쨌든 2,000달러까지 값이 올라가기도 했다. 프리실라는 가구 몇 개를 영국으로 운반했다. 그중에는 전적으로 영국 식민지 스타일인 마호가니 서재 세트도 있었는데, 책상과 서류함, 안락의자, 회전의자, 세 개의 의자가 포함되어 있었고 또 셔우드가 옆에 서서 사진을 찍기도 했던 바로 이 책장도 있었다.

이 책장 역시 출처가 같은 다른 가구나 몇몇 물건과 마찬가지로 약사 셔우드가 그토록 열정적으로 찾아낸 유니쿰들—예를 들면, 에디슨의 계획에 따라 존 크루시가 만들어낸 최초의 실린더형 축음기—중 하나로, 오늘날에는 바틀부스의 아파트에 있다. 우르술라 소비에스키는 이 유니쿰들을 검토할 수 있기를, 그래서 그녀의 오랜 조사를 끝맺게 해줄 자료를 찾게 되기를 바라고 있다.

사건을 재구성하고 일부 주역들('진짜' 쇼 교수와 '진짜' 스티븐슨 교수, 셔우드의 개인 비서—이 소설가는 비서의 사적인 일기를 검토할 수 있었다)간의 관계를 연구하면서, 우르술라 소비에스키는 정말로 셔우드가 처음부터 이 일이 시기리는 것을 눈치채지 못했을까 하고 몇 번이나 자문하게 되었다. 어쩌면 그는 성배를 위해서가 아니라 사기꾼들의 연출을 위해 돈을 지불했는지도 모른다고, 즉 스스로를 유인당하게 내버려두고 자칭 쇼라는 자가 준비해놓은 프로그램에 적절한 고지식함과 의심과 열광으로 응하면서 어쩌면 이 놀이에서 진짜로 보물이 관계되었을 때보다도 더 효과적으로 그의 우울을 달랠 기분 전환제를 찾아냈던 것인지도 모른다고 생각했던 것이다. 이러한 가정은 매우 흥미로운 것이고 또 셔우드의 성격에 꽤 부합되는 것이기도 하나, 우르슬라 소비에스키는 아직 그것을 확실하게 증명해 보이는 단계까지 이르지는 못했다. 단지 제임스 셔우드가 사기꾼들에게 100만 달러를 내주고도 일단 겉으로는 전혀 괴로워하지 않았다는 사실이 그녀의 주장을 뒷받침해주며, 어쩌면 이것은 사건이 종결된 지 2년이 지나 일어난 한 사건에 의해서도 또한 설명될 수 있을 것이다. 1898년 아르헨티나에서 20달러짜리 소액 지폐를 대량 유통시키려던 지폐위조범 일당이 체포된 사건이 그것이다.

제23장　　　　　모로
2

모로 부인은 파리를 싫어했다.

　　1940년 남편이 죽자 그녀는 공장 경영권을 넘겨받았다. 공장은 남편이 제1차 세계대전 후에 상속받은 아주 조그만 규모의 가업으로, 그는 세 명의 온순한 가구장이를 데리고 무사태평하고 평탄하게 공장을 운영했다. 그 시절 그녀는 보라색 잉크로 직접 페이지 번호를 써놓은 검은 천장정과 모눈종이로 만들어진 커다란 장부에 기장하는 일을 맡아 했다. 그 밖의 시간에는 거의 농촌 아낙네처럼 가축사육장과 채소밭을 돌보고 과일 잼과 파이를 만들며 살았다.

　　그녀로서는 모든 것을 청산하고 그녀가 태어난 농장으로 돌아가는 편이 더 나았을지도 모른다. 닭과 토끼, 약간의 토마토밭과 몇 평의 상추밭과 배추밭 외에 무엇이 더 필요했겠는가? 그녀는 평온한 고양이들에 둘러싸인 채 난로 곁에 앉아 괘종시계가 똑딱거리는 소리와 아연 물받이통을 타고 내리는 빗소리와 7시에 지나가는 먼 마차 소리를 들었을 것이다. 그리고 잠자리에 들기 전 침대를 난상기暖床器로 데우고, 햇볕을 쬐면서 돌의자에 앉아 『라 누벨 레퓌블리크』지에서 요리법 기사를 오려내 자신의 커다란 요리책에 끼워넣는 일을 계속했을 것이다.

　　이러한 삶 대신에 그녀는 조그만 회사를 발전시키고, 변화시키고, 개조해왔다. 자신이 왜 그랬는지는 몰랐다. 남편에 대한 기억에 충실하기 위해서였다고 생각했지만, 정작 그녀의 남편은 톱밥 냄새 가득했던 그의 작업장과 사뭇 달라진 모습을 인정하지 않았을지도 모른다. 프레이즈반 직공 선반공, 기계 기사, 조립공, 케이블 기사, 검사원, 제도사, 초벌 손질 직공, 모형 제작 도장공, 창고계, 포장공, 적재 담당자, 운전기사, 배달원, 십장, 기술 담당자, 비서, 광고 담당자, 방문 판매원, 대리점 판매원 등 2,000여 명의 직원을 거느리고 매해 모든 종류와 모든 형태의 도구를 4,000만 개 이상 제작하고 공급하는 회사가 되었기 때문이다.

그녀는 완고하고 엄격했다. 새벽 5시에 일어나 밤 11시에 잠자리에 들었고, 모든 일을 타의 모범이 될 정도로 명확하고 결단력 있게 그리고 엄격히 시간을 준수하며 처리해나갔다. 권위적이면서도 온정적으로, 어느 누구도 신임하지 않은 채 오로지 자신의 추론과 직관을 확신하며 모든 경쟁자를 물리쳐갔고, 상상할 수 없을 정도로 용의주도하게 시장을 정복해갔다. 그녀는 마치 수요와 공급을 동시에 장악하는 듯했고, 신상품을 내놓을 때마다 필요한 판로를 찾아내는 본능적 감각이 있는 듯했다.

몇 년 전 나이와 병 때문에 침대에서 일어나 활동하는 것을 금지당하기 전까지, 그녀는 팡탱과 로맹빌에 있는 공장과 그랑드아르메 거리에 있는 사무실과 그녀와는 거의 닮은 데가 없는 이 호화스러운 아파트 사이를 지칠 줄 모르고 오가며 살아왔다. 그녀는 뛰는 듯한 걸음걸이로 작업장을 시찰했고, 회계원과 타자원을 엄격히 다루었으며, 기한을 지키지 않는 납품업자들에게는 욕을 해댔고, 그녀가 입을 열기만 하면 모두가 고개를 숙이는 이사회를 강력한 에너지로 주재해왔다.

그녀는 이런 게 싫었다. 단 몇 시간만이라도 일에서 빠져나올 여유가 생기면 곧장 고향인 생무지로 가곤 했다. 하지만 부모의 옛 농장은 늘 버려진 상태였다. 무성한 풀이 과수원과 채소밭을 뒤덮고 있었고, 과일나무는 열매를 맺지 못했다. 건물 내부는 습기 때문에 벽이 침식되고 그림 벽지는 떨어지고 문틀은 팽창해 있었다.

그녀는 매번 트레뱅 부인과 함께 난로에 불을 지피고, 창문을 열어 매트리스에 바람을 쏘였다. 팡탱에는 공장을 둘러싼 잔디, 덤불, 화단, 나무울타리 등을 관리하기 위해 네 명의 정원사를 두었지만, 이곳에서는 정원을 조금 손봐줄 사람을 구할 수도 없었다. 한때 커다란 읍이며 시장이었던 생무지에는 이제, 주중에는 텅 비어 있다가 토요일과 일요일만 되면 도시에서 온 사람들로 꽉 차는 일군의 개조 주택만 나란히 자리하고 있었다. 그들은 모두 '모로' 상표가 붙은 드릴과 '모로'표 둥근 회전톱, '모로'표 분리형 작업대, '모로'표 만능 사다리를 들고 나타나 들보를 얹거나 주춧돌을 세우거나 삯마차에 램프를 달았으며, 축사 짓기 시합이나 전세 마차 시합을 벌이곤 했다.

파리로 돌아오면 그녀는 다시 샤넬 정장을 입고 부유한 외국 고객을 위해 저녁식사 자리를 마련했다. 이탈리아에서 가장 뛰어난 한 스타일리스트가 그녀를 위해 특별히 도안한 식기를 사용하는 화려한 식사였다.

그녀는 인색하지도, 낭비벽이 심하지도 않았으며, 한마디로 돈에는 무관심했다. 마음먹은 대로 여성 사업가가 되기 위해 자신의 행동 양식, 의상, 생활 태도를 근본적으로 뜯어고치는 일을 표면상으로는 별 어려움 없이 받아들였다.

아파트 개조공사도 이러한 구상에 부합하는 것이었다. 그러나 자신의 방만은 자기가 원하는 대로 꾸몄다. 그녀는 그 방에 세심하게 방음장치를 했고, 높고 깊은 배船 모양의 침대와 그녀의 아버지가 앉아 라디오를 듣던, 머리받이가 달린 안락의자를 농장에서 가져다놓았다. 그리고 그 방을 제외한 아파트 전체를 한 실내장식가에 세 맡기면서 주문 사항을 간단하게 밝혔다. 한 회사의 총수에 걸맞은 파리의 저택처럼 보일 것, 다시 말해 넓고 화려하고 풍요롭고 품위 있고 심지어 호사스럽게 보일 것. 그래서 바이에른의 기업가나 스위스의 은행가, 일본의 바이어, 이탈리아의 엔지니어뿐 아니라 소르본 대학의 교수, 무역부나 공업부의 고위 공직자, 통신판매망 사업 선도자에게 모두 호의적인 인상을 주게 꾸밀 것. 그밖에는 어떤 간섭도, 어떤 특별한 희망사항도 내비치지 않았고, 비용에 제한을 두지도 않았다. 실내장식가가 모든 것에 신경을 쓰고 모든 일에 책임을 져야 했다. 이를테면 유리잔 조명, 가전제품, 장식 소품, 테이블보, 색 배합, 문 손잡이, 커튼과 이중 커튼 등의 선택에 관해서 말이다.

실내장식가 앙리 플뢰리는 단순히 자신의 임무를 수행하는 것 이상의 일을 해냈다. 그는 자신이 걸작을 만들 절호의 기회를 얻었다는 사실을 깨달았다. 보통 어떤 생활공간을 설비하는 일은 작업 책임자의 구상과 대개는 이와 반대되는 고객의 요구사항 간의 때때로 미묘하기까지 한 일종의 타협을 통해 이루어지기 마련이었다. 그는 고객의 요구가 개입되지 않은 화려한 실내장식을 통해 자신의 재능을 충실하고 확연하게 반영하는 이미지를 만들어낼 수 있으리라는 것을, 또 공간 재정비와 빛의 연극적 재분배, 스타일의 혼합 등 실내 건축에 관한 자신의 이론을 모범적으로 실천해 보일 수 있으리라는 것을 깨달았다.

지금 우리가 있는 방—서재의 흡연실—은 그의 작업을 그런대로 잘 반영하고 있다. 이곳은 원래 길이 6미터, 폭 4미터의 직사각형 방이었다. 플뢰리는 스페인까지 직접 찾으러 갔던, 아마도 프라도 왕궁에서 나온 듯한, 조각 장식이 있는 어두운색 나무판 여덟 개를 벽에 대어 방을 타원형으로 만드는 일부터 시작했다. 이 나무판들 사이사이에 구리가 상감된 검은 자단의 키 큰 가구를 배치했다. 이 가구의 넓은 선반 위에는 똑같이 엷은 밤색 가죽으로 장정된 상당수의 책이 꽂혀 있는데, 대부분 예술 관련 서적으로 알파벳순으로 정리되어 있다. 밤색 가죽을 씌운 등 없는 넓고 긴 의자들이 이 책꽂이 아래쪽에 배치되어, 책꽂이가 이루는 곡선을 정확히 따라가고 있다. 이 긴 의자들 사이사이에는 깨지기 쉬워 보이는 브라질산 자단나무 원탁이 자리 잡고 있고, 방 가운데에는 중앙의 다리 하나와 가로대로 지지되는 네 잎 모양의 육중한 테이블이 신문과 잡지로 뒤덮인 채 놓여 있다. 마룻바닥은 거의 전체가 카펫으로 가려져 있다. 어두운 붉은색 바탕에 그보다 훨씬 더 짙은 붉은색의 삼각형이 연속해 그려져 있는 카펫이다. 한 책꽂이 앞에는 꼭대기 선반에 손이 닿도록 구리 편자 박힌 떡갈나무 걸상이 하나 놓여 있으며, 걸상의 다리 하나에는 온통 금 조각이 박혀 있다.

책꽂이 선반 중 일부는 전시용 진열대로 사용되었다. 왼쪽에 있는 첫번째 책꽂이에는 예컨대 오래된 달력과 연감, 제2제정의 비망록 등이 전시되어 있고, 카상드르의 〈노르망디〉나 폴 콜랭의 〈개선문의 그랑프리〉같은 작은 포스터 몇 장이 놓여 있다. 두번째 책꽂이에는—유일하게 이 집 여주인의 사업을 상기시키는—오래된 공구 몇 개가 놓여 있다. 대패 세 개, 손도끼 두 개, 유리장이 망치, 금속용 정 여섯 개, 줄 두 개, 망치 세 개, 나사송곳 세 개, 도래송곳 두 개. 이것들은 모두 수에즈 회사의 모노그램을 부착하고 있는데, 겉으로는 평범한 주머니칼 모양—그래도 다른 것들보다는 조금은 두꺼운—을 하고 있으면서 그 안에 다양한 사이즈의 날뿐 아니라 드라이버, 포도주 병따개, 집게, 손톱 다듬는 줄, 천공기까지 들어 있는 셰필드사의 놀라운 '멀팀 인 파보'와 마찬가지로, 운하 굴착공사 당시 사용되었다. 세번째 책꽂이에는 생리학자 플루랑스의 소유였던 다양한 물건이 놓여 있으며, 그중 전체가 붉은색으로 채색된 어린 돼지의 뼈대가 특히 눈에 띈다. 이 학자는 어린 돼지의 어미에게 임신 기간 마지막 84일 동안 꼭두서니가 섞인 사료를 먹여 태아와 어미 사이에 직접적인 관계가 있는지 실험했다. 네번째 책꽂이에는 세로 1미터, 가로 90센티미터, 높이 60센티미터의 인형의 집 하나가 전시되어 있는데, 19세기 말경에 제작된 것으로 아주 세밀한 부분까지 전형적인 영국식 소규모 별장을 재현해내고 있다. 즉 온도계가 붙어 있고 퇴창(이중으로 된 첨두 홍예)을 갖춘 거실, 작은 거실, 침실 네 개, 하인 방 두 개, 화덕과 찬방이 있으며 바닥에 타일이 깔린 부엌, 세탁물 벽장이 있는 넓은 방, 엷은 빛깔의 참나무로 된 책꽂이 겸용 장식장, 거기에 꽂혀 있는 『브리태니커 백과사전』과 『뉴 센추리 사전』, 중세 시대 동양 군내의 옛 무구 장식, 징, 흰 대리석 램프, 매달아놓는 화분, 에보나이트로 된 전화기와 그 옆의 전화번호부, 크림색 바탕에 가장자리에 체크무늬가 있는 긴 털의 양모 양탄자, 발톱 달린 중앙의 다리로 지지되는 카드놀이용 탁자, 구리 장식이 달린 벽난로, 벽난로 위로 웨스트민스터사원식의 차임 장치가 있는 정확한 추시계, 기압계 겸 습도계, 루비색 플러시 천을 씌운 소파, 세 개의 면으로 이루어진 영국식 병풍, 피라미드 각기둥 형태로 유리 장식이 길게 늘어뜨려져 있고 여러 개의 촛대로 이루어진 샹들리에, 앵무새가 앉아 있는 횃대가 있다. 또한 장난감, 식기, 옷 같은 수백 개의 일상용품이 극히 작은 부분까지 거의 편집광적인 충실함으로 재구성되

147

어 있는데, 등 없는 걸상과 값싼 채색화, 거품 이는 포도주병, 옷걸이에 걸려 있는 짧은 외투, 세탁장 건조대에 걸려 있는 스타킹과 양말이 있으며, 심지어 골무보다도 더 작은, 동으로 된 아주 조그만 두 개의 화분용 장식 그릇도 있고 또 두 개의 화분에서 푸른 싹들이 올라와 있다. 끝으로, 다섯번째 책꽂이에는 경사진 진열대 위에 여러 장의 악보가 펼쳐져 있는데, 그 가운데 1782년 윌리엄 포스터가 런던에서 출판한 하이든의 교향곡 70번 D장조 악보의 표지가 눈에 띈다.

(A favorite)

OVERTURE

in all its parts

~ Compoſed by ~

GIUSEPPE HAYDEN

of Vienna

and PUBLISHED by his

AUTHORITY.   Pr: 2 6

LONDON

Printed for and Sold by W. FORSTER Violin and Violoncello Maker
his Royal Highneſs the Duke of Cumberland, the Corner of Dukes
Court St. Martins Lane.

Where may be had the new Works of the following Authors
Camhini's Quartettos Op: 1 . . . . 10.6
Baumgarten's Do. Op: 1 . . . . 10.6
Bach's Double Orcheſtre Overtures with three Single Do. . . 1.1.0
Wynne's Trios 7.6
Bach's Harpſichord Concertos 14.0
alſo the above Overture for the Harpſichord adapted by C.F. Baumgarten . 8.0

모로 부인은 완성된 실내 장식에 대해 어떻게 생각하는지 결코 플뢰리에게 이야기하지 않았다. 그녀는 단지 이 실내 장식이 효과적이라는 것을 알아보았고, 그가 선택한 물건 하나하나가 저녁식사 전 대화를 기분 좋게 이끌어가는 데 기여할 만한 것임을 알아차렸다. 미니어처 인형의 집은 일본인의 호감을 샀고, 하이든의 악보는 교수들 눈에 띄었으며, 옛날 공구들은 상공부 고위 공직자로 하여금 모로 부인이 줄곧 성실한 후견인 노릇을 해온 프랑스의 수공업과 가내공업의 영속성에 대해 몇 마디 남기도록 만들었다. 물론 가장 관심을 끈 것은 플루랑스 박사의 새끼 돼지의 붉은색 뼈대로, 그것에 대한 이야기가 많이 오가곤 했다. 디딤용 걸상의 한 다리에 상감된 금 조각들의 경우 모조품으로 대체하지 않을 수 없었는데, 사람들이 금 조각을 떼어내려고 달려들고 때로는 실제로 떼어가기도 한다는 것을 모로 부인이 눈치챘기 때문이다.

트레뱅 부인과 간호사는 모로 부인의 방으로 들어가기에 앞서 차를 마셨다. 작은 원탁 중 하나에는 느릅나무로 된 둥근 쟁반이 놓여 있고, 쟁반 위에는 찻잔 세 개와 찻주전자, 물 항아리, 크래커 몇 조각이 남은 컵 받침이 있다. 옆의 긴 의자 위에는 신문이 십자말풀이 부분만 보이게 접혀져 있다. 십자말풀이 칸은 거의 비어 있으며 가로 1번에 'ETONNE-MENT'(놀람), 세로 3번에 'OIGNON'(양파)이라고만 씌어 있다.

고양이 피프와 라 미누슈는 양틴자 위에서 목을 길게 빼고 네 다리를 힘없이 쭉 뻗은 채 자고 있다. 이는 소위 '역설' 수면이라고 불리는 상태에서 나타나는 자세로, 일반적으로 꿈의 상태에 해당한다고 여겨지기도 한다.

고양이들 옆에는 조그만 우유 항아리가 여러 조각으로 깨져 있다. 아마도 트레뱅 부인과 간호사가 이 방을 떠나자마자 두 고양이 중 하나—피프일까? 라 미누슈일까? 아니면 두 마리가 공모해 이런 나쁜 짓을 저질렀을까?—가 민첩한 발동작으로 그것을 낚아챘을 것이라고 짐작되지만, 불행히도 양탄자가 그 귀중한 액체를 곧바로 빨아들여 아무 소득

이 없었을 것이다. 우유 자국이 아직 남아 있는 것으로 보아 그것이 바로
얼마 전에 일어난 일임을 알 수 있다.

제24장　　　　　마르시아

1

마르시아 부인의 골동품 가게 뒷방.

　마르시아 부인은 남편, 아들과 함께 1층 오른쪽에 있는 방 세 칸짜리 아파트에 살고 있다. 그녀의 가게 역시 1층에 있는데, 왼쪽의 수위실과 건물 옆문 사이에 자리하고 있다. 마르시아 부인은 자신이 파는 가구와 직접 사용하는 가구를 한 번도 구분해본 적이 없다. 그래서 그녀의 일의 중요한 한 부분은, 그녀의 아파트, 가게, 가게 뒷방, 지하 창고 사이를 오가며 가구, 샹들리에, 램프, 식기 및 기타 다양한 물건을 옮기는 것이다. 이렇게 물건들을 옮기는 일은 문득 떠오른 아이디어나 일시적 기분, 변덕, 싫증에서 비롯되기도 하고 판매나 구매상의 필요에서 비롯되기도 하지만(문제는 자리를 만드는 거지만 말이다), 결코 우연에 의해 이루어지지는 않는다. 그런데 그림 1이 보여주는 것처럼 물건의 이동이 네 장소 간에 일어날 수 있는 열두 가지 치환 가능성을 모두 답파한 적은 없다. 그보다는 철저하게 그림 2의 도식을 따른다. 말하자면 이렇다. 마르시아 부인은 물건을 사면 일단 그것을 그녀의 집, 다시 말해 그녀의 아파트에 두거나 지하 창고에 둔다. 그다음 이 물건은 두 장소에서 가게 뒷방으로 옮겨질 수 있고, 가게 뒷방에서 가게로 옮겨질 수 있다. 그리고 마침내 가게로부터 그녀의 아파트로 되돌아올 수—지하 창고에서부터 출발한 경우라면 옮겨질 수—있다. 그러나 어떤 물건이든 지하 창고로 되돌아오는 일, 가게 뒷방을 거치지 않고 곧바로 가게로 들어가는 일, 가게에서 가게 뒷방으로 옮겨지는 일, 가게 뒷방에서 아파트로 옮겨지는 일, 지하 창고에서 직접 아파트로 옮겨지는 일과 같은 상황은 발생하지 않는다.

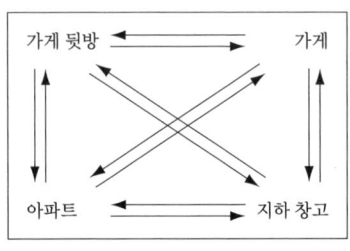
그림 1

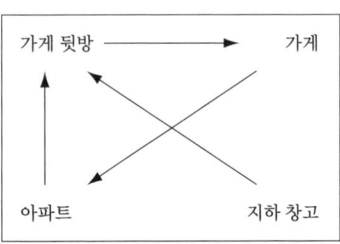
그림 2

　가게 뒷방은 좁고 어두우며, 바닥에는 리놀륨이 깔려 있고, 갖가지 크기의 물건이 도저히 꺼낼 수 없는 상태 직전의 모습으로 쌓여 있다. 엉망으로 흩어져 있는 이 방 물건의 정확한 목록을 작성하기는 불가능하므로, 그저 이 온갖 종류의 물건 더미에서 조금이나마 더 모습을 드러내고 있는 것을 묘사하는 데 그칠 수밖에 없을 것이다.

　왼쪽 벽에는 가게 뒷방과 가게를 이어주는 문이 있는데, 이 문짝의 이동 범위만이 방안에서 유일하게 거의 비어 있는 공간이다. 문 옆에는 약간 묵직한 개폐식 뚜껑이 달린 루이 16세식 책상이 있는데, 뚜껑이 살짝 들어올려져 있어 녹색 가죽을 댄 작업판이 보이고, 이 작업판 위에 일본 문학의 유명한 어떤 장면을 담은 에마키(두루마리 그림) 하나가 부분적으로 펼쳐져 있는 게 보인다. 그것은 바로 겐지 왕자가 요노카미 총독의 궁궐 안에 잠입해 장막 뒤에 숨어서, 그가 열렬히 사랑하고 있는 우추세미라는 아름다운 총독 부인이 그녀의 친구 노키바노오기와 바둑을 두는 것을 훔쳐보고 있는 장면이다.

　더 들어가면, 연초록색 칠을 한 여섯 개의 나무 의자가 벽을 따라 줄줄이 놓여 있고 그 의자들 위에는 투알드주이의 두루마리들이 놓여 있다. 맨 위의 두루마리는 전원 풍경을 담은 것으로, 밭을 갈고 있는 농부가 있고 그 뒤에 양치기용 지팡이를 짚고 모자를 뒤로 젖힌 채 줄에 맨 개를 데리고 있는 한 목동이 흩어져 쉬는 양떼에 둘러싸여 하늘을 올려다보고 있다.

좀더 들어가면, 군사 장비 더미 너머로 여러 종류의 무기와 칼이나 북을 위한 어깨끈, 북, 보병의 원통형 군모, 제1차 세계대전 당시 독일군이 썼던 첨두모, 옛 탄약 주머니, 검대, 경기병 등이 입었던 늑골 모양 장식의 양모 군복, 가죽장비 등이 보인다. 또 이 더미 한가운데서 굽은 단검이라 불리는 짧고 약간 휘어진 보병 군도 한 벌이 좀더 확실하게 모습을 드러내고 있고, 1892년 러시아 왕자가 그리시에게 바쳤다고 전해지는 꽃무늬 천의 S자형 마호가니 소파도 눈에 띈다.

그리고 방 오른쪽 구석 전체에는 책이 불안정하게 쌓여 있다. 검붉은색의 2절판들, 잡지 『라 스멘 테아트랄』 여러 호를 합본한 것, 두 권으로 된 『트레부 사전』 한 부가 있고 그 옆에 지프, 에드거 월리스, 옥타브 미르보, 펠리시앙 샹소르 막스와 알렉스 피셰, 앙리 라브당 등의 서명을 찾아볼 수 있는 녹색 혹은 금색 하드커버의 '세기말총서' 전권 등이 있다. 또 미래 소설의 가장 놀라운 선구적 작품 중 하나로 평가되는 플로랑스 발라르의 진귀한 작품 『삼각형의 복수』도 보인다.

또한 선반과 침대 옆에 놓는 작은 탁자, 조그만 원탁, 소형 경대, 예배용 의자, 카드놀이용 탁자, 긴 의자 위에 수십 가지, 수백 가지의 자질구레한 장식 소품이 정돈되지 않은 채 놓여 있다. 담배 상자, 화장품 통, 피임약 상자, 제물낚시 상자, 은도금한 철 쟁반, 휴대용 촛대, 촛대와 횃불형 촛대, 필통, 잉크병, 원뿔형 손잡이가 달린 돋보기, 작은 병, 식탁용 그릇, 꽃병, 서양 장기판, 거울, 작은 액자, 염낭, 지팡이 등이다. 방 한가운데는 엄청난 크기의 도살 작업대가 있고, 그 위에 은 뚜껑이 덮인 맥주잔 하나가 자연과학 전공자 취향의 진귀한 수집품 세 개와 함께 놓여 있다. 커다란 땅거미 한 마리, 정육면체 대리석 위에 놓여 있는, 화석이 된 도도새 알 하나, 거대한 크기의 조개 한 마리가 그것이다.

천장에는 네덜란드식, 베네치아식, 중국식 샹들리에가 여러 개 걸려 있다. 벽은 그림, 판화, 다양한 복제화로 거의 덮여 있다. 이들 대부분은 방의 어스름 속에서 불분명한 회색 색조만 보여주지만, 이따금 화가의 서명—펠랭—이나 액자 하단의 명찰에 새겨진 제목—〈야망〉, 〈경주가 있는 날〉, 〈몽세르뱅 산의 첫번째 등반〉—혹은 짐수레를 끄는 중국인 농부나 무릎을 꿇고 자신의 봉건 군주로부터 기사 서임을 받는 젊은이 같은 세부 묘사가 눈에 들어오기도 한다. 좀더 자세히 알아볼 수 있는 그림은 아래의 다섯 점뿐이다.

첫번째 그림은 〈베네치아 여인〉이라는 제목의 여자 초상화다. 그녀는 진홍색 벨벳 드레스를 입고 금은 세공의 허리띠를 매고 있으며, 흰 담비 모피로 안을 댄 풍성한 소매 속으로 뒤편의 올라가는 계단 난간을 잡고 있는 맨살의 팔이 보인다. 그녀의 왼쪽에는 커다란 기둥이 있는데, 이것이 그림 맨 위까지 올라가 아치 모양을 이루는 건축물과 만난다. 그 아래로는 거의 검은색에 가까운 오렌지나무 숲이 펼쳐져 있고, 흰 구름으로 줄무늬를 이룬 푸른 하늘이 그 숲과 맞닿아 있다. 계단에는 양탄자가 깔려 있고, 난간 위에는 은접시가 있으며, 접시 안에는 꽃다발, 호박석 묵주, 단도, 옛 베네치아 금화가 넘쳐흐르는 약간 누런색의 오래된 상아 상자가 놓여 있다. 이 금화들 중 몇 개가 땅바닥 위에 여기저기 떨어져 광채가 튀어 오르는데, 이 때문에 자연스러운 자세로 빛을 가득 받으며 밑에서 두번째 계단 위에 서 있는 그녀의 발끝으로 시선이 향한다.

두번째 그림은 〈하인들〉이라는 제목의 음란한 판화다. 부엌 하인들

이 쓰는 모자를 쓰고 바지는 발목까지 내린 열다섯 살가량의 한 소년이 묵직한 식탁에 몸을 기댄 채 한 뚱뚱한 요리사에게 비역당하고 있다. 식탁 앞 긴 의자 위에 누워 있는 정복 차림의 한 하인은 바지 단추를 풀고 완전히 발기된 성기를 내보이고 있으며, 두 손으로 치마와 앞치마를 들어올린 한 하녀가 그의 몸 위에 말 타듯 걸터앉아 있다. 식탁 반대편 수북이 쌓인 마카로니 접시 옆에 앉아 있는 다섯번째 인물은 온통 검은 옷을 입은 늙은이로, 이 장면에 아주 무덤덤하게 끼어 있다.

세번째 그림은 전원 풍경화다. 무성한 녹색 풀이 자라난 경사진 사

각형 초원이 있고, 거기에 수많은 노란 꽃들(흔히 볼 수 있는 민들레꽃인 듯하다)이 피어 있다. 초원 꼭대기에는 오두막이 하나 있고, 두 여인이 오두막 문 앞에 서서 정신없이 수다를 떨고 있다. 한 여인은 머리에 스카프를 둘러쓴 시골 아낙이고, 다른 한 여인은 아이를 돌보는 유모다. 세 명의 아이가 초원에서 노란 꽃을 꺾어 꽃다발을 만들며 놀고 있는데, 둘은 남자아이고 하나는 여자아이이다.

네번째 그림은 블랑샤르라는 서명이 있는 캐리커처로, 〈암탉들이 이빨을 갖게 될 때〉라는 제목이 붙어 있다. 이 캐리커처는 악수를 나누는 불랑제 장군과 샤를 플로케 의원을 그리고 있다.

다섯번째 그림은 〈손수건〉이라는 제목의 수채화로, 파리 생활의 한 고전적인 장면을 묘사하고 있다. 리볼리 거리에서 한 우아한 여인이 손수건을 흘리고, 연미복을 입은 한 남자—가는 콧수염, 외알 안경, 윤나는 구두, 단춧구멍에 꽂은 카네이션 등—가 서둘러 그것을 주우러 가는 장면이다.

제25장　　　　　　　　알타몽 2

알타몽 부부 집의 식당은 현관과 정면으로 마주한 다른 모든 방들처럼 곧 개최될 성대한 연회에 맞추어 특별히 꾸며져 있다.

　식당은 팔각형의 방으로, 그중 네 개의 벽면 뒤에는 여러 붙박이장이 감추어져 있다. 바닥에는 니스를 칠한 육각 기와가 깔려 있고, 벽은 코르크 벽지로 되어 있다. 안쪽에 있는 문은 세 사람의 하얀 실루엣이 분주히 움직이고 있는 부엌으로 나 있다. 연회장으로 연결되는 오른쪽 문은 활짝 열려 있다. 왼쪽에는 벽을 따라 네 개의 포도주통이 X자형 나무 받침대 위에 놓여 있다. 중앙에는 세 줄의 금빛 놋쇠 사슬에 매달린, 오팔색 수반으로 만들어진 샹들리에가 있고, 그 아래로 폼페이에서 가져온 화산암으로 만든 기둥 네 개로 떠받친 탁자가 있으며, 탁자 위에는 검은색 유리로 된 육각형 판이 놓여 있다. 또 탁자 위 중국식 문양의 작은 접시에는 다양한 종류의 애피타이저가 담겨 있다. 예를 들어 소금에 절인 생선 살, 새우, 올리브, 캐슈 열매, 작은 훈제 청어, 포도잎 쌈 등이 있으며 또 연어, 약간의 아스파라거스, 삶은 계란 조각, 토마토, 진홍색 소 혀, 멸치 같은 것을 얹은 다양한 카나페와 작은 케이크, 난쟁이 피자, 가는 치즈 등이 있다.

　포도주통 밑에는 아마도 포도주가 바닥에 떨어지는 것을 막기 위해서인 듯 석간신문이 넓게 깔려 있다. 이 신문지 중 한 면에서, 모로 부인의 간호사의 신문에서 본 것과 똑같은 십자말풀이 문제가 눈에 띈다. 낱말들의 십자판이 다 채워지진 않았지만 많이 진전되어 있다.

ÉTONNEMENT / PRISONNIER / ÉPROUVETTE / OINDRE (crossword)

전쟁 전에, 그러니까 알타몽 가족이 식당으로 개조하기 훨씬 전에 이 방은 마르셀 아펜첼이 단기간의 파리 체류 동안 머문 곳이었다.

　말리노프스키 학교에서 교육을 받은 마르셀 아펜첼은 스승의 가르침을 끝까지 밀고 나가길 원했으며, 마침내 그가 연구하고자 했던 원시 부족의 생활을, 자신이 거기에 완전히 섞일 수 있을 정도까지 공유해보기로 결심했다. 1932년, 당시 스물세 살이었던 그는 단신으로 수마트라를 향해 떠났다. 서양 문명의 도구, 무기, 기구는 최대한 줄이고 전통적인 선물—담배, 쌀, 차, 목걸이—을 특별히 챙긴 소박한 짐을 들고 떠난 그는 수엘리라는 이름의 말레이시아인 가이드를 고용한 후 검은 강이라 불리는 알리탐 강을 카누로 거슬러 올라갈 계획을 세웠다. 처음 며칠 동안 그들은 파라 고무나무의 고무를 채취하는 사람들과 거대한 나무 기둥을 강줄기에 실어 옮기는 고급 목재 운반자들을 만났지만, 그 후에는 오직 그들뿐이었다.

　그들의 탐험 목적은 말레이시아 사람들이 '아나달람', '오랑쿠부' 혹은 '쿠부'라 부르는 유령 같은 부족을 만나는 것이었다. 오랑쿠부라는 말은 '스스로를 지키는 자들'을 뜻하고, 쿠부는 '내륙의 아들들'을 뜻했다. 수마트라 주민들 거의 대부분이 연안에 거주하는 반면, 쿠부족은 세상에서 가장 살기 힘든 지역 중 하나인 섬 한가운데서, 거머리들이 우글대는 늪으로 뒤덮인 찌는 듯한 숲에서 살기 때문이다. 그런데 수많은 전설과 자료, 유적들은 일찍이 쿠부족이 자바 섬에서 온 침략자들을 피해 정글 깊은 곳으로 마지막 피난처를 찾아 들어가기 전까지 그 섬의 주인이었다는 것을 말해주는 것처럼 보인다.

1년 전 소엘리는 강에서 멀지 않은 곳에 마을을 세우고 살던 쿠부족과 접촉하는 데 성공했다. 아펜첼과 그는 배를 타기도 하고 걷기도 하며 3주 동안 여행한 끝에 그곳에 도착했다. 그러나 마을—기초 말뚝 위에 세워진 다섯 채의 집—은 버려져 있었다. 아펜첼은 강을 더 거슬러 올라가보자고 소엘리를 설득했지만, 그들은 다른 마을을 찾지 못했고 일주일 후 소엘리는 다시 연안으로 내려가기로 결심했다. 아펜첼은 따르지 않았고, 마침내 소엘리에게 카누와 거의 모든 장비를 내주고 최소한의 짐만 챙겨 혼자 숲속으로 더 깊이 들어갔다.

소엘리는 연안으로 돌아와 네덜란드 당국에 이 사실을 알렸다. 아펜첼을 찾기 위해 몇 번이나 수색대가 파견되었으나 성과는 전혀 없었다.

아펜첼은 5년 11개월 후에 다시 나타났다. 모터보트를 타고 강을 오가던 한 광산 탐사대가 출발 지점에서 약 600킬로미터 떨어진 무지 강 강가에서 그를 발견한 것이다. 그의 몸무게는 29킬로였고, 수많은 천 조각을 한데 묶어 만든 일종의 바지 같은 것만 걸쳤으며, 겉보기에는 멀쩡하나 본래의 탄력성은 다 잃어버린 노란 멜빵을 하고 있었다. 그는 팔렘방까지 호송되었고 거기서 며칠간 입원했다가, 출생지인 빈이 아니라 그의 어머니가 그사이 이사해 살고 있던 파리로 다시 보내졌다.

돌아오는 여행은 한 달이 걸렸고, 그동안 그는 몸을 추스를 수 있었다. 처음에 그는 움직이거나 음식을 먹지 못할 정도로 병들어 있었고, 언어 사용 능력을 잃어버린 상태였으며, 간헐적으로 소리를 지르기도 하고 3일에서 5일에 한 번씩 열이 오르면서 긴 정신착란 증세에 빠지기도 했다. 그러나 기본적인 신체적·정신적 능력을 조금씩 회복하기 시작했고, 의자에 앉고 포크와 나이프를 사용하고 머리를 빗고 수염을 깎고(선상 이발사가 머리카락 10분의 9와 수염 전부를 잘라낸 후) 와이셔츠를 입고 셔츠에 칼라를 붙이고 넥타이를 매고 구두를 신고—이것이 분명 가장 힘든 일이었는데, 살갗이 너무 깊숙이까지 터서 두 발이 마치 균열 생긴 원뿔형 덩어리 같았기 때문이다—하는 일들을 다시 배워나갔다. 그가 탄 배가 마르세유에 도착했을 때는, 그를 마중하기 위해 파리에서 온 그의 어머니가 별 어려움 없이 그를 알아볼 수 있었다.

아펜첼은 탐험을 떠나기 전에 그라츠 대학(스티리아)의 민족지학과 조교였다. 그러나 그곳으로 다시 돌아가는 일은 더이상 고려 대상이 될 수 없었다. 그는 유대인이었고, 바로 몇 달 전에 안슐루스Anschluss[1]가 선포되어 유대인 학생들에 대한 입학생수 제한법이 모든 오스트리아 대학에 적용되었기 때문이다. 미지의 땅에서 연구하던 기간 동안 그의 이름으로 계속 지불되던 월급마저 가차압 상태에 들어갔다. 그의 편지를 받은 말리노프스키의 소개로 그는 마르셀 모스를 만났고, 마르셀 모스는 그가 파리의 민족지학 연구소에서 아나달람 부족의 생활양식에 관한 세미나를 열게 해주었다.

71개월 동안 있었던 그 일과 관련해 마르셀 아펜첼은 어떤 물건도, 어떤 자료도, 어떤 기록도 가져오지 않았다. 그는 강의 첫날까지 기억, 인상, 개요를 온전하게 보존해야 한다는 구실로 실질적인 언급을 회피했다. 그는 이 모두를 순서대로 정리하는 일에 6개월을 바쳤다. 처음에는 속두를 내어 즐겁게, 대부분 열정저으로 일했다. 그러니 이내 시긴을 끌고, 주저하고, 삭제하기 시작했다. 그의 어머니는 그의 방에 들어갈 때마다 거의 항상 책상 앞이 아니라 침대 끝에 앉아 있는 그를 보게 되었다. 상반신을 곧게 펴고 두 손을 무릎 위에 얹은 채 침대 끝에 앉아 창문 근처를 분주히 날아다니는 말벌을 응시하거나—그렇다고 벌을 보는 것도 아니었다—혹은 문에 못을 박아 걸어놓은, 두 겹의 흑갈색 테두리와 가장자리에 술이 달린 회갈색 면 수건을 마치 그냥 보아서는 알 수 없을 정도로 교묘히 풀려 있는 실 한 올을 찾아내려는 듯 뚫어지게 바라보곤 했다.

강연 제목 '수마트라의 아나달람인들. 예비 연구'가 여러 일간지와 주간지에 공고되었으나—그때까지도 아펜첼은 『라네 소시올로지크』에

159

1. 1938년 나치 독일이 오스트리아를 '합병'한 사건.

실을 40줄의 개요서를 연구소 사무실에 제출하지 않고 있었다—이 젊은 민족지학자는 첫 강의를 며칠 앞두고 그가 쓴 모든 것을 불태우고 약간의 짐만을 챙겨 떠나버렸다. 떠나면서 그는 어머니에게 그의 결심을 알리는 간결한 몇 마디를 남겼는데, 자신은 수마트라로 돌아갈 것이며 자신에게는 오랑쿠부족과 관계된 그 어떤 것도 누설할 권리가 없다고 생각한다는 내용이었다.

그런데 잘 이해할 수 없는 기록이 부분부분 적혀 있는 얇은 노트 하나가 불길을 피해 살아남았다. 민족지학 연구소의 몇몇 학생들은 이 기록을 해독하고자 했고, 아펜첼이 말리노프스키와 다른 몇몇 지인들에게 보낸 얼마 안 되는 편지와 수마트라에서 구한 정보, 그리고 드문 일이지만 그가 무의식적으로 모험에 관한 단편적인 이야기를 흘릴 때 그것을 들었던 사람들에게서 얻어낸 최근의 증언을 통해 그에게 일어났던 일을 개괄적으로 구성하게 되었다. 또 신비에 쌓인 이 '내륙의 자식들'에 관한 대략의 초상화를 그려내게 되었다.

며칠을 더 걸어간 끝에 아펜첼은 마침내 쿠부족 마을을 발견했고, 숲속 작은 빈터의 언저리에 원을 그리고 모여 있는, 말뚝 너머의 오두막집 십여 채를 보았다. 마을은 일단 그에게는 빈 것처럼 보였으나, 이윽고 그는 움막의 처마 아래 거적을 깔고 누워 꼼짝 않고 그를 바라보는 몇 명의 노인을 알아보았다. 그는 앞으로 다가갔고, 말레이시아 방식으로 그들의 손을 가볍게 스친 다음 오른손을 심장에 갖다 대며 그들에게 인사했다. 그리고 헌납의 표시로 그들 각자의 곁에 조그만 차 주머니나 담배 주머니를 내려놓았다. 그러나 반응이 없었고, 머리를 숙이거나 선물을 건드리지도 않았다.

얼마 후 개들이 짖기 시작했고, 마을은 모여든 남자들과 여자들, 아이들로 가득 찼다. 남자들은 창으로 무장하고 있으나 그를 위협하지는 않았다. 아무도 그를 쳐다보지 않았고 마치 그의 존재를 인식하지 못하는 것처럼 행동했다.

며칠이 지나도록 아펜첼은 이 간단명료한 주민들과 전혀 사귀지 못하고 있었다. 그는 얼마 안 되는 차와 담배를 모두 다 써버렸지만, 쿠부족 그 어느 누구도—아이들조차도—그 작은 주머니를 건드리지 않았고 매일 저녁 계속되는 비바람이 그것들을 점점 쓸모없는 물건으로 만들어갔다. 그가 할 수 있는 일이라고는 기껏해야 쿠부족이 살아가는 모습을 관찰하고, 목격한 것을 글로 기록하는 것뿐이었다.

그가 말리노프스키에 짧게 밝혔던 것처럼, 그의 주요 관찰 목표는 오랑쿠부족이 자기 땅에서 쫓겨나 숲속으로 들어가면서 퇴행하게 되었지만 실은 어떤 진보된 문명의 후손임을 확인하는 것이었다. 예를 들어, 쿠부족 사람들은 전혀 금속을 만들 줄 몰랐으나 창에 쇠검을 달고 손가락에는 은반지를 끼고 있었다. 또한 그들의 언어는 연안 언어와 매우 유사한 것으로, 아펜첼은 별 어려움 없이 그들의 말을 알아들을 수 있었다. 특히 그를 놀라게 했던 것은 그들이 몇십 개를 넘지 않는 극히 제한된 어휘를 사용하고 있다는 사실이었다. 그는 쿠부족이 혹시 그들의 먼 이웃인 파푸아족과 마찬가지로, 마을에 죽은 자가 하나씩 생길 때마다 단어도 하나씩 없애면서 어휘를 의도적으로 감소시킨 것이 아닐까 하는 의문을 갖게 되었다. 이로써 생긴 결과 중 하나는, 동일한 단어 하나로 점점 더 많은 수의 대상을 가리키게 되었다는 것이다. 예를 들면, 사냥을 뜻하는 말레이시아어 '페케'는 쿠부족에게 아무런 상관관계 없이 사냥하다, 걷다, 신다, 창, 가젤, 영양, 검은 돼지, 육식 요리에 많이 사용되는 아주 진한 향료인 미얌 수프, 다음날, 새벽 등을 의미했다. 마찬가지로, 아펜첼이 바나나를 뜻하는 말레이시아어 '우시'와 코코넛을 뜻하는 말레이시아어 '누야'에 해당하는 단어로 본 '시누야'는 먹다, 식사, 수프, 호리병, 칼 모양의 얇은 주걱, 거적, 저녁, 집, 단지, 불, 부싯돌(쿠부족은 부싯돌 두 개를 서로 부딪쳐 불을 지폈다), 의복에 사용되는 단추, 빗, 머리카락, 호야(여러 종류의 흙과 식물에 야자유를 섞어 만든 머리 염색제) 등을 의미했다. 쿠부족의 생활양식에 나타난 모든 특징 중 이 언어적 특징이 가장 잘 알려지게 된 것은, 아펜첼이 이전에 빈에서 알고 지냈고 당시 코펜하겐에서 옐름슬레브, 브뢴달과 함께 연구하던 스웨덴

161

의 문헌학자 함보 타스케르손에게 보낸 긴 편지에서 그것을 자세히 설명했기 때문이다. 덧붙여 그는 이러한 특징이 서구의 목수들에게도 완벽하게 적용될 수 있을 것이라고 지적했는데, 그들은 매우 분명한 이름을 가진 도구들—평행자, 개탕 대패, 오목 쇠시리용 개탕 대패, 큰 대패, 장붓구멍을 파는 끌, 금속용 줄, 돌 깎는 대패 등—을 사용하면서도 정작 자신의 견습공들에게는 단지 "그 연장 좀 줘봐" 하는 식으로 간단히 말하기 때문이다.

4일째 되는 날 아침 아펜첼이 눈을 떴을 때 마을은 버려져 있었다. 오두막집도 비어 있었다. 남녀, 아이, 개 그리고 평소에는 거적 위에 누워 꼼짝도 하지 않던 노인 할 것 없이 마을 주민 모두가 떠나버렸다. 그들은 마가 든 얼마 안 되는 식량 부대, 염소 세 마리, '시누야'와 '페케'를 가지고 가버렸다.

아펜첼이 그들을 다시 찾기까지는 두 달이 걸렸다. 이번에는 파리가 들끓고, 강줄기 끝이 땅속으로 잠기는 강 연안에 오두막집이 급하게 조성되어 있었다. 첫번째 만남 때처럼 쿠부족 사람들은 그에게 말을 걸지 않았고, 그의 접근에도 응하지 않았다. 어느 날 번개를 맞아 쓰러진 커다란 나무를 들어올리려 애쓰는 두 남자를 보고 도우려고 다가갔는데, 그의 손이 나무에 닿자마자 그들은 나무를 그냥 내버려두고 멀어져갔다. 다음날 아침 또다시 마을이 버려졌다.

거의 5년 동안 아펜첼은 끈질기게 그들을 쫓아다녔다. 그가 그들의 흔적을 발견하면 그들은 이내 다시 달아났고, 사람이 살 수 없는 깊은 지역으로 점점 더 숨어들어 점점 더 불안정한 마을을 지었다. 아펜첼은 이런 식의 이주 행위의 기능에 대해 오랫동안 곰곰이 생각해보았다. 쿠부족은 유목민도 화전민도 아니었으므로 그렇게 자주 이동해야 할 이유가 전혀 없었다. 수렵과 채집을 위한 것은 더더욱 아니었다. 종교적 의례나 통과의례, 혹은 생명의 탄생과 소멸을 둘러싼 주술적 행위와 관계된 것일까? 그 무엇도 이 행위의 성격을 확실하게 설명해주지 못했다. 쿠부족의 제식—만일 그런 게 있다면—은 너무나 조심스러워서 도저히 간파해 낼 수가 없었고, 아펜첼이 절대 예측할 수 없는 이 떠남이 쿠부족과 어떤 관계가 있는지 알려줄 만한 단서는 전혀 없었다.

그러나 진실이, 분명하고 가혹한 진실이 마침내 드러나게 되었다. 그것은 파리를 떠난 지 약 다섯 달 후 아펜첼이 양곤에서 어머니에게 보낸 편지의 말미에 다음과 같이 요약되어 있다.

인간의 깊은 본성에 대한 구체적인 하나의 시각—달리 말해, 다양한 문화들이 잡다하게 보여주는 것을 통해 인간의 조건을 정의하는 최소한의 사회에 대한 하나의 시각—을 얻기 위해 민족지학자라는 소명에 육체와 영혼을 바친 자가 맞게 되는 환멸이 아무리 괴로운 것이라 해도, 또 상대적인 진리를 밝혀내는 것 말고는(최종 진리에 도달한다는 것은 환상에 가까운 희망일 뿐이므로) 다른 어떤 것도 희망할 수 없다고 해도, 제가 부딪쳐야 했던 가장 큰 어려움은 전혀 이런 성질의 것이 아니었습니다. 저는 미개 상태의 극한까지 가보고 싶었습니다. 그러니 어떻게 제가, 저 이전에 아무도 보지 못했고, 아마 저 이후에도 아무도 보지 못할 이 자애로운 토착민 앞에서 절정의 기쁨을 느끼지 않을 수 있었겠습니까? 저는 열렬히 추적한 끝에 그 원시부족을 만나게 되었고, 단지 그들 중 하나가 될 수 있도록, 그들의 일상과 그들의 고통, 그들의 제식을 함께할 수 있도록 해달라고 부탁했던 겁니다! 아, 하지만 불행히도 그들은 저를 원하지 않았고, 그들의 풍습과 신앙을 저에게 가르쳐줄 준비가 되어 있지 않았습니다! 그들은 그저 제가 그들 곁에 선물을 놔두도록 내버려두었을 뿐이고 제가 그들에게 도움을 줄 수 있다고 믿는 일들을 하도록 내버려두었을 뿐입니다! 그들이 마을을 버린 것은 저 때문이었습니다. 오로지 저를 낙심시키기 위해, 제가 그렇게 달려드는 것이 무의미하다는 사실과 그들이 점점 더 끔찍한 삶의

163

조건을 감수하며 매번 더 살기 힘든 영토를 택하는 것은 인간보다는 호랑이, 화산, 늪, 질식할 듯한 안개, 코끼리, 독거미와 대면하기를 더 원하기 때문이라는 사실을 제게 알려주기 위해서였던 것입니다! 저는 신체적인 고통에 대해 꽤 알고 있다고 생각합니다. 그러나 무엇보다 가장 극심한 고통은, 자신의 영혼이 죽어가는 것을 느끼는 것임을…….

마르셀 아펜첼은 다른 편지는 보내지 않았다. 그를 찾아내려는 어머니의 노력은 모두 수포로 돌아갔다. 게다가 곧이어 전쟁이 일어나 추적이 아예 중단되었다. 아펜첼 부인은 주간지 『오 필로리』에 발표된 별[2]을 달지 않은 유대인들 목록에 자신의 이름이 올라간 후에도 파리에 남아 있기를 고집했다. 어느 날 저녁, 그녀를 동정하는 어떤 이의 손이 다음날 새벽 사람들이 그녀를 체포하러 올 것을 알리는 종이쪽지를 문틈으로 밀어넣었다. 그녀는 바로 그날 밤 르망으로 도망가는 데 성공했고, 그곳에서 자유지역으로 옮겨가 레지스탕스에 들어갔다. 그녀는 1944년 6월에 바시외장베르코르 부근에서 피살되었다.

알타몽 부부—알타몽 부인은 아펜첼 부인의 먼 사촌이다—는 1950년대 초반에 아펜첼 부인이 살았던 아파트에 입주했다. 당시 그들은 젊은 부부였다. 지금 그녀는 마흔다섯이고, 그는 쉰다섯이다. 그들에게는 열일곱 살 된 베로니크라는 딸이 하나 있는데, 그녀는 수채화 그리기와 피아노 연주가 취미다. 알타몽 씨는 국제적인 감정가로 사실 파리에 머무는 일은 거의 없으며, 지금의 이 성대한 연회도 그의 연례 귀국을 계기로 치러지는 듯하다.

2. 나치 점령하에서 유대인의 표시로 가슴에 달게 했던 황색별.

제26장 바틀부스

1

바틀부스의 아파트의 한 곁방.

이곳은 거의 비어 있는 방으로, 단지 짚 빛깔의 의자 몇 개, 가장자리에 작은 술이 달린 붉은색 방석을 얹어 놓은 세 다리 걸상 두 개, 그리고 옛날 기차역 대기실에 있었음 직한, 등받이가 직각으로 된 긴 녹색 인조 가죽 의자 하나가 놓여 있을 뿐이다.

벽은 흰색으로 칠해져 있고, 바닥에는 두꺼운 비닐 장판이 깔려 있다. 안쪽 벽에 붙어 있는 사각형의 커다란 코르크판에는 몇 장의 그림엽서가 꽂혀 있다. 피라미드가 있는 지역의 전쟁터, 다미에타의 생선 시장, 낸터킷의 옛 고래잡이 항구, 니스의 '프로므나드 데장글레' 강변로, 위니펙의 '허드슨스 베이 컴퍼니' 빌딩, 케이프 코드의 낙조, 베이징 여름 궁전의 청동관, 피사넬로가 작은 상자에 담긴 네 개의 금메달을 리오넬 데스트에게 수여하는 장면을 그린 데생의 복제화를 담고 있는 엽서들이다. 또한 검정 테두리가 쳐진 부고장도 한 장 꽂혀 있다.

165

1

> Vous êtes prié d'assister à l'inhumation
> de
> **Gaspard WINCKLER**
> *décédé à Paris le 29 octobre 1973 dans*
> *sa 63ᵉ année*
>
> la levée de corps aura lieu le 3 novembre 1973
> à 10 heures du matin devant la morgue de
> l'hôpital Bichat, 170, boulevard Ney, Paris 17ᵉ
> NI FLEURS NI COURONNES

1. 1973년 10월 29일, 63세 일기로 파리에서 사망한 / 가스파르 윙클레 씨의 / 장례식에 참석 부탁드립니다 / 발인은 1973년 11월 3일 오전 10시입니다. 파리 17구 네이 대로 170번지 비샤 병원 영안실 / 꽃다발 및 화환 사절.

바틀부스의 세 하인은 이 곁방에서 주인의 불확실한 종소리를 기다리며 대기하고 있다. 스모프는 창가에 서서 팔을 허공에 내밀고 있고, 가사 전반을 돌보는 하녀 엘렌은 겨드랑이 아래가 살짝 터진 상의의 오른팔 부분을 대강 꿰매고 있다. 운전사 클레베는 의자에 앉아 있다. 그는 정복 대신 넓은 혁대를 맨 벨벳 바지와 목까지 길게 올라오는 두꺼운 흰색 스웨터를 입고 있다. 그는 방금 긴 인조가죽 의자 위에 52장의 카드 한 벌을 앞면이 보이게 네 줄로 늘어놓았으며, 네 장의 에이스를 집어내고 그 빈자리를 이용해 같은 색의 네 장짜리 연속패를 만들며 놀이를 이어가는, 일종의 카드점을 막 시작하려는 중이다. 카드 옆에는 책이 펼쳐져 있다. 조지 브레즐리가 쓴 『방랑자들』이라는 미국 소설로, 1950년대 초 뉴욕의 재즈계를 배경으로 이야기가 펼쳐진다.

우리가 이미 알고 있듯 스모프는 50년 전부터 바틀부스의 시중을 들어왔다. 운전사 클레베는 1955년 바틀부스와 스모프가 세계 일주 여행에서 돌아왔을 때, 요리사 아델 부인, 요리사 보조 시몬, 호텔의 전문 소믈리에이자 식당장 레오나르, 세탁 담당 제르멘, 육체노동 담당 루이, 시종 토마와 함께 고용되었다. 당시 바틀부스는 외출도 자주했고, 손님을 잘 접대하기로 유명한 저녁식사를 준비했을 뿐 아니라, 먼 친척이나 여행 중에 알게 된 사람들을 재워주기까지 했다.

1960년부터 그런 호사스러운 생활이 점차 수그러들기 시작했고, 고용인들이 떠나고 난 빈자리는 다시 채워지지 않았다. 3년 전 아델 부인이 은퇴하면서 스모프의 권유로 엘렌을 고용했을 뿐이다. 이제 막 서른 살이 된 엘렌은 빨래, 식사, 살림까지 모든 일을 도맡아 했으며, 힘든 일은 운전할 일이 거의 없는 클레베의 도움을 받아 해결해왔다.

바틀부스가 손님을 맞지 않은 지는 오래되었고, 최근 2년 동안에는 아파트 밖으로 나간 적도 없었다. 그는 대부분의 시간을 서재에 처박혀 지냈고, 부르기 전에는 누구도 그를 방해하지 못하도록 철저히 단속해놓았다. 때때로 48시간 이상 아무런 기척 없이 서재에 머물기도 했는데, 그럴 때면 종조부인 셔우드의 안락의자에서 입던 옷 그대로 잠을 자고 비스코트[2]나 생강 과자를 조금씩 갉아먹으며 배를 채웠다. 그가 넓지만

---

2. 누렇게 구운 딱딱한 빵 또는 비스킷.

소박한 앙시앵레짐 스타일의 자기 집 식당에서 식사하는 것은 이제 극히 예외적인 일이 되었다. 그가 식당에서 식사하겠다고 할 때면, 스모프는 오래된 연미복을 꺼내 입고 손을 떨지 않으려 애쓰면서, 몇 달 전부터 엘렌의 크나큰 실망에도 불구하고 그가 입에 대기로 수락한 유일한 음식물인 반숙 달걀과 약간의 대구 훈제 요리, 마편초 차의 식사 시중을 들었다.

바틀부스가 찾고 있는 것이 정확히 무엇인지를 발렌이 이해하기까지는 수년의 세월이 걸렸다. 1925년 1월 바틀부스가 처음 발렌을 만나러 왔을 때, 그는 단지 수채화 그리는 법을 제대로 배우고 싶으며 10년 동안 매일 수업을 받기를 원한다고 말했을 뿐이다. 그가 제시한 수업 횟수와 기간은 당시 3개월 단위로 18회씩만 강습해오던 발렌을 깜짝 놀라게 했다. 하지만 바틀부스는 수업을 위해 필요한 모든 시간을 바치려고 결심한 듯했고 돈 걱정도 별로 없어 보였다. 50년이 지난 후 발렌은 가끔, 금세 드러난 것처럼 바틀부스에게 타고난 재능이 전혀 없었다는 사실을 감안한다면 결국 10년이라는 시간이 그렇게 과한 것은 아니었다고 생각하곤 했다.

　바틀부스는 수채화라는 이 섬세한 예술에 대해 전혀 모르고 있었을 뿐 아니라 붓도, 심지어 연필 한 번도 잡아본 적이 없다. 따라서 첫해에 발렌은 데생하는 법부터 가르치기 시작했고, 목탄, 흑연, 철단 등을 가지고 바둑판 무늬틀을 통해 모델을 보고 그대로 모사하기, 공간화 작업을 수반하는 크로키 연습, 백묵의 가필加筆을 통한 선영線影 넣기 연습, 농담濃淡을 넣는 데생 연습, 구도 연습 등을 시켰다. 그다음에는 먹이나 세피아 물감을 이용한 수묵화를 가르치면서 지루한 서예 연습을 시켰고 다양한 톤과 점감을 얻기 위해 붓놀림의 강약을 어떻게 조절하는지를 가르쳤다.

　2년이 지나자 바틀부스는 이러한 기초 기술을 자유롭게 구사하는 단계에 이르렀다. 발렌에 따르면, 이제 문제는 단지 재료와 실습이었

167

다. 그들은 야외 작업을 시작해 먼저 몽소 공원과 센 강변, 불로뉴 숲으로 나갔고, 이어 파리 근교로 나갔다. 매일 오후 2시에 바틀부스의 운전사—당시에는 클레베가 아니라, 바틀부스의 어머니 프리실라 때부터 운전사로 있었던 포세트였다—가 발렌을 모시러 왔다. 화가 발렌이 검은 색과 흰색이 어우러진 커다란 '체나드 & 워커' 리무진에 오르면 거기에 골프 바지, 각반, 스코틀랜드 모자, 자카드 스웨터로 그럴듯하게 차려입은 그의 학생이 있었다. 그들은 퐁텐블로 숲, 샹리스, 앙젱, 베르사유 궁전, 생제르맹 숲, 슈브뢰즈 계곡 등으로 돌아다녔다. 그들은 '팽샤르 의자'라고 불리는 삼각의 휴대용 접의자를 나란히 펼쳐놓고, 창처럼 높고 손잡이가 팔꿈치 모양으로 구부러진 양산을 펴고, 약해 보이는 접이식 이젤을 세워놓았다. 너무 세심한 나머지 거의 서투를 지경이 될 때까지 병적으로 정확성을 추구하는 바틀부스는 엇물리는 무늬결의 서양 물푸레나무 화판 위에 미리 뒷면을 적셔 축축하게 만든 우툴두툴한 와트만지 한 장을 꽂아놓는데, 그 전에 먼저 종이를 허공에 들어올려 제조 마크를 살펴보면서 그릴 면을 제대로 찾았는지 확인했다. 그다음, 수업이 끝난 뒤 항상 정성스럽게 씻어놓는, 내부에 에나멜 칠이 된 아연 팔레트를 열었고, 어떤 의식을 치르듯 정해진 절차에 따라 열세 개의 조그만 물감 그릇—아이보리 블랙, 짙은 색 세피아, 번트시에나 황토색, 인디언 옐로, 밝은 크롬 옐로, 주홍색, 꼭두서니 래커, 베로네즈 녹색, 올리브색, 군청색, 코발트색, 감청색—과 모부아 부인의 산화아연 소량을 배열했다. 그리고 물통, 스펀지, 연필을 준비하고 붓대가 제대로 달려 있는지, 붓끝의 모양이 제대로 되어 있는지, 가운데가 너무 불룩하지는 않은지, 털이 곤두서 있지는 않은지 점검했다. 그림 그리기에 들어가면, 우선 가는 연필선으로 주요 대상의 자리를 배치하고 지평선, 전경, 소실선을 스케치했다. 그런 다음 순간순간 변하는 구름, 연못 수면에 잔물결을 일으키는 미풍, 일드프랑스 지역에 내려앉는 황혼, 찌르레기의 비상, 양떼를 몰고 돌아오는 목동, 잠든 마을 위로 떠오르는 달, 미루나무가 양쪽으로 늘어선 길, 덤불 앞에서 멈춰 서 있는 개 등 그 모든 찰나적인 것과 예측불능성의 광채 속에서 이것들을 그려내려 했다.

대부분의 경우 발렌은 머리를 저었고, 짧게 서너 마디—하늘에 구름이 너무 많아요, 균형이 잡히지 않았어요, 효과가 없네요, 콘트라스트가 부족해요, 분위기가 나질 않네요, 배열이 맞지 않네요 등—를 던지며 수채화 위에 아무렇게나 원과 줄을 그어 동정의 여지없이 바틀부스의 그림을 망가뜨려버렸다. 그러면 바틀부스는 한마디 말없이 그림을 서양 물푸레나무 화판에서 떼어내고 새 종이를 올려놓은 다음 다시 그리기 시작했다.

수업과 관계된 이런 간단한 이야기 외에는, 바틀부스와 발렌은 거의 대화를 나누지 않았다. 같은 나이였지만 바틀부스는 발렌에게 전혀 호기심이 없는 것 같았고, 발렌은 이 인물의 엉뚱함에 관심이 쏠리면서도 선뜻 그에게 뭘 물어보거나 하지 못했다. 그러나 돌아오는 길에 도대체 왜 그토록 고집스럽게 수채화를 배우고 싶어하는지 물어본 적은 몇 번 있었다. 하지만 바틀부스는 "그게 뭐 어때서요?" 하고 심드렁하게 대답하곤 했다. 어느 날 발렌은 이에 대해 "당신과 같은 경우였다면 대부분의 내 학생들은 이미 오래전에 낙심했을 테니까요" 하고 대꾸했다. "제가 그렇게 소질이 없다는 말씀인가요?" 바틀부스가 되물었다. "10년이면 대개 모든 것을 배울 수 있습니다. 당신은 그렇게 될 것입니다. 하지만 왜 체질적으로 당신과 전혀 무관한 쪽의 예술을 그토록 철저히 익히려는 거죠?" "내 관심은 수채화가 아닙니다. 수채화는 단지 내가 하고 싶은 어떤 일을 위해 배우는 것뿐이에요." "그렇다면 도대체 수채화를 가지고 뭘 하려는 건데요?" "물론 퍼즐이지요." 바틀부스는 전혀 주저하지 않고 대답했다.

이날 이후 발렌은 바틀부스가 염두에 둔 가장 구체적인 것에 대해 생각해보기 시작했다. 그러나 그가 이 영국인의 야망이 어떤 것인지 전체적으로 파악하게 된 것은 스모프와 가스파르 윙클레를 알게 된 후였다.

엄청난 부자이면서 동시에 그 부富가 일반적으로 가져다주기 마련인 것들에 대해 무관심한 남자, 그리고 세상 전부를 포착하고 묘사하고 철저히 규명하려는 것—발설하는 것만으로도 무너지기 쉬운 계획—이 아니라 세상을 이루는 한 조각을 포착하고 묘사하고 철저히 규명하려는 대단히 오만한 욕망을 품은 한 남자를 상상해보자. 도저히 해결할 수 없는 세상의 모순에 맞설 때는, 아마도 구속이 있겠지만 동시에 그만큼 전체적이고 온전하고 비타협적인 어떤 계획을 끝까지 완수하는 것이 관건일 수 있을 것이다.

다시 말해, 어느 날 바틀부스는 그의 삶 전체를, 오직 자의적인 필연성 그 자체만을 목적으로 하는 어떤 독특한 계획에 따라 구성하기로 결심했다.

이러한 구상은 그가 스무 살 때 이루어졌다. 그것은 일단 하나의 막연한 생각, 즉 스스로에게 던지는 하나의 질문—무엇을 할 것인가?—과 곧바로 윤곽이 드러난 대답—할 일이 아무것도 없다—에서 비롯되었다. 돈, 권력, 예술, 여자 모두 바틀부스의 흥미를 끌지 못했고 학문이나 놀이도 마찬가지였다. 기껏해야 넥타이와 말馬 혹은 불분명하지만 더 근사하게 이야기해서, 덧없는 이미지들(다수의 사람들이 넥타이 위주로 자신들의 인생을 효과적으로 만들어가는 모습이나, 혹은 그보다 훨씬 더 많은 사람들이 일요일 경마장의 말들에 들러붙어 자신의 삶을 그렇게 만들어가는 모습) 아래 숨어 있는 완벽함에 대한 어떤 구상.

이 구상은 달이 가고 해가 가면서 발전되어, 다음의 세 가지 기본 원리를 중심으로 그 모습을 갖춰나갔다.

170

첫번째 원리는 정신의 영역에 속했다. 문제는 그 구상이 어떤 탐구나 기록, 혹은 올라가야 할 정점이나 다다라야 할 심층과 관계된 것이 아닐 거라는 말이다. 바틀부스가 하는 것은 구경거리가 될 만한 것도, 영웅적인 것도 아닐 것이다. 그것은 단지 조심스럽게 추진하는 하나의 계획이며, 당연히 어렵지만 그렇다고 실현하지 못할 것도 없는, 시작부터 끝까지 완전하게 통제되는 계획, 대신 거기에 몰두하는 이의 삶의 구석구석을 지배하게 될 계획일 것이다.

두번째 원리는 논리의 영역에 속했다. 말하자면, 그 구상은 절대 우연에 기대지 않고 시간과 공간을 추상적인 좌표처럼 기능하게 할 것이며, 각각의 정해진 날짜와 장소에서 가차없이 일어나는 동일한 성격의 사건들이 불가항력적으로 순환하며 그 좌표 속에 기록될 것이다.

끝으로, 세번째 원리는 미학의 영역에 속했다. 무용하지만, 바로 그 무상성 덕분에 엄정성이 보장되는 이 계획은 결국 완성되어감에 따라 스스로 파괴될 것이고, 그것의 완성은 윤회적인 것이 될 것이다. 일련의 사건들은 연결되는 동시에 사라질 것이다. 무無에서 출발한 바틀부스는 이렇게 완성된 사물들의 뚜렷한 변형을 통해 다시 무로 돌아올 것이다.

이렇게 해서 우리는 다음과 같은 하나의 구체적인 프로그램을 간략히 정리해볼 수 있다.

1925년에서 1935년까지 10년 동안, 바틀부스는 수채화 그리는 법을 배웠을 것이다.

1935년에서 1955년까지 20년 동안, 그는 세계를 돌아다녔을 것이며, 항구를 주제로 15일마다 수채화 한 점씩, 동일한 크기(65×50 혹은 정판)의 해양화 500점을 그렸을 것이다. 이 해양화는 하나하나 완성될 때마다 전문기술자(가스파르 윙클레)에게 보내졌을 것이며, 윙클레는 이 해양화를 얇은 나무판 위에 붙인 후 750조각의 퍼즐로 잘라냈을 것이다.

1955년에서 1975년까지 20년 동안, 프랑스로 돌아온 바틀부스는 이렇게 만들어진 퍼즐을 다시 15일에 한 개씩 정해진 순서에 따라 조립했을 것이다. 완성된 퍼즐이 쌓여감과 동시에 해양화는 '재조직'되어 퍼즐의 나무판에서 원래의 모습대로 떼어내졌을 것이며, 이어 그것들이 그려졌던—20년 전의—바로 그 장소로 보내졌을 것이고, 그곳에서 사용하지 않은 깨끗한 와트만지 한 장으로 남을 수 있도록 세척액 속에 담겨졌을 것이다.

그렇게 해서, 50년 동안 한 개인의 모든 움직임을 지배했을 이 작업과 관련해 그 어떤 흔적도 남지 않게 되었을 것이다.

제27장   로르샤슈
                  3

이것은 마그리트의 그림—돌이 살아 있는 것이 된 건지 아니면 삶이 미라처럼 굳어버린 건지 제대로 구분할 수 없는—처럼 화석화된 기억 같은 것, 영원히 지울 수 없게 된 하나의 고정된 이미지 같은 것인지도 모른다. 남자는 콧수염을 길게 늘어뜨리고 탁자 위에 팔짱 낀 팔을 얹은 채 앉아 있고, 칼라 없는 셔츠 위로 황소처럼 굵은 목이 솟아나 있다. 그 곁에는 곱게 머리를 빗고 검은 치마와 꽃무늬 블라우스를 입은 여인이 왼쪽 팔을 그의 어깨에 올린 채 그의 등 뒤쪽에 서 있고, 쌍둥이 아이 둘이 팔짱을 끼고 탁자 앞쪽에 서 있다. 아이들은 반바지 세일러복을 입고 첫영성체자의 띠를 맸으며, 양말이 발목에서 흘러내리고 있다. 방수포가 깔린 탁자 위에는 파란색 에나멜 커피 주전자와 할아버지의 사진이 들어 있는 타원형 액자가 놓여 있고, 또 벽난로 위에는 푸른색 로즈메리 뭉치가 심겨 있고 흰색과 검은색의 거꾸로 된 V자 무늬 장식에 원뿔형 다리가 달린 화분 두 개가 놓여 있다. 두 화분 사이 벽에는 길쭉한 장방형의 유리 종이 매달려 있고, 그 아래 신부의 화관이 놓여 있다. 화관은 가짜 오렌지나무 꽃—밀랍을 적셔 말린 둥그런 천 조각—과 진주로 만든 지지대 및 꽃잎, 새, 거울 장식 들로 만들어졌다.

1950년대에, 그러니까 그라티올레가 복층 아파트를 만들려는 로르샤슈에게 아래위층 사이인 두 아파트를 팔기 훨씬 전에, 그리팔코니라는 성을 가진 한 이탈리아 가족이 바로 이 5층 왼쪽의 아파트에 얼마 동안 살았다. 에밀리오 그리팔코니는 이탈리아 베로나 출신의 고급 가구 세공인으로 가구 복원 전문가였고, 라 뮈에트 성에 있는 가구 복원 작업을 위해 파리에 와 있었다. 그는 열다섯 살 아래인 라에티치아라는 젊은 여인과 결혼해 세 살 된 쌍둥이를 두고 있었다.

준엄하고도 음울해 보이는 아름다움으로 건물 주민들과 동네 사람들의 시선을 사로잡은 라에티치아는 쌍둥이를 위해 특별하게 고안된 유모차에 아이들을 태우고 매일 오후 몽소 공원으로 산책을 나갔다. 아마도 일상적으로 반복되던 그 오후 산책길에 그녀는 그녀의 미모에 마음을 빼앗긴 남자들 중 한 명을 만났던 것 같다. 그의 이름은 폴 에베르였고, 바로 이 건물 6층 오른쪽 아파트에 살고 있었다. 1943년 10월 7일, 당시 열여덟 살이던 그는 독일군의 디터스도르프 육군 대위, 네벨 중위, 크뇌델부르스트 중위의 생명을 앗아간 테러 행위가 있은 후 생제르맹 대로에서 기습적인 검문검색에 걸렸고 4개월 뒤 부헨발트로 이송되었다. 1945년에 석방되어 약 7년 가까이 그리손의 한 요양소에서 치료받은 그는 그즈음 프랑스로 돌아와 샤탈 중학교의 물리·화학 선생이 되었고, 학생들 사이에서 이내 'pH'[1]라는 별명으로 불리게 되었다.

그들의 관계는 꼭 플라토닉한 것은 아니었지만 사실상 짧은 포옹과 은밀하게 손을 잡는 행위 정도로 제한된 것이었고, 1955년 9월 새 학기를 맞아 건조한 산악지대 기후에서 지내라는 의사의 긴급한 명령에 따라 pH가 마자메로 전근갈 때까지 약 4년 동안 지속되었다.

몇 달 동안 그는 라에티치아에게 편지를 보내 자기한테 오라고 간청했으나, 그녀는 매번 거절했다. 그러다가 우연히 그녀의 답장 하나가 그녀의 남편의 손에 들어가고 말았다.

나는 슬프고, 지루하고, 끔찍할 정도로 신경이 날카로워져 있어요. 2년 전의 고통스러운 감정을 다시 느끼고 있어요. 모든 것이 나를 괴롭게 하고 내 마음을 찢어놓으니까요. 최근 당신이 보낸 두 편지가 가슴을 어찌나 뛰게 하는지 그것을 찢어버리지

174

1. 용액의 수소 이온 농도를 나타내는 지수이며, 폴 에베르Paul Hébert라는 이름의 머리글자이기도 하다.

않을 수 없었답니다. 당신의 편지가 내 마음을 얼마나 뒤흔드는
지! 접힌 편지를 펼치면 종이의 향기가 내 콧속으로 빨려 들어
오고, 당신의 부드러운 말에서 풍기는 향기가 내 마음속으로 파
고들지요. 좀 자제해줘요. 당신의 사랑이 나를 어지럽게 만드니
까요! 우리는 함께 살 수 없다는 것을 깨달아야만 해요. 이보다
더 지루하고 더 생기 없는 삶을 감수해야만 해요. 나는 당신이
그런 삶에 익숙해지는 모습을 보고 싶고, 나 또한 당신을 불타
게 하기보다는 따뜻하게 해주고 절망시키기보다는 위로해주고
싶어요. 그래야만 해요. 이러한 정신적 경련 상태에서 계속 살
수는 없어요. 그러다가는 결국 죽음을 맞게 될 거예요. 일에 몰
두하고 다른 것을 생각하세요. 당신은 훌륭한 지성을 가진 사람
이니 좀더 편안해지기 위해서라도 그 지성을 사용하세요. 나는
이제 한계에 다다랐어요. 혼자 살아갈 용기는 있지만 둘이 함께
살아갈 용기는 없어요! 내 소명은 모든 사람을 돕는 것이었는
데 이미 그르쳐버렸어요. 아무 치유도 해줄 수 없어 나 스스로
를 저주하게 만든 당신의 그 열정도 이제 더는 나를 슬프게 하
지 않아요…….

에밀리오는 물론 완성되지 않은 이 초고의 수신자가 누구인지 몰랐
다. 라에티치아에 대한 그의 믿음은 너무도 확고해서 그녀가 단순히 어
떤 사진소설의 내용을 베낀 것이라 생각했고, 그럴 마음만 있었다면 그
녀는 아무 어려움 없이 그로 하여금 그렇게 믿게 할 수 있었을 것이다.
그렇지만 라에티치아에게는 몇 년 동안 진실을 숨길 능력은 있었으나
그것을 왜곡할 능력은 없었다. 에밀리오의 질문을 받은 그녀는 아주 놀
랄 만한 침착함으로 자신의 가장 간절한 소망은 에베르를 다시 보는 것
이지만 에밀리오와 쌍둥이 아이들 때문에 그러지 못한다고 고백했다.
그리팔코니는 그녀를 떠나보냈다. 그는 자살하지 않았고, 알코올에
빠지지도 않았으며, 아주 세심하게 쌍둥이를 돌봤다. 매일 아침 일하러
가기 전에 아이들을 학교에 데려다주고 매일 저녁 데려왔으며, 장을 보

고, 저녁을 준비하고 아이들을 목욕시키고, 아이들에게 고기를 잘라주고, 숙제를 검사하고, 잠들기 전에 이야기책을 읽어주고, 토요일 오후에는 신발과 더플코트와 반소매 셔츠를 사주러 테른 거리에 나가고, 아이들을 교리 교육에 보내고, 성체배령을 받게 했다.

1959년, 프랑스 문화부—라 뮈에트 성 복구작업의 관할 기관—와 맺었던 계약이 끝나자 그리팔코니는 아이들과 함께 베로나로 떠났다. 하지만 떠나기 몇 주 전 그는 발렌을 찾아와 그림을 주문했다. 자신을 그리되, 아내와 쌍둥이가 함께 있는 모습으로 그려주기를 원했다. 그들 네 식구는 그들 집의 식당에 있을 것이다. 그는 앉아 있을 것이다. 그녀는 검은 치마와 꽃무늬 블라우스를 입고 믿음과 평화가 가득한 자세로 왼쪽 팔을 그의 어깨에 올린 채 그의 뒤쪽에 서 있을 것이고, 쌍둥이는 예쁜 반바지 세일러복을 입고 첫 영성체자의 띠를 매고 있을 것이다. 탁자 위에는 피라미드를 찾아간 그의 할아버지 사진이 놓여 있을 것이며, 벽난로 위에는 라에티치아의 신부 화관과 그녀가 무척 좋아했던 로즈메리 화분 두 개가 놓여 있을 것이다.

발렌은 색깔 있는 잉크를 사용해 펜 데생화를 그렸다. 에밀리오와 쌍둥이의 자세를 잡아주고, 라에티치아를 위해서는 이미 옛것이 되어버린 몇 장의 사진을 이용해 가구 세공인이 요구하는 세부 사항을 세심하게 공들여 표현해냈다. 라에티치아의 블라우스의 연보라색과 푸른색 작은 꽃들, 선조의 식민지풍 모자와 각반, 신부 화관의 지루하게 얽혀 있는 금실들, 쌍둥이들이 맨 띠에 물결처럼 올라와 있는 주름 등.

에밀리오는 발렌의 작품에 아주 만족해했으며, 따라서 그에게 대가를 지불하는 것 외에도 자신이 특별히 애착을 느끼는 물건 두 개를 선물로 주고 싶어했다. 그는 화가를 집으로 부르고는 녹색 가죽으로 된 길쭉한 상자를 탁자 위에 올려놓았다. 그리고 천장에 달린 등을 켜 환하게 불을 밝힌 후 상자를 열었다. 번쩍거리는 붉은색 이중 안감 위에 어떤 무기가 놓여 있었는데, 그것의 손잡이는 매끄러운 물푸레나무로 되어 있었고 금으로 된 날은 납작하고 휘어진 형태였다. "이게 뭔지 아세요?" 그가 물었다. 발렌은 모른다는 표시로 눈썹을 치켜 올렸다. "금으로 된 낫도끼예요. 골족의 드루이드교 승려들이 겨우살이를 베기 위해 사용했던 낫도끼지요." 발렌은 믿을 수 없다는 표정으로 그리팔코니를 쳐다보았지만, 이 가구 세공인은 당황하는 것 같지 않았다. "손잡이는 물론 제가 만들었지요. 하지만 이 날은 진짜입니다. 엑스 근방의 한 묘지에서 발견된 거예요. 이 낫도끼는 살리앙 사람들의 노동의 특징을 잘 나타내고 있는 것 같아요." 발렌은 좀더 가까이 다가가 날을 살펴보았다. 일곱 개의 아주 조그만 그림이 날의 한 면 위에 섬세하게 새겨져 있었으나, 두꺼운 돋보기를 통해 들여다보아도 그 그림을 잘 알아볼 수 없었다. 머리가 아주 긴 한 여인이 몇몇 그림에 꽤 분명한 모습으로 등장하는 것이 보였을 뿐이다.

두번째 물건은 좀더 이상한 것이었다. 그리팔코니가 쿠션을 댄 한 상자에서 그 물건을 꺼냈을 때, 발렌은 처음에 산호초 다발 같은 거라고 생각했다. 그러나 그리팔코니는 머리를 저었다. 라 뮈에트 성의 다락방들에서 그는 어떤 탁자의 잔해를 발견했는데, 기막히게 나전 상감이 된 타원형의 탁자판은 훌륭한 상태로 보존되어 있었지만, 결이 보이는 나무로 된 방추형의 육중한 기둥 형태인 중앙 다리는 완전히 벌레 먹은 상태였다. 벌레들은 은밀하고 내밀하게 활약해 수많은 홈과 세관細管을 만들어냈으며 그 굴들은 나무 가루로 채워져 있었다. 겉으로 봐서는 벌레들이 다리를 갉아먹고 있다는 것을 알아차릴 수 없었다. 그리팔코니는 탁자판의 무게를 지탱할 수 없을 정도로 거의 완전히 비어버린 원래의 다리를 복구하기 위해서는 내부를 채워나가는 수밖에 없다고 판단했다. 따라서 그는 벌레 먹은 모든 구멍을 공기 흡입 방식으로 청소한 다음, 납과 명반과 석면을 액체로 만들어 섞은 것을 압축해 구멍에 주사해보았다. 그의 시도는 성공적이었지만, 이처럼 강화된 후에도 다리가 여전히 약하다는 것이 금세 드러났다. 결국 그리팔코니는 다리 전체를 교체하는 방법을 써야 했다. 그런데 바로 그때, 다리의 나무를 녹이는 아이디어가 떠올랐다. 그렇게 하면 구멍 안에 주입한 합성물이 만들어낸 환상적인 가지 모양이, 나무기둥 안에서 펼쳐진 벌레의 삶의 정확한 궤적이, 벌레의 맹목성을 증명하고 벌레의 모든 움직임과 일치하는 광물질의 응고가 모두 드러날 것이다. 그것은 정말 보기 드문 끈기이고, 끈질긴 여정일 것이며, 조밀한 주변 세상에서 한 존재가 생존에 필요한 미세한 요소를 캐내어 먹고 소화한 모든 것에 대한 충실한 구현이 될 것이다. 가장 단단한 나무를 먼지투성이 통로의 미세한 그물망으로 만들어놓은 끝없는 도정을 한눈에 펼쳐보이는 엄청나게 충격적인 이미지가 될 것이다.

그리팔코니는 베로나로 돌아갔다. 발렌은 친구들에게 새해 인사차 보내기 위해 리놀륨 판으로 찍어낸 조그만 판화 중 하나를 한두 번 그에게 보냈었다. 그러나 답장은 전혀 받지 못했다. 1972년, 파도바 대학의 식물분류학 교수가 된 비토리오—쌍둥이 아이 중 하나—가 편지를 보내 그의 아버지가 선모충증으로 죽었다는 소식을 전해주었다. 쌍둥이 형제 알베르토에 대해서는 그가 남아메리카에 살고 있으며 잘 지내고 있다는 이야기만 전했다.

그리팔코니 가족이 떠난 지 몇 개월 후 그라티올레는 그들이 살던 아파트를 레미 로르샤슈에게 팔았다. 그리팔코니의 아파트는 오늘날 복층 아파트의 아래층으로 쓰이고 있다. 예전의 식당은 거실로 바뀌었다. 에밀리오 그리팔코니가 아내의 신부 화관과 두 개의 로즈메리 화분을 놓아두도록 설정했던 벽난로는 번쩍거리는 강철 구조의 현대식 외관을 갖추었다. 바닥에는 이국적인 그림의 순모 양탄자가 여러 장 깔려 있다. 가구라고는 암갈색 천과 금속관으로 이루어진, '연출자'라고 불리는 세 개의 소파가 전부인데, 실은 약간 발전된 형태의 캠핑용 의자 수준이다. 수많은 미국식 아이디어 상품이 거실 여기저기에 흩어져 있는데 그중에서도 '피드백개먼'이라는 전자 주사위 놀이기구가 눈에 띈다. 이것은 놀이 참가자들이 주사위를 던져서 나온 숫자만큼 두 개의 버튼을 누르는 장치로, 말의 진행은 기구에 내장된 마이크로프로세서에 의해 이루어진다. 동그란 불빛으로 나타나는 놀이의 말은 최적화 전략에 따라 투명한 놀이판 위에서 움직인다. 참여자 각각은 최선의 공격과 최선의 방어를 번갈아 해야 하는데, 가장 빈번하게 사용되는 해결책은 아무런 가치 없는 말을 상호 봉쇄하는 것이다.

폴 에베르의 아파트는 봉쇄와 차압이라는 불유쾌한 사건을 거친 후, 그에게 방을 세내주었던 건물 관리인의 수중에 다시 들어갔고, 현재는 주느비에브 풀로가 갓난아기와 함께 살고 있다.

라에티치아는 돌아오지 않았고, 그 후로 아무도 그녀의 소식을 듣지 못했다. 다만 1970년 우연히 폴 에베르를 만났던 청년 리리 덕분에 사람들은 어쨌든 그가 어떻게 살았는지 부분적으로나마 알게 되었다.

지금 스물다섯 살쯤 된 청년 리리의 실제 이름은 발랑탱, 발랑탱 콜로다. 그는 자댕 거리와 샤젤 거리가 만나는 길모퉁이에서 담배 가게와 카페를 운영하는 앙리 콜로의 세 자식 중 막내다. 사람들은 앙리 콜로를 앙리 리리라 불렀고, 그의 아내 뤼시엔은 리리 부인이라 불렀으며, 두 딸 마르틴과 이자벨은 꼬마 리리, 발랑탱은 청년 리리라고 불렀다. 예외적으로 전직 역사 교수인 제롬 씨만이 곧잘 '아들 리리'라 불렀고 한동안 '리리 2세'라고 부르기도 했지만, 아무도 그의 방식을 따르지 않았다. 심지어 이 진취적인 인물에 항상 호의적이었던 모렐레 역시 마찬가지였다.

샤탈 중학교 시절 1년 동안 pH의 열등한 학생이었고 아직도 줄, 쿨롬, 에르그, 다인, 옴, 패럿[2], '산 더하기 염기는 염산 더하기 물이다'라는 공식에 대한 끔찍한 기억이 있는 청년 리리는 바르르뒤크에서 군복무를 했다. 어느 토요일 오후, 그는 징집병 특유의 지긋지긋한 권태에 빠져 마을을 거닐다가 옛 선생님을 알아보았다. 폴 에베르는 푸른 작업복, 붉은색 체크무늬 스카프, 모자 차림의 전형적인 노르망디 농부 모습으로 슈퍼마켓 입구에 자리를 잡은 채, 지나가는 사람들에게 그 지역에서 생산된 돼지고기 제품과 병에 담은 능금주, 브르타뉴식 파이, 숯불 화덕에 구운 빵 등을 팔고 있었다. 청년 리리는 진열판 쪽으로 다가갔고, 옛 선생

2. 물리학에서 각각 일과 에너지, 전기 전하량, 일이나 에너지, 힘, 전기 저항, 전기 용량을 가리키는 단위.

님에게 말을 걸 것인가 말 것인가를 고민하며 마늘을 넣은 소시지 몇 덩어리를 샀다. 폴 에베르가 그에게 거스름돈을 건넬 때 그들의 시선은 잠깐 동안 마주쳤고, 청년 리리는 폴 에베르가 상대방이 자신을 알아보는 것을 느끼며 떠나달라고 간청하는 것을 감지할 수 있었다.

제28장	계단
	3

그가 그를 마지막으로 만난 것은 3년 전, 바로 여기, 이 계단에서였다. 그러니까 6층 층계참, 그 불행한 에베르가 살았던 아파트의 문과 마주한 계단에서였다. 엘리베이터는 때맞춰 또 고장이 나 있었고, 힘겹게 집으로 올라가던 발렌은 아마도 윙클레를 보러 가는 중이었을 바틀부스와 마주치게 되었다. 그는 평소처럼 회색 플란넬 바지에 체크무늬 상의, 그리고 그가 무척 좋아했던 스코틀랜드산 섬유로 된 셔츠들 중 하나를 입고 있었다. 그는 지나가면서 발렌에게 아주 짧게 머리를 숙이는 것으로 인사를 대신했다. 그는 별로 변한 게 없었다. 허리가 굽어 있었지만 지팡이를 사용하지는 않았다. 얼굴은 약간 더 야위어 있었고, 눈은 거의 텅 비어 있었디. 비로 이 점이 발렌을 가장 놀라게 했다. 마치 발렌의 머리 뒤쪽을 쳐다보려 애쓰는 듯 그와 눈을 마주치지 않는 바틀부스의 시선은, 발렌의 머리를 관통해 저 너머 엘리베이터 내부의 생동감 없는 공간, 오래된 대리석 무늬를 실물과 똑같이 그린 그림과 소목판자 효과를 주는 석고 굽도리널로 이루어진 공간에 닿고자 했다. 발렌을 피하는 그 시선에는 비어 있음보다 훨씬 더 폭력적인 무엇이, 단지 거만함이나 증오가 아니라 공포에 가까운 그 무엇이, 분별없는 희망 같고 도움을 바라는 요청 같고 고뇌의 신호 같은 그 무엇이 있었다.

바틀부스가 돌아온 지 17년, 곧바로 그가 탁자에 자신을 묶어두기 시작한 지 17년, 가스파르 윙클레가 각각 750개의 조각으로 잘라놓은 총 500개의 해양화 퍼즐을 하나하나 다시 맞추어온 지 17년째 되던 해였다. 그는 이미 400개 이상의 퍼즐을 조립해놓은 상태였다. 처음에 자신이 20년 전에 그렸던 풍경화를 열심히 되살리고 완성된 퍼즐의 틈새를 아주 작은 것까지 꼼꼼하게 메우는 모렐레의 작업을 어린애같이 열광적으로 바라보면서 그는 빠른 속도로 즐겁게 퍼즐을 맞추었다. 그러나 해가 감에 따라 퍼즐은 점점 더 복잡해지고 점점 더 어려워지는 것 같았다. 그의 기술과 경험과 영감은 극도로 숙련되어갔지만, 윙클레가 만들어놓은 함정을 대부분 미리 알아맞히면서도 정작 그 함정에 맞는 답은 잘 찾아내지 못했다. 몇 시간이 지나도 퍼즐 한 조각의 답을 찾아내지 못하기 일쑤였고, 보스턴 종조부에게서 물려받은 회전식 흔들의자에 앉아 며칠을 보내기도 했다. 그에게는 스스로 부과한 기간에 맞춰 퍼즐을 완성하는 일이 점점 더 어려워졌다.

스모프는 바틀부스에게 차나 사과나 우편물을 갖다주면서—바틀부스는 항상 차 마시는 것을 잊고 남겨놓거나 사과를 조금 갉아먹고는 까맣게 될 때까지 바구니에 내버려두었으며, 좀처럼 우편물을 열어보지 않았다—검은 테이블보가 덮인 커다란 정사각형 탁자 위에 놓인 그 퍼즐을 보았다. 그에게 있어 퍼즐은 여전히 밀려오는 추억의 입김 같은 것으로, 해조海藻 냄새, 높은 제방을 따라 부서지는 파도 소리, 마중가, 디에고수아레즈, 코모르, 세이셸, 소코트라, 모카, 호데이다…… 등 먼 곳의 이름을 떠올리게 했다. 그러나 바틀부스에게 그 퍼즐은 규칙을 잊어버린 놀이, 놀이 상대가 누구인지, 내기에 건 돈이 얼마인지, 내기의 목적이 무엇인지 알지 못하는 어떤 끝없는 놀이이자 괴상한 모양의 졸들일 뿐이었다. 즉 그 제멋대로 절단된 흔적으로 인한 악몽의 재료이자 고독과 불평을 동반하는 반추의 유일한 소재, 목적 없는 한 탐구의 무기력하고 어리석고 무정한 구성요소가 되어버린 작은 나뭇조각일 뿐이었다. 그에게 퍼즐 조각은 마중하는 마을도 아니고 항구도 아니며, 무거운 하늘도, 산호 무리도, 창고와 시멘트 공장이 비죽비죽 솟아 있는 지평선도 아니었다. 단지 회색 바탕 위에 행해진 750가지의 미세한 변주, 깊이를 모르는 어떤 수수께끼의 이해할 수 없는 파편, 그리고 어떤 기억도, 어떤 기다림도 결코 채우지 못할 어떤 '비어 있음'의 유일한 이미지이자, 그 비어 있음을 위장한 환상을 이루는 유일한 재료일 뿐이었다.

　가스파르 윙클레는 발렌과 바틀부스 사이의 이 짧은 만남이 있은 지 몇 주 후에 죽었고, 바틀부스는 집 밖으로 나가기를 사실상 그만두었다. 이따금씩 스모프는, 20년의 세월 동안 이 영국인이 쿠션으로 방음처리를 한 서재에 틀어박혀 침묵 속에서 지속해온 그 부조리한 여행의 근황을 발렌에게 전해주었다. "우리는 크레타 섬을 떠났어요."―스모프는 곧잘 자신을 바틀부스와 동일시해 일인칭 복수형으로 말하곤 했다. 그들이 그 모든 여행을 함께 했던 것은 사실이다―"우리는 키클라데스 제도를 포기했어요. 하긴 자포라스, 아나피, 밀로, 파로스, 낙소스 섬들은 쉬운 일이 아니지요!"

　때때로 발렌은 뭔지 모를 어떤 기다림 속에서 시간이 멈추고, 정지되고, 고정된다는 느낌을 받았다. 그가 그리고자 하는 그림이 조각조각 흩어져 단 한 순간도 뇌리를 떠나지 않았고 결국 그의 기억 속으로 들어오거나 꿈속에 머물렀다. 하지만 그 그림에 대한 구상, 그러니까 배가 갈라진 채 과거의 균열과 현재의 붕괴를 보여주는 어느 건물에 대한 구상, 다시 말해 웅장하거나 하찮은 혹은 경박하거나 가엾은 이야기들이 일관성 없이 쌓여 있는 집적물에 대한 구상 자체가 엄숙하건 속되건 그저 무의미하기만 하게 느껴졌고, 최후의 자세로 화석화된 수많은 단역을 기념해 세워진 그로테스크한 영묘靈廟 같은 인상을 주었다. 그럼에도 그는 층에서 층으로 옮겨가며 건물 전체를 감싸는 이 느리면서도 강렬한 죽음을 예방하고 동시에 늦추고 싶어하는 것 같았다. 마르시아 씨, 모로 부인, 드 보몽 부인, 바틀부스, 로르샤슈, 크레스피 양, 알뱅 부인, 스모프의 죽음. 그리고 물론 이 건물의 가장 오래된 세입자인 발렌 자신의 죽음 역시.

　따라서 가끔 참을 수 없을 정도로 슬픈 감정이 그를 파고들었다. 그는 다른 사람들을, 이미 떠나고 없는 모든 이들을, 삶 또는 죽음이 삼켜버린 모든 이들을 생각하곤 했다. 몽타르지 근처의 작은 집에 살고 있는 우르카르드 부인, 베리에르르뷔송에 있는 모렐레, 아들과 함께 뉴칼레도니아에 사는 프레넬 부인, 윙클레, 마르그리트, 당글라르 가족, 클라보 가족, 겁에 질린 채 살짝 미소 짓고 있는 엘렌 브로댕, 제롬 씨. 또한 이름이 기억나진 않지만 조그만 개를 데리고 다니던 늙은 부인도 있었는데, 이 여인의 이름은 잊어버렸으나 그 조그만 암캐의 이름이 '도데카'였다는 사실은 분명하게 기억났다. 그 개가 층계참에 자주 대변을 보아 수위—클라보 부인—가 그 개를 '도데카카'[1]라고 불렀기 때문이다. 나이든 그 부인은 그리팔코니 가족네 바로 옆집인 5층 왼쪽 아파트에 살았다. 사람들은 슬립만 입고 산책하는 그녀를 계단에서 자주 마주쳤다. 그녀의 아들은 사제가 되고 싶어했는데, 전쟁이 끝난 지 몇 년 후 발렌은 피라미드 거리에서 이층 버스를 타고 파리 관광을 시작하려는 여행객에게 조그만 포르노 소설을 팔려고 뛰어다니는 그를 만난 적 있다. 그는 발렌에게 소련을 상대로 한 금金 밀수 건에 대해 끝도 없이 이야기를 늘어놓았다.

다시 한번 그의 머릿속에 이삿짐센터 사람들과 장의사 직원들의 슬픈 원무, 부동산 중개인과 손님들, 수도 기술자, 전기 기술자, 페인트공, 실내장식가, 타일 기술자, 양탄자 및 장판 기술자의 모습이 떠오르기 시작했다. 그는 사물들의 평온한 삶, 즉 나무 지저깨비가 가득한 용구함, 책 상자, 줄 끝에 매달려 흔들리는 벌거벗은 전구의 강한 빛, 느릿느릿 진행되는 기구들과 물건들의 배치, 인간 육체의 더딘 공간 적응 등에 대해 기억하기 시작했다. 나아가 부재하는 듯한 이 모든 이야기할 수 없는 미세한 사건들—램프 다리, 복제화, 장난감 선택하기, 두 문 사이에 높은 직사각형 거울 달기, 창문 앞에 일본식 정원 배치하기, 기구 선반에 꽃무늬 천 깔기—의 총합에 대해, 한 아파트에서 이루어지는 삶을 항상 가장 충실하게 요약해내는 이 모든 애매한 몸짓들에 대해, 그러니까 별다른 사건이 일어나지 않아도 일상이 갑작스럽게 깨지면서 뒤죽박죽되기도 하고, 때로는 예측할 수도 피할 수도 없으며, 비극적이거나 온정적

1. '도데카'와 똥이라는 뜻의 프랑스어 '카카'를 합성한 표현.

인 또는 일시적이거나 결정적인 그 몸짓들에 대해 생각하기 시작했다. 어느 날 마르키조네 어린 딸은 레올과 도망칠 것이며, 어느 날 오를로브스카 부인은 특별한 이유 없이, 정말로 아무런 이유 없이 다시 떠나기로 결심할 것이다. 또 어느 날 알타몽 부인은 알타몽 씨를 권총으로 쏠 것이며, 팔각형 식당 바닥에 깔린 니스 칠한 육각 기와 위로 피가 떨어져 흐를 것이고, 어느 날엔가 경찰이 조제프 니에토를 체포하러 올 것이며, 그의 방 안에 있는 커다란 제1제정 시대 스타일 침대의 구리 공들 중 하나에서 일찍이 루이지 부드조이 왕자에게서 훔쳐 숨겨놓은 유명한 다이아몬드를 찾아낼 것이다.

그리고 언젠가는 그야말로 집 전체가 사라질 것이고, 거리와 동네 전체가 죽을 것이다. 이 일은 시간이 걸릴 테지만 말이다. 처음에는 어떤 전설이나 수긍하기 힘든 소문처럼 여겨질 것이다. 사람들은 몽소 공원 확장 가능성이라든가, 대형 호텔 건설 계획이라든가, 쿠르셀 대로와 파리 외곽 순환도로를 이어주는, 엘리제 궁과 루아시 공항 간 도로 건설에 대해 이야기하는 것을 듣게 될 것이다. 그 후 소문은 좀더 분명해질 것이다. 사람들은 호화로운 전단을 통해 선동가들의 이름과 그들의 야심의 정확한 본질을 알게 될 것이다.

······최근 20년 동안 공공사업의 괄목할 만한 성장으로 인해 드 프로니 거리에 있는 파리 17구 중앙우체국 건물의 확장 및 현대화 공사의 필요성이 제기되었습니다. 이에 따라 제7도면에서 볼 수 있는 것처럼 우체국 주변의 전면적인 재정비가 가능하고 바람직한 일로 확인되었습니다······.

그리고 이렇게 계속된다.

······민간 주도와 국가 지원의 결합의 산물인 이 복합 기능의 거대한 타운은 쾌적한 주변 환경 유지를 원칙으로 하는 동시에 현대

생활의 바람직한 인성 교육에 필수적인 사회·문화적 시설을 갖추고 있습니다. 타운은 수년 전부터 포화 상태를 이루어온 도시 구조물 중 하나를 효과적으로 대체하게 될 것입니다…….

그리고 다음과 같이 끝을 맺는다.

……샤를르드골에투알 광장(RER)과 생라자르 역에서 지하철로 4~5분 이내의 거리, 몽소 공원 녹지에서 불과 몇 미터 떨어진 곳에 위치한 오리종 84는 300만 제곱미터의 마룻바닥으로 이루어진, 파리에서 가장 멋진 사무실 3,500호를 선보입니다. 삼중 카펫과 부포 타일로 처리한 방한·방음 장치, 미끄러짐 방지 바닥, 자동 개폐 간이벽, 텔렉스, 내부 텔레비전 회로, 컴퓨터 단말기, 동시통역 장치가 구비된 회의실, 구내식당, 스낵바, 수영장, 클럽하우스……. 오리종 84는 또한 원룸에서 방 다섯 개짜리까지 완벽한 설비를 갖춘—전자 보안 장치를 비롯해 예약 프로그래밍 전자 오븐 포함—아파트 700가구를 선보이며, 스물두 채의 연회용 아파트—300제곱미터의 거실과 테라스 포함—47개의 매장과 서비스 업소가 들어선 쇼핑센터, 자동차 12,000대를 수용하는 지하 주차장, 1,175제곱미터의 녹지 공간, 미리 설비된 2,500개의 전화선, AM-FM 라디오 중계국, 열두 개의 테니스 코트, 일곱 개의 극장 및 유럽에서 가장 현대적인 호텔 시설을 선보입니다! 오리종 84, 84년간 미래의 주거 공간 설계를 위해 일해왔습니다!"

그러나 유리와 강철과 콘크리트로 된 이 정육면체가 지하에서 솟아오르기에 앞서, 매매, 재취득, 보상, 교환, 새 거처 마련, 철거에 따르는 긴 담판이 있을 것이다. 거리의 상점들은 하나씩 문을 닫을 것이고, 다른 상점이 들어서지도 않을 것이다, 비어가는 아파트의 창문은 하나씩 벽으로 막히고 불법 거주자나 거지의 상주를 막기 위해 바닥을 부수게 될 것이다. 거리에는 오로지 눈 먼 외벽들—"아무 생각 없는 두 눈을 닮은 창문들"—만이 죽 늘어서게 될 것이고, 포스터 조각과 추억 어린 낙서로 얼룩진 말뚝 울타리가 사이사이 이어질 것이다.

  파리의 어느 건물 앞에 서서 그것이 파괴되지 않을 거라고 생각해 보지 않은 사람이 누가 있겠는가? 물론 폭탄, 화재, 지진이 그 건물을 무너뜨릴 수 있다. 하지만 그게 아니라면? 인간 조건의 나약함은 돌의 견고함과 대비된다고 여겨지기 마련이며, 개인이나 가족, 나아가 한 일가의 눈에는 마을과 거리와 집들이 변질되지 않고 시간과 인간사와 무관한 것처럼 보인다. 그러나 1850년경 클리시와 바티뇰에서, 뷔트오카유와 메닐몽탕에서, 프레생제르베와 발라르에서 땅을 뚫고 건물을 솟아오르게 했던 바로 그 열정이 이제는 그것을 파괴하는 데 혈안이 되어 있다.

  해체 전담 기술자들이 올 것이고, 그들의 큰 망치가 건물의 초벽과 타일을 깨부술 것이며, 내벽을 무너뜨리고, 철물을 뜯어내고, 들보와 서까래를 해체하고, 석재와 돌을 뽑아낼 것이다. 바닥에 내던져진 채 커다란 장갑을 낀 고물 장수들이 앞다투어 몰려들어 주워갈 최초의 재료로 돌아가고 만 건물의 그로테스크한 이미지. 배수 연관, 벽난로 대리석, 뼈대와 마루와 문과 주추의 나무, 손잡이와 수도꼭지의 구리와 놋쇠, 커다란 거울과 그 테두리의 금金, 개수대의 돌, 욕조, 계단 난간의 주철……

  지칠 줄 모르는 불도저들이 땅을 고르며 그 나머지를 실어갈 것이다. 여러 톤의 석고 부스러기와 먼지를.

제29장   4층 오른쪽 아파트
2

4층 오른쪽 아파트의 넓은 거실은 파티 다음날의 전형적인 모습을 보여주는 듯하다.

이곳은 밝은색 목재로 꾸며진 커다란 방이고, 카펫을 말아놓아―혹은 밀어놓아―세심하게 짜인 마루가 확연히 드러나 있다. 구석의 벽은 전체가 레장스 양식의 책꽂이로 가려져 있는데, 책꽂이 가운데 부분은 실물처럼 정교하게 그린 책꽂이 그림일 뿐 실제로는 하나의 문이다. 반쯤 열린 이 문을 통해 긴 복도가 보이고, 오른손에 우유컵을 든 열여섯 살쯤 되어 보이는 소녀가 복도를 걸어오고 있다.

거실에서는 또다른 소녀―아마도 원기를 회복시켜주는 우유 한 잔은 그녀를 위한 것일 것이다―가 회색 사슴 가죽을 씌운 긴 소파 위에 누워 자고 있다. 쿠션들 속에 파묻혀, 꽃과 나뭇잎이 수놓인 검은 숄을 반쯤 덮고 있는 그녀는 그녀에게 너무 커 보이는 짧은 나일론 점퍼만 걸치고 있다.

바닥에는 파티의 잔해가 여기저기 널려 있다. 짝이 맞지 않는 여러 켤레의 신발, 긴 흰색 양말 한 짝, 팬티스타킹 한 짝, 실크해트, 가짜 코, 겹쳐지거나 따로 떨어지거나 구겨져 있는 종이접시들, 접시들 안을 가득 채운 무우 잎, 정어리 머리, 조금 갉아먹은 빵 조각, 닭고기 조각, 치즈 껍질, 작은 케이크 조각이나 초콜릿을 담았던 배船 모양의 구겨진 종이 접시, 담배꽁초, 종이 냅킨, 종이컵. 나지막한 탁자 위에는 여러 종류의 빈 병이 놓여 있고 여러 개비의 담배가 정성스럽게 비벼 꺼져 있는 버터 덩어리 하나도 있다. 바닥의 다른 곳에는 녹색 올리브, 구운 헤이즐넛, 짭짤한 작은 비스킷, 새우칩 같은 다양한 종류의 애피타이저 음식이 담긴, 조그만 삼각형 칸으로 이루어진 전채 요리 접시가 놓여 있다. 좀더 가면, 그나마 아주 조금 정리가 되어 있는 듯한 장소에 코트뒤론 포도주통 하나가 작은 받침대 위에 놓여 있고, 그 발치에는 여러 장의 걸레와 제멋대로 풀려나온 3, 4미터가량의 키친 타올, 중간의 몇 개는 아직도 반쯤 내용물이 있는 긴 행렬의 술잔과 컵이 있다. 그리고 여기저기에 커피 잔과 각설탕, 작은 잔, 포크, 칼, 파이 자르는 칼, 조그만 스푼, 맥주 병, 코카콜라 깡통이 흩어져 있고, 거의 그대로 남아 있는 진과 포르토, 아르마냐크, 마리 브리자르, 쿠앵트로, 크렘 드 바난 술병이 있으며, 머리핀이 널려 있고, 재떨이로 사용되었던 수많은 그릇들이 타버린 성냥과 재, 파이프 담배 찌꺼기, 립스틱 자국이 묻었거나 깨끗한 꽁초들, 대추야자열매, 호두껍질, 아몬드, 땅콩, 사과 속, 오렌지와 귤껍질 등을 담고 있다. 또 여기저기 여러 곳에, 다양한 음식이 그대로 풍부하게 남아 있는 커다란 접시가 흩어져 있다. 처음엔 얼어 있었으나 지금은 해동된 햄 말이, 둥근 오이절임 조각을 곁들인 구운 쇠고기 조각, 파슬리 다발과 토마토 조각과 마요네즈와 톱니 모양 레몬 조각 등으로 장식된 차가운 대구 반 토막 등. 그런가 하면 뜻밖의 장소에 숨어 있는 접시도 있다. 라디에이터 위에는 옻칠한 나무로 만든 커다란 일본식 샐러드 그릇이 평형을 유지한 채 놓여 있으며, 그 안에는 아직도 올리브, 멸치 살, 삶은 계란, 서양 양각초 꽃봉오리, 가늘게 자른 고추, 새우 등을 쌀과 섞어 만든 샐러드가 남아 있다. 긴 소파 아래에는 입도 대지 않은 닭다리와 다 뜯어먹었거나 조금 먹다 만 닭다리 뼈가 함께 담긴 은접시가 있고, 일인용 소파에는 끈적거리는 마요네즈 그릇이 깊숙이 박혀 있다. 또 스코파스의 유명한 조각품 〈휴식 중인 아레스〉의 모습을 하고 있는 서진書鎭 아래에 무가 가득한 접시가 깔려 있고, 이제는 다 말라버린 오이, 가지, 망고와 시든 상추가 책꽂이 거의 꼭대기에 꽂힌 미라보의 여섯 권짜리 방탕 소설 전질 위에 놓여 있으며, 데코레이션 케이크—다람쥐 모양으로

189

만들어진 커다란 케이크—조각 하나가 말아놓은 양탄자 중 하나의 주름 사이에 위태롭게 끼어 있다.

수많은 음반이 재킷을 입거나 벗은 채 방 전체에 흩어져 있는데, 대부분이 댄스 음반이고 다른 장르의 음악은 어쩌다 눈에 띈다. 〈제2기갑사단 행진곡과 군악〉, 피에르 드보가 속어로 이야기하는 〈농부와 그의 아이들〉, 〈페르낭 레노: 아니에르 22번지〉, 〈소르본의 68년 5월〉, 〈라 템페스타 디 마레, 안토니오 비발디 협주곡 제5번 내림 E장조 작품 8, 레오니 프루요의 신시사이저 연주〉. 뚜껑 열린 상자와 서둘러 뜯어낸 포장지, 노끈, 양 끝이 나선형 송곳 모양으로 만들어진 금박 리본이 여기저기 흩어져 있어서, 전날의 파티가 이 두 소녀 중 한 명의 생일 파티였으며 친구들의 열렬한 축하가 있었다는 것을 알 수 있다. 몇몇 사람이 선물 대신 가져온 먹을 것과 마실 것 외에, 그녀가 받은 선물들 중 특히 조그만 뮤직 박스가 눈에 띄는데, 그것이 〈해피 버스 데이 투유〉를 들려주리라는 것을 어렵지 않게 추측할 수 있다. 또 혼례 의상을 입고 있는 젊은 노르웨이 청년을 그린 토르발트손의 펜화도 보이는데, 그림 속 청년은 단추가 촘촘하게 달린 짧은 재킷과 직선의 화관으로 장식한 뻣뻣하게 풀 먹인 셔츠, 비단 장식 끈으로 가장자리를 댄 조끼, 보풀이 많은 작은 술 장식으로 무릎 위를 묶은 좁은 바지, 부드러운 펠트 모자, 노란색 계통의 장화 차림이며, 허리띠에 달린 가죽 칼집에는 진짜 노르웨이인이라면 누구나 차고 다니는 스칸디나비아식 칼인 돌나이프를 차고 있다. 그리고 아주 조그만 수채화 물감통—이것으로 우리는 이 소녀가 그림에 푹 빠져 있다고 결론지을 수 있다—과, 손에 흙으로 만든 긴 파이프를 든 채 헐스트캠프 진 한 잔을 마시고 있는 교활한 눈의 술집 주인을 그린 구식 포스터가 있다. 게다가 그 인물의 등 뒤에는 다소 부정확하게 '액자 형식'으로 그려진 또하나의 작은 포스터가 있는데, 거기서 그는 이미 시음할 준비가 되어 있고, 반면 군중은 작은 카페로 막 몰려드는데 그중 맥고 모자를 쓴 사람과 부드러운 펠트 모자를 쓴 사람과 실크해트를 쓴 사람 셋이 입구에서 부딪치고 있다. 또다른 데생은 윌리엄 폴스텐이라는 미국 캐리커처 화가의 작품으로 금세기 초에 그려진 〈더 퍼니시먼트(처벌)〉인데, 한 소년이 침대에 누워 온 가족이 먹고 있음에도 자신은 이러저러한 말썽 때문에 먹을 수 없게 된 근사한 케이크를 생각하고 있다. 이 상상은 소년의 머리 위에 떠 있는 구름 안에 나타나 있다. 끝으로 짓궂은 장난이나 골탕의 전형처럼 보이는 다소 병적인 취향의 장난스러운 선물이 있는데, 그중에는 아주 작은 압박만 가해도 튀어나오는 용수철 칼이나 꽤 끔찍하게 흉내내 만든 커다란 검은 거미 한 마리가 있다.

이 거실의 전체적인 모습으로 보아, 전날의 파티가 화려했고 또 아마도 거창했지만 퇴폐적이지는 않았을 거라고 유추할 수 있다. 잔 몇 개가 엎질러져 있고 몇 개의 쿠션과 카펫 위에 담배 자국이 나 있으며 여기저기 기름 자국과 포도주 자국이 남아 있기는 하지만, 완전히 못 쓰게 된 것은 없어 보인다. 단지 문제가 되는 것은 양피지 차양 하나가 파손된 것과 진한 겨자가 단지에서 흘러내려 이베트 오르네의 귀한 음반에 묻은 것, 그리고 보드카 병 하나가 연약한 파피루스가 심겨진 화분에서 깨어져 아마도 이 식물이 다시 자라기 힘들게 되어버린 것 정도다.

제30장　　　　　　마르키조
　　　　　　　　　　　　2

여기는 욕실이다. 바닥과 벽은 니스 칠을 한 황토색 실내용 육각 기와
로 덮여 있다. 한 남자와 한 여자가 반쯤 물을 채운 욕조 안에 무릎을 꿇
고 앉아 있다. 그들은 둘 다 30대다. 남자가 여자의 허리에 손을 대고 그
녀의 왼쪽 가슴을 핥고 있는 동안, 여자는 살짝 몸을 숙여 오른손으로
는 남자의 성기를 꽉 잡고 다른 손으로는 자신의 몸을 애무하고 있다.
이 장면에는 제3의 등장인물이 있다. 금빛 띤 적갈색이 감돌고 목 아래
하얀 반점이 있는 검은색 새끼 고양이다. 고양이는 욕조 가장자리에 길
게 누워 있으며, 황록색의 눈이 깜짝 놀란 듯한 표정이다. 고양이는 가
죽 끈을 꼬아 만든 목걸이를 하고 있으며, 목걸이에는 녀석의 이름—프
티 푸스—과 동물애호협회 등록 번호, 주인인 필리프와 카롤린 마르키
조의 전화번호가 표시된 정식 이름표가 매달려 있다. 이 이름표에 있는
전화번호는 파리 집 것이 아닌데, 왜냐하면 프티 푸스가 이 아파트에서
나가거나 파리에서 길을 잃을 가능성은 거의 없기 때문이다. 따라서 거
기에는 그들의 시골 집 전화번호가 적혀 있다: 주이앙조자스(이블린)
50번지.

　카롤린 마르키조는 에샤르 부부의 딸로 그들의 아파트를 물려받았
다. 1966년 스무 살이 되자마자 그녀는 필리프 마르키조와 결혼했는데,
그들은 몇 달 전 소르본 대학에서 만난 사이였고, 둘 다 역사를 공부하

고 있었다. 마르키조는 콩피에뉴 지역 출신으로, 파리에서는 퀴 자스 거리의 아주 조그만 다락방에서 살고 있었다. 이 젊은 부부는 카롤린이 자랐던 방에서 살림을 시작했고, 카롤린의 부모는 자신들의 방과 거실 겸 식당을 썼다. 그러나 이 네 사람의 동거는 단 몇 주 만에 참을 수 없는 것이 되어버렸다.

첫번째 작은 충돌은 욕실에 얽힌 사건에서 시작되었다. 필리프는 화장실을 오래 쓰는가 하면 변기 물을 내리지 않고 나오기 일쑤였다. 에샤르 부인은 더할 수 없이 날카롭게 소리를 질렀다. 특히 건물 주민들이 다 듣도록, 욕실 창문을 활짝 열어놓고 그렇게 했다. 에샤르 부부는 그들의 틀니를 일부러 필리프와 카롤린이 사용하는 양치 컵에 담아두는 것으로 필리프에게 반격을 가했다. 그래도 에샤르 씨의 평화적인 중재 노력으로 이러한 충돌이 욕설이나 불쾌감을 주는 암시의 단계를 넘어서는 것을 피할 수 있었고, 각자가 보여주는 선의의 제스처나 공동생활을 용이하게 해주는 몇 가지 제안을 통해 그럭저럭 견딜 만한 생활을 유지할 수 있었다. 예를 들면, 급배수시설 이용시간 조절, 엄격한 공간 분할, 수건이나 장갑 같은 세면용 도구를 분명히 구별해 쓰기 등.

그러나 에샤르 씨—히틀러가 여전히 살아 있음을 증명하는 자료 모으기에 빠져 있는 은퇴한 도서관 사서—가 착한 사람 그 자체였다면 그의 부인은 심술궂은 여인의 표본으로, 식사 시간마다 계속되는 그녀의 비난은 곧바로 다시 심각한 갈등을 야기했다. 매일 저녁 이 늙은 여인은 새로운 구실을 만들어 사위를 비난했다. 식사 시간에 늦었다는 둥, 손을 씻지 않고 식탁에 앉는다는 둥, 접시에 담긴 음식값을 벌어오지 못한다는 둥, 충분히 할 수 있는 일인데도 안 한다는 둥, 카롤린이 식탁을 차리거나 설거지를 할 때 가끔씩 도와주면 좋으련만 하지 않는다는 둥. 필리프는 대체로 이 끊임없는 잔소리를 침착하게 참아냈고, 때로는 농담으로 받아보려고도 했는데, 가령 어느 날 저녁 장모에게 '그녀의 성격의 충실한 반영'인 작은 선인장을 선사하기도 했다. 하지만 어느 일요일 점심 식사가 끝나갈 무렵, 그녀가 그가 가장 질색하는 음식—못 먹게 된 빵—을 준비해 먹을 것을 강요하자 그는 이성을 잃고 장모의 손에서 파

193

이 주걱을 빼앗아 그녀의 머리를 심하게 몇 대 때리고 말았다. 그러고는 차분히 가방을 싸서 콩피에뉴로 떠나버렸다.

카롤린은 돌아오라고 그를 설득했다. 그가 콩피에뉴에 계속 머물러 있으면 결혼 생활이 위태로워질 뿐이며 그의 학업과 중등교원 양성소 입학 가능성마저 불투명해진다고 말했다. 그리고 만일 그가 중등교원 자격시험에 합격한다면 그들은 이듬해에 따로 나가 살 수 있을 것이라고 말했다.

필리프는 이 말에 설복당했고, 에샤르 부인은 남편과 딸의 간청에 못 이겨 다시 얼마 동안 사위가 한 지붕 밑에 사는 것을 받아주기로 했다. 그러나 그녀의 까다로운 성격은 재빨리 고개를 들기 시작했고, 구박과 금지가 비오듯 쏟아지기 시작했다. 아침 8시 이후 욕실 사용 금지, 설거지할 때만 제외하고는 부엌 출입 금지, 전화 사용 금지, 손님 초대 금지, 저녁 10시 이후 귀가 금지, 라디오 청취 금지 등등.

카롤린과 필리프는 이 엄격한 조건을 꿋꿋하게 참아냈다. 솔직히 말해, 그들에게는 선택의 여지가 없었다. 필리프가 그의 아버지—부유한 도매상인으로 아들의 결혼을 반대했던—에게 받은 소액의 저축과 카롤린의 아버지가 그녀의 손에 몰래 쥐어주는 약간의 돈으로는, 라탱 거리를 오가는 교통비와 학생식당의 음식값 정도를 겨우 댈 수 있을 뿐이었다. 카페 테라스에 앉아 커피를 마시거나, 영화를 보러 가거나,『르 몽드』지를 사거나 하는 일은 이 시기의 그들에게 거의 사치스러운 사건이나 마찬가지였다. 그해 2월의 혹독한 추위 탓에 카롤린에게 모직 코트가 필요해지자, 필리프는 자신의 소지품 중 유일하게 값비싼 물건인, 아를르캥과 콜롱빈의 모습이 판 위에 연속으로 새겨진 17세기의 만도라를 릴 거리에 있는 한 골동품 상점에 파는 수를 쓰기도 했다.

이런 힘든 생활은 거의 2년이나 계속되었다. 에샤르 부인은 기분이 오락가락해서 정감 있게 딸에게 차를 끓여주는가 하면 학대와 모욕을 강화하기도 했다. 예를 들면, 필리프가 면도하는 시간에 맞추어 정확히 더운 물을 잠가놓거나, 두 젊은이가 자기들 방에서 서로 구두시험을 교정해주는 날에는 아침부터 저녁까지 텔레비전을 큰 소리로 틀어놓거나, 설탕, 비스킷, 소금, 화장지 비축분을 모두 약탈당했다는 구실로 모든 찬장에 맹꽁이자물쇠를 채워놓거나 했다. 그런데 이 어려운 견습의 세월은 예상치 못한 갑작스러운 사건으로 끝이 났다. 에샤르 부인이 어느 날 생선뼈가 목에 걸리는 바람에 질식사한 것이다. 10년 전부터 그러한 상황만을 기다려온 에샤르 씨는 아를 근처에 지어놓은 아주 작은 오두막집에 은둔해버렸다. 그리고 한 달 뒤 마르키조 씨가 자동차 사고로 사망하면서 아들에게 상당한 유산을 남겼다. 중등교원 자격시험에는 실패했지만 학사를 마쳤고 이어서 박사 논문—「루이 15세 시대 피카르디 지방의 습지 야채 재배법과 경작법」—을 시작할 계획이었던 필리프는, 흔쾌히 이를 포기하고 두 친구와 함께 광고 회사를 차렸다. 그 회사는 오늘날 번창하고 있으며 일상용품이 아닌 뮤직홀의 스타 홍보에 주력하고 있다. 예를 들면 트라페즈, 제임스 채리티, 아서 레인보, '호르텐스', 더 비스트, 헵타에드라 일리미티드 등이 요즘 그 회사에서 가장 뛰어난 신인들이다.

제31장   보몽
                         3

보몽 부인은 침실에서, 루이 15세 스타일의 침대에 섬세하게 수놓인 네 개의 베개에 몸을 고이고 앉아 있다. 그녀는 주름 가득한 얼굴에 눈처럼 새하얀 머리카락과 회색 눈을 가진 75세의 노인이다. 흰색의 비단 평상복을 입고, 새끼손가락에는 마름모꼴로 세공된 황옥 박힌 반지를 끼고 있다. 『아르스 바니타티스』라는 제목의 큰 판형의 예술서 하나가 무릎 위에 펼쳐져 있고, 스트라스부르그 유파의 유명한 자랑거리 하나가 페이지를 가득 채우고 있다. 그것은 오감에 관련된 상징물에 둘러싸인 두개골인데, 이 상징물은 일반적인 모델과 비교하면 거의 규범에 맞지 않지만 완벽하게 인지할 수 있도록 표현되어 있다. 즉 미각은 살찐 거위나 죽은 지 얼마 안 된 신선한 산토끼가 아니라 들보에 매달린 햄으로 표현되었고, 고전적인 포도주 잔 대신 흰색의 도기 약그릇이 나타나 있다. 촉각은 주사위로, 그리고 다이아몬드처럼 세공된 수정 마개를 올려놓은 흰 대리석 피라미드로 표시되어 있다. 청각은 군악대에서 사용하는 것과 같은 구멍 뚫린 작은 트럼펫—피스톤 트럼펫이 아닌—으로 표시된다. 시각은 이 그림의 상징에 따르면 냉혹한 시간에 대한 상징이기도 한데, 바로 두개골 자체와 그것에 극적으로 대립하는, '카르텔'이라 불리는 세공된 괘종시계 하나에 의해 묘사된다. 마지막으로 후각은 장미나 카네이션 같은 전통적인 꽃다발이 아니라 잎이 두툼한 식물, 즉 2년에 한 번씩 강한 몰약 향기를 내뿜는 꽃을 피우는 일종의 키 작은 안튀르에 의해 환기된다.

르텔 출신의 한 경찰이 쇼몽포르시앙에서 발생한 부부 살인 사건의 배경을 밝히는 임무를 맡았다. 그가 수사를 시작한 지 일주일이 지났지만 이 소름끼치는 사건을 둘러싼 비밀은 더 두터워질 뿐이었다. 확실한 것은, 범인이 브레델의 주택에 불법으로 무언가를 부수고 침입한 것이 아니라, 대부분 열려 있고 밤에도 마찬가지인 부엌문을 통해 들어왔으며 그 문으로 나간 뒤 문을 잠갔다는 것이었다. 범행 도구는 면도날, 더 정확히 말해서 날이 움직이는 외과용 메스였는데, 집안에서 흔적이 발견되지 않는 것으로 미루어 아마도 범인이 가져왔다가 범행 후 도로 가져간 것으로 보였다. 그밖에 지문이나 증거가 될 만한 것은 발견되지 않았다. 범행은 일요일과 월요일 사이의 밤중에 일어났지만, 범행 시각은 정확히 알아낼 수 없었다. 무슨 소리를 들었다는 사람도 없었다. 어떤 소리도, 비명도 없었다. 프랑수아와 엘리자베트는 수면 상태에서 살해되었을 가능성이 매우 높으며, 미처 발버둥칠 틈도 없이 재빨리 일이 진행된 것으로 보였다. 범인이 아주 능란한 솜씨로 그들의 목을 베었기 때문이다. 경찰이 이 사건에 대해 살인 전문가나 도살장 일꾼이나 외과의사에 의한 범행일 것이라고 초기 결론을 내린 것도 이 때문이었다.

이 모든 점이 사전에 치밀하게 계획된 범행이었음을 분명히 입증해주었다. 그러나 쇼몽포르시앙 사람들이건 그 밖의 다른 지역 사람들이건, 그 누구도 프랑수아 브레델이나 그의 부인 같은 사람을 죽이고 싶어하는 사람이 있을 수 있다는 것을 납득하지 못했다. 그들이 그 마을에 살러 온 지 1년이 조금 넘었지만, 사람들은 그들이 정확히 어디서 왔는지 알지 못했다. 아마도 프랑스 남부에서 온 듯했지만 누구도 확신할 수 없었고, 그저 그곳에 정착하기 전에는 다소 떠돌이 인생을 살았을 것이라고 여겼을 뿐이다. 아를롱에 사는 브레델의 부모와 베라 드 보몽에 대한 조사는 어떤 새로운 정보도 제공해주지 못했다. 보몽 부인과 마찬가지로 브레델의 부모도 이미 몇 년 전부터 자식의 소식을 모르고 지냈기 때

197

문이다. 두 희생자의 사진이 실린 제보 요청 전단이 프랑스 전역과 외국에 배포되었으나 마찬가지로 별다른 성과가 없었다.

몇 주 동안 여론은 이 수수께끼 같은 사건에 관심을 쏟았고, 메그레 탐정을 흉내낸 아마추어들과 기사를 짜내느라 애쓰는 신문 기자들이 수십 명 달려들었다. 어떤 이는 이 부부 살인 사건이 오래전에 일어난 바주카 사건의 연장이라고 주장했고, 몇몇은 브레델이 코바크의 오른팔이었다고 했다. 어떤 이는 과거의 민족해방전선과 붉은손파派, 레그지스트 일당을 끌어들였으며, 또 어떤 이는 심지어 프랑스 왕위 계승 요구자들의 어두운 역사를 상기시키며 소스텐 드 보몽이라는 인물이 엘리자베트의 선조라고 가정하고 그가 다름 아닌 베리 공작의 사생아이자 합법적인 아들이라고 주장했다. 그러다가 수사가 제자리걸음만 하자 경찰들, 가십란 기자, 사립탐정, 그리고 호기심을 보였던 모든 이들은 지쳐버렸다. 예심에서는 그럴듯한 가설이 모두 배제되고 이 범행이 '도시 근교나 마을 외곽 지역에서 흔히 볼 수 있는 부랑자나 정신착란자에 의해 저질러진 것'이라는 결론이 나왔다.

딸의 운명에 대해 알 권리가 있다고 믿었던 보몽 부인은 아무것도 알려주지 못하는 이러한 판정에 분개했고, 형사 사건에 관심이 있는 듯한 그녀의 변호사 레옹 살리니에게 수사 재개를 부탁했다.

몇 개월 동안 베라 드 보몽은 살리니로부터 이렇다 할 소식을 전해 듣지 못했다. 낙심하지 않고 함부르크, 브뤼셀, 마르세유, 베네치아 등지에서 수사를 계속하고 있다는 짧은 우편엽서를 이따금 받았을 뿐이다. 1960년 5월 7일, 살리니는 마침내 그녀를 만나러와 다음과 같이 말했다.

"경찰을 비롯한 모든 사람들은 브레델 부부가 그들이 저질렀거나 혹은 그들에게 일어났던 이전의 어떤 일 때문에 살해당했을 거라고 생각했습니다. 그러나 수사를 좀 다른 방향으로 나아가게 해줄 만한 것을 지금까지 아무도 발견해내지 못한 실정입니다. 브레델 부부의 삶은 결혼 첫해부터 계속되었던 유랑벽에도 불구하고 일단 외관상으로는 깨끗해 보입니다. 그들은 1957년 6월에 바뇰쉬르세즈에서 만났고, 그로부터 6주 후에 결혼했습니다. 당시 그는 마르쿨에서 일하고 있었고, 그녀는 그가 매일 저녁식사를 하는 식당에 일자리를 얻어 막 일을 시작한 상태였습니다. 그때까지 그의 독신 생활에는 별로 비밀스러울 게 없어 보입니다. 그가 그녀를 만나기 약 4년 전에 뛰쳐나온 조그만 마을 아를롱에서 그는 선량한 노동자이자 현장감독이 될 재목, 혹은 조그만 공장의 공장주 감으로 여겨지는 사람이었습니다. 그러나 실제로 그는 독일, 더 정확히는 자르브뤼크 근처에 있는 자르 지방의 한 조그만 마을 노이바일러에서야 일을 구할 수 있었습니다. 그다음 그는 스위스의 샤토 도엑스로 갔고, 거기서 다시 마르쿨로 와서 어떤 별장을 짓는 일에 엔지니어로 일하게 되었던 것입니다. 이 장소들 중 어디에서도, 5년 뒤 누군가 그를 살해하고 싶게 만들 만한 심각한 사건은 일어나지 않았습니다. 현재 조사된 바로는, 그가 연루된 유일한 사건은 어느 날 무도회장에서 나오다가 몇 명의 군인과 싸움을 벌인 것뿐입니다.

그러나 엘리자베트는 전혀 다릅니다. 1946년 그녀가 당신 댁에서 떠난 순간부터 1957년 바뇰쉬르세즈에 발을 들여놓을 때까지 당신의 딸 엘리자베트에게 무슨 일이 있었는지는 아무도, 정말 아무도 모르며, 단지 그녀가 식당 여주인에게 자신의 이름을 엘리자베트 르디낭이라고 소개했다는 사실만이 알려져 있을 뿐입니다. 이 사실은 공식적인 수사에 의해 이미 밝혀졌던 것이고, 경찰은 이 11년이라는 기간 동안 엘리자베트가 할 수 있었던 것에 대해 알아보려고 노력했지만 성과가 없었습니다. 수백 장의 수사 기록을 뒤져보았으나 아무것도 찾아내지 못한 것입니다.

저는 바로 이 존재하지 않는 토대를 기점으로 수사를 다시 시작했습니다. 제 수사의 가설은, 더 정확히 말해 저의 처음 시나리오는 다음과 같습니다. 결혼하기 몇 해 전에 엘리자베트는 무언가 심각한 잘못을 저질렀고, 그래서 도망쳐 몸을 숨겨야 했다는 것입니다. 그런데 그녀가 마침내 결혼했다는 사실은, 그녀가 보복당할 것을 두려워하던 어떤 상대—남자든 여자든—에게서 완전히 벗어났다고 생각하게 되었다는 것을 뜻합니다. 하지만 2년 후 이 복수는 그녀에게 찾아오고 맙니다.

저의 추리는 전체적으로 일관성이 있었습니다. 그렇지만 여전히 채워야 할 몇 개의 구멍이 있었습니다. 저는 아무리 해결할 수 없는 문제라 해도, 이 중대한 사건에서 적어도 한 가지 흔적은 찾아낼 수 있을 것이라 가정했습니다. 그래서 1946년부터 1957년 사이에 나온 일간지를 꼼꼼히 살펴보기로 결심했습니다. 몹시 지겨운 일이었지만 불가능한 일은 결코 아니었지요. 저는 다섯 명의 학생을 고용해, 국립도서관에서 열다섯 살에서 서른 살까지의 여인이 연루된—직접적으로든 간접적으로든—모든 신문 기사와 단신을 샅샅이 읽도록 시켰습니다. 이 기준을 만족시키는 사회면 기사가 있으면 곧바로 수사를 진전시켰습니다. 이렇게 해서 제 시나리오의 일차 단계에 상응하는 수백 개의 사건을 연구했습니다. 예를 들면, 금발의 젊은 여인을 옆에 태우고 감청색 메르세데스벤츠를 몰고 돌아다니던 에밀 D라는 사람이 파랑티스와 미미장 사이에서 그에게 정지 신호를 보낸 한 오스트레일리아 캠핑객을 그대로 친 일이 있었습니다. 또 몽펠리에의 한 바에서 싸움을 하던 베라라는 이름의 창녀는 '룰루 선생'이라는 별명으로 통하는 뤼시앙 캉팡이라는 작자의 얼굴을 깨진 병 조각으로 난자했습니다. 이 싸움 이야기는 특히 베라라는 이름 때문에 제 시선을 상당히 끌었는데, 당신 딸의 개인적 면모를 매우 충격적인 방식으로 밝혀줄 수도 있을 것만 같은 이름이었습니다. 하지만 제 기대와는 달리 불행히도 '룰루 선생'은 감옥에 있었고, 베라는 팔랭사크에서 식료품점을 운영하며 멀쩡하게 살고 있었습니다. 첫번째 이야기 역시 아주 간단히 끝나버렸는데, 에밀은 붙잡혀 재판을 받았고 상당한 액수의 벌금형에 3개월 집행유예를 선고받았습니다. 그 옆에 탔던 금발 여인의 신원은 스캔들 문제 때문에 신문에 밝혀지지 않았는데, 왜냐하면 그녀가 어느 현직 장관의 법적인 부인이었기 때문입니다.

제가 검토했던 사건들 중 어떤 것도 이와 같은 이차적 검증을 통과하지 못했습니다. 하여 이 사건을 포기해야 할 상황에 이르러 있었는데, 고용했던 학생 하나가 우리가 찾는 사건이 프랑스가 아닌 외국에서도 충분히 일어날 수 있는 것 아니냐고 지적했습니다! 지구 전체에서 일어난, 하다못해 개가 차에 친 사건까지 조사해야 하는 이 새로운 시각은 그

다지 우리를 기쁘게 하지는 않았지만, 그럼에도 불구하고 우리는 그 일에 매달렸습니다. 만약 당신 딸이 미국으로 도망갔더라면 저는 일찍이 낙담해 포기했을지도 모릅니다. 하지만 이번에는 행운이 우리 편이 되어주었습니다. 1953년 6월 14일 월요일자 영국 엑서터 지방의 『익스프레스 앤드 에코』 신문에서 가슴 아픈 사회면 기사를 읽게 된 것입니다. 런던 주재 스웨덴 외교관의 부인 에바 에릭손은 데본의 스티클헤븐이라는 곳에 별장 하나를 빌려 한 달 동안 다섯 살 난 아들과 함께 휴가를 보내고 있었습니다. 대관식 파티 일정 때문에 런던에 남아 있던 그녀의 남편 스벤 에릭손은 왕 부부가 2,000명이 넘는 초대 손님을 위해 12일 저녁 버킹엄 궁에서 베푼 화려한 연회에 참석한 후 다음날인 13일 일요일에 그녀와 합류할 예정이었습니다. 건강이 안 좋은 관계로 에바는 휴가를 떠나기 바로 전 침식 제공을 대가로 아이를 전적으로 맡아줄 수 있는 프랑스 출신의 젊은 여자 한 명을 런던에서 구해 데려갔으며, 또 청소와 음식을 담당할 가정부 한 명을 현지에서 직접 채용했습니다. 그런데 일요일 저녁에 도착한 스벤 에릭손은 끔찍한 광경을 보게 됩니다. 그의 아들은 가죽 부대처럼 부풀어 올라 욕조 위에 떠 있고, 에바는 양쪽 손목이 베인 채 목욕탕 타일 바닥에 쓰러져 있었던 것입니다. 이들의 죽음은 적어도 48시간 전, 그러니까 금요일 저녁에 일어난 것이었습니다. 이 사건의 경위는 다음과 같았습니다. 에바가 방에서 쉬는 동안 아이를 목욕시키라는 지시를 받은 그 여자는 의도적이건 아니건 아이를 물에 빠져 죽게 했습니다. 이로 인해 얼마나 가혹한 일을 당하게 될지 의식한 그녀는 당장 달아나기로 결심했습니다. 얼마 후 에바는 아이의 시체를 발견했고, 아이를 되살릴 수 없다는 것을 깨닫고 미치도록 괴로워하다가 스스로 목숨을 끊어버린 것이었습니다. 가정부는 주말에 쉬고 월요일 아침에야 다시 일하러 오기로 되어 있었기 때문에 이 사건은 스벤 에릭손이 도착할 때까지 알려지지 않았고, 여자는 48시간의 도주 시간을 벌 수 있었습니다.

201

스벤 에릭손은 단 몇 분 동안 그 프랑스 여자를 본 적 있었습니다. 에바는 여러 곳에 구인 광고를 냈지요. YWCA, 덴마크 문화원, 프랑스 고등학교, 괴테 인스티튜트, 스위스 문화원, 단테 알리기에리 협회, 아메리칸 익스프레스 등등. 그러고는 제일 먼저 찾아온 스무 살가량의 젊은 프랑스 여자를 채용했지요. 그녀는 학생이었고, 간호사 자격증이 있었으며, 키가 크고 금발이고 눈빛이 흐렸습니다. 이름은 베로니크 랑베르였습니다. 한 달 전에 여권을 도둑맞았다며 프랑스 영사관에서 발급된 분실 증명서를 에릭손 부인에게 보여주었지요. 가정부의 증언에는 별다른 특기 사항이 없었습니다. 그녀는 그 프랑스 여자의 옷차림과 행동거지를 좋아하지 않았고, 그 여자와는 필요한 최소한의 말만 했습니다. 그래도 가정부는 몇 가지 사실을 알려주었는데, 여자의 오른쪽 눈꺼풀 아래 조그만 점이 있으며, 그녀의 향수병에는 중국식 배가 그려져 있고, 약간 말을 더듬는다는 것이었습니다. 이러한 특징과 함께 그녀를 찾는 전단이 영국과 프랑스에 배포되었으나 아무런 성과가 없었습니다.

하지만 저는 바로 이 베로니크 랑베르가 엘리자베트 보몽이고 그녀를 살해한 자는 스벤 에릭손이라는 것을 어렵지 않게 확신할 수 있었습니다. 왜냐하면 2주 전쯤 제가 그 가정부를 만나 당신 딸의 사진을 보여주고 대조해보기 위해 스티클헤븐에 들렀을 때 접한 첫번째 소식이, 그 사건이 있은 후 스벤 에릭손은 매년 그 별장을 빌리고도 실제로 거기 머문 적이 한 번도 없었는데 쇼몽포르시앙의 부부 살인 사건이 일어난 지 3일 후인 작년 9월 17일에 그곳으로 돌아와 자살했다는 것이었으니까요. 그러나 이 첫번째 비극의 장소에서의 자살이 필경 그가 엘리자베트의 살인자임을 알려준다 해도, 중요한 것은 여전히 어둠 속에 남아 있었습니다. 이 스웨덴 외교관은 6년 전 자신의 아내와 아이의 죽음을 부른 한 여자의 행방을 어떻게 찾아냈을까? 저는 그가 자신의 행동을 설명하는 편지라도 한 장 남기지 않았을까 희망을 가져보았지만 경찰의 답변은 확고했습니다. 시체 옆뿐 아니라 다른 곳 어디에도 편지는 없었다는 것이었습니다.

그러나 저의 직관은 정확했습니다. 저는 마침내 가정부인 위즈 부인을 찾아내 심문할 수 있었고, 그녀에게 쇼몽포르시앙에서 피살된 엘리자베트 보몽이라는 여자에 대해 들어본 적 있는지 물어보았습니다. 그녀는 자리에서 일어나 편지 한 장을 찾아가지고 오더니 그것을 내밀었습니다. 그리고 영어로 말했습니다.

'에릭손 씨는 저에게, 어느 날 누군가 찾아와 그 프랑스 여자와 아르덴에서의 그녀의 죽음에 대해서 이야기하거든 그 사람에게 이 편지를 건네주라고 부탁하셨습니다.'

'만일 제가 오지 않았다면요?'

'기다렸겠지요. 그리고 6년 후 거기 적힌 주소로 이 편지를 보냈겠지요.'

여기 그 편지가 있습니다. 이 편지는 당신에게 보내도록 되어 있었습니다. 겉봉에 당신의 이름과 주소가 적혀 있습니다."

꼼짝하지 않고 경직된 자세로 조용히 이야기를 듣던 베라 드 보몽은 살리니가 내미는 편지를 받아 펼치더니 읽기 시작했다.

1959년 9월 16일, 엑서터

부인,

어느 날엔가 당신은 직접 찾았든 혹은 누군가를 시켜 찾았든 이 편지를 찾아내게 될 것이며, 그렇지 않으면 지금으로부터 6년 후 — 이 6년이라는 시간은 저의 복수를 이루는 데 필요했던 시간입니다 — 에 우편으로 받게 될 것입니다. 그리고 이 편지를 손에 넣게 되는 그날, 당신은 제가 왜 그리고 어떻게 당신의 딸을 죽이게 되었는지 알게 될 것입니다.

약 6년 전, 제 아내는 베로니크 랑베르라고 자신을 소개한 당신의 딸을 침식 제공을 대가로 아이를 봐주는 일에 한 달간 채용했습니다. 몸이 좋지 않았던 아내는 그때 겨우 다섯 살이었던 우리 아들을 누가 좀 돌봐주기를 바랐던 것입니다. 1953년 6월 11일 금요일, 제가 여전히 알지 못하는 이유로, 의도적이었든 아니었든 간에 당신의 딸은 우리 아이를 물에 빠져 죽게 했습니다. 이 범죄 행위에 대한 책임을 감당할 수 없었던 그녀는 그 자리에서 달아나버렸음에 틀림없습니다. 얼마 후 물에 빠져 죽어 있는 아들을 발견한 아내는 정신을 잃고 가위로 양 손목을 끊었습니다. 이 사건이 일어났을 때 저는 런던에 있었고, 일요일 저녁이 되어서야 제 식구들을 발견할 수 있었습니다. 그 순간 저는 제 인생과 재산, 지성을 복수에 바치리라 결심했습니다.

저는 아내가 아이와 함께 기차를 타러 패딩턴 역에 도착했을 때 당신 딸을 겨우 몇 분 보았을 뿐이었습니다. 그리고 우리가 알고 있던 그녀의 이름이 가짜라는 것을 알게 되었을 때는 다시는 그녀의 흔적을 찾지 못할 것이라 절망하기도 했습니다.

끝없는 불면증이 저를 짓눌러 스스로에게 단 한 순간의 휴식도 허락하지 않던 어느 날 우연히 저는 아내가 당신 딸을 채용하기에 앞서 가졌던 면접에 대해 이야기하면서 언급한 적이 있는, 별로 중요하지 않아 보였던 두 가지 사실이 떠올랐습니다. 아내는 당신 딸이 프랑스인이라는 것을 알게 되자, 그녀에게 우리가 몇 번 머문 적 있는 아를과 아비뇽에 대해 이야기했고, 그녀는 자신이 바로 그 지역에서 자랐다고 아내에게 말했습니다. 또 아내가 그녀의 수준 높은 영어에 대해 칭찬하자, 그녀는 자신이 2년 전부터 영국에 살고 있으며 고고학을 공부하고 있다고 밝혔답니다.

아내가 빌린 별장에서 가정부로 일했고, 당신의 손에 넘기게 될 최후의 순간까지 이 편지를 맡게 될 위즈 부인은 그때 내게 좀더 값진 도움을 주었습니다. 당신 딸이 오른쪽 눈꺼풀 아래 애교점이 있고, '상팡'이라는 향수를 사용하며, 말을 더듬는다는 사실을 가르쳐준 이가 바로 위즈 부인입니다. 또한 그녀와 함께 나는 가짜 베로니크 랑베르가 혹시 남겨 놓았을지도 모르는 징표를 찾아 온 별장을 뒤져보았습니다. 원통하게도 그녀는 아무 보석도, 물건도 훔치지 않았고, 단지 아내가 위즈 부인을 위해 준비해둔 3파운드 11실링 7펜스가 들어 있는 장보기용 손지갑 하나를 가져갔습니다. 한편 그녀는 자기 물건을 모두 가져갈 수 없었고, 특히 일주일치 세탁물을 세탁방에 남겨놓을 수밖에 없었습니다. 여러 장의 값싼 속옷과 손수건 두 장, 다소 요란스러운 색깔의 날염 직모 스카프, 그리고 무엇보다 E.B.라는 머리

글자가 수놓인 흰색 점퍼. 이 점퍼는 훔친 것일 수도 있고 빌린 것일 수도 있었으나, 저는 이 머리글자를 가능성 있는 하나의 징표로 잡아두었습니다. 또한 집에 흩어져 있는, 아마도 그녀의 것으로 여겨지는 다른 여러 가지 물건을 찾아냈습니다. 특히 그녀가 달아나기 전 바로 옆방에서 잠자는 아내를 깨우게 될까봐 감히 들어갈 엄두를 못 냈던 거실에서, 사건이 일어나기 몇 달 전 프랑스에서 출간된 앙리 트루아야가 쓴 『파종과 수확』이라는 제목의 대하소설 제 1권을 발견했습니다. 그 책에 붙어 있는 가격표는, 그 책이 버너스 거리 20번지에 있는, 외국어 서적 주문판매를 전문으로 하는 롤런디 서점에서 산 것임을 증명해주었습니다.

저는 그 책을 롤런디 서점으로 가지고 갔습니다. 거기서 베로니크 랑베르가 이 서점에 독서 회원으로 가입해 있다는 것을 알게 되었습니다. 그녀는 대영박물관 부속 고고학연구소의 학생이었고, 박물관 바로 뒤 케플 거리 79번지에 있는 조식 제공 숙박업소에서 방 하나를 빌려 살고 있었습니다.

저는 그녀의 방을 기습했지만, 그것은 깨끗하게 실패로 돌아갔습니다. 아이 돌보는 일에 채용되면서 이미 그 방을 나왔던 것입니다. 주인 여자에게서도, 다른 하숙생들에게서도 아무 정보를 얻어내지 못했지만, 고고학 연구소에서는 좀더 운이 따라 주었습니다. 등록 서류에서 그녀의 사진 하나를 찾아낼 수 있었을 뿐 아니라, 그녀가 친구들 몇 명을 만날 수 있었던 것입니다. 그녀는 그들 중 한 남학생과 두세 번 데이트를 했던 것 같았는데, 그는 내게 중요한 정보 하나를 주었습니다. 몇 달 전 그는 그녀에게 코번트가든에서 공연하는 〈디도와 아이네이아스〉를 관람하러 가자고 청한 적이 있었습니다. 그러나 그녀는 "나는 오페라가 싫어" 하고 잘라 말했고, 이렇게 덧붙였답니다. "놀랄 것 없어. 우리 엄마가 성악가였거든!"

저는 여러 명의 사립탐정을 동원해 프랑스나 혹은 다른 나라에서 키가 크고 금발이며 눈빛이 흐리고 오른쪽 눈 아래 작은 점이 있고 약간 말을 더듬는 스무 살에서 서른 살 사이의 젊은 여자를 찾게 했습니다. 그녀에 대한 정보 중에는 물론, 어쩌면 '상팡'이라는 이름의 향수를 사용하고 있을 수도 있고 어쩌면 베로니크 랑베르라는 이름을 쓰고 있을 수도 있으며 그녀의 진짜 이름의 머리글자가 E.B.일 수도 있고, 프랑스 남부 지방에서 자랐으며, 영국에 체류한 적이 있고, 영어를 아주 잘하며, 고고학에 관심이 있고 관련 공부를 했으며, 끝으로 어머니는 성악가이거나 전에 성악가였다는 사실이 포함되어 있었습니다.

이 마지막 정보가 결정적인 것으로 드러났습니다. 우선 알파벳 B로 시작하는 이름을 가진 모든 여자 성악가의 전기적 사항―『후즈 후』나 그 밖의 인명록에 실린―을 검토해보았지만 별다른 성과를 얻지 못했습니다. 그러나 1912년에서 1935년 사이에 딸을 낳은 적이 있는 성악가들을 다시 조사한 결과 약 75명 중에서 당신의 이름을 발견하게 된 것입니다. 베라 오를로바, 1900년 로스토프 출생, 1926년 프랑스의 고고학자 페르낭 드 보몽과 결혼. 1929년생 엘리자베트 나타샤 빅토린 마리라는 딸을 둠. 뒤이은 신속한 조사로, 저는 엘리자베트가 프랑스 남부 가르라는 지역의 레디냥에서 할머니 손에 자랐고, 1945년 3월 3일 열여섯 살의 나이에 당신 집에서 달아났다는 사실을 입수하게 되었습니다. 그래서 그녀가 진짜 신분을 숨기며 지낸 것은 당신의 추적으로부터 벗어나기 위해서였다는 사실을 알게 되었습니다. 하지만 이 사실은 또한 제가 마침내 찾아낸 그녀의 흔적들이 더 이상 증거를 제공해주지 못한다는 것을 의미했는데, 왜냐하면 당신이 라디오와 신문에 낸 그 수많은 광고에도 불구하고 당신이나 당신 시어머니 모두 이미 7년 동안 아무 소식도 듣고 있지 못했기 때문입니다!

그러는 사이에 어느덧 1954년이 되었습니다. 제가 죽여야 할 사람의 정체를 알아내는 데 거의 1년이 걸린 것입니다. 하지만 그녀의 흔적을 찾기까지는 3년이 넘는 세월이 더 필요했습니다. 이 3년 동안에 저는―당신이 알기를 바라는데―사립탐정들을 시켜 24시간 내내 교대로 당신을 감시하고 당신이 외출할 때마다 당신을 미행하게 했습니다. 이렇게 파리에서는 당신을, 레디냥에서는 보몽 백작 부인을 철저히 감시하게 했는데, 점점 더 불확실한 일로 여겨지긴 했지만 혹시 당신 딸이 당신을 보러 오거나 혹은 할머니 집으로 피신하러 올지도 모른다고 판단했기 때문입니다. 이러한 감시는 완전히 부질없는 일이 었지만, 어떤 것도 소홀히 하고 싶지 않았습니다. 아주 사소한 것이라도 길을 보여줄 가능성이 있는 일이라면 빠짐없이 철저하게 시도했습니다. 예를 들어, 일반적으로 '이국적'이라고 여겨지는 향수와 특히 '상팡'이라는 향수에 대한 대규모 시장 조사에 자금을 댔고, 공공 도서관에서 한 권이든 여러 권이든 『파종과 수확』이라는 대하소설을 빌려간 적 있는 모든 사람의 이름을 찾아보았으며, 프랑스의 모든 성형외과 의사에게 개인적으로 편지를 띄워 1953년 이후 스물다섯 살가량의 젊은 여자에게서 오른쪽 눈 밑에 있는 모반 제거 수술을 한 적이 있는지 문의했습니다. 또한 모든 언어장애 치료사와 발성법 교수들을 찾아다니며 가벼운 말더듬이 증상이 있는 키 큰 금발 여자를 치료한 적이 있는지 알아보았고, 심지어 여러 차례 완벽한 가짜 고고학 탐사 여행을 조직하기도 했는데, 그 여행 공고를 통해 '피레네 산맥으로 고고학 발굴을 떠나는 북아메리카 고고학 발굴팀에 합류할 영어 능통의 젊은 여성'을 찾으려는 유일한 목적 때문이었습니다.

저는 이 마지막 함정에 많은 희망을 걸었지만 아무 성과도 얻지 못했습니다. 매번 수많은 후보자가 몰려들었지만 엘리자베트는 보이지 않았습니다. 1956년 말 저는 여전히 발을 구르고 있었고, 재산의 4분의 3 이상을 탕진한 상태였습니다. 결국 그림 수집품들과 아내의 보석만 남게 되었지요. 저는 당신 딸을 추적하는 탐정 팀에 계속 월급을 주기 위해 그것들마저 하나씩 팔기 시작했습니다.

1957년 초 당신의 시어머니인 보몽 백작 부인이 사망하자 다시금 희망이 솟았습니다. 당신 딸이 할머니에게 얼마나 애정을 느끼고 있는지를 잘 알고 있었으니까요. 그러나 당신뿐 아니라 당신의 딸 역시 레디냥의 장례식에 오지 않았습니다. 몇 주 동안 저는 그녀가 결국 할머니의 무덤에 꽃을 바치러 올 것이라고 생각하며 그 무덤을 지켰지만, 이 일 역시 깨끗이 실패로 돌아가고 말았습니다.

반복되는 실패는 고통을 점점 더 배가시켰지만 저는 끝까지 포기를 거부했습니다. 마치 제가 엘리자베트의 삶과 죽음을 결정할 수 있는 유일한 사람이라도 된 것처럼 그녀가 죽었다는 것을 인정할 수 없었고 그녀가 프랑스에 있다고 계속해서 믿고 싶었습니다. 그녀가 출국했다는 증거를 찾아낸 것은 아니었지만, 마침내 그녀가 어떻게 영국을 떠날 수 있었는지를 알게 되었습니다. 범행 다음날인 1953년 6월 12일, 그녀는 토키에서 영국과 프랑스 노르망디 사이에 있는 섬들로 가는 배에 몸을 실었습니다. 여권 분실 증명서에서 이름의 첫 글자를 지운 그녀는 베로니크 앙베르라는 이름으로 기록되는 데 성공했고, 알파벳 A칸에 속하게 된 그녀의 기록은 항만 경찰의 수사망을 빠져나갈 수 있었던 것이지요. 이 뒤늦은 발견은 저의 추적을 더 진척시키지는 못했지만, 그것에 의거해 엘리자베트가 여전히 프랑스에 숨어 있을 거라고 확신하게 되었습니다.

바로 이해부터 저는 이성을 잃기 시작했던 것 같습니다. 저는 다음과 같은 식의 논리를 펴나가기 시작했습니다. 나는 엘리자베트 드 보몽을 찾고 있다. 다시 말해, 키가 크고 금발이며 눈빛이 흐리고 영어에 능통하고 가르 지방에서 자란 한 여자를. 그런데 엘리자베트 드 보몽은 내가 그녀를 찾고 있다는 것을 알고 있고, 그래서 숨어 있다. 그리고 이런 경우, 숨어 있다는 것은 그녀를 알아보게 할 만한 모든 특별한 표지를 최대한 지워버리는 것이다. 그러므로 내가 찾아야 하는 대상은 이와 같이 키가 크고 금발이며 기타 등등인 엘리자베트가 아니라 일종의 반反엘리자베트의 특성을 지닌 여자일지도 모른다. 그렇게 해서 저는 검은 머리에 살갗도 검고 스페인어를 서투르게 말하는 키 작은 여자들을 의심하기 시작했습니다.

그러던 어느 날 저는 땀에 젖어 잠에서 깼습니다. 꿈속에서 제 악몽의 분명한 해결책을 막 발견했던 것입니다. 수학 방정식으로 꽉 찬 커다란 칠판 옆에 서 있는 한 수학자는 소란스러운 청중을 앞에 두고 '몬테카를로'라고 불리는 그 유명한 정리定理가 일반적 의미로 해석될 수 있다는 것을 증명해 보였습니다. 이는 우연에 의존하는 룰렛 도박꾼이 절대적인 확신에 따라 돈을 갑절로 거는 도박꾼과 적어도 동일한 승률을 갖는다는 것을 의미할 뿐 아니라, 제 자신의 경우도 다음날 오후 4시 18분에 럼플메이어 식당에 차를 마시러 가다가 엘리자베트를 발견할 확률이 413명의 탐정을 풀어 그녀를 찾아내게 될 확률과 동일하거나 혹은 그보다 더 많을 수도 있다는 것을 의미했습니다.

이 운을 양보하기에는 제 마음이 너무 약했습니다. 다음날 오후 4시 18분에 한 찻집에 들어갔습니다. 붉은 머리에 키가 큰 여인이 그 순간 찻집을 나갔지요. 그녀를 쫓아가보았지만 물론 아무 일도 없었습니다. 그 후 저는 저를 위해 일하던 한 조사원에게 꿈 이야기를 해주었습니다. 그는 아주 진지하게, 제가 단지 해석의 오류를 범한 것이라고 말했습니다. 즉 사립탐정의 숫자가 저로 하여금 뭔가 낌새를 느끼게 할 수도 있다는 것이었습니다. 413은 분명히 314를 거꾸로 배열해놓은 것이고, 바로 파이 π의 수이기도 합니다. 무언가 일어날지도 모른다고 생각하게 하는 것은 바로 오후 4시 18분이라는 시각 때문일지도 모른다고 했습니다.

그때부터 저는 소모적인 비이성적 방법을 빌리기 시작했습니다. 만일 당신의 그 불가사의하고 아름다운 이웃인 미국 여인이 계속 당신 옆집에 살았다면, 틀림없이 저는 그녀의 놀라운 마력에 도움을 청했을 것입니다. 저는 주위를 책상으로 둘러쌌고, 몇 가지 돌이 박힌 반지를 끼고, 옷 주름에 자석과 목매어 죽은 사람의 손톱, 갖가지 색의 식물, 낟알, 자갈을 담은 아주 조그만 병을 매달고 다녔습니다. 저는 마법사와 수맥 찾는 사람, 카드 점술사 예언자, 모든 종류의 점쟁이를 찾아 만나보았습니다. 그들은 주사위를 던지고 하얀 자기 접시에서 당신 딸의 사진을 불태웠으며, 그 재를 바라보면서 싱싱한 마편초 잎을 왼쪽 팔에 비볐습니다. 그러고는 중얼중얼 혀를 굴리고 복잡한 계산을 하면서 바닥에 밀가루를 뿌렸고, 당신 딸의 이름과 가짜 이름을 적은 뒤 수없이 철자를 바꾸거나 그 이름의 철자를 숫자로 바꾸면서 253이라는 숫자를 만들려고 애썼습니다. 또 물을 가득 채운 병을 통해 촛불의 불꽃을 관찰하거나, 불길 속에 소금을 뿌리며 탁탁 튀는 소리를 듣거나, 재스민 열매나 월계수 잎을 넣어 타오르는 연기를 관찰하거나, 물이 가득한 찻잔에 검은 닭이 낳은 신선한 달걀의 흰자나 납 또는 액체 상태의 밀랍을 담궈 그것들이 이루어내는 모양을 관찰했습니다. 또 뜨거운 숯불 위에 암양의 견갑골을 구웠으며, 체를 줄 끝에 매달아 빙글빙글 돌아가게 만들었고, 잉어의 어백魚白과 죽은 당나귀의 머리, 수탉이 쪼아 먹은 곡식 알갱이가 그리는 원을 관찰했습니다.

그런데 1957년 7월 11일 극적인 사건이 일어났습니다. 제가 레디냥에 배치해놓았고 보몽 백작 부인이 죽은 뒤에도 계속 감시 활동을 하던 사람들 중 하나가 전화해, 엘리자베트가 마을 읍사무소에 호적등본을 떼 달라는 편지를 보내왔다고 알려준 것입니다. 그녀는 주소란에 오랑주 호텔이라고 적었다고 했습니다.

논리적으로 ─ 이런 경우에 논리라는 말을 갖다 붙이는 것이 아직 가능하다면 ─ 따지면 저는 이 기회를 통해 이 끝없는 이야기에 종지부를 찍어야만 했습니다. 저는 담담히 녹색 가죽 케이스에서 3년 전쯤에 복수의 도구로 정해놓은 무기 ─ 그것은 원뿔형 손잡이가 달린 야전용 단도로 생김새는 일반 면도기와 비슷하나 실제로는 훨씬 더 날이 잘 들었고, 견줄 자가 없을 정도로 그것을 능란하게 다루는 법을 배워둔 상태였지요 ─ 를 꺼내어 오랑주로 무조건 쳐들어가기만 하면 되었던 겁니다. 그러나 저는 그렇게 하지 않고 감시원들에게 당신 딸의 위치를 확인하고 절대로 감시를 늦추지 말라는 명령만 내렸습니다. 물론 그들은 그녀를 오랑주에서 놓쳤지만 ─ 그런 호텔은 존재하지 않았습니다. 그녀는 우체국으로 찾아가 호텔 이름을 잘못 알았다고 말했고, 우체국의 수취인 불명 담당 배달부는 레디냥 읍사무소에서 보내온 편지를 찾아 그녀에게 건네주었습니다 ─ 몇 주 후 발랑스에서 그녀의 흔적을 되찾을 수 있었습니다. 바로 이 발랑스라는 도시에서 그녀는 프랑수아 브레텔의 두 노동자 친구를 증인으로 세워 결혼식을 올렸던 것입니다.

그녀는 바로 결혼식 날 저녁 남편과 함께 발랑스를 떠났습니다. 그들은 분명 자신들이 쫓기고 있다는 사실을 알고 있었고, 그 후 1년이 넘도록 제게서 달아나려 했습니다. 그들은 할 수 있는 일은 다 했고, 거짓 함정과 속임수, 조작, 가짜 징표를 자꾸 늘려갔으며, 초라한 거처를 전전하면서 살아남기 위해 야간 경비나 접시닦이, 포도재배 일꾼, 오물 제거원 등 고된 일을 마다하지 않았습니다. 그러나 한 주 한 주 지날수록, 제가 그때까지도 간신히 고용할 수 있었던 네 명의 사립탐정이 그들의 삶을 조여갔습니다. 못 해도 스무 번은 더 당신 딸을 아무 방해 받지 않고 죽일 수 있었습니다. 하지만 매번 이런저런 구실로 저는 그 기회들을 그냥 흘려보냈습니다. 마치 오랫동안 추적을 하다보니 제가 무슨 명목으로 이 추적을 시작했는지를 잊어버리기라도 한 것처럼, 복수를 실행에 옮기는 일이 쉬워질수록 그럴 마음이 사라졌습니다.

그러던 1958년 8월 8일, 저는 당신의 딸에게서 편지 한 통을 받았습니다.

선생님,

저는 당신이 저를 찾기 위해 무슨 짓이든 하리라는 것을 늘 알고 있었습니다. 당신의 아이가 죽은 바로 그 순간 저는 당신 부인이나 당신에게서 어떤 너그러움이나 용서를 구하는 것이 소용없는 일일 거라고 판단했습니다. 그리고 며칠 후 당신 부인이 자살 소식을 듣고 당신이 이후 제 뒤를 쫓는 데 인생을 바칠 것임을 짐작할 수 있었습니다.

처음에는 그저 직관이나 염려에 지나지 않았던 판단은 몇 개월이 지나면서 점점 확실해졌습니다. 저는 당신이 저에 대해 아는 게 거의 없다는 것을 잘 알고 있었지만, 알고 있는 몇 가지 정보를 최대한 이용하기 위해 당신이 수단과 방법을 가리지 않을 거라는 것도 확신했습니다. 어느 날 홉레 거리에서 한 조사원이 그 사건이 일어나던 해에 영국에서 썼던 향수의 견본을 제게 내밀었을 때, 저는 본능적으로 그것이 함정이라는 것을 깨달았습니다. 그리고 몇 달 후 고고학자들의 탐사에 동반할 영어에 능통한 젊은 여자를 찾는 구인 광고를 보았을 때, 생각했던 것보다 당신이 훨씬 더 저에 대해 잘 알고 있다는 것을 알게 되었습니다. 그때부터 제 인생은 긴 악몽이 되어버렸습니다. 저는 모든 사람들에게 염탐당하고 있다고 느꼈고 모든 시간, 모든 장소에서 모든 사람들을 의심하기 시작했습니다. 저에게 말을 건네는 카페 종업원, 잔돈을 거슬러주는 계산대 점원, 차례를 지키지 않는다고 윽박지르는 정육점 손님, 저를 밀치며 지나가는 사람들 그 모두를. 저는 택시 운전사에게, 경찰에게, 공터 벤치에 주저앉아 있는 가짜 거지들에게, 군밤 장수에게, 복권 판매원에게, 신문 판매원에게 추적당하고, 미행당하고, 감시당하는 것 같았습니다. 어느 날 저녁, 극도의 신경증에 시달리던 저는 브리브의 기차역 대합실에서 제 얼굴을 뚫어지게 쳐다보던 한 남자를 때리기 시작했습니다. 저는 곧 붙잡혀 파출소로 끌려갔으나 가히 기적적으로 당장 정신병원에 수감되는 일은 면할 수 있었습니다. 그때 저의 모습을 지켜보던 한 젊은 부부가 저를 맡아 돌보겠다고 자원했기 때문입니다. 그들은 세벤 지방에 살고 있었는데 한 버려진 마을에서 무너진 집을 새로 지어올리는 일을 했습니다. 저는 그곳에서 거의 2년 동안 살았습니다. 그 마을에는 사람이라고는 우리 셋뿐이었고 염소와 닭이 스무 마리 정도 있었습니다. 신문도 라디오도 없었습니다.

시간이 흐르면서 저의 두려움은 걷혀갔습니다. 저는 당신이 포기했거나 혹은 죽었을 거라고 믿었습니다. 1957년 6월, 저는 다시 사람들 세상으로 돌아왔습니다. 그리고 얼마 후 프랑수아를 알게 되었습니다. 그가 내게 청혼했을 때, 저는 그에게 저의 이야기를 전부 들려주었습니다. 그렇지만 그는 제가 바로 죄의식 때문에 끊임없이 감시당한다는 상상을 하게 되는 거라고 어렵지 않게 저를 설득했습니다.

저는 조금씩 자신감을 회복해갔고 결국 결혼에 필요한 신원증명 서류를 읍사무소에 요청하는, 조심성 없는 위험한 모험을 하게 되었습니다. 그런데 이야말로 당신이 수년 전부터 구석에 숨어서 기다리던 그런 제 실수들 중 하나였겠지요.

그 후 우리의 삶은 단지 끝없는 도주에 불과했습니다. 1년 동안 저는 당신에게서 벗어나는 것이 가능하리라 믿었습니다. 허나 이제 그것이 불가능하다는 것을 압니다. 행운과 돈은 항상 당신 것이었고 앞으로도 당신 것일 겁니다. 언젠가 당신이 저를 뒤쫓는 것을 그만두기를 바라는 것이 환상에 지나지 않는 것처럼, 언젠가 제가 당신이 쳐놓은 그물 사이를 빠져나갈 수 있을 것이라 믿는 것은 부질없는 일이 되었습니다. 당신은 저를 죽일 능력이 있으며 또 저를 죽일 권리가 있다고 믿지만, 이제 더이상 당신이 저를 도망가게 만들지는 못할 것입니다. 프랑수아와 제가 얼마 전에 이 세상에 내놓은 아이 안과 함께 우리는 이제 더이상 아르덴의 쇼몽포르시앙에서 움직이지 않을 테니까요. 그곳에서 당신을 영원히 기다리겠습니다.

저는 1년이 넘게 제가 살아 있다는 표시를 없애려고 노력했습니다. 그동안 채용했던 모든 탐정과 조사원도 해고했습니다. 그리고 아파트 깊숙이 처박힌 채 밖에 거의 나가지 않았고, 마른 생강 식빵과 티백 포장된 차만으로 끼니를 때웠으며, 항상 술과 담배와 맥시톤[1]에 의지하면서 이따금 완전한 혼수상태를 동반하는 심한 열과 싸우며 지냈습니다. 엘리자베트가 저를 기다리고 있을 것이라는 확신, 매일 저녁 어쩌면 내일은 깨어나지 못하겠지 하고 혼자 중얼거리며 잠이 들고 매일 아침 아직도 살아 있다는 사실에 놀라며 딸에게 입을 맞출 것이라는 확신이 들었고, 이러한 집행 유예가 그녀에게는 매일 새롭게 되풀이되는 고문일 뿐이라고 생각했습니다. 저의 마음은 복수를 향한 열정과 사악하고 전능하며 무소부재하는 듯한 어떤 흥분된 감정으로 가득찼지만 때로는 끝없이 최약해지기도 했습니다. 꼬박 몇 주 동안 낮

213

1. 강심제의 일종.

이고 밤이고 단 몇 분 이상을 잠들지 못한 채, 저는 빈 아파트의 복도와 방을 큰 걸음으로 돌아다니면서 히죽히죽 냉소를 흘리거나 흐느껴 울곤 했고 갑자기 그녀 앞에서 용서를 빌며 데굴데굴 구르는 저 자신을 상상하기도 했습니다.

그런데 지난 금요일 9월 11일에 엘리자베트는 저에게 두번째 편지를 보내왔습니다.

선생님,

저는 이제 막 둘째 딸 베아트리스를 낳고 르텔 조산원에서 당신께 편지를 씁니다. 첫째 딸 안은 얼마 전에 한 살이 되었습니다. 오세요, 부탁입니다. 지금이 당신이 오셔야만 하는 유일한 기회입니다.

저는 이틀 후에 그녀를 죽였습니다. 그녀를 죽이면서 그 죽음이 그녀를 해방시켜줄 것이고 내일 모레면 저 자신도 해방시켜주리라는 것을 깨닫게 되었습니다. 제 변호사들에게 맡겨놓은 얼마 안 되는 저의 재산은 당신의 두 손녀가 성인이 되었을 때 나누어 가질 수 있도록 해놓았습니다.

214   보몽 부인은 딸의 죽음을 알게 되면서 이미 충분히 충격을 받은 상태였지만, 어쨌든 전혀 떨지 않고 이 이야기를 읽었다. 약 25년 전 남편이 자살했을 때보다 더 슬퍼하는 것 같지도 않았다. 죽음에 대한 이러한 무관심은 아마도 그녀의 특별한 개인사에 의해 설명될 수 있을 것이다. 1918년 4월의 어느 날 아침, 러시아 혁명으로 인해 러시아 각지로 흩어졌던 오를로프 가족이 기적적으로 거의 다치지 않은 채 다시 모이게 되었을 때 붉은 군대의 한 분견대가 그들이 있는 곳을 습격했다. 베라는 그때, 과거 알렉산드르 3세에 의해 페르시아 전권 대사로 임명된 적 있는 그녀의 할아버지 세르주 일라리오노비치 오를로프와 크라스노다르의

유명한 창기병 전투를 지휘한 적 있고 트로츠키로부터 '쿠반의 도살자'라는 별명을 얻었던 그녀의 아버지 오를로프 대령, 그리고 그때 막 열한 살이 된 막내를 포함한 그녀의 다섯 형제가 총살당하는 것을 눈앞에서 목격했다. 그녀와 어머니만이 3일 동안 계속되었던 두터운 안개의 도움으로 달아날 수 있었다. 79일 동안 거의 환각에 가까운 강행군을 한 끝에 그녀는 마침내 데니킨의 유격대가 점령하고 있던 크림 반도에 이르렀고, 거기서 루마니아를 거쳐 오스트리아로 들어갔다.

제32장

마르시아

2

마르시아 부인은 자기 방에 있다. 그녀는 건장하고 어깨가 넓고 뼈마디가 드러나 보이는 60대의 노인이다. 반쯤 옷을 벗은 상태인 그녀는 레이스가 달린 흰색 나일론 슬립을 걸치고 거들과 스타킹을 착용하고 있다. 머리에는 헤어클립이 매달려 있다. 그녀는 반듯한 목재와 검은 가죽으로 된 현대적 양식의 소파에 앉아 있다. 오른손에는 소금에 절인 작은 오이가 담긴 포도주통 모양의 커다란 유리병을 쥐고 있고, 왼손의 검지와 중지로는 그 안의 오이를 하나 집으려 하고 있다. 그녀의 옆에 있는 낮은 탁자 위에는 종이와 책과 그 밖의 다양한 물건이 쌓여 있다. 델몬트 앤드 코 회사(실내 건축, 장식품, 예술품)와 아르티포니 상점(화훼 장식, 취미 정원 가꾸기, 온실, 테라스, 화단, 화분 식물과 꽃)의 결합을 알리는, 청첩장처럼 인쇄된 한 광고 전단, 프랑스·폴란드 문화협회의 안제이 바이다 회고전 초대장, 화가 실버셀버의 전시회 개막 연회 초대장. 두꺼운 판지 위에 그려진 이 작품은 〈일본 정원 IV〉라는 제목의 수채화로, 아래 3분의 1에는 정확하게 평행을 이루지만 중간중간 끊어지는 선들이 채워져 있고, 위의 나머지 3분의 2에는 천둥 치는 모습과 함께 무거운 하늘이 사실적으로 표현되어 있다. 또 '슈엡스' 소다수 병 하나와 몇 개의 팔찌, 『시계와 구름』이라는 제목의 추리소설인 듯한 소설책 한 권. 이 책의 표지에는 서양 주사위 놀이판 하나가 그려져 있고, 그 판 위에는 수갑과 와토의 그림 〈무관심〉을 재현한 작은 흰 대리석 동상, 권총,

여러 마리의 꿀벌이 모여 있는 것으로 미루어 아마도 달콤한 용액이 담겨 있는 듯한 접시, 90이라는 숫자가 가운데 뚫린 구멍 때문에 잘린 육각형 양철침이 각각 놓여 있다. 또 '코사 데 인디오스. 베니, 볼리비아'라는 설명문이 적힌 우편엽서 한 장. 한 무리의 원시부족 여인들이 간단한 줄무늬 옷을 허리에 두른 채 웅크리고 앉아, 버들가지를 엮어 만든 오두막집 앞에 우글거리는 아이들 틈에서 눈을 깜박거리거나 아기에게 젖을 먹이거나 이마를 찡그리면서 꾸벅꾸벅 졸고 있다. 그리고 마르시아 부인이 적어도 40년 전에 찍은 것으로 보이는 사진 한 장. 그녀는 물방울무늬 조끼를 입고 작은 부인용 모자를 쓴 창백한 인상의 젊은 여자 모습이며, 가짜 자동차—장터 사진사들이 주로 사용하는, 사람들이 얼굴을 들이밀 수 있도록 얼굴 자리에 구멍을 뚫어놓은 그림판들 중 하나—의 핸들을 잡고 있고, 가는 줄무늬가 있는 흰색 양복에 밀짚모자 차림의 두 청년과 함께 있다.

방의 실내 장식은 초현대적인 요소—소파, 일본식 벽지, 그리고 마룻바닥 위에 배치한, 빛을 내는 커다란 자갈처럼 보이는 세 개의 램프—와 다양한 시대의 진귀한 물건의 과감한 혼합을 기본으로 했다. 예를 들어, 콥트직織과 파피루스 종이로 채워진 두 개의 진열창 상단에는 17세기의 한 알자스 화가가 그린, 멀리 마을과 화재의 흔적을 담은 어두운 색조의 기다란 풍경화 두 점이 걸려 있다. 또 알 수 없는 글씨로 덮인 판 하나가 진열창의 가장 중요한 자리에 전시되어 있으며, 19세기에 선원들간의 싸움을 줄이기 위해 큰 항구의 숙박업자들이 즐겨 사용했던 소위 '도둑놈들'이라는 진귀한 유리컵 시루가 있다. 이 컵들은 겉으로는 정확한 원통형으로 보이지만 속은 골무 형태로 되어 있으며, 이 고의적인 결함은 커다란 유리 기포에 의해 교묘하게 감추어져 있다. 컵 위에서부터 아래까지 새겨진 평행한 원 눈금들은 얼마의 돈으로 얼마의 양을 마실 수 있는지를 표시하고 있다. 또 모스크바의 환상이 반영된 이상야릇한 침대가 있는데 이것은 나폴레옹 1세가 페트로프스키궁에서 하룻밤을 보낼 때 선사받은 것으로 유명하지만, 실제로 나폴레옹은 그의 야전 침대를 더 선호했던 것으로 알려져 있다. 꽤 무게 있어 보이는 침대는 전체가 쪽매붙임으로 만들어졌으며, 조그만 마름모꼴 쪽매를 붙여 만든 열여섯 가지 나무와 조가비가 하나의 멋진 그림을 만들어낸다. 그 그림은 장미꽃 모양의 장식과 화환이 서로 얽혀 있는 어떤 세계를 표현한 것으로, 그 한가운데 머리카락만으로 몸을 가린, 보티첼리의 그림에 나오는 것 같은 님프 하나가 솟아나 있다.

제33장   지하 창고
1

지하 창고.

    알타몽 가의 지하 창고는 청결하고 말끔하게 정리되어 있다. 바닥에서 천장까지 모든 선반과 정리함에는 커다란 이름표가 읽기 쉽게 붙어 있다. 물건마다 자리가 정해져 있고, 각 물건이 제자리에 놓여 있다. 모든 것이 갖추어져 있다. 저장품, 비축 식량, 포위 공격에 대비할 물건, 위기 상황에 대비할 물건, 전쟁이 날 경우 쓰일 물건.

    왼쪽 벽은 식료품을 위한 공간이다. 우선 기초 식량이 있다. 밀가루, 굵은 밀가루, 옥수수 가루, 감자 전분, 타피오카, 갈아놓은 귀리, 각설탕, 가루 설탕, 얼음 설탕, 소금, 올리브, 서양 양각초 꽃봉오리, 조미료, 겨자와 작은 오이가 들어 있는 커다란 병, 기름통, 말린 잎이 담긴 상자, 말린 후추 열매 상자, 정향丁香, 동결 건조시킨 양송이, 서양 송로 껍질을 담은 작은 상자, 포도주와 알코올로 만든 식초, 가늘게 자른 편도, 호두 속, 진공 상태로 포장된 개암 열매와 땅콩, 애피타이저용 비스킷, 사탕, 녹여 먹는 초콜릿과 씹어 먹는 초콜릿, 꿀, 여러 종류의 잼, 상자에 담은 우유, 분말 우유, 계란 갈아놓은 것, 효모, 프랑스·러시아식 앙트르메, 차, 커피, 카카오, 탕약, 커브 수프, 토마토 농축액, 아리사, 육두구 열매, 새고추, 바닐라, 여러 종류의 조미료와 향신료, 빵가루, 비스코트, 건포도, 설탕에 절인 과일, 안젤리카. 그다음에는 통조림이 있다. 조각 참치 통조림, 기름에 절인 정어리 통조림, 둥글게 말린 멸치 통조림, 백포도주에 절인 고등어 통조림, 토마토에 절인 청어 통조림, 안달루시아산 검정 대구 통조림, 작은 훈제 청어 통조림 등과 같은 생선 통조림이 있고 새알고기 알 통조림, 훈제한 대구 간 통조림이 있다. 또 작은 완두콩, 소량의 아스파라거스, 파리산 양송이 버섯, 최고급 강낭콩, 시금치, 아티초크 잎사귀 속, 선모仙茅, 모듬 야채 과일 샐러드 등을 담은 야채 통조림이 있고, 완두콩 가루, 제비콩, 렌즈콩, 누에콩, 강낭콩 등을 담은 말린 야채 상자가 있으며, 쌀자루와 짧은 마카로니, 국수, 조가비 모양의 국수, 스파게티 등의 밀가루 음식 봉투를 담은 상자가 있고, 감자 칩과 퓌레 용으로 거칠게 빻은 감자 가루, 수프 봉지 등을 담은 상자가 있다. 그 밖에 반으로 쪼갠 살구, 시럽에 절인 배, 체리, 복숭아, 자두 등의 과일 통조림과 무화과 상자, 대추야자 열매와 말린 바나나, 말린 자두 상자가 있으며, 콘비프, 햄, 테린[1], 리예트[2], 푸아그라[3], 그 밖의 간으로 만든 파이, 갈랑틴[4], 뮈조, 슈크루트, 카술레[5], 렌즈 콩을 넣은 소시지, 만두, 양고기 스튜, 니스식 라타투유[6], 쿠스쿠스[7], 바스크 지방식 닭 요리, 파에야[8], 화이트 소스로 양념한 옛날식 송아지 고기 스튜 등을 담은 고기 통조림과 조리된 음식 통조림이 있다.

구석의 벽과 오른쪽 벽의 대부분은, 플라스틱을 입힌 철사로 만든 간이 선반에 일반적인 순서에 따라 눕혀 보관되어 있는 포도주병으로 가득 차 있다. 먼저 식사용 일반 포도주가 있고, 그다음에 보졸레, 코트뒤론이 있으며, 올해 루아르 강 지역에서 생산된 백포도주가 그 뒤를 따르고, 짧은 기간 동안 보관하게 되어 있는 카오르, 부르게유, 시농, 베르주라크산産 포도주가 그 옆에 놓여 있다. 그다음에는 진짜 포도주 창고라 할 수 있는 대규모 포도주 선반이 마련되어 있는데, 이를 총괄하는 보관 책자에는 포도주 병별로 원산지, 포도 재배자 이름, 포도주 제조자 이름, 제조 연도, 창고 입고 날짜, 최적의 보관 기간, 예상 출고 날짜 등이 기록되어 있다. 먼저 리슬링, 트라미네, 피노 누아르, 토케 등 알자스 지방 포도주가 있다. 다음, 보르도산 적포도주가 놓여 있는데, 샤토 드 라베스키너, 샤토 랭슈바주, 샤토팔메르, 샤토 브랑캉트 나크, 샤토 그뤼오 라로즈 등과 같은 '메도크' 포도주가 먼저 정리되어 있고, 샤토 라가르

220

1. 조류나 생선 등을 얇게 썰어 동명의 용기 (테린)에 넣어 익힌 요리.
2. 잘게 다져서 기름에 지진 돼지 또는 거위 고기.
3. 거위나 오리의 간으로 만든 파이.
4. 양념을 넣어 삶은 고기를 굳힌 것.
5. 랑그도크 지방식 스튜.

드 마르티야크, 샤토 라리베오브리옹 같은 '그라브' 포도주들, 샤토 라투르보시트, 샤토 카농, 샤토 라가펠리에르, 샤토 트로트비에유 같은 '생테밀리옹' 포도주, 샤토 타유페르 같은 '포므롤' 포도주 등이 뒤를 잇는다. 그 다음으로는 보르도산 백포도주가 보이는데, 샤토 시갈라라보, 샤토 카유, 샤토 네라크 등의 '소테른' 포도주가 있고, 샤토 슈발리에, 샤토 말라르티크라그라비에르 등의 '그라브' 포도주가 있다. 또 그 뒤로는, 부르고뉴산 적포도주가 이어지는데, 샹볼뮈지니, 샤름샹베르탱, 본마르, 로마네생 비방, 라 타슈, 리슈부르 등의 '코트 드 뉘' 포도주들과 페르낭베르줄레스, 알록스코르통, 상트네 그라비에르, '아기 예수의 포도밭'(비뉴 드랑팡제쥐)이라고도 불리는 본 그레브, 볼네 카유레 등의 '코트 드 본' 포도주가 있다. 그리고 본 클로데무슈, 코르통 샤를마뉴 등과 같은 부르고뉴산 백포도주도 있으며, 코트 로티, 크로즈에르미타주, 코르나스, 타벨, 샤토 뇌프뒤파프 등의 코트 뒤론 산 포도주, 방돌, 카시스 같은 코트 드 프로방스산 포도주, 마콩과 디종 지역의 포도주, 샹파뉴 지방의 비발포성 백포도주—베르튀 부지, 크레—랑그도크 베아른, 소뮈르, 투르 지방의 다양한 포도주가 있다. 끝으로 페치, 필리, 시디브라임, 샤토 마티유, 도싯산 포도주와 라인 강과 모젤 강 유역의 포도주, 아스티, 쿠디아트, 오모르낙, 상드토로 등과 같은 외국산 포도주가 놓여 있고, 샴페인과 아페리티프, 그 밖의 다양한 술—위스키, 진, 키르슈, 칼바도스, 코냑, 그랑미르니에, 베네딕틴   이 몇 상자씩 쌓어 있으며, 탄산가스가 들어 있거나 없는 무알코올성 음료와 광천수, 맥주, 과일 주스 등을 담은 상자가 선반 위에 올려져 있다.

맨 오른쪽, 문과 벽 사이는 청소용품과 화장실용품, 그 밖의 다양한 물건을 놓아두는 공간이다. 걸레 묶음과 세척용, 물때 제거용, 막힌 곳 뚫기용 세제가 담긴 용기, 락스 용액, 스펀지, 마루, 창문 구리, 은제품, 크리스털 제품, 타일, 리놀륨 등을 닦는 데 쓰이는 세제, 빗자루머리 부분, 진공청소기의 먼지주머니, 촛대, 성냥갑 상자, 건전지 묶음, 커피 필터, 비타민이 함유된 아스피린, 샹들리에용 나선형 전구, 면도날, 리터당으로 싸게 파는 화장수, 비누, 샴푸, 솜, 면봉, 금강사를 입힌 줄, 타자기

6. 몇 가지 야채를 삶아 만든 스튜.
7. 곡물 가루를 말려 좁쌀 모양으로 만든 것, 또는 고기와 야채를 넣어 간을 맞춘 수프를

쿠스쿠스에 얹어 먹는 북아프리카 지방의 요리.
8. 조개, 새우, 고기 등을 넣어 만든 스페인식 볶음밥.

잉크, 왁스, 페인트통, 일반용 구급붕대, 살충제, 불쏘시개, 쓰레기봉투, 라이터돌, 키친 타올 등.

지하 창고.

그라티올레 가의 지하 창고. 몇 세대에 걸쳐 아무도 정리하지 않고 분류하지 않은 폐품이 여기에 쌓여 있다. 폐품은 바닥으로부터 3미터 높이까지 쌓여 있다. 그리고 환기창 바깥쪽에서 커다란 호랑이 무늬 고양이 한 마리가 높은 곳에 웅크리고 앉아, 자기는 통과할 수 없지만 생쥐는 종종걸음으로 재빠르게 드나들 수 있는 쇠창살을 통해 불안한 시선으로 창고 안을 감시하고 있다.

우리의 시선이 조금씩 어둠에 익숙해지면 얇은 회색 먼지층 아래 그라티올레 가족이 여기저기 남겨놓은 물건을 식별할 수 있게 될 것이다. 배 모양 침대의 다리와 틀, 이미 오래전에 탄성을 완전히 잃어버린 히코리 나무로 만든 스키, 예전에는 순백색이었던 열대 지방용 방서모, 묵직한 사다리꼴 라켓 프레스 안에 든 테니스 라켓들, 자동 도표 작성 장치 덕분에 당시에는 그때까지 나온 제품 중 가장 완벽한 것 중 하나로 인정받았던, 그 유명한 '카트르 밀리옹' 시리즈의 한 모델인 오래된 언더우드 타자기. 프랑수아 그라티올레는 출납 업무를 근대화시켜야 한다고 판단하고 이 타자기로 온갖 영수증을 작성하기 시작했다. 또 낡은『누보 프티 라루스 일뤼스트레』사전도 있는데, 반쪽만 남은 71페이지—ASPIC: 남성 명사. 그리스어 aspis. 살무사의 속어로, '살무사의 혀'라는 비유는 독설가를 뜻함.—에서 시작해 1,530페이지—MAROLLES-LES-BRAULTS: 소재지는 사르트 도, 마메르 군. 950개의 주거지에 주민 2,000명.—에서 끝이 난다. 그리고 1940년 5월 20일 아라스에서 포로가 되었으나 삼촌 마르크의 중재로 1942년 5월에 석방된 이등병 올리비에 그라티올레의 외투(페르디낭의 아들인 마르크는 올리비에의 삼촌이 아니고 그의 아버지 루이의 사촌 형제였으나, 올리비에는 아버지의 다른 사촌인 프랑수아를

'삼촌'이라고 불렀던 것처럼 그 역시 '삼촌'이라고 불렀다), 판지로 만들었고 여기저기 구멍이 뚫려 있는 오래된 지구의, 그리고 일부 호들이 빠진 채 산더미처럼 쌓여 있는 『일뤼스트라시옹』, 『푸앵 드 뷔』, 『라다르』, 『데텍티브』, 『레알리테』, 『이마주 뒤 몽드』, 『코메디아』 등의 잡지 더미가 있다. 또 잡지 『파리마치』의 한 표지에는 피에르 불레즈가 〈보체크〉의 파리 오페라 초연 당시 연미복을 입고 지휘봉을 흔드는 모습이 보이며, 『히스토리아』지의 한 표지에는 두 청소년이 팔짱을 끼고 서둘러 걸어가는 모습이 담겨 있는데, 한 명은 경기병 대령의 의상—흰색 캐시미어 바지, 진주빛 회색의 장식 단추가 달리고 늑골 모양 줄무늬가 있는 어두운 청색의 군복, 깃털 장식이 달린 원통형 군모—을 입고 있고, 다른 한 명은 넥타이와 레이스 커프스를 하고 검은색 프록코트를 입고 있으며, 그 아래 다음과 같은 글이 적혀 있다. "루이 17세와 에글롱은 1808년 8월 8일 피우메에서 비밀리에 만났던 것일까? 숱한 추측을 낳은 역사의 수수께끼가 마침내 풀리다!" 그리고 메마른 사진과, 누구를 찍은 것인지 누가 찍은 것인지 항상 의문을 갖게 만드는 노란색이나 갈색으로 된 음화陰畵틀로 가득 찬 모자 상자 하나. 예를 들면, 조그만 시골길에 있는 세 남자의 음화나, 우아하게 꼬아올린 검은 콧수염에 갈색 머리를 하고 밝은 색 체크무늬 바지를 입은 단아한 신사의 음화. 이 신사는 아마도 올리비에의 증조부인 쥐스트 그라티올레일 텐데, 그는 친구인 브로 형제—자크와 에밀—와 함께 이 건물의 최초 소유주이며, 이들의 여동생인 마리와 결혼했다. 또 베이루트의 위령탑 앞에 서 있는 두 사람의 음화도 있는데, 이들은 가슴에 훈장을 달고 오른팔 소맷자락이 바람에 펄럭이는 모습으로 왼손으로 프랑스 국기에 경례를 하고 있다. 이들은 프랑수아의 아내 마르트의 사촌 형제인 베르나르 르아모와 그의 오랜 친구 오거스터스 B. 클리퍼드 대령이다. 르아모는 클리퍼드 대령을 위해 페론의 연합군 총사령부 소속으로 통역 임무를 수행했으며, 1917년 5월 19일 총사령부가 바롱 루즈 부대에 의해 폭격당했을 때 두 사람 다 오른팔을 잃었다. 끝으로, 경사진 책상에 놓인 책을 읽고 있는, 분명히 노안으로 보이는 한 남자의 음화가 있는데 바로 올리비에의 할아버지인 제라르이다.

223

그 옆에 놓인 정사각형의 양철 상자 안에는 올리비에 그라티올레가 그의 할아버지가 사망한 1934년 9월 3일 올레롱 섬의 가트소에서 주운 조개껍데기와 자갈이 쌓여 있다. 그리고 고무줄로 묶어 놓은 에피날 판화 한 묶음이 있는데, 보통 초등학교에서 우등상으로 나누어 주는 것들과 유사하다. 이 다발의 맨 위에 있는 판화는 한 전함 위에서 러시아 황제와 프랑스 공화국 대통령이 만나는 모습을 표현한 것인데, 바다는 멀리 수평선까지 구름 한 점 없는 하늘을 향해 연기를 내뿜는 선박으로 덮여 있다. 러시아 황제와 프랑스 대통령은 큰 걸음으로 서로를 향해 다가와 손을 잡는다. 프랑스 대통령과 러시아 황제 뒤에는 두 명의 남자가 서 있는데, 두 국가 원수의 얼굴에 나타나는 기쁨과는 대조적으로 그들의 얼굴은 심각해 보인다. 두 경호원의 시선은 상대국 원수에 집중되어 있다. 아래—이 장면은 선박 윗부분에서 일어나는 것임에 틀림없다—에는 차렷 자세로 서 있는 선원들의 긴 행렬이 보이는데, 이 행렬은 그림의 여백에 의해 중간에서 잘려 있다.

제34장   계단
                              4

질베르 베르제가 한 발로 총총거리며 계단을 내려온다. 막 2층 층계참에
도달하려는 중이다. 그는 오른손에 오렌지색 플라스틱 쓰레기통을 들고
있는데, 낡은 인명록 두 권과 단풍나무 진으로 만든 아라벨이라는 빈 시
럽 병 하나, 그리고 여러 가지 야채 찌꺼기가 쓰레기통 밖으로 삐져나와
있다. 질베르는 거의 흰색에 가까운 금발 머리를 더부룩하게 기른 열다
섯 살 소년이다. 아마천으로 된 스코틀랜드식 셔츠를 입고, 가는 은방울
꽃 무늬가 수놓인 검고 넓은 멜빵을 하고 있다. 그의 왼쪽 넷째 손가락에
는 양철 반지가 끼워져 있는데, 이것은 전통적인 '복주머니'의 뒤를 잇는
것으로, 문방구나 식료품점 옆에 서 있는 자동판매기에 1프랑만 넣으면
얻을 수 있는, '주는 기쁨, 받는 즐거움'이라는 표어가 적힌 푸른색 판지
상자 안에 화학적 맛이 나는 풍선껌에 끼어나오는 바로 그 반지처럼 생
겼다. 반지의 타원형 알맹이는 카메오 모양을 하고 있으며, 거기 새겨진
얼굴은 이탈리아 르네상스 시대의 한 초상화를 어렴풋이 연상시키는 긴
머리의 어떤 젊은 남자를 표현하려 애쓴 듯 보인다.

    질베르 베르제는 '베르' 음의 중복으로 발음하기가 약간 불편함에
도 질베르로 불린다. 그의 부모가 1956년 랑피르 극장에서 열려 의자
87개가 부서지는 소동이 일어난 질베르 베코—둘 다 그의 광신적 팬이
었다—의 공연에서 만났기 때문이다. 베르제 가족은 5층 왼쪽에 있는, 방
둘에 부엌이 있는 아파트에 사는데, 로르샤슈네 옆집이자 레올네 아랫집

이자 바틀부스의 바로 윗집에 해당하는 그곳에서는 한때 도데카라는 어린 암캐를 데리고 속옷 차림으로 계단을 오르내리던 한 부인이 살았었다.

질베르는 고등학교 1학년이다. 프랑스어 선생은 질베르네 반 학생들에게 벽보를 편집하게 했다. 학생들은 개별적으로 혹은 그룹별로 기사 하나씩을 담당해 원고를 써내야 하며, 반 전체 학생으로 구성된 편집위원회는 일주일에 두 번 모여 이 기사들에 대해 토론하고 가끔 일부를 폐기하기도 한다. 그중에는 정치와 노조에 대한 기사도 있고, 스포츠 기사도 있으며, 연재만화, 학교 소식, 십자말풀이 퀴즈, 구직·구인 광고, 지역 정보, 사회면 기사, 광고—대개는 고등학교 근처에 가게를 갖고 있는 학부모가 제공하는—그리고 여러 가지 게임이나 자질구레한 집안 수리 및 목공에 관한 글(벽지 바르는 법, 주사위 놀이판 만드는 법, 액자 끼우는 법 등)이 있다. 질베르는 클로드 쿠탕, 필리프 에몽이라는 두 친구와 함께 신문 연재소설을 맡고 있다. 소설의 제목은 「비밀의 상처」이며, 이제 다섯번째 에피소드를 써야 할 단계에 이르렀다.

'콩스탕스의 사랑을 위해'라는 제목의 첫번째 에피소드에서는, 프랑수아 고르마라는 유명 남자 배우가 최근 로마 미술전에서 그랑프리를 수상한 화가 루체로에게 자신이 출연했던 최고의 영화 장면 속 모습으로 초상화를 그려달라고 부탁한다. 그가 젊고 아름다운 콩스탕스 보나시외의 사랑을 얻기 위해 로슈포르와 결투를 벌이는 장면이다. 화가 루체로는 배우 고르마가 자신의 그림의 대상이 될 자격이 없는, 거드름만 피우는 엉터리 배우라고 여기지만, 거액을 받고 싶은 마음도 없지 않아서 이 일을 받아들인다. 약속된 날 고르마는 루체로의 넓은 화실에 도착하고, 영화 의상으로 갈아입은 후 한 손에 검을 들고 포즈를 취한다. 그러나 며칠 전부터 루체로가 로슈포르 역할로 내정해놓았던 모델의 모습이 보이질 않는다. 즉석에서 대역을 구하기 위해 고르마는 펠리시앙 미샤르라는 사람을 찾아오라고 시키는데, 그는 고르마의 집 관리인의 아들로 샤토뇌프 백작의 저택에서 마루에 초칠하는 일을 하고 있다. 첫번째 에피소드 끝.

두번째 에피소드 '로슈포르의 일격'. 드디어 첫번째 작업을 시작할 수 있게 되었다. 두 명의 결투자가 각각 자리를 잡고, 고르마는 미샤르가 목정맥을 노리며 그를 향해 내미는 무시무시한 비장의 일격을 능숙한 솜씨로 최후의 순간에 아슬아슬하게 피하는 척해야 한다. 바로 그때, 벌 한 마리가 아틀리에로 들어와 고르마 주위를 윙윙거리며 돌아다니기 시작하고, 갑자기 고르마가 손을 목으로 가져가며 주저앉아버린다. 다행히 같은 건물에 의사가 살고 있어 미샤르가 그를 부르러 뛰어간다. 몇 분후 의사가 도착해 벌침이 척추근을 찔러 마비로 실신 상태가 되었다고 진단하고 배우를 급히 병원으로 데려간다. 두번째 에피소드 끝.

세번째 에피소드 '살인을 부르는 독'. 고르마는 병원으로 옮기는 도중에 죽는다. 이 벌침의 급속한 살상 효과에 놀란 의사는 매장 허가를 거부한다. 사체 해부 결과 벌침은 실제로 아무 작용도 하지 않았다는 것이 판명된다. 고르마는 미샤르의 칼끝에 묻어 있던 극소량의 토파진에 의해 독살당한 것이다. 이 독극물은 남아메리카 인디언 사냥꾼들이 사용하는 화살독에서 유래한 것으로 '조용한 죽음'이라 불렸는데, 한 가지 흥미로운 특성을 지니고 있다. 최근에 바이러스성 간염에 걸렸던 사람에게만 작용한다는 것이다. 그런데 바로 고르마가 이 병을 앓은 적이 있었다. 이 일이 계획적인 살인이었음을 보여주는 이 새로운 증거로 인해 형사 반장 윈체스터 형사가 수사를 맡게 된다. 세번째 에피소드 끝.

네번째 에피소드 '세제스바르에게 들려준 이야기'. 윈체스터 반장은 조수인 세제스바르에게 이 사건에서 자신이 주목하고 있는 몇 가지 사실을 이야기한다.

첫째, 살인자는 배우 고르마와 아주 가까운 사람임에 틀림없다. 고르마가 최근에 바이러스성 간염을 앓았다는 사실을 알고 있었기 때문이다.

둘째, 범인은 무엇보다 다음과 같은 것을 손에 넣을 수 있는 사람이어야 한다.

a. 독극물 그리고 특히

b. 벌. 왜냐하면 이 사건은 12월에 일어났고, 12월에는 벌이 없으니까.

셋째, 범인은 미샤르가 사용한 칼에 접근할 수 있던 사람이어야 한다. 그런데 이 칼은 고르마의 것과 마찬가지로 화가 루체로의 화상畵商인 그로메크가 루체로에게 빌려준 것이며, 그로메크의 부인이 배우 고르마의 정부였다는 것은 잘 알려진 사실이다. 위와 같은 사실로부터 나름대로 동기가 있는 여섯 명의 용의자를 추정해볼 수 있다.

1. 화가 루체로. 자신이 경멸하는 사람의 초상화를 그려야만 한다는 사실에 깊은 상처를 받았다. 게다가 이 사건이 불러일으킬 스캔들은 그의 그림의 상품 가치를 높이는 데 매우 도움이 될 것이다.

2. 미샤르. 아주 오래전에 고르마의 어머니인 고르마 부인이 꼬마 펠리시앙 미샤르를 초대해 아들과 함께 방학을 보내게 한 적이 있다. 그후, 이 불쌍한 아이는 안하무인으로 그를 이용하는 배우 고르마에게 줄곧 모욕감을 느껴왔다.

3. 샤토뇌프 백작. 양봉가이기도 한 백작이 고르마 집안을 죽도록 증오해온 것은 익히 알려진 사실이다. 1793년 혁명 당시, 보장시 지역의 공안위원회 대표직을 맡고 있던 가티앙 고르마가 외드 드 샤토뇌프를 단두대의 이슬로 사라지게 했기 때문이다.

4. 화상 그로메크. 질투 때문에 그리고 그림의 광고효과를 위해.

5. 리즈 그로메크. 그녀는 자신보다 이탈리아 여배우 안젤리나 디 카스텔프랑코를 더 좋아했던 고르마를 결코 용서하지 않았다.

6. 그리고 끝으로 고르마 자신. 배우로서는 최고의 자리에 올랐지만 제작자로서는 자질이 부족하고 운이 없었던 그는 실제로 완전히 파산한 상태였고, 그의 마지막 초대형 작품에 절대적으로 필요한 은행의 지원을 얻는 데 실패했다. 타살로 위장한 자살은 막대한 생명보험금으로 자식들에게 원하는 수준의 유산을 남겨주는 동시에 명예롭게 무대를 떠날 수 있는 유일한 수단이었다. 네번째 에피소드 끝.

연재소설의 줄거리는 대략 이와 같으며, 이 이야기의 설정에 기여한 몇몇 직접적인 원천을 별 어려움 없이 확인해낼 수 있다. 『시앙스 에비』지에 실린 화살독에 관한 기사와 『프랑스 수아르』지에 실린 간염 전염병에 관한 기사, 고틀리브의 「뤼브리크 아 브라크(골동품란欄)」에 실린 부그레 경관과 그의 충실한 조수 샤롤의 모험담, 프랑스 영화계의 고질적인 재정 스캔들에 관한 몇몇 사회면 기사, 『르 시드』의 조숙한 독서, 애거사 크리스티가 쓴 『안개 속의 죽음』이라는 추리소설, 영어 제목은 〈노크 온 우드〉이고 프랑스어 제목은 〈한 줄기 광기〉인 데니 케이의 영화. 이 네 개의 에피소드는 반 학생 전체에게 가장 열렬한 환영을 받은 글 중 하나였다. 그러나 다섯번째 에피소드는 세 명의 공저자에게 어려운 문제를 가져다주었다. 결론적으로 다섯번째와 여섯번째 에피소드에서 범인은 루체로의 아틀리에 건물에 살고 있는 바로 그 의사라는 사실이 밝혀질 것이다. 물론 고르마가 파산하기 직전이라는 것은 맞다. 만약 그를 살해하려는 시도가 있고 그가 그 위기를 기적적으로 모면하는 일이 생긴다면, 틀림없이 일주일 만에 중단되었던 그의 마지막 작품의 촬영을 재개시키기에 충분한 광고효과가 있을 것이다. 의사인 보르베유 박사는 다름 아닌 그의 젖형제이며, 그는 이 의사와 공모해 그 음흉한 시나리오를 꾸며낸 것이다. 그런데 배우 고르마의 아들인 장 폴 고르마는 의사의 딸 이자벨을 좋아한다. 그러나 고르마는 그 결혼에 완강히 반대하는 입장이고, 의사는 반대로 호의적인 입장이다. 바로 이러한 이유로, 아들 장 폴 고르마는 고르마를 병원으로 옮겨가는 차량을 이용하기로 마음먹었고, 구급차 뒤칸에 아버지와 단둘이 남아 사람들이 미샤르의 검에만 주목하리라 확신하며 그를 토파진 주사로 독살시킨 것이다. 하지만 윈체스터 반장은 펠리시앙 미샤르가 대신해야 했던 역할의 원래 내정자였던 인물을 심문하는 과정에서 그가 역할을 취소하는 조건으로 돈을 받았다는 사실을 알게 될 것이고, 이러한 사실로부터 사건의 음모를 전체적으로 재구성하게 될 것이다. 추리소설의 일반적인 황금률 중 하나와 일치하지 않는 마지막 순간의 몇몇 폭로에도 불구하고, 이러한 풀이 방식과 마지막 반전은 전적으로 받아들일 만한 하나의 결말을 이루어낸다. 그러나 그 결말에 이르기 전에 세 명의 공저자는 다른 용의자들의 무죄를 밝혀주어야만 하는데, 어떻게 해야 할지 아직 잘 모르고 있다. 필리프 에몽은 『오리엔트 특급 살인 사건』에서처럼 모두가 범인이게 하면 어떻겠냐고 제안했지만, 다른 두 명은 단호히 거부했다.

제35장   수위실

클라보 부인은 1956년까지 이 건물의 수위였다. 그녀는 중간 키에 머리카락은 회색이었고 입술이 얇았으며, 늘 담배 색깔의 숄을 머리에 두르고 있었고, (파티가 있어 그녀가 탈의실을 맡아야 하는 날을 제외하고는) 항상 파란색의 작은 꽃무늬가 있는 앞치마를 두르고 있었다. 그녀는 마치 과거에 건물 주인이기라도 했던 것처럼 아주 정성스럽게 건물의 청결에 신경을 썼다. 그녀의 남편은 '니콜라' 포도주 가게의 배달부였는데, 모자를 귀까지 눌러쓰고 입가에는 담배꽁초를 문 채 당당하게 삼륜차를 끌고 파리 전역으로 배달을 다니는 인물이었다. 사람들은 하루 일과를 마치고 돌아온 그가 온통 잔금투성이인 베이지색 가죽점퍼 대신 당글라르가 그에게 남겨준, 플란넬로 안을 댄 상의로 갈아입고서 〈파리의 로망스〉, 〈라모나〉, 〈첫번째 데이트〉 같은 최신 유행가를 휘파람으로 흥얼거리며 아내를 도와 엘리베이터 동판을 반짝거리게 닦거나 현관의 커다란 거울을 닦고 있는 것을 종종 볼 수 있었다. 그들에게는 미셸이라는 이름의 아들이 있었는데, 바로 이 아이를 위해 클라보 부인은 윙클레에게 스모프로부터 한 달에 두 번씩 받는 소포에서 우표를 떼어달라고 부탁했었다. 그러나 미셸은 1955년 열아홉 살의 나이에 교통사고로 죽었다. 이듬해 클라보 부부가 이 건물을 떠난 것은 아마도 너무 이르게 찾아온 아들의 죽음과 무관하지 않을 것이다. 그들은 쥐라산맥에 은거했다. 모렐레는 이들 부부가 그곳에 카페를 차렸으나 클라보 씨가 술을 팔 생각은 않고 자기가 다 마셔버려 곧 파산에 이르렀다고 오랫동안 주장했다. 그러나 그것은 확인된 것도 부정된 적도 없는 하나의 소문일 뿐이다.

그들 부부의 뒤를 이어 수위가 된 사람은 노세르 부인이었다. 당시 그녀는 스물다섯 살이었다. 바로 얼마 전에 남편을 잃은 처지였는데, 남편은 그녀보다 열다섯 살이 많은 직업 군인이었고 계급은 상사였다. 그는 알제리에서 테러가 아닌 위염으로 죽었는데, 사인은 고무 성분 과다 복용이었다. 그런데 그의 위 안에는 껌과 같은 고무—그렇게 해로울 것까지는 없는—가 아니라 지우개 고무의 작은 조각이 잔뜩 들어 있었다. 이름은 앙리 노세르였고, 당시 제10군 관구 통합 참모대 병력 담당부 산하 '기획 연구' 사단의 '통계' 담당 소대인 정보부 95소대에서 부소대장의 부관직을 맡고 있었다. 그의 업무는 1954~55년까지는 별로 어렵지 않았으나 징집병을 소집하면서부터는 점점 더 일이 많아졌다. 앙리 노세르는 끝이 안 보이는 계산을 수없이 되풀이하면서 흥분과 과로로 인한 스트레스 때문에 연필을 조금씩 빨고 고무지우개를 씹기 시작했다. 이러한 고무 섭취 행위는 한도를 넘지 않는 한 인체에 무해하지만 과다 섭취할 경우 해가 될 수 있는데, 무의식적으로 삼킨 아주 작은 고무 조각이 장내 점막에 궤양과 손상을 일으키기 때문이다. 고무 조각은 검출이 불가능한 만큼 더 위험하고, 그렇기 때문에 제때 정확한 진단을 내리는 것이 불가능했다. '위장장애'라는 이유로 입원하기는 했지만, 노세르는 의사들이 병의 원인을 정확히 알아내기도 전에 죽어버렸다. 사실 3개월 사이에 오랑의 신병 편입 사무국의 올리베티 특무상사와 콩스탕틴 수송 부대의 마르그리트 중사 대리가 거의 동일한 조건에서 똑같아 보이는 이유로 죽지 않았다면 그의 사례는 의학계의 불가사의로 남았을지도 모른다. 이러한 사례에서 '세 중사 증후군'이라는 병명이 생겨났으며, 이는 군사 계급의 관점에서 볼 때 전혀 정확한 것은 아니지만 이러한 유형의 증상에 대해 설명할 때 계속 사용할 수 있을 만큼 충분히 설득력 있는 것이었다.

노셰르 부인은 이제 마흔네 살이다. 그녀는 키가 아주 작고 약간 통통하며, 수다스럽고 서글서글한 편이다. 그녀는 일반적인 수위 이미지와는 전혀 딴판이다. 고래고래 소리를 지르지도 않고, 혼자서 중얼거리지도 않으며, 이 건물에 사는 개나 고양이에게 날카로운 목소리로 욕을 해대지도 않는다. 또 외판원들을 내쫓지도 않고(어쩌면 이것은 몇몇 집주인과 세입자가 불만스러워하는 부분일지도 모른다), 하녀처럼 맹종하지도 않으며, 욕심이 많지도 않고, 하루 종일 텔레비전을 켜놓지도 않고, 아침이나 일요일에 쓰레기를 버리러 내려오는 사람들이나 발코니에 화분을 기르는 사람들에게 화를 내지도 않는다. 그녀에게는 그 어떤 천박함도 보이지 않는데, 사람들이 그녀에 대해 못마땅해할 만한 단 한 가지는 아마도 그녀가 너무 말이 많다는 것, 약간은 성가시기까지 하다는 것, 즉 항상 이 사람 저 사람의 이야기를 다 알고 싶어하고 항상 동정하고 도와주고 해결책을 찾아줄 준비가 되어 있다는 것이다.

이 건물 주민 중 한 사람은 그녀를 정말 싫어한다. 바로 알타몽 부인인데, 지난 여름에 일어난 일 때문이다. 알타몽 부인은 여름휴가를 떠났었다. 정돈과 청결에 대한 염려가 가장 큰 특징인 그녀는 냉장고를 모두 비우고, 남은 음식을 수위 노셰르 부인에게 주었다. 버터 8분의 1조각과 신선한 강낭콩 1파운드(500그램), 레몬 두 개, 까치밥나무 열매 잼 반통, 신선한 크림 남은 것 약간, 체리 몇 알, 우유 조금, 치즈 조각 몇 개, 여러 종류의 양념용 야채와 불가리아식 요구르트 세 개. 그러나 몇 가지 불분명한 이유로, 아마도 남편이 늦게 돌아온 탓에 예정 시간에 떠나지 못한 알타몽 부인은 집에 24시간을 더 머물러야 했다. 그러자 노셰르 부인에게 다시 가서 정말 아주 난처한 어조로, 그날 저녁 먹거리가 아무것도 없으니 아침에 준 신선한 강낭콩을 돌려받으면 좋겠다고 설명했다. 하지만 노셰르 부인은 "그 콩은 껍질을 벗겨서 불 위에 올려놓았는데요"라고 대답했다. "그럼 어쩌지요?" 알타몽 부인이 물었다. 노셰르 부인은 요리한 강낭콩과 알타몽 부인이 준 식료품을 직접 알타몽 부인 집으로 올려다 주었다. 다음날 아침 알타몽 부인은 정말로 떠나면서, 다시 남은 음식을 가지고 노셰르 부인에게 내려갔다. 그러나 수위는 정중하게 거절했다.

아무런 과장 없이 한 번 이야기된 이 사건은 건물 전체로, 그리고 곧 온 동네로 빠르게 퍼져나갔다. 그 후 알타몽 부인은 소유주 모임에 한 번도 빠지지 않고 참석해 가지가지 이유를 대가며 노셰르 부인을 해고시켜야 한다고 주장했다. 건물 관리인, 그리고 언젠가 모렐레의 입장을 옹호한 일 때문에 이 수위를 용서하지 못하는 인도사라사 상인 플라세르 등이 그녀의 주장을 지지하고 나섰지만, 대다수는 매번 그날의 회의 기록에 이 문제를 올리는 것 자체를 거부했다.

노셰르 부인은 수위실에 있다. 그녀는 건물 입구의 조명에 관계되는 퓨즈를 갈고 발판에서 내려온다. 수위실은 12제곱미터가량 되는 방으로, 밝은 녹색으로 칠해져 있고, 바닥에는 붉은색 육각 기와가 깔려 있다. 나무 살로 엮은 칸막이가 방을 둘로 나누고 있다. 칸막이벽 저쪽의 보일까 말까 하는 '방'에는 기퓌르 레이스 침대보가 덮인 침대가 있고 개수대와 작은 온수기, 대리석 위에 만들어 놓은 화장대, 아주 작고 촌스러운 서랍장 위에 놓인 불판 두 개짜리 조리 기구, 상자와 가방으로 가득 찬 여러 칸의 선반이 있다. 그리고 본래의 수위실에 해당하는 공간에는 탁자가 하나 있고, 그 위에는 화분 세 개—지나치게 마르고 퇴색한 분꽃과의 열대식물은 수위의 것이고, 훨씬 더 건강해 보이는 인도고무나무 두 그루는 2층 오른쪽 아파트에 사는 루베 씨네 것으로 현재 여행 중이라 그녀에게 맡겼다—와 저녁때 배달된 우편물이 놓여 있다. 우편물 중에서도 특히 모로 부인이 보는 『주르 드 프랑스』지가 눈에 들어오며, 그 표지에는 유람선 위에서 팔짱을 끼고 서 있는 지나 롤로브리지다와 제라르 필리프, 르네 클레르의 모습이 보이고 '20년 전 〈밤의 미녀들〉은 칸을 정복했다'라는 문구도 보인다. 노셰르 부인의 개—부디네라는 이름의 통통하고 영리해 보이는 쥐 잡는 작은 개—는 또다른 탁자 아래 누

234

위 있다. 노세르 부인은 광석으로 된 이 작은 탁자 위에 식기를 올려놓는
다. 평평한 접시와 오목 접시, 칼, 숟가락, 포크, 다리 달린 잔이 있고 그
옆에는 구불구불한 두꺼운 종이 포장 속에 담긴 달걀 열두 개 꾸러미 하
나와, 밀짚모자를 쓴 니스의 여인들로 장식된 박하마편초 봉지 세 개가
놓여 있다. 칸막이벽을 따라 업라이트 피아노가 놓여 있는데, 최근 의학
공부를 마친 수위의 딸 마르틴이 10년 동안 이 피아노로 〈터키 행진곡〉,
〈엘리제를 위하여〉, 〈아이들이 노는 골목〉, 폴 뒤카의 〈어린 당나귀〉를
성실하게 두드렸었다. 하지만 이제는 완전히 닫혔고, 그 위에는 제라늄
화분과 챙 없는 하늘색 모자가 놓여 있다. 또 텔레비전이 있고, 그 옆에
6층 오른쪽 아파트에 사는 주느비에브 플로의 갓난아기가 주먹을 꼭 쥐
고 잠들어 있는 요람이 있다. 그녀는 이 아기를 매일 아침 8시에 수위에
게 맡기고, 저녁때 집으로 돌아와 목욕을 하고 옷을 갈아입은 뒤 8시가
돼서야 데려갔다.

　구석 벽에 붙어 있는, 화분이 놓인 탁자 위쪽에는 나무판 하나가 걸
려 있고 거기에 박힌, 번호가 매겨진 고리 못에는 열쇠 꾸러미가 걸려 있
다. 그리고 중앙난방의 안전장치 사용법을 설명하는 인쇄물 한 장과 아
마도 어느 카탈로그에서 잘라낸 듯한, 커다란 외알 보석이 박힌 반지의
컬러사진 한 장이 붙어 있고, 정사각형 천에 수놓은 자수 한 점도 걸려 있
다. 이 자수의 내용은 일반적인 기마 수렵이나 대운하 위에서의 가면무
도회 등에 비해 좀 새다른 것으로, 거대한 서커스 천막극장 앞에서의 행
렬을 보여준다. 오른쪽에는 곡예사 두 명이 있는데, 그중 키가 6피트나
되고 커다란 머리에 균형 잡힌 어깨, 대장간의 풀무처럼 부풀어오른 가
슴, 12년 된 묘목처럼 굵은 다리, 기계의 지주 같은 팔, 작두 같은 손을 가
진, 포르토스처럼 거대한 몸집의 남자가 팔 끝으로 두번째 남자를 받치
고 있다. 스무 살의 이 두번째 남자는 작고 호리호리하고 말랐으며, 체중
은 파운드로 따져도 첫번째 남자의 체중에서 4분의 1정도가 모자란다.
가운데에는 여왕을 둘러싸고 다양한 재주넘기를 선보이는 난쟁이 무리
가 있는데, 여왕 노릇을 하는 여자난쟁이는 개와 같은 용모를 가졌으며
페티코트 위에 드레스를 입고 있다. 끝으로 왼쪽에는 조련사와 한쪽 눈

235

에 검은 눈가리개를 한 작은 남자가 있으며, 이 남자는 검은색 웃옷에 허름한 옷차림을 하고 있지만 긴 술이 달린 챙 넓은 근사한 펠트모자가 등에 경쾌하게 매달려 있다.

제36장   계단
              5

3층 층계참. 알타몽 부부의 아파트 문은 열려 있고, 대리석으로 된 육각형의 장식 화분 위로 솟아 있는 키 작은 오렌지나무 두 그루가 문 양쪽에 둘러싸듯 놓여 있다. 그 문으로, 분명 연회 시간보다 너무 일찍 도착한, 집안의 오랜 친구 하나가 나오고 있다.

그는 헤르만 푸거라는 이름의 독일인 사업가로, 제2차 세계대전 직후 캠핑 용품을 팔아 재산을 모았고 그 후 찢어지지 않는 카펫과 그림 벽지 사업으로 업종을 전환했다. 그는 더블 재킷을 입고 있는데, 장밋빛 물방울 무늬가 있는 보라색 스카프가 재킷의 간소한 분위기를 무마하는 듯 보인다. 그는 더블린에서 발간되는 한 일간지—『더 프리 맨』—를 겨드랑이에 끼고 있는데, 다음과 같은 큰 표제가 눈에 띈다.

NEWBORN POP STAR WINS PIN BALL CONTEST [1]

신문에 삽입된 작은 크기의 여행사 광고 전단도 읽을 수 있다.

```
EGYPT        [2]
ITS SUN
ITS EVENINGS
ITS FIRMAMENT
```

---

1. 신예 팝스타 핀볼 시합에서 우승하다.   2. 이집트 / 그 태양 / 그 저녁 / 그 창공.

사실 헤르만 푸거는 일부러 일찍 왔다. 아마추어 요리사인 그는 사업 때문에 화덕 주위에서 더 많은 시간을 보낼 수 없는 현실을 늘 아쉬워했고 요리 예술에 전념하며 살 수 있게 될 날을, 점점 더 불가능해 보이는 그날을 꿈꾸고 있다. 그래서 그는 오늘 저녁 공표하기를, 세상에서 가장 섬세한 무릎 관절 근육을 가진 멧돼지 넓적다리 고기에 맥주를 곁들인 그만의 독창적인 요리를 선보이겠다고 제안했는데, 알타몽 부부는 화가 나서 거절했다.

제37장   루베

1

2층 오른쪽에 있는 루베 부부의 아파트. 상류층 분위기의 거실. 아바나산 가죽으로 바른 벽. 그리고 언제든 불을 지필 준비가 된 움푹 들어간 벽난로와 그 앞에 깔아 놓은 육각형 깔개. 전축, 녹음기, 텔레비전, 영사기 등을 포함한 완벽한 시청각 기기 세트. 천연 가죽 띠를 댄, 제대로 구색을 갖춘 소파 세트. 소파는 황갈색과 계피 색, 탄 빵 색 등의 색조로 이루어져 있다. 작은 회갈색 육각 타일로 된 낮은 바둑판무늬의 탁자 위에는 주사위로 하는 포커 게임 기구가 든 장식용 수반과 양말 따위를 기울 때 쓰는 계란 모양의 기구 몇 개, 앙고스튜라 목피木皮로 된 작은 병 하나, 샴페인 마개 모양의 라이터, 샌프란시스코의 클럽 '다이아몬즈'에서 가셔온 광고용 성냥갑이 놓여 있다. 그리고 배船 모양이 채상이 있고, 그 위에는 이탈리아에서 수입한 현대적 스타일의 램프 스탠드가 있다. 검고 가느다란 금속 뼈대로 만들어진 이 스탠드는 어떤 자세로든 안정적으로 서 있을 수 있다. 붉은색 커튼이 드리워진 알코브[1]에는 여러 색깔의 작은 쿠션들로 뒤덮인 침대가 있고, 구석 벽에는 옛날 악기를 연주하는 음악가들을 그린 대형 수채화가 한 점 걸려 있다.

루베 부부는 여행 중이다. 그들은 스스로 원해서이기도 하지만 사업 때문에도 여행을 많이 한다. 루베는 우리가 떠올릴 수 있는, 그리고 그 자신이 스스로에 대해 갖고 있는 이미지와—어쩌면 너무나—비슷하

---

1. 벽면을 움푹 들어가게 만들어 침대를 들여놓은 곳.

다. 영국식 스타일에 프란츠 요제프 같은 콧수염을 기른 모습. 루베 부인은 마흔을 바라보는 매우 멋진 여인으로, 체크무늬의 노란 조끼와 짧은 바지 모양의 스커트, 가죽 벨트와 커다란 비늘 모양의 팔찌를 즐겨 착용한다.

거실의 사진 한 장은 안데스산맥의 마콘도 지역에서 곰 사냥을 하던 때의 부부의 모습을 보여준다. 그들은 일단 같은 부류라고 판단되는 다른 한 부부와 포즈를 취하고 있다. 그들 넷은 모두 주머니가 많이 달린 카키색 재킷을 입고 탄약통을 들고 있다. 앞쪽 땅바닥에 무릎을 꿇고 손에 엽총을 들고 있는 루베가 보이고, 그 뒤에는 그의 아내가 간이 의자에 앉아 있으며, 그 의자 뒤에 다른 부부가 서 있다.

사진 속의 다섯번째 인물은 아마도 그들과 동행한 안내원인 듯하며, 약간 떨어져 서 있다. 머리를 아주 짧게 깎은 키가 큰 남자로, 미군 병사 같은 모습이다. 2차 세계대전 때 영미군 병사들이 입었던 미채迷彩 전투복을 입고 있는 그는 표지에 그림이 그려진 『엘 크리멘 피라미달』이라는 제목의 값싼 추리소설을 읽는 데 완전히 정신이 팔려 있는 것처럼 보인다.

제38장   엘리베이터 기계실
                    1

엘리베이터는 여느 때처럼 고장나 있다. 이제껏 한 번도 제대로 작동된 적이 없었다. 운행을 개시한 지 몇 주도 지나지 않은 1925년 7월 14일과 15일 사이 밤에도 일곱 시간 동안 고장난 채로 정지해 있었다. 그 안에는 네 사람이 타고 있었는데, 이를 빌미로 보험회사는 수리비 보상을 거부했다. 엘리베이터의 제한 중량은 세 사람 또는 200킬로그램이었기 때문이다. 피해자 네 명은 당시 플로라 샹피니라고 불렸던 알뱅 부인과 군복무 중이던 그녀의 약혼자 레몽 알뱅, 젊은 역사 선생이었던 제롬 씨, 그리고 세르주 발렌이었다. 그들은 그날 저녁 몽마르트르 언덕으로 불꽃놀이를 보러 갔고, 피갈, 클리시, 바티뇰을 걸어 지나오면서 거의 모든 술집을 거치며 딥딥한 백포도주와 매우 신선힌 분홍빛 포도주를 걸쳤다. 그래서 새벽 4시경 5층과 6층 사이에서 엘리베이터가 멈췄을 때 얼큰하게 취한 상태였다. 첫 순간의 두려움이 지나가자 그들은 수위를 불렀다. 클라보 부인이 수위로 일하기 전이었으므로 당시의 수위는 건물이 처음 지어졌을 때부터 그 일을 했던 나이든 스페인 여인이었다. 그녀는 아라냐 부인이라 불렸는데, 이름에 걸맞게[1] 작고 마르고 가무잡잡한 매부리코 여자였다. 그녀는 녹색 나뭇가지 무늬의 오렌지색 가운을 입고 나이트캡 대신 면양말 비슷한 것을 쓴 모습으로 나타나 그들에게 잠자코 있으라고 명령하더니, 몇 시간 내에 구조대가 올 거라는 기대는 버리라고 경고했다.

1. '아라냐'는 거미라는 뜻의 스페인어.

희미하게 동이 틀 무렵, 엘리베이터 안에 갇힌 젊은이 네 명—당시에는 네 사람 모두 젊었으니까—은 각자가 지닌 소지품을 조사했다. 플로라 샹피니의 가방 속에는 구운 헤이즐넛이 조금 남아 있어 다들 나눠 먹었는데, 곧 갈증이 일어 모두 후회하게 되었다. 발렌에게는 라이터가 있고 제롬 씨에게는 담배가 있어 몇 대씩 나눠 피웠지만, 이들에겐 마실 것이 더 필요했다. 레몽 알뱅은 블로트 카드놀이로 시간을 보내자며 기름때가 묻어 반들반들한 카드를 주머니에서 꺼냈지만, 곧 '클로버 잭'이 하나 없다는 것을 알게 되었다. 그러나 그들은 이 부족한 '잭'을 동일한 크기의 종잇조각으로 대체하기로 했고, 머리를 위쪽에 둔 모습과 아래쪽에 둔 모습이 동시에 표현돼 바로 보나 거꾸로 보나 똑같이 보이는 한 사람과 클로버 하나(♣), 커다란 V자 하나 그리고 잭의 이름까지 그 종이에 그려넣자고 했다. 발렌은 '발타르'라고 하자고 했고, 제롬 씨는 "아니! 오지에"라고 응수했다. 알뱅은 "안 돼요! 랑슬로예요!"라고 주장했다. 이들은 얼마 동안 목소리를 낮추고 논쟁을 벌였지만, 곧 반드시 잭의 이름을 정할 필요는 없다는 데 합의를 보았다. 그러고는 적당한 종잇조각을 찾았다. 제롬 씨는 자신의 명함을 하나 내놓았으나, 크기가 맞지 않았다. 명함보다 낫다고 판단한 것은 편지 봉투 조각이었는데, 그 편지는 발렌이 전날 저녁 바틀부스로부터 받은 것으로 다음날이 국경일이어서 일일 수채화 수업을 받으러오지 못할 거라는 내용이었다.(바틀부스는 몇 시간 전 그날 수업이 끝났을 때 이미 그에게 생생한 목소리로 그 이야기를 했었다. 이것은 어쩌면 바틀부스의 품행의 특징 중 하나였을 수도 있고, 또 어쩌면 더 단순하게, 그가 평소에 쓰고 싶어했던 청동색에 가까운 근사한 흐릿한 송아지 가죽 편지지를 마름모꼴 안에 새겨넣은 현대적 스타일의 모노그램과 함께 사용해보려는 의지에서 비롯된 일이었을 수도 있다.) 물론 발렌의 주머니에는 연필이 있었으므로, 사람들이 플로라의 작은 손톱 가위를 이용해 적당한 크기로 대강 봉투를 잘라내자 거기에 몇 개의 선으로 아주 그럴듯한 클로버 잭을 그려넣었다. 그러자 나머지 세 사람은 실물과의 유사성(레몽 알뱅), 그림 그리는 속도(제롬 씨), 그림의 아름다움(플로라 샹피니 양)에 반해 감탄의 휘파람을 불었다.

242

하지만 또 새로운 문제가 나타났다. 이 클로버 잭은 반짝거림 때문에 다른 카드와 너무 쉽게 구별되었다. 이는 그 자체로는 흠잡을 만한 것이 아니었지만, 블로트와 같이 잭이 꽤 중요한 역할을 하는 게임에서는 문제가 되었다. 유일한 해결책은 중요하지 않은 카드 하나를, 예를 들면 클로버 세븐 같은 카드 하나를 클로버 잭으로 변형시키고 또다른 편지 봉투 조각으로 클로버 세븐을 만드는 것이라고 제롬 씨가 말했다. "진작 생각했어야죠." 발렌은 투덜거렸다. 봉투가 충분하지 않기 때문이었다. 게다가 블로트 카드놀이 방법을 배우려고 기다리다 지친 플로라 샹피니는 잠들어버렸고 그의 약혼자도 따라서 잠이 든 상태였다. 발렌과 제롬 씨는 잠시 둘이서 블로트 놀이를 할까 고민했으나 둘 중 누구도 정말 하고 싶은 마음은 없는 듯했으므로 바로 포기해버렸다. 졸음보다도 갈증과 배고픔이 두 사람을 고문해왔다. 그들은 각자 자신이 경험한 가장 훌륭한 식사에 관해 이야기하기 시작했고, 서로 요리법을 주고받았다. 물론 제롬 씨는 요리법에 관한 한 누구도 넘볼 수 없는 권위자였다. 그는 중세 때부터 전해 내려왔다는 뱀장어 파테 요리에 필요한 재료를 끊임없이 열거했는데, 이번에는 발렌 역시 잠들고 말았다. 분명 다른 사람들보다 술을 더 많이 마셨고 좀더 놀고 싶었던 제롬 씨는 얼마 동안 그를 깨워보려고 했다. 그러나 성공하지 못했고, 그러자 시간을 때우기 위해 최신 인기곡을 콧노래로 부르기 시작했다. 점점 대담해진 그는 몇 주 진 샹젤리제 극장에서 열린 파리 공연에서 본 〈이이의 미법시들〉의 미지막 주제 부분일지도 모른다고 생각하며 어떤 멜로디를 즉흥적으로 만들어 불러댔다.

그의 이 즐거운 부르짖음은 이내 5층과 6층에 사는 사람들을 깨웠고, 결국에는 문밖으로까지 나오게 만들었다. 에베르 부인, 우르카드 부인, 두 뺨에 면도 크림을 잔뜩 바른 에샤르 할아버지, 실내복을 입고 레이스 달린 모자를 쓰고 술 달린 실내화를 신은, 콜롱브 씨의 여자 가정교사 제르베즈, 그리고 35년 뒤에 로르샤슈 부부가 하나로 터 살게 될 두채의 방 세 칸짜리 아파트 중 하나인 6층 왼쪽 집에 살고 있던 건물 소유주 에밀 그라티올레 등이 그들이었다.

에밀 그라티올레는 분명 까다로운 사람이었다. 다른 상황이었더라면 그는 틀림없이 네 명의 말썽꾼에게 그 자리에서 계약 해지를 통고했을 것이다. 하지만 바로 그날이 7월 14일 프랑스혁명 기념일이라는 사실이 그를 관대하게 한 것일까? 아니면 레몽 알뱅의 보병 제복이 그의 마음에 들었던 것일까? 아니면 플로라 샹피니의 뺨에 물든 야릇한 홍조가? 어쨌든 그는 엘리베이터의 두 문짝을 밖에서 떼어낼 수 있게 해주는 수동 장치를 작동시켰고, 네 명의 시끄러운 젊은이가 엘리베이터의 좁은 공간에서 빠져나오도록 도와주었으며, 고소하겠다거나 벌금을 부과하겠다는 식의 질책 없이 그들을 잠자리로 보냈다.

제39장 　　　　　 마르시아
　　　　　　　　　 3

레옹 마르시아는 골동품 가게 여주인의 남편으로 지금 그의 방 안에 있
다. 그는 병들고 야위고 허약한 노인이며, 얼굴색은 거의 회색에 가깝고,
손에는 뼈마디가 불거져 있다. 그는 잠옷 바지와 깃 없는 셔츠를 입고 두
드러진 어깨에는 오렌지색 체크무늬 스카프를 걸쳤으며, 머리에는 프리
지아 모자[1]와 비슷한 모양의 일종의 레이스 모자를 쓴 채 검은 가죽소파
에 앉아 있다.

　　텅 빈 시선으로 느리게 움직이는 이 생기 없는 노인은 아직까지는
대부분의 경매인들과 예술품 상인들 사이에서 몇몇 분야에 관한 한 세
계 최고의 전문가로 꼽히고 있다. 그 분야는 프로이센 제국과 오스트리
아-헝가리 제국 시대의 화폐와 메달, 중국 청조의 도자기, 르네상스 시
대의 프랑스 판화, 고대 악기, 이란과 페르시아만[米] 지역의 기도용 휴대
융단 등 다양하다. 그의 명성은 그가 『저널 오브 더 워버그 앤드 코톨드
인스티튜트』지에 일련의 논문을 발표했던 1930년대 초에 확고해졌다.
그는 논문들에서, 레오나르 고티에의 작품으로 여겨지고 있으며 1899년
소더비 경매에서 팔린 〈아홉 명의 뮤즈〉라는 제목의 작은 판화 시리즈
가 실제로는 셰익스피어 작품의 가장 유명한 여주인공 아홉 명—크레
시다, 데스데모나, 줄리엣트, 맥베스 부인, 오필리아, 포샤, 로잘린드, 티
테이니아, 바이올라—을 나타낸 것이며 잔 드 셰나니의 작품이라고 밝
혔다. 이러한 추정은 곧바로 센세이션을 불러일으켰는데, 왜냐하면 그

245

때까지 셰나니라는 화가의 작품은 전혀 알려지지 않았고, 단지 그녀의 이름의 모노그램과 홈베르트가 작성해 자신의 논문 『판화와 소형 목판화의 기원과 발달에 관한 역사적 소고』(베를린, 1752, 국배판)에 실은 전기적 사실이 그녀에 대한 정보의 전부였기 때문이다. 홈베르트의 논문은 이 여류 화가가 1647년에서 1662년 사이에 브뤼셀과 엑스라샤펠[2]에서 작업했다고, 불행하게도 아무 근거도 인용하지 않은 채 단정했다.

　　레옹 마르시아는—아마도 이것이 가장 놀라운 사실일 텐데—완벽하게 독학했다. 그는 겨우 아홉 살 때까지만 학교에 다녔다. 스무 살이 되어서야 그는 글을 읽을 수 있었고, 그의 유일한 읽을거리는 『라 벤』이라는 경마 일간지였다. 당시 그는 그랑드아르메 거리에 있는 경주용 자동차를 조립하는 자동차 정비공장에 다니고 있었는데, 이 공장의 차들은 한 번도 우승한 적이 없었을 뿐 아니라 거의 매번 사고를 냈다. 그래서 머지않아 공장은 완전히 문을 닫았고, 마르시아는 약간의 저축만으로 아무 일 없이 몇 달을 보냈다. 그는 '아베롱 호텔'이라는 값싼 호텔에 묵었다. 아침 7시에 일어나 호텔의 작은 카페에서 『라 벤』지를 훑으며 뜨거운 블랙커피를 마셨고, 다시 방에 올라가 그사이에 정돈된 침대에 길게 누워 잠깐 동안 낮잠을 잤다. 신발로 털이불을 더럽히지 않도록 침대 발치에 신문을 펴놓는 배려도 잊지 않았다.

　　아주 저렴한 생활비로도 충분히 지낼 수 있는 마르시아는 이런 식으로 몇 년을 보낼 수도 있었을 것이다. 하지만 이듬해 겨울 그는 병이 들었다. 의사들은 결핵성 늑막염의 일종이라고 진단했고, 산에 가서 지낼 것을 강력히 권했다. 물론 요양소에서 장기 체류할 만한 비용이 없던 마르시아는 '피슈터호프 다스코나'라는, 스위스 남부 티치노에 있는 세계에서 가장 비싼 요양소에 급사로 취직함으로써 문제를 해결할 수 있었다. 바로 거기서 그는 일을 끝낸 뒤 주어지는 오랜 휴식 시간을 메우기 위해, 그리고 그 시간을 헛되이 보내지 않기 위해 나날이 커가는 즐거움 속에서 손에 잡히는 모든 것을 읽기 시작해 요양소를 자주 애용하는 여러 국적의 부유한 손님들—소고기 통조림 업계나 파라고무나무 업계나

---

2. 현재 독일 아헨Aachen의 프랑스식 이름.

강철 업계의 일인자 혹은 일인자의 아들들—에게 책을 빌리기에 이르렀다. 그곳에서 처음 읽은 책은 자크 드 라크르텔의 『실베르만』이라는 소설로, 그 전해 가을에 페미나 상을 받은 작품이다. 두번째 작품은 콜리지의 『쿠빌라이 칸』으로, 영불 대역對譯 비평서였다.

> "쿠빌라이 칸이 도원경에
> 위풍당당한 이궁離宮을 세웠다……."

레옹 마르시아는 4년 동안 족히 천 권은 되는 책을 읽었고, 6개 국어, 즉 영어, 독일어, 이탈리아어, 스페인어, 러시아어, 포르투갈어를 배웠다. 특히 포르투갈어는 11일 만에 자유롭게 구사하게 되었는데, 파가넬이 자기에게 스페인어를 배우게 해준 책으로 착각했던 카몽이스의 『우스 루지아다스』[3]를 통해서가 아니라, 디에고 바르보사 마차도의 『비블리오테카 루시타나』의 제4, 5권을 통해서였다. 그는 루가노의 한 서점에서 상자에 일부가 빠진 채로 들어 있던 이 책을 단돈 10상팀에 가져왔다.

배우면 배울수록 그는 좀더 배우고 싶어졌다. 그의 열정은 그의 집중력만큼이나 무한한 것 같았다. 그는 한 번 읽은 것은 영원히 기억했고, 그리스어 문법서와 폴란드 역사서, 25편으로 이루어진 서사시, 검술 교본과 원예 교본, 대중소설, 백과사전을 모두 동일한 정도의 신속함과 탐욕, 지적 능력으로 소화했다. 그리고 그중에서도 특히 백과사전을 편애했다.

247

1927년, 피스터호프 요양소의 몇몇 입원자들은 피스터 씨의 주도하에 돈을 각출해 마르시아가 원하는 공부에 전념할 수 있도록 일종의 연금을 마련해주었다. 당시 서른 살이었던 마르시아는 거의 3개월 내내 에흐렌펠스, 슈펭글러, 힐버트, 비트겐슈타인 사이에서 주저했으나, 그리스 조상술彫像術에 대한 파노프스키의 강연을 들으러갔다가 자신의 천직은 미술사美術史라는 것을 깨닫고 곧바로 런던으로 건너가 코톨드 학교에 등록했다. 그로부터 3년 뒤, 알다시피 그는 미술품 감정계에 떠들썩하게 입문했다.

3. 1572년 카몽이스가 지은 포르투갈의 애국적 서사시.

항상 쇠약했던 그는 거의 전 생애를 방 안에서 지내야 했다. 오랫동안 그는 런던과 워싱턴과 뉴욕의 호텔에서 지냈다. 이런저런 세부 사항을 확인하러 도서관이나 박물관에 갈 때 외에는 거의 나다니지 않았고, 침대나 소파에 몸을 묻은 채 점점 의뢰 건수가 많아지는 감정서를 작성했다. 아트리 미술관의 '하드리아나' 컬렉션('하드리아누스의 천사'라는 별칭으로 더 잘 알려진 작품들)이 가짜라는 것을 밝혀낸 사람도, 프릭 컬렉션에 포함된 새뮤얼 쿠퍼의 미니어처들의 정확한 연보를 작성해낸 사람도 바로 그다. 그리고 이 미니어처들에 관한 일을 하던 중 그는 훗날 아내가 될 여자를 만났다. 그녀는 미국으로 이민 온 폴란드계 유대인의 딸 클라라 리히텐펠트로, 그 박물관에서 연수를 하고 있었다. 그보다 열다섯 살이나 어렸지만 그들은 몇 주 후 결혼을 했고 프랑스에 가서 살기로 결정했다. 그들이 파리에 도착해 시몽크뤼벨리에 거리에 정착한 지 얼마 안 되었을 때인 1946년에 아들 다비드가 태어났다. 마르시아 부인은 이 거리에 있는 옛 마구 가게 자리에 골동품 가게를 차렸는데, 이상하게도 그녀의 남편은 이 가게에 한 번도 흥미를 보이지 않았다.

레옹 마르시아는—이 건물의 다른 몇몇 주민처럼—몇 주째 자기 방에서 꼼짝도 하지 않고 있다. 그는 우유와 버터 비스킷과 건포도 비스킷만 먹고, 라디오를 듣고, 또 오래된 미술 잡지를 읽거나 읽는 시늉을 하며 시간을 보낸다. 그의 무릎 위에는 『아메리칸 저널 오브 파인 아츠』라는 잡지가 놓여 있고 발치에는 또다른 두 권의 잡지, 유고슬라비아 잡지인 『유메트노스트』와 『벌링턴 매거진』이 놓여 있다. 『아메리칸 저널』지의 표지에는 오래된 훌륭한 미국 판화 한 점이 실려 있는데, 금색과 붉은색, 녹색, 남색으로 빛나고 있다. 이 판화는 바로크 스타일의 커다란 램프와 근사한 배장기排障器가 달린 거대한 석탄 기차를 표현한 것이다. 기차는 폭풍우가 몰아치는 밤에 엷은 보라색 차량들을 끌고 초원을 지나고 있으며, 불빛이 총총하고 곧 사라질 것 같은 어두운 구름의 무리에 검은 연기의 소용돌이를 더하며 달리고 있다. 『벌링턴』지를 거의 대부분 가리고 있는 『유메트노스트』지의 표지에는 메글레페트 에제르라는 형

가리 조각가의 작품이 사진으로 실려 있는데, 직사각형의 금속판이 서로 연결되어 열한 개 면의 입체를 구성하는 작품이다.

　레옹 마르시아는 거의 대부분의 시간을 말없이 가만히 앉아 추억에 잠겨 보낸다. 그런데 그 추억의 어떤 한 조각이 깊고 섬세하고 놀라운 기억의 바닥에서 솟아올라 며칠 전부터 그를 떠나지 않고 있다. 그것은 장 리슈팽이 죽기 바로 얼마 전에 그 요양소에 와서 했던 강연에 대한 것이다. 강연의 주제는 '나폴레옹의 전설'이었다. 리슈팽은, 자신이 어렸을 때는 사람들이 1년에 한 번씩 나폴레옹의 무덤을 열어 상이군인들에게 방부제로 보존된 황제의 얼굴을 보여주며 무덤을 순례하게 했다고 말했다. 그러나 이는 경탄보다는 공포심을 불러일으키기에 더 적합한 광경이었는데, 황제의 얼굴이 부풀어오르고 푸르스름했기 때문이다. 결국 그 무덤 개봉 행사는 폐지되었다. 다행히 리슈팽은 아프리카에서 군복무를 했던 종조부의 팔에 안겨 예외적으로 나폴레옹의 얼굴을 볼 기회가 있었는데, 앵발리드[4]의 감독관이 그의 종조부에게 특별히 무덤 개봉을 허락한 덕분이었다.

4. 나폴레옹의 무덤이 있는 프랑스 상이군인 기념관.

제40장 보몽
4

크림색의 넓적한 사각형 타일이 바닥에 깔려 있는 목욕탕. 벽에는 꽃무늬 비닐 벽지가 발라져 있다. 세면용 가구에는 어떤 장식도 되어 있지 않은데, 작은 원형 탁자만은 예외로, 조각된 철제 다리를 가지고 있고 무늬가 있는 대리석 원판에는 제1제정 시대 스타일로 보이는 청동 쇠시리가 둘러쳐져 있다. 그리고 그 판 위에는 도발적일 정도로 추한 모더니즘 스타일의 자외선 램프가 놓여 있다.

회전형 나무 옷걸이에는 등에 고양이의 옆모습과 스페이드 모양이 수놓인 녹색 새틴 가운이 걸려 있다. 베아트리스 브레텔에 따르면, 아직도 그녀의 할머니가 가끔씩 걸치곤 하는 이 가운은 '캣 스페이드'라는 이름의 미국 권투선수가 시합 때 입었던 것인지도 모르며, 이 권투선수는 할머니가 미국 순회공연 당시 만난 애인이었는지도 모른다. 그러나 안 브레델은 이 의견에 전적으로 반대했다. 1930년대에 캣 스페이드라는 이름의 흑인 권투선수가 있었던 것은 정확한 사실이지만, 그의 경력은 극히 짧았다. 1929년 여러 병과兵科 간의 권투시합에서 우승한 그는 군대를 떠나 프로에 입문했으나, 진 터니와 잭 딜레이니 그리고 이미 은퇴기에 접어든 잭 뎀프시에게 차례로 패했고, 결국 다시 군대로 돌아갔다. 따라서 베라 오를로바가 드나든 장소에 그 역시 드나들었으리라고 믿기는 어려우며, 또 비록 그들이 서로 만난 적이 있다 해도 편견이 심한 이 백인 러시아 여인이 한 흑인에게 몸을 내맡겼을 리 만무하기 때문

250

이다. 그가 아무리 멋진 헤비급 몸매를 갖고 있다 할지라도 말이다. 그러나 안 브레델의 의견 역시 그녀의 조모의 애정 행각과 관계된 수많은 일화에 근거한다. 이 가운은 어쩌면 그녀의 연인들 중 하나였던 뉴욕 카슨 칼리지의 역사 교수 아널드 플렉스너의 선물이었는지도 모른다. 그는 「타베르니에와 샤르댕의 여행, 스퀴데리에서 몽테스키외에 이르기까지 유럽에서의 페르시아의 이미지」라는 박사 학위 논문을 썼고, 동시에 여러 개의 가명으로—모티 롤런즈, 켁스 캐멀릿, 트라임 지니미위츠, 제임스 W. 런던, 하비 엘리엇—포르노그래피는 아니지만 꽤 적나라한 장면을 양념으로 넣은 추리소설을 발표한 작가다. 『피갈의 살인』, 『앙카라의 뜨거운 밤』 등이 그것. 그들은 신시내티나 오하이오에서 만났을 수도 있다. 그곳에서 베라 오를로바가 〈후궁으로부터의 유괴〉의 블론디네 역을 맡아 무대에 오른 적이 있기 때문이다. 안 브레델이 잠깐 언급하고 지나간 이야기에서 풍기는 성적 분위기와는 무관하게, 그녀에 따르면 고양이와 스페이드는 플렉스너의 가장 유명한 소설 『새라토가의 제7명마名馬』를 직접적으로 암시하는 것일 수도 있다. 경마장을 무대로 활약하는 한 소매치기범의 이야기를 다룬 이 소설은 능숙하고 유연한 솜씨 때문에 고양이라는 별명이 붙은 사람이 본의 아니게 한 범죄 사건에 휘말리게 되지만 교활하고 재치 있게 그것을 해결해내는 이야기이다.

보몽 부인은 이 두 가지 설명을 전혀 모르고 있다. 그녀로서는, 막상 자신의 가운의 출처에 대해서 일말의 언급도 한 적이 없다.

욕조의 가장자리는 무언가를 얹어놓을 수 있을 만큼 충분히 넓다. 거기에는 작은 병 몇 개와 주름 있는 하늘색 고무 목욕 모자, 장밋빛 스펀지 재료를 잘라 가는 끈으로 묶어 만든 지갑처럼 생긴 목욕용품 주머니, 휴지 한 장이 뚜껑의 길다란 틈새로 삐져나와 있는 반짝거리는 금속 직육면체 상자 하나가 놓여 있다.

안 브레델은 욕조 앞에 녹색 목욕 타월을 깔고 그 위에 엎드려 있다. 그녀는 흰색의 한랭사로 된 잠옷을 등 한가운데까지 걷어올리고 있다. 피부가 부풀어 울퉁불퉁 줄무늬가 나 있는 그녀의 엉덩이 위에는,

약 40센티미터 정도의 지름에 붉은 비닐천을 입힌 전기열 마사지 쿠션이 얹혀 있다.

한 살 아래인 베아트리스가 키가 크고 마른 체형인 반면, 안은 땅딸한 지방질 체형이다. 항상 자신의 몸무게에 대해 강박관념이 있는 안은 엄격한 다이어트를 하며―철저히 실천할 의지는 없다―진흙욕에서 증기욕까지, 두들기는 마사지가 포함된 사우나에서 식욕부진 알약까지, 침술에서 유사 요법까지 모든 자연적인 치료법을 받아왔다. 또한 메디신 볼[1], 가정용 체조 기구 운동, 빨리 걷기, 발바닥 부딪치기, 근육강화 기구 운동, 평행봉, 그 밖의 열량 소모 운동을 하며, 말총장갑, 마른호박, 회양목 방망이, 특수 비누, 경석, 명반 가루, 용담속, 인삼, 오이즙, 굵은 소금 등을 이용한 가능한 모든 종류의 마사지를 시험하고 있다. 현재 그녀가 쓰고 있는 이 치료법에는 다른 모든 것을 능가하는 한 가지 확실한 장점이 있는데, 이 치료를 받는 동안 동시에 자유롭게 다른 일을 할 수 있다는 것이다. 전기 쿠션이 그녀의 어깨와 등, 허리, 엉덩이, 허벅지, 배 위에서 효능 있다고 인정된 어떤 작용을 차례차례 해나가는, 매일 반복되는 이 70분의 시간을 이용해 그녀는 식이요법을 종합 검토한다. 그녀의 앞에는 '일반 식품 열량표'라는 제목의 작은 수첩이 놓여 있다. 수첩 안에 특수한 글자로 인쇄되어 있는 식품은 피해야 할 것들이다. 그녀는 이 수첩의 자료―치커리 20, 마르멜로 열매 70, 북해산 대구 80, 소의 허리 윗부분 고기 220, 건포도 290, 코코넛 620―와 어젯밤 게걸스럽게 먹은 음식의 이름과 정확한 양을 적어놓은 비망록―오직 이 용도를 위해서만 사용하는―자료를 비교하는 중이다.

설탕과 우유를 넣지 않은 차	0
파인애플 주스 한 잔	66
요구르트 한 병	60
호밀 비스킷 세 조각	60

1. 무거운 가죽 공으로 하는 근육 단련 운동.

간 당근	45
양 등살 고기(두 덩이)	192
기다란 호박	35
신선한 염소 치즈	190
마르멜로 열매	70
생선 수프(크루통[2]과 기름 반점 제거)	180
신선한 정어리	240
녹색 레몬을 곁들인 크레송[3] 샐러드	66
오베르뉴산 치즈	400
월귤나무 열매 셔벗	110

합계 1,714

이 명세서에 나타난 수치는 오베르뉴산 치즈의 열량에도 불구하고 누락이라는 심각한 실수만 없다면 꽤 정확한 것일 수 있다. 물론 안은 그녀가 아침, 점심, 저녁에 먹고 마신 것을 양심적으로 적어놓았다. 그러나 끝없는 식욕을 잠재우기 위해 식사 시간 사이에 냉장고와 찬장에서 슬쩍 꺼내 먹은 40~50그램의 음식은 전혀 계산에 넣지 않았다. 그녀의 할머니와 동생, 그리고 20년 전부터 이 식구의 살림을 돌보고 있는 가정부 라퓌앙트 부인은 그녀가 이런 짓을 하지 못하도록 모든 노력을 기울였고, 심지어 매일 저녁 냉장고를 비운 다음 먹을 만한 것을 모두 찬장 안에 집어넣고 맹꽁이자물쇠를 채워놓기도 했다. 그러나 아무 소용 없었다. 간식을 모두 빼앗긴 안 브레델은 뭐라 표현할 수 없는 분노를 느끼게 되었고, 밖으로 나가 카페나 친구들 집에서 그 억누를 수 없는 허기를 채우곤 했다. 이 경우 가장 심각한 것은, 안이 간식을 먹는다는 사실이 아니다. 이것은 오히려 많은 영양학자들이 체중 유지에 이로운 것으로 간주하는 것이며, 그녀가 표를 따라 하고 있는 식이요법에도 정확히 들어맞는 것이다. 또한 그녀는 할머니와 동생에게도 이러한 식사법을

2. 주사위 모양으로 자른 작은 빵 조각을 버터나 기름에 튀긴 것.　　　3. 잎이 매운 샐러드용 물냉이.

권했고, 식탁에서 일어나 나올 때는 놀라울 정도로 관용적인 모습을 보였다. 즉 그녀는 식탁 위에 빵이나 버터뿐 아니라 올리브, 회색 새우, 겨자 또는 선모仙茅 등과 같이 불분명하다고 판명된 음식이 놓여 있는 것조차 참지 못했지만, 밤에는 자다가 일어나 귀리 가루(350), 버터 바른 빵(900), 초콜릿 바(600), 속을 채운 브리오슈 빵(360), 오베르뉴산 굳은 치즈(320), 호두(600), 리예트(600), 그뤼예르산 치즈(380) 등을 뻔뻔하게 먹어치웠다. 사실상 그녀는 항상 무언가를 조금씩 먹고 있고, 오른손으로는 스스로에게 위로가 될 만한 계산을 하면서 동시에 왼손으로는 닭다리를 뜯어먹는다.

안 브레델은 이제 겨우 열여덟 살이다. 그녀는 동생만큼이나 공부를 잘한다. 동생 베아트리스는 꾸준히 책을 파고드는 타입으로—그리스어 일반 경시대회에서 일등상 수상—고대사나 어쩌면 고고학까지도 공부할 계획이지만 그녀는 이공계 쪽이다. 열여섯 살에 대학입학자격시험에 합격한 그녀는 최근 처음으로 응시한 국립 중앙기술학교 입학시험에서 7등을 했다.

안이 기술자로서의 자신의 소명을 발견한 것은 1967년 아홉 살 때의 일이다. 그해, 파나마의 유조선 '실버 글렌 오브 알바' 호가 104명을 태운 채 티에라델푸에고의 난바다에서 난파했다. 이 배의 조난 신호는 남대서양과 웨들 해에 몰아친 폭풍우로 제대로 수신되지 않아, 배의 위치가 제대로 전달되지 못했다. 2주 동안 아르헨티나의 해안 경비함과 칠레의 광역 재해방지 대책팀은 근처 해역을 지나는 선박의 도움을 받아 케이프혼과 나소의 수많은 작은 섬을 모조리 뒤졌다.

안은 흥미진진해하며 매일 저녁 신문에서 수색 관련 기사를 읽었다. 악천후로 인해 수색 작업이 상당히 느리게 진행되었고, 한 주 한 주 지날수록 생존자를 찾을 확률은 줄어들어갔다. 모든 희망이 사라지자, 주요 언론은 악천후 속에서도 혹시 있을지도 모르는 생존자들을 위해 불가능에 도전했던 구조대원들의 희생정신에 경의를 표했다. 몇몇 논평자들은 이 참사의 진정한 책임은 악천후가 아니라, 티에라델푸에고에 그리고 더 근본적으로는 지구 전역의 대기 조건이 어떻든 간에 조난당한 선박의 구조 신호를 충분히 잡을 수 있는 강력한 수신기가 존재하지 않는 현실에 있다고 주장했는데, 일리 있는 말이었다.

안 브레델은 이 기사를 오려 특별 노트에 붙였고, 얼마 후 이를 수업 중 맡게 된 발표의 소재로 삼았다. 그리고 그녀가 세계에서 가장 큰 무선 등대, 즉 반경 8,000미터 거리에서 발신된 메시지는 어떤 것이라도 포착할 수 있는 '브레델 탑'이라는 이름의 높이 800미터짜리의 안테나를 만들기로 결심한 것도 바로 이 기사들을 읽은 후이다.

대략 열네 살이 될 때까지 안은 여가 시간의 대부분을 '탑'의 설계도를 그리는 데 바쳤다. 탑의 무게와 강도를 계산했고, 수신 범위를 검토했으며, 최적의 설치 장소—트리스탄 다 쿠냐, 크로제 열도, 바운티 열도, 생폴, 마프르가리타테레사 제도 그리고 마지막으로 마다가스카르 섬 남쪽에 있는 프린스에드워드 제도—를 연구했고, 또 미래에 실현시킬 수 있는 모든 기적적인 구조활동 이야기를 아주 세세한 부분까지 만들어냈다. 물리학과 수학에 대한 그녀의 관심은 바로 이와 같은 신화적 이미지, 서리처럼 하얀 인도양의 안개 속에 솟아오른 방추형의 기둥에서 비롯되었다.

이공대학 수험 준비반 시절과 위성에 의한 원거리 통신의 발달은 그녀의 계획을 꺾고 말았다. 이 계획에 관한 자료로는 열두 살 때의 그녀의 모습이 찍힌 한 장의 신문 사진만이 남아 있는데, 거기서 그녀는 자신이 6개월에 걸쳐 완성한 모형 앞에서 포즈를 취하고 있다. 그 모형은 전축의 강철 픽업 바늘 2,715개를 극소량의 접착제로 붙여 만든 금속 안테나 구조물로, 레이스처럼 섬세하고 여자 무용수처럼 민감하며, 꼭대기에 366개의 소형 반사경식 수신기가 달려 있다.

255

제41장　　　　마르키조
　　　　　　　3

필리프 마르키조와 카롤린 마르키조 부부는 카롤린의 부모인 에샤르 부부가 썼던 방과 작은 부엌을 합쳤고, 쓸모없었던 현관에 해당하는 부분과 청소 도구를 넣어두는 벽장을 다시 합쳐 꽤 큰 방을 만들었다. 그리고 지금 그 방을 그들의 기획 업무를 위한 회의실로 사용하고 있다. 이것은 사무실이 아니라 브레인스토밍이나 그루폴로지 분야의 가장 최근 기술에서 영향을 받아 만든 방으로, 미국인들은 '인포멀 크리에이티브 룸'이라고 부르거나 축약해서 'I.C.R.(아이 시 아르)'라고 부르고 구어적 표현으로 'I see her(아이 시 허)'라고 부르기도 한다. 당사자인 마르키조 부부는 이 방을 자신들의 '메가폰', 자신들의 '코기토리움'이라고 부르며, 자신들이 팔아야 하는 음악과 관련해 '포프리'라고 부르기도 한다. 바로 이곳에서 그들의 홍보 활동의 주요 노선이 정해지고, 세부 사항은 라 데팡스의 한 고층 빌딩 18층에 위치한 그들의 기획사 사무실에서 조정된다.

　천장과 벽에는 하얀 비닐이 드리워져 있다. 그리고 바닥에는 몇몇 무술 고수들이 사용하는 것과 같은 스펀지 고무판이 깔려 있다. 벽에는 아무것도 걸려 있지 않으며, 가구는 거의 없다. 세븐업 야채 주스 캔과 무알코올 맥주(루트비어) 캔이 놓여 있는, 니스를 칠한 흰색의 낮은 장식장이 전부다. 그리고 섬세한 줄무늬를 이룬 모래에 자갈 몇 개가 더해진 '선禪' 스타일의 팔각형 화분이 하나 있고, 온갖 색깔과 온갖 모양의 쿠션이 무수히 널려 있다.

네 개의 물건을 중심으로 공간이 분할된다. 첫번째 물건은 청동 징으로, 프리츠 랑 영화의 크레디트 컷에 나오는 것과 크기가 거의 비슷한, 즉 사람의 키보다 좀더 큰 징이다. 이 징은 극동 아시아에서 온 것이 아니라 알제리에서 가져온 것이다. 세르반테스, 레냐르, 성聖 뱅상 드 폴 같은 인물이 수감되었던 옛 바르바리 지방의 악명 높은 도형장에서 죄수들을 불러모으는 데 쓰였던 것인지도 모른다. 어쨌든 여기에는 다음과 같은 아랍 글씨가 새겨져 있다.

이것은 바로 코란의 114개 장章 각각의 도입부에 있는 '관대하고 자비로운 신의 이름으로'라는 '알-파티하'로, 징 중앙에 새겨져 있다.

두번째 물건은 번쩍거리는 크롬으로 된 '엘비스 프레슬리' 주크박스다. 세번째 물건은 '플래싱 벌브스'라 불리는 특별한 모델 가운데 하나인 핀볼 게임기다. 이것의 몸체와 테이블에는 전기 플러그도 태엽도 계산기도 부착되어 있지 않다. 이것은 수없이 많은 작은 구멍이 뚫려 있는 거울로, 그 모든 구멍 뒤에 전구가 설치되어 전기 플래시와 연결되어 있다. 그리고 그 자체로는 보이지도 않고 소리도 들리지 않는 쇠구슬의 움직임은 아주 강렬한 빛의 반짝임을 만들어내는데, 어둠 속에서 이 기구로부터 3미터 정도 떨어져 있는 사람이 아무 어려움 없이 사전처럼 작은 글자를 읽을 수 있을 정도로 밝다. 이 기구의 바로 옆이나 앞에 있게 되면 아무리 보호 안경을 써도 '사이키델릭' 효과를 경험하게 되는데, 어느 히피 시인이 이를 두고 '별들의 교미'라고 표현했을 정도다. 여섯 사람이 이 기계 탓에 실명한 것으로 밝혀진 후 이 기계의 생산은 중단되었다. 그후 이 기계를 구하는 것이 매우 어려워졌는데, 일부 애호가들이 마약에 중독되듯 미립자 불빛에 중독되어 기계 네다섯 대를 빙 둘러놓고 한꺼번에 작동시키는 것을 즐기고 있기 때문이다.

257

네번째 물건은 신시사이저와 혼동되곤 하는 전자오르간으로, 구형 스피커 두 개가 옆에 놓여 있다.

마르키조 부부는 수중 접촉에 빠져 그들의 친구이자 손님인 두 사람이 기다리는 이 방에 아직 도착하지 않고 있다.

마직으로 된 정장에 맨발 차림으로 쿠션 위에 주저앉아 지포 라이터로 담배에 불을 붙이고 있는 젊은 남자는 스웨덴의 음악가 스벤드 그룬트비그다. 팔켄하우젠과 하제펠트의 후계자인 그는 후기 베버 음악의 대가로 아주 깊이 있고 은밀하면서도 복잡한 작품들을 작곡했는데, 그중 가장 유명한 작품 〈크로스드 워즈〉는 십자말풀이 퀴즈판과 유사한 특이한 악보로 이루어져 있다. 이 악보를 수직으로 읽든 수평으로 읽든 화음 시퀀스가 만들어지며, 시퀀스 내의 '검은 부분'은 휴지부를 나타낸다. 그러나 스벤드 그룬트비그는 좀더 대중적인 음악에 접근하고자 했다. 최근 작곡한 〈프라우드 엔젤스〉라는 오라토리오는 천사들의 타락 이야기를 기초로 한 것이다. 오늘 밤 모임에서는 타바르카 페스티벌에서 초연을 하기에 앞서 이 오라토리오 작품의 판매를 촉진시키는 방법을 연구하게 된다.

다른 한 사람은 바로 그 유명한 '호르텐스'인데, 훨씬 더 특이한 인물이다. 이 사람은 딱딱한 인상과 불안한 눈빛을 가진 30대 여인이다. 그녀는 전자오르간 근처에 웅크리고 앉아 이어폰으로 혼자 음악을 듣고 있다. 그녀 역시 맨발이며—이 방에 들어올 때는 신발을 벗는 것이 아마도 이 집의 규칙인 것 같다—플린트 유리 장신구가 달린 흰 끈으로 장딴지 부분과 허리 부분을 동여맨 카키색의 긴 비단 바지를 입고 있고, 수많은 작은 모피 조각으로 만든 볼레로 스타일의 짧은 점퍼를 걸치고 있다.

1973년까지 '호르텐스'—이 이름은 원래 항상 인용 부호와 함께 쓰게 되어 있다—는 샘 호턴이라는 이름의 남자였다. 그는 뉴욕 출신의 작은 밴드 와스프스Wasps[1]의 기타리스트이자 작곡가였다. 이 그룹의 첫번째 노래인 〈컴 인, 리틀 네모〉는 『버라이어티』지 톱 50 차트에 3주간 머

258

1. 1970년대 미국의 펑키 록 그룹 'Wasp'를 상기시키는 이중적인 뜻을 지닌 단어로, '우리는 변태성욕자'라는 뜻도 되고 '앵글로색슨계 백인 신교도'라는 뜻도 된다.

물렀지만, 그 후속곡―〈서스키하나 마미〉, 〈슬럼베링 와바시〉, 〈미시시피 선셋〉, 〈디즈멀 스왐프〉, 〈아임 홈시크 포 빙 홈시크〉―은 지극히 '1940년대적인' 매력에도 불구하고 기대했던 것만큼의 성공을 가져다주지 못했다. 따라서 밴드는 근근이 유지되었고, 출연 계약이 점점 더 줄어들면서 음반회사 책임자들이 항상 협의 중이라는 회신만을 보내오는 것을 불안 속에서 고통스럽게 경험해야 했다. 그즈음인 1973년 초, 샘 호턴은 치과 대기실에서 어떤 잡지를 훑어보다가 당당한 한 명의 여자가 된 인도의 어느 군 장교에 관한 기사를 우연히 읽게 되었다. 여기서 즉시 샘 호턴의 관심을 끈 것은, 사람이 자신의 성性을 바꿀 수 있다는 사실보다 이 희귀한 일을 보도한 기사 덕분에 잡지가 엄청난 판매 부수를 올렸다는 사실이었다. 유사한 논리를 이용해보고 싶은 유혹에 넘어간 샘 호턴은 성전환자로 이루어진 팝 그룹은 반드시 성공을 거두게 될 것이라고 확신하게 되었다. 물론 그는 다른 네 명의 동료를 설득하지 못했으나, 이 생각은 계속해서 그를 사로잡았다. 그에게 이러한 생각은 분명 광고 효과를 위한 것일 뿐만 아니라 그 자신의 어떤 필요에 따른 것이기도 했다. 결국 그는 적절한 외과 수술과 내분비선 시술을 받기 위해 모로코에 있는 한 특수한 개인 병원으로 홀로 떠났다.

'호르텐스'가 미국으로 돌아왔을 때, 그사이 새로운 기타리스트를 영입해 다시 인기 상승 가도를 달리고 있었던 것으로 보이는 그룹 '와스프스'는 그의 복귀를 거부했다. 그리고 열네 명의 음반 제작자는 그가 보낸 악보 원본을 '최신 히트곡의 단순한 복제'라고 평하며 돌려보냈다. 이것은 이후 몇 달 동안 계속될 궁핍한 시기의 시작이었으며, 이 기간 동안 그녀는 아침마다 여행사를 돌며 청소하는 일로 먹고살았다.

바닥까지 내려간 이러한 곤경 속에서―그녀의 음반 재킷 뒷면에 인쇄된 전기적 내용의 글에 따르면―'호르텐스'는 곡을 쓰기 시작했고, 아무도 자신의 곡을 부르려 하지 않자 마침내 자신이 직접 노래를 부르기로 결심했다. 쉰 듯하고 불안정한 그녀의 목소리는 모든 직업인들이 끊임없이 몰아내려 하는 바로 그 '뉴 사운드'를 이루어냈고, 그녀의 노래는 하루가 다르게 점점 더 열에 들떠가는 일부 대중의 막연한 불안감에 정확히 들어맞았다. 대중들에게 그녀는 곧 이 세상의 모든 불안정성을 나타내는 비할 데 없는 하나의 상징이 되었다. 그러자 피자 식당에 자리를 내주며 허물어지는 한 약초 판매점에 대한 향수 어린 이야기를 노래한 〈라임 블러섬 레이디〉라는 곡으로, 그녀가 이후 얻게 될 59개의 골든 디스크 중 첫번째를 며칠 만에 얻었다.

필리프 마르키조는 이 불안하고 불안정한 여인의 유럽과 북아프리카 지역 판권에 대한 독점 계약을 맺는 데 성공함으로써, 길지 않은 그의 경력에서 분명 가장 멋진 성공을 이룬다. 그러나 이 성공은 끊이지 않는 실종과 계약 파기, 자살 소동, 우울증, 법정 소송, 문란한 애정 행각, 요양, 가지가지 변덕 등으로 적어도 그에게 가져다주는 이익만큼 피해를 입히는 '호르텐스' 때문이 아니라, 뮤직홀에 자신의 이름을 알리기를 꿈꾸는 모든 이들이 그 후로 '호르텐스'가 소속된 바로 그 기획사에 들어오고 싶어한 데서 이룬 성공이었다.

제42장　　　　　계단
　　　　　　　　　　　　6

두 남자가 5층 층계참에 서 있다. 둘 다 50대쯤 되어 보이고, 둘 다 직사
각형 테 안경을 쓰고 있으며, 둘 다 바지, 상의, 조끼까지 모두 검은색인,
약간 커 보이는 정장차림이다. 또 둘 다 소프트칼라의 흰 와이셔츠에 검
은 넥타이를 매고, 검은 구두를 신고, 검은 둥근 모자를 쓰고 있다. 그러
나 등을 보이고 있는 남자는 캐시미어 타입의 날염 스카프를 매고 있고,
다른 남자는 보라색 줄무늬가 있는 장밋빛 스카프를 매고 있다.

　　이들은 방문 판매원이다. 첫번째 남자는 『해몽解夢의 새로운 열쇠』
라는 책을 파는데, 17세기 말 헨리 배릿이라는 한 영국인 탐험가가 마법
사 '야키'의 교육에 대해 모은 자료를 기초로 만든 책이라 주장하지만,
실제로는 몇 주 전 미드리드 대학에서 식물학을 전공하는 한 대학생이
작성한 것이다. 해몽의 열쇠 운운하는 발상에 깔려 있게 마련인 시대착
오적 성격과, 또 지겨운 열거를 미화하기 위해 이 스페인 사람의 상상력
이 시대적이고 지리적인 이국 취향을 강조하며 가미한 장식 문양들과는
별도로, 이 책에 제시된 여러 조합들은 꽤 놀라운 재치를 보여주고 있다.

　　　　　　　　곰　　＝괘종시계
　　　　　　　　가발＝소파
　　　　　　　　청어＝절벽
　　　　　　　　망치＝사막

눈雪 = 모자
달 = 구두
안개 = 재
구리 = 전화
햄 = 은둔자(늙은 멧돼지)[1]

두번째 판매원은 '신약성서의 증인들'교의 기관지인 『일어나라!』라는 작은 신문을 판다. 각 페이지에는 '인류의 행복은 무엇인가?', '성경의 67가지 진실', '베토벤은 정말로 귀가 먹었던 걸까?', '고양이의 신비와 마법', '바르바리아 무화과나무의 효험을 깨달으시오' 등의 몇 가지 기본 기사가 보이고, '너무 늦기 전에 움직이시오!', '인생은 우연히 나타난다', '스위스의 결혼 감소 현상' 같은 몇 가지 일반 정보, 그리고 '스타투라 주스타 에트 아이쿠아 신트 폰데레'[2]식의 몇몇 경구도 보인다. 페이지 사이사이에는 비밀 우송을 보장하는 위생 품목 광고전단이 슬쩍 끼어 있다.

262

1. 'solitaire'는 은둔자 이외에 혼자 떨어져 사는 '늙은 멧돼지', '외알박이 다이아몬드'란 뜻도 있다.

2. 레위기 19장 36절 참조. "공평한 저울과 공평한 추를 사용하라."

제43장　　　　　　　　　풀로
　　　　　　　　　　　　2

6층 오른쪽의 한 방. 이곳은 폴 에베르가 체포될 때까지 지냈던 방으로, 담뱃불로 지져 구멍이 뚫린 양탄자가 깔려 있고 벽에는 녹색 벽지가 발라져 있으며 줄무늬 천을 씌운 긴 의자가 하나 놓여 있다.

　　1943년 10월 7일, 생제르맹 대로에서 세 명의 독일 장교의 목숨을 앗아간 테러 사건의 주인공들은 그날 저녁에 바로 체포되었다. 그들은 '다부Davout 행동대' 소속의 두 현역 장교로, 얼마 지나지 않아 이들이 그 단체의 유일한 단원이었음이 밝혀졌다. 그들은 자신들의 행위가 프랑스인들에게 잃어버린 자존심을 되돌려주기를 바랐다. 체포될 당시, 그들은 "병정 보슈는 강하고 건강하고 오로지 조국의 위대함(도이칠란트 위버 알레스!)만을 생각하는 존재이다. 반면, 우리는 예술의 도락에 빠져있다!"라는 말로 시작하는 팸플릿을 나누어주고 있었다.

　　그 폭파 사건에 뒤이어 행해진 일제 단속에 검거된 모든 사람은 다음날 오후 신분 확인 후에 석방되었다. 그중 신원이 불확실해 보이는 다섯 명의 학생은 석방에서 제외되었는데, 독일 점령 당국은 이들에 대한 보충 수사를 요청했다. 폴 에베르도 그중 하나였다. 그의 신분증은 아무 하자가 없었으나, 그를 심문한 수사관은 목요일인 그날 오후 3시 그가 오데옹 사거리에 있었다는 사실을 의아해했다. 그 시간에 그는 와그람가街 152번지에 있는 시립 공병학교에서 고등 화학학교 입학시험 공부를 하고 있어야 마땅했기 때문이다. 이 사실 자체는 실은 대수로울 게 없었으나, 폴 에베르가 내놓은 설명은 전혀 설득력이 없었다.

마드리드 거리 48번지에 있는 약국 집 손자인 폴 에베르는 자신을 끔찍이 여기는 할아버지를 마음껏 이용했다. 할아버지 가게에 있는 액체 진통제 병을 몰래 훔쳐내 라탱 거리의 젊은 마약 구매자들에게 40~50프랑을 받고 팔아온 것이다. 바로 그날 그는 그들에게 한 달 치 물건을 넘겼고, 체포될 당시 막 벌어들인 500프랑을 쓰기 위해 샹젤리제 거리로 가려던 참이었다. 하지만 강의를 빼먹고 〈퐁카랄, 제국의 장군〉, 〈붉은 손의 구피〉 등의 영화를 보러 가는 중이었다고 솔직하게 이야기하지 않고 점점 더 앞뒤가 안 맞는 설명을 늘어놓다가, 결국 폴로노프스키와 레스파뇰이 쓰고 2년 전 마송 출판사에서 출간된 856페이지짜리 두꺼운 책 『유기화학 개론』을 사러 지베르 서점에 가야 했다고 말했다. "그러면 그 책은 어딨지?" 수사관이 물었다. "지베르 서점에는 그 책이 없더라구요." 에베르가 주장했다. 그러자 그 단계에서 단지 수사를 좀더 즐기고 싶었던 수사관이 지베르 서점에 형사 한 명을 보냈다. 물론 그 형사는 몇 분 후에 문제의 책을 들고 돌아왔다. "예, 하지만 그 책이 저한테는 너무 비쌌어요." 에베르는 완전히 겁에 질려 속삭였다.

테러범이 붙잡히자 수사관은 더이상 '테러리스트'에 대한 수사를 굳이 계속할 필요가 없게 되었다. 그러나 혹시 또 모른다는 생각에 그는 에베르의 소지품을 검사했고, 500프랑을 발견했으며, 에베르가 어떤 암거래 시장에 손을 대고 있다고 추정해 가택수색을 명령했다.

에베르 방의 옆방에는 낡은 신발, 박하 마편초 비축분, 구리로 된 온통 찌그러진 전기 난방 기구, 스케이트, 테두리가 폭신폭신한 재질로 된 라켓, 일부 호가 빠져 있는 잡지들, 그림 소설책들, 낡은 책들과 낡은 끈 등이 쌓여 있었다. 형사들은 그 가운데서 회색 레인코트를 발견했고, 그 주머니 안에서 10센티에서 15센티쯤 되는 납작한 형태의 종이 상자 하나를 찾아냈는데, 그 위에는 다음과 같이 씌어 있었다.

상자 안에는 마치 낙하산 천을 오려낸 것 같은 녹색 실크 손수건 하나와 '기립', '마름모꼴 새김', 'X-27', '골트 뒤 페르슈' 등 수수께끼 같은 기호가 적힌 수첩이 들어 있었는데, 무슨 뜻인지 해석할 수가 없었다. 그리고 J. H. 만사가 최초로 작성한 16만분의 1척도의 유틀란트 반도 지도 한 조각이 있었고, 네 번 접은 종이 한 장이 들어 있었다. 또 곁에 아무것도 적혀 있지 않은 봉투 하나가 있었는데, 종이 왼쪽 상단에는 다음과 같이 표제가 박혀 있었고

Anton
Tailor & Shirt-Maker

16 bis, avenue de Messine
Paris 8ᵉ
EURope 21-45

그 아래에는 걸어가고 있는 것으로 보이는 사자의 모습이 그려져 있었다. 종이의 나머지 부분 전체에는 그랑케 부근부터 강베타 광장까지 르아브르 중심지의 지도가 보라색 잉크로 정성스럽게 그려져 있는데, 에스티모빌 거리와 프레데리크소바주 거리가 만나는 모퉁이 근처에 '레자름 드 라 빌' 호텔을 가리키는 붉은색 십자가가 표시되어 있었다.

그런데 독일군이 접수한 바로 그 호텔에서, 약 3개월 전인 6월 23일에 공병 장성 페르들라이히터가 살해되었다. 그는 토트 조직의 주요 책임자 중 한 사람으로 유틀란트의 연안 요새 축조공사를 지휘하면서 이

265

---

1. 잉크를 깨끗이 지우는 유일한 지우개 /
"해파스" 지우개 / 엘리 앤드 코 상점 / 브뤼셀
담 거리 85번지.

2. 앙통 / 양복점 & 셔츠 전문점 / 파리 8구
메신 거리 16-2번지 / 유럽 21-45.

미 두 번이나 기적적으로 테러를 피해 살아남았고, 바로 얼마 전 히틀러에게 직접 파르시팔 작전의 감독을 명령받은 상태였다. 1년 전 됭케르크 지역에서 시작된 키클롭스 프로젝트와 유사한 이 작전은, 대서양을 따라 20킬로미터 정도 이어지는 고데르빌과 생로맹 뒤콜보스 사이에 세 곳의 무선 유도 기지와 여덟 개의 벙커를 짓는 것이 목표였다. 이것이 완성되면 여기서 발사한 V2 미사일[3]과 다단식 로켓이 미국까지 도달하게 될 터였다.

페르들라이히터는 10시 15분 전—독일 시각으로—호텔 방의 큰 거실에서 총에 맞아 숨졌는데, 당시 그는 보좌관 중 하나인 유시다라는 이름의 일본인 기술자와 체스를 두고 있었다. 암살자는 호텔 바로 맞은편에 위치한 한 빈집의 지붕 밑 방에서 동정을 살피다가 그 거실의 창문이 열려 있을 때를 이용했다. 극히 불편한 조준 각도에도 불구하고 암살자는 단 한 발의 총알을 페르들라이히터의 경동맥에 관통시키면서 그를 죽음으로 이끌었다. 수사반은 특급 사수에 의한 범행으로 단정했고, 이는 다음날 아침 르 아브르 시청 광장에 있는 시민 정원의 작은 숲에서 발견된 범행 무기로 확실해졌다. 그 무기는 이탈리아제 22구경 선수용 소총이었던 것이다.

수사는 여러 방향에서 진행되었으나 어떤 성과도 거두지 못했다. 무기의 공식적인 주인인 에그모르트 출신의 그레생이라는 남자를 찾아내지 못했고, 암살자가 숨어 있던 집의 주인은 누메아에 주둔하는 식민지 관리인이었다.

폴 에베르의 집 가택수사에 의해 발견된 물건들은 이 사건을 새로운 국면으로 이끌었다. 그러나 폴 에베르는 그 레인코트도, 더구나 그 작은 상자와 그 안의 내용물도 본 적이 없었다. 게슈타포는 그를 고문했지만 아무것도 얻어내지 못했다. 폴 에베르는 아직 어린 나이임에도 불구하고 아파트에 혼자 살고 있었다. 일주일에 한 번 이상은 보기 어려운 삼촌과 약국을 하는 할아버지가 그의 실질적 보호자였다. 그의 어머니는 그가 열 살 때 죽었고, 국가 철도 차량 감독관인 아버지 조제프 에베르는 실제로 한 번도 파리에 산 적이 없었다. 독일군의 의심은 폴 에베르

3. 보복 무기 제2호로, 1944년 독일군이 사용한 로켓탄.

가 두 달 전부터 소식을 듣지 못한 그의 아버지에게로 옮겨갔다. 곧 그의 아버지가 일을 그만두었다는 사실이 알려졌으나, 그를 찾아내려는 모든 수색은 수포로 돌아갔다. 브뤼셀에는 '엘리 앤드 코'라는 상점이 존재하지 않았고, 마찬가지로 메신 거리 16-2번지에는 앙통이라는 이름의 양복점이 없었으며, 그 번지수는 가짜였고, 얼마 후 가게 전화번호가 바로 테러 발생 시간과 일치한다는 것이 포착되었다. 몇 달 후 독일 점령 당국은 조제프 에베르가 살해되었거나 영국으로 도망쳤을 것이라고 확신하며 사건을 종결지었고, 그의 아들을 부헨발트 수용소로 보냈다. 매일 받았던 고문에 비하면, 폴 에베르에게 이것은 거의 석방이나 다름없었다.

지금은 주느비에브 풀로라는 열일곱 살 된 어린 여자가 이제 막 한 살이 된 아들과 함께 이 아파트를 쓰고 있다. 과거 폴 에베르가 썼던 방은 지금은 아기방이 되었는데, 아기를 위한 몇 개의 가구 외에는 거의 아무것도 놓여 있지 않다. 접었다 폈다 하는 받침대 위에 놓인, 등나무를 엮어 만든 흰색 요람, 기저귀 갈 때 쓰는 탁자, 보호 쿠션으로 가장자리를 두른, 직사각형 유아용 울타리 등이 그것이다.

벽에는 아무것도 걸려 있지 않다. 사진 한 장이 문 위에 핀으로 꽂혀 있을 뿐이다. 사진 속의 주인공은 바로 주느비에브로, 아기를 안고 환한 얼굴로 즐거워하고 있다. 그녀는 스코틀랜드 천으로 된 투피스 수영복을 입고 조립식 풀 옆에서 포즈를 취하고 있는데, 풀의 금속 외벽면에는 양식화된 커다란 꽃들이 그려져 있다.

이 사진은 주느비에브가 여섯 명의 전속 모델의 일원으로 일하고 있는 한 통신판매 카탈로그를 위해 찍은 것이다. 그 카탈로그에서 그녀는 스튜디오 안에서 카누에 탄 채 노를 젓기도 하고, 파란 지붕의 텐트 옆에서 초록색 목욕 가운을 입은 채 분홍색 목욕 가운을 입은 남자와 함께 노란색과 파란색 줄무늬 천과 튜브로 이루어진 정원용 소파에 앉아 있기도 하고, 레이스 장식이 있는 잠옷을 입고 작은 역기를 들어올리기도 하고, 또 여러 종류의 유니폼을 입고 나타나기도 한다. 예를 들면 간호원용, 점원용, 여교사용 블라우스를 입은 모습, 체육 교사용 운동복, 식당

267

여종업원용 앞치마를 입은 모습, 혹은 푸주한 옷, 멜빵 달린 작업 바지, 상하 연결된 작업복, 점퍼, 작업용 상의를 입은 모습 등으로 등장한다.

주느비에브 풀로는 별로 대단할 것 없는 이 일로 먹고 살면서 연극 수업을 듣고 있고, 벌써 몇 편의 영화와 연속극에 얼굴을 비쳤다. 그녀는 머지않아 피란델로의 소설을 각색한 텔레비전 연속극에 여자 주인공으로 나오게 될 텐데, 지금 이 집의 한쪽 끝에 있는 목욕탕에서 목욕을 하며 막 대본을 읽으려 하고 있다. 성모상 같은 얼굴과 투명하고 맑은 눈, 길고 검은 머리 덕분에 그녀는 약 30명의 지원자를 제치고, 천진하면서도 퇴폐적인 시선으로 로메오 다디를 광기로 이끄는 가브리엘라 반치 역에 뽑히게 되었다.

제44장　　　　　　　윙클레
　　　　　　　　　　2

퍼즐의 기술은 일단 하나의 간단한 기술, 즉 형태심리학의 간략한 지침으로 모두 설명할 수 있는 단순한 기술처럼 보인다. 목표 대상—그것이 지각 행위이건, 학습이건, 심리 체계이건, 혹은 지금 우리가 다루는 나무 퍼즐이건 간에—은 우선 분리하고 분석해야 할 단순한 요소들의 합이 아니라 하나의 전체, 즉 하나의 형태이자 구조이다. 요소는 전체에 앞서 존재하지 못하기 때문이다. 요소는 전체보다 더 즉각적인 것도, 더 오래된 것도 아니다. 나아가 전체를 결정짓는 것은 요소가 아니지만, 요소를 결정짓는 것은 전체다. 전체와 그 규칙에 대한 지식, 집합과 그 구조에 대한 지식은 전체를 구성하는 부분들에 대한 개별적 지식에서 추론될 수 없다. 예를 들어 우리가 퍼즐 한 조각을 사흘 동안 쳐다볼 경우, 그것의 외형과 색깔에 대해 완벽하게 안다고 생각할 수 있지만 퍼즐 조립이 좀더 진척된 상태의 모습에 대해서는 여전히 아무것도 알 수 없다. 퍼즐에서 유일하게 중요한 것은 하나의 퍼즐 조각을 다른 조각에 연결시킬 수 있는 가능성이며, 이 점에서 퍼즐의 기술과 바둑의 기술 사이에는 몇 가지 공통점이 있다. 먼저, 조각들은 오직 함께 짜맞추어졌을 때만 파악 가능한 어떤 형태와 의미를 얻게 된다. 따로 떼어 관찰하면 퍼즐 조각 하나하나는 아무런 의미를 갖지 못한다. 하나의 조각은 대답할 수 없는 질문이자 불투명한 도전일 뿐이다. 하지만 몇 분 동안의 실험과 실패 끝에 또는 약 30초 만에 비범한 영감을 받아 이 조각을 이웃하는 다른 조각

하나와 연결시키는 데 성공하면, 그 조각은 곧바로 사라지면서 조각으로서의 존재를 멈추게 된다. 영어로 '퍼즐puzzle'—수수께끼—이라는 말이 아주 잘 나타내듯, 이 조각들을 맞추는 데 수반된 강도 높은 어려움 역시 더이상 존재할 이유가 없을 뿐 아니라, 그럴 이유가 아예 없었던 것처럼 나타난다. 기적적으로 연결된 두 조각은 이제 하나의 조각 역할을 하게 되고, 다시 새로운 실수, 망설임, 혼란, 예상의 출발점이 된다.

퍼즐 제작자의 역할은 정의하기 어렵다. 대부분의 경우—특히 두꺼운 판지로 만들어지는 모든 퍼즐의 경우—퍼즐은 기계로 만들어지며, 퍼즐 조각을 절단하는 특정한 법칙이 있는 건 아니다. 정해진 그림에 맞게 조정된 압축 절단기가 매번 똑같은 방식으로 두꺼운 종이판을 절단하면 되는 것이다. 진정한 퍼즐 애호가들은 이런 식의 퍼즐을 거부한다. 그 퍼즐이 나무가 아닌 종이로 만들어졌기 때문도 아니고, 포장 상자 위에 완성된 견본이 재현되어 있기 때문도 아니다. 그러한 절단 방식이 퍼즐의 특수성 자체를 없애버리기 때문이다. 이 경우, 일반인들의 머릿속에 굳게 뿌리내린 생각과는 반대로, 애초의 그림이 쉽다고 간주되는 것인지(예를 들면 페르메이르풍의 그림이나 오스트리아 어느 성의 컬러 사진) 어렵다고 간주되는 것인지는(잭슨 폴록이나 피사로 그림, 또는—치졸한 패러독스이지만—아무 그림이 없는 퍼즐) 별로 중요하지 않다. 퍼즐의 어려움을 만들어내는 것은 퍼즐 그림의 주제도, 화가의 화법도 아닌 절단의 정교함이다. 한 번의 우연한 절단이 필연적으로 하나의 우연한 어려움을 만들어낼 것인데, 퍼즐의 가장자리나 세부, 빛의 얼룩, 윤곽이 뚜렷한 물체, 선, 색조 변화가 있는 부분에서는 조립이 용이하고 그 나머지 경우—구름 없는 하늘, 모래, 초원, 경작지, 웅덩이 등—에서는 진절머리가 나도록 어려우므로, 어려움의 정도가 반드시 동일하지는 않다.

이와 같은 퍼즐에서 퍼즐 조각들은 크게 몇 개의 부류로 나뉘는데, 대표적인 것은 다음과 같다.

인물

로렌의 십자가

십자가

그리고 일단 가장자리의 조각을 맞추고, 세부 요소—거의 흰색에 가까운 아주 밝은 노란색 술 장식이 달린 붉은색 보가 덮힌 탁자, 거기 놓인 독서대와 그 위에 펼쳐진 책, 그리고 거울의 선명한 테두리, 류트, 붉은색 여자 옷 등—를 배열하고, 배경을 이루는 큰 부분들을 회색, 갈색, 흰색, 혹은 하늘색의 색조에 띠라 덩어리로 니누어 놓으면, 퍼즐의 해법은 단지 가능성 있는 모든 결합을 차례로 시험해보는 데 있게 된다. 271

  퍼즐의 기술은 손으로 절단해 만드는 나무 퍼즐에서 시작된다. 퍼즐 제작자는 퍼즐 절단 시 훗날 퍼즐을 맞출 사람이 풀어야 할 모든 문제들을 미리 직접 연구해보고, 또 우연이라는 것이 흔적들을 어지럽히도록 내버려두기는커녕 그 우연을 속임수, 함정, 착각으로 바꾸고자 한다. 미리 계획된 방식에 따라, 재구성해야 할 이미지 위에 나타나는 모든 요소들—금빛 수단繡緞 소파, 약간 손상된 검은 깃털 하나가 꽂힌 검은 삼각모, 은銀 계급장으로 온통 뒤덮인 담황색 제복—은 처음부터 거짓된 정보로 사용될 것이다. 즉 긴밀하게 연결되고 구조화된 퍼즐 그림의 의미 있는 공간은, 무력하고 무정형이며 의미와 정보가 부족한 요소들, 왜곡되거나 거짓된 정보를 담은 요소들로 절단될 것이다. 예를 들어 두 개의 코니스¹ 부분에서 정확하게 맞춰지는 두 조각은, 알고 보면 각각 천장에서 아주 멀리 떨어진 서로 다른 두 부분에 속하는 것들이다. 또 제복의 혁대 버클은 마지막 순간에 큰 촛대를 이루는 하나의 금속 조각임이 드러나고, 거의 동일한 방식으로 절단된 조각이 여러 개 있다 해도 어떤 것은 벽난로 위에 놓인 키 작은 오렌지나무에 속하고, 또 어떤 것은 거울에 흐릿하게 반사된 그 오렌지나무에 속한다. 이러한 것들은 퍼즐 애호가들이 접하게 되는 고전적인 함정의 예이다.

이러한 사실로부터 우리는 아마도 퍼즐의 최후 진리라 할 수 있는 다음과 같은 무엇인가를 추론하게 될 것이다. 퍼즐이 지니는 외적인 특징들에도 불구하고 퍼즐은 혼자 하는 놀이가 아니다. 퍼즐을 맞추는 이가 수행하는 각각의 행위는 퍼즐을 제작한 이가 이미 행한 행위다. 그가 몇 번이고 손에 쥐어보면서 검토하고 어루만지는 각각의 조각, 그가 시험하고 또 시험하는 각각의 조합, 각각의 모색, 각각의 직관, 각각의 희망, 각각의 절망은 타인에 의해 이미 결정되고 계산되고 연구되었던 것들이다.

272

바틀부스는 퍼즐 제작자를 구하기 위해 『르 주에 프랑세』지와 『토이 트레이더』지에 광고를 냈고 지원자들에게 200개의 조각으로 절단된, 길이 14, 폭 9센티미터의 견본을 하나씩 보내줄 것을 요구했다. 그는 열두 개의 퍼즐을 받았다. 대부분의 작품이 평범했고 별 매력이 없었으며, '드라도르 기지 회담'이나 모든 세부 요소까지 지방색을 담고 있는 '영국 시골 별장에서의 파티' 같은 장르에 속하는 것들이었다. 예를 들면, 검은 실크 드레스를 입고 육각의 수정 브로치를 늙은 귀부인, 쟁반에 커피를 담아

---

1. 벽이나 기둥 꼭대기에 나 있는 수평 돌출부.

나르는 급사장, 레장스 양식의 가구와 선조의 초상화, 짧게 구레나룻을 기르고 합승마차가 다니던 시대의 붉은색 의복에 짧은 흰색 바지와 승마 구두, 회색 실크해트를 착용하고 손에는 가는 단장을 든 젠틀맨, 조각보가 깔린 조그만 원탁, 『타임스』지 여러 부가 널려 있는 벽 근처 탁자, 하늘색의 커다란 중국식 양탄자, 창가에서 거만한 태도로 기압계를 들여다보고 있는 퇴역한 장군—짧게 깎은 회색 머리, 흰색의 짧은 콧수염, 붉은 얼굴빛, 줄줄이 매단 훈장으로 알 수 있다—벽난로 앞에 서서 열심히 『펀치』를 읽고 있는 젊은 남자 등. 그중 단지 깃을 부채처럼 펼치고 있는 근사한 공작새 한 마리를 표현했을 뿐인 한 견본이 바틀부스에게는 매우 흡족하여 곧 그 제작자를 불러들이게 했으나, 이 제작자—이민 온 러시아 왕자로 르 랭시에서 다소 가난하게 살고 있었다—는 바틀부스의 계획에 합류하기에는 너무 늦은 사람이었다.

그런데 가스파르 윙클레의 퍼즐 작품이 바틀부스의 기대에 완벽하게 부응했다. 윙클레가 만든 퍼즐은 일종의 에피날 판화를 절단한 것으로, 'M. W.'라고 서명이 되어 있었고 '프랭클린을 찾아 떠나는 마지막 탐험'이라는 제목이 붙어 있었다. 이 퍼즐을 풀기 시작한 후 몇 시간 지나지 않아 바틀부스는 이 퍼즐이 단지 흰색의 다채로운 변화로만 이루어졌다는 것을 깨닫게 되었다. 실제로 그림의 주요 부분은 거대한 얼음조각들 사이에 떠 있는 선박 폭스 호를 나타낸 것이었다. 탐험대장인 매클린토시 선장과 이누픽이 통역자 킬 피디슨이 얼음으로 덮인 배의 기 옆에 서서 밝은 회색 모피에 몸을 파묻고 핏기 없는 얼굴만 간신히 내놓은 채 한 무리의 에스키모를 향해 손을 들어올리고 있다. 에스키모들은 온 지평선을 덮은 짙은 안개를 뚫고 개들이 끄는 썰매를 타고 그들을 향해 오고 있다. 그림의 네 귀퉁이에는 네 개의 꽃무늬 틀이 있었는데, 그 안에는 각각 다음과 같은 그림이 그려져 있었다. 1847년 6월 11일, 과로로 쓰러져 페디와 스탠리라는 두 외과 의사의 팔에서 죽음을 맞이하는 존 프랭클린 경. 두 탐험선, 즉 피츠 제임스가 지휘하는 에러버스 호와 크로지에가 지휘하는 테러 호. 그리고 1859년 5월 6일 기욤 왕의 영토에서 폭스 호의 제2인자인 홉슨 이등항해사에 의해 발견된 케른.[2] 이 케른은

273

2. 기념물이나 이정표로 삼기 위해 쌓아두는 돌무더기.

1848년 4월 25일 500명의 생존자가, 썰매를 타거나 걸어서 허드슨 만으로 돌아가기 위해 빙하에 의해 파괴된 선박들을 버리고 떠나기 전 남겨놓은 마지막 메시지를 담은 것이다.

가스파르 윙클레는 당시 막 파리에 도착한 상태였다. 그는 겨우 스물두 살이었다. 그가 바틀부스와 맺은 계약에 대해서는 어떤 정보도 새나가지 않았다. 몇 달 후 그는 아내인 마르그리트와 함께 시몽크뤼벨리에 거리로 이사왔다. 그녀는 세밀화가였다. 윙클레가 바틀부스에게 보낸 퍼즐에 사용한 구아슈화[3]를 그린 사람이 바로 그녀였다.

거의 2년 동안 윙클레는 자신의 아틀리에를 꾸미고—아틀리에의 문에는 쿠션을 댔고 벽에는 코르크를 붙였다—도구를 주문하고 재료를 준비하고 습작을 하는 일 외에는 아무것도 하지 않았다. 그 후, 1934년을 며칠 남겨두지 않은 시점에 바틀부스와 스모프는 여행을 시작했고, 3주 후 윙클레는 스페인으로부터 첫번째 수채화를 받았다. 그때부터 20년 동안 빠짐없이 평균 한 달에 두 번꼴로 그에게 수채화가 배달되었다. 그중 단 하나의 수채화도 분실되지 않았으며, 심지어 전쟁이 가장 치열했던 시기에도 마찬가지였는데, 그 시기에는 이따금 스웨덴 대사관의 참사관이 직접 수채화를 가져다주기도 했다.

작업 첫날, 윙클레는 창가에 있는 이젤 위에 수채화를 올려놓고 전혀 건드리지 않은 채 바라보기만 했다. 둘째 날에는, 수채화를 그것보다 아주 조금 더 큰 목판—포플러 나무 합판—에 붙였다. 그는 직접 준비한 고운 파란 색깔의 특수한 풀을 사용했고, 수채화의 와트만지와 목판 사이에 얇은 흰 종이 한 장을 끼워넣었는데, 그 종이는 훗날 재구성된 수채화를 합판에서 떼어낼 때 분리를 용이하게 해주고 퍼즐의 바닥면 구실을 하게 될 터였다. 그러고 나서 그는 '연미복 꼬리'라 불리는 커다랗고 납작한 붓 중 하나를 사용해 그림 표면 전체에 보호용 유약을 발랐다. 그 후 사나흘 동안은 현미경으로 수채화를 뜯어보거나, 아니면 그것을 다시 이젤 위에 올려놓고 몇 시간 동안이나 그 앞에 앉아 있기도 하고, 가끔

274

씩 일어나서 더 가까이 다가가 세부를 살펴보기도 하고, 우리 안의 표범처럼 주위를 맴돌기도 했다.

첫 주는 오로지 이렇게 세심하면서도 불안한 관찰 속에서 지나갔다. 그 후엔 모든 것이 아주 빨리 진행되기 시작했다. 윙클레는 수채화 위에 아주 얇은 투사지 한 장을 올려놓고, 그 위에 한 번도 손을 떼지 않은 채 퍼즐 절단선을 그려넣었다. 그러고 나면 남은 일은 단지 기술적인 것뿐이었다. 섬세하면서도 느긋하고 꼼꼼하면서도 능숙한 솜씨를 요하지만 어떠한 창의력도 개입되지 않는 기술. 퍼즐 장인 윙클레는 이 투사지로 일종의 주형—20년 후 모렐레가 수채화를 재구성하기 위해 사용하게 될 틀, 즉 절단선의 압혼을 떠 만든 틀을 예고하는 것—을 만들었고, 이 주형은 그가 S자형 도림질용 전동톱을 효과적으로 사용할 수 있게 해주었다. 사포와 새미 가죽을 이용해 각각의 조각을 매끄럽게 다듬는 작업과 몇 가지 최종 마무리 작업이 마지막 며칠을 잡아먹었다. 완성된 퍼즐은 우르카드 부인에게 주문한 회색 리본이 달린 검은 상자에 넣었다. 그리고 다음과 같이 수채화가 그려진 장소와 날짜를 가리키는 직사각형의 이름표가 상자의 뚜껑 안쪽 면에 붙여졌고

＊포르도팽(마다가스카르) 1940년 6월 12일＊

혹은

＊사이드 항구(이집트) 1953년 12월 31일＊

번호가 매겨지고 봉인된 이 상자는 소시에테 제네랄 은행의 금고 안에, 이미 맡겨진 다른 퍼즐과 함께 맡겨졌다. 그러고 나면 다음날이나 며칠 후 우편으로 새로운 수채화가 도착했다.

가스파르 윙클레는 다른 사람들에게 일하는 모습을 보이기 싫어했다. 그가 며칠 동안 내내 방 안에 갇혀 지내도 마르그리트는 한 번도 그 방에 들어가지 않았다. 발렌이 찾아오면 이 퍼즐 장인은 항상 하던 일을 멈추고 숨길 만한 그럴듯한 구실을 찾아냈다. 하지만 그는 결코 "당신이 방해가 됩니다"라고 말하는 법이 없었고, "아, 잘 오셨어요. 지금 막 끝

내려던 참이었어요" 하는 식으로 말했다. 청소를 하거나 환기를 위해 창문을 열거나 아마 천으로 작업대의 먼지를 닦거나 재떨이를 비우는 등의 행동을 하기도 했다. 커다란 진주조개 껍질이 바로 그 재떨이인데, 그 안에는 대개 먹고 버린 사과 속과 조금 피우다 만 지탄 담배의 긴 꽁초가 쌓여 있었다.

제45장　　　　　　플라세르

1

플라세르 가족의 아파트는 맨 꼭대기 층의 다락방 세 개를 합쳐 만든 것이다. 그 옆의 네번째 방은 모렐레가 수감되는 날까지 살았던 곳으로 현재 정리 중이다.

지금 우리가 와 있는 이 방은 쪽마루가 깔린 침실로, 침대로 변형시킬 수 있는 소파와 브리지 게임 테이블 같은 접이식 탁자가 놓여 있다. 방의 협소함을 고려한 듯 미리 탁자를 접지 않으면 침대를 펼칠 수 없고 그 반대의 경우도 마찬가지인 방식으로 가구가 배치되어 있다. 벽에는 하늘색 그림 벽지가 발라져 있는데, 일정한 간격을 두고 네 방향으로 뾰족뾰족 튀어나온 별을 그린 것이다. 테이블 위에는 도미노 게임 패가 펼쳐져 있고 징 박은 목걸이를 한, 몹시 화가 난 듯한 불도의 얼굴을 보여주는 자기 재떨이가 놓여 있다. 그 옆에는 산화코발트로 색을 낸, 그리고 보통 하늘빛 유리 혹은 하늘빛 돌이라 불리는 특수 재료로 만들어진 평행육면체 꽃병 안에 분꽃 한 다발이 밝혀 있다.

밤색 털 스웨터와 검은색 짧은 반바지를 입고 즈크화[1]를 신은 채 긴 소파 위에 엎드려 있는 열두 살 난 소년 레미는 플라세르의 아들로, 자신이 모은 광고용 압지를 정리하고 있다. 대부분 의약품 선전 전단인데, 『라 프레스 메디칼』, 『라 가제트 메디칼』, 『라 트리뷘 메디칼』, 『라 스멘 메디칼』, 『라 스멘 데조피토』, 『라 스멘 뒤 메드생』, 『르 주르날 뒤 메드생』, 『르 코티디앙 뒤 메드생』, 『레 푀예 뒤 프라티시앙』, 『아에스쿨라

---

1. 즈크로 만든 고무창의 신으로, 운동할 때
주로 신는다.

페』, 『카에두세우스』 등의 전문 잡지에 끼어 있던 것들이다. 이러한 잡지들의 홍수를 정기적으로 겪는 의사 댕트빌은 그것들을 제대로 펴보지도 않고 노셰르 부인에게 갖다 주고, 노셰르 부인은 헌책을 모으는 학생들에게 이 잡지들을 내주는데, 그 전에 이 건물에 사는 아이들에게 정성스럽게 광고 압지를 나눠주는 것을 잊지 않는다. 이 작업의 가장 큰 수혜자는 이자벨 그라티올레와 레미 플라세르다. 질베르 베르제는 우표를 수집하느라 압지에는 아무 관심이 없고, 오를로브스카 부인의 아들인 마흐무드와 옥타브 레올은 아직 너무 어리고, 그 밖의 여자아이들은 이미 너무 커버렸기 때문이다.

레미 플라세르는 자기 마음대로 정한 어떤 기준에 따라 압지를 다음과 같이 조금씩 차이가 나는 여덟 개의 더미로 분류했다.

— 노래하는 투우사('에마이 디아망' 치약)
— 트란실바니아 바실리카에서 유래한 17세기의 동양 양탄자('칼륨세다프', 포타슘 프로피오네이트 용제溶劑)
— '여우와 황새'(원문대로), 장바티스트 우드리의 판화(마르케즈 제지製紙. 스텐실 페이퍼, 복사)
— 전체에 금박을 입힌 종이('사르게노르', 신체적·정신적 피로, 불면증. 사르제 연구소)
— 큰부리새(랑파스토스 비텔리누스)(제베오르 컬렉션 '세계의 동물')
— 앞면 쪽으로 확대되어 소개된 몇 개의 금화(쿠를란트와 토른 지방에서 사용된 릭스달러)(제미에 연구소)
— 하마의 거대한 벌린 입(브리스톨 연구소의 '디클로실'[디클로삭실린])
— '테니스 사총사'('코셰, 보로트라, 라코스테, 브뤼뇽')(아스프로, '과거의 위대한 챔피언' 시리즈)

278

이 여덟 개의 더미 앞에는 광고 압지들 중 가장 오래된 것, 바로 수집의 계기가 된 압지가 놓여 있다. 그것은 리클레스—'원기를 회복시켜주는 강한 향의 박하 잎'—를 위한 광고지였는데, 샹송 〈아빠, 작은 배들〉을 묘사한 앙리 제르보의 그림을 아주 예쁘게 옮겨놓은 것이었다. '아빠'는 검은 칼라의 회색 외투, 실크해트, 코안경, 장갑, 가는 단장, 파란색 바지, 하얀 각반 차림이다. 그리고 아이는 커다란 붉은 모자, 커다란 레이스 깃, 붉은색 허리띠를 한 웃옷, 베이지색 각반 차림이다. 아이는 왼손에는 굴렁쇠를, 오른손에는 막대기를 쥐고 세 개의 작은 배가 떠다니는 작고 둥근 목욕통을 가리키고 있다. 참새 한 마리가 목욕통 가장자리에 앉아 있다. 그리고 또다른 새 한 마리가 샹송 가사가 적혀 있는 사각형 안에 들어가 있다.

플라세르 가족은 이 방에 이사왔을 때 라디에이터 뒤에서 이 광고 압지를 발견했다.

그 전에 이 방을 썼던 사람은 르피크 거리에서 헌책방을 하던 트루아양이었다. 그녀의 다락방에는 실제로 라디에이터가 있었고, 또한 침대—빛바랜 꽃무늬 면포가 덮여 있는 일종의 간이침대—와 짚을 넣은 의자 하나가 있었다. 그리고 세면대용 가구가 있었는데, 거기 딸린 세면용 물병과 대야, 유리컵이 서로 어울리지 않았고 흠이 나 있었으며, 그 위에는 수건이나 스펀지, 비누 같은 세안용품보다 먹다 남은 돼지 등살과 마시다 남은 포도주병이 놓여 있는 경우가 더 잦았다. 그러나 방 공간의 대부분을 차지하고 있는 것은 천장까지 쌓여 있는 책과 잡동사니 더미였으며, 그 안에서 위험을 무릅쓰고 무언가 뒤져 찾는 이는 이따금 흥미 있는 것을 발견하는 행운을 얻기도 했다. 예를 들어 올리비에 그라티올레는 이 더미 속에서 아마도 안과의사가 사용했을 법한, 두꺼운 판지로 된 표지판 하나를 찾아냈는데, 거기에는 다음과 같은 내용이 굵은 글씨로 인쇄되어 있었다.

ON EST PRIE DE FERMER LES YEUX [2]

---

2. 두 눈을 감아주세요.

그리고

ON EST PRIE DE FERMER UN OEIL [3]

　트로케 씨는 그 더미에서 갑옷 입은 왕자를 표현한 어떤 판화를 손에 넣었는데, 왕자가 창을 들고 날개 달린 말에 올라타 사자의 머리와 갈기, 염소의 몸, 뱀의 꼬리를 한 괴물을 쫓고 있는 그림이었다. 시노크 씨는 그 더미에서 오래된 우편엽서 한 장을 끄집어냈는데, 윌리엄 히치라는 이름의 한 모르몬교 선교사의 초상화로, 키가 크고 피부가 거무스름하고 검은 콧수염을 길렀으며, 검은 양말, 검은 실크 모자, 검은 조끼, 검은 바지, 흰색 넥타이, 개 가죽 장갑 차림의 모습이었다. 그런가 하면 알뱅 부인은 그 더미에서 양피지 종이 한 장을 발견했는데, 거기에는 한 독일 성가의 가사가 악보와 함께 인쇄되어 있었다.

Mensch willtu Leben seliglich
Und bei Gott bliben ewiglich
Sollt du halten die zehen Gebot
Die uns gebent unser Gott [4]

　제롬 씨는 그 양피지 종이가 1524년 비텐베르크에서 출판된 루터교의 합창용 성가로, 그 유명한 요한 발터의 〈가이스틀리헤스 게장크부흐라인〉 안에 들어 있는 것이라고 그녀에게 알려주었다.

　그러나 가장 근사한 발굴을 해낸 이는 바로 제롬 씨 자신이었다. 낡은 타자기 리본과 쥐똥이 가득한 한 커다란 종이 상자 깊숙한 곳에서, 몹시 구겨지고 금이 많이 가 있지만 거의 훼손되지 않은, 다음과 같은 제목의 커다란 리넨천을 싼 지도 한 장을 발견해낸 것이다.

280

---

3. 한쪽 눈만 감아주세요.

4. 인간은 복된 삶을 소망하고 / 영원히 신 곁에 머물려 하네. / 그대는 신께서 우리에게 주신 / 십계명을 지킬지어다.

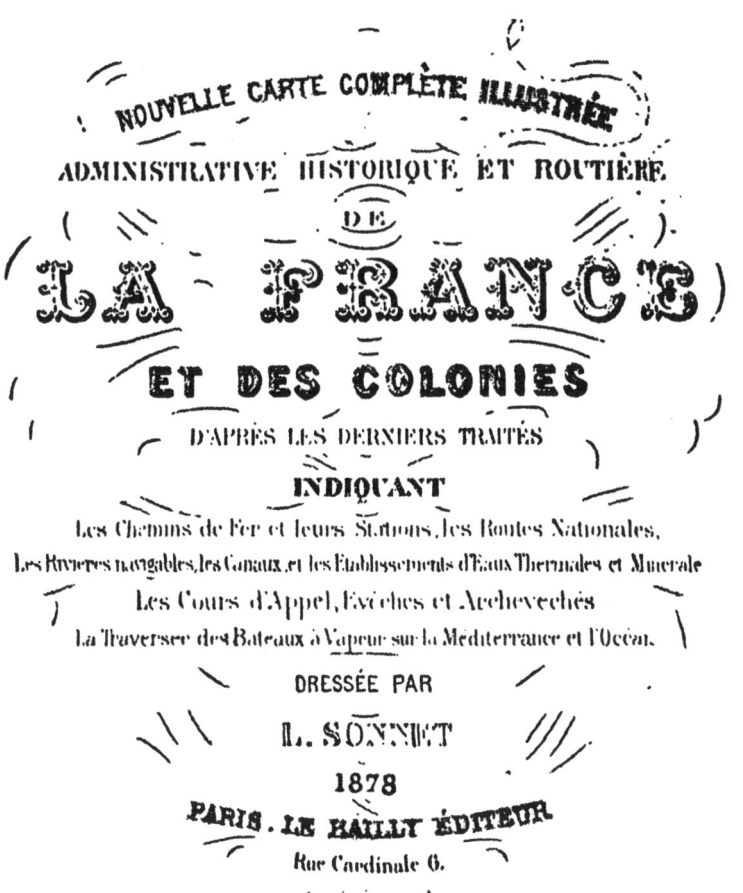

    지도 한가운데에는 프랑스가 나타나 있었고, 두 개의 삽지에는 파리 근교의 지도와 코르시카 지도가 그려져 있었다. 또 그 아래에는 관용 부호가 있었고, 킬로미터, 지리학적 마일, 영국식 마일, 독일식 마일로 네 가지 축척이 기입되어 있었다. 지도의 네 귀퉁이에는 프랑스 식민지가 나타나 있었다. 왼쪽 상단에는 과들루프 섬과 마르티니크 섬이, 오른쪽 상단에는 알제리가, 끝이 약간 손상된 왼쪽 하단에는 세네갈과 뉴칼레도니아 섬과 부속 섬들이, 오른쪽 하단에는 프랑스령 코친차이나[5]와 레위니옹 섬이 있었다. 맨 위에는, 스무 개 도시의 문장紋章과 각 도

---

5. 인도차이나 반도에 있는 베트남 남부의 옛 이름.

시에서 태어난 유명 인사 스무 명의 초상화가 그려져 있었다. 즉 마르세유(티에르), 디종(보쉬에), 루앙(제리코), 아작시오(나폴레옹 1세), 그르노블(베야르), 보르도(몽테스키외), 포(앙리 4세), 알비(라 페루즈), 샤르트르(마르소), 브장송(빅토르 위고), 파리(베랑제), 마콩(라마르틴), 됭케르크(장 바르), 몽펠리에(캉바세레스), 부르주(자크 쾨르), 캉(오베르), 아장(베르나르 팔리시), 클레르몽페랑(베르생제토릭스), 라 페르테밀롱(라신), 리옹(자카르). 왼쪽과 오른쪽에는 스물네 개의 작은 꽃무늬 틀이 있었는데, 그중 열두 개는 도시 지도를, 여덟 개는 프랑스 역사의 장면을, 네 개는 지역 의상을 담고 있었다. 우선 왼쪽에는 파리, 루앙, 낭시, 라옹, 보르도, 릴의 지도가 있고, 또 오베르뉴, 아를, 님 지역의 의상과 노르망디, 브르타뉴지방의 의상이 있으며, 파리 공략 장면(1871), 다게르가 사진을 발견하는 장면(1840), 알제리 점령 장면(1830), 파팽이 증기 동력을 발견하는 장면(1681) 등이 있다. 오른쪽에는 리옹, 마르세유, 캉, 낭트, 몽펠리에, 렌의 지도, 로슈포르, 라 로셸, 마콩 지역의 의상, 그리고 로렌, 보주, 안시 지역의 의상이 그려져 있으며, 샤토 됭 방어 장면(1870), 몽골피에가 기구를 발명하는 장면(1783), 바스티유 탈취 장면(1789), 파르망티에가 루이 16세에게 감자꽃 한 다발을 바치는 장면(1780) 등이 나타나 있다.

국제 여단의 옛 전투 대원이었던 트루아양은 전쟁 기간 내내 뤼르포로수용소에 수감되어 있었고, 1943년 말 탈출에 성공해 무장 항독지하운동단체에 들어가게 되었다. 그는 1944년에 파리로 돌아왔고, 몇 달동안 열렬히 정치 활동에 참여한 후 중고 서적상이 되었다. 르피크 거리에 있는 그의 가게는 실제로는 어떤 건물 현관에 대충 차려놓은 것에 불과했다. 그는 주로 1프랑짜리 책과 고등학생들이 침을 흘릴 만한 싸구려 누드 잡지―『센세이션』, 『수아르 드 파리』, 『핀업』 같은―를 팔았다. 한서너 번 좀더 흥미 있는 물건이 그의 손에 들어온 적도 있었는데, 예를 들면 빅토르 위고의 편지 세 통, 『브래드쇼의 대륙 철도 증기기관차 횡단 및 총 가이드』의 1872년 판본, 팔켄스크졸트의 『회고록』 등이다―이 회고록의 앞부분에는 1769년 터키 군에 맞서 싸울 당시 러시아 군대에서의 저자의 전투 활동 기록이 실려 있고, 뒷부분에는 덴마크 왕국의 군사현황에 대한 고찰과 스크레탕에 대한 소개가 덧붙여져 있다.

제2부

끝

제3부

제46장　　　　　제롬 씨
　　　　　　　（다락방 7）

사실상 아무도 살고 있지 않은 8층의 방. 이 방은 다른 여러 다락방처럼 건물관리인 소유인데, 방을 사용하지 않고 비워둔 상태이므로 그는 이런저런 미술전이나 국제 견본전시회가 열릴 때 며칠씩 파리에 들르는 그의 지방 친구들에게 빌려주곤 한다. 그는 이 방의 가구들을 아주 몰개성적으로 갖춰놓았다. 벽에는 황마 섬유판이 발라져 있고, 쌍둥이 침대가 루이 15세 스타일의 침실용 탁자를 사이에 두고 놓여 있으며, 테이블 위에는 오렌지색 플라스틱으로 된 광고용 재떨이가 있는데, 여덟 개의 면에 COCA와 COLA라는 글자가 번갈아 적혀 있다. 그리고 그 옆에는 작은 램프 스탠드 대신 일종의 손전등이 놓여 있는데, 색깔 있는 금속 원뿔형의 작은 모자가 전등갓이 되어 전구를 장식하고 있다. 또한 낡은 양탄자, 여러 호텔에서 가져와 서로 잘 어울리지 않는 옷걸이들이 걸려 있는 거울 달린 옷장, 인조 모피를 씌운 직육면체의 쿠션 의자, 금빛 철제 마구리로 마감하고 약해 보이는 세 개의 다리로 이루어진 나지막한 탁자, 포마이카[1]를 칠한 콩팥처럼 생긴 쟁반이 있으며, 쟁반 위에는 가수 클로드 프랑수아의 미소 짓는 모습을 담은 확대 사진이 표지를 장식한 『주르 드 프랑스』 잡지가 놓여 있다.

　　제롬 씨는 1950년대 말경 바로 이 방에서 살았고 여기서 죽었다.

---

1. 상품명에서 나온, 가구에 칠하는 합성수지 도료.

과거의 제롬 씨는 생애 마지막 십여 년 동안 보여준 모습처럼 항상 그렇듯 생기 없고 슬퍼 보이는 노인은 아니었다. 1924년 10월 처음으로 시몽크뢰벨리에 거리로 와서 지금의 이 다락방이 아닌, 나중에 가스파르가 들어와 살게 되는 아파트에 정착했을 당시만 해도 그는 젊은 나이에 역사 교수자격증이 있었고, 자신감과 열정이 넘치고 미래에 대한 계획이 가득하며 장래가 촉망되는 고등사범학교 학생이었다. 그는 날씬하고 우아했으며, 풀 먹인 흰색 깃에 가는 줄무늬가 있는 와이셔츠를 즐겨 입는 등 미국식 스타일을 좋아했다. 또한 쾌활한 낙천가에다가 적극적인 미식가이자 아바나 엽궐련과 칵테일 애호가이면서 파리의 명사들과 적극적으로 교제하는 그런 인물이었다. 그는 진보적인 사고를 과시했는데, 교수 자격 심사 당시에도 적절한 교만과 거침없는 태도로 그러한 생각을 정확하고 훌륭하게 주장했으며, 질의자는 자신이 알지 못하는 내용이라는 데서 모욕감을 느끼고 동시에 자신은 그것을 설명할 수 있다는 데서 헛된 우쭐함을 느낄 정도였다.

몇 년 동안 그는 뇌이유에 있는 파스퇴르 고등학교에서 가르쳤다. 그러고 나서는 티에르 재단의 장학금을 받아 박사학위 논문을 준비하게 되었다. 논문 주제로 '향료의 경로'를 선택해, 유머가 가미된 섬세함으로 '서양과 극동 아시아 사이의 초기 교역의 경제적 발전'을 분석했고, 그 과정을 당시 서양의 요리 습관과 관련시켰다. 박사 논문 심사 때는 흔히 '새고추'라 불리는 말린 고추가 유럽에 유입되면서 유럽이 육류 요리법에 대단한 급변이 일어났다는 사실을 증명하기 위해, 심사위원으로 들어온 나이든 교수 세 명에게 주저하지 않고 자신이 만든 마리나드 소스[2]를 맛보게 했다.

물론 그는 최고 점수로 심사에 통과했고, 얼마 후에는 인도 라호르 지방의 프랑스 대사관 문정관으로 임명되어 파리를 떠났다.

그 후 두 번인가 세 번, 발렌은 그에 대한 이야기를 들었다. '인민전선' 당시에는 '반反파시스트 지성인들의 경계위원회'에서 발표하는 성명서와 호소문에 그의 이름이 몇 번 오르내렸다. 그리고 한번은 프랑스를 다녀가면서 기메 박물관에서 '펀자브 지방의 카스트 제도와 그 사회적

2. 고기 재는 데 쓰는 소스.

결과'라는 주제로 강연을 했다. 또 얼마 후에는 『방드르디』지에 간디에 대한 긴 글을 발표하기도 했다.

그는 1958년인가 1959년에 시몽크뤼벨리에 거리로 돌아왔다. 알아보기 힘들 정도로 지치고 짓눌리고 소외된 사람이 되어 있었다. 그는 전에 자신이 살았던 아파트를 다시 쓰게 해달라고 요구하지 않았고, 다만 다락방 중 빈방이 있는지를 물었다. 이미 교수도 아니었고, 대사관의 문정관도 아니었다. 그 무렵 그는 종교사 연구소의 도서관에서 일하고 있었다. 기차에서 만난 것으로 보이는 한 '늙은 석학'이 그에게 스페인 성직자들의 카드를 정리하는 일을 맡기고 한 달에 150프랑씩 지불하고 있었다. 5년 동안, 그는 펠리페 3세(1598-1621), 펠리페 4세(1621-1665), 카를로스 2세(1665-1700) 치하에서 활동한 7,462명의 성직자들의 전기를 정리했고, 스물일곱 개의 항목에 따라 그들을 분류했다.(그가 냉소적으로 덧붙인 설명에 따르면, 27이라는 숫자는 일반적인 십진 분류법—C.D.U.라는 이름으로 더 잘 알려진—에서 기독교 교회의 역사 일반에 해당되는 숫자이기도 하니, 놀라운 우연의 일치가 아닐 수 없다.)

그사이 '늙은 석학'이 죽었다. 제롬 씨는 교육부와 국립 과학연구소(C.N.R.S.), 고등실용 과학연구소(제6분과), 콜레주 드 프랑스, 그리고 그 밖의 열다섯 군데의 국립 또는 사립 연구소로 하여금 실제로 우리가 생각하는 것보다 훨씬 더 활발했던 17세기 스페인 교회의 역사에 대해 흥미를 갖게 하려고 노력했지만 허사였고, 자신의 연구를 출판해줄 출판사를 찾으려는 노력 역시 수포로 돌아갔다. 출판사들로부터 마흔여섯 번이나 단호하고 확실하게 거절당한 뒤, 제롬 씨는 자신의 원고—믿을 수 없을 만큼 촘촘하게 씌어진 1,200페이지가 넘는 원고—를 들고 소르본 대학 교정으로 가 불태워버렸다. 그리고 이 일 때문에 그는 경찰서에서 하룻밤을 보내야만 했다.

그러나 출판사와의 접촉이 완전히 무용한 것은 아니었다. 얼마 후, 한 출판사가 그에게 영어 번역 일을 제안했다. 어린이 책이었는데, 영어권에서 '프리머스'라고 불리는 작은 책자로 다음과 같은 식의 문장이 흔히 등장한다.

꼬 꼬 꼬 꼬 꼬댁.

클룩 클룩 클룩.

우리의 까만 암탉이에요.

암탉은 우리를 위해 달걀을 낳아주지요.

암탉은 달걀을 낳으면서 아주 즐거워해요.

꼬 꼬.

클룩 클룩 클룩.

마음씨 좋은 레오 아저씨가 왔어요.

아저씨는 암탉 밑으로 손을 넣어서 방금 낳은 달걀을 꺼내요.

꼬 꼬 꼬 꼬 꼬댁.

클룩 클룩 클룩.

물론 그 책들을 프랑스 일상 생활의 특성에 맞게 바꾸어 번역해야 했다.

이 번역 일을 밥벌이로 삼아 제롬 씨는 죽을 때까지 근근이 살아갔다. 일이 그다지 많은 것은 아니었고, 따라서 그는 대부분의 시간을 방에서 자카드 스웨터나 손으로 뜬 회색 스웨터를 입고 진한 녹색의 모조 피혁을 입힌 낡고 긴 소파에 드러누워 그가 인도에서 가져온 유일한 물건에 머리를 기댄 채 보냈다. 그 물건은 바로 진한 자주색 바탕에 은빛 실이 수놓아진, 과거에는 화려했을 법한 천 조각—손수건보다 겨우 조금 더 큰   이었다.

주변 마룻바닥은 늘 추리소설과 크리넥스(그는 항상 콧물을 훌쩍였다)로 뒤덮여 있었다. 그는 하루에 추리소설 두세 권 정도는 손쉽게 끝냈고, '랑프랭트' 시리즈 183권과 '르 마스크' 시리즈 200권 이상을 읽었는데 그 제목을 모두 기억한다고 자랑하곤 했다. 그는 풀기 힘든 사건을 다루는 추리소설들, 즉 제2차 세계대전 전에 영어권에서 발표된 닫힌 방과 완벽한 알리바이 등을 특징으로 하는 오래된 고전적 추리소설만 좋아했는데, 특히 약간 엉뚱한 제목이 붙은 작품을 선호하는 경향이 있었다. 『밭을 가는 암살자』, 『시체가 당신에게 피아노를 연주해줄 것이다』, 『부계 친족이 분노할 것이다』 같은 것들이었다.

그는 책을 매우 빨리 읽었지만—고등사범학교 시절부터 그에게 남아 있던 일종의 습관이자 테크닉—결코 오랫동안 계속해 읽지는 않았다. 그는 자주 독서를 멈추고, 하는 일 없이 길게 누워 눈을 감고 쉬곤 했다. 그럴 때면 벗어진 이마 위로 비늘무늬 테 안경을 끌어올려놓고는, 대개는 우편엽서 한 장을 읽고 있던 책에 끼워넣은 후 그것을 긴 소파 발치에 내려놓았다. 그 우편엽서는, 곡선의 나무 손잡이 부분이 팽이처럼 생긴 지구본의 모습을 담고 있는 것이었다. 그것은 지금까지 알려진 가장 오래된 지구본 중 하나로, 코페르니쿠스의 친구이자 지도 제작자인 요하네스 쇼에너가 1520년 밤베르크에서 제작한 것인데 현재는 뉘른베르크의 도서관에 보관되어 있다.

그는 자신에게 일어났던 일에 대해 누구에게도 이야기하지 않았다. 그가 했던 여행에 대해서도 전혀 언급하지 않았다. 다만 어느 날 리리 씨가 지금껏 살아오면서 본 가장 놀라운 것이 무엇이었냐고 물었을 때, 그는 상아 상감 식탁에 앉아 세 명의 대리관과 함께 저녁을 먹고 있던 한 인도 대왕이라고 대답했다. 그들 중 아무도 말을 하지 않았지만, 그 야수 같은 세 명의 전사들이 그들의 두목 앞에서 어린아이들처럼 보였다는 거다. 또 언젠가는 누가 묻지도 않았는데, 그가 세상에서 본 가장 아름답고 가장 매혹적인 것은 팔각형 무늬가 배열된 한 건물 천장으로, 보석보다도 더 정성스럽게 다듬어 금과 은으로 장식되어 있었다고 이야기했다.

제47장 　　　　　　 댕트빌
　　　　　　　　　　2

댕트빌 의사의 대기실. 꽤 넓은 직사각형의 방으로, 헝가리식 쪽마루가
깔려 있고 문에는 가죽이 씌워져 있다. 구석 벽에는 푸른 벨벳 천을 씌운
크고 긴 소파가 있고, 방 곳곳에는 일인용 소파와 칠현금 모양의 등받이
가 달린 의자, 여러 종류의 잡지와 정기 간행물이 널려 있는 다단식 탁
자가 놓여 있다. 한 잡지의 표지에는 죽어가는 프랑코의 컬러 사진이 실
려 있는데, 라 투르의 그림에서 막 빠져나온 듯한 인상의 수도사 네 명이
무릎을 꿇고 그를 보살피고 있다. 오른쪽 벽에는 가죽을 씌운 책상이 붙
어 있고, 그 위에는 삶은 판지로 만든 나폴레옹 3세식 필통이 놓여 있다.
작은 조개껍질로 상감 세공된 필통에는 섬세한 금박 아라베스크 무늬가
새겨져 있다. 그리고 그 옆에는 둥근 유리 덮개 아래서 윤나는 시계추가
2시 10분 전을 가리킨 채 멈춰 있다.

　　지금 이 대기실에는 두 사람이 있다. 한 사람은 극도로 마른 늙은 남
자로 은퇴한 후에도 여전히 서신 교환으로 강의를 하고 있는 프랑스어
교수인데, 정교하게 깎은 연필로 한 상자나 되는 답안지들을 읽으며 자
기 차례를 기다리고 있다. 그가 지금 막 검토하려는 답안지에서 다음과
같은 논술 주제를 읽을 수 있다.

　　"지옥에서 라스콜니코프와 뫼르소(『이방인』)가 만난다. 두 작
　　가의 작품에서 예를 찾으면서 이들의 대화를 상상해보시오."

다른 한 사람은 환자가 아니다. 그는 댕트빌 의사가 오후 늦게 와달라고 부탁한 전화 설비회사 외근 사원으로, 댕트빌에게 새로운 자동 응답기 모델을 보여줄 것이다. 그는 옆에 있는 조그만 원형 탁자 위에 쌓여 있는 광고지들 중 하나를 훑어보고 있다. 그것은 일종의 원예가 카탈로그로, 겉표지에는 일본 교토 수자쿠 사원의 정원 모습이 나타나 있다.

벽에는 여러 개의 그림이 걸려 있다. 그중 하나는, 거짓으로 '자연스러운' 척하는 표현 기법보다는 크기—거의 2×3미터에 달하는—와 소재로 특히 시선을 끈다. 이것은 어떤 술집의 내부를 세밀하게 공들여 묘사한 것이다. 그림 중앙에는 안경 낀 한 젊은이가 카운터에 팔꿈치를 올려놓은 채 맥주를 마시며 햄 샌드위치(버터를 바르고 겨자를 듬뿍 친)를 베어 먹고 있다. 그의 뒤에는 핀볼 게임기가 놓여 있는데, 그 싸구려 장식과 네 개의 문자판 사이에서 부채춤을 추는 여인의 그림이 이 핀볼기가 스페인—또는 멕시코—제품임을 알려준다. 그런데 중세 회화에서 즐겨 사용되었던 어떤 특수한 기법을 따라, 안경 낀 바로 그 젊은이는 의기양양한 태도로 이 핀볼기에서 바쁘게 놀이를 하고 있다. 공짜 게임 기회를 얻으려면 2만 점으로 충분한데 그의 점수는 이미 6만 7,000점을 기록하고 있기 때문이다. 겨우 구슬을 볼 수 있을 정도의 키밖에 안 되는 네 명의 아이가 핀볼기를 따라 길게 한 줄로 늘어서서 환희에 찬 얼굴로 그 젊은이의 게임을 응시하고 있다. 아이들 중 세 명은 여러 색의 실로 짠 스웨터를 입고 베레모를 쓴, 전통적인 몽마르트르 꼬마 거지들과 흡사한 모습의 남자아이고, 나머지 한 명은 검은색 실을 엮어 만든 끈에 빨간 공하나를 매단 목걸이를 하고 왼손에 복숭아 하나를 들고 있는 여자아이다. 그림의 전면에는, 다음과 같이 흰색의 굵은 글씨가 거꾸로 씌어 있는

290

____
1. 24시 스낵바.

카페 유리창 바로 뒤에서 두 남자가 타로카드 놀이를 하고 있다. 둘 중한 사람이, 막대기로 무장하고 '두 갈래 배낭'―한가운데를 열고 닫아 양쪽 끝에 물건을 넣게 되어 있는 기다란 모양의 배낭―을 매고 개 한 마리를 데리고 있는 남자가 그려진 카드, 보통 '외통장군', 즉 '비숍'이라 불리는 카드 한 장을 상대에게 보여주고 있다. 그림 왼쪽에는 상의를 벗은 채 스코틀랜드식 멜빵을 하고 있는 매우 살찐 카페 주인이 포스터 한 장을 유심히 들여다보고 있는데, 수줍은 표정의 한 젊은 여자가 그것을 가게 앞에 붙여달라고 필시 그에게 부탁한 듯하다. 포스터 윗부분에는 매우 뾰족하고 여러 개의 구멍이 뚫린 긴 금속 나팔이 그려져 있고, 중앙에는 1960년 12월 19일 토요일 오후 8시 45분, 샹피니의 생사튀르냉 성당에서 열린 모리스 슈메틸링의 작품 35번, 금관 악기 15중주와 성악, 타악기를 위한 〈말라키테스〉의 세계 초연을 알리는 선전 문구가 적혀 있다. 작곡자의 지휘하에 이스트 랜싱의 미시간 주립대학 뉴 브라스 앙상블이 연주할 것이라는 내용의 선전문구다. 포스터 맨 아래에는 샹피니쉬르마른의 지도가 있고, 포르트 드 뱅센과 포르트 드 픽푸스, 포르트 드 베르시 등지에서 연주회장까지 오는 길이 표시되어 있다.

댕트빌 의사는 이 동네 의사다. 그는 진료실로 쓰는 자신의 아파트에서 아침과 저녁에 환자를 받고, 매 오후에는 환자들을 방문한다. 사람들은 그를 좋아하지 않고 정이 없는 태도를 헐뜯기도 하지만, 대개는 그의 솜씨와 꼼꼼함을 높이 평가하며 단골로 남는다.

이 의사는 오래전부터 비밀스러운 열정을 키워왔다. 그는 자신이 개발한 어떤 요리에 제 이름을 붙이고 싶어한다. 그는 '댕트빌식 게살 샐러드', '댕트빌 게살 샐러드' 또는 더 수수께끼 같은 느낌이 나는 '댕트빌 샐러드'라는 이름 사이에서 주저하고 있다.

6인분: 싱싱하게 살아 있는 게 세 마리―혹은 마이아 게(거미게) 세 마리 혹은 작은 게 여섯 마리. 작은 조가비 모양의 국수 250그램. 스틸턴 치즈 한 통. 버터 50그램, 코냑 작은 잔 한 잔, 서양 고추냉이 소스 큰 술 하나, 우스터소스[2] 몇 방울. 신선한 박하잎. 아네트[3] 열매 세

2. 영국 우스터셔 주가 원산지로, 양파,
마늘, 사과 따위에 조미료나 향신료를 넣어
만든 소스.
3. 미나리과의 향신료.

알. 쿠르부용[4] 재료(굵은 소금, 후추 열매, 양파 한 개), 마요네즈 재료(계란 노른자 한 개, 매운 겨자, 소금, 후추, 올리브유, 식초, 파프리카 고추, 토마토 2배 농축액 작은 술 하나).

1. 찬물 4분의 3을 채운 커다란 냄비에 굵은 소금과 회색 후추 열매 다섯 개, 껍질을 벗겨 반으로 자른 양파를 넣어 쿠르부용을 준비한다. 10분 동안 끓인 후 식힌다. 미지근해진 쿠르부용에 게를 넣는다. 다시 팔팔 끓인다. 불을 줄이고, 뚜껑을 덮은 채 약 15분 동안 천천히 익힌다. 게를 꺼내 식힌다.

2. 게를 끓이고 난 뜨거운 소스에 조가비 모양의 국수를 다량 집어넣는다. 잘 저어주면서 7분 동안 팔팔 끓인다. 면이 퍼지지 않게 하는 것이 중요하다. 국수를 건져 물기를 뺀 뒤 찬물에 잘 헹군다. 국수가 서로 들러붙지 않도록 소량의 올리브유를 친다.

3. 절구통에 코냑 약간과 우스터소스 몇 방울에 적신 스틸턴 치즈, 버터, 서양 고추냉이를 넣고 나무 절구나 얇은 나무 주걱을 이용해 섞어준다. 미끌미끌하되 너무 질지 않을 정도의 반죽이 만들어질 때까지 잘 이긴다.

4. 식은 게에서 다리와 집게를 떼어낸다. 커다란 그릇에 게 속살을 발라놓는다. 등딱지를 반으로 갈라 중앙의 연골을 들어내고 물기를 뺀 뒤, 살과 크림 같은 부위를 들어낸다. 살 전체를 굵직굵직하게 다진 후, 아네트 열매와 아주 잘게 다진 신선한 박하잎을 첨가한다.

5. 아주 진한 마요네즈를 만든다. 파프리카 고추와 토마토 2배 농축액을 섞어 색깔을 낸다.

6. 커다란 샐러드 그릇에 조가비 모양의 국수를 담고, 거기에 다진 게살과 스틸턴 치즈, 마요네즈를 아주 부드럽게 저으며 넣어준다. 취향에 따라 버터에 데친 상추, 무, 작은 보리새우, 오이, 토마토, 삶은 계란, 올리브, 오렌지 4분의 1조각 등으로 장식한다. 먹기 직전에 바로 만들어 내놓는다.

292

4. 물에 백포도주나 향신료를 넣어 생선 찔 때
쓰는 국물.

제48장   알뱅 부인
                             (다락방 8)

전에 모렐레가 살았던 방과 현재 오를로브스카 부인이 살고 있는 방 사이의 지붕 밑 다락방. 이 방은 지금 비어 있고, 빨간 물고기 한 마리만 둥근 어항 속에서 살고 있다. 이 방에 세들어 사는 알뱅 부인은 몸이 몹시 아픈 상태임에도 불구하고 언제나처럼 남편의 무덤에 성묘하러 갔다.

제롬 씨처럼 알뱅 부인도 오랫동안 이 시몽크뤼벨리에 거리를 떠나 살다가 다시 돌아온 사람이다. 결혼한 지 얼마 되지 않아 그녀는 프랑스를 떠나 다마스쿠스로 갔다. 남편이 그곳의 큰 인쇄소에 일자리를 구했기 때문이다. 그녀의 남편은 엘리베이터 사고가 나고 몇 주 후에 헤어진 그녀의 첫번째 약혼자인 군인 레몽 알뱅이 아니라 식자공인 르네 알뱅이었는데, 성姓만 같을 뿐 두 남자 사이에는 아무 관계도 없었다. 이 부부의 목표는 후일 프랑스로 돌아와 먹고 살 수 있을 만큼의 충분한 돈을 최단기간에 버는 것이었다.

프랑스 보호령인 다마스쿠스는 그들의 야망을 실현하는 데 유리한 곳이었다. 더 정확히 말하면, 식민지 투자를 증진시키기 위해 마련된 이곳의 무이자 대출 시스템 덕분에 그들은 빠른 시간 안에 조그만 교과서 인쇄 공장을 세울 수 있었으며, 곧 공장을 큰 규모로 발전시켰다. 전쟁이 터졌을 때 알뱅 부부는 사업이 점점 더 번창해가고 있으므로 시리아를 떠나지 않는 것이 좋겠다고 판단했으며, 1945년에는 마침내 사업을 청산하고 꽤 안락한 여생을 보내게 해줄 만한 재산을 챙겨 프랑스로 돌아올 준비를 했다. 그러나 바로 그때 그곳에서 반反프랑스 폭동이 일어났고, 폭동과 치열한 진압 과정에서 그들의 모든 수고는 순식간에 물거품이 되고 말았다. 프랑스라는 존재의 상징 중 하나가 된 그들의 출판사가 민족주의자들에 의해 불타버렸고, 며칠 후 영불 연합군이 도시를 포격할 때 그들이 재산의 4분의 3 이상을 투자해 지었던 커다란 호텔이 파괴되었던 것이다.

르네 알뱅은 호텔이 폭격당한 바로 그날 밤 심장마비로 죽었다. 그녀 플로라는 1946년에 본국으로 송환되었다. 그녀는 남편의 시신을 가지고 와 쥐비시 공동묘지에 묻었다. 그리고 계속 연락을 취하고 있던 수위 클라보 부인 덕분에 옛날에 쓰던 방에서 다시 살게 되었다.

그때부터 그녀에게는 끊이지 않는 긴 소송의 행렬이 시작되었다. 그녀는 그 소송에서 차례로 패소했고, 남아 있던 몇백만 프랑과 보석, 은제품, 양탄자마저 탕진하고 말았다. 그녀는 프랑스 공화국을 상대로 패소했고, 자비로운 영국 여왕 폐하를 상대로 패소했으며, 시리아 공화국을 상대로 패소했고, 다마스쿠스 시청을 상대로 패소했다. 또 그녀가 고소했던 모든 보험회사와 재보험회사를 상대로 패소했다. 그녀가 얻은 거라곤 내란 피해자 연금, 남편과 함께 세웠으나 이제는 국영화된 인쇄소, 종신연금으로 전환된 보상금이 전부였다. 이것은 세금을 제외하면 한 달 수입 480프랑을 보장해주는 액수로, 더 정확히 계산하면 하루에 16프랑꼴이었다.

알뱅 부인은 〈녹색 모자를 쓴 여인들〉로부터 막 빠져나온 듯한, 키가 크고 마르고 뼈마디가 튀어나와 보이는 그런 부류의 여자 중 하나다. 그녀는 매일 남편 무덤을 찾아간다. 보통 오후 2시경에 집을 나가 쿠르셀에서 84번 버스를 타고 오르세 역까지 간 다음 거기서 쥐비시쉬 르오르주 행 기차를 탄다. 그리고 6시 반이나 7시경에 시몽크뤼벨리에 거리로 돌아온다. 나머지 시간 동안에는 방 안에 갇혀 지낸다.

방의 내부는 완벽하게 가꾸어져 있다. 작은 타일이 깔린 바닥은 왁스로 정성스럽게 닦여 있다. 그녀는 손님에게 삼베 부대를 오려내 만든 슬리퍼를 덧신을 것을 요구한다. 두 개의 소파는 나일론 천으로 덮여 있다.

탁자와 벽난로, 두 개의 작은 원탁 위에는 그녀가 즐겨 읽는 유일한 신문인『프랑스디망슈』신문지로 싼 물건들이 있다. 그것들을 볼 수 있도록 허락받는 것은 커다란 영광이다. 그녀는 한 번도 그 물건들을 한꺼번에 다 풀어 보인 적이 없고, 한 사람에게 두세 개 이상을 보여주는 일도 좀처럼 없었다. 예를 들어, 발렌에게는 나전 상감 세공되고 자단나무로 된 서양 장기판 세트와 16세기에 만들어진 것으로 평가되는 두 줄로 된 아랍 바이올린, 즉 르밥을 보여줘서 감탄하게 만들었다. 크레스피 양에게는 중국의 에로틱한 판화를 보여주었는데—알뱅 부인은 그 출처에 대해서도, 시리아에서 그녀가 보낸 삶과의 있을 법한 관계에 대해서도 아무런 설명을 하지 않았다—한 여인이 똑바로 누워 있고 주름투성이 얼굴의 난쟁이 여섯 명이 그녀에게 경의를 표하는 장면을 담은 것이다. 영국인이라는 이유로 그녀가 별로 좋아하지 않는 제인 서턴에게는, 그녀의 개인사와는 아무 관계가 없어 보이는 네 장의 우편엽서만을 보여주었다. 즉 보르네오 섬의 투계 장면, 외투로 몸을 감싼 채 아시아 북부의 눈 덮인 사막을 순록이 끄는 썰매를 타고 달려가는 사모예드인들, 넓은 콧구멍과 동물적인 생기로 가득 찬 눈을 가진 한 젊은 모로코 여인이 줄무늬 비단옷을 입고 팔찌와 반지와 금장식을 걸치고 풍만한 가슴을 반쯤 드러낸 채 하얀 이를 보이며 웃는 모습, 그리고 커다란 베레모 같은 것을 쓰고 붉은 셔츠에 회색 조끼를 걸친 한 그리스인 농부가 쟁기로 밭을 갈고 있는 모습. 그런데 그녀와 마찬가지로 이슬람 국가에서 살아본 적 있는 오를로브스카 부인에게는 좀더 소중하게 간직하는 것들을 보여주었다. 하나는 작은 타원형의 투조透彫 세공으로 화려한 꽃무늬를 이루고 있는 구리 램프인데, 살라딘이 묻혀 있는 우마이야 왕조 사원에 있던 것이다. 다른 하나는 그녀가 시리아에 지었던 호텔의 컬러 사진으로, 정사각형의 넓은 안뜰이 있고 흰색 페인트를 칠한 건물이 그 안뜰의 삼면을 둘러싸고 있으며 멀리 붉은색, 녹색, 푸른색, 검은색이 겹쳐진 넓은 지평선이 보인다. 뜰에는 커다란 협죽도 덤불이 있는데, 활짝 핀 꽃들이 녹음에 붉은 점들을 찍어놓고 있다. 그리고 정원 한가운데로 난 채색 대리석 포도 위에는, 가는 발굽과 검은 눈을 가진 어린 가젤 영양이 종종걸음으로 돌아다니고 있다.

알뱅 부인은 기억을 잃어가기 시작했고, 분별력도 약간 잃어가는 듯했다. 그녀가 밤마다 보이지 않는 어떤 위험들—그녀는 그 세력을 검은 점퍼들, 아르키[1] 혹은 O.A.S.[2]라 불렀다—을 조심하라며 같은 층 사람들의 현관문을 두드리기 시작하면서 사람들은 그녀의 상태를 파악하게 되었다. 또 언젠가 그녀가 스모프에게 물건꾸러미 하나를 풀어 보여준 적이 있었는데, 그때 스모프는 그녀가 작은 오렌지주스 상자 하나를 마치 소중한 기념물인 양 포장해둔 것을 알아차렸다. 또 그녀는 몇 달 전 어느 날 아침에 매일 밤 물컵에 담아두는 틀니를 꺼내 끼는 것을 잊어버리더니, 그 후로는 아예 틀니를 하지 않았다. 그 틀니는 지금 머리맡 탁자 위에 놓인 물컵 속에 그대로 담긴 채 물이끼 같은 것으로 덮여 있으며, 군데군데 아주 작은 노란 꽃들이 피어 있다.

1. 이슬람교도 보충병.
2. 비밀 군대 조직Organisation de l'armée secrète으로, 1961년 결성된 우익단체이며 드골의 알제리 정책에 반대해 테러 행위를 벌였다.

제49장   계단
                             7

계단의 맨 꼭대기.

　　오른쪽에는 가스파르 윙클레가 살았던 아파트의 문이 있고, 왼쪽에는 엘리베이터 문이 있다. 구석에 유리문이 있으며, 그 문을 열면 위층의 다락방으로 이어지는 또다른 작은 계단이 나온다. 유리문의 깨진 부분은 『데텍티브』지에서 뜯어낸 한 페이지로 막아져 있는데, 거기서 다음과 같은 글을 볼 수 있다. '다섯 명의 청소년이 캠핑 지도를 맡은 여자 감독관을 만족시키기 위해 밤낮으로 교대했다.' 그 아래는 꽃무늬 모자를 쓰고 하얀 망토를 걸친 50대 여인을 찍은 사진이 있으니, 망토 속이 완전히 알몸이라고 추측하는 것도 불가능한 일은 아니다.

　　초기에 두 층의 다락방에는 하인들만 살고 있었다. 하인들에게는 중앙 계단을 이용할 권한이 없었다. 그들은 건물 왼쪽 끝에 있는 하인용 문을 통해 드나들었고, 각 층의 부엌과 찬방들로 이어지며 맨 꼭대기 두 층에서 다락방들 사이의 긴 복도로 연결되는 하인용 계단을 이용했다. 따라서 중앙 계단 꼭대기에 있는 유리문은 어느 주인이나 안주인이 자기 하인의 방에 용무가 있는 특별한 경우에만 사용되었다. 예를 들면, '옷가지를 수색'하기 위해, 그러니까 어느 하인이 내쫓길 때 작은 은수저나 촛대 한 쌍 따위를 훔쳐가지는 않았는지 검사하기 위해, 또는 죽어가는 늙은 빅투아르에게 탕약 한 잔을 가져다주거나 종부성사를 하기 위해서 말이다.

제1차 세계대전이 끝날 무렵부터, 이전까지는 주인도 하인도 위반할 생각을 해보지 못했을 이러한 신성불가침의 규칙은 완화되기 시작했다. 전적으로 하인들만 지붕 밑 다락방을 사용하던 관례가 점점 무너지기 시작했다는 데 주된 원인이 있었다. 그 사례는 아르디 씨에서부터 시작되는데, 그는 마르세유 출신의 올리브유 도매상인으로 후일 아펜첼 가족과 알타몽 가족이 차례로 살게 될 3층 왼쪽 아파트에 살고 있었다. 아르디 씨는 그의 아파트에 딸린 하인방 중 하나를 앙리 프레넬에게 세놓았다. 앙리 프레넬은 어찌 보면 아르디 씨의 하인이라고 할 수도 있었는데, 아르디 씨가 자신이 취급하는 제품의 신선도와 우수한 품질을 증명하기 위해 파리에 차린 레스토랑에서 주방장으로 일하는 사람이었기 때문이다(당시 정치인들과 언론인들의 유명한 약속 장소였던 '레스토랑 뒤 그랑 위' 옆에 자리한, 리슐리외 거리 99번지의 '부야베스의 명성을 위하여'라는 이름의 레스토랑). 하지만 그—프레넬 씨—는 집안에서 일하는 사람이 아니었으므로 이 유리문을 통과해 주인들의 계단으로 내려오는 데 거리낄 것이 없었다. 다음 사례는 발렌이었다. 특수 연감(경마 팬 연감, 고전학자 연감, 음악광 연감, 굴양식업자 연감 등)의 출판인인 괴짜 노인 콜롱 씨는 당시 '새로운 서커스단'의 일인자였던 공중그네 곡예사 로돌프의 아버지였고, 또 발렌 부모의 먼 친구였는데, 발렌에게 돈 몇 프랑을 받고—그나마 연감 하나를 주문하는 형식으로 낼 때도 종종 있었다—그의 하인방을 빌려주었다. 그는 가정부인 제르베즈에게 이 방을 쓰게 한 적도 있었지만, 그녀는 벌써 오래전부터 에샤르 가족의 아파트 바로 아래에 해당하는, 4층 오른쪽에 있는 그의 아파트의 한 방에서 살고 있었다. 그리고 몇 년이 지난 후, 예외적인 경우에만 열렸던 이 유리문을 바틀부스라는 젊은이가 발렌의 방으로 수채화 수업을 받으러 다니면서 매일 넘나들게 되었다. 따라서 이 유리문과 관련된 이런저런 입장에 근거해 지속적으로 계층을 구분하는 것이 더이상 불가능하게 되었고, 마찬가지로 이전 세대에 건물 1층이나 중2층, 귀족 층과 같이 아주 고정된 개념에 근거해 계급을 구분했던 것도 불가능한 일이 되었다.

오늘날 건물 정면 쪽으로 나 있는 스무 개의 방에는 녹색의 스텐실 숫자가 11번부터 30번까지 붙어 있고, 안뜰 쪽으로 난 복도 반대편 스무 개의 방에는 1부터 10까지, 그리고 31부터 40까지 숫자가 붙어 있다. 본래 하인들에게만 배정되었던 이 방들 중에서, 실제로 이 건물 주민의 집에서 하인으로 일하는 사람이 사는 방은 현재 두 개밖에 없다. 스모프가 사는 13호 방과, 위팅의 집에서 일하는 네덜란드-파라과이인 부부가 잠을 자는 26호 방이다. 또한 로르샤슈의 집에서 매일 두 시간씩 집안일을 해주는 대가로 방을 쓰고 있는 제인 서턴의 14호 방도 따지고 보면 같은 부류에 속한다. 물론 그 조그만 방을 위해 다소 비싼 방값을 치르고 있는 셈이지만 말이다. 그리고 넓게 보면 오를로브스카 부인의 15호 방도 이에 속한다고 할 수 있다. 그녀는 국립 과학연구소의 '인상세 기록 보고서' 부처에서 폴란드어 및 아랍어와 관련된 일을 하는데, 그 보수만으로는 어린 아들을 데리고 살기에 충분하지 않자 가끔 몇 시간씩 파출부 일을 나간다. 하지만 루베 씨 집과 마르키조 씨 집을 제외하면 보통 이 건물 주민들 집에서는 일을 하지 않는다. 다른 다락방들도 이제 반드시 아파트 소유주에게 속해 있는 것은 아니다. 건물 관리인은 그 방들 중 몇 개를 사서 수도를 놓은 후 따로따로 세를 놓았다. 또 옛 소유주들의 상속자인 올리비에 그라티올레를 비롯한 몇몇 사람들은 그 방들 중 두 개 혹은 세 개를 합쳤고, 다른 어떤 이들은 공유 규칙을 무시하고 절차상의 계략과 뇌물 등을 동원해 '공동 영역'의 일부를 끌어다 쓰기도 했다. 위팅이 그 대표적 인물로, 그는 자신의 아틀리에를 만들면서 복도까지 차지했다.

하인용 계단은 일부 배달부와 출입 상인, 그리고 건물 내 공사를 담당하는 인부들 외에는 거의 사용하는 사람이 없었다. 엘리베이터—제대로 작동할 경우—는 모두가 자유롭게 이용했다. 그러나 이 유리문은 여전히 어떤 '차이'에 대한 은밀하고도 매우 끈질긴 표시로 남아 있다. 위층에 아래층 사람들보다 훨씬 더 부유한 사람들이 산다 해도 아래층 사람들의 관점에서 볼 때 위층 사람들은 하층 계급에 속하는 것이다. 이들은 설령 하인은 아니라 해도 적어도 빈민이거나 아이들(젊은이들) 혹은 예술가들인 것이며, 이들의 인생은 반드시 침대 하나, 벽장 하나, 늘 쪼들리게 마련인 월말을 위한 잼 선반 하나가 간신히 들어갈 만한 좁은 방 안에서 펼쳐지게 되어 있다고 생각하는 것이다. 물론, 국제적으로 이름이 알려진 화가 위팅이 알타몽 부부보다 훨씬 돈이 많다는 것은 자명한 사실이고, 알타몽 부부가 위팅의 방문을 받거나 위팅 소유의 도르도뉴 성이나 가티에르 전원 저택에 초대되는 것에 우쭐해하는 것도 틀림없는 사실이다. 하지만 알타몽 부부는, 화가나 작가나 음악가들이 오늘날에는 부와 더불어 경우에 따라 명성까지 누리기도 하지만 17세기에는 마치 19세기의 향수 제조업자, 이발사, 재단사, 음식점 주인들처럼 단지 특수한 하인에 불과했다는 사실을 환기시키는 것을 결코 잊지 않았다. 또한 재단사나 음식점 주인은 자신의 일만으로 상인이 될 수도 있고 나아가 사업가가 될 수도 있지만, 예술가는 결국 부르주아 계층의 요구에 종속되지 않을 수 없다고 생각하는지도 모른다.

이러한 시각은 1879년 에드몽 아부에 의해 훌륭히 전개된 바 있는데, 그는 『노동자의 ABC』라는 저서에서 한 재계 인사의 살롱에서 노래를 불렀던 파티(1843~1919)는 입을 한 번 벌릴 때마다 1톤에 50프랑씩 하는 주철을 40톤이나 생산해낸다고 심각하게 계산한 적이 있다. 그러나 물론 이러한 시각을 건물의 모든 주민이 동일한 정도로 공유하고 있는 것은 아니다. 이러한 시각은 어떤 이들에게는 불평과 선망의 구실이자 질투나 경멸의 발로로 보이고, 또 어떤 이들에게는 거짓된 논리로 이루어진 눈가림으로 보인다. 그러나 어느 쪽 사람에게나, 위층 사람에게나 아래층 사람에게나, 이러한 시각은 결국 하나의 기정사실처럼 작용한다. 예를 들어, 루베 부부는 플라세르 부부에 대해 "그들이 다락방을 보수했다는데 그런 것치고는 괜찮다"는 식으로 이야기한다. 한편 플라세르 부부 측에서는 세 개의 조그만 다락방이 지닌 '끝내주는 매력'을 강조하고 그 방들을 완전히 거저 얻었다는 사실을 덧붙이면서 자신들은 모로 부인(어머니)처럼 가짜 루이 15세식 의자에 앉아 방귀나 뀌고 있지는 않다는 것을 은근히 드러낼 필요를 느끼지만 물론 그것은 다 거짓말이다. 위팅 역시 거의 비슷하게, 포르트 도를레앙 근처에 있는 창고 비슷한 호화로운 아틀리에 때문에 몹시 피곤했고 그래서 조용한 동네의 작고 조용한 아틀리에를 원했노라고 마치 변명하듯 말할 것이다. 한편 건물 관리인은 모렐레에 대해 이야기할 때는 '모렐레'라 지칭하고, 시노크나 윙클레에 대해 이야기할 때는 '시노크 씨', '윙클레 씨'라고 지칭할 것이다. 또 어쩌다 마르키조 부인이 오를로브스카 부인과 동시에 엘리베이터를 타게 되면, 마르키조 부인은 자기도 모르게 이것이 자신의 엘리베이터이며 7층에 도착해 두 층을 또 힘들게 걸어 올라갈 사람과 잠시 동안이지만 엘리베이터의 편리함을 함께 나누는 것에 응한다는 뜻의 제스처를 보일 것이다.

아래층 사람들과 위층 사람들이 공개적인 갈등상태에 돌입한 적이 두 번 있었다. 첫번째 경우는 올리비에 그라티올레가 소유주 모임에서 복도 양탄자를 유리문 너머 8층과 9층의 복도까지 연장하는 것을 투표로 결정하자고 주장한 데서 비롯되었다. 그의 주장은, 계단에 깔린 양탄자 한 장이 매달 한 방에 100프랑의 관리비 추가를 의미한다고 보는 건물 관리인의 지지를 얻었다. 그러나 소유주 대부분은 합법적인 절차를 요구하면서, 양탄자 연장 작업은 오로지 꼭대기 두 층의 방을 소유하고 있는 사람들이 감당할 일이지 소유주 전체가 비용을 댈 일은 아니라고 주장했다. 자칫하면 양탄자 비용을 혼자 다 뒤집어쓰게 될 것처럼 사태가 돌아가자 건물 관리인은 직접 나서서 그 일을 무마시켰다.

두번째 충돌은 우편물 배달 문제를 둘러싸고 일어났다. 현재의 수위 노셰르 부인은 세상에서 가장 훌륭한 여인이 되려고 애쓰지만, 그럼에도 계급에 대한 편견이 없는 것은 아니다. 유리문으로 상징되는 구분이 그녀에게는 전혀 허구적인 것이 아니다. 그녀는 유리문 이편에 사는 사람들에게만 우편물을 가져다준다. 나머지 사람들은 직접 수위실로 가 우편물을 찾아와야 한다. 이것은 쥐스트 그라티올레가 아라냐 부인에게 가르치고, 아라냐 부인이 클라보 부인에게 전수하고, 클라보 부인이 다시 노셰르 부인에게 일러준 지침이었다. 위팅과 또 좀더 신랄한 플라세르 부부는 이 차별적이고 굴욕적인 지침을 폐지하자고 주장했다. 그리고 소유주 모임은 19세기의 유산과도 같은 행위를 묵인하고 있다는 인상을 주지 않기 위해 그 주장을 따라야만 했다. 그러나 노셰르 부인은 단호히 거절했고, 관리인에게 건물 모든 층에 구별 없이 우편물을 배달하라는 명령을 받자 의사 댕트빌이 직접 발부한 진단서를 제출하면서 그녀의 다리가 도저히 계단을 걸어 올라갈 상태가 아님을 증명해보였다. 그러나 노셰르 부인이 그렇게 나온 것은 실은 특히 플라세르 부부와 위팅을 싫어해서였다. 사실 그녀는 엘리베이터를 운행하지 않을 때도(게다가 이것은 자주 있는 일이다) 우편물을 갖다주기 위해 계단을 올라다니며, 또 그녀가 우편물을 전해준다는 것을 구실 삼아 올라가서 오를로브스카 부인이나 발렌, 크레스피 양의 집을 방문하는 일 없이 하루를 보내는 날은 매우 드물기 때문이다.

물론 이 사건이 실질적인 변화를 가져오지는 않았지만 수위 노셰르 부인의 경우만은 예외로, 그녀는 이제 위팅과 플라세르 부부에게 쓸 만한 연말연시 선물을 기대할 수 없게 되었다. 그러나 한 건물의 삶의 틀을 짜는 것은 바로 이러한 분열들이며, 이것은 모든 작은 긴장, 미세한 갈등, 암시, 함의, 가벼운 언쟁의 원천이 된다. 이러한 분열은 또한 소유주 모임을 흔드는, 때때로 격렬해지기도 하는 논쟁의 일부가 되기도 한다. 예를 들면 레올 부인의 꽃 화분이나 다비드 마르시아의 오토바이에 관해 일어난 논쟁들.(그가 자신의 오토바이를 쓰레기통이 놓인 작은 안뜰 곁의 광에 놓아둘 권리가 있는가, 없는가? 이 문제는 이젠 거론되지 않지만, 그 답을 찾기 위해 족히 여섯 명의 법률 고문에게 쓸데없이 상담을 받았다.) 혹은 뜰 안쪽의 3층 오른쪽 방에 사는 한 정신 나간 인간의 끔찍한 음악 습관도 논쟁거리가 되었는데, 그는 부정기적으로 어떤 시기가 되면 불시에 일정 시간 동안, 특히 자정에서 새벽 3시 사이에, 〈하일리 하일로〉나 〈릴리 마를렌〉 또는 그 밖의 다른 히틀러식 음악을 서른일곱 번 연속해서 듣지 않으면 일종의 금단증세를 느끼는 것처럼 보였다.

한편, 좀더 은밀하고 거의 눈치채기 힘든 분열도 존재한다. 예를 들면 기존 주민과 새로 이사온 주민 사이의 분열로, 이들을 구별하는 것은 아주 미세한 차이다. 즉 1960년에 아파트를 매입한 로르샤슈는 '기존 주민'이고, 그보다 1년도 더 지나지 않아 이사온 베르제는 '새로운' 주민이다. 그렇지만 베르제는 곧바로 입주해 산 반면, 로르샤슈는 1년 반이 넘는 기간 동안 공사를 한 뒤에야 입주했다. 또 알타몽 가족과 보몽 가족 사이의 분열도 있다. 그리고 제2차 세계대전 동안의 사람들의 태도에 따라 나누어지는 분열도 있다. 오늘날 아직까지 이 건물에 살고 있고 제2차 세계대전 당시 레지스탕스에 가담할 만한 나이였던 주민 네 명 중에서 실제로 단 한 사람만이 레지스탕스 운동에 적극적으로 참여했었다. 바로 올리비에 그라티올레인데, 그는 자신의 지하실에서 불법적으로 인쇄기를 돌렸고, 미제 기관총을 부품 상태로 장바구니 안에 숨겨 들여와 거의 1년 동안 침대 밑에 분해된 상태로 보관하기도 했다. 반대로, 베라 드 보몽은 친독 성향의 견해를 곧잘 드러냈고 몇 번인가는 높은 계급의 전형적인 프로이센인들과 함께 있는 모습을 보이기도 했다. 다른 두 명인 크레스피 양과 발렌은 전쟁에 무관심한 편이었다.

이 모든 것이 아주 조용한 어떤 이야기를 만든다. 개똥 사건이라든가 쓰레기통 사건, 베르제 가족이 이른 아침에 켜는 라디오 소리와 위층 레올 부인의 잠을 깨우는 그들의 커피 가는 소리, 위팅이 끊임없이 불평해대는 그라티올레의 차임장치 소리, 루베 가족이 견디기 힘들어 하는 레옹 마르시아의 불면증―이 노인은 몇 시간 동안이나 계속해서 자기 방 안을 돌아다니거나, 부엌으로 가서 냉장고에서 우유 한 잔을 꺼내 마시거나, 얼굴에 물을 적시러 욕실로 간다거나, 라디오를 켜 소리를 아주 작게, 그러나 이웃이 생각하기에는 너무 크게 해놓고 세상의 끝에서 단속적으로 들려오는 프로그램들을 듣는다―등.

303

이 건물의 모든 이야기 가운데 심각한 사건은 극히 드물었지만, 모렐레의 실험 사건 이후 작은 사고는 늘 있었다. 그보다 훨씬 전인 1925년 크리스마스 무렵에는 당글라르 부인의 안방에서 화재가 났었는데, 오늘날 바틀부스가 퍼즐을 조립하고 있는 바로 그 방이다.

당시 당글라르 부부는 시내에 나가 저녁식사를 하고 있었다. 방은 비어 있었으나, 하인들이 지펴놓은 불이 벽난로에서 타오르고 있었다.

바로 그 불씨 하나가 벽난로 앞에 설치해놓은 커다란 직사각형의 금속 소화 장치를 넘어 날아가 낮은 탁자 위에 놓인 꽃병 안에 떨어지면서 화재가 발생한 것으로 추정되었다. 불행히도 그 꽃병에는 근사한 조화가 가득 들어 있어 곧바로 불이 붙어버렸던 것이다. 이어서, 불은 벽걸이용 양탄자로 옮겨갔고 그 옆에 걸린 고풍스럽고 전원적인 풍경을 묘사한 투알드주이에도 옮겨붙었다. 한 목신牧神이 한 팔은 허리에 대고 다른 팔은 머리 위로 예쁘게 구부린 채 뛰어가고 있고, 풀을 뜯고 있는 양들 가운데 새까만 암양 한 마리가 섞여 있고, 풀 베는 어느 여인이 반달 모양의 낫으로 풀을 그러모으고 있는 그림이었다.

모든 것이 탔고, 특히 당글라르 부인의 가장 값비싼 보석이 타버렸다. 그 보석은 카를 파베르제가 만든 부활절 채색 달걀 49개 가운데 하나로, 수정으로 만들어졌고 조그만 장미 덤불을 담고 있었다. 달걀을 열면 장미가 하나의 원을 형성하고, 그 원 가운데 노래하는 새 무리가 모습을 나타냈다.

유일하게 되찾은 것이라고는 당글라르 씨가 부인에게 생일 선물로 준 진주 팔찌뿐이었다. 그 진주 팔찌는 앙리에트 당글르테르 공작부인이 라파예트 부인에게 선물했던 것으로, 라파예트 부인의 후손이 팔려고 내놓았을 때 산 것이다. 진주 팔찌를 담아둔 상자는 화재를 완벽하게 견뎌냈지만, 팔찌는 완전히 검은색으로 변해 있었다.

이 화재로 당글라르의 아파트 절반은 폐허가 되었다. 하지만 다른 집들은 피해를 보지 않았다.

발렌은 이따금 대홍수나 폭풍우, 회오리바람 등이 이 건물 전체를 가벼운 지푸라기처럼 휩쓸어가서 조난당한 주민들에게 태양계의 무한한 경이를 발견하게 하는 것을 꿈꾸었다. 어쩌면 눈에 보이지 않는 어떤 균열이 건물을 위에서부터 아래로 마치 전율하듯 가로지르고, 깊고 길게 늘어지는 삐거덕 소리와 함께 건물이 반으로 갈라져 뭐라 형언할 수 없는 커다란 틈으로 천천히 삼켜질지도 모른다. 그래서 부랑자 무리가 건물에 침입하고, 청록색 눈을 가진 괴물들이나 강철 같은 아래턱을 가진 거대한 곤충들, 맹목적인 흰개미들, 탐욕스러운 입을 가진 커다란 흰 애벌레들이 건물을 습격할지도 모른다. 나무는 잘게 부서지고, 돌은 모래로 변하고, 가구들은 제 무게를 못 이겨 무너지고, 그렇게 모든 것이 먼지가 되어버릴지도 모르는 것이다.

그러나 전혀 아니다. 단지 나무통과 성냥갑, 개수대 등을 둘러싼 너절한 언쟁들만이 있을 뿐이다. 그리고 영원히 닫힌 이 유리문 뒤에는, 느리게 진행되는 복수, 가장된 이야기들과 보잘것없는 계략을 끝없이 되풀이하는 응석받이 편집광들의 답답한 놀이가 만들어내는 병적인 권태가 있을 뿐이다.

제50장　　　　　　　　풀로
　　　　　　　　　　　3

주느비에브 풀로의 방 혹은 그녀의 미래의 방.

　　방은 막 칠을 끝낸 상태다. 천장은 흰색 무광 페인트, 벽은 상아색 유광 페인트로 칠해져 있으며, V자를 거꾸로 한 모양의 마루 쪽판은 반들거리는 검은색이다. 전선 끝에 달린 백열전구는 커다란 붉은색 압지를 원뿔형으로 말아 만든 값비싸 보이는 전등갓으로 일부 가려져 있다.

　　방은 아무 가구 없이 완전히 비어 있다. 아주 커다란 그림 하나가 아직 못에 걸리지 않은 채 오른쪽 벽에 기대어 있고, 마룻바닥이 만들어낸 흐린 거울에 부분적으로 비치고 있다.

　　이 그림 자체도 어떤 방을 보여준다. 그 방의 창턱 위에는 빨간색 물고기가 있는 어항과 물푸레나무 화분이 놓여 있다. 활짝 열린 창문 너머로 시골 풍경이 보인다. 돔처럼 둥근 곡선의 부드러운 푸른색 하늘이 톱니 모양의 숲으로 이루어진 지평선 위로 펼쳐져 있다. 그림 전면에는, 한 소녀가 풀을 뜯고 있는 암소를 지키며 먼지투성이 맨발로 길가에 서 있다. 더 먼 곳에서는, 푸른색 블라우스를 입은 화가가 떡갈나무 밑동에 앉아 무릎 위에 물감 상자를 올려놓고 그림을 그리고 있다. 그림 맨 구석에서는 호수가 반짝거리고, 호숫가에는 안개 낀 마을이 있으며, 층층마다 오밀조밀 베란다가 있는 집과 난간이 물 위로 우뚝 솟아 있는 듯한 높은 길이 있다.

그림 속 방의 창문 앞 약간 왼쪽에는 기이한 스타일의 제복—흰색 바지, 견장과 커다란 훈장, 작은 가방, 늑골 모양의 장식을 단 인디언식 상의, 커다란 검은색 망토, 박차 달린 장화—을 입은 남자가 투박한 글쓰기용 책상—잉크병을 꽂아두는 구멍이 있고 약간 경사진 옛 공립 초등학교용 책상—앞에 앉아 있다. 책상 위에는 물병 하나와 플뤼트[1]라 불리는 작은 술잔 하나, 또 상아로 만들어 은을 박은 근사한 달걀이 받침대 역할을 하는 촛대 하나가 놓여 있다. 남자는 방금 편지를 받았고, 완전히 낙담한 표정으로 그것을 읽고 있다.

창문 바로 왼쪽에는 벽걸이용 전화기가 있고, 그보다 조금 더 왼쪽에는 그림 하나가 걸려 있다. 바닷가 풍경을 묘사한 그림인데, 전면에는 자고새 한 마리가 마른 나뭇가지 위에 앉아 있고, 뒤틀리고 굴곡이 심한 나무의 줄기는 물거품이 이는 작은 만을 따라 나팔 모양으로 퍼져 있는 바위군 사이에 우뚝 솟아 있다. 멀리 보이는 바다에는 삼각돛을 단 조각배 하나가 떠 있다.

창문 오른쪽에는 금빛 테를 두른 커다란 거울이 있고, 그 거울 속에는 앉아 있는 한 인물의 등 뒤에서 일어나고 있는 듯한 장면이 비치고 있다. 즉 거기에는 변장한 모습의 세 사람이 서 있는데, 한 사람은 여자이고 나머지 둘은 남자다. 여자는 길고 소박한 회색 모 드레스를 입고 퀘이커 교도 모자를 쓰고 있으며, 팔 아래 피클병을 끼고 있다. 두 남자 중 하나는 불인한 얼굴에 마른 체격을 지닌 40대 남자로 중세의 이살광대 의상을 입고 있는데, 빨간색과 노란색의 긴 삼각형 조각이 교차된 몸에 꽉 끼는 웃옷을 걸치고 어릿광대 지팡이를 들고 방울 달린 모자를 쓰고 있다. 다른 남자는 맥없어 보이는 풋내기 젊은이로, 듬성듬성한 노란 머리에 인형 같은 얼굴을 하고 있고, 기저귀로 두툼해진 고무 팬티와 짧은 흰색 양말, 반짝거리는 장화, 턱받이를 착용해 커다란 아기로 변장했다. 아기들이 항상 입에 물고 있는 셀룰로이드 딸랑이를 빨고 있는 그의 손에는 커다란 우유병이 들려 있다. 우유병의 눈금은 각각 독특한 구어나 준¶은어('이리 오렴 아가야', '이 위로 올라오면 몽마르트르 언덕이 보일 거야', '콰이 강의 다리가 보일 거야', '만족스럽지 않으면 환불된단

307

1. 굽 달린 작은 술잔.

다', '원한다면 다시 와', '자장자장 잘 자라 우리 아가', '불 끄기' 등)를 연상시키는데, 이는 마신 알코올의 양에 따라 매겨지는 사랑의 성공이나 실패 정도를 가리킨다.

이 그림을 그린 사람은 주느비에브의 친할아버지인 루이 풀로로, 화가보다는 실내장식가로 더 잘 알려진 인물이다. 그는 주느비에브가 그녀의 아기를 지키고 기르기 위해 집에서 달아났을 때, 풀로 일가의 일원 중에서 이 어린 여자를 내치지 않았던 유일한 사람이기도 하다. 루이 풀로는 손녀의 아파트를 보수하도록 매우 후한 금액의 공사비를 내주었다. 큰 공사는 끝났고, 부엌과 욕실도 마련되었으며, 현재 페인트칠과 마감공사가 진행되고 있다.

이 그림은 어떤 추리소설─『붉은 물고기들의 살인』─에서 영감을 받은 것으로, 그는 그림의 소재로 차용할 생각을 할 정도로 그 책을 대단히 재미있게 읽었다. 그가 생각한 것은 단 하나의 장면에 거의 모든 수수께끼의 요소를 모아놓을 수 있는 그림이었다.

이 추리소설의 사건은 작가가 발드라드라고 명명한 한 상상의 마을에서 멀리 떨어지지 않은, 이탈리아의 호수 마을을 연상시키는 어떤 지역에서 일어난다. 화자는 물론 화가다. 화가가 들판에서 작업을 하고 있는데, 한 어린 양치기 소녀가 그를 찾으러 온다. 그녀는 스위스의 다이아몬드 재벌 오스발트 차이트게버가 최근에 빌린 고급 빌라에서 커다란 비명 소리를 들었던 것이다. 화가는 소녀와 함께 빌라 안으로 들어가고, 그 안에서 희생자를 발견한다. 그 보석상인은 기이한 제복을 입은 채 전화기 옆에서 감전되어 즉사했다. 방 가운데에는 걸상이 하나 놓여 있고, 샹들리에 고리에 걸린 밧줄 끝에는 풀매듭이 지어져 있다. 그리고 어항 안의 붉은 물고기들이 죽어 있다.

화가는 발데마르 형사에게 기꺼이 상황을 진술하고, 형사는 수사를 진행해간다. 그는 빌라의 각 방을 면밀하게 수색하고, 연구소에 몇 가지 검사를 의뢰하기도 한다. 가장 명백한 단서는 바로 초등학교용 책상 안에서 발견된다. 즉 거기에는 A. 살아 있는 독거미, B. 빌라 임대료 관런 작은 고지서, C. 사건 당일 저녁에 열린, 예외적으로 가수 미키 말빌이 출연하는 어느 가면무도회 프로그램, D. 한 아프리카 신문에서 오려낸 짤막한 기사를 붙여놓은 흰 종이 한 장이 담긴 봉투가 있다. 기사는 다음과 같다.

> 바마코(A.A.P.). 6월 16일. 최소 49명의 유골이 묻혀 있던 구덩이가 푸이드라 지역에서 발견되었다. 1차 조사에 따르면 시체들은 약 30년 전에 매장된 것으로 추정된다. 조사가 계속 진행 중이다.

그날 세 사람이 오스발트 차이트게버를 만나러 왔다. 그들은 거의 동시에 도착했으며—화가는 그들이 몇 분 간격으로 차례로 지나가는 것을 보았다—함께 돌아갔다. 세 사람은 모두 무도회를 위해 변장을 하고 있었다. 경찰은 신속하게 그들의 신원을 확인했고, 그들은 각각 따로 조사를 받았다.

맨 처음 방문자는 퀘이커 교도 여자다. 이름은 카스통 부인. 그녀는 파출부 일을 알아보러 갔다고 주장하지만 확인할 길이 없다. 게다가 수사 결과 그녀의 딸이 차이트게버 부인의 청소부였고, 끝내 완전히 밝혀지지 않은 이유로 익사했다는 사실이 드러난다.

두번째 방문자는 익살광대 의상의 남자다. 그의 이름은 자리에이고, 빌라의 주인이다. 그는 빌라에 세든 사람이 제대로 거주하고 있는지 알아보고 또 가구 목록표에 그의 서명을 받으러 갔다고 말했다. 카스통 부인은 이들이 대화를 나눌 때 그 자리에 있었고, 따라서 자리에의 진술을 입증할 수 있었다. 그녀는 자리에가 도착하자마자 막 왁스를 칠한 마룻바닥 때문에 넘어질 뻔했으며 그때 창문을 붙잡는 바람에 붉은 물고기들이 있는 어항을 벽걸이 전화 근처 카펫 위에 반쯤 엎질렀다고 덧붙였다.

세번째 방문자는 큰 아기로 변장한 남자다. 그는 가수 미키 말빌이다. 우선 그는 자신이 오스발트 차이트게버의 사위이고, 그날 그에게 돈

309

을 빌리러 갔다고 털어놓았다. 자리에와 카스통 부인은 둘 다, 그 가수가 도착하자마자 다이아몬드 상인이 그들에게 사위와 단둘이 있게 해달라고 부탁했다고 밝힌다. 얼마 후 그는 이들을 다시 들어오게 했고, 함께 무도회에 갈 수 없음을 알리며 양해를 구했다. 그리고 급한 전화 몇 통을 처리하는 대로 바로 합류할 것을 약속했다. 화가는 변장한 이 세 사람이 지나가는 것을 보았고, 게다가 그들이 좁은 길 전체를 차지하고 나란히 걸어가는 것을 보면서 불쾌한 기분이 들지 않을 수 없었다고 말한다. 그로부터 약 한 시간 후에 어린 양치기 소녀가 비명 소리를 들은 것이다.

사망 당시의 상황은 아무 문제없이 밝혀진다. 카펫 밑에 기다란 철판 하나가 깔려 있었다. 즉 차이트게버는 전화하러 가다가 누전 사고로 목숨을 잃게 된 것이다. 수사반은 자리에만이 유일하게 그 철판을 깔 수 있는 사람이며, 그가 집 안에 들어오자마자 카펫에 물을 쏟게 하는 행동을 했던 것도 바로 이 감전 사고를 용이하게 하기 위해서였다는 사실을 곧 깨닫는다. 그리고 좀더 중요한 사실 두 가지를 찾아낸다. 하나는, 차이트게버에게 가면무도회를 위한 변장 의상을 제공한 이가 바로 자리에라는 사실이다. 장화의 철과 박차, 그리고 상의의 모든 금속 조각이 전기의 흐름을 원활하게 했을 것임은 자명한 일이다. 다른 하나는, 이 치명적인 사고가 위와 같은 의상으로 준비된 피해자가 어떤 특별한 번호를 눌러야만 일어날 수 있도록―차이트게버가 결국 최후의 도선이 된 셈이다―전화 배선을 조작한 이가 바로 자리에라는 사실이다. 게다가 그 전화번호는 바로 자리에 부인이 원장으로 있는 개인 병원의 것이다.

이 명백한 증거 앞에서 자리에는 곧바로 자백을 했다. 병적으로 질투심이 강한 그는 이미 그 지역 일대에 돈 후안적 기질로 소문이 자자한 오스발트 차이트게버가 자기 아내 주위에서 얼쩡댄다는 것을 알아냈다. 이러한 의심을 털어버리기 위해 그는 살인 기계를 장치해놓고 보석 상인이 실제로 죄가 있을 때에만, 즉 자기 아내의 병원으로 전화를 걸 때에만 작동하도록 조작해둔 것이다.

범행 동기는 상상에서 비롯된 것으로 보이지만―자리에 부인은 몸무게가 140킬로나 나가며, '주위에서 얼쩡댄다'는 표현은 여기서는 글자 그대로 받아들여야 한다―그것이 자리에가 이 범행을 계획하는 데 방해가 되지는 않는다. 그는 살인 혐의로 체포, 수감된다. 그러나 이러한 결말은 물론 형사와 독자를 만족시키지 못한다. 붉은 물고기들의 죽음도, 샹들리에에 매달려 있는 밧줄도, 독거미도, 아프리카의 단신 기사가 들어 있는 봉투도 전혀 설명되지 않았기 때문이다. 다음과 같은 발데마르의 마지막 발견도 마찬가지다. 그것은 긴 핀으로, 모자에 꽂는 핀 같으나 머리 부분이 없고, 물푸레나무 화분에 꽂혀 있는 채로 발견된다. 연구소 검사 결과 두 가지 사실이 밝혀진다. 하나는, 물고기들이 초고속으로 작용하는 물질인 피브로톡신에 의해 독살당했다는 사실이다. 또 하나는, 발견된 핀 끝에 훨씬 더 느린 독극물인 에르고히단토인의 흔적이 남아 있다는 사실이다.

몇 번의 부분적인 급변이 이루어진 끝에, 그리고 자리에 부인, 차이트게버 부인, 화가, 양치기 소녀, 가면무도회 주최자 등을 범인으로 가리키는 몇 가지 거짓된 단서가 고려되거나 배제된 후에, 마침내 이 자기만족적인 난제와 관련해 다소 정도를 벗어난 하나의 다형적인 해결책이 제시된다. 이로써 발데마르 형사는 살아 있는 모든 주인공이 바로 범행 장소에 함께 모인 자리를 이용해―하나의 추리소설이 진정한 추리소설이 되기 위해서 필수적인 요소―사건 전체를 훌륭하게 재구성한다. 물론 세 사람 모두가 범인이며, 각자 다른 동기로 범행을 저질렀다.

가스통 부인―그녀의 말은 그 늙은 난봉꾼에게 쫓기다가 명예를 지키기 위해 물속으로 뛰어들어야 했다―은 점술사라고 속이고 다이아몬드 상인 앞에 나타나 그의 손금을 봐주는 척했다. 그녀는 이 순간을 이용해 독약을 바른 핀으로 그를 찔렀는데, 그가 얼마 동안은 움직일 수 있을 것임을 알고 있었다. 이어서 그녀는 그 핀을 물푸레나무 화분에 묻었고, 피클병 마개 속에 숨겨두었던 독거미를 책상 안에 놔두었다. 그녀는 독거미의 침이 그녀가 사용한 독약과 유사한 작용을 한다는 사실을 알고 있었고, 언젠가 범행이 탄로날 경우 이와 같은 계략이 그녀가 무사히 빠져나갈 수 있도록 수사관들을 꽤 오랫동안 헤매게 할 것이라고 다소 순진하게 생각했던 것이다.

피해자의 사위이자 빚 독촉에 시달리던 실패한 가수 미키 말빌은 요트, 아스트라한 가죽 모피, 캐비어에 익숙한 몰지각한 보석상인의 딸의 비정상적인 소비 취향을 도저히 감당해낼 수 없었다. 그는 장인의 죽음만이 하루하루 해결할 수 없을 지경으로 꼬여가는 상황에서 그를 구해줄 유일한 해결책이라는 것을 깨달았다. 그는 커다란 우유병의 고무 젖꼭지 안에 숨겨온 작은 피브로톡신 병의 내용물을 물병 안에 대강 쏟아넣었다.

그러나 이 사건의 마지막 이야기는, 즉 마지막 반전이자 최후의 전복이며 최후의 발견인 그 종결부는 다른 곳에 있었다. 오스발트 차이트게버가 읽고 있던 그 지면의 글자는 사형 선고나 다름없었다. 최근에 아프리카에서 발견된 유골 구덩이는 그가 모든 주민을 사살하게 했던, 즉 엄청난 코끼리 무덤을 약탈하러 가기에 앞서 완전히 파괴시킨 한 반항적인 마을에 대한 유일한 흔적이었기 때문이다. 이 냉혹한 범법 행위를 통해 그는 막대한 돈을 긁어모을 수 있었다. 그에게 이 기사를 보낸 이는 그의 범죄 행위의 증거를 찾아내려고 20년 동안이나 끊임없이 그를 추적했다. 드디어 증거를 찾아냈고, 그 뉴스는 다음날 스위스의 모든 신문에 실리게 될 예정이었다. 차이트게버는 이 오래된 사건의 공범자이며 역시 같은 내용의 편지를 받은 동료들에게 전화해 이 사실을 확인했다. 그들 모두에게 이 스캔들은 죽음 외에는 다른 출구를 허락하지 않았다.

그렇게 해서 차이트게버는 목매달아 죽기 위해 걸상과 밧줄을 찾으러 갔다. 그러나 먼저, 아마도 죽기 전에 좋은 일을 하나 해야 한다는 미신적인 감정에 젖어 있었던 듯, 붉은색 물고기들의 어항에 물이 부족한 것을 보고, 자리에가 도착하면서 일부러 물을 엎질렀던 그 어항에 물병의 물을 쏟았다. 그러고 나서 밧줄을 준비했다. 그러나 이미 에르고히단토인 독의 1차 징후(구토, 식은땀, 위경련, 빠른 심박동)가 그를 덮쳤고, 고통 때문에 몸을 한껏 구부린 채 여의사에게 전화했다. 결코 그녀를 사랑해서가 아니라(사실 그가 한눈을 판 상대는 맨발의 양치기 소녀였다), 그녀에게 도움을 청하기 위해서.

자살을 준비하는 남자가 이 정도의 위통에 신경을 쓸까? 이 문제를 의식했는지 작가는 후기에서, 에르고히단토인은 독극물인 동시에 일종의 거짓 환각을 일으키는 심리적 작용도 하므로 그러한 반응이 터무니없는 것은 아니라는 견해를 밝히고 있다.

제51장 　　　　　　　　　발렌
　　　　　　　　　　　　(다락방 9)

그는 그림 안에 있는 바로 그인지도 모른다. 르네상스 시대 화가들이 항상 그림 속 신하, 군인, 사제, 상인 사이에 조그맣게 자신의 자리를 마련해놓았던 것처럼. 하지만 그의 자리는 그림 중앙에 위치하지도, 이런저런 정교한 투시법을 따르지도 않으며 특별한 축에 따라 선택된 하나의 교점에 위치하지도 않는다. 그의 자리는 그런 특별하거나 중요한 자리가 아니며 그림의 모든 재해석을 가능하게 하는, 즉 의미로 가득 찬 어떤 시선의 연장선상에 있는 자리도 아니다. 단지 해롭지 않아 보이는 하나의 자리. 마치 스쳐가다가 다소 우연히 만들어진 양 왜 그런 자리를 만들었는지 도무지 영문을 알 수 없는 자리, 화가 자신이 사람들 눈에 띄고 싶어하지 않아 만들어놓은 듯한 자리. 단지 초보자들의 서명에 불과하거나 그림 주문자가 화가의 서명으로 간주해 눈감아준 어떤 표시 같은 그런 자리. 그 자리는 몇몇 사람에게만 겨우 발견되는 것이며 곧 잊혀질 만한 것이다. 그 자리는 화가가 죽고 나서야 몇 세대에 걸쳐 이 아틀리에에서 저 아틀리에로 전해질 하나의 일화가 될지도 모르며, 아무도 믿지 않았지만, 어느 날 재산의 재분배 과정에서, 혹은 미술관 창고에서 재발견된 기초 밑그림들과 완성된 그림을 비교하는 과정에서, 그 증거를 찾아내게 될 하나의 전설이 될지도 모른다. 또는 아주 우연한 방식으로 마치 우리가 어떤 책을 읽다가 어딘가 다른 곳에서 읽은 문장들을 만나듯이. 그리고 아마도 우리는 이 작은 배역 안에 조금은 특이한 무언가가 늘 담겨 있게 마련이라는 것을 이해하게 될 것이며, 그것이 얼굴의 세부까지 좀더 세심하게 신경을 쓴 것일 뿐 아니라, 더 의연히 중립성을 지키고 있는 상태 혹은 눈에 띄지 않을 정도로 살짝 머리를 기울인 어떤 자세, 이해심과 부드러움, 추억에 잠긴 듯한 즐거움 등과 유사한 그 무엇이라는 것을 이해하게 될 것이다.

그는 그의 그림 안에, 그의 방 안에 있는 바로 그인지도 모른다. 오른쪽 거의 맨 위에서 온통 물감으로 범벅이 된 긴 회색 셔츠를 입고 보라색 스카프를 두른 채 한 손에 팔레트를 들고 자기 그림 곁에 서 있는, 열심히 그물을 짜고 있는 한 마리 작은 거미 같은 그.

그는 거의 완성된 자신의 그림 옆에 서 있는지도 모른다. 그는 바로 그 자신, 긴 회색 셔츠를 입고 보라색 스카프를 두른 채 한 손에 팔레트를 들고 있는 한 화가의 미세한 모습을 붓끝으로 그리고 있는 그 자신을 그리고 있는지도 모른다. 마치 그의 눈과 손의 능력이 무한하다는 듯, 그가 끝없이 계속되기를 바랄, 점점 더 깊이 중첩되어가는 그 연속적 이미지들 중 하나를 또 한 번 그리고 있는 한 화가의 아주 작은 모습을 그리고 있는지도 모른다.

그는 스스로를 그리고 있는 자신을 그리고 있는지도 모르며, 커다란 사각형의 화폭 위에는 그의 주위의 모든 것이 이미 자리를 잡고 있는지도 모른다. 엘리베이터, 계단, 층계참, 집 앞의 신발털이 깔개, 방과 거실, 부엌, 욕실, 수위실, 미국인 여자 소설가가 입주자 리스트를 살펴보고 있는 건물 현관, 마르시아 부인의 골동품 가게, 지하 창고, 보일러실, 엘리베이터 기계실.

그는 스스로를 그리고 있는 자신을 그리고 있는지도 모르며, 이미 국자, 칼, 거품 떠내는 국자, 문손잡이, 책, 신문, 카펫, 물병, 난로 안의 장작 받침쇠, 우산꽂이, 접시받침, 라디오, 침대용 램프 스탠드, 전화, 거울,

칫솔, 빨래 건조대, 놀이 카드, 재떨이 안의 꽁초, 단순하게 생긴 틀 안의 가족사진, 꽃병의 꽃, 라디에이터 선반, 매셔[1], 펠트 슬리퍼, 작은 상자 안의 열쇠 꾸러미, 셔벗 제조기, 고양이 집, 광천수 상자, 요람, 주전자, 자명종 시계, 비둘기형 램프, 만능 펜치가 그림 속에 나타나 있는지도 모른다. 또한 그는 라피아 야자수를 엮어 만든 댕트빌 의사의 원통형 화분 두 개, 시노크의 달력 네 개, 베르체의 통킹 지방 풍경화, 가스파르 윙클레의 조각장식된 궤, 오를로브스카 부인의 보면대, 베아트리스 브레델이 크레스피 양에게 가져다 준 튀니지산 가죽 신, 건물관리인의 콩팥형 테이블, 마르시아 부인의 자동인형과 그의 아들 다비드의 나뮈르 지도, 안 브레델의 방정식으로 뒤덮인 연습장, 마르시아 부인의 찬장에 있는 양념통, 댕트빌의 넬슨 제독 초상화, 알타몽 씨 집의 중국식 의자들과 늙은 연인들을 표현한 값비싼 태피스트리, 니에토의 라이터, 제인 서턴의 레인코트, 스모프의 선박용 상자, 별이 총총한 플라세르의 종이, 주느비에브 폴로의 진주모 조개, 커다란 삼각형 나뭇잎 무늬가 있는 시노크의 날염 침대 커버와 합성 가죽으로 된 레올의 침대—스웨이드 가죽을 날염 가공한 것에, 마구 직공이 벨트와 크롬 도금한 고리로 마무리한—, 그라티올레의 테오르보[2], 바틀부스의 집 식당에 있는 진기한 커피 통들과 그 집 조명 장치가 발하는 그림자 없는 빛, 루베 씨 집과 마르키조 씨 집의 이국적 양탄자, 수위실 탁자 위에 놓인 우편물, 올리비아 로르샤슈의 커다란 크리스털 샹들리에, 알뱅 부인이 정성스럽게 포장한 물건들, 위팅이 튀뷔르보 마쥐스에서 발견한 고대의 사자 석상을 그리고 있는지도 모르며,

이 모든 것 주위에는 각자의 이야기, 각자의 과거, 각자의 전설을 가진 그의 등장인물들의 긴 행렬이 이어지고 있는지도 모른다.

1. 코바동가에서 알카마흐에게 승리를 거두고 왕관을 수여받는 펠라요.
2. 쇤베르크를 따라 암스테르담으로 가는 러시아에서 망명한 여가수.
3. 맨 꼭대기 층에 사는 두 눈의 색깔이 다른 귀머거리 새끼 고양이.
4. 여러 통의 모래를 준비시키는 멍청이 지역 본부장.

1. 채소를 짓이기거나 찧는 기구.　　　　2. 바로크 시대 현악기의 일종.

5. 노트에 아주 작은 지출까지도 기록하는 구두쇠 여인.

6. 주사위 놀이에 깊이 빠져 있는 퍼즐 제작자.

7. 부재중인 주민들의 화분을 돌봐주는 수위.

8. 베코에 대한 경의의 표시로 아들 이름을 질베르라고 짓는 부모.

9. 오스만족으로부터 해방된 남편의 중혼을 인정하는 백작부인.

10. 시골집에 머물 수 없는 것을 안타까워하는 여성 사업가.

11. 소설을 구상하며 쓰레기를 버리러 내려가는 소년.

12. 오스트레일리아인 세계 여행가를 따라다니는 겉멋 든 조카.

13. 선량한 인류학자를 끝없이 피해 달아나는 부족.

14. 자동세척기능이 있는 오븐의 사용을 거부하는 요리사.

15. 수입의 1%를 예술에 할애하는 국제적 호텔 사업주.

16. 삽화가 있는 잡지를 시큰둥하게 들여다보고 있는 간호원.

17. 순례를 떠났다가 아르항겔스크에서 난파당한 시인.

18. 세밀화가의 인내력을 잃게 만드는 이탈리아제 바이올린.

19. 계속해서 라디오를 들으며 소시지를 먹고 있는 뚱뚱한 부부.

20. 총사령부 폭격 때 한쪽 팔을 잃은 대령.

21. 아버지의 침대 머리맡에서 젊은 여자가 꾸는 슬픈 꿈들.

22. 증기의 밀도를 더해 넣은 그림 〈터키탕〉이 가격을 흥정하는 오스트리아의 손님들.

23. 편지를 태워버리려 하는 파라과이의 육체노동자.

24. 영국식 반바지를 입고 수채화를 배우고 있는 젊은 백만장자.

25. 새 보호구역을 만드는 산림치수국의 산림감시원.

26. 낡은 주간지로 자신의 기념품을 포장하는 과부.

27. 위대한 법관으로 인정받고 있는 국제적 강도.

28. 외딴섬에서 편하고 자유롭게 사는 로빈슨 크루소.

29. 건조한 에담 치즈의 껍질을 좋아해 아귀아귀 씹어 먹는 햄스터.

30. 헌책방 일대를 돌아다니며 괴롭히는 '언어 암살자'.

31. 해몽의 새로운 열쇠를 파는 검은 옷의 수사관.

32. 파리에 생선요리 전문식당을 여는 식용유 장수.

33. 아름다운 베네치아제 샹들리에에 깔려 죽은 늙은 부사령관.

34. 자신의 페이스메이커의 여동생과 결혼하는 중거리 자전거 경주자.

35. 계란 요리와 훈제 대구 요리밖에 할 줄 모르는 여자 요리사.

36. 호화로운 침대를 산 탓에 2년 동안 빚을 진 채 살아가는 젊은 부부.

37. 이탈리아의 인기 여배우 때문에 버림받은 미술품 상인의 아내.

38. 다섯 명의 질녀에 관한 전기를 다시 읽는 어린 시절의 여자친구.

39. 코르크로 만든 조각들을 병 속에 넣는 남자.

40. 스페인의 아랍 왕들의 흔적을 찾아다니는 고고학자.

41. 우아즈 지방에서 초라한 삶을 사는 바르샤바 출신의 전직 어릿광대.

42. 사위가 면도할 때 더운물을 끊어버리는 장모.

43. 모든 수는 최초의 K의 합이라고 말하는 네덜란드인.

44. '옛것과 새로운 것의 만남'이라는 말로 90대를 정의하는 시피웅.

45. 귀머거리이고 벙어리이며 팔다리도 없는 사람의 입모양을 읽고 있는 원자물리학자.

46. 할리우드 스타에 대한 자신의 사랑을 노래하는 알바니아인 강도.

47. 멧돼지 넓적다리 고기 요리를 만들고 싶어하는 독일인 사업가.

48. 사제직보다 포르노를 더 좋아하는, 개를 끌고 다니는 부인의 아들.

49. 피진 영어로 모신상母神像을 교환하는 말레이시아인 바텐더.

50. 케이크를 빼앗긴 후 꿈속에서 다시 그것을 보는 어린 소년.

51. 시나리오를 읽은 후 배역을 거부하는 일곱 명의 배우.

52. 한국에서 자신의 순찰대를 죽게 만드는 미국인 탈주병.

53. 성전환 수술을 받은 후 슈퍼스타가 되는 기타리스트.

54. 빨간 머리의 유럽인에게 호랑이 가죽 의자를 내주는 인도의 대왕.

55. 소설에서 영감을 얻는 관대한 할아버지.

56. 메디나에서 코란 한 장章을 베껴 쓰는 대서가.

57. 아르코나티의 〈오를란도〉에 나오는 안젤리카의 아리아를 요구하는 오르파니크.

58. 어린 시절의 젖형제와 공모해 자신의 죽음을 꾸며내는 배우.

59. 팔을 뻗어 올려 올림픽 성화를 들고 있는 젊은 일본 여인.

60. 카탈루냐 평야에서 아틸라의 무리를 무찌르는 아에티우스.

61. 888m의 기록을 세우는 터키의 술탄 셀림 3세.

62. 지우개 과다 복용으로 사망하는 육군 상사.

63. 프리츠 제임스의 마지막 메시지를 발견하는 폭스 호의 이인자.

64. 6개월 동안 방에서 나가지 않은 대학생.

65. 또다시 세계 일주 여행을 떠나는 프로듀서의 아내.

66. 중유점화장치를 조절하는 중앙난방 수리공.

67. 자신의 음악평 모음을 도서관에 유증하는 부유한 음악 애호가.

68. 수집한 의료 광고용 압지를 분류하는 어린 소년.

69. 매우 부유한 한 미국 여인에게 고용된 배우 겸 요리사.

70. 작고 수줍은 아내가 된, 과거에는 도박장을 출입하는 전문 도박꾼이었던 여자.

71. 왼손 세 손가락을 잃고 낙담하는 실험 준비 조교.

72. 쇼몽포르시앙에서 벨기에 출신 석공과 함께 사는 젊은 여자.

73. 다이아몬드의 비밀을 밝혀냈다고 믿는 의사의 선조.

319

74. 메피스토펠레스와 계약을 맺게 만드는 젊은 여인.

75. 붉은색 유니폼에 시끄러운 오토바이를 타고 다니는 골동품상 아들.

76. 독일 화학자들의 비법을 무시하는 정부 관리.

77. 거부당해 돌려받은 원고를 태워버리는 옛 역사 교수.

78. 잠수용 손목시계 시장을 지배하는 늙은 일본인 사업가.

79. 아내와 아들을 위한 복수를 부르짖는 외교관.

80. 다음날에야 출발하게 되어 자신의 강낭콩들을 다시 돌려달라고 하는 부인.

81. 딸기 생크림 케이크 만드는 방법에 대해 숙고하는 인기 여가수.

82. 회중시계와 자동인형을 수집하는 늙은 부인.

83. 우연히 고른 숫자들로 모든 것을 알아맞히는 마술사.

84. 멋진 S자형 마호가니 의자를 그리시에게 선물하는 러시아의 귀족.

85. 더이상 운전을 하지 않고 카드 점을 즐기는 운전사.

86. 자신이 발명한 요리에 자신의 이름을 붙이기를 꿈꾸는 의사.

87. 아프리카산 가죽 사업에서 파산하는 엔지니어.

88. '세 명의 자유인' 교의 입문 의식을 이끌며 고행하는 일본인.

89. 요양소에서의 수많은 추억을 되새기는 늙은 독학자.

90. 물려받은 유산을 경매장에 넘겨야 하는 증손자.

91. 화가 난 공주의 사모바르³ 포장을 벗기는 세관원들.

92. 9층 다락방에 임시 거처를 마련하는 인도 물건 상인.

93. 〈프랑스 여인에게 바치는 서곡〉을 함부르크에 소개하는 작곡가.

94. 복원해야 할 세밀화를 확대경으로 들여다보는 마르그리트.

95. 퍼즐 제작자의 적갈색 고양이에게 자신의 이름을 붙이는 셰리비비.

96. 잡지를 소개하러 무대에 올라가는 나이트클럽 웨이터.

97. 동료들을 위해 성대한 파티를 여는 관리.

98. 빈 아파트를 방문하는 부동산 중개업소 여자 직원.

99. 영국인의 퍼즐을 담기 위해 두꺼운 종이 상자를 만드는 여인.

320 100. 구석에서 버터 비스킷 '뤼'를 베어 먹고 있는 여자아이.

101. 단 하루에 3만 명의 루시타니아인들을 죽게 한 고대 로마의 집정관.

102. 파리의 지하철 지도를 힐끗 쳐다보는 외투 입은 어린 처녀.

103. 아파트 월세를 높여 받을 생각을 하는 건물 관리인.

104. 늙은 장인의 반지들을 고르는 키 작은 향수 가게 여주인.

105. 반反프랑스 민족주의자들 때문에 파산한 다마스쿠스의 출판업자.

106. 영국인의 해양화를 위해 범죄를 저지르는 미술비평가.

107. 증오에 불타는 눈빛을 가진 장의사 직원의 꿈을 꾸는 늙은 여자 하인.

3. 러시아 주전자.

108. 스트리크닌과 큐라레의 효과를 비교하는 학자.

109. 채식주의자의 수프에 고깃가루를 넣는 학생.

110. 공사장을 나오면서 편지를 읽는 세번째 인부.

111. 끊임없이 계승階乘 계산을 히는 늙은 급사장.

112. 뉴욕에서 길을 잃었다가 프랑스인의 도움으로 돌아오며 감동한 사제.

113. '매우 성스러운 단지'의 흔적을 추적하는 부유한 제약업자.

114. 한 이탈리아인 제련공의 기술에서 영감을 얻는 화학자.

115. 손에 새 장갑을 끼고 있는 검은 외투의 남자.

116. 종이의 켜를 분리하는 방법으로 한스 벨머의 앞뒷면 그림을 분리해내는 기요마르.

117. 깜짝 놀랄 만한 왈츠 곡을 작곡하는 리스트와 쇼팽의 친구.

118. 콜베르에게 자신의 가장 좋은 샴페인을 맛보게 하는 동 페리뇽.

119. 한 대륙에 자신의 이름이 붙는다는 것을 알고 죽는 아메리고.

120. 점심식사 후 카운터 뒤에서 낮잠을 자는 리리 씨.

121. 한 신문에서 자신의 부고 기사를 발견하는 마크 트웨인.

122. 글레베를 임실힐 때 사용된 딘도를 뒤고 있는 미시.

123. 자신이 교장으로 있었던 학교에 유증하는 문헌학자.

124. 피란델로의 작품을 읽으며 목욕을 하는 젊은 아기 엄마.

125. 다양한 제목의 싸구려 소설을 쓰는 역사가.

126. 히틀러가 살아 있다는 증거를 모으는 늙은 도서관 사서.

127. 러시아 출신 여가수의 피아노를 조율하는 맹인.

128. 새끼 돼지의 붉은색 뼈대를 이용하는 실내장식가.

129. 조개 화폐 밀매로 돈을 모을 것이라 믿는 홍행주.

130. 머리를 염색하려다가 머리가 다 빠지게 되는 여자 손님.

131. 빨간 색연필로 오페라 관련 기사에 표시를 하는 도서관 부사서.

132. 장막 뒤에 쥐 한 마리가 있다고 생각하는 사랑에 빠진 마부.

133. 대연회장으로 따뜻한 카나페⁴ 접시를 운반해가는 빵집 조수.

134. 간호원의 우유를 뒤집어엎는 고양이 피프와 라 미누슈.

135. 고장난 엘리베이터 안에 약혼녀와 함께 간히는 보병.

136. 마침내 남자친구의 편지를 읽게 되는 영국인 가정부.

137. 빅토르 위고의 편지 세 통을 발견하는 헌책방 주인.

138. 원주민 가이드 옆에서 포즈를 취하는 사파리 여행 애호가.

139. 어린 아들과 튀니지에서 돌아오는 아름다운 폴란드 여인.

140. 자신이 묵고 있던 호텔 방에서 총에 맞아 죽는 공병 장교.

141. 총포의 위협 아래서 수술을 해야 하는 외과의사.

142. 여름방학 숙제를 고쳐주는 프랑스어 교사.

143. 화재 후 흑진주들을 발견하는 대법관 부인.

144. 자신의 신기록을 공인받으려고 애쓰는 자전거 경주 선수.

145. 자신의 옛날 물리선생을 알아보는 군인.

146. 진짜 소설 주인공을 만들어내기를 꿈꾸는 이전의 건물주인.

147. 연습을 다시 시작하는 지나친 완벽주의자인 재즈연주가.

148. 자신들의 우상에게 71마리의 흰 생쥐를 선물하는 태즈메이니아 팬들.

149. 세상에서 가장 높은 탑을 세우기를 꿈꾸는 수학도.

150. 냉정한 발레리나에게 사로잡혀 곁에 다시 돌아오는 사랑에 빠진 안무가.

151. 엘리베이터를 열어주기를 거부하는 이전의 스페인인 수위.

152. 건물 입구의 거울을 닦고 있는 '니콜라' 포도주 가게 배달원.

153. 포르 라라냐가 담배를 피우며 나팔 축음기를 듣고 있는 남자.

154. 고등학교 입구에서 물건을 파는 늙은 포르노 상품 상인.

155. 상아색 선인장에 이름을 붙이고 싶어하는 케냐의 식물학자.

156. 루이 16세와 마리 앙투아네트 앞에서 연주하는 어린 모차르트.

157. 신문에 공고된 모든 콩쿠르에 도전하는 러시아인.

---

4. 생선, 햄, 채소 등을 얹은 토스트.

158. 단도를 삼킨 후 작은 못들로 뱉어내는 요술쟁이.

159. 아르곤에서 동사하는 가톨릭 성물 제작자.

160. 탄광에서 광차를 끄는 늙고 눈먼 말들.

161. 아스클레피아데스와 갈레노스 사이의 논쟁을 상상하는 비뇨기과 의사.

162. 지도에서 코르베니크로 가는 길을 찾는 멋진 비행사.

163. 임시변통용 대팻밥 불에 몸을 녹이는 고급가구 세공인.

164. 터키 반지를 재구성해보려 헛된 노력을 기울이는 관광객들.

165. 세 명의 깡패에게 몽둥이로 맞아 죽는 무용 선생.

166. 국왕인 할아버지의 머리맡에서 기도하는 젊은 공주.

167. 급배수시설 배관을 검사하는 임시 세입자.

168. 1년에 4개월씩 자리를 비우는 사무책임자.

169. 말로솔 병에 손가락을 담그는 골동품가게 주인.

170. 자신에 대한 사형선고와 다름없는 짧은 신문기사를 읽는 보석상인.

171. 유명한 회화작품에 안개 효과를 입힌 작품으로 인기를 얻는 화가.

172. 성유물이 모두 몇 개인지 조사할 것을 명령하는 외젠 왕자.

173. 영국을 공격하기 위해 '독수리좌'를 생각하는 황제.

174. 물방울무늬 드레스를 입고 해변가에서 뜨개질을 하는 부인.

175. 헨델의 음반을 틀어놓고 제조를 하는 멜리네시이인들.

176. 더이상 공중그네에서 내려오려 하지 않는 젊은 공중곡예사.

177. 주머니에서 마지막 성냥을 되찾는 제데옹 스필레트.

178. 벌레들의 미세한 활동을 구상화하는 이탈리아 가구세공인.

179. 자신의 화폭에 건물 전체의 이야기를 담으려 하는 늙은 화가.

제52장   플라세르
2

플라세르네 아파트의 한 방. 이곳은 아이가 태어나기 1년 전인 약 13년 전에 플라세르 부부가 썼던 방이다. 그로부터 수년 후 옆방의 트루아양이 죽었고, 그들은 건물 관리인에게서 그가 살았던 방을 사들였다. 그 후 다시 마르키조 부부에게서 복도 끝에 있는 방을 사들였는데, 그 방에는 빈 병을 팔아 생계를 유지하던 트로케라는 노인이 살고 있었다. 이 노인의 보증금은 플라세르 부부에게 넘어갔다. 그는 술 마시는 사람, 권투 선수, 선원, 모리스 슈발리에, 드골 장군 등의 모습을 한 코르크로 된 조그만 인물들을 집어넣은 병 몇 개를 간직하고 있었고, 일요일이면 샹젤리제에 가지고 나가 거리로 몰려드는 사람들에게 팔아보려 했다. 그러나 트로케 노인이 제대로 집세를 내지 못하자 플라세르 부부는 즉각 소송 서류를 작성했으며, 이 노인이 거의 거지나 다름없는 상태였으므로 쉽게 소송에서 이길 수 있었다.

그들의 첫번째 방에는 일찍이 그레구아르 생송이라는 한 젊은이가 약 2년 동안 살았다. 그는 역사를 전공하는 대학생이었다. 얼마 동안 그는 오페라 도서관에서 사서보조원으로 일했다. 그의 일은 그리 대단한 것은 아니었다. 앙리 아스트라라는 한 부유한 음악 애호가가 40년 동안 모아온 자료를 도서관에 유증하면서 생긴 자리였다. 오페라에 심취했던 앙리 아스트라는 실제로 1910년 이후 단 하나의 초연도 빠뜨리지 않고 관람했으며, 푸르트벵글러가 지휘하는 〈링〉을 듣기 위해, 그리고 테발디가 데스데모나로 나오거나 칼라스가 노르마로 분하여 노래하는 것을 듣기 위해 주저 없이 도버 해협을 건너 영국까지 갔고, 심지어 대서양을 건넌 적도 두세 번 있었다.

매 공연에서 아스트라는 프로그램—지휘자와 연주자들의 무수한 헌사가 담긴—을 포함한 인쇄 자료와, 경우에 따라 의상과 무대장치 일부까지 모아 갔다. 예를 들면, 로돌포 역을 맡았던 마리오 델 모나코의 보라색 멜빵(〈라 보엠〉, 코번트 가든, 나폴리 오페라, 1946년), 빅토르 드 사바타의 지휘봉, 하인츠 티텐이 1929년 베를린에서 직접 연출을 맡으며 주석까지 곁들여 넣은 〈로엔그린〉의 악보, 같은 공연의 무대장치를 위해 사용했던 에밀 프레토리우스의 모형들, 카를 뵘이 우르비노의 메이 뮤지컬에서 올린 〈돈 조반니〉 공연에서 헤이그 클리퍼드가 제독 역할을 위해 입었던 가짜 대리석 주형 등.

앙리 아스트라의 유증에는 상당한 액수의 연금이 따라붙었는데, 이는 세계 어디에서도 비슷한 예를 찾아볼 수 없는 이 특별한 탐구의 지속을 목적으로 하는 것이었다. 따라서 오페라 도서관은 두 명의 수위가 지키는 세 개의 전시실 겸 열람실과 다른 두 개의 사무실로 이루어진 아스트라 재단을 만들 수 있었는데, 이 사무실 중 하나는 도서관장이, 다른 하나는 도서관 부사서와 파트타임으로 일하는 부사서 보조원이 사용했다. 도서관장—르네상스 시대 축제 전문가인 미술사 전공 교수—은 이 재단에 문의하러 오는 일정 수준의 사람들—연구자, 연극평론가, 공연예술사학자, 음악연구가, 연출자, 무대장치가, 음악가, 의상담당자, 배우 등—을 맞이하고 전시회(MET 기념 전시회, 〈라 트라비아타〉 100주년 등) 기획을 주 업무로 했다. 그리고 도서관 부사서의 업무는 파리의 거의 모든 일간지와 주요 주간지, 월간지, 잡지, 기타 간행물을 읽고 붉은 색연필로 일반 오페라 관련 기사('오페라 극장을 닫을 것인가?', '오페라 극장을 위한 계획들', '오페라의 자리', '오페라의 유령: 사실과 전설' 등)와 특정 오페라 관련 기사에 테두리를 치는 것이었다. 부사서 보조의 업무는 붉은색으로 테두리가 쳐진 기사들을 오린 후, 풀로 붙이지 않고 고무줄로 고정시키는 '임시 서류철CP(chemises provisoires)' 안에 그것들을 넣어두는 것이었다. 어느 정도 시간이 지나면—대개는 6주를 초과하지 않는다—이들은 오려낸 인쇄물들(이것의 약어 역시 CP이다)을 CP에서 꺼내 21×27센티미터의 흰 종이 위에 붙였고, 왼쪽 상단에 붉은색 잉크로 작품 제목을 대문자로 적고 밑줄을 두 번 그었으며, 장르(오페라, 오페라 코믹, 오페라 부파, 성가극, 통속극, 오페레타 등), 작곡자 이름, 오케스트라 지휘자 이름, 연출자 이름, 연주 홀의 이름을 소문자로 기입해 밑줄을 한 번 그었고, 공식적인 초연 날짜도 덧붙였다. 이렇게 종이에 부착된 기사 조각은 다시 원래의 철에 넣어졌으나, 이번에는 고무줄 대신 아마포 끈으로 묶여 '준비 서류DEA'라는 타이틀로 도서관 부사서와 부사서 보조SB2ATP의 사무실에 있는 유리장 속에 보관되었다. 몇 주일이 지나 문제의 공연에 대한 기사가 더이상 나오지 않을 것이 완전히 확실해지면, 이 DEA는 전시실 겸 독서실 안에 있는 철망 친 커다란 장들 중 하나로 옮겨져, 아스트라 재단의 다른 서류들과 마찬가지로 '영구 회원 카드나 재단 행정관리인에 의해 발부되는 특별 허가증을 제시해야만 그 자리에서 찾아볼 수 있는'(정관에서 발췌, 18장, §3, c항) '확정 자료DEP'가 되었다.

불행히도 이 시간제 아르바이트는 오래 지속되지 못했다. 해마다 일반 도서관과 특히 오페라 도서관이 만들어내는 이해할 수 없는 적자의 원인을 찾기 위해 파견된 재정 감사관은 보고서를 통해 다음과 같은 견해를 밝혔다. 즉 세 개의 방에 두 명의 수위를 두는 것은 지나치고, 신문 기사를 오리기 위해 매달 175프랑 18상팀을 지급하는 것은 175프랑을 그냥 버리는 것과 다름없으니, 수위만 딱 한 명 두어, 세 방을 지키는 것 말고는 다른 할 일이 없는 그에게 지키는 일도 시키고 동시에 자르는 일도 시키면 될 것이라는 소견이었다. 커다란 슬픈 눈에 보청기를 낀 쉰 살의 내성적인 여인인 도서관 부사서는 CP와 DEA를 가지고 자신의 사무실과 전시실 겸 독서실을 오가는 일은 권태의 지속적인 원인이 되어 DEP에 심각한 해를 초래할 위험이 있다는 사실—이는 나중에 입증되었다—을 설명했으나 허사였다. 반면, 자신의 자리를 지키게 된 것만으로도 너무 만족한 도서관장은 재정 감사관 편에 서서 '업무의 계속되는 출혈을 막고자 결연히' 1) 단 한 명의 수위만 두고, 2) 시간제 인력인 도서관 부사서 보조SB2ATP 자리는 없애고, 3) 세 개의 전시실 겸 열람실은 일주일에 세 번씩 오후에만 열고, 4) 도서관 부사서가 '가장 중요하다'고 판단되는 기사는 직접 오리고 나머지 기사의 절취는 수위에게 맡기며, 5) 끝으로, 재정 상태를 고려해 이후 오려낸 기사를 붙일 때는 종이 앞뒷면을 모두 사용할 것을 결정했다.

그레구아르 생송은 여러 임시직을 찾으며 한 학년을 마쳤다. 그는 팔려고 내놓은 아파트로 잠재적 구매자를 안내해, 그 집에서는 부엌용 작은 의자 위에 올라가 머리를 조금만 숙이면 사크레쾨르 성당이 보인다는 사실을 직접 확인할 수 있도록 도와주는 일 등을 했다. 또 집집마다 돌며 문 앞에서 '예술서'나 늘 과대평가되는 최고 권위자들이 서문을 쓴 끔찍한 백과사전, 별 볼 일 없는 모델을 아무렇게나 흉내낸, 상표가 떨어져 헐값에 팔리는 핸드백, '대학생을 좋아하세요?' 식의 '청소년' 신문, 고아원에서 수를 놓아 만든 작은 식탁보, 맹인들이 짠 신발털이 깔개를 팔았다. 그리고 바로 그즈음 손가락 세 개를 잃는 사고를 겪었던 그의 이웃 모렐레는 그에게 자신이 만든 비누와 원뿔형 냄새 제거제, 파리 잡는 둥근 고리, 일반 샴푸와 카펫 청소용 샴푸를 동네에 배달하는 일을 시켰다.

이듬해, 그레구아르 생송은 많지는 않지만 반드시 일을 구하지는 않아도 될 만한 액수의 장학금을 받았다. 그러나 그는 공부에 전념해 학부 과정을 마치는 대신 일종의 신경쇠약증에 빠졌다. 그것은 그 무엇으로도 깨울 수 없는 것처럼 보이는 어떤 이상한 혼수상태였다. 이 시기에 그를 만난 적이 있는 사람들은 그가 무중력 상태에서, 모든 것에 대한 일종의 무관심 상태 내지는 무감각 상태라 할 수 있는 그런 상태에서 살고 있다는 인상을 받았다. 그는 외부 세계가 그에게 지속적으로 가져다주는 정보를 접할 때마다 점점 더 수용할 의욕을 잃어가는 것처럼 보였다. 그는 일종의 일률적인 삶을 영위하기 시작했다. 똑같은 방식으로 옷을 입었고, 매일 똑같은 감자튀김 가게의 판매대 앞에 서서 똑같은 음식, 즉 감자튀김을 곁들인 스테이크 요리에 붉은 포도주 한 잔, 커피 한 잔으로 이어지는 '풀코스'를 먹었으며, 매일 저녁 카페 한구석에 앉아 『르몽드』지를 한 줄씩 찬찬히 읽었고, 낮 동안에는 카드점을 치거나 장밋빛 플라스틱 대야에 네 켤레 양말 중 세 켤레를 빨거나 세 벌의 셔츠 중 하나를 빨았다.

그 후 온종일 파리를 산책하는 시기가 찾아왔다. 그는 떠돌아다니고, 발길 닿는 대로 거닐고, 퇴근 인파 속에 묻혀 돌아다녔다. 쇼윈도를 따라 걷고, 화랑이란 화랑은 다 들르고, 9구의 파사주[1]를 돌아다니고, 상점이 나올 때마다 앞에 멈춰 서서 구경했다. 그는 똑같은 정도의 주의를 기울여 가구점에 있는 시골풍 서랍장과 침대 다리, 침대 매트리스 가게의 용수철, 장의사의 인조 화환, 잡화점의 상품진열용 가로대, 파리 기념품 가게('독일어 가능', '영어 가능')의 엄청나게 큰 가슴을 가진 핀업 걸들을 찍은 '에로틱한' 게임 카드, 예술 사진 스튜디오의 누렇게 변한 사진—해군복장을 한 달처럼 동그란 얼굴의 어린아이와 크리켓 모자를 쓴 못생긴 어린 남자아이, 납작코의 사춘기 소년, 막 뽑은 듯한 새 자동차 곁에 서 있는 불독 같은 인상의 한 남자—을 들여다보았다. 그리고 돼지고기 정육점의 돼지기름으로 만든 샤르트르 성당과 '익살과 속임수' 가게의 장난스러운 안내장을 구경했고,

328

Adolf Hitler
Fourreur

2

JEAN BONNOT
charcutier

3

M. et Mme HOCQUARD
de Tours (I. & L.)
ont la joie vous annoncer
la naissance de leur fils
ADHÉMAR

4

1. 파리 시내의 지붕 있는 샛길.
2. 아돌프 히틀러 / 모피상인.
3. 장 보노 / 돼지고기 장수.
4. 투르의 / 오콰르 씨 부부(I. & L.)가 / 득남의 기쁨을 / 알립니다 / 아데마르.

판각版刻 가게의 빛바랜 명함과 상호商號 머리글, 안내장을 들여다보았다.

LE PANNEAU METALLISE   ⁷
S.A.R.L. AU CAPITAL DE
6 810 000 F

Marcel-Emile Burnachs, S.A. ⁸
"Tout pour les Tapis"

ASSOCIATION   ⁹
DES ANCIENS ELEVES
DU COLLEGE GEOFFROY SAINT-HILAIRE

때때로 그는 17구에 있는 러시아 레스토랑의 수를 모두 세거나 결코 교차하지 않으면서 레스토랑들 사이를 이을 수 있는 하나의 도정을 만드는 것과 같은 우스꽝스러운 임무를 스스로에게 맡기기도 했지만, 대개는 보잘것없는 목표를 세워—147번째 벤치 8,237번째 발걸음—당페르로슈로 광장이나 샤토랑동 부근 어느 지점엔가에 있는 사자 다리 모양의 철제 다리를 가진 오리목 의자에 앉아 몇 시간을 보냈다. 혹은 진열장 부품을 파는 가게 앞에 조각처럼 앉아 있기도 했는데, 가게 진열장 위에는 잘록한 허리의 인형과 진열창 그 자체를 표현한 모형 진열장 외에도 모든 종류의 광고용 옥양목 천, 상표, 표지판이 보였으며,

329

5. 마들렌 프루스트 / 기념품 상인.
6. 토마 제마 랄레스 박사 / 위장병 전문의 /
SGDG자격증.
7. 르 파노 메탈리제 / 자본금
6,810,000프랑의 유한책임회사.

8. 마르셀 에밀 뷔르나슈 주식회사 /
"카펫의 모든 것."
9. 조프루아 생틸레르 중학교 동창회.

SOLDES
fins de séries
ARTICLE EXCEPTIONNEL
N O U V E A U T E
Notre Toute Dernière Création
EXCLUSIVITE

마치 이런 유의 진열대에 내재하는 논리적 패러독스를 되새기기라도 하는 양 그것들을 몇 분 동안이나 바라보곤 했다.

얼마 후에는 집 안에서 지내기 시작했고, 조금씩 시간 개념을 잃어갔다. 어느 날 그의 자명종시계는 5시 15분에서 멈추었고, 그는 그것을 다시 작동시킬 생각을 하지 않았다. 때로는 밤새도록 그의 방에 불이 켜져 있었다. 하루, 이틀, 사흘 그리고 일주일 내내, 복도 끝에 있는 화장실에 가는 것을 제외하고는 자기 방을 떠나지 않은 채 지내기도 했다. 또 어떤 때는 밤 10시에 집을 나가 다음날 아침에, 겉보기에는 밤을 샌 것에 전혀 영향을 받지 않은 듯한 멀쩡한 얼굴로 돌아오곤 했다. 큰 거리에 있는 소독제 냄새 나는 더러운 극장에 영화를 보러 가거나, 철야 영업을 하는 카페를 전전하면서 핀볼 게임을 하거나, 한쪽 눈을 치켜뜨고서 커피 기계 너머로 얼큰히 취해 흥청거리는 사람들이나 슬픈 표정의 주정뱅이들, 뚱뚱한 푸줏간 주인, 해군들, 여자들을 바라보며 시간을 보내는 것이었다.

마지막 6개월 동안 그는 거의 방 밖으로 나가지 않았다. 이따금 사람들은 레옹조스트 거리의 빵집(당시까지만 해도 거의 모든 사람이 이 거리를 루셀 거리라 불렀다)에서 그와 마주쳤다. 그는 계산대 위 유리판에 20상팀짜리 동전 하나를 놓았고, 빵집 여주인이 그에게 의아해하는 눈길을 보내면—그나마 초기에 몇 번 그랬을 뿐이다—겨우 고개를 움직여 버들 광주리에 가지런히 놓여 있는 바게트를 가리켰고, 왼손으로 가위질하는 흉내를 내어 바게트 반쪽만을 원한다는 표시를 했다.

이후 아무에게도 말을 하지 않았고, 누가 그에게 말을 걸면 거의 들

330

10. 세일 / 잔고품 / 특별 상품 / 신상품 /
본점의 마지막 제품 / 독점 판매.

릴 듯 말 듯한 으르렁거리는 소리로 응해 모든 대화 시도를 곧바로 위축시켰다. 가끔씩 사람들은 그가 그의 장밋빛 플라스틱 대야에 물을 받으러 가기에 앞서 층계참에 있는 공동 개수대에 사람이 있나 보려고 문을 살짝 여는 것을 보았다.

어느 날 그의 오른쪽 옆방에 사는 트루아양은 새벽 2시에 집으로 돌아오다가 이 젊은 학생의 방에 여전히 불이 켜져 있는 것을 보았다. 문을 두드렸으나 아무 대답을 듣지 못했고, 다시 두드리다가 잠시 망설인 끝에 어느 순간 문을 밀어보았는데 문이 잠겨 있지 않았다. 트루아양은 방 안에서 옷을 그대로 입은 채 눈을 크게 뜨고 침대에 웅크리고 누워 있는 그레구아르 생송을 발견했는데, 그는 낡은 실내화를 재떨이 삼아 담배를 중지와 약지 사이에 끼워 피우고 있었다. 그는 트루아양이 들어와도 눈을 들지 않았고, 이 서점 주인이 어디가 아픈지, 물을 마시고 싶은지, 뭐 필요한 건 없는지 물어도 대답하지 않았다. 이 타인이 행여 죽은 건 아닌지 확인해보려고 그의 어깨를 가볍게 건드렸을 때에야 겨우 벽을 향해 몸을 한 번 돌리면서 속삭이듯 말했다. "날 가만히 내버려둬요."

며칠이 채 지나지 않아 그는 사라져버렸고, 그가 어떻게 되었는지 아는 사람은 아무도 없었다. 건물 주민들의 지배적인 의견은 그가 자살했다는 것이었고, 카르디네 다리 위에서 달리는 기차에 몸을 던졌다고 확신하는 사람들까지 있었다. 하지만 누구도 증거를 대지는 못했다.

힌 달이 지나자, 그 방의 소유주이기도 한 건물 관리인은 그의 방문을 봉해버렸다. 그리고 또 한 달이 지나자 관리인은 집달리에게 그 방이 비어 있는지 확인하게 했고, 방 안에 있는 얼마 안 되는 초라한 가구를 내다버렸다. 겨우 침대로 사용할 만한 길이의 좁고 긴 의자, 장밋빛 플라스틱 대야, 금이 간 거울, 더러운 셔츠와 양말, 지난 호 신문 꾸러미, 얼룩지고 반들반들해진 찢어진 52장의 트럼프 카드, 5시 15분에 멈춰 있는 자명종 시계, 한쪽 끝에는 나사 모양으로 골이 패어 있고 다른 쪽 끝은 용수철 달린 밸브로 되어 있는 철제 막대, 입술 위에 작은 흉터가 있는 원기 넘치는 살찐 얼굴의 남자를 그린 15세기 이탈리아 예술 운동 스타일의 초상화 복제본, 석류색의 페가모이드 인조 피혁이 씌워진 휴대용 전축, 모델명 '콩고'의 선풍기 같은 송풍식 라디에이터, 열 권가량의 책, 특히 112페이지까지 읽다 만 레몽 아롱의 『산업 사회에 관한 열여덟 가지 교훈』과 교육연구소 도서관에서 16개월 전에 빌린 플리슈와 마르탱의 기념비적 저서 『성당의 역사』 중 제7권.

그의 성姓—Simpson—의 생김새에도 불구하고 그레구아르 생송은 영어권과는 전혀 관계가 없었다. 그는 토농레뱅 출신이었다. 그 숙명적인 동면 상태가 닥쳐오기 전 언젠가 그는 모렐레에게 어린 시절 사순절 제3주째 목요일 행사 때 마타가시에르인들과 함께 북을 쳤던 이야기를 했다. 재봉사였던 그의 어머니는 빨간색과 흰색의 바지와 푸른색의 헐렁한 블라우스, 도토리 모양의 흰색 순모 모자로 이루어진 전통 의상을 직접 만들어주었고, 그의 아버지는 아라베스크 무늬로 장식된 예쁜 둥근 상자에 담긴, 고양이 얼굴을 흉내낸 종이 가면을 사주었다. 그는 아르타방처럼 의기양양하고 교황처럼 엄숙하게 성 앞 광장에서 알랭주 성문 부근까지, 그리고 강 쪽 성문 부근에서 생세바스티앙 거리까지 구舊시가지 거리를 행렬을 따라 돌아다녔고, 그에 앞서 마을 꼭대기에 있는 망루에 올라가 노간주나무에 구운 햄을 빙하수처럼 맑고 부싯돌처럼 건조한 리파유산 백포도주에 적셔 실컷 먹었다.

제53장　　　　윙클레

3

가스파르 윙클레 아파트의 세번째 방.

　바로 여기, 침대 맞은편 창문 옆에, 퍼즐 제작자 윙클레가 그토록 좋아했던 그 사각형의 그림이 있었다. 작은 방 안에 있는 검은 옷을 입은 세 남자를 보여주는 그것은 회화가 아니라 『라 프티트 일뤼스트 라시옹』지나 『라 스멘 테아트랄』지에서 오려내 붙인 듯한 사진이었다. 폴랭 알포르라는, 앙리 베른스타인의 별 볼 일 없는 한 모방 연기자의 우울한 멜로드라마 〈잃어버린 야망〉의 제3막 제1장의 한 장면을 담은 것이다. 사진에는 막스 코르네유가 연기한 주인공의 두 증인의 모습도 보였는데, 이들은 주인공이 결국 죽음을 맞이하게 될 결투에 그를 데리러 가기 위해 결투 시간 30분 전에 그의 집에 와 있다.

333

　그 당시까지만 해도 오데옹 극장의 아케이드 아래 펼쳐져 있었던 중고서적 상자의 밑바닥에서 그 사진을 발견한 것은 마르그리트였다. 그녀는 그것을 캔버스 위에 붙여 손질하고 채색한 후 액자에 넣었고, 가스파르가 시몽크뤼벨리에 거리로 이사온 것을 기념해 그에게 선물로 주었다.

　이 건물의 모든 방 중에서 발렌이 가장 친근하게 기억하는 곳은 바로 이 방이다. 거무스름한 나무로 된 높은 반자돌림대가 보이며 조용하고 다소 무거운 분위기가 감도는 이 방에는 누빈 연보라색 담요가 덮여 있는 침대와 잡다한 책들 아래 눌려 있는 엮은 나무 선반이 있었고, 창문 앞쪽에는 마르그리트가 작업을 하던 커다란 탁자가 놓여 있었다.

발렌은 그녀가 입체 꽃줄로 장식된 금빛의 베네치아식 종이 상자 중 하나의 섬세한 아라베스크 무늬를 현미경으로 살피면서 조그만 상아 팔레트 위에 물감을 짜놓는 모습을 떠올리곤 했다.

그녀는 예쁘고 단정했다. 주근깨가 있는 창백한 피부에 볼은 살짝 들어갔고 눈은 회청색이었다.

그녀는 세밀화가였다. 독창적인 주제를 그리는 경우는 드물었고, 이미 존재하는 자료에서 영감을 얻거나 그것을 재생하기를 더 좋아했다. 예를 들어, 그녀는 가스파르 윙클레가 바틀부스에게 보이기 위해『여행신문』에 실린 철판화에 기초해 제작한 견본 퍼즐을 그렸다. 회중시계 내부나 코담배 케이스 뚜껑 위, 아주 작은 미사 경본의 간지에 그려진 아주 작은 장면의 식별하기 힘든 부분까지도 기막히게 모사하는 재주가 그녀에게 있었고, 큰 담뱃갑이나 부채, 사탕 그릇, 메달을 복원할 수도 있었다. 그녀의 손님으로는 개인 수집가나 골동품상, 이집트 원정 시대나 말메종 시대의 화려한 식기 세트를 다시 찍어내고 싶어하는 자기 판매인, 머리털 한 타래를 간직하도록 마련된 펜던트 목걸이 속 바닥에 사랑하는 이의 초상화(대부분의 경우 애매모호한 사진 한 장으로 만들어지는)를 요구하는 보석상 혹은 시간 때우기용 책들의 로맨틱한 장식 표지나 채색 삽화의 수정을 부탁하는 서점 주인이 있었다.

그녀의 세심함, 그녀의 철저함, 그녀의 솜씨는 대단한 것이었다. 그녀는 길이 4센티, 폭 3센티의 액자 안에 작은 흰 구름들이 흩어져 있는 엷은 푸른색 하늘, 포도나무로 덮인 사면이 부드러운 물결을 이루는 언덕의 지평선, 성, 다갈색 말을 타고 두 개의 길과 그 교차로를 달리는 붉은색 복장의 기사, 묘지와 거기서 삽을 들고 무덤을 파고 있는 두 명의 인부, 실편백나무, 올리브나무, 미루나무로 둘러싸인 강과 그 강가에 앉아 있는 세 명의 낚시꾼, 그리고 흰 옷을 입은 두 명의 인물이 타고 있는 조각배로 이루어진 풍경 전부를 담아냈다.

또한 그녀는 가문家紋이 새겨진 한 반지 위에 수수께끼 같은 풍경을 만들어놓았는데, 여명의 하늘 아래 얼어붙은 호수가 있고 그 호숫가의 생기 없는 풀 속에서 노새 한 마리가 나무뿌리의 냄새를 맡고 있으며 나무줄기에는 회색 램프가 매달려 있고 나뭇가지 사이에 빈 새 둥지 하나가 보이는 풍경이었다. 그러나 이토록 정확하고 신중한 여인은 기이하게도 무질서에 대해 어떤 저항할 수 없는 매력을 느끼고 있었다. 그녀의 책상은 항상 온갖 쓸모없는 물건으로 가득하고, 온갖 잡다한 물건이 쌓여 있고, 더이상 무질서의 침범을 막지 않고서는 도저히 일을 시작할 수 없을 영원한 잡동사니 상태였다. 편지, 유리컵, 병, 상표, 펜대, 접시, 성냥갑, 찻잔, 튜브, 가위, 수첩, 약, 지폐, 잔돈, 컴퍼스, 사진, 오려낸 신문 기사, 우표, 그리고 한 장짜리 인쇄물, 메모지철이나 일력지에서 찢어낸 종이, 우편물 저울, 확대경, 커다랗고 튼튼해 보이는 유리 잉크병, 펜통, 질베르 블랑지 푸르의 '공화국' 705호 펜 100개가 든 검은색과 녹색으로 이루어진 상자, 베놀에 파르종의 394호 펜 144개가 차례로 들어 있는 베이지색의 2호 상자, 원뿔형 손잡이가 달린 페이퍼 나이프 지우개, 압정과 클립 상자, 사포로 만든 손톱 다듬는 줄, '커비 비어드' 가게에서 만든 솔리플로르 안의 에델바이스, 붉은색으로 39라고 쓴 등 번호를 단 푸른 줄무늬에 흰 경기복을 입은 육상 선수가 다른 선수들보다 훨씬 먼저 결승선을 넘고 있는 그림이 그려진 '애슬레틱' 담뱃갑, 고리에 매달려 있는 열쇠, 노란 나무로 된 이중 데시미터 자, '큐어리어슬리 스트롱 알토이드 페퍼민트 오일'이라 새겨져 있는 상자, 그녀의 모든 연필을 담고 있는 푸른 도기병, 줄마노로 된 서진, 물감을 담아 정리해놓은, 눈을 씻거나 달팽이 요리를 할 때 쓰는 용기와 유사하게 생긴 반구형의 작은 그릇, 두 칸으로 나누어져 한 칸은 소금에 절인 피스타치오 열매로, 다른 한 칸은 제비꽃 향의 사탕으로 항상 채워져 있는 영국식 금속 그릇.

335

이 잡동사니 더미에서 아무것도 흐트러뜨리지 않고 돌아다닐 수 있는 건 고양이뿐이었다. 그러니까 가스파르와 마르그리트는 고양이 한 마리를 기르고 있었는데, 그들은 이 적갈색의 커다란 수고양이를 르루라고 불렀다가 가스통이라고 불렀다가 셰리비비라 부르더니, 마침내 앞 글자를 빼고 리비비라고 부르게 되었다. 고양이는 그 모든 물건 사이를 전혀 흐트리지 않고 거니는 것을 가장 좋아했고, 여주인의 목에서 네 발을 게으르게 늘어뜨리고 있을 때를 제외하고는 늘 그곳에 아주 편안한 자세로 웅크려 앉곤 했다.

어느 날 마르그리트는 발렌에게 어떻게 가스파르 윙클레를 만났는지를 이야기해주었다. 그들의 만남은 1930년 11월 어느 아침, 마르세유에 있는 생샤를 병기 창고와 병사에서 멀지 않은 블뢰 거리의 한 카페에서 이루어졌다. 밖에는 차가운 가랑비가 내리고 있었다. 그녀는 회색 투피스에 커다란 벨트로 허리를 조인 검은 레인코트를 입고 있었다. 열아홉 살이었고 막 프랑스에 돌아온 상태였으며, 계산대 앞에 서서 『마르세유의 최근 소식』지에 실린 작은 광고를 읽으며 블랙커피를 마시고 있었다. 쿠르틀린적인 인물과는 달리 살가운 데라곤 전혀 없어 보이는 '라브리그'라는 카페 주인은 의심스러운 눈초리로 한 군인을 감시하고 있었는데, 이미 그 군인이 자기가 먹은 밀크 커피 큰 잔과 버터 바른 빵의 값을 치를 돈이 없을 것이라고 단정짓고 있는 것처럼 보였다.

그 군인은 가스파르 윙클레였고 주인의 판단은 과히 틀리지 않았다. 구트망 씨가 죽자 그의 견습생 윙클레는 어려운 상황에 처하고 말았다. 윙클레는 실제로 직업을 가져본 적이 없으면서도 겨우 열여덟 살의 나이에 아주 많은 기술을 철저하게 습득한 상태였으나, 작업 경력이 거의 없었고 집도 친구도 가족도 없었다. 구트만이 세들어 살았던 집주인에게 쫓겨나 샤르니 지방을 떠난 그는 라 페르테밀롱 지방으로 돌아갔는데, 거기서 아버지는 베르됭에서 죽었고 어머니는 한 보험회사 직원과 재혼해 이집트 카이로에서 살고 있으며 그보다 한 살 어린 여동생 안은 얼마 전 시릴 볼티망이라는 파리의 타일 까는 인부와 결혼해 19구에서 살고 있다는 것을 알게 되었다. 이렇게 해서 그는 1929년 3월의 어느 날 도보 여행 끝에 난생처음으로 수도 파리에 도착했다. 그는 19구의 거리를 하나씩 돌아다니며 길에서 마주치는 모든 타일 까는 인부들에게 사실상 그의 매제인 시릴 볼티망이라는 사람에 대해 아느냐고 공손히 물어보았다. 하지만 시릴 볼티망을 찾지 못했고, 마침내 군에 지원하는 일 외에는 도리가 없다는 것을 깨달았다.

그는 이후 18개월을 스페인령 모로코에서 멀지 않은 부젤루드와 밥 페투흐 사이의 한 작은 보루에서 보냈다. 그곳에서 주둔 부대의 약 4분의 3을 위해 볼링 핀과 비슷한 게임용 작은 기둥을 정교하게 조각해 만드는 일을 했는데, 그럭저럭 이 일에 전념할 수 있었고 덕분에 적어도 그의 솜씨가 무뎌지지 않을 수 있었다.

그는 바로 전날 밤 아프리카에서 돌아온 참이었다. 바다를 건너오며 도박을 해서 얼마 안 되는 저축을 거의 다 날려버린 상태였다. 마르그리트 역시 무직자 신세였으나, 그래도 그녀는 그가 마신 커피와 버터 바른 빵의 값을 치를 정도의 여유는 있었다.

며칠 후 그들은 결혼했고 파리로 올라왔다. 처음 얼마 동안은 힘들었으나 다행히 꽤 금방 일을 구할 수 있었다. 그는 크리스마스가 다가오면서 일이 넘쳐나는 장난감 가게에 취직했고, 그녀는 조금 더 뒤에 골동품 악기수집상에서 일하게 되었는데, 덮개 복원이 끝난, 샹보니에르 우승자의 것이었다는 사실로 유명한 스피넷(소형 피아노)을 당시의 자료를 참작해 장식하는 것이 그녀의 일이었다. 마르그리트는 상감 세공을 모방한 나뭇잎과 꽃장식, 엮음장식의 풍성한 어울림 한가운데, 직경 3센티미터의 두 원 안에 두 개의 초상화를 그려 넣었다. 하나는 4분의 3 각도에서 본, 다소 응석 어린 얼굴에 분칠한 가발, 검은 상의, 노란 조끼, 하얀 레이스 넥타이를 착용한 젊은이였는데, 그는 대리석 벽난로에 팔꿈치를 기대고, 격자가 보이는 창문을 부분적으로 가린 반쯤 열어놓은 커다란 분홍색 커튼 앞에 서 있었다. 다른 하나는 약간 살이 찐 듯한 미모의 젊은 여인으로, 커다란 갈색 눈과 진홍빛 뺨을 하고 있었으며, 장밋빛 리본과 장미 한 송이가 달린 분칠한 가발을 쓰고, 삼각형의 흰색 모슬린 숄을 어깨가 많이 드러나도록 두르고 있었다.

발렌은 윙클레 부부가 시몽크뤼벨리에 거리로 이사온 뒤 며칠 후, 그들 모두를 저녁식사에 초대한 바틀부스의 집에서 이 부부와 처음 인사를 나누게 되었다. 그는 곧 세상을 그토록 맑은 눈으로 바라보는 이 부드럽고 잘 웃는 여인에게 매혹되는 자신을 느꼈다. 그는 그녀가 머리카락을 뒤로 넘기는 모습을 사랑했다. 그는 그녀가 한 올의 머리카락처럼 가는 붓끝으로 어떤 인물의 눈동자 안에 있는 미세한 녹색 그림자를 그리기에 앞서 왼쪽 팔꿈치를 기대는, 확신에 차 있으면서도 우아한 그 자세를 사랑했다.

그녀의 가족과 어린 시절, 그녀가 했던 여행에 관해서 그녀는 그에게 거의 아무런 이야기도 해주지 않았다. 단 한 번, 청소년기에 매년 여름 머물렀던 시골집을 꿈속에서 다시 보았다고 그에게 이야기한 적이 있었다. 클레마티스로 뒤덮인 커다란 흰 건물과 그녀를 항상 겁나게 했던 지붕 밑 곡식 광, 그리고 보니파스라는 부드러운 이름의 노새가 끌던 조그만 짐수레.

윙클레가 작업실에 처박혀 있는 동안 그들은 함께 몇 번 산책을 나갔었다. 그들은 몽소 공원에 가거나 페레르 대로를 따라 나 있는 파리 환상環狀 철도를 따라 걷거나 오스망 대로나 메신 거리, 포부르 생토노레 거리에서 열리는 전시회를 보러 가곤 했다. 가끔씩 바틀부스는 그들 셋을 데리고 루아르 강가의 성을 구경하러 갔고, 또 그들을 도빌로 며칠씩 초대하기도 했다. 그리고 한번은 1937년 여름 그의 요트 알시웅 호를 타고 아드리아 해변을 따라 항해하던 중에, 트리에스테와 코르푸 지역을 지나는 두 달의 기간을 함께 보내자며 그들을 요트에 초대했으며 그들에게 피란의 장밋빛 궁전과 포르토로사의 세기말 궁전, 스팔라토의 디오클레티아누스의 폐허, 달마치아 지역의 무수한 섬, 몇 년 전 두브로브니크로 개칭한 라귀즈, 코토르 만과 누아르 산맥 지역의 굴곡 심한 경치를 보여주었다.

바로 이 잊을 수 없는 여행 중의 어느 날 저녁, 발렌은 로비뇨 지역의 총안 뚫린 벽을 앞에 두고 이 젊은 여인에게 사랑을 고백했고, 그녀는 그저 뭐라 표현할 수 없는 어떤 미소를 지어 보일 뿐이었다.

몇 번이고 그는 그녀와 함께, 혹은 그녀로부터 달아나기를 꿈꾸었다. 그러나 그들은 변함없는 상태로 남아 있었고, 가깝고도 먼 사이로, 그리고 넘어설 수 없는 우정의 감미로움과 절망 속에서 지냈다.

그녀는 1943년 11월에 사산아를 낳다가 죽었다.

겨울 내내 가스파르 윙클레는 그녀가 일했던 책상 앞에 앉아 그녀가 만졌던, 그녀가 들여다보았던, 그녀가 좋아했던 물건들을 하나씩 손으로 만지작거리며 지냈다. 흰색, 베이지색, 오렌지색의 가느다란 홈이 패인 유리 같은 자갈, 값비싼 서양장기 세트의 일부였던 비취로 된 조그만 일각수, 그리고 세 송이의 마르그리트꽃[1]이 아주 정밀하게 모자이크되어 그가 그녀에게 선물했던 피렌체산 브로치를.

그러던 어느 날 그는 그녀의 책상 위에 있던 모든 것을 내다버렸고, 책상마저 불태워버렸다. 그리고 고양이 리비비를 알프레드드비니 거리에 있는 동물병원으로 데려가 주사를 놓아 안락사시켰다. 또한 책과 나무를 엮어 만든 선반, 연보라색 누빈 담요, 그녀가 앉았던 낮은 등받이와 검정색 가죽 좌판으로 된 영국식 소파, 그녀의 자취를 담고 있는 모든 것, 그녀의 흔적을 나타내는 모든 것을 버렸고, 방 안에는 침대와 침대 맞은편 검은 옷의 세 사람을 그린 이 우울한 그림만을 남겨놓았다.

그런 뒤 그는 열한 장의 수채화가 아르헨티나와 칠레의 우표가 붙은 봉투 속에 담겨 퍼즐이 되기를 기다리고 있는 자신의 작업실로 돌아왔다.

그 방은 오늘날 먼지와 슬픔으로 덮인, 빛바랜 벽지만 남은 더러운 빈방이 되어 있다. 버려진 화장실 쪽으로 열려 있는 문을 통해 물때와 녹으로 얼룩진 세면대가 보이며, 세면대의 홈이 있는 가장자리에는 2년 전부터 내용물이 이미 푸르게 변힌 미게 딴 프시트 오렌지주스 병 하나가 놓여 있다.

339

---

1. 데이지꽃.

제54장   플라세르
                      3

아델과 장 플라세르는 벽걸이용 서류철이 부착된 그들의 금속성 회색 책상 앞에 나란히 앉아 있다. 작업판 위에는 촘촘한 글씨로 세로줄을 이룬 회계 장부가 가득 펼쳐져 있다. 놋쇠 다리와 두 개의 둥근 녹색 유리 등으로 된 오래된 석유램프에서 빛이 흘러나오고 있다. 그 옆으로, 유쾌한 식당 여주인이 털모자를 쓰고 수염을 기른 덩치 큰 남자에게 술을 건네는 모습의 상표가 붙어 있는 '맥앵귀시 칼레도니안 패너시아' 위스키 병이 보인다.

장 플라세르는 키가 작고 약간 살집이 있는 남자이다. 그는 '리우 카니발' 스타일의 아주 요란한 빛깔의 독특한 셔츠를 입고, 양쪽 끝에 번쩍이는 쇠가 달리고 가죽 고리로 조여진 검정색 끈을 넥타이처럼 매고 있다. 그의 앞에는 수많은 상표, 우표, 도장, 붉은 밀랍 조각 등이 담긴 하얀 나무 상자가 놓여 있다. 은과 프린트 유리로 된 아르데코 스타일의 브로치 다섯 개도 바로 거기서 꺼냈다. 브로치는 각각 운동선수 다섯 명의 모습을 보여주는데, 꽃 모양으로 퍼지는 잔물결을 가르며 자유형을 하는 여자 수영선수, 전속력으로 직선 활강을 하는 여자 스키선수, 타오르는 횃불을 들고 연기하고 있는 발레용 스커트 차림의 여자 체조선수, 골프채를 높이 쳐든 여자 골프선수, 완벽한 스완 다이빙을 하고 있는 여자 다이빙선수다. 그는 받침용 압지장 위에 그중 네 개를 나란히 늘어놓았고, 이제 다섯번째 브로치—다이빙선수—를 아내에게 보여주고 있다.

아델은 작고 마르고 입술이 얇은 40대 여인이다. 그녀는 모피 깃이 달린 붉은 벨벳 투피스를 입고 있다. 남편이 꺼내놓은 브로치를 보기 위해 뒤적이던 책에서 눈을 들었다. 그 책은 두꺼운 이집트 여행 안내서로, 최초의 이집트학 사전 중 하나로 알려진 『이집트인들이 발견한 경이로운 것들에 관한 책』(리옹, 1560)을 발췌해 소개하는 부분이 펼쳐져 있다.

상형 문자: 신성한 조각술. 이를 통해 현명한 고대 이집트인들의 문자가 통용되었는데, 그들이 가리키고자 하는 다양한 나무와 풀, 동물, 새, 도구의 이미지가 각자의 재현 방식과 성격에 따라 만들어졌다.

오벨리스크: 아래는 넓고 위로 올라갈수록 좁아져 뾰족하게 끝나는 거대하고 긴 방첨方尖형의 탑. 로마의 성 베드로 성당 근처에서 이와 동일한 형태의 탑을 발견할 수 있고, 그 밖의 다른 곳에도 몇 개가 더 있다. 폭풍우에 대비해 선원들에게 불을 밝혀 줄 목적으로 바닷가 부근에 세워진 탑은 '오벨리스코리크니스'라고 불린다.

피라미드: 돌이나 벽돌을 쌓아 만든 거대한 건축물로, 아래는 넓고 위는 좁은 불꽃 형태를 이룬다. 나일 강이나 카이로 근처에 여러 개가 흩어져 있다.

나일 강의 폭포: 높은 산에서 떨어져 내린 나일 강이 모이는 곳. 클라우디우스 갈레노스가 묘사한 바에 따르면, 물소리가 너무나 커서 주변 사람들이 거의 귀머거리가 되었다고 한다. 이 소리를 들으며 강물을 따라가는 데는 3일이나 걸리며, 이는 파리에서 투르까지의 거리에 해당한다. 다음을 참조하라. 프톨레마이오스와 키케로의

『스키피오의 꿈』과 플리니우스의 『박물지』 6권 9장, 그리고 스트라본.

　인도사라사와 다른 이국적 제품을 전문적으로 판매하는 플라세르 부부는 꼼꼼하고 유능하며, 그들 자신의 표현대로 '프로'다.

　그들이 극동 아시아를 처음 접한 것은 20여 년 전 그들이 만났던 때와 일치한다. 장과 아델은 한 은행의 오베르 빌리에르 지점과 몽루즈 지점에서 각각 수습사원으로 일하고 있었는데, 그 은행의 경영진이 그해에 외몽골 지역을 도는 여행을 추진했다. 몽골이라는 나라 자체는 이 두 수습사원에게 별로 흥미로울 게 없었다. 울란바토르는 스탈린 시대의 양식으로 지어진 몇몇 공공건물이 들어선 커다란 부락이었고, 고비 사막은 털모자를 쓰고 웃고 있는, 광대뼈 불거진 몽골인들과 말들을 제외하고는 별로 볼 게 없었다. 그러나 가는 길에는 페르시아, 돌아오는 길에는 아프가니스탄이었던 기항지가 그들을 흥분시켰다. 여행과 계략에 대한 그들의 공통된 기호嗜好와 어떤 주변적 상상력, 능수능란한 보헤미안 같은 예민한 감각 등 모든 자질이 사실 그들을 흥분시킬 만한 것이라고는 전혀 없던 은행 창구를 떠나게 했고, 행상인으로서의 새로운 삶을 준비하게 했다. 구 프랑화로 몇천 프랑 안 되는 초기 자본금과 두드려 편 낡은 트럭으로, 그들은 우선 지하 창고와 다락방에 있는 모든 물건을 끌어내고, 시골 장터를 돌아다니고, 당시에는 별로 인기가 없던 파리 방브의 벼룩시장에 일요일 아침마다 나가 약간의 무늬가 새겨진 나팔과 한두 권씩 빠진 백과사전, 조금씩 은도금이 벗겨져 있는 포크와 장식 그림이 그려진(〈싸구려 소극〉. 한 남자가 정원에서 낮잠을 자고 있고 또 한 남자가 몰래 다가가 그의 귀에 물을 붓는다. 혹은 〈두 어릿광대가 어디로 갔을까?〉. 히죽거리는 두 악동이 숨어 있는 한 무리의 나무 가운데 화가 난 듯한 전원 감시인이 보인다. 혹은 〈칼을 삼키는 마술사는 항상 오는 것이 아니다〉. 선원 복장을 했고 아주 젊어 보이는, 칼을 입으로 삼키는 전설적인 마술사) 접시를 팔기 시작했다.

　경쟁은 매우 치열했다. 그들은 직감은 빨랐지만 경험이 부족했다.

342

한 푼도 남기지 못한 채 몇 번이나 물건을 되팔아야만 했고, 오로지 파일 럿 점퍼, 칼라에 단추가 달린 아메리칸 스타일의 와이셔츠, 스위스 가죽 단화, 티셔츠, 데이비 크로켓 기수모, 청바지 같은 낡은 옷 재고품에서만 성공을 거두었다. 이 물건들 덕택에 그 몇 해 동안 그들은 발전할 수 있었 고, 적어도 살아남을 수 있었다.

그런데 시몽크뤼벨리에 거리로 이사하기 바로 얼마 전인 1960년대 초에 그들은 시조 거리에 있는 한 피자 가게에서 이상한 사람을 알게 되 었다. 네덜란드 출신이면서 인도네시아에 정착해 살고 있는 신경쇠약증 에 걸린 변호사로, 여러 해 동안 자카르타의 몇몇 회사에서 파근직으로 일하다가 마침내 자신의 무역회사를 차린 사람이었다. 동남아시아에서 나는 모든 수공업 제품에 대해 뛰어난 지식이 있는 그는 세관의 검사를 피하고 보험회사나 통과화물 취급업자와 직접 교섭하고 탈세하는 데 타 의 추종을 불허했다. 그는 오랫동안 말레이시아산 냉경주물 제품과 필 리핀의 손수건, 타이완의 기모노, 인도의 셔츠, 네팔의 웃옷, 아프가니스 탄의 모피 제품, 스리랑카의 칠기류, 마카오의 기압계, 홍콩의 장난감 등 여러 지역에서 온 온갖 종류의 백여 가지 상품을 다 부서져가는 세 척의 선박에 싣고 독일로 가져가 두세 배의 이윤을 남기고 팔았다.

그는 플라세르 부부를 마음에 들어 했고 그들에게 출자하기로 했다. 3프랑을 주고 산 셔츠를 그들에게 7프랑에 팔았고, 그들은 그것을 상황 에 따라 17, 21, 25 혹은 30프랑에 되팔았다. 그들은 생탕드레데자르 부 근에 있는, 전에 구둣방이었던 조그만 구멍가게에서 장사를 시작했다. 지금은 파리에만 세 개의 가게가 있으며, 릴과 칸에 지점을 두었고, 온천 마을과 대서양 연안, 겨울 스포츠 지역 등에 상설 매장이나 한시적 매장 을 열 군데 정도 더 열 계획이다. 그러는 동안 그들은 파리에 있는 그들의 아파트 면적을 세 배―곧 네 배―로 늘려갔고, 베르네 부근에 전원주택 한 채를 사서 전체적으로 수리했다.

그들의 타고난 사업 감각은 인도네시아에 있는 협력자의 사업 감각 의 부족한 부분을 훌륭히 보충해주었다. 그들은 프랑스에서 잘 팔릴 만 한 지역특산품을 찾으러 인도네시아에 직접 갈 뿐 아니라, 거기서 모던

343

스타일이나 아르데코 스타일을 본뜬 유럽풍의 실내장식품이나 보석을 만들게 했다. 그들은 셀레베스 섬의 마카사르에서 천재적인 솜씨를 지녔다고 주저 없이 평가할 만한 한 장인을 찾아냈고, 열 명 남짓한 일꾼을 거느린 이 장인은 그들의 주문에 맞춰 단돈 몇 상팀에 클립, 반지, 브로치, 특이한 단추, 라이터, 끽연 도구, 만년필, 인조 속눈썹, 요요, 안경테, 빗, 여송연 파이프, 잉크병, 페이퍼 나이프 등과 베이클라이트, 셀룰로이드, 갈랄리트 또는 다른 플라스틱 재료로 된 한 무더기의 장식 소품과 유리 세공품, 일반 세공품을 대주었다. 그 물건들은 모두 적어도 반세기 전 것이라고 여겨질 만했고, 플라세르 부부는 그 물건들을 때로는 손 본 흔적까지 거짓으로 만들면서 '골동품'이라고 속여 팔았다.

그들은 손님들에게 커피를 대접하거나 종업원들에게 격의 없는 말투로 대하는 등 계속해서 다정한 친구 같은 방식을 유지해갔지만, 사업의 빠른 확장은 재고 관리와 회계, 수익성, 고용 측면에서 어려운 문제를 야기하기 시작했다. 따라서 그들은 품목의 다변화를 시도하고, 사업의 일부를 커다란 매장을 가진 가게나 통신 판매센터의 하청업으로 전환하고, 다른 곳으로 가서 새로운 재료와 새로운 물건, 새로운 아이디어를 찾아내야만 하는 단계에 이르러 있다. 그들은 남아메리카와 아프리카 흑인 국가에 이미 접촉을 시작했고, 한 이집트 상인과는 각종 천과 콥트인들의 것을 모방한 보석들, 작은 채색 가구의 공급과 관련해 벌써 서유럽 독점 판매권 계약을 맺었다.

344 　　플라세르 부부의 두드러진 특징은 구두쇠 근성, 스스로도 영광스러워하는 조직적이고도 빈틈없는 구두쇠 근성이다. 예를 들어 그들은 집이나 가게에 절대로 꽃—매우 보존하기 어려운 것—을 놓아두지 않았고, 대신 에델바이스나 갈대, 파란색 엉겅퀴, 몇 개의 공작 깃털로 장식한 루나리아 등을 배치해놓은 것을 자랑스러워한다. 그들의 구두쇠 근성은 매순간 결코 긴장을 풀지 않아 그들로 하여금 모든 쓸데없는 사치를 배격하도록 이끌고—스스로 허락한 유일한 지출은 직업상 어쩔 수 없는 일종의 투자와도 같은 위세과시용 지출이다—셀 수 없이 많은 구두쇠 짓을 하도록 만든다. 손님들을 초대한 자리에서 유명 상표의 위스

키 병에 벨기에산 위스키를 채워 내놓거나, 집에서 쓰기 위해 카페에 갈 때마다 설탕을 있는 대로 집어오는 것, 『라 스멘 데 스펙타클』이라는 잡지를 집에서 구독해 읽은 후 그들 가게 계산대 옆에 손님용으로 비치하는 것, 혹은 헐값으로 처분하는 식료품을 사거나 물건 값을 깎아 식비 지출을 몇 푼씩 줄이는 것 등이다.

어떤 것도 우연에 내맡기지 않는 정확함으로, 마치 19세기에 집안의 안주인이 요리사의 가계부를 샅샅이 조사해 가자미 값에서 6수를 돌려받곤 했던 것처럼, 아델 플라세르는 날마다 학생 노트에 생활비 지출 내역을 꼼꼼히 적었다.

빵	0.90
파리지엔 케이크	0.40
아티초크 두 단	1.12
햄	3.15
프티쉬스 생크림 치즈	1.20
포도주	2.15
미용실	16.00
팁	1.50
스타킹	3.10
커피 가는 기구 수리비	15.00
세제	2.70
면도날	4.00
전구	2.60
자두	1.80
커피	3.00
치커리 차	1.80
	———
총액	59.42[1]

---

1. 실제 총액은 60.42로, 페렉의 실수인 듯함.

플라세르 부부 뒤로 흰색에 가까운 페인트로 칠해지고 반들거리는 밝은 노란색 쇠시리가 보이는 벽 위에, 세기말적 캐리커처를 연상시키는 기법의 작은 직사각형 그림이 열여섯 개 걸려 있다. 대대로 독특한 외침을 간직해온 전통적인 '파리의 서민 직업들'을 나타낸 그림들이다.

조개 파는 아줌마

　"자, 총알고둥, 총알고둥이 2수!"

넝마장수

　"넝마나 고철
　팔아요!"

달팽이 파는 아줌마

　"달팽이, 신선하고 물 좋은 달팽이가
　열두 마리에 2수!"

생선가게 아줌마

　"자, 새우 있어요,
　맛좋은 새우 있어요.
　싱싱하게 살아 있는 줄무늬 새우,
　　싱싱해요!"

포도주통 장수

　"포도주통, 포도주통!"

헌옷 장수

　　"헌옷,
　　헌옷 팝니다,
　　헌-옷!"

종을 치며 칼 가는 사람

　　"칼, 가위, 면도날!"

손수레를 끌고 다니는 야채, 과일 행상

　　"아-티초크
　　부드럽고 싱싱해요.
　　부드럽고 먹음직스러워요!"

주석 도금공

　　"탕 탕 탕
　　주석 도금합니다.
　　머캐덤 포장鋪裝도 합니다.
　　어떤 바닥이든 깔아줍니다.
　　어떤 구멍이든 막아줍니다.
　　구멍, 구멍, 구멍!"

웨이퍼 과자 장수

　　"자, 웨이퍼 사세요. 여자분들, 자, 웨이퍼 사세요!"

오렌지 장수

　　"발랑스산 오렌지, 예쁜 오렌지, 신선한 오렌지!"

개털 깎는 사람

　　"개털 깎아요,
　　고양이 털, 꼬리 털, 귀털도 깎아요!"

야채 재배자

　　"상추가 있어요! 상추가 있어요!
　　파는 게 아녜요,
　　그냥 가져가시면 됩니다!"

치즈 상인

　　"맛있고 신선한 치즈, 신선한 치즈, 맛있는 치즈!"

톱 가는 사람

　　"톱 갈 때 되었으면 가지고 나와요.
　　자, 톱 갑니다!"

유리 장수

　　"유리, 유리 끼워요,
　　깨진 창유리
　　자, 유리 끼워요.
　　유리 끼워요!"

제55장　　　　　　　프레넬
　　　　　　　　　　　（다락방 10）

요리사 앙리 프레넬은 1919년 6월에 이 방에 입주했다. 스물다섯 살쯤 먹은 우수에 찬 남프랑스 사람으로, 작고 마른 체격에 가늘고 검은 콧수염을 기르고 있었다. 그는 꽤나 감미로운 방식으로 생선류와 갑각류, 그리고 채식 전채 요리를 준비하곤 했다. 전채 요리로는 후추 소스를 친 아티초크, 회향풀을 곁들인 오이, 강황 뿌리 가루를 얹은 긴 호박, 박하 향을 가미한 차가운 라타투유, 크림과 전호속 잎을 얹은 무, 마늘과 바질을 넣은 야채 수프를 끼얹은 피망, 백리향을 가미한 올리브 모양의 포도 등을 만들었다. 그는 성이 같은 먼 친척에 대한 경의의 표시로, 렌즈콩을 능금주에 요리해 올리브유와 사프란을 뿌린 후 보통 '판 바냐'에 사용되는 둥근 빵의 구운 조각 위에 얹어 먹는 렌즈콩 요리법도 개발했다.

　　1924년 과묵한 이 남자는 피티비에르의 한 커다란 돼지고기 가공회사 판매 책임자의 딸과 결혼했다. 이 회사는 유명한 종달새 고기 파테 전문 회사로, 피티비에르 시는 아몬드 케이크와 함께 종달새 고기 파테로도 잘 알려져 있다. 그런데 자신의 요리가 가져다준 성공에 자신감을 얻은 데다가, 또 올리브유와 멸치통 판매촉진에만 지나치게 집착하는 아르디 씨가 요리 개발에 필요한 지원을 해주지 않을 것이라 판단한 앙리 프레넬은 독자적으로 일을 시작하기로 결심했다. 그래서 결혼지참금을 그대로 헌납한 나이 어린 아내 알리스의 도움으로 마들렌 구에 있는 마튀랭 거리에 음식점을 열게 되었다. 그들은 식당 이름을 '예쁜 종달새'라고 지었고, 프레넬은 주방일을 담당하고 알리스는 홀을 지켰다. 식당은 마들렌 구區 일대에 많이 있는 배우, 기자, 야행성 사람들, 흥청거리는 사람들을 손님으로 맞기 위해 저녁 늦게까지 문을 열었고, 매우 수준 높은 요리와 저렴한 가격 덕분에 이내 자리가 없어 손님을 거절해야 할 정도로 번창하게 되었으며, 조그만 홀의 밝은색 나무 벽은 뮤직홀 스타들과 유명 배우들, 권투 챔피언들의 서명으로 뒤덮이기 시작했다.

모든 것이 순조롭게 풀려 프레넬 부부는 곧 미래에 대한 계획을 세울 수 있게 되었으며, 아이를 갖고 또 좁은 다락방을 떠나는 것도 생각할 수 있게 되었다. 그러나 알리스가 임신 6개월이 되었을 무렵인 1929년 10월 어느 날 아침, 앙리는 간단명료한 한마디 말만 남긴 채 사라져버렸다. 요리하는 것이 죽도록 권태로우며, 배우가 되겠다는 오랜 꿈을 실현하기 위해 떠난다는 내용이었다.

알리스는 놀라울 정도로 침착한 반응을 보였다. 프레넬이 떠난 바로 그날 요리사를 한 명 고용했고, 보기 드문 에너지로 식당을 운영해나갔으며, 볼이 통통한 아들을 출산할 때 빼고는 식당 일에서 벗어나지 않았다. 그녀는 아이의 이름을 기슬랭이라고 지었고, 아기가 태어나자마자 유모에게 맡겼다. 남편에 대해서는, 찾아보려는 어떤 노력도 기울이지 않았다.

그녀는 그를 40년 뒤에 다시 만났다. 그사이에 식당은 위기를 겪었고, 그녀는 그것을 팔아버렸다. 기슬랭은 성인이 되어 군대에 입대한 상태였고, 약간의 배당금을 소유한 그녀는 에나멜페인트를 칠한 부엌 구석에서 미국식 넙치 요리, 스튜, 화이트소스로 양념한 고기 스튜, 후추를 많이 친 스튜 등을 만들며 여전히 이 다락방에 살고 있었다. 덕분에 뒷계단에서는 언제나 맛있는 냄새가 진동했고, 그녀는 몇몇 이웃을 초대해 맛을 보이곤 했다.

앙리 프레넬이 모든 것을 버리고 떠난 것은 알리스가 생각하는 것과는 달리 여배우 때문이 아니었고, 정말로 연극에 대한 열정 때문이었다. 억수같이 내리는 빗속에 폐허가 된 성의 뜰에 도착해, 굶기를 밥 먹듯이

하는 가난뱅이 사이비 귀족들에게 재워달라고 부탁하는 루이 14세 시대의 유랑 배우들처럼—이튿날 아침이면 이 사이비 귀족들도 배우들과 함께 떠나곤 했다—그는 국립 연극학교에서 거부당하고 영원히 연기를 하지 못할지도 모른다는 절망감에 빠진 네 명의 불운한 동료와 함께 길을 떠났다. 그중 두 명은 키가 크고 힘이 세며 주로 '허세 부리는 사람' 역할을 맡는 쥐라 지방 출신의 쌍둥이 형제 이지도르와 뤼카였고, 그들보다 어린 나머지 두 젊은이는 순박한 처녀 역을 맡는 툴롱 출신의 여자, 까다로운 노파 역을 맡고 약간 남자 같으며 실제로는 이 그룹에서 가장 나이가 어린 또 한 명의 여자였다. 이지도르와 뤼카는 캠핑용 대형 트레일러가 달린 두 대의 소형 트럭을 운전하는 일과 장터에 간이무대를 세우는 일을 맡았으며, 앙리는 요리와 회계, 연출을 담당했다. 순박한 처녀 역의 뤼세트는 그림을 그리고 바느질을 하고 연극 의상을 수선하는 일을 했으며, 까다로운 노파 역의 샤를로트는 그 밖의 모든 일, 즉 설거지, 트럭 내부 정리, 장보기, 공연 직전의 빗질과 다리미질 등을 맡았다. 그들은 무대장치를 위한 두 개의 그림 장막을 가지고 있었다. 하나는 원근법 효과를 넣은 궁전 그림으로 라신, 몰리에르, 라비슈, 페도, 카야베, 쿠르틀린의 작품에 두루 사용되었다. 다른 하나는 어느 성당 후원회에서 얻은 것으로 베들레헴의 요람을 그린 것이었다. 합판으로 만든 두 그루의 나무와 몇 송이의 인조 꽃과 함께 이 장막은 '마법의 숲'을 만들어냈으며, 그곳에서 이 극단의 대표적 성공작인 〈운명이 힘〉이 펼쳐졌다. 이 작품은 후기 낭만주의의 성격을 띤 작품으로, 여섯 세대에 걸쳐 관객을 유지하며 포르트 생마르탱 극장에서 화려한 날들을 누린 베르디의 작품과는 아무 연관이 없었다. 어느 날 여왕(뤼세트)은 뜨거운 태양 아래서 어떤 고문도구에 매달려 있는 잔인한 강도(이지도르)를 발견했다. 그를 불쌍히 여겨 다가가 물을 건네주던 여왕은 그가 다정하고 잘생긴 젊은 청년이라는 것을 알게 되었다. 그녀는 밤에 몰래 그를 풀어주고는, 그에게 유랑자처럼 달아나 그녀가 숲의 어둠을 뚫고 왕실 마차를 타고 그를 만나러 갈 때까지 기다리라고 했다. 하지만 그때 군사(뤼카와 프레넬)를 거느린 빛나는 여전사(샤를로트, 금색 종이로 만든 투구를 씀)가 여왕을 부르며 다가왔다.

—밤의 여왕이시여, 당신이 풀어준 남자는 나의 것이오. 결투를 준비하시오. 낮의 군대와의 전쟁이 숲의 나무들 한가운데서 새벽까지 계속될 것이오!

(모두 퇴장. 어둠. 침묵. 천둥 소리. 군악대 소리.)

그리고 두 여왕은 깃털장식 투구를 쓰고 보석 박힌 갑옷과 장갑을 착용한 모습으로 다시 나타났다. 그들은 판지로 만들어 그림을 그린 창과 방패를 들고 있었는데, 한 방패에는 이글거리는 태양이, 또다른 방패에는 별들이 총총한 밤하늘의 초생달이 그려져 있었다. 그리고 두 마리의 전설적인 동물도 등장했는데, 하나(프레넬)는 용의 모습을, 다른 하나(이지도르와 뤼카)는 쌍봉낙타의 모습을 하고 있으며, 그 동물 의상은 파리의 멘 거리에 있는 헝가리인 재단사가 만들어준 것이다.

그밖에도 옥좌로 쓰이는 X자형 걸상, 낡은 침대 틀과 쿠션 세 개, 검은색으로 칠한 뮤직 박스 따위가 있고, 낡은 상자에 기운 녹색 천 조각을 씌워 네 귀퉁이가 은도금된 고급 책상처럼 만든 실물 무대장치도 있다. 종이와 책들이 쌓여 있는 바로 이 책상 앞에 앉아 생각에 잠긴 추기경(프레넬)은 늙은 죄수(이지도르)를 찾으러 바스티유에 가기로 결심하고, 이 임무를 '검은 총사'들의 한 부관(뤼카)에게 일임한다. 이 추기경은 리슐리외가 아니라 그의 환영 마자랭이고, 죄수는 바로 로슈포르이며, 부관은 다름 아닌 다르타냥이다. 그리고 수천 번을 손질하고 고치고 꿰매고, 철사와 절연 테이프, 안전핀 등으로 수선한 의상들, 또 교대로 사용해야만 작동시킬 수 있고 두 번 중 한 번은 고장이 나는 두 대의 녹슨 영사기가 있다. 그들은 이 모든 초라한 소품을 이용해 역사 드라마와 풍속 희극, 고전 걸작품, 부르주아 비극, 현대 멜로드라마, 보드빌[1], 소극笑劇[2], 그랑기뇰 극[3], 『집 없는 천사』, 『레미제라블』, 『피노키오』 등의 졸속 개작극을 무대에 올렸다. 특히 『피노키오』에서 프레넬은 귀뚜라미의 몸을 표현한 것으로 보이는 낡은 컬러 연미복을 입고 또 더듬이를 표현하기 위해 이마에 병마개를 밑받침 삼아 두 개의 용수철을 붙인 채 지미니 라콩시앙스 역을 해내곤 했다.

352

---

1. 노래와 춤이 섞인 가볍고 풍자적인 통속희극.
2. 중세 희극의 한 장르.
3. 19세기 말에 폭력, 공포, 잔인함을 주로 다루는 연극전용 극장으로 세워진 그랑기뇰에서 상연되던 극들.

그들은 학교 안뜰이나 지붕 덮인 운동장, 세벤 지방이나 오트프로방스 지방 한가운데 있는 이름 없는 촌락의 광장 등에서 매일 밤 경이로운 창작극이나 즉흥극을 올렸다. 한 작품을 하면서 각자 여섯 가지 역할을 맡고 열두 번이나 의상을 바꿔 입었지만, 관객이라고는 나들이옷을 차려 입은 채 잠든 어른 열 명과, 베레모를 쓰고 손으로 뜬 목도리를 두르고 나무창을 댄 구두를 신은 채 젊은 여배우의 찢어진 옷 틈새로 분홍색 슬립이 보이는 것에 서로 팔꿈치로 찌르며 킥킥거리는 아이들뿐이었다.

비가 내리면 공연은 중단되었고, 트럭은 걸핏하면 시동이 걸리지 않았으며, 어느 날은 주르댕 씨가 하늘색 벨벳 상의와 꽃이 수놓인 웃옷, 레이스 달린 커프스 등 그나마 그럴듯한 루이 14세의 의상을 입고 무대에 들어오기 몇 분 전 기름병 하나가 엎어져 공연이 엉망이 되기도 했고, 또 여주인공들의 목에 불길한 부스럼이 퍼지기도 했다. 그럼에도 그들은 3년 동안이나 낙심하지 않았다. 그러나 3년하고 며칠이 지난 후, 모든 것이 와해되었다. 뤼카와 이지도르는 한밤중에 두 대의 트럭 중 하나를 몰고 처음으로 망하지는 않은 수준이었던 그 주일의 수입금을 챙겨 달아났다. 그리고 이틀 후, 뤼세트는 이미 3개월 전부터 그녀를 따라다니며 헛물만 켜고 있던 구청 토지대장과의 한 멍청한 직원에게 몸을 맡기고 떠나버렸다. 샤를로트와 프레넬은 15일 남짓을 버티며 둘이서 자신들의 레퍼토리를 무대에 올려보려고 애썼고, 대도시에 가면 별 어려움 없이 극단을 다시 조직할 수 있으리라는 거짓된 환상으로 자위했다. 그러나 리옹에 도착한 후 그들은 합의하에 서로 헤어졌다. 샤를로트는 연극을 하나의 죄악처럼 여기는 스위스 은행가 집안인 그녀의 가족에게로 돌아갔고, 프레넬은 스페인으로 가는 한 곡예사 극단에 합류했다. 그 극단에는 항상 얇은 비늘 타이츠를 입고 지내는 '뱀 사나이'가 있었는데, 그는 지상으로부터 35센티미터 높이에 놓인 활활 타오르는 불판 밑을 몸을 비비 꼬며 통과하는 묘기를 보여주었다. 또 여자 난쟁이 커플—그 중 한 명은 사실 남자다—은 밴조와 캐스터네츠, 짧은 노래 등에 맞추어 몸체가 붙은 샴쌍둥이 연기를 했다. 프레넬로 말할 것 같으면, 과거 유럽의 모든 군주들이 환호를 보냈던 마술사이자 점쟁이, 병 고치는 사람인 '미스터 메피스토'가 되었다. 그는 단춧구멍에 카네이션을 꽂은 붉은 색 턱시도를 입고, 실크해트를 쓰고, 손잡이에 다이아몬드가 박힌 지팡이를 든 모습으로 러시아어 억양을 약간 쓰면서, 뚜껑 없는 좁고 긴 낡은 가죽 상자에서 커다란 타로카드를 꺼내 테이블 위에 직사각형 모양으로 여덟 장을 깔았다. 그러고는 상아로 만든 칼 모양의 얇은 주걱으로 스스로 '갈리앙의 가루'라고 부르는, 실제로는 분쇄한 방연광方鉛鑛인 청회색 가루를 카드에 뿌렸다. 이 가루에 그는 과거, 현재, 미래의 모든 증상을 낫게 할 수 있는, 특히 치통, 편두통, 두통, 생리통, 관절염, 관절증, 신경증, 경련, 탈구, 복통, 결석 등에 좋은, 장소와 계절과 청중에 따라 이런저런 방식으로 적절히 선택한 장기액臟器液 요법 물질을 첨가했다.

　　곡예단은 2년에 걸쳐 스페인을 돌아다녔고, 모로코로 건너간 후 모리타니를 거쳐 세네갈까지 내려갔다. 1937년에 그들은 브라질에 도착했고, 베네수엘라, 니카라과, 온두라스를 돌았다. 그리고 마침내 1940년 4월의 어느 날 아침 앙리 프레넬은 혼자서 미국 뉴욕에 도착했다. 그는 주머니에 단돈 17센트를 갖고 '세인트 마크스 인 더 바우어리' 성당 맞은편의 한 벤치에 앉아 있다가, 1799년에 지어진 이 성당이 1800년 이전에 지어진 스물여덟 개의 미국 건물 중 하나라는 사실이 적힌 석판이 성당의 목제 현관 옆에 비스듬히 걸려 있는 것을 발견하게 된다. 그는 이 소교구를 담당하는 신부를 찾아가 도움을 청했고, 아마도 그의 특이한 악센트에 마음이 흔들린 듯 신부는 그의 청을 들어주기로 했다. 이 성직자는 프레넬이 사기꾼 약장수이자 마술사이며 배우였다는 이야기를 듣고 슬프게 고개를 저었으나, 그가 그 전에 파리에서 식당을 운영했었고, 그의 손님들 중에 미스탱게, 모리스 슈발리에, 리파르, 경마 기수 톰 레인, 낭즈세르, 피카소 등이 있었다는 것을 알게 되자 환하게 웃었고, 고통은 이제 끝났다고 프레넬을 안심시키며 전화를 하러 갔다.

　　이렇게 해서, 약 11년의 방랑 끝에 앙리 프레넬은 기인이자 갑부인 그레이스 트윙커라는 미국 여인의 요리사가 되었다. 당시 70세였던 그레이스 트윙커는 바로 그 유명한 트윙키, 열여섯 살의 나이에 '자유의 여신상' 의상을 입고 한 익살극에 데뷔해—당시는 자유의 여신상이 막 세워진 때였다—세기의 전환기에 가장 신화적인 브로드웨이의 여왕들 중하나로 자리잡았던 바로 그 여인이었다. 그 후 그녀는 다섯 명의 백만장자와 차례로 결혼했는데, 기특하게도 그들은 모두 결혼한 지 얼마 안 돼그녀에게 모든 재산을 남기고 죽었다.

엉뚱하면서도 인심 좋은 트윙키는 연출가, 음악가, 안무가, 무용수, 배우, 극작가, 무대장치가 등 모든 공연계 사람들을 주변에 끌어들였으며, 자신의 전설적인 삶을 재구성하는 코미디 뮤지컬을 만드는 데 그들을 참여시켰다. 뉴욕의 거리에서 '레이디 고디바'로서의 성공, 게메놀레 왕자와의 결혼, 그론츠 시장과의 격정적인 관계, 그리고 그녀가 듀센버그 자동차를 타고 이스트 노일 비행장에 도착했을 때 당시 그녀를 열렬히 사랑했던 카를로스 크라브크니크라는 아르헨티나 비행사가 거기서 열한 번의 연속적인 '낙엽' 하강과 더할 나위 없이 인상적인 전례 없는 저속 비상을 성공시킨 후 자신의 복엽기에서 몸을 던진 일, 또 프랑스 퐁토드메르 근처의 그랑뱅이라는 곳에 있는 '프레르 드 라 미제리코르드' 수도원을 매입해 그 돌 하나하나를 빼내어 미국 코네티컷으로 옮겨와 하이풀 대학에 기증하고, 대학이 그 수도원을 그녀의 이름을 붙여도서관으로 만든 일, 그녀가 샴페인(캘리포니아산 샴페인)으로 가득 채우세 하곤 했던 둥근 술잔 모양의 그녀의 거대한 크리스털 욕조, 두 명의수의사와 네 명의 간호원이 밤낮으로 보살폈던 푸른 바다색 눈을 가진샴 고양이 여덟 마리, 하딩, 쿨리지, 후버 등의 정치 캠페인에 화려하고도 호화롭게 참여했지만 그녀가 끼어들지 않는 게 당사자들에게 더 나았을 거라는 보도가 나왔던 일, 카루소가 메트로폴리탄 오페라에서 첫공연을 시작하기 몇 분 전 받았던 그녀의 유명한 전보—"Shut-up, you singing-buoy!" 이 모든 것은 '백 퍼센트 미국식' 공연에나 나올 법한 이야기들이었고, 이에 비하면 당대의 가장 열정적인 뮤직홀들의 프로그램도 한낱 대도시 변두리의 맥빠진 공연처럼 보였다.

그레이스 슬로터—슬로터는 약 포장지와 '예방' 물품 제조업 사업가인 그녀의 다섯번째 남편의 성으로, 그는 복부 내장탈출증으로 얼마 전에 죽었다―의 과격한 국수주의에는 단 두 가지 예외가 있었고, 그녀의 첫번째 남편 아스톨프 드 게메놀레롱제르맹도 어쩌면 그 예외와 무관하지 않았을 것이다. 두 가지 예외란, 요리는 프랑스 남자가 해야 하고, 세탁과 다리미질은 영국인 여자가 해야 한다는 것이었다.(특히 중국인이 해서는 안 된다.) 덕분에 앙리 프레넬은 국적을 숨기지 않고도 고용될 수 있었지만, 다른 나라 출신의 사람들, 예를 들어 연출가(헝가리인), 무대장치가(러시아인), 안무가(리투아니아인), 무용수(이탈리아인, 그리스인, 이집트인), 시나리오 작가(영국인), 극작가(오스트리아인), 불가리아 출신의 핀란드인이면서 루마니아인의 피가 많이 섞인 작곡가 등에게 이러한 출신 배경은 항상 구속이 되는 문제였다.

자신이 국민의 한 사람으로서 담당했던 활기를 불어넣는 역할이 분명히 드러나지 못했다고 여기고 있던 트윙키에게, 진주만 폭격과 1941년 말 미국의 참전은 늘 불만족스럽던 그녀의 거창한 계획을 완성시켜주는 계기가 되었다. 루스벨트 행정부와 의견이 맞지 않았음에도 불구하고, 트윙키는 자신도 전쟁 수행에 일조하기로 결심하고서 태평양전쟁에 나간 모든 미국 군인들에게 일상생활에서 많이 쓰는 물품 세트를 담은 작은 상자를 보냈다. 그 물품은 그녀가 직접 또는 간접적으로 관리하는 회사에서 만든 것이다. 상자는 미국 국기가 그려진 나일론 주머니 속에 넣어졌고, 그 속에는 칫솔 한 개, 치약 한 개, 신경통·복통·위산과다용 물에 타 먹는 정제 세 판, 비누 한 개, 3회분의 샴푸, 탄산음료 세 병, 볼펜 한 개, 껌 네 통, 면도날 케이스 한 통, 사진 한 장을 넣을 수 있는 합성수지 손지갑 한 개―트윙키는 본보기로 어뢰정인 '리멤버 디 앨러모' 호의 완공식 당시에 찍은 그녀의 사진 한 장을 이 케이스 안에 넣었다―각 군인의 출신 주쌔 모양을 한 메달 하나(외국에서 태어난 군인에게는 미국 전체의 모양을 한 메달), 그리고 양말 한 켤레 등이 들어 있었다. 그러나 미국 국방부가 이 선물상자의 내용물을 검사하도록 명령한 '미국전시 대모'[4] 이사회는 '예방' 물품 견본을 개별적으로 우송하는 것에 대해 강하게 주의를 주면서 그것을 되돌려보냈다.

356

4. 일선 장병에게 위문편지를 보내주는 여자.

그레이스 트윙커는 1951년에 잘 알려지지 않은 췌장 병으로 죽었다. 그녀는 모든 고용인에게 상당 수준의 배당금을 남겨주었다. 헨리 프레넬―그는 그 후로 자신의 이름을 영어식으로 바꿔 앙리Henri 대신 헨리Henry로 쓰고 있었다―은 이 배당금을 이용해 우선 그의 유랑극단 배우 시절을 기리는 의미로 '르 카피텐 프라카스'라고 이름 지은 식당을 열었고, 또 『프랑스 요리 예술의 완성』이라는 다소 거만한 제목의 책을 냈으며, 요리학교를 세워 급속히 성장시켰다. 트윙키의 집에서 그의 요리를 이미 맛보았고 또 이내 그가 식당을 열었다는 것을 알게 된 공연계의 여러 사람들 덕분에, 그는 〈아이 엠 더 쿠키〉(누구도 모방할 수 없는, 그리고 그토록 오랜 타향 생활에도 변함없이 당당하게 살아남은 마르세유 억양으로 이 영어 제목을 '아이 아뫼 죄 쿠키'라고 발음했다)라는 한 텔레비전 프로그램의 제작자이자 기술 고문, 주요 출연자가 될 수 있었다. 마지막에 그가 직접 독창적인 요리를 하나 소개하는 이 프로는 몇 번이나 재방송될 정도로 성공적이었고, 덕분에 그는 다른 방송사에서도 다정한 프랑스인 같은 역할을 제안받았으며, 이렇게 해서 결국 배우가 되고 싶었던 욕망을 채울 수 있었다.

그는 1970년 일흔여섯의 나이에 모든 사업에서 은퇴했고, 40여 년 전에 떠나온 파리를 다시 보러가기로 결심했다.

그는 아내가 아직도 시몽크뤼벨리에 거리에 있는 이 건물의 조그만 다락방에 살고 있다는 것을 알고 이미도 깜짝 놀랐을 것이다. 그는 그녀를 만나러 갔고, 그동안 겪었던 일을 그녀에게 다 들려주었다. 헛간에서 보낸 밤과 울퉁불퉁 파헤쳐진 길, 빗물에 젖은 돼지비계 조각과 감자뿐인 도시락, 그의 모든 마술 묘기를 환하게 꿰뚫은 가는 눈의 투아레그족[5] 사람들, 멕시코에서의 굶주림과 더위, 그리고 늙은 미국 여인의 환상적인 파티 때 정해진 순간 케이크 안에서 타조 깃털로 꾸민 한 무리의 여자들이 튀어나올 수 있도록 거대한 데코레이션 케이크를 만들곤 했던 일.

그녀는 조용히 이야기를 들었다. 이야기를 마친 그는 자신이 긴 인생 여정을 통해 모은 돈의 일부를 주겠다고 그녀에게 제안했지만, 그녀는 아무 관심 없다고, 그의 이야기도 그의 돈도 아무런 흥미가 없다고 간

357

단히 답했을 뿐이다. 그러고는 그의 마이애미 주소도 적으려 하지 않고 그에게 현관문을 열어주었다.

그러나 이후의 모든 사실은, 비록 너무나 짧고 실망스러운 것으로 끝나긴 했지만 그녀가 오로지 남편이 돌아오기만을 기다리며 이 방을 지키고 살았다는 것을 입증해준다. 왜냐하면 몇 달 후 그녀는 모든 것을 청산하고 현역 장교로 누메아에 주둔하고 있는 아들에게 가 살았기 때문이다. 그리고 1년 뒤 크레스피 양은 그녀로부터 편지 한 통을 받았다. 그녀는 크레스피 양에게 그곳, 지구 반대편에서의 삶을 이야기해주었는데, 그녀는 하녀처럼 온갖 일을 다 하고 며느리의 아이들을 돌보면서 세면대도 없어 부엌에서 세수를 해야 하는 초라한 방에 기거하는 슬픈 삶을 살고 있었다.

이 방은 오늘날 한 30대 남자가 사용하고 있다. 그는 다섯 개의 풍선 인형이 놓인 침대 위에 벌거벗고 엎드려 있다. 그중 한 인형 위에 길게 엎드려 양팔로는 다른 두 인형을 껴안고 있는데, 이렇듯 불안정하게 성행위를 흉내내며 비할 데 없는 오르가즘을 맛보고 있는 듯 보인다.

방의 나머지 부분은 거의 불모지 상태다. 벽은 맨살을 그대로 드러내고 있고, 물빛 녹색 리놀륨이 깔린 바닥에는 옷이 여기저기 널려 있다. 그리고 의자 하나와 방수포가 덮인 탁자, 먹다 남은 음식—새끼오리 고기와 컵받침 위에 담긴 회색 새우—, 커다란 십자말풀이 문제가 보이도록 펼쳐진 석간신문이 있다.

제56장　　　　　　　계단
8

7층 왼쪽, 댕트빌 의사의 집 문 앞. 한 손님이 문을 열어주기를 기다리고 있다. 북아프리카 산악지대의 투사 같은 모습을 한 군인 같은 50대 남자로, 짧게 깎은 머리에 회색 옷을 입고, 작은 다이아몬드를 꽂은 날염 비단 넥타이를 매고, 금으로 된 무거운 크로노미터 시계를 차고 있다. 그는 왼쪽 겨드랑이에 조간신문을 끼고 있는데, 거기에 스타킹 광고와 페이 돌로레스와 서니 필립스가 나오는 가트 플랑데르의 영화 〈사랑, 마라카스, 살라미〉의 개봉 박두를 알리는 광고가 보인다. 그리고 어떤 사진 위로 '포시니 뤼생주 공주 돌아오다!'라는 큰 표제가 보이는데, 사진 속에는 화난 표정의 공주가 현대적인 스타일의 소파에 앉아 있고, 다섯 명의 세관원이 아주 조심스럽게 세계 각국의 우표로 얼룩덜룩한 커다란 화물 상자의 넓은 바닥에서 순은 사모바르와 커다란 거울을 꺼내는 모습이 보인다.

359

　신발털이 깔개 옆으로 우산꽂이가 놓여 있다. 우산꽂이는 고대의 기둥을 본뜬, 키가 큰 채색 석고 원기둥 형태다. 그 오른쪽에는 정기적으로 헌 종이를 모으러 오는 학생들을 위해 내놓은 끈으로 묶은 신문 꾸러미가 있다. 수위 아주머니를 통해 그림 있는 압지를 나눠주는 것 말고도 댕트빌 의사에게는 여전히 그들에게 줄 것이 있었다. 맨 위의 신문은 의학 관련 출판물이 아니라 언어학 잡지이며, 다음과 같은 목차가 보인다.

Bulletin de l'Institut de Linguistique de Louvain

98ᵉ année   1973   Fasc. 3-4

제57장   오를로브스카 부인
                 (다락방 11)

엘즈비에타 오를로브스카—동네 사람들 모두가 그녀를 '아름다운 폴란
드 여인'이라고 부르듯 그녀는 아름답다—는 키가 크고 당당하고 근엄
한 자태의 30대 여인이다. 금발을 무겁게 틀어 올린 그녀는 어두운 파란
색 눈동자, 하얗디하얀 피부, 살찐 목과 둥글고 다소 비만에 가까운 어깨
를 갖고 있다. 그녀는 방 한가운데서 팔을 들어올리고 서서, 네덜란드식
인테리어 샹들리에를 축소한 모조품처럼 보이는, 투조세공된 구리 가지
들이 뻗어 있는 작은 천장걸이 촛대를 닦고 있다.

　　방은 아주 작지만 매우 잘 정리되어 있다. 왼쪽에는 아래에 서랍이
달려 있고 쿠션이 몇 개 놓인 좁고 긴 소파 겸 침대가 벽에 붙어 있다. 그
리고 휴대용 타자기외 여러 종류의 종이가 놓인 흰 나무 닥자가 있고,
캠핑용 버너와 몇 가지 취사도구가 놓인 좁더 작은 접이식 금속 탁자
가 있다.

　　오른쪽에는 쇠살 침대와 등 없는 의자 하나가 벽에 붙어 있다. 침대
겸 소파 옆에 있는 또 하나의 등 없는 의자는 문과 소파 사이에 있는 좁
은 공간을 채우며 침실용 탁자로 사용되고 있다. 그 위에는 엮은 모양 다
리의 램프와 흰색 도자기로 된 팔각형 재떨이, 술통 모양으로 조각된 조
그만 나무 담배 상자, 찰스 뉴널리라는 사람이 쓴『아라비아의 기사들.
헤지라 초기 이슬람 봉건제도의 새로운 비전』이라는 제목의 두꺼운 에
세이, 그리고 로렌스 워그레이브의 추리소설『판사는 살인자』가 나란히

놓여 있다. X가 A를 죽이나 법정은 그 사실을 알면서 도그에게 죄를 물을 수 없고, 예심판사가 B를 죽이나 정작 X가 용의자로 지목되어 체포되고 재판에서 유죄판결을 받은 후 무죄를 증명할 어떤 기회도 없이 사형당하는 내용의 이야기이다.

바닥에는 짙은 붉은색의 리놀륨이 깔려 있다. 옷과 책, 식기 등이 정리된 선반이 붙은 벽은 밝은 베이지색으로 칠해져 있다. 오른쪽 벽, 유아용 침대와 문 사이에 붙은 아주 강렬한 색채의 포스터 두 개가 주위를 약간이나마 밝게 해주고 있다. 첫번째 포스터는, 코에 탁구공을 붙이고 당근빛 머리 타래에 체크무늬 의상, 물방울무늬의 커다란 나비넥타이, 아주 납작한 긴 장화 차림을 한 어릿광대 초상화이다. 두번째 포스터는 나란히 선 여섯 사람의 모습을 보여주는데, 한 사람은 온통 검은 수염을 길렀고, 또 한 사람은 손가락에 커다란 반지를 끼었고, 또 한 사람은 빨간 허리띠를 맸으며, 또 한 사람은 무릎이 찢어진 바지를 입었고, 또 한 사람은 한쪽 눈만 뜨고 있고, 마지막 사람은 이를 드러내놓고 있다.

사람들이 이 그림의 의미를 물으면, 그녀는 이 그림이 폴란드에서는 아주 널리 알려진, 아이들의 놀이에서 편을 가를 때 부르는 노래이자 폴란드에서 자장가로 사용되는 어떤 노래를 표현한 것이라고 대답한다.

— 엄마는 여섯 명의 사람을 만났단다. 엄마가 말한다.
— 어떤 사람들인데요? 아이가 묻는다.
— 첫번째 사람은 검은 수염을 길렀단다. 엄마가 말한다.
— 왜요? 아이가 묻는다.
— 물론, 수염을 깎을 줄 모르기 때문이지! 엄마가 말한다.
— 두번째 사람은요? 아이가 묻는다.
— 두번째 사람은 반지를 끼고 있단다. 엄마가 말한다.
— 왜요? 아이가 묻는다.
— 물론, 결혼했기 때문이지! 엄마가 말한다.
— 그럼 세번째 사람은요? 아이가 묻는다.
— 세번째 사람은 바지에 허리띠를 매고 있단다. 엄마가 말한다.

— 왜요? 아이가 묻는다.

— 물론, 바지가 흘러내리기 때문이지! 엄마가 말한다.

— 그럼 네번째 사람은요? 아이가 묻는다.

— 네번째 사람은 바지가 찢어졌단다. 엄마가 말한다.

— 왜요? 아이가 묻는다.

— 물론, 너무 빨리 뛰었기 때문이지. 엄마가 말한다.

— 그럼 다섯번째 사람은요? 아이가 묻는다.

— 다섯번째 사람은 한쪽 눈만 뜨고 있단다. 엄마가 말한다.

— 왜요? 아이가 묻는다.

— 너처럼 잠이 들고 있기 때문이지. 엄마가 아주 부드러운 목소
리로 말한다.

— 그럼 마지막 사람은요? 아이가 소곤소곤 묻는다.

— 마지막 사람은 이를 드러내놓고 있단다. 엄마가 한숨을 쉬며
말한다.

아이는 이때 절대로 이유를 물어보면 안 되는데, 왜냐고 물었다가
는 다음과 같은 답변을 들어야 하기 때문이다.

— 왜요?

— 물론, 네가 자지 않으면 너를 잡아먹으려고 그러지! 엄마가 우
레 같은 목소리로 말한다.

엘즈비에타 오를로브스카는 처음 프랑스에 왔을 때 열한 살이었다. 그
때 그녀는 멘에루아르 지역의 파르세레팽에서 열린 여름학교에 참가하
기 위해 왔다. 그 여름학교는 외무부가 주관한 것으로, 외무부나 대사관
에서 일하는 사람의 자녀들을 대상으로 했다. 어린 엘즈비에타는 아버
지가 바르샤바 주재 프랑스대사관의 수위로 일했기 때문에 그곳에 갈
수 있었다. 여름학교의 사명은 원칙적으로 좀더 국제적인 모임이 되는

것이었는데, 그해에는 참가자 거의 대부분이 프랑스 어린이들이었으므로 몇몇 외국 어린이들은 그곳에서 매우 낯설음을 느꼈다. 그중 부바케라는 이름의 튀니지 아이가 있었다. 프랑스 문화와는 거의 접촉 없이 살아온 전통적인 이슬람교도인 그 아이의 아버지는 아이를 프랑스에 보낼 생각 같은 건 전혀 해보지 않았을 것이다. 하지만 프랑스 외무부의 고문서 보관인인 삼촌은 그 아이가 프랑스에 오기를 바랐고, 이제 독립국가가 된 튀니지의 새로운 세대가 더이상 무시할 수 없게 된 한 언어와 문명에 어린 조카가 익숙해질 수 있는 가장 좋은 방법이 바로 그것이라고 설득했다.

엘즈비에타와 부바케는 금세 떼어놓을 수 없는 사이가 되었다. 둘은 다른 아이들과 떨어져 지냈고 아이들의 놀이에 끼지 않았으며, 서로 새끼손가락을 맞잡고 걷거나 웃으며 서로를 쳐다보았고, 하나가 자기 언어로 길게 이야기를 하면 다른 하나는 이해하지도 못한 채 넋을 놓고 듣곤 했다. 다른 아이들은 둘을 좋아하지 않았고, 그들에게 짓궂은 농담을 했으며, 그들의 침대 속에 죽은 들쥐를 넣어두기도 했다. 하지만 아이들과 하루를 보내기 위해 방문한 어른들은 이 어린 한 쌍을 보고 경탄해 마지않았다. 살이 통통하게 찐 여자아이는 길게 땋아 늘인 금발에 작센 도자기 같은 피부를 지녔고, 호리호리하고 칡처럼 부드러운 남자아이는 윤기 없이 창백한 피부와 흑옥처럼 새까만 곱슬머리, 천사같이 부드러운 눈빛을 한 아주 커다란 눈을 가지고 있었다. 여름학교의 마지막 날, 그들은 각자의 엄지손가락을 베어 서로의 피를 섞고 영원히 사랑하기로 맹세했다.

364

그들은 그후 10년 동안 만나지 못했으나, 점점 더 사랑이 깊어가는 편지를 일주일에 두 번씩 주고받았다. 이내 엘즈비에타는 프랑스어와 아랍어를 배우게 해달라고 부모님을 설득하기에 이르렀는데, 미래의 남편 부바케가 있는 튀니지에 가서 살아야 할 것이기 때문이다. 부바케의 상황은 훨씬 더 어려웠다. 몇 달 동안 그는 언제나 두려움의 대상인 아버지에게, 아버지에 대한 존경심은 결코 변함이 없으며 이슬람의 전통과 코란의 가르침에 계속해서 충실할 것이고 서양 여자와 결혼한다고 해서 꼭 유럽인처럼 옷을 입거나 프랑스 도시에 가서 사는 것은 아니라는 것을 납득시키기 위해 전력을 다했다.

가장 어려운 문제는 엘즈비에타가 튀니지로 가는 공식적인 허가를 얻는 것이었다. 그것은 튀니지나 폴란드에서 모두 행정적인 번잡함을 수반하는 일로, 18개월 이상이 걸렸다. 튀니지와 폴란드 사이에는 상호협조조약이 체결되어 있었는데, 그에 따르면 튀니지 학생들은 폴란드에 엔지니어가 되는 공부를 하러 갈 수 있었고, 반면 폴란드의 치과의사, 농학자, 수의사는 튀니지의 보건부나 농산부에 공무원 자격으로 일하러 갈 수 있었다. 그러나 엘즈비에타는 치과의사도, 수의사도, 농학자도 아니었으며, 1년 동안 그녀가 몇 가지 설명을 덧붙여 제출했던 모든 비자 신청 서류는 다음과 같은 언급과 함께 되돌아왔다. "상기 조약에 의해 정의된 기준에 해당하지 않음." 매우 복잡한 일련의 거래를 거쳐, 마침내 엘즈비에타는 일반 공무원의 선을 넘어 고위직과 접촉하기에 이르렀고, 한 정무 부차관에게 6개월 후에 바로 튀니스 주재 폴란드영사관의 번역자 겸 통역자로 고용해달라고—그녀에게 아랍어와 프랑스어 자격증이 있다는 사실을 고려해—이야기하게 되었다.

그녀는 1966년 6월 1일에 튀니스 카르타주 공항에 도착했다. 그곳에는 해가 눈부시게 빛나고 있었다. 그녀는 행복과 자유와 사랑으로 반짝였다. 그녀는 도착한 사람들에게 크게 신호를 보내고 있는 테라스의 튀니지 군중 속에서 야훼자를 찾으려 했으니 찾을 수 없었다. 그들은 수차례 서로에게 사진을 보냈는데, 그는 축구를 하고 있거나 살람보 해변에서 수영복을 입고 있는 모습, 또는 아랍식의 두건 달린 긴 옷에 수놓인 가죽신 차림으로 그보다 머리 하나가 더 큰 아버지 곁에 서 있는 모습을 찍어 보냈으며, 그녀는 자코파네에서 스키를 타거나 안마鞍馬 체조를 하는 모습의 사진을 보냈다. 그녀는 그를 알아볼 자신이 있었지만, 막상 그를 보자 잠시 머뭇거렸다. 그는 홀 안의 경찰 창구 바로 뒤에 있었고, 그녀가 내뱉은 첫마디는 이랬다.

"아니, 너 하나도 안 컸잖아!"

파르세레팽에서 처음 만났을 때 그들은 키가 똑같았다. 하지만 그동안 그가 겨우 20~30센티미터 정도밖에 자라지 않았다면 그녀는 적어도 60센티 이상 커 있었다. 그녀는 177센티 정도 되었고, 그는 155센티가 채 안 되었다. 그녀는 한여름의 해바라기 같았고, 그는 부엌 선반 위에 놓인 채 잊혀진 레몬처럼 마르고 오그라들어 있었다.

부바케가 맨 처음 한 일은 그녀를 아버지에게 데려가는 것이었다. 그의 아버지는 대서인이자 달필가였다. 그는 메디나의 아주 조그만 가게에서 일했다. 압지철, 문구통, 연필 등을 파는 가게였는데, 손님들은 특히 그에게 학위증이나 증명서 위에 자기 이름을 적어 넣거나 액자에 넣을 양피지에 성스러운 글을 베껴 쓰는 일을 부탁했다. 엘즈비에타는 책상다리를 하고 앉아 무릎 위에 작은 판을 올려놓고 물컵 바닥만큼이나 두꺼운 안경을 코에 걸친 채 조심스럽게 펜을 다듬고 있는 그를 보았다. 그는 작고 말랐고 몹시 쌀쌀맞으며, 녹색 얼굴빛에 교활한 눈초리, 가증스러운 미소를 띤, 그러나 여자 앞에서는 당혹스러워하며 말이 없는 남자였다. 2년 동안 그는 며느리에게 겨우 세 번 말을 걸었다.

첫해는 최악이었다. 엘즈비에타와 부바케는 아랍인 도시에 있는 아버지의 집에서 첫해를 보냈다. 그들은 빛도 없고 침대 하나 간신히 들어갈 만한 크기의 방에서 지냈는데, 부바케의 형들의 방과는 얇은 칸막이 벽으로 나뉘어 있어 그녀는 도청당하고 염탐당하는 기분을 느껴야 했다. 그들은 함께 식사도 할 수 없었다. 그는 아버지와 형들과 함께 밥을 먹었고, 그녀는 조용히 그들의 시중을 들어준 후 다른 여자들이나 아이들과 함께 부엌으로 돌아가야만 했다. 그녀의 시어머니는 키스와 애무, 단 음식, 그녀의 배와 허리에 대한 지겨운 잔소리, 그리고 신랑이 그녀에게 하거나 요구하는 애무의 성격에 대한 음란한 질문으로 대개 그녀를 성가시게 했다.

두번째 해에 그녀는 아들 마흐무드를 낳았고, 그 후 반항하기 시작했으며 부바케 역시 반항하도록 끌어들였다. 그들은 유럽인 도시에 있는 튀르키 거리에 방 세 개짜리 아파트를 얻었는데, 높고 추웠으며 딸린 가구는 형편없었다. 한두 번 그들은 부바케의 유럽인 친구들에게 초대를 받았고, 한두 번 그녀는 무미건조한 그녀의 동료들을 집으로 불러 그저 그런 저녁식사를 대접했다. 이를 빼면, 그녀가 그와 함께 레스토랑에라도 한 번 가려면 몇 주 동안이나 그를 졸라야 했고, 그는 매번 그냥 집에 있거나 혼자 외출하기 위한 그럴듯한 변명을 찾곤 했다.

그는 뿌리 깊고 옹졸한 질투심에 사로잡혀 있었다. 매일 저녁 영사관에서 퇴근해 돌아오면 그녀는 그에게 그날 있었던 일을 아주 사소한 것까지 이야기해야 했고, 그녀가 만난 모든 남자들을 열거해야 했으며, 그들이 그녀의 사무실에 얼마나 머물렀는지, 그녀에게 무슨 말을 했는지, 그녀는 무어라 대답했는지, 점심은 어디서 먹었는지, 아무개와 무슨 일로 그렇게 오랫동안 전화를 했는지 등을 보고해야만 했다. 또 어쩌다 그들이 함께 길을 걸을 때 남자들이 이 금발의 미녀를 돌아보기라도 하면, 부바케는 집으로 들어오자마자 마치 그녀의 머리가 금발이고 피부가 희고 눈이 푸른 것이 모두 그녀의 책임이라는 듯 끔찍스러운 싸움을 걸어왔다. 그녀는 그가 자신을 타인의 눈으로부터 영원히 격리시키고 감추어, 오로지 그의 시선을 위하여, 오로지 그의 말 없는 열정적인 숭배를 위하여 가두어두고 싶어할지도 모른다고 느꼈다.

그녀가 그들이 10년 동안 가꾸어온 꿈과 이제 그녀의 삶이 될 저속한 현실 사이의 거리를 깨닫는 데는 2년의 세월이 걸렸다. 그녀는 남편을 증오하기 시작했고, 모든 사랑을 아들에게 향한 채 결국 아이와 함께 달아나기로 결심했다. 몇몇 모국인의 협조로 그녀는 리투아니아 선박을 타고 몰래 튀니지를 빠져나올 수 있었으며, 니폴리에 도착한 후 요로를 통해 프랑스로 왔다. 그녀가 파리에 도착한 시기는 우연히도 1968년 5월 혁명이 최고조에 이르렀던 시기와 일치했다. 이 도취와 행복의 도가니 속에서 그녀는 포크송 가수인 한 미국 젊은이와 일시적인 열정을 불태웠고, 그는 오데옹 극장이 재탈환되던 날 저녁 파리를 떠났다. 바로 얼마 후 그녀는 이 방을 얻었다. 바틀부스의 세탁물을 담당하다가 그해에 은퇴한 제르멘이 썼던 방으로, 그 영국인이 후임자를 구하지 않아 비어 있었던 것이다.

처음 몇 달 동안, 그녀는 부바케가 어느 날 갑자기 나타나 아이를 빼앗아가지 않을까 두려워하며 숨어 지냈다. 그 후 그녀는 부바케가 아버지의 권고를 받아들여 중매쟁이를 통해 네 아이를 둔 과부와 재혼했고, 메디나로 돌아가 살고 있다는 사실을 알게 되었다. 온전히 아들만을 위해 그녀는 단순하면서도 거의 수도자 같은 삶을 살기 시작했다. 생계를 위해 아랍 국가와 교역을 하는 무역회사에 취직했고, 거기서 제품 사용법과 행정 규약, 기술적 설명문을 번역하는 일을 했다. 그러나 얼마 지나지 않아 회사는 파산했고, 그 후 국립 과학연구소의 『인상 기록 보고서』에 실리는 아랍어와 폴란드어로 된 글을 요약하는 일로 받는 약간의 보수와 몇 시간씩의 파출부 일로 받는 얼마 안 되는 돈으로 살아갔다.

그녀는 곧 이 건물에서 아주 사랑받는 여인이 되었다. 그녀가 사는 방의 주인인 바틀부스는 이 건물 안에서 일어나는 일에 대해 무관심하기로 정평이 나 있었는데, 그러한 그마저도 그녀에게는 호감이 있었다. 병적인 열정이 점점 더 완고해지는 고독 속으로 영원히 그를 몰아넣기 전에는, 그는 여러 차례 그녀를 저녁식사에 초대했다. 한번은—다른 누구에게 그렇게 한 적이 없었고, 그 후로도 그랬는데—그가 조립 중인 퍼즐을 보여준 적도 있었다. 해머타운에 있는 밴쿠버 섬의 한 눈 덮인 어항 풍경을 담은 퍼즐로, 몇몇 나지막한 집과 안에 털을 댄 옷을 입고 어슴푸레하게 보이는 긴 배를 모래톱으로 끌어올리는 몇몇 어부의 모습이 있었다.

엘즈비에타는 이 건물 안에서 사권 친구 말고는 파리에 거의 아는 사람이 없었다. 폴란드와의 접촉은 모두 끊겼고, 그녀는 폴란드 망명자 모임에도 잘 나가지 않았다. 한 사람만 정기적으로 그녀를 보러 찾아왔는데, 언제나 흰 레이스 스카프를 두르고 지팡이를 가지고 다니는 공허한 눈빛의 꽤 나이든 남자였다. 세상의 온갖 풍파를 다 겪은 듯한 이 남자에 대해, 그녀는 그가 전쟁 전에 바르샤바에서 가장 유명한 어릿광대였으며 포스터에 있는 바로 그 인물이라고 말했다. 그녀는 3년 전 아나드 노아유 공원에서 아들이 모래 장난 하는 것을 지켜보고 있다가 그를 만났다. 그는 그녀가 앉은 벤치에 와서 앉았고, 그녀는 그가 『불의 딸들』이라는 책의 폴란드어판—*Sylwia i inne opowiadania*—을 읽고 있는 것을 보았다. 그들은 친구가 되었다. 그는 한 달에 두 번씩 그녀의 집에 저녁

식사를 하러 왔다. 그에게 이가 하나밖에 없었기 때문에 그녀는 따뜻한 우유와 계란 크림을 내놓았다.

그는 파리에 살지 않았다. 보베 근처의 우아즈 지역에 있는 니빌레르라는 한 작은 마을에 살았는데, 창문마다 여러 색깔의 사각형 유리를 끼운 길고 낮은 단층집을 갖고 있었다. 이제 아홉 살이 된 어린 마흐무드는 바로 그곳으로 막 바캉스를 떠났다.

제58장　　　　　　그라티올레

1

이 건물 소유주들 중 끝에서 두번째 후손은 좁지만 편안한 주거 공간으로 바뀐, 과거에 하녀 방이었던 8층의 두 다락방에서 딸과 함께 산다.

올리비에 그라티올레는 녹색 식탁보를 깐 접이식 탁자 앞에 앉아 책을 읽고 있다. 열세 살 난 그의 딸 이자벨은 나무 마루 위에 무릎을 꿇고 앉아 있다. 그녀는 대단한 열의를 불러일으키지만 그만큼 아슬아슬한, 카드로 성을 쌓는 작업을 하고 있다. 그들 앞에 놓여 있긴 하지만 둘 다 보지 않는 텔레비전 화면에서는 공상과학 소설에 나올 법한 흉측스러운 세트—화려한 장식 글자가 씌어 있는 번쩍이는 금속판들—를 배경으로 뭔가 우주적인 분위기와 조화를 이루려 하는 듯한 여자 아나운서가 프랑스 영토의 형상처럼 보이는 육각형 게시판을 보여주며 저녁 시간대 프로그램을 소개하고 있다. 8시 반에는 20세기 초 한 대담한 보석 도둑이 황하를 따라 내려가는 길목에 몸을 숨긴다는 내용의 스튜어트 벤터의 환상추리물 〈황색의 선〉이, 10시에는 브장송 페스티벌 개막 기념으로 세계 초연된, 빅토르 위고의 『잠자는 부즈』를 원작으로 한 필록상트 샤프스카의 실내 오페라 〈별이 빛나는 밭과 그 속의 금빛 낫〉이 방영된다.

올리비에 그라티올레가 탁자 위에 펼쳐놓고 읽고 있는 것은 해부학 역사에 관한 대형 판형의 책인데, 몬디노 디 루치의 후계자인 조르지다 카스텔프랑코의 도판이 한 면을 가득 채운 페이지가 펼쳐져 있다. 옆

페이지에는, 한 세기 반이 지난 후 프랑수아 베로알드 드 베르빌이 『'히프네로토마키아 폴리필리' 안에 나타난, 베일에 가려져 짐짓 요염한 분위기를 자아내는 창작품들의 목록』이라는 책에서 이 도판에 대해 쓴 글이 적혀 있다.

시체는 완전히 뼈대만 남은 상태는 아니다. 살이 흙과 엉겨붙은 채 말라붙어 있다. 그러나 여기저기 뼈가 부분적으로 드러나 있다. 흉골, 쇄골, 슬개골, 경골 등. 전반적인 빛깔은 몸의 앞쪽은 노랑에 가까운 갈색이고, 좀더 축축한 뒤쪽은 거무스름한 짙은 녹색이며 벌레가 득실댄다. 얼굴은 왼쪽 어깨 위로 기울어져 있고, 머리에는 흙과 마포 조각으로 뒤엉킨 백발이 덮여 있다. 눈두덩에는 아무것도 남아 있지 않고, 아래턱은 노랗고 반쯤 투명한 이빨 두 개를 드러내고 있다. 뇌와 뇌장이 두부의 거의 3분의 2를 차지하고 있으나, 뇌를 이루는 여러 기관은 어렵지 않게 식별할 수 있다. 경뇌막은 푸르스름한 색깔의 짧은 막 형태로 존재하고 있다. 정상적인 상태에 가깝다고 할 만하다. 척수는 더이상 보이지 않는다. 목등뼈는 부분적으로 짧은 황토색 층으로 덮여 있지만 알아볼 수 있다. 여섯번째 목등뼈의 높이에서 후두 내부의 부드러운 부분이 거품을 내고 있다. 좌우 흉부는 약간의 흙과 몇 마리 작은 파리들이 들어박혀 있는 것 외에는 거의 비어 있다. 흉부는 거무스름하고 연기로 그을려 있으며, 검게 타 있다. 복부는 흙과 번데기로 덮인 채 함몰되어 있다. 졸아든 복부 기관은 정체를 확인할 수 없다. 생식기 부분은 성별을 알 수 없을 정도로 해체되었다. 두 팔은 상박과 하박 손이 함께 붙은 형태로 옆구리에 붙어 있다. 왼쪽 손은 온전해 보이며, 갈색 섞인 회색을 띠고 있다. 오른쪽 손은 색깔이 더 짙고, 이미 몇 개의 뼈가 떨어져 나간 상태다. 다리는 양쪽 다 온전해 보인다. 짧은 뼈들은 정상적인 상태일 때보다 더 물렁물렁한 건 아니지만 내부는 더 건조한 상태다.

올리비에는, 제1차 마른 전투에 뒤이어 후위 전투가 계속되던 1914년 9월 26일 샹파뉴 지방의 페르테레즈위를뤼에서 전사한 할아버지 제라르의 쌍둥이 동생에게서 이름을 따왔다.

제라르는 그라티올레 가의 네 자식 중 하나로, 옛 베리 지방의 경작지를 유산으로 받아 그중 거의 반을 팔아넘겼다. 그의 형 에밀이 건물을 쪼개 팔아가며 그랬듯, 동생 페르디낭을 그리고 나중에는 과부가 된 페르디낭의 아내를 경제적으로 돕기 위해서였다. 제라르에게는 아들이 둘 있었다. 그중 동생 앙리는 요절했다. 1934년 아버지가 죽자 앙리는 농장을 손에 넣었다. 그는 농장의 설비와 경영을 현대화하려고 애썼고, 자재를 구입하기 위해 담보로 돈을 빌려 썼다. 1938년에 사망한 그─말의 뒷발질에 차여 죽었다─는 엄청난 빚을 남겨서, 그의 형이자 올리비에의 아버지인 루이는 여러 해가 지나도 수익이 날 것 같지 않은 경작지를 떠맡기보다는 아예 유산 상속을 깨끗이 포기하는 쪽을 택했다.

루이는 비에르종과 투르에서 공부했고 국립 치수보림원治水保林院에 들어갔다. 당시 스물한 살이었던 그는 전쟁이 일어난 다음 날부터 생트로장돌레롱에 있는 프랑스 최초의 자연보호구역들 중 하나를 조성하는 임무를 맡았다. 1912년 보호 대상으로 지정된 페로 스기레크 바다의 세 털의 경우처럼, 그곳에서도 모든 수단을 동원해 지역 동물상과 식물상을 보호 보존해야 했다. 따라서 루이는 올레롱에 가서 정착했고, 거기서 한 철공예가의 딸인 프랑스 리드롱과 결혼했는데, 이 독창적인 늙은 철공예가는 올레롱 섬을 주철 창살과 하나같이 보기 흉한 공격적인 금도금 청동 장식으로 가득 채우기 시작했으나 그 성공은 더이상 부인할 수 없는 것이었다. 1920년에 태어난 올리비에는 당시에는 거의 대부분 인적이 없었던 해변가에서 자라다가, 열 살이 되자 로슈포르에 있는 고등학교에 기숙생으로 들어갔다. 기숙사 생활과 공부를 싫어했던 그는 한 주 내내 교실 구석에 앉아, 일요일마다 하는 승마 산책을 꿈꾸며 그날만을 목이 빠지게 기다리곤 했다. 그는 고등학교 1학년을 두 번 다녔고, 대학 입학시험에 네 번이나 떨어졌다. 결국 아버지는 그를 시험에 합격시키는 것을 포기했고, 그가 생장당젤리 근처에 있는 말 사육장의 외양간지기로 일하는 것을 받아들였다. 올리비에는 그 일이 마음에 들었고 계속했더라면 그 분야에서 성공했을지도 모르나, 2년이 채 안 되어 전쟁이 터졌다. 그는 징집되었고, 1940년 5월 아라스 근처에서 포로로 붙잡혀 프랑켄 지방의 한 저택을 개조해 만든 독일군 포로수용소로 옮겨졌다. 2년 동안 그는 그곳에 있었다. 페르디낭의 아들 마르크는 아버지가 파산하고 도주한 바로 그해에 철학교수 자격시험에 합격했고, 그 후 프랑스-독일 위원회의 분과를 이끌다가 1942년 4월 18일 라발이 정부 수반으로 복귀했을 때 정무차관으로 임명된 페르낭 드 브리농의 비서실에 들어갔다. 한 달 뒤 루이는 마르크에게 편지를 써 손을 써달라고 부탁했고, 마르크는 삼촌의 청을 받아들여 어렵지 않게 올리비에가 석방될 수 있도록 조치했다.

올리비에는 파리로 가서 정착했다. 그의 아버지의 또다른 사촌인 프랑수아는 아내 마르트와 함께 당시 이 건물의 절반 정도를 소유하고 있었고 또 공유 공간의 관리자로 있었는데, 올리비에에게 자기가 쓰고 있던 아파트(나중에 그리팔코니 가족이 들어와 살게 되는 곳) 바로 아래층에 있는 방 세 개짜리 아파트를 마련해주었다. 올리비에는 거기 살면서, 전쟁이 끝날 때까지 지하 창고로 가 〈프랑스인들이 프랑스인들에게 고함〉이라는 방송을 듣거나 마르트와 프랑수아의 도움으로 여러 레지스탕스 그룹 간의 연락지, 즉 런던에서 오는 정보와 암호화된 메시지를 전달하는 편지를 평범한 편지처럼 위장해 배포했다.

올리비에의 아버지 루이는 1943년에 열병으로 죽었다. 이듬해 마르크는, 아직도 완전히 전모가 밝혀지지 않은 어떤 상황 속에서 살해되었다. 쥐스트 그라티올레의 자식들 중 맨 막내인 엘렌 브로댕은 1947년에 죽었다. 그리고 1948년 마르트와 프랑수아가 뤼유 팔라스 극장의 화재로 사망하면서 올리비에는 그라티올레 가의 마지막 생존자가 되었다.

그라티올레 가의
가계도는
122페이지에
나와 있다

올리비에는 건물소유주와 관리자로서의 역할을 매우 신중히 처리해 나갔으나, 몇 년 후 다시 전쟁이 그를 덮쳐버렸다. 1956년 알제리 전쟁에 소집된 그는 지뢰를 밟았고, 무릎 위를 절단했다. 샹베리에 있는 군인 병원에 입원해 치료를 받던 중 담당 간호사였던 아를레트 크리올라와 사랑에 빠졌고, 그녀가 열 살이나 아래였음에도 불구하고 결혼했다. 그들은 말 상인인 그녀의 아버지 집에 살림을 차렸는데, 과거의 취미가 되살아난 올리비에는 그곳에서 회계일을 맡아 했다.

그의 회복은 더디고 돈이 많이 들었다. 사람들은 그에게 인공보철기구를 쓰게 했는데, 그것은 근육 신경생리학 분야의 가장 최근 성과를 도입해 만든 진정한 해부생리학적 모델이었으며, 또 균형을 유지하면서 구부리고 펴는 운동을 가능케 하는 제어 시스템이 부착되어 있었다. 올리비에는 여러 달에 걸친 훈련 끝에 그 기구를 조정하며 지팡이 없이 걸을 수 있었고, 심지어 한 번은 눈물을 흘리며 말 위에 올라타기까지 했다.

그가 비록 상속받은 아파트들을 하나씩 팔 수밖에 없었고 결국은 두 개의 다락방만 소유하게 되었지만, 그 시절은 아마도 그의 인생에서 가장 아름다운 시기였을 것이다. 한껏 물오른 초원 위에 펼쳐진 장인의 농장에서 꽃과 밀랍 향기로 가득한 밝고 낮은 집에 머물며 잠깐씩 수도 파리에 다녀오곤 하는 평화로운 삶이었다. 이자벨도 바로 거기서 1962년에 태어났고, 회색 얼룩이 있는 흰색 조랑말이 끄는 작은 짐수레를 타고 아버지와 함께 산책했던 일이 그녀에게는 최초의 기억으로 남아 있다.

374

그러나 1965년 크리스마스 날 저녁, 정신착란을 일으킨 아를레트의 아버지는 자신의 딸을 목 졸라 죽이고 스스로 목을 매 자살했다. 다음 날, 올리비에는 이자벨과 함께 파리로 올라와 정착했다. 그는 일을 구하지 않았고, 전쟁 상이군으로 받는 유일한 연금으로 이리저리 궁리하며 생활을 꾸려갔으며, 이자벨의 식사를 준비하고 그녀의 옷을 꿰매고 그녀에게 읽고 셈하는 법을 가르쳐주는 등 오직 이자벨만을 위해 살았다.

오늘날에는 역할이 바뀌어, 이젠 점점 더 자주 이자벨이 아픈 아버지를 돌본다. 장을 보고 오믈렛을 만들고 냄비를 문질러 닦고 살림을 꾸려간다. 그녀는 슬픈 얼굴과 우수에 가득 찬 눈을 가진 마른 체형의 소녀로, 몇 시간씩 거울을 마주보며 스스로에게 낮은 목소리로 무서운 이야기를 들려주며 보낸다.

올리비에는 이제 거의 움직이지 못한다. 절단한 다리는 이후 그를 아프게 했지만, 더이상 다리의 복잡한 기구를 고칠 경제적 여유가 없다. 그는 대부분의 시간을 잠옷 바지와 집에서 입는 낡은 체크무늬 웃옷을 입고 양쪽 끝이 둔덕을 이룬 소파에 앉아, 의사 댕트빌의 엄격한 금지처방에도 불구하고 작은 리쾨르 술잔을 홀짝거리며 보낸다. 보잘것없는 수입을 아주 조금이라도 늘려보기 위해 그는 그림 수수께끼를—아주 엉망으로—그려, 보통 과장된 표현으로 '뇌 운동'이라 불리는 것을 전문으로 다루는 일종의 주간지에 보낸다. 잡지사는 그림—채택될 경우—한 점에 15프랑을 지불한다. 가장 최근의 그림은 큰 강을 그린 것으로, 작은 배의 뱃머리에 화려한 옷을 입은 한 여인이 열린 틈으로 보석이 넘쳐흐르는 상자와 금괴에 둘러싸여 앉아 있다. 그녀의 머리는 S자가 대신하고 있다. 선미에서 영주의 관을 쓴 남자가 서서 뱃사공 노릇을 하고 있는데, 그의 망토에는 'ENTEMENT'이라는 글자가 수놓여 있다. 해답은 'Contentement passe richesse'.[1]

전쟁으로 인해 음울한 운명을 살게 된, 쉰다섯의 나이에 홀아비이고 신체장애인인 이 남자는 거창하지만 비현실적인 두 가지 계획에 매달려 있다.

첫번째 계획은 소설과 관련된 것이다. 그라티올레는 소설을 통해 어떤 영웅을, 진정한 영웅을 만들어내고 싶어했다. 소시지와 학살만을 꿈꾸는 그런 뚱뚱한 폴란드 영웅 부류의 영웅이 아니라, 진정한 방랑 기사, 중세의 기사, 과부와 고아의 수호자이자 잘못을 바로잡는 사람, 신사, 대영주, 섬세하고 우아하고 용감하고 부유하고 영적 능력이 있는 야전사령관, 결연해 보이는 턱과 넓은 이마, 따뜻한 미소를 그리며 드러나는 치아, 반짝거리는 눈을 가진 영웅의 얼굴을 수십 번 상상했다. 완벽하게 재단된 의상을 입고 밝은 버터색 장갑, 루비로 된 소매 단추, 값비싼 진주가 박힌 넥타이 핀, 외알박이 안경, 황금 손잡이 지팡이를 갖춘 영웅의

375

---

1. 만족이 부富보다 낫다는 뜻의 속담.

모습을 수십 번 만들어냈다. 하지만 번번이 그는 마음에 드는 성과 이름을 찾아내지 못했다.

　두번째 계획은 형이상학적인 것이다. 올리비에 그라티올레는 '진화는 사기다'라는 H. M. 투튼 교수의 명제를 입증하겠다는 목표하에 인간의 신체 구조가 겪는 모든 불완전함과 결함에 관한 완벽한 리스트 작성을 시도했다. 예를 들어 직립 자세는 인간에게 불안전한 균형만을 가져다준다. 즉 인간은 오직 근육들의 긴장으로만 서 있는 자세를 유지하는데, 이는 척추에 끊임없는 피로와 불편을 가져다주는 원인이고, 척추는 곧게 일직선으로 펴져 있는 있는 경우보다 실제로 열여섯 배나 더 강함에도 불구하고 등에 그만한 무게를 실을 수 없다. 발은 본래의 붙잡는 능력을 잃어버린 퇴화된 손이므로 더 커지고, 더 넓어지고, 이동 기능에 맞게 더 특화되었을 것이다. 다리는 체중을 감당할 만큼 충분히 튼튼하지 못해 휘어지고, 약 1미터나 피를 끌어올려야 해서 심장을 피로하게 만들며, 그래서 발이 붓거나 정맥 이상 현상이 발생한다. 허리 관절은 약하고, 관절증을 앓거나 심한 골절상(대퇴골 경부)을 입기 쉬우며, 팔은 기능이 감소하고 너무 가늘어졌다. 손은 약하고, 특히 새끼손가락은 아무 기능도 하지 못하며, 배는 전혀 보호받지 못하고, 생식기관 역시 마찬가지다. 목은 고정되어 있어 머리의 회전을 제한하며, 치아는 측면으로 무는 것이 불가능하게 생겼다. 후각은 거의 무에 가깝고, 야행의 시각은 아주 미미하며, 청력 또한 매우 떨어진다. 털도 없고 모피도 없는 피부는 추위에 무방비 상태고, 결국 일반적으로 가장 진보된 것처럼 여겨지는 인간은 모든 피조물 중에서 실제로 가장 부족한 존재다.

376

제59장   위팅
2

위팅은 그의 커다란 아틀리에가 아니라, 초상화가가 된 이래 손님들에게 장시간 포즈를 취하게 할 때 사용하도록 꾸며놓은 로지아 안의 작은 방에서 일하고 있다.

　이곳은 완벽하게 정리된 밝고 호사스러운 방으로, 화가들의 아틀리에에서 볼 수 있는 무질서라고는 찾아볼 수 없다. 등을 보인 채 벽마다 늘어서 있는 화폭들도 없고, 불안하게 쌓여 있는 그림틀도 없으며, 지난 시대의 유물처럼 보이는 버너 위에 놓인 울퉁불퉁한 주전자도 없다. 단지 방음을 위해 검은 가죽 쿠션을 댄 문과 커다란 청동 삼각대보다도 높이 자라 유리 천장까지 기어오른 키 큰 식물들, 하얀색 래커를 칠한 벽이 보일 뿐이다. 이 벽에는 윤나는 긴 깅칠판 하나가 길린 것을 세외하면 텅 비어 있다. 그 판 위에는 세 장의 포스터가 작은 반구형 자석 압정에 의해 붙어 있다. 본 시립병원에 소장된 로제르 판 데르 웨이벤의 〈최후의 심판 3폭 제단화〉의 컬러 복제화, 미셸 모르강, 제라르 필리프, 빅토르 마누엘 멘도사가 출연한 이브 알레그레의 영화 〈오만한 자들〉의 포스터, 그리고 비어즐리풍의 아라베스크 안에 새겨진 지난 세기 말 무렵 어느 식당 메뉴의 확대 사진.

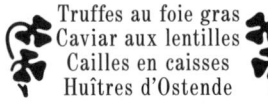

Truffes au foie gras
Caviar aux lentilles
Cailles en caisses
Huîtres d'Ostende

Vin de Tokay
Eau d' Arquebuse
Champagne Grand Crémant

위팅의 손님은 주름살투성이 얼굴에 금테 코걸이 안경을 쓰고 단정한 검은 정장에 하얀 와이셔츠, 진줏빛 회색 넥타이를 한 일본인이다. 그는 의자에 앉아 손을 무릎 위에 얹고 다리를 모으고 가슴을 똑바로 세운 채, 화가 쪽이 아닌 카드놀이용 탁자 쪽으로 시선을 주고 있다. 테이블의 상감 세공은 트릭트랙 주사위 놀이판의 형태를 하고 있고, 그 위에는 흰색 전화기와 영국제 금속 커피포트와 이국적 과일이 가득한 버들 바구니가 놓여 있다.

위팅은 손에 팔레트를 든 채 이젤 앞의 돌로 된 사자상 위에 앉아 있다. 사자상은 누가 보아도 아시리아 것임을 알 수 있지만 전문가들에게는 오히려 어려운 문제를 제기하는 것이라 할 수 있다. 왜냐하면 이 화가가 '미네랄 아트'의 권위자였던 시절에 1미터가 채 안 되는 깊이에 묻혀 있던 그것을 투부르보 마주스 일대로 자갈들을 찾으러 돌아다니다가 어떤 들판에서 직접 발굴했기 때문이다.

위팅은 상반신은 벗은 채 인디언 바지를 입고 두꺼운 모 양말을 신고 있으며, 얇은 바티스트[2] 스카프를 목에 둘렀고, 왼쪽 팔목에는 갖가지 색깔의 팔찌를 십여 개 했다. 그의 모든 도구—물감 튜브, 물감 접시, 붓, 칼, 백묵, 헝겊, 소형 분무기, 긁는 칼, 펜, 스펀지 등—는 그의 오른쪽에 놓인 긴 활자活字 케이스 안에 가지런히 정리되어 있다.

378

---

1. 올드 아이리시 / 커피 하우스 / 보샤르드 사롱거리, 47번지 / (전화. 148. 84) / 푸아그라를 곁들인 송로 / 렌즈 콩을 곁들인 캐비어 / 메추라기 구이 / 오스탕드산 굴 / 토카이 포도주 / 아르크뷔르산 광천수 / 그랑 크레망 샴페인.

이젤 위에 놓인 그림은 대략 높이 2미터에 폭이 위로 60센티미터, 아래로 1미터 20센티미터인 사다리꼴 형태의 틀에 끼워져 있다. 마치 작품이 아주 높이 걸릴 예정이어서 생길 수 있는 어떤 왜곡 현상을 미리 감안해 과장하려는 듯하다.

거의 완성된 이 그림에는 세 명의 등장인물이 있다. 두 사람은 책과 자질구레한 도구, 여러 종류의 장난감으로 채워진 높은 가구 양쪽에 서 있다. 물고기자리에서 양자리까지의 황도대黃道帶 열두 성좌를 나타내는 천체 만화경, 오레리 식의 미니어처 플라네타리움(천상의天象儀), 고무 사탕으로 만들어진 숫자, 동물 모양의 비스킷과 짝을 이루도록 만들어진 기하학적 형태의 비스킷, 지구본, 역사적인 의상을 입은 인형 등.

왼쪽에 있는 인물은 비만한 남자로, 거창한 잠수부 복장에 얼굴이 완전히 가려져 있다. 즉 반짝거리는 검은 고무 잠수복, 흰색 밴드, 검은 모자, 마스크, 산소통, 작살, 코르크 손잡이의 단도, 잠수용 방수시계, 고무 오리발로 이루어진 복장.

오른쪽 인물은 지금 포즈를 취하고 있는 늙은 일본인을 그린 것이 분명한데, 그는 붉은빛이 감도는 긴 검정색 웃옷을 입고 있다.

세번째 인물은 전면에 위치하고 있고, 관객의 시선에서 봤을 때 등을 돌린 채 다른 두 인물과 마주보며 무릎을 꿇고 있다. 그는 챙 없는 마름모꼴 모자를 쓰고 있는데, 앵글로색슨 대학들에서 학생들과 교수들이 하위수여식 때 쓰는 모자와 유사하다.

극도로 정확하게 색칠된 바닥은 기하학적 형태의 타일로 이루어져 있다. 이 타일의 모티프는 1268년경 이탈리아의 장인들이 당시 로버트 웨어 신부가 교구 사제로 있던 웨스트민스터 대성당의 성가대를 위해 로마에서 가져온 대리석 모자이크화를 재현한 것이다.

379

'안개의 시기'와 '미네랄 아트'—돌 쌓기의 미학을 나타내는 작품 중 가장 기억할 만한 작품으로는 〈요구〉와 〈서명〉, 그리고 얼마 후에 발표된 〈판매〉가 있다—의 영웅적 시절에서 일리노이 주 어바나의 도시계획가—작품으로는 게뤼사크 거리의 바리케이드들 중 하나가 있다—시

2. 13세기의 발명가 바티스트 드 캉브레의 이름을 딴 품질 좋은 흰 삼베.

절까지 위팅은 초상화가의 꿈을 키워왔고, 그의 그림을 산 고객들 중에도 그에게 초상화를 부탁하는 이들이 꽤 있었다. 그의 문제는 그림에 대한 그의 다른 시도들에서와 마찬가지로 독창적인 공식에 초점을 두는 것, 그 자신의 말마따나 그로 하여금 그의 '요리'를 잘 만들게 해줄 요리법을 찾는 것이었다.

위팅의 이야기에 따르면 그는 롱아일랜드의 어느 허름한 바에서 만난 한 흑백 혼혈 거지가 그에게 세 잔의 진을 얻어 마신 뒤 가르쳐준, 그러나 간곡히 부탁해도 유래를 알려주지 않았던 어떤 방법을 몇 달 동안 사용했다. 그 방법은 열한 가지 색조와 세 개의 비밀 숫자로 이루어진 하나의 고정된 시퀀스에서 초상화의 색깔을 선택하는 것이다. 첫번째 숫자는 그림의 '탄생' 시간과 날짜에 의해 정해지는데 탄생이란 첫번째 포즈의 시간을 의미하고, 두번째 숫자는 그림의 '수태' 순간의 달의 월상에 의해 정해지는데 여기서 수태란 예를 들면 그림의 주문을 위한 전화 한 통과 같은, 그림을 시작하게 만든 계기와 관계되며, 세번째 숫자는 요구된 그림값에 의해 정해진다.

이 시스템의 몰개성에는 위팅을 매혹시킬 만한 것이 있었다. 하지만 이 시스템을 너무 지나치게 엄격히 적용시킨 탓인지, 그는 매혹적이기보다는 당황스러운 결과를 얻었다. 물론 〈붉은 눈의 베를랭그 백작부인〉은 성공을 거두었고 또 그럴 만했으나, 다른 여러 초상화는 비평가들과 구매자들의 기대를 충족시키지 못했다. 특히 위팅은 분명히 그 자신에 앞서 다른 누군가가 예술적 요구에 따라 만든 형식을 자신이 아무 분별 없이 사용했다는 사실에 대해 혼란스럽고도 자주 불쾌한 느낌을 간직하고 살았다.

그러나 이러한 시도들의 상대적인 실패가 그를 지나치게 낙심시킨 것은 아니었고, 오히려 그로 하여금 그의 작품에 매료된 시인이자 예술비평가인 엘제아르 나윙이 그의 '개인적 방정식'이라고 근사하게 이름 붙여준 것을 더욱 정련하게끔 만들었다. 이 방정식 덕분에 그는 풍속화, 사실적인 초상화, 순수 환상화, 역사적 신화화의 중도에서 그가 '상상의 초상화'라 명명한 그것을 정의해내게 되었다. 그는 이후 2년 동안 정확한 순서를 밟아 한 달에 한 점씩, 총 스물네 점의 초상화를 만들기로 결심했다.

1 진짜 금속 트랙터를 갖고 있는 탐 둘리는 세 명의 망명자를 만난다.
2 코펠리아는 노에에게 항해술을 가르친다.
3 셉티미우스 세베루스는 여동생 셉티미아 옥타빌라를 르 베[3]에게 주어야만 그와의 협상이 이루어질 것이라는 것을 깨닫는다.
4 장루이 지라르는 이자크 드 방세라드에게 유명한 6행시를 부탁한다.
5 루카시에비치의 문하생인 독일의 논리학자 벨레르발(데어 그라프 폰 벨레르발) 백작은 그의 스승이 참석한 자리에서 하나의 섬은 수면의 바위로 닫힌 공간임을 증명한다.
6 쥘 바르나보는 정부 화장실 안에 붙어 있는 이중의 경고를 고려하지 않았던 것을 후회한다.
7 네로 볼프는 체이스 맨해튼 은행의 금고를 부수고 턴 피에라브라스 두목을 현장에서 체포한다.
8 다리가 짧은 사냥개 옵티무스 막시무스는 헤엄을 쳐 칼비에 도착하며, 시장이 뼈다귀를 들고 기다리고 있는 것을 보고 만족스러워한다.
9 "지구 반대편에서 온 해석자"는 오르페우스에게 그의 노래가 동물들의 양식이 됨을 알려준다.
10 리빙스턴은 램지 경이 약속한 특별 수당이 자기에게 돌아오지 않는 것을 알아차리고 불쾌감을 표시한다.
11 R. 뮈트는 대학입시 구두시험에서 루제 드 릴이 〈출발의 노래〉의 지은이라고 주장해 낙방한다.
12 보리에 토리는 '늑대 인간'이 폭스 트롯 춤을 추는 것을 보며 샤토 라투르산 포도주를 마신다.
13 젊은 신학생은 루카와 톈진을 방문하는 것을 꿈꾼다.

3. 옛 튀니지의 총독.

14 멕시코에서 하선한 막시밀리안은 열한 개의 토르티야를 우아하게 화덕에 넣는다.

15 '시의 발송자'는 일꾼에게 양털을 깎게 하고 아내에게 그 양털을 짜게 한다.

16 암스테르담 문학 백일장 결선에 진출한 나르시스 폴라니니오는 시詩 사전을 펼쳐 시험 감독관들 면전에서 읽는다.

17 서인도제도의 해적 제농 드 디딤은 빌렘 3세에게 막대한 돈을 받은 뒤, 쿠라사우를 네덜란드인들 앞에 무방비 상태로 놔두고 떠난다.

18 면도날 재주조 공장 책임자의 아내는 딸에게 혼자 파리의 거리로 외출하는 것을 허락하며, 단 불미슈⁴에 갈 때는 반드시 여행자 수표를 블라우스가 아닌 다른 곳에 지녀야 한다고 말한다.

19 배우 아치볼드 문은 다음 공연 작품을 〈아리마태아 사람 요셉〉으로 할 것인지, 〈차라투스트라〉로 할 것인지를 놓고 고민 중에 있다.

20 화가 위팅은 세무 감사관으로부터 세금을 적정하게 조정받으려고 한다.

21 의사 라주아는 윌리엄 랜돌프 허스트가 〈시민 케인〉 상영을 마치고 오손 웰스 살해를 사주했다고 공개적으로 발설하여 의사 협회에서 제명당한다.

382 22 앙부르의 가방을 들기 전에, 자베르는 발장이 자신의 생명을 구해준 것을 기억해낸다.

23 해밀턴 강을 타고 내려오던 지리학자 르콩트는 에스키모들에게서 숙소를 제공받고 감사의 표시로 마을 우두머리에게 캐롭 열매를 선사한다.

24 비평가 몰리네는 콜레주 드 프랑스에 자기 강의를 개설하고, 마르셀 프루스트의 독자들이 끊임없이 해설 대상으로 삼는 인상파 예술의 풍요한 신화들, 즉 뱅퇴유, 엘스티르, 베르고트, 라 베르마의 초상화에 대해 활기차게 설명한다.

4. 파리 중심가의 생미셸 거리를 가리키는 구어.

위팅은 모든 그림, 특히 모든 초상화는 꿈과 현실이 만나는 지점에 위치한다고 설명한다. '상상의 초상화' 개념 자체는 다음과 같은 기본적인 생각에서 발전된 것이다. 즉 구매자, 다시 말해 자신의 초상화나 극진히 사랑하는 어떤 이의 초상화를 주문하는 사람은 그림의 기본 요소 중 하나를 구성할 뿐이며, 어쩌면 가장 덜 중요한 요소에 해당하는지도 모르지만—화가 앵그르가 아니었다면 누가 아직도 베르탱 씨를 알고 있겠는가—그럼에도 그는 그림의 최초의 요소이며 그림에서 하나의 결정적인, '창시적인' 역할을 하는 것은 틀림없다는 것이다. 그림의 형태와 색깔, 인물의 생김새, 나아가 이야기까지 결정하는 미적 모델로서가 아니라, 구조적 모델로서 말이다. 즉 공동출자자 혹은 중세 미술식으로 이야기해 기증자는 자신의 초상화의 주창자이며, 그의 생김새보다도 그의 신상이 예술가의 창조적 영감과 상상적 갈증에 양식을 제공할 것이다.

단 하나의 초상화만이 이 법칙에서 벗어나는데, 그것은 스무번째 초상화, 즉 위팅 자신을 그린 것이다. 이 독특한 시리즈의 한가운데서 자화상의 존재는 분명하게 눈에 띄는 것이었으나, 화가의 단언에 따르면 그것의 고유한 형태는 직접세에 관한 행정부처의 6년에 걸친 집요한 간섭과 마침내 그가 자신의 관점을 관철시키기까지의 과정에서 암시받은 것이었다. 그의 문제는 이랬다. 위팅은 그의 작품의 4분의 3을 미국에서 팔았으나, 당연히 세금 부담이 훨씬 적은 프랑스에서 세금을 내고 싶어했다. 이것은 그 자체로 완벽하게 합법적인 것이었는데, 화가는 더 나아가 그의 수입이 '프랑스 밖에서 벌어들인 수입'이 아니라—이는 거의 감세가 없는 과세 대상이다—국가가 수출품에 대해 상당한 공제의 형식으로 보조금 혜택을 받게 하는 '해외 수출 수공예품에서 발생한 수입'으로 간주되기를 원했다. 이 세상에 한 예술가의 손으로 그려진 그림보다 더 수공예품이라는 이름에 적합한 물건이 있을까? 세무관은 이러한 어원론적인 명백함을 인정하지 않을 수 없었다. 하지만 손으로 그려진 것은 분명하나 대서양의 건너편에 소재한 한 아틀리에에서 만들어진 그림을 '프랑스의 수공예품'으로 간주할 수는 없다는 논리로 곧바로 응수했다. 그러나 몇 차례의 뛰어난 변론이 오간 후, 세무관은 비록 외국에서 그림을 그

383

릴지라도 위팅의 손은 프랑스인의 손이며, 그러므로 미국인 아버지와 프랑스인 어머니 사이에서 태어난 위팅이 이중 국적을 가지고 있다는 사실을 고려한다 해도 전 세계를 대상으로 하는 프란츠 위팅의 작품의 수출이 프랑스에 가져다주는 도덕적·지적·예술적 이득을 인정하는 것이 적절하고, 따라서 그의 수입에 대해 세율 조정을 적용시키는 것은 정당하다는 판결을 인정해야만 했다. 위팅은 침몰하는 선박을 떠나는 쥐들처럼 검은 옷을 입고 약하고 창백한 모습으로 재정부처를 떠나는 공무원들을 쫓는, 긴 창을 든 돈키호테의 모습으로 자신을 그려 이 승리를 기렸다.

이 밖의 다른 모든 그림은 작품을 주문하고 작품 이름이나 주제에 대해 그리고 자신이 배치될 자리에 대해 항의하지 않을 것을 서면으로 약속한 스물세 명의 미술애호가들의 성과 이름, 직업에서 구상되었다. 다양한 언어학적·수리적 방식에 따라, 구매자의 신상과 직업은 차례대로 그림의 형식, 등장인물의 수, 주요 색, 의미의 영역[신화(2, 9), 픽션(22), 수학(5), 외교(3), 스펙터클(19), 여행(13), 역사(14, 7), 경찰수사(7) 등], 이야기의 중심 주제, 부수적인 세부 사항 그리고 끝으로 가격을 결정했다. 또한 이 시스템에는 두 가지 절대 강령이 있었다. 하나는 구매자—혹은 구매자가 그려달라고 요구한 인물—가 명확하게 그림 위에 나타나야만 한다는 것이다. 또 하나는 전적으로 모델의 개성과 무관하게 정해지는 이야기의 요소들 중 하나가 어쨌든 구매자와 분명하게 일치해야만 한다는 것이다.

384   구매자의 이름을 그림 제목에 넣는 것은 물론 쉬운 일로 여겨졌지만, 위팅은 단 세 번 그것을 체념했다. 장 루이 지라르라는 추리소설 작가의 초상화인 4번 그림, 세계보건기구의 저온유지법 실험부 책임자인 스위스계 외과의사 보리에 토리의 초상화인 12번 그림, 그리고 배우 아치볼드 문의 초상화로 홀로그래피에서 영감을 얻어 정말로 어려운 기법으로 그려진 19번 그림. 이 세번째 그림에서 아치볼드 문은, 그림을 마주한 채 시선을 왼쪽에서 오른쪽으로 이동하면 길고 흰 수염에 회색 아라비아풍 모직 외투를 입고 순례자의 지팡이를 쥔 아리마태아 사람 요셉의 복장을 한 모습으로 나타나고, 반대로 오른쪽에서 왼쪽으로 시선

을 이동하면 타오르는 듯한 색깔의 머리칼에 상반신은 벗고 양 손목과 발목에 장식 못을 박은 팔찌를 찬 차라투스트라의 모습으로 나타나도록 그려졌다. 반대로 8번 그림은 다리 짧은 사냥개—스스로를 린 틴 틴의 유일한 계승자로 여기는 베네수엘라의 영화제작자 멜시오르 아리스토텔레스의 사냥개—의 초상화이긴 하지만, 실제로 이 개는 옵티무스 막시무스라는 이름을 갖고 있지 않으며, 훨씬 더 낭랑한 소리가 나는 프라이슈츠라는 이름으로 불러야 반응을 보인다.

때로는 이러한 상상력과 전기적 요소의 만남이 초상화 전체를 통해 그 모델의 삶을 깜짝 놀랄 만큼 잘 요약하기도 한다. 예를 들면, 루카의 사제로 있다가 오랜 기간 선교사의 임무를 띠고 톈진으로 떠났던 늙은 추기경 프링길리의 초상화인 13번 그림.

때로는 반대로 단 하나의 표면적 요소만이 작품을 그 모델과 연결시키며, 심지어 그 한 부분조차 의심스러운 경우도 있다. 예를 들어 수수께끼 같은 3번 그림에 서로 다른 세 개의 원천을 제공한 사람은 계속되는 납치의 공포 속에 살아가는 젊고 매력적인 여동생을 둔 베네치아의 한 사업가로서, '셉티미우스 세베루스' 황제의 모습으로 등장한다. 우선은 그의 회사가 『파이낸셜 타임스』지와 『엔터프라이즈』지의 연간 순위표에서 정기적으로 '셉티미우스Septimius'[5] 포지션으로 자리매김되기 때문이고, 둘째는 그의 '세베루스Severus'[6]는 널리 알려진 사실이기 때문이며, 마지막으로 그는 이란의 '샤'[7]와 지속직인 관계를 맺고 있고 또 그의 여동생의 납치가 이런저런 국제적인 협상에서 영향력을 행사하게 되는 것도 전혀 불가능한 일은 아닐 것이기 때문이다. 한편 5번 초상화가 그의 공동 출자자인, 콜롬비아에서 티에라텔푸에고에 이르는 지역의 맥주업계 거물 후안 마리아 살리나스 루카시에비치와 결부되는 방식은 좀더 간접적이고 불분명하며 자의적이다. 그 그림은 바르샤바 학파의 창시자인 폴란드의 논리학자 얀 루카시에비치의 삶에 관한 하나의 에피소드를, 그것도 완벽하게 허구인 에피소드를 보여주고 있는데, 이 인물은 청중 가운데서 옆모습만 살짝 드러내고 있는 그 아르헨티나의 맥주 양조업자와는 어떤 관련도 없다.

385

5. 프랑스어의 '제7위le septième'에 해당함.

6. 프랑스어로 '엄격성sévérité'에 해당함.

7. 황제의 극존칭.

이 스물네 점의 초상화 중 스무 점은 이미 완성되었다. 스물한번째 작품은 현재 이젤 위에 놓여 있다. 이것은 수정시계 사업의 거목인 일본인 사업가 후지와라 고모쿠의 초상화다. 이 그림은 회사 이사회 회의실에 걸릴 예정이다.

위팅이 이 초상화를 통해 표현하려고 선택한 일화는, 그림의 중심인물인 퀘벡 라발 대학의 교수 프랑수아 피에르 라주아에게 들은 것이다. 1940년, 당시 막 박사학위 취득자격시험에 통과했던 프랑수아 피에르 라주아는 속쓰림으로 고통받는 한 남자의 방문을 받았는데, 이 남자는 대략 다음과 같은 이야기를 했을 것이다. "허스트라는 작자가 나에게 독약을 먹였어요. 그 놈이 시킨 그 더러운 일을 내가 하지 않으려 했거든요." 좀더 설명해 달라는 부탁에, 그는 허스트가 자신에게 오손 웰스를 제거해주면 1만 5,000달러를 주겠다고 약속했다고 밝혔을 것이다. 라주아는 그날 저녁 그가 다니는 클럽에서 참지 못하고 이 이야기를 했다. 다음날 아침 의사협회에 긴급 소환된 그는, 진료 과정에서 들은 속내 이야기를 공개적으로 발설함으로써 환자의 비밀을 보장해야 하는 직업적 의무를 저버렸다고 고발당했다. 그리고 잘못을 인정한 그는 곧바로 제적당했다. 며칠 후 그는 이 고발이 철저히 조작된 것이라고 선언했으나 때늦은 것이었고, 따라서 연구 분야를 바꿔 새롭게 경력을 시작한 결과 마침내 잠수와 관계된 순환과 호흡 문제에 관한 가장 뛰어난 전문가 중 하나가 되었다. 오직 이 마지막 사항만이 후지와라 고모쿠가 그림 속에 출현한 것에 대해 설명해주는 부분이다. 실제로 라주아는 일본 남쪽 연안의 '아마'라는 원주민에 관한 연구를 하게 되었는데, 이들에 관한 가장 오래된 언급이 기원전 3세기경으로 추정되는 '기시 와진 댄'에 나타나는 것으로 미루어 아마 족은 이미 2,000년도 더 전부터 존재해왔음이 입증된 종족이다. 아마의 여인들은 세상에서 가장 뛰어난 잠수부들이다. 그들은 1년에 4~5개월 정도, 수심 25미터 이상 되는 곳을 하루에 150회 정도까지 잠수할 수 있다. 그들은 맨몸으로 잠수하고, 겨우 한 세기 전부터 측면의 작은 두 공이 수압을 유지해주는 물안경을 착용하여 몸을 보호해왔다. 그들은 한 번에 2분가량 물속에 머물면서 다양한 종류의 해초를 채집할 수 있는데, 특히 우뭇가사리나 해삼류, 성게, 해삼, 진주조개 그리고 옛날에는 껍질이 매우 값이 많이 나갔던 전복 등을 캐올린다. 고모쿠 집안은 이 '아마' 부락 중 한 곳 출신이며, 또한 잠수용 시계는 고모쿠 회사의 대표 제품 중 하나다.

알타몽 부부는 자신들의 초상화를 주문하는 문제를 놓고 오랫동안 망설였다. 아마도 최고 수준의 회사 대표들이나 사장들만 감당할 수 있을 만한 위팅의 그림 가격 때문이었을 터인데, 결국 그들은 가격을 감수하기로 했다. 그들은 2번 그림에 등장하는데, 남편은 노에의 모습으로, 부인은 과거에 무용수였다는 사실을 암시하려는 듯 코펠리아의 모습으로 나타난다.

이 부부의 독일인 친구 푸거 역시 위팅의 손님 중 하나다. 그는 열네번째 초상화와 관련되는데, 그가 어머니 쪽으로 합스부르크가와 아주 먼 혈족 관계에 있다는 사실과 멕시코 여행을 하면서 열한 가지 토르티야 요리법을 배웠다는 사실이 참작되었다.

제60장　　　　　시노크

1

부엌. 바닥에는 비취색, 하늘색, 주홍색 마름모꼴 조각의 모자이크인 리놀륨이 깔려 있다. 벽에는 과거에는 반짝거렸을 페인트가 칠해져 있다. 개수대 옆, 플라스틱 식기 건조대 위쪽의 구석 벽에는 벽과 파이프 사이에 4도 인쇄된 사진으로 이루어진 우체국 달력 네 장이 위에서 아래로 한 줄로 붙어 있다.

1972: '꼬마 친구들': 장난감 악기를 다루는 여섯 살짜리 아이들로 구성된 재즈 오케스트라. 안경을 끼고 매우 심각한 표정을 짓고 있는 피아니스트는 슐츠의 『피너츠』의 젊은 베토벤 전문 신성인 슈뢰더를 약간 연상시킨다.

1973: '여름 이미지들': 벌들이 과꽃의 꿀을 모으고 있다.

1974: '팜파의 밤': 세 명의 가우초[1]가 불 앞에 모여 기타를 뜯고 있다.

1975: '퐁퐁과 피피': 원숭이 한 쌍이 도미노 놀이를 하고 있다. 수컷은 중산모를 쓰고 등에 은빛 조각으로 '32'번이라고 쓴 곡예사의 옷을 입고 있다. 암컷은 오른쪽 발의 첫째 발가락과 둘째 발가락 사이에 시가를 끼워 피고 있으며, 깃털 달린 모자와 갈고리 모양의 장갑을 착용하고 핸드백을 메고 있다.

그 위의 대강 비슷한 크기의 종이 위에는, 유리로 된 목이 좁은 구형 꽃병 안에 담긴 세 송이의 카네이션과 '구족화'라는 짤막한 글 그리고 '진짜 수채화'라는 괄호 안의 설명이 나타나 있다.

388

---

1. 남아메리카 팜파스의 에스파냐 혼혈 원주민.

시노크는 부엌에 있다. 그는 누렇게 바랜 녹색 플란넬 조끼를 입은 마르고 수척한 노인이다. 배梨 모양의 평형추로 균형이 유지되는 도르래 시스템을 갖춘, 천장에 매다는 흰색 에나멜 도장의 금속 촛대 아래, 방수포 깔린 식탁 앞 포마이카 의자에 앉아 있다. 그는 향신료를 넣은 청어를 깡통을 대충 따서 먹고 있다. 그의 앞에 있는 식탁에는 세 개의 신발 상자가 놓여 있는데, 그 안에는 작은 글씨로 덮인 명함이 가득하다.

시노크는 엘렌 브로댕 그라티올레가 죽은 지 몇 달 후, 그녀가 살았던 시몽크뤼벨리에 거리의 이 아파트로 1947년에 이사와 살았다. 곧바로 그는 이 건물 사람들, 특히 클라보 부인에게 어려운 문제를 안겨주었다. 그의 이름을 어떻게 발음해야 하는가? 물론 수위 아주머니는 차마 그를 '시노크'[2]라고 부르지 못했다. 그녀는 발렌에게 의견을 물었고, 발렌은 '시노슈Cinoche'라고 부를 것을 제안했다. 그러나 윙클레는 '치노치Tchinotch'가 더 낫다고 했고, 모렐레는 '시노Cinots' 쪽으로 기울었으며, 크레스피 양은 '시노스Chinosse'를 주장했고, 프랑수아 그라티올레는 '치노크Tsinoc'를 권했다. 결국, 삼림 용어의 철자와 발음에 정통한 도서관 직원 에샤르 씨는, 가운데의 'n'이 'gn'이나 'nj'로 발음되는 일시적인 변화는 고려의 대상에서 제외하고 원칙적으로 'i'와 'o' 발음만을 유지시킬 경우, 제일 처음에 오는 'c'를 발음하는 데는 's', 'ts', 'ch', 'tch'의 네 가지 방법이 있고, 마지막 'c'를 발음하는 데는 's', 'k', 'tch', 'tli', 'ts'의 다섯 가지 방법이 있으며, 결국 이런저런 부호의 유무를 고려하고 또 이런저런 언어나 방언의 발음 특징을 참작할 때 다음과 같은 스무 개의 발음 중에서 선택해야 한다고 일러주었다.

SINOSSE	SINOK	SINOTCH	SINOCH	SINOTS
TSINOSSE	TSINOK	TSINOTCH	TSINOCH	TSINOTS
CHINOSSE	CHINOK	CHINOTCH	CHINOCH	CHINOTS
TCHINOSSE	TCHINOK	TCHINOTCH	TCHINOCH	TCHINOTS

2. 프랑스어에는 그의 이름 'Cinoc'와 마찬가지로 '시노크'라고 발음되는 'sinoque'라는 단어가 있는데, 이는 '머리가 돈', '바보 같은'이라는 뜻이다.

몇몇 사람이 대표로 문제의 주인공을 찾아가 물어보았으나, 정작 그 자신도 어느 것이 자기 이름에 대한 가장 정확한 발음인지 모른다고 대답했다. 그의 가족의 성은 시치르크의 마구상이었던 그의 증조부가 폴란드 크라코프의 팔라티나주 호적 관리 사무국에서 공식적으로 산 것으로, 본래 클라인호프Kleinhof였다. 하지만 세대를 넘어 계속된 여권 갱신 과정에서 독일인이나 오스트리아인 사무국장들에게 충분히 뇌물을 쓰지 못했던 까닭인지, 아니면 'v'라고 적혀 있는데도 'ff'로 옮겨 적거나 혹은 'tz'라고 들은 것을 'c'로 기록하는 헝가리인이나 폴데비인, 모라비아인, 폴란드인 직원이 일을 담당했던 까닭인지, 아니면 유대인에게 신분증을 내줄 때 약간 문맹이거나 얼마간 귀머거리인 사람들만 상대했던 까닭인지, 세대가 바뀌어가면서 클라인호프라는 이름은 발음이나 철자를 제대로 간직하지 못했다. 또한 시노크는 할아버지가 아버지에게 당신의 사촌들인 클라인호프Klajnhoff, 카인호프, 클리노프, 시노프치, 린하우스 등에 대해 이야기했었다는 말을 들은 기억이 있었다. 어떻게 클라인호프가 시노크가 되었을까? 시노크는 정확히 알지 못했다. 단 하나 확실한 것은 마지막에 오는 'f'가 어느 날 특수 기호(ß)로 바뀌었다는 것인데, 이는 독일인들이 'ss' 대용으로 쓰는 글자다. 그리고 십중팔구 'l'은 떨어져나갔거나 혹은 'h'로 대체되었을 것이고, 이렇게 해서 키노스Khinoss나 클라인호스Khleinhoss에 이르렀을 것이며, 거기서 아마도 키노슈Kinoch나 시노크Chinoc, 치노크Tsinoc, 시노크Cinoc 등등이 생겨났을 것이다. 여하튼 그의 이름을 이런저런 방식으로 발음하고 싶어했던 것은 사실 부차적인 일이다.

입주 당시 50대였던 시노크는 특이한 직업을 갖고 있었다. 그에 따르면 그는 '언어 암살자'였다. 그는 라루스 사전 개정증보판 작업과 관련된 일을 하고 있었다. 하지만 다른 편집인들이 새로운 말과 의미를 찾고 있는 동안, 그는 그것들이 실릴 자리를 마련하기 위해 효용성을 잃어버린 모든 단어와 의미를 제거해야 했다.

1965년 은퇴할 때까지 53년 동안의 성실한 작업을 통해 그는 수백,

수천의 도구와 기술, 의상, 신앙, 속담, 요리, 놀이, 별명, 무게 단위, 측량 단위를 사라지게 했다. 그리고 지도에서 수십 개의 섬, 수백 개의 마을과 강, 수천 개의 지역 중심지를 지웠으며, 수백 가지의 암소 종류, 새와 곤충과 뱀의 종류, 약간 특이한 물고기, 다양한 조개, 완전히 똑같지는 않은 식물, 특별한 야채와 과일을 본래의 분류학적 무명無名 상태로 되돌려 보냈다. 또 일군의 지리학자, 선교사, 곤충학자, 신부, 문인, 장군, 신과 악마를 태고의 늪 속으로 보내 자취를 사라지게 했다.

'비지그라프vigigraphe'라는 것이 '망보는 사람들이 서로 연락을 주고받기 위해 사용한 일종의 전신기'라는 것을 이제 누가 알겠는가? '홍수가 난 구덩이의 크레송을 짓이기기 위해 막대기 끝에 매달았던 나무 메(망치)'가 적어도 몇 세대 동안 존재했었고, 그 메를 '쉬엘schuèle(chu-éle)'이라고 불렀다는 것을 누가 생각할 수 있겠는가? 그리고 '벨로시만vélocimane'에 대해 이제 누가 기억하겠는가?

벨로시만vélocimane (남성명사)

(어원: 라틴어 velox, ocis[빠른], manus[손])
세 개나 네 개의 바퀴가 달린 말 형태의 아동용 이동기구로
'기계 말'이라고도 불림

에디오피아 교회의 대주교인 '아부나스', 여인들이 거울에 목에 길쳤던 가죽 모피로, 루이 14세 시절 프랑스에 들여와 소수의 사람만 사용했으며 주인공 팔라틴 공주의 이름을 따 이름 붙인 '팔라틴', 그리고 제2제정 시절 온통 금으로 장식하고 군사행렬의 맨 앞에 섰던 하사관 '샹테르나고르'는 다 어디로 갔을까? 아이젠위어에서의 눈부신 공적으로 치머발트에게 키자시오니의 승리를 안겨주었던 레오폴드 루돌프 폰 슈반첸바르트 호덴탈러는 어떻게 되었을까? 또 독일 시인으로 『서정시선』과 계몽시 『항상 기쁘게 사는 기술』, 『오드3와 상송』 등을 쓴 우츠(장피에르, 1720~1796)는? 그리고 프랑스의 시인이자 소설가인 알베르 드 루티지(1834, 발~1867, 앙 메르 블랑슈)는? 로모노소프의 열렬한 찬미자

3. 서정단시.

인 그는 고향인 아르항겔스크 순례를 결심했으나, 그 항구에 도착하기 바로 직전에 배가 난파하고 말았다. 그가 죽은 후 그의 외동딸인 이렌은 그의 미완성 소설 『백일의 나날들』과 시선집 『멜뤼진의 눈』 그리고 그의 가장 훌륭한 작품으로 남아 있는 『교훈』이라는 제목의 대단히 뛰어난 경구 모음집을 출간했다. 프랑수아 알베르가티 카파첼리가 1728년 볼로냐에서 태어난 이탈리아의 극작가라는 것을, 카레나크의 시체안치 성소의 청동문이 주조의 장인 롱도(1493~1543)의 작품이라는 것을 이제 누가 알겠는가?

시노크는 센 강변을 따라 돌아다니며 헌책 장수의 진열대를 뒤지고, 2수짜리 값싼 소설과 시대에 뒤떨어진 수필집, 쓸모없게 된 여행안내 책자, 오래된 생리학이나 역학이나 윤리학 서적, 이탈리아가 아직 작은 왕국들의 엉성한 조합으로 나타나 있는 옛 지도 등을 뒤적거렸다. 얼마 후 그는 자크뱅장 거리에 있는 파리 17구 구민도서관에 책을 빌리러 갔고, 거기서 먼지 쌓인 2절지 꾸러미와 '로레' 개요서, '불가사의' 도서관의 서적, 낡은 사전—라샤트르 사전, 비카리우스 사전, 옛 베슈렐 사전, 라리브와 플뢰리 사전, 문인협회에서 만든 대화 백과사전, 그라브와 데스비네 사전, 부예 사전, 드조브리와 바슐레 사전—을 청구해 읽었다. 마침내 그가 사는 지역 도서관의 자료를 전부 뒤져본 그는 서둘러 생트주느비에브 도서관으로 가 등록을 했고, 도서관으로 들어가면서 건물 전면에 작가의 이름이 새겨진 것을 보고는 그 작가들의 작품부터 읽기 시작했다.

392   그는 아리스토텔레스, 플리니우스, 알드로반디, 토머스 브라운 경, 제스너, 레이, 린네, 브리송, 퀴비에, 본테르, 오겐, 스코즈비, 베넷, 아로낙스, 올름스테드, 피에르 조제프 마카르, 외제니 게랭, 가스트리페레스, 푸타토리우스, 솜놀렌티우스, 트립톨레모스, 아르갈라스테스, 키사르키우스, 에그나티우스, 시고니우스, 보시우스, 티치넨세스, 베이시우스, 부도에우스, 살마시우스, 립시우스, 라지우스, 이자크 카조봉, 조제프 스칼리제르 등을 읽었다. 그리고 루베니우스의 『데 레 베스티아리아』(1665, 4절판)도 읽었는데, 이 책은 고대 그리스의 펄럭거리는 토가나 드레스, 또 고대 그리스·로마의 짧은 망토, 고대 유태교 제복, 무릎까지 내려오

는 고대 로마의 속옷이나 짧은 망토, 합성섬유로 된 옷, 포에눌라, 두건 달린 라스마, 팔루다멘툼paludamentum[4], 군인용 짧은 망토나 재킷, 그리고 수에토니우스에 따르면 세 가지 종류가 있었다는 고대 로마 황제의 예복 등에 관해 아주 상세하게 설명하고 있었다.

시노크는 천천히 읽으며 희귀한 단어들을 기록해갔고, 그의 계획은 조금씩 모양을 갖추어갔다. 그는 잊혀진 단어들의 대사전을 편찬하기로 결심했다. 이것은 중앙아프리카의 흑인 난쟁이 부족 아카스인들에 대한 기억이나 역사화가 장 지구, 연가 작곡가 앙리 로마녜지(1781~1851)에 대한 기억을 영원히 간직하기 위해서가 아니었고, 세람비신느 종, 하늘소 과에 속하는 네 마디 초시류인 스콜레코브로트를 영구히 보존하기 위해서도 아니었으며, 오로지 아직도 그에게 끊임없이 말을 하고 있는 단순한 단어들을 구해내기 위해서였다.

10년 동안 그는 8,000개가 넘는 단어를 모았고, 이렇게 모인 단어들을 통해 오늘날 간신히 전할 만한 하나의 이야기가 구성되었다.

리블레트rivelette(여성 단수 명사)
물가새풀이나 물회향의 다른 이름.

아레아aréa(여성 단수 명사)
고대 의학어. 탈모증, 원형 탈모증 또는 털과 머리카락을 빠지게 하는 병.

로키loquis(남성 단수 명사)

393

아프리카의 연안 지방에서 흑인들과 교역할 때 사용하는 일종의 채색 유리 세공품. 로키는 색유리로 된 조그만 원기둥들.

롱들랭rondelin(남성 단수 명사, 어근: 프랑스어 rond [둥근])
사제단이 매우 뚱뚱한 남자를 가리키기 위해 사용했던 비속어. "롱들랭을 보려면 망원경이 필요 없다."

카데트cadette(여성 단수 명사)
도로 포장에만 쓰이는 고유한 건축용 석재.

4. 고대 로마의 군복.

로스 losse (여성 단수 명사)

기술 용어. 축을 따라 위에서 아래로 잘라내고 안을 오목하게 만든 반원추형의 뾰족하고 예리한 철제 도구. 마석처럼 큰 포도주통에 끼워져 물 주둥이를 만드는 데 사용된다.

보세앙 beaucéant (남성 단수 명사)

성당 기사들의 깃발.

보파르티르 beau-partir (남성 단수 명사)

조마술. 말의 훌륭한 스타트. 직선으로 달려가 멈출 때까지의 말의 속력.

루이제트 louisette (여성 단수 명사)

발명가 루이 박사의 이름에서 비롯되어 한동안 단두대에 붙여졌던 이름. "루이제트는 마라가 단두대에 붙여준 우정의 이름이었다."(빅토르 위고)

프랑카투 francatu (남성 단수 명사)

원예. 사과의 한 종으로 장기간 보존 가능.

뤼송 ruisson (남성 단수 명사)

염전의 물을 비워내기 위한 배수로.

스파디유 spadille (여성 단수 명사)

(스페인어의 espada, 검). 스페인의 전통적인 카드놀이에서의 스페이드 에이스.

위르쉴린 ursuline (여성 단수 명사)

유랑극단의 배우들이 영리한 염소들에게 올라가게 했던, 아래로 좁은 단이 붙어 있는 작은 사다리.

티에르송 tierçon (남성 단수 명사)

고어. 관습어. 어떤 액체 용량 단위의 3분의 1에 해당하는 용량 단위. 티에르송 용량은 파리에서는 89리터 41, 보르도에서는 150리터 80, 샹파뉴 지방에서는 53리터 27, 런던에서는 158리터 08, 바르샤바에서는 151리터 71이다.

러블리lovely(남성 단수 명사)

(영어의 사랑스러운, 예쁜). 유럽의 방울새 무리와 유사한 인도의 새.

지브랄타르gibraltar(남성 단수 명사)

과자 앙트르메.[5]

피스퇴르pisteur(남성 단수 명사)

여행객들을 모으는 업무를 담당하는 호텔 직원.

미텔mitelle(여성 단수 명사)

(라틴어 mitella, mitra의 줄임말, 주교관). 고대 로마어. 특히 여자들이 썼고, 때로 매우 사치스럽게 장식되기도 했던 일종의 모자. 작은 주교관主教冠. 남자들은 전쟁에 나갈 때 사용했다. 식물학 용어. 아시아와 아메리카의 추운 지역이 근원지이고 열매 모양으로 인해 이와 같이 불리게 된 범의귀과에 속한 식물종. 의학용어. 팔을 지탱하는 데 쓰이는 붕대. 물리학 용어. 스칼펠(해부도, 메스)의 동의어.

테르갈tergal, E(형용사)

(라틴어의 tergum, 등). 곤충의 등에 관련된.

비르굴뢰즈virgouleuse(여성 단수 명사)

수분이 많은 겨울 배.

아샤르hachard(남성 단수 명사)

철제용 절단기.

395

푀르feurre(남성 단수 명사)

모든 종류의 밀짚. 의자 속을 채우는 데 쓰이는 긴 밀짚.

볼락크veau-laq(남성 단수 명사)

모로코 가죽제품에서 사용되는 매우 부드러운 가죽.

에퓔리épulie(여성 단수 명사)

(그리스어 'Επι, 위에'와 'ονλον, 잇몸'의 합성어). 의학 용어. 잇몸 위에 혹은 주변에 형성되는 돌출된 살 부분.

---

5. 식후, 과일 직전에 먹는 단 음식.

타시오tassiot(남성 단수 명사)

　기술 용어. 광주리 장인이 일련의 작품을 만들어내는 데 사용하는 것으로, 두 개의 오리목으로 이루어진 십자 형태.

두브부유douvebouille(남성 단수명사)

　(속어. 군사 용어. '보병'과 상환될 수 있는 것의 변형. 단순한 군인, 졸병) 제1차 세계대전 동안의 미국 군인(1917~1918).

비뇽vignon(남성 단수 명사)

　가시가 있는 금작화.

로클로르roquelaure(여성 단수 명사)

　(이것의 발명자인 로클로르 공작의 이름에서 유래). 위에서부터 아래까지 단추로 앞부분을 채우는 외투의 일종.

루피아loupiat(남성 단수 명사)

　속어. 술꾼. "그녀는 술꾼 남편과 꼼짝 않고 서 있었다."(에밀 졸라)

도디나주dodinage(남성 단수 명사)

　기술 용어. 장식 못을 촘촘한 마대나 금강사포 부대 혹은 그밖의 다른 모든 거칠거칠한 재료로 된 부대 안에 넣어 윤을 내는 방식.

제61장 베르제

1

베르제의 집 식당. 쪽판으로 바닥을 깐 거의 정사각형의 공간. 중앙에는 수저 세트 두 벌과 마름모꼴 금속 쟁반, 은도금 국자의 손잡이를 끼워놓을 수 있도록 뚜껑에 V자 홈이 파인 수프 그릇, 그리고 가운데를 갈라 겨자 소스를 바른 순대 하나와 포장지에 나폴레옹 시대 근위병의 모습이 그려져 있는 카망베르 치즈 한 덩이가 담긴 하얀 쟁반이 놓여 있다. 안쪽 벽에는 스타일을 정확히 파악하기 어려운 식기대가 서 있는데, 그 위에는 오팔 빛이 나는 정육면체 받침의 램프와 '파스티 51'[1] 한 병, 사과 한 개가 담긴 주석 접시, 그리고 '포니아: 징벌은 좋은 본보기가 될 것이다'라는 아주 큰 표제를 단 석간신문이 놓여 있다. 이 식기대 위쪽에는 아시아의 풍경을 그린 그림 한 점이 걸려 있는데, 기이하게 뒤틀린 소관목과 기다란 원뿔 모자를 쓴 한 무리의 현지인들, 그리고 수평선에 떠 있는 중국 배들로 구성되어 있다. 그것은 아마도 통킹 지방에 복무했던 한 직업 하사관, 즉 샤를 베르제의 고조부가 그린 그림일 것이다.

리즈 베르제는 식당에 홀로 있다. 그녀는 비만에 가까운 혹은 과도한 비만에 가까운 뚱뚱한 40대 여인이다. 그녀는 자신과 아들—그녀가 쓰레기를 버리고 빵을 사오라고 방금 심부름을 보냈다—을 위해 상차림을 끝내고 식탁 위에 오렌지주스 한 병과 '무니히 슈파텐 브로이' 맥주 캔 하나를 놓는다. 남편 샤를은 레스토랑의 웨이터로, 쾌활하고 뚱뚱한 남자. 이 두 사람은 보통 기차 여행을 할 때 같은 칸에서 쉽게 만나게 되

397

1. 아니스 향료를 넣은 술.

는, 소시지와 슈크루트[2], 약간의 백포도주, 차가운 맥주를 좋아하는 그런 뚱뚱한 커플들 중 하나다.

여러 해 동안 샤를은 일종의 '시적詩的' 식당인 '이지튀르'라는 과장된 상호의 나이트클럽에서 일했는데, 그곳은 앙토냉 아르토의 정신적 아들이라도 되는 듯 잘난 척하는 진행자가 낭독하기도 어려운 시선집을 소개하며 사람들을 기죽게 만드는 곳이었다. 그 진행자는 자신의 작품을 그럴듯하게 보이게 하려고 기욤 아폴리네르, 샤를 보들레르, 르네 데카르트, 마르코 폴로, 제라르 드 네르발, 프랑수아 르네 드 샤토브리앙, 쥘 베른의 작품을 짜깁기해 시선집 안에 넣은 다음 뻔뻔하게 자기 작품인 것처럼 내놓기도 했는데, 이로 인해 결국 레스토랑은 파산하고 말았다.

샤를 베르제는 지금은 마요 근처에 있는 식당 겸 나이트클럽 '서부의 별장'에서 일한다. 이 식당에서는 가장무도회 공연이 열리며, 데지레 혹은 좀더 친근하게는 디디라고 불리는 식당 주인은 왕년에 방문판매 조직망을 이끌었던 인물이다. 주름살 하나 없어 나이도 알 수 없는 이 사람은 가발을 쓰고 다니고, 또 입술 밑의 작은 수염과 가문家紋 반지, 팔찌, 시곗줄 등을 좋아하며, 주로 새하얀 플란넬 셔츠와 체크무늬 장식용 손수건, 중국산 크레이프 머플러, 엷은 보라색 스웨이드 가죽 구두를 갖춘 정장을 즐겨 입는다.

디디는 예술 쪽에 몰두했는데, 이는 자신의 인색함과 비속함을 다음과 같은 식의 격언으로 정당화하려는 발상이었다. 예를 들어, '약간의 범죄를 저지르지 않는 한 어떤 것도 진정으로 완수할 수 없다'라든가 혹은 '누구든 자신의 야망의 수준에 이르려면 비열한 인간이 될 줄 알아야 하고, 또 자신을 과시하고 위험한 일에 몸을 맡기고 거짓 맹세를 하고 물감을 사기 위해 집안의 돈을 취하는 예술가처럼 행동할 수 있어야 한다' 따위의 이야기 말이다.

디디는 무대 위가 아니고는 좀처럼 자신을 드러내지 않았고 좋지 않은 일에는 가능한 한 말려들지 않았지만, 그의 극단과 주변 사람들 사이에서는 의심할 여지없이 비열한 인간으로 여겨졌다. 이미 오래된 일이

398

---

2. 양배추 절임.

지만, 언젠가 한 손님이 감자튀김을 조금 더 달라고 했는데—혹은 다른 음식이었는지도 모른다—디디가 웨이터들에게 그것을 별도의 야채 1인 추가로 계산하라고 명령했던 날 이후로 웨이터들은 그를 '감자튀김-야채'라는 별명으로 불렀다.

그가 손님들에게 제공하는 음식은 최악의 것이었고, 과장된 이름의 음식들—오래된 헤레스산 셰리주를 가미한 쉴리엔 야채 수프, 냉동 새우 크레프, 수바로프 냉온 멧새 요리, 커민 향료를 뿌린 시갈라 라보산 바닷가재, 최고 수준의 송아지 골 틀르베[3], 셰리주를 곁들인 영양 살피 콘[4], 헝가리 파프리카를 곁들인 참새우 샐러드, 엑스터 새 엉덩이 살 앙트르메, 프레골리의 신선한 무화과 등—은 실제로는 돼지고기 장수가 매일 아침 미리 자르고 손질해 배달해주는 고기로 만드는 것이었다. 또 요리사 모자를 쓴 가짜 요리사는 예를 들면 작은 구리 냄비에 미지근한 물과 퀴브 수프, 케첩 남은 것 등을 뒤섞어 만든 소스를 저으면서도, 겉으로는 정성들여 요리하는 척했다.

다행히도 '서부의 별장'에 손님이 많은 것은 그의 음식 때문이 아니었다. 식사는 밤 11시와 새벽 2시의 두 차례 공연 전에 의무적으로 제공되었으며, 밤잠을 이루지 못하는 사람들은 그들이 삼킨 모든 것을 감싸고 있는 의심스럽고도 얄팍한 젤라틴에 대해 불안해하지 않았고 단지 쇼를 보면서 느끼는 강렬한 흥분에만 몰두했다. 즉 '서부의 별장'이 1월 1일부터 12월 31일까지 손님들로 붐비고, 특히 외교관, 사업가, 정치 지도자, 연극배우, 영화배우가 그곳을 찾는 것은 순전히 공연이 훌륭하고 공연 단원 중에 '도미노'와 '5월의 미녀'라는 두 명의 대스타가 있기 때문이었다. 그 누구와도 비교할 수 없이 재주가 많은 '도미노'는 반짝이는 알루미늄 판들 앞에서 영화 〈백만장자와 결혼하는 법〉의 잊을 수 없는 장면—이 장면도 사실 〈상하이에서 온 여인〉의 가장 유명한 장면을 모방한 것이지만—에서의 마릴린 먼로를 경탄할 만큼 잘 흉내냈다. 그리고 전설적인 '5월의 미녀'는 속눈썹을 세 번 깜빡이면서 샤를 트르네의 모습으로 변신했다.

399

3. 수프 다음에 나오는 요리.

4. 파이에 넣기 위해 고기, 송이버섯 따위를 섞어 익힌 것.

샤를 베르제에게는 이 일이 전에 했던 카바레에서의 일이나 여느 식당에서 하는 그런 일과 전혀 다르지 않다. 오히려 더 쉬울지도 모른다. 모든 음식이 어느 정도 비슷하고 한꺼번에 제공되며, 음식값은 더 올려받는다. 정말로 다른 것이 하나 있다면, 새벽 2시 바로 전의 두번째 식사 시중에서 마지막 코스로 커피, 샴페인, 리쾨르주를 제공한 뒤 좀더 많은 사람들이 공연을 볼 수 있도록 테이블과 의자 정리를 마쳤을 때, 긴 앞치마를 두르고 통나무 곤봉과 하얀 냅킨, 은쟁반을 손에 든 네 명의 웨이터가 무대 위로 올라가 붉은 커튼 앞에 정렬한 다음 피아니스트의 신호에 맞춰 다같이 과장되고 힘차게 노래를 부르면서 다리를 높이 올리는 광경이다.

자, 여러분, 디디에 잘 오셨습니다.
멋진 디디, 맛있는 식사,
우리의 친구 디디에게 감사의 말을 전해주세요.
우리 모두 기다리던 디디가 이제부터 여러분께
가장 아름답고 멋진 것을 보여드리겠습니다.

그리고 나면 작은 뒷무대에서 세 명의 아가씨가 나타나 공연을 시작한다.

보통 웨이터들은 저녁 7시에 출근해 함께 밥을 먹은 후, 식탁보를 깔고 식기를 세팅하고 얼음통을 올려놓고, 촛대와 종이 냅킨, 소금통과 후추통, 이쑤시개, 그리고 이 식당에서 손님들에게 환영의 뜻으로 제공하는 작은 '데지레' 향수 샘플을 식탁 위에 정리해놓는다. 두번째 공연이 끝나고 마지막 손님들이 마지막 술잔을 비우고 떠나는 새벽 4시가 되면, 웨이터들은 공연단과 함께 밤참을 먹은 다음 테이블을 정리하며, 청소하는 아줌마들이 재떨이를 비우고 환기시키고 청소하기 위해 올 때 집으로 간다.

샤를은 새벽 6시 30분쯤 집으로 돌아온다. 그는 리즈를 위해 커피를 끓여놓고 라디오를 켜 그녀를 깨운 다음 잠자리에 든다. 그러면 그녀가 일어나 세수하고 옷을 입고, 질베르를 깨워 세수시키고 아침을 먹인 후 직장으로 가는 길에 학교까지 차로 데려다 준다.

　샤를은 보통 오후 2시 30분쯤까지 자고 일어나 식은 커피 한 잔을 데워 마시고, 침대에 좀더 누워 있다가 씻거나 옷을 입는다. 그러고는 학교에 가서 질베르를 데려온다. 돌아오면서 장을 보고 신문을 산다. 그에게는 신문을 대충 훑어볼 시간밖에 없다. 그는 6시 30분에 집을 나서서 '서부의 별장'까지 걸어가는데, 이때 대개는 계단에서 리즈와 마주치곤 한다. 리즈는 포르트 도를레앙 근처의 무료 진료소에서 일한다. 그녀는 언어장애치료사로서 말을 더듬는 아이들을 치료하고 재교육시킨다. 월요일에는 일을 하지 않는데, '서부의 별장'이 일요일 저녁에 문을 닫기 때문에 리즈와 샤를은 일요일 아침부터 월요일 저녁까지만 함께 있을 수 있다.

제62장   알타몽
                          3

알타몽 부인의 안방. 떡갈나무 소목 바닥, 실크 벽지, 회색 벨벳 커튼으
로 이루어진 친근하고도 어두운 느낌의 방이다. 왼쪽 벽 두 개의 문 사이
에 소파가 있고, 소파 위에서 길고 부드러운 털을 가진 애완견이 자고 있
다. 소파 위쪽에는 김이 나는 스파게티 한 접시와 '반후스텐' 코코아 한
봉지를 그린 하이퍼리얼리즘풍의 커다란 유화가 걸려 있다. 소파 앞에
는 낮은 탁자가 있고, 그 위에 여러 가지 은제 골동품이 놓여 있다. 환전
상과 금 계량인이 사용했던 저울 상자, 모양은 같으나 크기는 모두 다른
원통형의 되들이 러시아 인형처럼 큰 것에서 작은 것 순으로 쑥쑥 포개
진 둥근 상자 등이 그것이다. 그 옆에는 책 더미가 세 개 있는데, 각각의
맨 꼭대기를 차지한 책들은 르네 아르디의 『쓰라린 승리』(리브르 드 포
슈 출판사), 미셸 뷔토르의 『디아벨리의 주제에 관한 루트비히 판 베토
벤의 33가지 변주곡과의 대화』(갈리마르 출판사), 피에르 자케 엘리아
스의 『거만한 밀』(플롱 출판사, 인간의 대지 총서)이다. 안쪽 벽에는 반
투족[1]식 에스파르트 섬유 제조법으로 만들고 황토색과 검은색의 독특
한 아라베스크 모양으로 장식된 회교도들의 기도용 양탄자 두 장이 걸
려 있으며, 그 아래쪽에는 구리 테두리를 두른 타원형의 큰 거울이 루이
13세 스타일의 천 위에 걸려 있다. 알타몽 부인은 바로 이 거울 앞에 앉
아서 가느다란 막대 연필로 속눈썹과 눈꺼풀 사이를 검게 칠하고 있다.
그녀는 마흔다섯 살쯤 되어 보이는데, 여전히 매우 아름답고 완벽한 몸

402

---

1. 남아프리카 흑인종의 총칭.

매를 유지하고 있으며, 얼굴은 약간 각이 졌고 광대뼈가 튀어나왔고 눈
매가 매서워 보인다. 그녀는 브래지어와 검은색 레이스 팬티만 걸치고
있다. 그녀의 오른손에는 얇은 검은색 천으로 된 띠가 감겨 있다.

알타몽 씨 역시 그 방 안에 있다. 체크무늬의 헐렁한 외투를 걸친 그
는 창가에 서서 아주 무관심한 태도로 타자기로 친 편지 한 장을 읽고 있
다. 그의 옆에는 원추형의 받침 꼭대기에 구 하나가 달린 형태의, 아마도
커다란 빌보케를 재현한 듯한 금속 조각품 하나가 서 있다.

국립 이공과대학 학생이자 국립 행정학교의 학생이었던 시릴 알타
몽은 서른한 살에 '광산과 에너지 자원 발전을 위한 국제 기금BIDREM'의
이사회 및 행정당국의 상임간사가 되었는데, 제네바에 사무소를 둔 이
기구는 여러 공적·사적 기관에 의해 유지되는 조직이었다. 또 이 기구는
하층토 채굴에 관한 모든 연구와 계획을 지원하고 연구자들에게 실험실
과 장학금을 제공하며, 심포지엄을 기획하고 새로운 굴착·채굴·가공·
운반의 기술에 대한 의견을 교환해 평가·보급하기도 했다.

시릴 알타몽은 다리가 길고, 영국제 옷과 신선한 꽃향기가 나는 속옷
을 즐겨 입는 55세의 남자다. 그는 거의 카나리아색에 가까운 노란색의
듬성듬성한 머리카락과 지푸라기 색깔의 턱수염, 아주 깨끗한 손을 가졌
다. 그는 매우 활동적이고 신중하며 냉정할 정도로 현실적인 사업가로 평
가받는다. 그러나 이러한 성격에도 불구하고, 지금부터 적나라하게 드리
날 어떤 상황에서 그는 자신의 조직을 위해 경박한 행동을 하고 말았다. 403

1960년대 초 알타몽은 제네바에서, 머리숱이 거의 없고 이가 썩은
베잘이라는 남자의 방문을 받았다. 베잘은 당시에는 미국 오하이오에
있는 그린 리버 대학의 유기화학 교수였지만, 제2차 세계대전 동안에
는 만하임 화학 아카데미의 무기화학연구소를 맡았던 사람이다. 그는
1945년에 미국으로부터 둘 중 하나를 선택하도록 강요받은 사람들 중
하나였다. 미국으로 이주해 흥미 있는 일자리를 제공받아 미국을 위해
일하든지, 아니면 전쟁 범죄 공모자로 낙인 찍혀 중형을 받고 수감되든

지 둘 중 하나였다. '페이퍼클립 공작'이라는 이름으로 불린 이 공작은 당사자들에게 거의 선택의 여지를 주지 않았고, 베잘은 미국행과 동시에 수 톤 분량의 과학 문서를 택한 2,000여 명의 학자—그중 오늘날 가장 잘 알려진 사람으로 베르너 폰 브라운이 있다—중 하나였다.

베잘은 독일의 과학과 공업 기술이 많은 영역에서 놀랄 만한 발전을 이룬 것은 전쟁 수행 노력 덕분이라고 확신하고 있었다. 몇몇 기술 과학적 방법은 그 후에 대중에게도 알려졌는데, 예를 들어 V2에 쓰였던 연료가 감자 알코올에서 생성되었다는 것은 잘 알려진 사실이다. 또 구리와 주석의 정확한 사용이 어떻게 배터리 생산을 가능하게 했는지도 일반인에게 알려졌는데, 이 배터리는 20여 년 후에 사막 한가운데 버려진 롬멜의 탱크 위에서 완벽한 상태로 작동 중인 채 발견되기도 했다.

그러나 대부분의 발견물들은 비밀에 부쳐졌고, 미국인들을 싫어한 베잘은 미국인들이 그것들을 찾아낼 수 없으며 설사 찾아내더라도 효과적으로 사용할 수 없을 거라 확신했다. 제3제국의 부활이 그에게 이러한 최첨단 연구물을 사용할 기회를 제공할 것이라 기대하면서, 베잘은 독일의 학문적·기술적 유산을 되찾기로 결심했다.

베잘의 전문 분야는 석탄의 수소분해, 즉 합성석유 생산이었다. 그 원리는 간단했다. 이론적으로, 석유의 분자를 얻기 위해서는 수소 이온과 석탄의 일산화물 분자를 화합하기만 하면 되었기 때문이다. 이 작용은 소위 석탄, 더 정확히 말해서 아탄과 이탄을 통해 일어났고, 바로 이 때문에 독일의 전쟁산업까지 이 문제에 대단한 관심을 보였다. 히틀러의 전쟁기계들은 사실 독일 땅 밑에 천연자원으로 존재하지 않는 석유자원을 필요로 했고, 어쩔 수 없이 프로이센의 엄청난 아탄 지층과 폴란드의 대규모 이탄 저장고에서 추출한 합성에너지에 의지해야만 했기 때문이다.

베잘은 그 변형 과정을 이론적으로 정립했고 이러한 변형의 실험적 도식에 대해서는 완전하게 알고 있었지만, 촉매제의 배합과 작용시간, 유황 침전물 제거, 저장 대비책 같은 몇몇 결정적인 단계에 필요한 기술에 대해서는 거의 알지 못했다.

따라서 베잘은 북아메리카 곳곳에 흩어져 있는 옛 동료들을 만나기 위해 노력했다. 슈크루트 애호가 클럽, 쉬데트Sudètes 동호회, '아헨의 아들들'을 비롯한 위장한 옛 나치 조직에는 항상 스파이가 득실댄다는 것을 알고 있었으므로 그러한 단체는 피했고, 휴가 기간이나 학술회의나 세미나 때의 물밑 대화의 기회를 이용해 마침내 그의 동료들 중 일흔두 명을 찾아냈다. 그러나 많은 이들이 그의 분야와 관련이 없는 사람들이었다. 자기磁氣 폭풍 전문가인 타데우스 교수와 파괴 전문가인 다비도프 교수는 그에게 별로 도움이 되지 않았다. 또한 자신의 실험실이 폭격당했을 때 팔과 다리를 잃은 데다가 타고난 귀머거리에 벙어리임에도 불구하고 당대 최고의 두뇌로 평가되었던 원자물리학자 콜리커 박사 역시 아무런 도움이 되지 않았다. 콜리커는 항상 네 명의 경호원에게 둘러싸인 채, 그의 입술을 읽어 그가 전하는 방정식을 칠판 위에 옮겨 적는 일을 전담하는 전문기술자의 도움을 받으면서 일반적인 로켓탄의 시초인 전략적 탄두미사일의 모형 '아틀라스 드 버먼'을 현실화한 인물이었다. 한편, 다른 많은 사람들은 미국의 제안으로 이데올로기를 완전히 바꾸었고, 자신들이 조국을 위해 일했던 사실을 더이상 기억하고 싶어하지 않거나 그 사실을 말하려 하지 않을 정도로 완전한 미국인이 되어 있었다. 그들 중 몇몇은 베잘을 FBI에 밀고하기까지 했는데, 이것은 전적으로 불필요한 일이었다. 왜냐하면 FBI는 이민 온 지 얼마 안 되는 모든 외국인들에 대한 감시를 단 한 순간도 늦추지 않고 있었고, 두 요원이 베잘의 뒤를 따라다니며 그가 찾고 있는 것이 무엇인지 알아내려 하고 있었기 때문이다. 그들은 결국 베잘을 소환해 심문했으며 그에게서 아탄을 정유로 바꾸는 비법을 알아내려 했다는 실토를 받아냈지만, 그러한 상황만으로는 그가 근본적으로 반미적이라는 것을 확실히 판단할 수 없었으므로 다시 그를 풀어주었다.

그러나 시간이 지나면서 베잘은 목적을 달성할 수 있었다. 그는 워싱턴에서 미연방정부가 실험하게 한 뒤 소용없는 것으로 판단한 문서 한 묶음을 손에 넣게 되었다. 그 문서에서 그는 합성 석유의 운송과 저장에 쓰이는 컨테이너에 대한 설명을 발견했다. 그가 찾고자 하는 해결방법을 제시해준 사람은 바로 그의 일흔두 명의 옛 동료 중 세 사람이었다.

베잘은 유럽으로 돌아가기를 원했다. 그래서 그는 '광산과 에너지 자원 발전을 위한 국제 기금'과 접촉했고, 자신에게 고문기사 자리를 준다면 석탄의 수소화와 합성발동기 연료의 대량 생산에 관한 모든 비밀을 밝히겠다고 시릴 알타몽에게 제안했다. 그는 또 썩은 이를 드러내면서, 덤으로 나무톱밥을 가지고 설탕을 만드는 방법도 알려주겠다고 덧붙였다. 그 증거로 그는 여러 가지 공식과 숫자를 타자로 쳐넣은 몇 장의 종이를 알타몽에게 건네주었다. 거기에는 변환의 일반 방정식과 그가 정말로 공개한 단 하나의 비밀 그리고 촉매 구실을 하는 무기물질 산화물의 이름, 성질, 배합, 사용 시간 등이 담겨 있었다.

전쟁이 과학에 가져다주었다 할 만한 이 엄청난 기술적 진보와 독일군의 우월성의 비밀은, 그 모든 것들을 나치 친위대원이 숨겨놓은 보물 이야기나 많은 발행부수를 자랑하는 신문에 나오는 전설상의 바다뱀 등의 이야기와 다를 바 없는 것으로 여기는 시릴 알타몽에게는 그리 관심을 끌 만한 것이 못 되었다. 그럼에도 불구하고 알타몽은 베잘이 제안한 방법을 검증하는 일에는 충분히 성실한 자세를 보였다. 하지만 과학 분야에 있는 조언자의 대부분은 비용이 많이 들고 세련되지 못하며 시대에 뒤떨어진 이러한 기술을 무시했다. 석탄으로 작동하는 가스 발생로를 가지고 실제로 자동차를 움직이게 할 수 있듯이, 보드카를 가지고 로켓 불꽃을 쏘아 올릴 수 있었다. 또 이탄이나 아탄을 가지고, 심지어 낙엽이나 오래된 헝겊, 감자껍질 등을 가지고도 기름을 제조할 수 있었다. 그러나 그것은 비용이 굉장히 많이 들고 아주 복잡한 기계장치를 요구하는 것이어서, 차라리 석유를 사용하는 편이 훨씬 나았다. 나무톱밥을 가지고 설탕을 제조하는 것으로 말하자면, 모든 전문가들이 설탕보다 나무톱밥이 훨씬 더 비싼 산물이 될 것이라는 일치된 견해를 보인 만큼 더욱 그의 흥미를 끌지 못했다.

알타몽은 베잘의 서류들을 쓰레기통에 버렸고, 여러 해 동안 이 일화를 과학의 어리석음의 대표적인 예로 이야기하곤 했다.

그러나 2년 전 처음으로 심각한 오일 쇼크가 일어나자, '광산과 에너지 자원 발전을 위한 국제 기금'은 '흑연, 무연탄, 석탄, 이탄, 아탄, 수지, 유기염'에서 만들어지는 합성에너지에 대한 연구를 지원하기로 결정했다. 이 기구는 과거 베잘을 고용했을 경우 그에게 지불했을 금액의 약 100배에 가까운 비용을 이 연구에 투자해야 했다. 알타몽은 여러 차례 그 화학자와 다시 접촉해보려 했다. 마침내 그는 베잘이 1973년 11월에 체포되었다는 것을 알게 되었다. 쿠웨이트에서 개최된 OPEC 회의가 대부분의 소비국에 대한 원유수송을 최소한 4분의 1정도 축소하기로 결정한 지 며칠 후의 일이었다. '전략적 비밀'을 해외 강대국에 전하려 했다는 죄로 고소된 후—바로 로디지아[2]에서—베잘은 자신의 독방에서 목을 맸다.

2. 아프리카 동남부의 공화국.

제63장   배달 문 입구

배관이 드러나 있는 긴 복도. 바닥에는 타일이 깔려 있고, 벽에는 종려나무 무리가 어렴풋하게 그려진 낡은 비닐 벽지가 부분적으로 발라져 있다. 복도 양 끝에서는 우윳빛 전구가 차가운 빛을 발하고 있다.

　다섯 명의 배달부가 잔치를 위한 여러 가지 식료품을 알타몽 집으로 가져가기 위해 들어온다. 가장 키가 작은 사람이 자기보다 더 큰 닭고기 더미의 무게에 눌려 휘청거리며 제일 먼저 걸어 들어온다. 두번째 배달부는 망치로 두드려 만든 커다란 구리 쟁반을 아주 조심스럽게 들고 있는데, 거기에는 각각 하나씩 포장된 동양 과자들—꿀과 편도를 넣은 과자, 영양뿔 모양의 과자, 꿀과 대추야자 열매로 만든 과자—이 조화造花에 둘러싸여 놓여 있다. 세번째 사람은 주조 연도가 새겨진 '바헨하이머 오버스트네스트'를 양손에 각각 세 병씩 들고 있다. 네번째 배달부는 고기 파이와 더운 전식, 그리고 카나페가 든 양철판을 머리에 이고 있다. 그리고 다섯번째 배달부가 스텐실 글자로 다음과 같이 씌어진 위스키 한 상자를 오른쪽 어깨에 메고 들어와 이 행렬을 끝맺는다.

THOMAS KYD'S [1]
IMPERIAL MIXTURE
100% SCOTCH WHISKIES
blended and bottled in Scotland
by
BORRELLY, JOYCE & KAHANE
91 Montgomery Lane, Dundee, Scot.

---

1. 토머스 키즈 / 임페리얼 믹스처 / 100%　　　보렐리, 조이스 & 케인 / 스코틀랜드, 던디
스카치 위스키 / 스코틀랜드에서 제조 /　　　몽고메리 레인 91번지

전면에는, 마지막 배달부를 부분적으로 가리면서 건물에서 나가는 한 여자가 있다. 50세가량 되어 보이는 여자는 레인코트를 입고 까만 가죽 끈으로 졸라매게 되어 있는 초록색 가죽 주머니가 매달린 벨트를 하고 있으며, 콜더의 모빌을 연상시키는 무늬가 날염된 면 스카프를 머리에 둘렀다. 그녀는 회색 암고양이를 품에 안고 있고 왼손 검지와 중지 사이에는 프랑스 서부 루됭 시의 모습을 담은 우편엽서를 끼고 있다. 이 도시는 마리 베스나르라는 여자가 자신의 가족 전부를 독살한 혐의로 기소된 사건으로 유명한 곳이다.

이 부인은 이 건물이 아니라 바로 옆 건물에 살고 있다. '레이디 피콜로'라고 부르면 반응을 보이는 그녀의 고양이는 하루 종일 이 건물 계단에서 시간을 보내는데, 아마도 수고양이를 만나기를 꿈꾸는 듯하다. 하지만 불행히도 허망한 꿈이다. 이 건물의 수고양이들—모로 부인 집의 피프, 마르키조 부부의 프티 푸스, 질베르 베르제의 포커 다이스—은 모두 거세되었기 때문이다.

제64장   기관실에서
2

소위 보일러라는 것이 설치된 방 바로 옆으로 계량기와 압력계, 완전 원형의 파이프로 벽면이 채워져 있는 이 조그만 장소에서, 한 노동자가 웅크리고 앉아 콘크리트 바닥에 놓인 투사도면을 살펴보고 있다. 그는 가죽 장갑을 끼고 있고 점퍼를 걸쳤으며 상당히 화가 나 있는 것처럼 보인다. 계약 조항을 이행하려고 보니 올해에 보일러 청소가 예상했던 것보다 더 많은 노동을 요구할 것인 만큼 그렇게 되면 수입은 그만큼 더 줄어들 것을 알게 되었기 때문이다.

전쟁 기간 동안 올리비에 그라티올레가 라디오 수신기와 비밀리에 일간 연락지를 발행하는 데 쓰던 알코올 등사기를 숨겨놓았던 곳도 바로 이 작고 초라한 방이다. 당시 이곳은 프랑수아 그라티올레의 지하실이었다. 올리비에는 자신이 이곳에서 긴 시간을 보낼 것을 알았으므로 오래된 깔개와 걸레, 가스파르 윙클레가 준 코르크 조각으로 모든 출입문을 꼼꼼히 막아 이곳을 정비했다. 그는 양초로 불을 밝혔고, 마르트의 토끼털 외투와 깃 장식 달린 방한모로 몸을 감싸 추위를 견뎠으며, 식량 문제는 엘렌 브로댕의 아파트에서 철망으로 된 작은 찬장을 가져다 놓아 해결했다. 그는 그 찬장에 물 한 병과 약간의 소시지, 그의 할아버지가 올레롱에서 보내 무사히 그의 손에 전달된 염소 치즈, 완전히 쭈글쭈글하고 신맛이 나는 능금주용 사과 몇 개를 며칠 동안 보관할 수 있었다. 사과는 그 시절에 별 어려움 없이 손에 넣을 수 있는 유일한 과일이었다.

올리비에는 루이 15세 스타일의 타원형 등받이가 달린 오래된 안락의자에 앉아 지냈는데, 그 의자는 팔걸이가 없어졌고, 다리는 오로지 두 개 반만 남아 있어서 버팀목을 이용해 평형을 유지해주어야 했다. 그 의자의 완전히 빛바랜 보라색 태피스트리에는 예수 탄생 장면이라 할 만한 그림이 담겨 있었다. 성모 마리아는 무릎 위에 엄청나게 커다란 머리를 가진 갓난아기를 안고 있고, 증여자와 동방박사 대신—그리고 노새와 소 대신—두 시종을 거느린 주교가 보이며, 이 모든 것은 뜻밖에도 항구를 향해 뻗어나간 절벽을 배경으로 펼쳐져 있다. 절벽이 바람을 잘 막아주는 듯 보이는 항구에는 안개로 뿌옇게 된 장밋빛 지붕과 대리석 궁전이 있다.

라디오가 방송되지 않는 시간 동안의 긴 기다림을 때우기 위해 올리비에는 어떤 상자 안에서 발견한 두꺼운 소설책을 읽었다. 많은 페이지들이 완전히 소실되어 있었기 때문에, 그는 그사이에 스스로 구상한 이야기를 넣어 연결시키고자 했다. 그중에는 잔인한 중국인 이야기, 갈색 눈의 용기 있는 소녀 이야기, 평소에는 조용하지만 누군가 정말로 기분을 상하게 하면 주먹을 한 방 날리곤 하는 몸집 큰 한 남자 이야기, 남아프리카 공화국의 나탈이라는 곳에 한 번도 가보지 않았으면서 그곳 출신인 척하는 데이비스라는 어떤 사람의 이야기 등이 있었다.

아니면, 그는 여기저기 터진 대나무 트렁크 안에 쌓여 있는 잡다한 물건 더미를 뒤지곤 했다. 거기서 그는 옛날 전화번호가 가득 적혀 있고 1926년이라는 날짜가 찍힌 오래된 수첩 하나와 코르셋 하나, 네바 강에서 스케이트를 타는 사람들을 그린 빛바랜 수채화 한 점을 발견했다. 또 다음과 같은 말로 괴로운 기억을 환기시키는 아셰트 출판사의 소형 판형의 고전들을 발견했다.

로마는 로마 안에 있지 않고, 내가 있는 모든 곳에 있다.

혹은

너를 깨우는 것은 바로 너의 왕 아가멤논이다.

혹은 그 유명한 말

시나를 공략하고 땅바닥에 앉으라.
그리고 말을 하고 싶다면 먼저 침묵하라…….

그밖에도 미트리다트 혹은 브리타니쿠스의 장광설을 담은 책자들이 있었는데, 그는 이것을 속속들이 외워서 뜻을 전혀 모른 채로 단숨에 암송할 수 있었다. 그는 또한 프랑수아가 가지고 놀았던 것임에 틀림없는 오래된 장난감도 발견했다. 용수철 달린 팽이, 또 납에 색칠을 해 만들었고 옆구리에 열쇠 구멍이 있는 꼬마 흑인 인형 따위였다. 그 인형은 말하자면 양쪽 옆모습이 다소 섞여 혼재할 만큼 입체감이라고는 전혀 없었으며, 인형이 탄 손수레는 이미 완전히 뒤틀리고 부서진 상태였다.

올리비에가 라디오를 숨겨둔 곳은 또다른 어떤 장난감 안이었다. 그것은 윗부분이 약간 비스듬한 나무 상자로, 옛날에 번호를 매긴 흔적이 있는 구멍들이 뚫려 있고—03이라는 숫자만이 아직도 확실히 알아볼 만했다—그 구멍에다 금속 고리를 던지게끔 되어 있었다. 또 이 상자는 '투구대'[1] 혹은 '개구리'라고 불렸는데, 왜냐하면 도달하기 가장 어려운 구멍이 바로 입을 아주 크게 벌린 개구리 같은 모습을 하고 있었기 때문이다. 식당용 알코올 등사기—식당 주인들이 메뉴를 인쇄하는 데 사용했던 작은 모델들 중 하나—는 트렁크 밑바닥에 감춰져 있었다. 폴 에베르가 체포된 후 지구 관할 본부장 베를루가 이끄는 독일인들이 지하실을 수색하러 왔지만, 그들은 올리비에의 지하실을 그저 한번 훑어보기만 했다. 그 지하실은 이 건물에서 가장 먼지가 많은 창고였고 온갖 것들이 산더미처럼 쌓여 있었으며 '테러리스트'가 숨어 있으리라고 믿기 가장 어려운 곳이었다.

412

1. 윗면에 구멍이 여러 개 있는 상자에 원반을
던져 넣는 게임.

파리 해방 당시 올리비에는 바리케이드 위에서 기꺼이 싸우려 했지만 기회가 주어지지 않았다. 그가 침대 밑에 숨겨 보관했던 기관총은 파리 반란 초기에 클리시 광장에 있는 한 건물의 지붕 위에 설치되었고, 노련한 사수 포대에 맡겨졌다. 그는 런던과 그 밖의 다른 곳에서 보내오는 명령을 받기 위해 지하실에 계속 머물러 있기로 했다. 그리고 그곳에서 36시간 이상을 자지도, 먹지도 않은 채 내리 머물러 있었다. 마실 것이라고는 고작 조잡한 살구주스 대용품뿐이었다. 그는 그 시간 동안 수수께끼 같은 메시지로 메모철을 끊임없이 채워나갔다. '사제관은 품위를 전혀 잃지 않았고, 정원도 화려함을 잃지 않았다', '부주교는 일본 당구 기술의 거장으로 통한다', '모든 것이 잘되고 있습니다, 백작부인' 등. 철모를 쓴 전령대는 5분에 한 번씩 그 메시지를 찾으러 왔다. 이튿날 저녁 그가 건물에 모습을 나타냈을 때는, 해방군의 도착을 축하하기 위해 노트르담 성당의 큰 종과 다른 모든 작은 종들이 일제히 울리고 있었다.

제3부
끝

제4부

제65장 　　　　　모로

3

지금은 모로 부인 소유가 된 이 아파트에 1950년대 초반에는 수수께끼 같은 한 미국 여자가 살았는데, 그녀의 미모와 금발, 신비스러운 분위기 덕에 '로렐라이'라는 별명으로 불렸다. 그녀는 이름을 조이 슬로번이라고 밝혔고, 운전사 겸 경호원인 한 남자의 조용한 보호 아래 커다란 아파트에 혼자 살았다. 경호원은 카를로스라고 불리는 필리핀 사람이었고, 작고 단단한 체구에 항상 나무랄 데 없이 완벽한 하얀 정장을 입고 있었다. 사람들은 종종 고급 상점에서 과일잼과 초콜릿 혹은 사탕을 사는 그를 볼 수 있었다. 그러나 그녀는 길에서 전혀 볼 수 없었다. 그녀의 집 덧창은 항상 닫혀 있었다. 그녀는 우편물도 받지 않고, 아파트 문은 조리된 식사를 배달하는 음식점 주인이나 매일 아침 백합, 아룸, 월하향 몇 송이를 가져오는 꽃가게 주인에게만 열렸다.

조이 슬로번은 밤이 되어서야 카를로스가 운전하는 길고 검은 폰티악을 타고 외출했다. 이 건물에 사는 사람들은 골이 있는 실크 드레스를 입은 눈부시게 아름다운 그녀가 지나가는 것을 쳐다보곤 했는데, 그 드레스는 등이 거의 다 드러나고 옷자락은 땅에 길게 끌렸다. 또 그녀는 어깨에 밍크 모피를 걸치고, 검은 깃털로 된 큰 부채를 들고, 솜씨 있게 땋은 비할 데 없이 아름다운 금발 머리에 다이아몬드가 박힌 왕관형 머리 장식을 쓰고 있었다. 가늘고 거의 차가운 눈과 창백한 입술(당시에는 입술을 아주 붉게 칠하는 것이 유행이었지만)을 가진 완벽한 타원형의 얼굴 앞에서, 이웃 남자들은 감미로운 것인지 소름끼치는 것인지 모를 모종의 강한 매혹을 느꼈다.

그녀에 관해서는 최고로 환상적인 이야기만 들려왔다. 사람들은 그녀가 며칠 밤 계속해서 화려한 침묵의 연회를 열었다는 둥, 남자들이 자정 바로 전에 큰 배낭을 서투르게 메고 남몰래 그녀를 보러 오곤 한다는 둥 말들을 했다. 또 모습을 드러내지 않은 제3의 남자를 운운하며, 그 역시 그 아파트에 살지만 밖에 나올 수도 자신을 드러낼 수도 없는 처지라고도 했다. 그리고 이따금씩 아이들로 하여금 공포에 사로잡혀 침대에서 벌떡 일어나게 만드는 소리가 벽난로 통을 타고 올라온다고 말하기도 했다.

1954년 4월의 어느 아침, 로렐라이와 필리핀 남자는 살해된 채 발견되었다. 살인자는 경찰서에 자수했다. 그는 그 젊은 여인의 남편이었는데, 몇몇 사람이 한 번도 본 적이 없으면서도 그 존재에 대해 낌새를 채고 있었던 바로 그 제3의 세입자였다. 그의 이름은 블런트 스탠리였고, 그의 폭로로 로렐라이와 두 동거인의 이상한 행동이 밝혀지게 되었다.

블런트 스탠리는 키가 크고 서부 영화의 주인공처럼 잘생겼으며 클라크 케이블과 같은 턱 보조개를 가지고 있었다. 그는 미군 장교였고, 1948년 어느 닐 저녁 미주리 주에 있는 제퍼슨 뮤직홀에서 로렐라이를 만났다. 그녀는 미국으로 이민 온 덴마크 목사의 딸로, 진짜 이름은 잉게보르 스크리프터였다. 그녀는 자신이 19세기 마지막 사반세기의 유명한 영매였던 플로렌스 쿡의 환생이라고 주장하면서, 플로렌스 쿡이라는 가명으로 점쟁이 일을 했다.

그들은 첫눈에 반했으나 행복은 오래가지 못했다. 1950년 7월에 블런트 스탠리는 한국으로 떠났다. 그러나 그는 잉게보르에 대한 열정 때문에 그녀와 떨어져 살 수 없었고, 짐을 풀자마자 그녀와 다시 만나기 위해 그곳을 떠났다. 그가 저지른 짓은, 한반도 38선에서 멀지 않은 곳에서 정찰대를 지휘하다가 허가 없이—분명 그는 허가를 받지 않았다—몰

415

래 빠져나온 탈주 행위였다. 본명이 아우렐리오 로페스인 필리핀 사람 카를로스가 바로 그의 길잡이였는데, 두 사람은 열한 명의 정찰대원을 버리는, 그들을 죽음으로 내모는 것이나 다름없는 일을 저지른 뒤 끔찍한 대항해 끝에 뤼순항에 도착했고 그곳에서 다시 타이완으로 가는 데 성공했다.

미군측은 정찰대가 함정에 걸려들어 열한 명의 군인이 그곳에서 죽음을 당했으며, 스탠리 중위와 그의 필리핀인 길잡이는 포로로 붙잡혔다고 생각했다. 이 사건은 몇 년이 지난 후 한탄스러운 결말에 이르게 되는데, 당시 육군참모부 사무국은 일단은 추서의 형식으로 스탠리에게 명예훈장을 수여하기 위해 그 실종된 남편의 아내, 어쩌면 이미 과부가 되었는지도 모를 스탠리 부인의 행방을 수소문하고 있었다.

블런트 스탠리는 아우렐리오 로페스가 하자는 대로 따랐지만, 곧 그가 그 상황을 이용하고 있다는 것을 알게 되었다. 그들이 안전한 장소에 도착하자마자 필리핀인은 그 장교에게 경고했다. 자기가 탈주에 관한 내용을 모두 자세히 적어 봉인한 편지를 법률사무소에 맡겼는데, 만약 일정 시간 이상 자신이 살아 있다는 어떠한 소식도 전해지지 않을 시 위탁조약에 따라 그 봉투가 개봉되고 모든 사실이 알려질 거라고 했다. 그러고 나서 그는 블런트에게 1만 달러를 요구했다.

블런트는 잉게보르와 접촉하는 데 성공했다. 그녀는 그의 지시대로 팔 수 있는 것은 모두 팔았고—그들의 자동차, 캠핑카, 그녀의 몇몇 보석—홍콩으로 와 이 두 남자를 만났다. 아우렐리오 로페스에게 돈을 지불하고 나서야 단둘이 남게 되었고, 수중에는 단돈 60여 달러가 남아 있었다. 그 돈으로 어쨌든 그들은 스리랑카의 실론에 다다랐고, 그곳의 한 쇼 극장에서 초라한 일을 하게 되었다. 다큐멘터리와 본 영화 사이에 번쩍이는 커튼이 내려와 화면을 가리면, 마이크를 통해 이들을 신대륙의 유명한 예언자인 조이와 히에로니무스라고 소개하는 말이 울려 퍼졌다.

그들의 첫번째 레퍼토리는, 보통 장터의 쇼에서 마술사들이 쓰는 두 가지 고전적인 트릭을 동원한 것이었다. 마술사 블런트는 겉으로는 우연히 선택한 것처럼 보이는 숫자를 통해 여러 가지 일을 알아맞혔다. 또 예언자 잉게보르가 강철로 된 칼끝을 블런트를 찍은 사진 건판의 젤라틴 위로 스치듯 지나가게 하면, 그녀의 파트너의 몸 위에 유혈이 낭자한 칼자국이 똑같이 나타났다. 실론의 관중들은 대개 이러한 종류의 쇼를 좋아하긴 했지만, 믿지는 않았다. 잉게보르는 곧 남편이 무대 위에 확실히 모습을 보이되 불분명한 두세 가지 소리를 내는 것 말고는 절대 입을 열지 말아야 한다는 것을 깨달았다.

그런데 이러한 구속에서 오히려 이후의 그들의 연기에 관한 첫번째 아이디어가 나왔고, 이 연기는 빠르게 세련되어갔다. 즉 여러 번 점을 친 후 잉게보르는 최면 상태에 들어갔고, 그 피안의 세계와 소통하면서 신의 계시를 받은 스베덴보리를 나타나게 하는 것이었다. '북쪽의 부처'로 통하는 스베덴보리는 가슴에 장미십자회의 상징이 촘촘히 박힌 희고 긴 웃옷을 걸치고, 희미하고도 음침한 빛을 발하면서 번개가 치듯 무시무시한 모습을 하고 있었다. 여기에 우지끈거리는 소리, 섬광, 불똥, 신비한 분위기, 냄새 발산물 등 모든 종류의 발현수단이 동원되었다. 스베덴보리는 불분명하게 으르릉거리는 소리를 내거나 '아차 보타차 사브 아차' 하는 식의 주술을 외우곤 했는데, 잉게보르는 날카로우면서도 목 메인 목소리로 이 주술을 다음과 같은 알쏭달쏭한 구절로 옮겼다.

"나는 바다를 가른다. 나는 화산 발치의 중앙 도시에 있다. 나는 방 안에 있는 남자를 본다. 그는 쓴다. 그는 노란색과 하얀색 커프스가 달린 검정색의 크고 헐렁한 셔츠를 입고 있다. 그는 토머스 데커의 시집 안에 편지 한 통을 넣는다. 그는 일어선다. 벽난로를 장식한 추시계는 1시를 가리킨다, 등등."

이러한 종류의 쇼에서 흔히 볼 수 있는 감각적이고 심리적인 효과— 거울 놀이, 석탄·유황·초석의 여러 가지 배합을 통한 연기 피우기, 착시, 음향 연출—를 토대로 한 그들의 연기는 단숨에 성공을 거두었고, 몇 주 후에는 한 공연제작자가 찾아와 봄베이, 이라크, 터키 공연을 위한 흥미로운 계약 조건을 제시했다. 그리고 '헤이안쿄의 정원'이라는 앙카라의

417

한 나이트클럽에서 공연하던 어느 날 저녁, 그들의 행로를 결정짓는 만남이 이루어졌다. 공연이 끝날 무렵 한 남자가 대기실로 잉게보르를 찾아와서 만약 그녀가 그를 악마와, 더 정확히는 메피스토펠레스와 만나게 해 어떤 협정을 맺게 해준다면 5,000파운드를 주겠다고 제안한 것이다. 그가 말한 협정 내용은 20년 동안의 전지전능의 권력이 아니라 영원한 구원이었다.

잉게보르는 그 제안을 받아들였다. 메피스토펠레스를 나타나게 하는 것은, 스베덴보리를 나타나게 하는 것보다 오히려 복잡하지 않았다. 비록 무관심하든 재미있어하든 소름끼쳐하든 간에 자세히 뜯어보기에는 너무 먼 곳에 앉은 수십 명 혹은 수백 명의 관중이 아니라 단 한 명의 입회자 면전에서 해야 하는 것일지라도 말이다. 이 특별한 관중이 악마를 보기 위해 5,000파운드를 버릴 만큼 이미 '북쪽의 부처'의 출현을 믿고 있는 이상 그의 요구가 충족되지 못할 이유는 전혀 없었다.

블런트와 잉게보르는 이 일을 위해서 별장 하나를 빌렸고, 그 남자가 요구한 악마의 출현에 맞도록 연출을 수정했다. 정해진 날, 정해진 시간에 남자는 정확히 문 앞에 도착했다. 잉게보르의 엄격한 당부에 복종해 그는 3주 동안 밤이 되기 전에는 절대 외출하지 않았고, 물에 끓인 녹색 채소와 비금속제 칼로 껍질을 깐 과일만 먹었으며, 오렌지 나무 꽃으로 달인 물과 신선한 민트, 바질, 마요나라 차만을 마셨다.

원주민 하인 하나가 그 남자를 어떤 방으로 들여보냈다. 가구가 거의 없고 방 전체가 불투명한 검은색 페인트로 칠해져 있으며 초록빛 감도는 노란색 불꽃이 타고 있는, 끝이 벌어진 큰 촛대의 조명만 있는 방이었다. 방 한가운데서는 훌륭하게 가공한 크리스털 구球가 매달려 천천히 돌아가고 있었고, 그 구의 수많은 미세한 결정면은 언뜻 보아서는 방향을 예측할 수 없을 정도로 눈부시게 빛을 발하고 있었다. 잉게보르는 그 구 아래에 검붉은 색으로 칠한 높은 안락의자에 앉아 있었다. 그녀에게서 오른쪽으로 1미터가량 떨어진 곳에서는, 바닥에 깔린 평평한 돌 위에서 자욱하게 매운 연기를 내뿜으며 불꽃이 타오르고 있었다. 정해진 형식에 따라, 그 남자는 갈색 천으로 된 배낭 안에 검은 닭을 넣어가지고 왔다. 그는 닭의 눈을 천으로 가렸고, 동쪽 방향을 쳐다보면서 불 위에서 닭의 목을 땄다. 닭의 피는 불씨를 꺼뜨리지 않았고, 반대로 불을 더욱 활활 타오르게 하는 것 같았다. 파란 불꽃이 높이 피어오르며 춤을 추었고, 젊은 여인은 고객의 존재에 대해 별로 신경 쓰지 않으며 몇 분 동안 그것을 주의 깊게 바라보았다. 마침내 자리에서 일어선 그녀는 작은 삽으로 재를 담아 의자 바로 앞바닥에 버렸고, 이 버려진 재는 오각형 별 모양[1]을 나타내었다. 이어서 그녀는 남자를 자신의 의자로 데려가 앉힌 다음, 그에게 두 손을 펴 의자 팔걸이 위에 올려놓은 채 아주 똑바른 자세로 움직이지 말 것을 명했다. 그녀 자신은 오각형 별 중앙에 무릎 꿇고 앉아서, 아주 날카로운 목소리로 길고도 이해할 수 없는 주술을 읊기 시작했다.

"알 바릴딤 고트파노 데슈 민 브린 알라보 도르딘 팔브로트 링구암 알바라스. 닌 포르트 자디킴 알무카틴 말코 프린 알 엘밈 엔토트 달 헤벤 엔수임. 쿠팀 알 둠 알카팀 님 브로트 데쇼트 포르트 민 미셰 암 엔도트, 프루슈 달 메줄룸 홀 모트 단스릴림 루팔다스 임 볼데모트. 닌 후르 디아보스트 음나르보팀 달 구슈 팔 프라핀 두슈 임 스코트 프루슈 갈레트 달 시논 민 풀시리시 알 코닌 **부타텐** 도트 딜 프림."

419

주술이 진행되면서 연기는 주위를 점점 뿌옇게 만들어갔다. 오래 지나지 않아 곧 타닥타닥하는 소리와 불티를 동반한 다갈색의 분연이 일어났다. 그리고는 갑자기 푸르스름한 불꽃이 엄청나게 커졌다가 곧 다시 수그러들었다. 불 바로 뒤에 메피스토펠레스가 팔짱을 끼고 서서 이를 다 드러내며 웃고 있었다.

그 모습은 다소 전통적이고 상투적이기까지 한 메피스토의 모습이었다. 그는 뿔과 기다란 두 갈래 꼬리, 염소 발 등을 가지고 있지는 않으나 대신 녹색이 감도는 얼굴, 눈구멍 안에 아주 움푹하게 박힌 어두운

1. 신비학에서 완전함의 상징.

눈, 두껍고 매우 검은 눈썹, 끝이 뾰족한 콧수염, 나폴레옹 3세와 같은 짧은 턱수염을 갖고 있었다. 그는 잘 분간하기 힘든 의상을 입고 있었는데, 때묻지 않은 레이스 가슴 장식과 어두운 붉은 조끼는 그런 대로 눈에 들어왔고, 나머지는 어슴푸레한 불빛 속에 붉은 실크 안감이 반짝이는 크고 검은 망토에 의해 가려져 있었다.

메피스토펠레스는 한마디도 하지 않았다. 그는 오른손을 왼쪽 어깨에 올려놓고 아주 천천히 머리를 숙일 뿐이었다. 그러고는 이제는 형태를 잃어가는 불꽃이 향기로운 연기를 내뿜고 있는 곳으로 팔을 내밀어, 악마를 부른 그 남자에게 가까이 오라는 신호를 보냈다. 남자는 일어서서 불 건너편에 있는 악마에게 다가갔다. 악마는 열 가지 이해할 수 없는 기호들이 적힌, 네 번 접은 양피지 한 장을 그에게 내밀었다. 그러고 나서 그의 왼손을 잡고는, 철로 된 바늘로 그의 엄지손가락을 찔러 협정서 위에 피 한 방울을 떨어뜨렸다. 반대편 구석에서 악마는 언뜻 보아 두터운 그을음으로 덮인 듯한 둘째손가락으로 재빨리 서명을 남겼다. 그 서명은 세 개의 손가락을 가진 커다란 손과 비슷했다. 마지막으로 악마는 그 종이를 둘로 찢더니, 반쪽은 자기 조끼 주머니에 넣고 다른 반쪽은 깊게 몸을 굽혀 남자에게 내밀었다.

그러자 잉게보르가 날카로운 비명을 질렀다. 동시에 종이 구겨지는 듯한 소리가 들렸고, 청천벽력과 유황의 강렬한 냄새를 동반한, 앞이 캄캄해질 정도로 강한 빛이 방 안에서 폭발했다. 불씨 주위에 맵고 자욱한 연기가 피어났다. 메피스토펠레스는 사라지고 없었고, 남자가 고개를 돌리자 의자에 앉아 있는 잉게보르가 다시 보였다. 그녀 앞에는 이제 오각형의 별 자국이 없었다.

그녀의 과도한 조심성과 지나치게 억지스러울 정도의 경직된 면에도 불구하고, 악마의 출현은 그 남자가 기대했던 것에 부응하는 것처럼 보였다. 얼굴 한 번 찌푸리지 않고 약속한 돈을 지불했을 뿐 아니라, 한 달 뒤에는 역시 정체를 밝히지 않은 채 프랑스에 사는 친구 한 명을 잉게보르에게 소개하기까지 했기 때문이다. 그 친구 역시 직접 진행을 지켜보는 특별한 영광을 누릴 수 있는 이 악마의 의식에 참여하기를 열렬히 원했고, 500만 프랑을 지불할 작정이었으며, 이동에 따른 비용과 파리 체류 비용도 보장했다.

이렇게 해서 잉게보르와 블런트는 프랑스에 도착했다. 그런데 불행히도 단둘이 온 것이 아니었다. 그들이 출발하기 3일 전 일이 잘 풀리지 않았던 아우렐리오 로페스가 앙카라에서 그들과 합류했으며, 자기도 데리고 갈 것을 요구했다. 그들은 물론 그 요구를 거절할 수 없었다. 그들 세 사람은 결국 이 건물 2층에 있는 커다란 아파트에 자리를 잡았다. 블런트가 절대 모습을 나타내지 않아야 된다는 것은 기정사실이었다. 그리고 하녀와 급사장을 구하는 대신 아우렐리오가 카를로스라는 이름으로 운전기사와 경호원, 하인의 일을 하기로 결정했다.

2년여 동안 잉게보르는 2,000만, 2,500만, 또 한 번은 3,000만 프랑(옛 화폐로)까지 받고 82번이나 악마를 나타나게 했다. 그녀의 고객 명단에는 여섯 명의 국회의원(그중 세 명은 장관이 되었고, 한 명은 차관이 되었다), 일곱 명의 고위 공무원, 열한 명의 기업 회장, 여섯 명의 장성과 영관, 두 명의 의대 교수, 다양한 종목의 스포츠인, 다수의 유명 디자이너, 식당 경영자, 신문사 사장, 심지어 추기경까지 포함되어 있었으며, 나머지 신청자들은 예술계와 문학계, 특히 공연계에 속한 사람들이었다. 그들은 데스데모나의 역할을 노래할 야심을 가진 흑인 오페라 여가수를 제외하고는 모두 남자들이었다. 악마와 계약을 맺은 지 얼마 후 이 여가수는 어떤 '음화陰畵적' 연출 덕분에 꿈을 실현시켰고, 물의를 빚긴 했지만 가수와 연출자로서의 명성을 확고히 할 수 있었다. 오텔로(오셀로)의 역할은 백인이 맡아 노래했지만 그 밖의 모든 역할은 흑인 아티스트들(혹은 분장한 백인들)이 맡았고, 밝거나 하얀 색이었던(예를 들면 손수건과 베개. 일단은 필수불가결한 이 두 소품만 인용하기로 하자) 모든 무대장치와 의상은 '거꾸로' 어둡거나 검은 색으로 바뀌었으며, 그 반대의 경우도 마찬가지였다.

어느 누구도 악마의 출현의 '사실성'과 계약의 확실성에 대해 의심을 표하지 않았다. 단 한 번, 고객 중 하나가 계속해서 그림자가 생기고 거울 안에 자신의 모습이 보이는 것에 대해 놀라워한 적이 있었는데, 잉게보르는 그것이 악마가 자신과 접촉한 사람이 '알려지고 공공장소에서 화형에 처해지는 것'을 막기 위해 그에게 허락한 특권이라고 이해시켜야만 했다.

잉게보르와 블런트가 알기로 계약의 효과는 항상 유익한 것이었다. 전지전능에의 확신은, 악마에게 영혼을 판 사람들에게 그들이 기다리는 기적 같은 일들을 실현시키는 데 충분한 힘이 되었다. 어쨌든 회원 모집에 전혀 어려움이 없었다. 파리에 도착한 지 겨우 3개월 만에 잉게보르는 쇄도하는 신청을 거절하기 시작했고, 신청자들에게 점점 더 비싼 가격과 점점 긴 대기시간, 더욱 엄격한 예비시험을 부과해야 했다. 그녀가 죽었을 때 그녀의 '주문 수첩'에는 1년 이상의 예약자 명단이 기재되어 있었고, 30명 이상의 신청자들이 차례를 기다리고 있었으며, 그들 중 네 명은 그녀가 죽었다는 것을 알고 스스로 목숨을 끊었다.

악마 출현의 연출은 앙카라에서 했던 것과 크게 다르지 않았고, 다른 것이 있다면 파리에서는 그 과정이 어둠 속에서 시작되지 않는다는 것이었다. 끝이 벌어진 큰 촛대는 마룻바닥 위에 선 채 커다란 유리 전구를 덮은, 겉보기에도 무거워 보이는 검은색 원통으로 교체되었다. 유리 전구에서는 느낄 수 없을 정도로 천천히 약해져가는 생생한 푸른빛이 발산되어, 악마와의 대면을 신청한 사람으로 하여금 그 방에 젊은 여자와 자기 자신을 제외하고는 아무것도 없으며 모든 출입구가 닫혀 밀폐되었다는 착각을 하게 만들었다. 빛의 조정과 불꽃의 분배, 천둥효과에 필요한 방음장치, 멀리까지 불똥을 튀게 하는 철과 세륨 합금으로 된 마개 장치의 작동, 철로 된 줄밥과 자석의 조작 등과 같은 모든 속임수 기술의 완성도는 더욱 높아졌다. 도입된 몇 가지 기술, 특히 초록색 후광으로 둘러싸인 인광을 발하는 빈시류貧翅類 곤충의 사용과 악마의 출현 장소에 항상 배어 있는, 백합과 월하향의 냄새를 섞어 만든 특이한 향과 향수의 사용은 초자연적인 표현을 하기에 유리한 분위기를 만들어냈다. 이러한 요소들은 신을 믿지 않는 사람들을 설득하기에는 결코 충분하지 않았겠지만, 잉게보르의 조건을 수락하고 예비시험을 참고 견딘 사람들은 계약된 밤에 대해 믿을 준비가 이미 되어 있었다.

그러나 이러한 직업적 성공은 불행히도 카를로스의 계속되는 협박에서 잉게보르와 블런트를 해방시켜주지 못했다. 덴마크어와 악마와 대화할 때 쓰는 프리슬란트의 방언만 할 줄 아는 것으로 간주된 잉게보르 대신 신청자들과 협상하는 사람은 바로 그 필리핀인이었고, 그는 사람들이 내는 엄청난 액수의 돈을 전부 직접 간수했다. 그의 감시는 끈질겼고, 물건을 사러 나갈 때면 이 황금알을 낳는 닭과 같은 존재들이 도망치지 못하도록 옛 장교와 그의 부인에게 옷을 벗게 한 다음 옷을 감추고 열쇠로 잠궈버렸다.

1953년 판문점 휴전 협정은 그들로 하여금 이 참을 수 없는 지배에서 벗어날 수 있는 대사면에 대한 희망을 품게 만들었다. 그러나 몇 주 후 카를로스는 입가에 승리의 미소를 지으며 『루이스빌 쿠리어 저널』(켄터키)지의 지난 호를 그들에게 내밀었다. 스탠리 상사 휘하에 있었던 한 군인의 어머니는 북한 측이 석방한 포로 명단에 블런트 스탠리의 이름이 없는 것에 놀랐다. 이를 알게 된 군은 이 사건을 다시 검토하기로 결정했다. 아직 확정적으로 발설한 것은 아니었지만, 조사자들은 그때부터 이미 스탠리 상사가 탈영자이자 반역자일 가능성을 배제할 수 없다는 사실을 암시하고 있었다.

몇 달 후 잉게보르는 카를로스를 죽이고 같이 도망가야 한다고 남편을 설득하는 데 성공했다. 1954년 4월 어느 날 저녁 블런트는 필리핀인의 감시를 따돌리는 데 겨우 성공했고, 바지 멜빵으로 그를 목졸라 죽였다.

그들은 집을 뒤져서 카를로스가 온갖 국가의 현찰과 보석을 합해 7억 프랑이 넘는 액수를 보관해둔 비밀 장소를 발견했다. 그들은 그것을 급히 두 개의 가방에 담아 떠날 준비를 했다. 몇몇 사람이 함부르크에 그녀의 악마교류 회사를 세우자고 제안한 바 있었는데, 그들은 바로 그곳으로 갈 계획이었다. 그러나 집을 떠나기 직전 덧문 너머로 무심코 창밖을 쳐다본 블런트는 그들 집을 감시하는 것처럼 보이는 두 남자를 발견했다. 그는 미칠 것만 같았다. 카를로스가 살해된 지 불과 몇 초도 되지 않았으므로 그의 협박 내용이 실행된다는 것은 분명 불가능한 일이었다. 하지만 그 아파트에 들어온 이후 단 한 번도 그곳을 떠나지 않았던 블런트는 필리핀인이 사람을 붙여 아주 오래전부터 자신들을 감시해왔다고 판단했고, 그 사실을 알아차리지 못한 것에 대해 아내를 거칠게 비난했다.

후일, 스탠리는 손에 작은 권총을 들고 있었던 잉게보르가 뜻하지 않은 사고로 죽게 된 것은 바로 이 말다툼 도중에 일어난 일이라고 주장했다.

블런트 스탠리는 프랑스에서 계획적 살인, 과실치사, 신비술적인 수완에 의한 대중현혹죄(형법 405조와 479조), 사기죄로 유죄판결을 받았다. 그러고 나서 미국 정부에 인도되었고, 군법회의에서 반역죄로 사형 선고를 받았다. 그러나 이후 대통령 사면에 의해 무기징역으로 감형되었다.

그 후, 그가 초자연적인 힘을 가지고 지옥의 지배자들과 의사소통을 한다는—그리고 그 세계에 속한다는—소문이 빠르게 퍼져갔다. 아비고즈(아이오와) 감옥에 있는 대부분의 간수와 죄수, 다수의 경찰, 여러 재판관과 정치인이 이러저러한 개인적인 문제를 해결하고자 이러저러한 악마를 불러내 중재해줄 것을 부탁해왔다. 미국 전역에서 면담을 요청하는 부유한 사람들을 맞이하기 위해 감옥에 특별 면회소가 만들어져야 했다. 그와 상담할 능력이 없는 덜 부유한 사람들은 50달러로 그의 등록번호인 1,758,064,176을 누를 수 있었는데, 이것은 지옥에 있는 악마들의 수를 나타내는 것이기도 했다. 왜냐하면 지옥에는 총 6개의 악마군단이 있고, 각 군단은 66개의 중대로 이루어져 있으며, 각 중대는 666개의 소대로, 또 그 각 소대는 6,666명의 악마로 이루어져 있기 때문이다. 10달러만 있으면 신통력 있는 그의 바늘(강철로 만든 옛 축음기 픽업 바늘) 중 하나를 손에 넣을 수 있었다. 블런트 스탠리는 많은 교단과 종교

단체, 교파에게 오늘날의 악마의 환생으로 여겨졌으며, 많은 광신도들이 오로지 그를 살해할 목적으로 아비고즈 감옥에 투옥되고 싶어했고, 이를 위해 일부러 범죄를 저지르고자 아이오와 주로 건너오는 이들도 있었다. 그러나 간수들의 묵인하에, 그는 그때까지도 그를 잘 보호하던 개인 경호원과 함께 다른 죄수들도 휘하에 거느릴 수 있었다. 풍자 신문 『네이션와이드 빌지』의 말마따나 그는 세계에서 가장 부유한 열 명의 무기수 중 하나인지도 몰랐다.

한편, 파리의 건물을 감시했던 두 명의 남자가 실은 베라 드 보몽을 미행하기 위해 스벤 에릭슨이 고용한 사립탐정이었음이 밝혀진 것은 1960년 5월 쇼몽포르시앙의 수수께끼가 해결되면서였다.

로렐라이가 악마를 나타나게 했던 곳이자 두 건의 살인이 있었던 이 방을 모로 부인은 부엌으로 만들기로 결정했다. 실내장식가인 앙리 플뢰리는 그녀를 위해 21세기 부엌의 모델이 될 것이라고 힘주어 단언하며 전위적인 설치를 구상했다. 당시보다 한 세대 앞선 스타일의 조리실은 가장 수준 높은 기술적 완성도를 갖추었으며, 전자레인지, 눈에 띄지 않게 처리된 자동 방열판, 조리와 가열의 복잡한 프로그램을 수행할 수 있는 리모컨 딸린 가정용 자동기계장치가 설치되었다. 이 모든 초현대적 장치는 모로 부인의 조모의 벽장형 가구와 제2제정 시대의 에나멜 입힌 동합금 화덕, 골동품성의 뒤주들과 더불어 솜씨 좋게 동화되어있다. 또 구리 철물이 달린 왁스 입힌 떡갈나무 문 뒤에는 전기 칼, 전자 믹서, 초음파 튀김기, 적외선 토스터, 분쇄기, 급수 조정기, 블렌더, 완전한 트랜지스터 식의 전기공학적 껍질 까는 기계 등이 설치되었다. 이 부엌에 들어오면 먼저 옛날식 델프트 타일로 된 벽이 보였고, 표백하지 않은 면 손수건, 로베르발 식 오래된 저울, 작은 분홍색 꽃이 담긴 세면용 물병, 약병, 정사각형의 커다란 식탁보, 작은 빵틀이 보였으며, 마엔 천으로 술장식을 한 투박한 선반, 주석으로 된 계량기, 구리 냄비와 주철 압력솥이 보였다. 그리고 바닥에는 마름모꼴 무늬에 하얀색과 회색과 황토색 직사각형이 교대로 간간이 그려진 화려한 타일이 깔려 있었는데, 이 마름모꼴 무늬는 베들레헴에 있는 한 수도원의 예배당 바닥을 충실히 모방한 것이었다.

모로 부인의 요리사인 파레르모니알 태생의 튼튼한 부르고뉴 여인 제르트뤼드는 이 복잡한 기구들을 사용하려 하지 않았고, 아무것도 제자리에 있지 않고 또 어떤 것도 그녀가 아는 대로 작동되지 않는 이런 부엌에서는 절대로 요리하지 않겠다고 일찌감치 여주인에게 밝혔다. 그녀는 창문과 석판 개수대, 화구ㅆㅁ를 갖춘 진정한 가스레인지, 튀김용 냄비, 통나무 도마, 특히 빈 병과 치즈 포장망과 과일 바구니와 감자 자루와 채소 씻는 나무통과 샐러드용 바구니 등을 담을 수 있는 설거지통을 요구했다.

모로 부인은 요리사가 옳다고 인정했다. 깊은 상처를 입은 플뢰리는 실험적인 기구들을 도로 가져가야 했고, 타일을 다시 부수고, 배관과 전기 회로를 해체하고, 칸막이를 옮겨야 했다.

제르트뤼드는 그리운 옛날 프랑스 요리에 필요한 녹슨 고물들 중에서 필요한 것들—제과용 밀대, 저울, 소금통, 주전자, 냄비, 생선 냄비, 단지용 국자, 고기 칼—은 보관하고 나머지는 지하실에 내려다놓았다. 그리고 그녀에게 없어서는 안 될 몇 가지 기구와 부속품을 고향에서 가져왔다. 커피 분쇄기와 구형 홍차 여과기, 거품 떠내는 국자, 용수, 퓌레용 압착기, 중탕냄비, 그녀가 항상 바닐라 깍지와 계피 줄기, 정향, 사프란 가루, 작은 구슬, 안젤리카 등을 정리해놓는 상자, 또 어린 소녀가 버터 비스킷을 한 입 깨물고 있는 그림이 뚜껑에 그려진 네모난 낡은 양철 비스킷 상자 등을 가져왔다.

제66장   마르시아
              4

마르시아 부인은 자신이 사고파는 가구와 골동품을 자기 것이라고 생각
하는 것과 마찬가지로 손님들을 친구라고 여긴다. 그녀는 고객과 거래하
는 일에서 남다른 완고함을 종종 드러내는 편이지만, 또 한편으로는 대
부분의 고객들과 딱딱한 업무관계를 넘어서는 친근한 관계를 맺기도 했
다. 그들은 서로 차를 대접하고 저녁식사에 초대하며, 브리지 카드놀이
를 하고, 함께 오페라와 전시회에 가거나 서로 책을 빌려주며, 또 요리법
을 교환하고 그리스 섬들의 항해 여행이나 프라도 답사 여행을 함께한다.

그녀의 가게에는 특별한 이름이 없다. 단지 하얀색 영국식 서체로
작게 씌어진 간단한 표지판이 문손잡이 위에 붙어 있을 뿐이다.

C.Marcia, Antiquités [1]

또 두 개의 작은 유리창에는 많은 스티커 라벨이 눈에 좀 띄게 붙어
있는데, 이런저런 신용카드의 사용이 가능하다든지 그 상점의 야간 경
비는 모 전문 용역 회사가 맡고 있다는 등의 내용을 표시하는 것들이다.

이 상점은 좁은 통로를 경계로 두 공간으로 나뉘어 있다. 사람들이
먼저 들어오게 되는 첫번째 방은, 특히 작은 물건들, 작은 골동품, 진귀
한 물건, 과학 도구, 램프, 유행 판화, 보조 가구로 채워져 있는데, 그것들
은 큰 가치를 지녔어도 손님이 구입하자마자 곧바로 가져갈 수 있는 물

---

1. 마르시아, 골동품.

건들이다. 이 공간을 책임지는 사람은 스물아홉 살의 다비드 마르시아인데, 그는 1971년 제35회 '볼 도르' 경주에서 사고를 당해 다시는 모터사이클 대회에 나가지 못하게 된 후 이 일을 시작했다.

상점 전체의 관리자인 마르시아 부인 자신은 두번째 방을 좀더 신경 써서 맡고 있는데, 더 안쪽에 위치한 이 방은 가게 뒷방과 연결되며, 큰 가구와 응접세트, 농가나 수도원의 긴 벤치 옆에 두는 탁자, 닫집 달린 침대, 공증인 사무실의 서류정리 상자 등이 주를 이룬다. 주로 오후에 이 방에 들르는 그녀는 18세기 말경에 제작된 서랍 세 개 달린 작은 호두나무 책상을 이곳에 놔두고, 그 위에 회색 금속 카드함 두 개를 올려놓았다. 그중 하나는 그녀가 각자의 특별한 기호에 대해 잘 알고 또 최근에 입수한 물건을 보러오라고 직접 초대하기도 하는 단골손님에 관한 기록을 담고 있고, 다른 하나는 역사와 원산지, 개성, 결과 등을 기록해둔, 그녀의 손을 거쳐간 모든 물건에 대한 기록을 담고 있었다. 그밖에도 이 책상의 좁은 판 위에는 검은색 전화기, 메모지 철, 비늘무늬 샤프펜슬, 받침이 겨우 직경 1,5센티미터밖에 되지 않을 정도로 작지만 무게가 '약제사 온스'로 3온스, 즉 93그램 이상 되는 원뿔 모양의 작은 서진, '나일 강의 별'이라는 이름으로도 알려져 있는, 에델바이스의 한 변종인 자줏빛 이포메아꽃을 함유한 솔리플로르 드 갈 등이 어지럽게 쌓여 있다.

가게 뒷방에 비해, 그리고 그녀의 방에 비해 이 방에는 가구가 별로 없다. 지금이 성수기가 아니기 때문이기도 하지만, 기본적으로 마르시아 부인이 한번에 많은 물건을 팔지 않기 때문이다. 그녀는 지하 창고와 가게 뒷방, 그리고 그녀의 아파트를 활용해 이 방을 굳이 가득 채우지 않고 늘 새롭게 꾸몄다. 이 방에는 그녀가 그때그때 팔고 싶은 마음이 든 가구나 특별히 구상한 공간에 배치해 소개하고 싶은 가구를 전시해놓았다. 그녀가 끊임없이 가구를 옮기는 이유, 즉 그녀로 하여금 백화점의 디스플레이보다 훨씬 더 자주 장식을 바꾸게 하는 것은 아마도 가치 창조에 대한 그녀의 확고한 의지일 것이다.

현재 이 방의 중앙에 진열된 그녀의 최근 구입품은 니체의 헝가리인 제자가 몇 년간 살았던 곳으로 추정되는 다보스의 하숙집에서 발견된 19세기 말의 응접세트다. 금속으로 상감 세공된 둥근 탁자 주위에는 속에 쿠션을 넣은 둥근 팔걸이가 있는 안락의자들이 모여 있고, 탁자 뒤에는 실크 벨벳 쿠션이 놓인 동일한 스타일의 소파가 있다. 루이 2세 스타일의 약간 무거운 이 오스트리아-헝가리식 장식 가구 주위에, 마르시아 부인은 바로크식 고뇌를 더해주는 요소나 혹은 그와 달리 투박하고 거친 기이함이나 차가운 완벽함처럼 몇몇 대비되는 요소를 배치했다. 탁자 왼쪽에는 장미나무로 된 조그만 원탁이 있고, 그 위에는 정교하게 조각된 옛 손목시계 세 개와 나뭇잎 모양으로 된 아주 예쁜 티스푼 하나, 칠보 잠금 고리로 장정된 책 몇 권, 돛대 위의 망루를 조각해놓은 향유고래 이빨 하나가 놓여 있는데, 향유고래 이빨은 포경선의 어부들이 불가피한 여가 시간에 소일거리로 만든 수공手工의 좋은 본보기다.

다른 쪽, 즉 안락의자 오른쪽에는 금속으로 된 좁은 악보대가 놓여 있으며, 악보대 끝에는 양초를 꽂아놓을 수 있도록 철을 연접해 만든 두 개의 긴 팔이 붙어 있다. 악보대 위에는 아마도 어떤 옛 자연과학 도서를 위해 만들어진 듯한 놀라운 판화 하나가 놓여 있다. 판화의 왼쪽 부분에는 엄격하고 정확하게 도식화된 공작의 옆모습이 나타나 있다. 이 공작의 모습에서 깃털은 그저 흐릿한 하나의 덩어리를 이루고 있어 분간하기 어려우며, 흰색 테두리가 있는 커다란 눈과 왕관 모양의 도가머리만이 생명의 전율을 느끼게 한다. 판화의 오른쪽에는 같은 공작의 앞모습이 그려져 있는데, 깃을 부채같이 편 공작은 다채로운 색깔, 다채로운 광채, 반짝이는 빛, 그리고 고딕 양식의 스테인드글라스마저 무미건조한 복사본처럼 보이게 할 정도로 화려한 불꽃 모양으로 묘사되어 있다.

안쪽 벽은 밝은 야생 벗나무로 된 게시판과 수놓인 실크 벽걸이 천을 제외하곤 비어 있다.

마지막으로 쇼윈도에서 눈에 띄지 않는 스포트라이트의 은은한 빛을 받고 있는 네 가지 물건은 수많은 미세한 선에 의해 서로 연결된 것처럼 보인다.

우리가 볼 때 제일 왼쪽에 있는 첫번째 물건은 중세의 〈피에타〉 상으로, 거의 실제 크기의 채색 나뭇조각상이 사암 받침 위에 올려져 있는 형태를 하고 있다. 성모 마리아는 입술을 일그러뜨리고 눈썹을 찌푸리고 있으며, 일견 그로테스크해 보이는 해부학적 구조의 그리스도의 성흔聖痕 위에는 커다란 핏덩어리가 있다. 이 조각상은 라인 강 연안지방에서 나온 것으로 14세기에 만들어졌으며, 과격한 사실주의와 기괴함에 대한 그 시대의 기호를 보여준다.

두번째 물건은 리라처럼 생긴 작은 이젤 위에 놓여 있다. 이것은 카르몽텔의 습작화—파스텔을 가미한 목탄화—로, 어린 시절의 모차르트를 그린 초상화다. 이 습작화는 몇 가지 세부 묘사에서 오늘날 카르나발레 박물관에 보관되어 있는 최종 완성작과 차이를 보인다. 레오폴트 모차르트는 아들의 의자 뒤가 아니라 그 맞은편에 서 있으며, 아이를 감시하면서도 악보를 읽을 수 있도록 몸을 4분의 3정도 돌린 자세다. 마리아 안나는 하프시코드 건너편에서 옆모습을 보이고 있는 것이 아니라 하프시코드 앞에서 정면을 보고 있으며, 어린 신동이 초견初見으로 연주하는 악보를 일부분 가리고 있다. 그러한 변형은 레오폴트의 주문에 따른 것이며, 아들의 중심 위치를 침해하지 않으면서 아버지인 레오폴트 자신에게 조금 덜 불리한 자리를 제공했으리라는 것을 쉽게 유추할 수 있다.

430   세번째 물건은 흑단으로 된 액자에 든 한 장의 커다란 양피지로, 보이지 않게 뒤에서 지지하는 받침대 위에 비스듬히 놓여 있다. 양피지의 위쪽 절반은 페르시아의 세밀화를 매우 섬세하게 재현하고 있다. 날이 밝아올 무렵, 어느 궁전의 테라스에서 한 젊은 왕자가 공주의 발치에 무릎을 꿇고 공주가 잠든 모습을 바라본다. 양피지 아래쪽 절반에는 이븐 자이둔의 6행시가 단정하게 정서되어 있다.

나는 아마도 세리아의 술탄보다 덜 관대한 나의 운명의 주인이
아침에 내가 이야기를 중단하면

과연 나의 사형집행을 유예시키고
다음날 저녁
내게 나머지 이야기를 다시 시작하게 할 것인지
알 수 없어 불안 속에 살 것이다.

마지막 물건은 15세기 스페인에서 사용되었던 갑옷과 투구로, 부분부분이 다 녹슬었다.

마르시아 부인의 진짜 전문 분야는 보통 움직이는 '회중시계'라고 불리는 다양한 자동인형이다. 봉봉 사탕 그릇이나 지팡이의 둥그스름한 끝부분, 당과 그릇, 향수병 등에 감춰진 여타 자동인형이나 뮤직 박스와는 달리, 이 자동인형들은 대단한 기술로 이루어진 것은 아니나 희귀성 때문에 가치가 있다. 시계 종을 치는 인형처럼 '움직이는 괘종시계'나 스위스 뻐꾸기시계 같은 '생명 있는 추시계' 등은 지나칠 정도로 많이 보급되었으나, 호주머니용 작은 회중시계나 불룩한 대형 회중시계, 이중 뚜껑의 회중시계에서 시간과 초의 표시가 기계적 그림의 소재가 되는, 약간 오래된 움직이는 회중시계를 발견하는 것은 극히 드문 일이다.
첫번째로 움직이는 회중시계는 사실상 시계 종을 치는 소형 인형이라고 할 수 있는데, 볼륨이 거의 없는 납작한 인형 하나 혹은 두 개가 매시간 편편하게 생긴 차임벨을 치는 물건이었다.
두번째로 시계 제조업자들이 보통 음란한 회중시계라 부르는 것을 들 수 있는데, 제조업자들은 이 시계의 제작은 수락했지만 그 자리에서, 즉 제네바에서의 직접적인 판매는 거절했다. 동인도회사의 대리인들에게 판매를 위임하면, 그들은 이 시계를 놓고 아메리카나 동양의 상인들과 협상을 벌였다. 그러나 이 시계가 목적지에 무사히 도착하는 일은 드물었다. 대부분의 경우 이 시계는 유럽의 항구에서 아주 활발한 불법 거래의 대상이 되어, 사실상 이내 구할 수 없는 물건이 되었다. 실제 제작된 시계의 수는 수백 개를 넘지 않는데, 그중 최대 60개 정도가 시중에 무사히 남아 있다. 한편, 전 세계에 남아 있는 이 시계의 약 3분의 2 이상을 한 미국인 시계 판매업자가 소유하고 있는데, 그가 소장품에 대해 기록해놓은 간단한 설명을 살펴보면—그러나 그는 그 누구에게도 단 하나의 시계조차 보여주지 않았으며 사진 촬영도 허락하지 않았다—시계 제조업자들이 그다지 상상력을 발휘하려고 애쓰지 않았음을 알 수 있다. 그가 소유한 42개의 시계 중 39개에 나타난 장면은 실은 같은 것이다. 즉 인간 종족에 속하는 두 이성 개체 사이의 교접 장면이다. 두 사람 다 성인이며, 동일한 인종(백인, 다시 말해 이른바 코카서스 인종)에 속하고, 누워 있는 여자의 배 위에 남자가 엎드려 있다.(소위 '선교사' 체위) 시계의 초침은 앞뒤로 움직이는 남자의 허리 운동에 따라 매초마다 움직이며, 여자는 왼팔(보이는 어깨)의 움직임으로 분을 가리키고 오른팔(가려진 어깨)의 움직임으로 시간을 가리킨다. 마흔번째 시계는 앞의 39개의 시계와 동일한 것이지만 뒤늦게 색깔을 넣어 여자를 흑인으로 만들었다. 이 시계는 사일러스 버클리라는 노예상인의 것이었다. 마흔한번째 시계는 한층 더 진보된 정교한 제작 과정을 거친 것으로, 레다와 백조를 표현했다. 백조의 날갯짓은 그들의 사랑의 두근거림을 1초의 리듬으로 표현해낸다. 마흔두번째 시계는 앙드레아 드 네르시아의 것이었다고 알려져 있으며, 그의 유명한 작품 『롤로트 혹은 나의 수련기』의 한 장면을 표현한 것으로 간주된다. 벌어진 옷자락 사이로 터무니없이 큰 성기를 드러낸 한 남자가 하녀로 변장한 젊은 남자의 옷을 걷어 올리고 비역질을 하고 있다. 두 사람 모두 서 있는데, 하녀가 문틀을 잡고 기대어 있고 그 뒤에 남자가 붙어 있다. 미국의 시계 판매업자가 해놓은 묘사에는 애석하게도 시간과 초를 가리키는 방식에 대한 자세한 설명이 빠져 있다.

마르시아 부인은 이런 방식으로 움직이는 시계를 여덟 개밖에 보유하고 있지 못하지만, 그것만으로도 그녀의 컬렉션은 훨씬 더 다양성을 갖추게 되었다. 두 명의 대장장이가 번갈아가며 모루 위를 내리치는 모습을 표현한 오래된 인형 시계와 미국 수집가의 시계와 유사한 '음란한' 시계 하나를 제외하면, 그녀의 시계는 모두 빅토리아 여왕 시대와 에

드워드 공 시대의 것으로, 시계의 동작이 아직까지도 기적적으로 살아 있다.

— 도마 위에 놓인 양의 넓적다리 고기를 자르는 푸줏간 주인.
— 두 명의 스페인 여자 무용수. 한 명은 캐스터네츠를 치는 두 팔로 시간을 나타내고, 다른 한 명은 부채를 내리면서 초를 표시한다.
— 안마 같은 기구 위에 앉아 있는 건장한 광대. 곧게 뻗은 두 다리로 시간을 가리키고, 흔들리는 머리로 초를 표시하며 몸을 뒤튼다.
— 두 명의 군인. 한 명은 신호기를 흔들어 신호를 보내고(시간), 다른 한 명은 총을 메고 매초마다 경례를 한다.
— 길고 가는 콧수염으로 시곗바늘 역할을 하는 사람의 얼굴. 두 눈동자가 오른쪽에서 왼쪽으로, 왼쪽에서 오른쪽으로 왔다갔다하며 매초마다 똑딱거린다.

이 단출한 컬렉션에서 가장 기묘한 물건은 바로 세귀르 백작부인의 『선량한 꼬마 악마』의 내용을 담은 것으로, 한 끔찍하고 성미 고약한 여자가 어린아이의 궁둥이를 때리는 형상을 하고 있다.

레옹 마르시아는 골동품 가게를 돌보는 일을 항상 거질했지만, 아내에게 이러한 특화 아이디어를 제공한 것은 바로 그다. 세상의 모든 대도시에는 자동인형이나 장난감, 회중시계에 정통한 전문가들이 존재하지만, 움직이는 회중시계라는 좀더 특수한 분야의 전문가는 찾아볼 수 없기 때문이다. 사실, 마르시아 부인이 수년에 걸쳐 여덟 개의 움직이는 회중시계를 입수하게 된 것은 순전히 우연이었다. 그녀는 수집가 타입이 전혀 아니어서, 자신이 오랫동안 지녀온 물건을 언젠가는 그만큼 좋아하게 될 또다른 물건을 발견하리라 확신하며 팔아버리는 그런 여자였다. 아주 정확히 말해 그녀의 역할은 이러한 종류의 물건들을 찾아다니고, 그것들의 역사를 다시 살펴보고, 그것들을 감정하고, 애호가들과 접

433

촉을 갖는 것이다. 그녀는 십여 년 전 스코틀랜드를 여행하다가 뉴캐슬 어폰타인에 머문 적이 있었는데, 그곳 시립 박물관에서 〈장막 뒤의 쥐〉라는 포브스의 그림을 발견했다. 그녀는 그 그림의 사진을 찍어 실물 크기로 만들었고 프랑스로 돌아와서는 그림 속의 레이디 포스라이트가 그녀의 시계 컬렉션 중에 이와 같은 타입의 움직이는 회중시계를 소유하고 있었는지 확인하기 위해 현미경으로 그 그림을 면밀히 조사했다. 답은 부정적이었고, 그녀는 이 복제화를 카롤린 에샤르가 필리프 마르키조와 결혼할 때 선물로 주었다.

그녀가 준 그림은, 이 신혼부부가 결혼 선물 목록에 적어둔 희망사항에 속하는 것이 전혀 아니었다. 그림 속 목을 맨 마부와 얼빠진 레이디는 다소 정신병적인 성격을 드러내고 있어, 어떻게 이 그림이 행복을 비는 선물이 될 수 있는지 이해하기 어려웠다. 그러나 이 그림은 어쩌면, 마르시아 부인이 2년 전 자신의 아들 다비드와 헤어진 카롤린에 대해 바라는 바를 정확하게 나타내고 있었는지도 모른다.

카롤린은 다비드와 두 달 차이가 날 뿐인 동갑내기였다. 그들은 걷는 것을 함께 배웠고 같은 놀이터에서 모래 언덕을 쌓고 놀았으며, 유치원에 이어 초등학교에서도 계속 옆에 붙어 앉는 단짝이었다. 마르시아 부인은 이 아이를 딸처럼 사랑하고 귀여워했지만, 아이가 머리 땋는 걸 그만두고 비시 면포線布 옷을 입지 않게 되자 그 후부터는 미워하기 시작했다. 그녀는 어린 카롤린을 멍청한 계집애로 취급하기에 이르렀고 카롤린에게 꼼짝도 못하는 아들을 빈정대기 시작했다. 이들의 절교는 그녀에게 어느 정도 안도할 만한 일이었지만, 다비드에게는 물론 매우 고통스러운 일이었다.

당시 다비드는 비단으로 안감을 대고 등에는 황금빛 풍뎅이가 수놓인 오토바이 선수용 붉은색 가죽 유니폼을 자랑스럽게 걸친 채 폭음을 내며 돌아다니는 건장한 젊은이였다. 그의 오토바이는 당시 소형의 스즈키 125였는데, 이 멍청한 계집애 카롤린 에샤르가 그보다는 노턴 250을 타고 다니는 다른 청년—그때는 필리프 마르키조가 아니고 베르트랑 구르그송이라는 어떤 젊은이였는데, 그녀는 그와도 얼마 안 가 헤어졌다—을 더 좋아했을 것이라는 가정도 완전히 배제할 수 없다.

어찌 됐건, 다비드 마르시아가 받은 마음의 상처는 그의 오토바이 배기량의 증가로 짐작될 수 있다. 야마하 250, 가와사키 350, 혼다 450, 가와사키 마하 III 500, 4기통의 혼다 750, 구치 750, 라디에이터가 달린 스즈키 750, BSA A75 750, 라베르다 SF 750, BMW 900, 가와사키 1000.

그가 직업 오토바이 선수가 된 것은 벌써 수년 전의 일인데, 1971년 6월 4일 몽레리에서 열린 제35회 '볼 도르' 대회에서 바로 이 마지막 모델을 타고 출발했다가 몇 분 만에 기름판 위에서 미끄러졌다. 다행히 그는 잘 떨어져 쇄골과 오른쪽 손목만 부러졌지만, 이 사고는 오토바이 경주를 영원히 금지시키기에 충분했다.

제67장　　　　　　지하 창고
2

지하 창고. 로르샤슈의 창고.

복식 아파트로 개조할 당시 쓰고 남은 마루용 나무 널판이 값비싼 물건을 놓아두는 선반 앞쪽 벽에 부착되어 있다. 거기에는 물고기를 연상시키는 반추상 모티프가 그려진 종이 두루마리 중 쓰다 남은 것과 모든 색깔과 크기의 물감통, '기록 자료ARCHIVES'라고 씌어진 회색 서류함이 열 개 남짓 놓여 있다. 이 기록 자료는 텔레비전 프로그램 편성국에서 이러저러한 공식적인 용도로 사용되고 남은 것들이다.

바닥에는 무엇인지 확실치 않은 덩어리들—회반죽 주머니, 석유통, 터진 가방 등—이 뒹굴고 있다. 몇 가지 물건, 가령 세탁물 종이 상자와 녹슨 발판 등이 그 속에서 삐죽 나와 있어 눈에 띈다.

격자창으로 된 창고 문의 왼쪽에는 플라스틱을 입힌 철사로 만든 술병 정리 선반이 세워져 있는데, 맨 아래 선반에는 버찌술, 오얏술, 퀘치술, 자두술, 산딸기술 등 과일주가 진열되어 있다. 중간에 있는 선반들 중 하나에는 푸슈킨의 소설을 소재로 한 림스키코르사코프의 〈황금수탉〉에 관한 러시아어판 소책자 한 권과 『달콤한 뇌물 혹은 루뱅의 철물 제조인의 복수』라는 제목이 붙은, 통속 소설처럼 보이는 책 한 권이 놓여 있으며, 이 소설의 표지에는 한 젊은 여자가 판사에게 금 주머니를 내밀고 있는 그림이 그려져 있다. 맨 위 선반에는 뚜껑 없는 팔각형 상자 하나가 놓여 있고, 그 안에는 중국의 상아 세공을 서투르게 본뜬 기이한 형태의 플라스틱 장기 조각 몇 개가 담겨 있다. 그 조각에서 말은 용처럼 생겼고, 왕은 앉아 있는 부처처럼 생겼다.

지하 창고. 댕트빌의 창고.

이사용 판지 상자 하나에 책이 잔뜩 쌓여 있는데, 이 책들은 타른 지방 라보르 시에 있는 댕트빌 의사의 이전 거주지 지하 창고에서 여기로 옮겨졌다. 이 책들 중에는 처음 20페이지가 없어진 리델 하트의 『유럽 전쟁의 역사』, 베이에와 아르디가 쓴 『내과학 기초론』의 몇 페이지, 그리스어 문법책 한 권, 1905년에 발행된 『이비인후과 질환 연보年報』 한 권, 1916년 8월 7일 바이트레게의 예나어 메드히스토어에서 발행한 마이어 슈타이네크의 『다스 메디치니셰 시스템 데어 메토도디케』의 별쇄본 한 권 등이 있다.

여기저기 구멍이 뚫린 채 썩어가고 있는, 퇴색한 초록색 린네르 천을 씌운 낡고 긴 대기실용 의자 위에는 가짜 대리석 판 하나가 놓여 있다. 예전에는 직사각형이었으나 지금은 깨져 있는 그 판 위에는 대문자로 'CABINET DE CONSULT(진료실)'라고 씌어 있다.

금이 간 주둥이 넓은 유리병과 찌그러진 대야 그리고 아무런 이름표도 붙어 있지 않은 작은 플라스크 옆에 널빤지 한 장이 있다. 널빤지 위 한쪽에는 개업의였던 시절 댕트빌의 첫번째 추억의 물건이 놓여 있는데, 그것은 녹슨 짧은 못이 가득 찬 네모난 상자다. 그는 그 상자를 오랫동안 진료실에 간직해왔었고, 아직까지도 차마 버리지 못하고 있다.

댕트빌이 라보르에서 처음 개업했을 때 곡예사 환자가 하나 있었다. 그는 몇 주 전에 그만 곡예용 칼 하나를 꿀꺽 삼켰다고 했다. 댕트빌은 어찌할 바를 몰랐고 그렇다고 감히 그를 수술할 엄두도 나지 않아, 요행을 바라며 그에게 토사제를 주었다. 그러자 그는 한 무더기의 짧은 못을 토해냈는데, 댕트빌은 너무나 충격을 받은 나머지 이 사례에 관해 보고서를 작성하기로 했다. 그런데 몇몇 동료들이 댕트빌을 만류했다. 그들도 가끔 그와 유사한 경우나 혹은 삼킨 핀이 내장에 구멍을 뚫지 않고 저절로 위나 식도 안에서 방향을 바꾸었다는 식의 이야기를 들은 적이 있기는 하지만, 이번 경우는 일종의 속임수임이 분명하다는 것이었다.

창고 문 옆에 박혀 있는 못에는 인체 골격이 애처롭게 걸려 있다. 그것은 댕트빌이 대학생 때 산 것인데, 오른팔이 없어서 넬슨 제독에 대한 경의의 표시로 '호레이쇼'¹라는 별명을 갖고 있었다. 그 후 해골은 오른쪽 눈에 붕대를 감더니, 곧이어 누더기 조끼와 줄무늬 팬티를 입게 되었고 나중에는 종이로 만든 이각모까지 쓰게 되었다.

댕트빌은 개업하면서 그 호레이쇼를 대기실에 앉혀놓겠다며 내기를 했지만, 막상 개업 당일에는 환자를 놓치지 않기 위해 기꺼이 내기에 지는 쪽을 택했다.

1. 넬슨 제독의 이름.

제68장　　　　　　　계단
　　　　　　　　　　9

오랜 세월 동안
건물 계단에서 발견된 물건들 중
몇몇에 관한 임시 목록

몇 장의 사진. 그중 하나는 검은 수영 팬티를 입고 흰 스웨터를 걸친 열다섯 살짜리 소녀가 해변에 무릎을 꿇고 앉아 있는 사진이다.

　니콜라 상점 비닐 가방에 들어 있는, 수리점으로 보내질 것이 분명한 자명종 라디오.

　번쩍이는 장식이 달린 검은색 구두 한 짝.

　황금빛 염소 가죽으로 만든 굽 높은 여자용 실내 슬리퍼 한 짝.

　느톱스 형태의 기침약 '세로텔' 한 상자.

　짐승 부리망.

　러시아 가죽으로 만든 담배 케이스.

　가죽끈.

　여러 가지 수첩과 비망록.

　자코브 거리의 한 레코드 상점 가방 속에 들어 있는, 청동빛 금속 같은 종이로 만든 정육면체의 전등갓.

　베르나르 정육점 봉투에 들어 있는 우유병 한 개.

　웨스통 구둣방 상자 속에 들어 있는 '페르라셰즈 묘지의 라스티냐크'를 묘사한 낭만적인 조각.

439

엘뢰테르 드 그랑데르와 그랑프레 후작의 다소 익살스러워 보이는 약혼식 청첩장.

파선破線으로 테두리를 장식한 '로마노프 가의 계통도'가 꼼꼼하게 그려진 21×27 사이즈의 직사각형 종잇장.

86쪽이 펼쳐져 있는 제인 오스틴의 『오만과 편견』(토시니츠 문고).

전에는 분명 월귤나무 열매로 만든 조그만 파이를 담고 있었지만 지금은 비어 있는 제과점 '루이 15세의 낙원'의 종이 상자.

간지에 '툴루즈 고등학교'라는 소인이 찍혀 있고, 또 붉은 잉크로 'P. 루셰'라는 이름이 씌어 있는 심하게 파손된 부바르와 라티네 로그표.

부엌칼 한 자루.

꼬리 대신 가느다란 끈을 달고 작은 자전거 위에 앉아 있는, 납작한 열쇠로 태엽을 감게 만들어진 금속 생쥐.

하늘색 실패.

싸구려 목걸이.

위베르 다미슈와 트롬본 주자인 제이 제이 존슨의 대담과, 타악기 주자인 앨 레빗이 1950년대 중엽 자신의 최초의 파리 체류에 관해 회고하는 기사가 실린 구깃구깃한 『르뷔 뒤 재즈』지 한 권.

자석 붙은 말들이 딸린, 인조 가죽으로 만든 여행용 장기판.

'미투플' 마크의 접착테이프.

미키 마우스를 그린 '참회의 화요일' 행사용 가면.

440   약간의 종이꽃, 코티용[1] 소도구, 색종이 조각.

어린아이의 그림으로 가득한 종잇장. 그림 사이사이에, 고심한 흔적이 엿보이는 중학교 2학년 수준의 라틴어 작문 초안이 적혀 있다.

dicitur formicas offeri granas fromenti in buca Midae pueri in somno ejus. Deinde suus pater arandum, aquila se posuit in jugum et araculum oraculus nuntiavit Midam futurus esse rex. Quidam scit Midam electum esse regum Phrygiae et (잘 안 보이는 단어) *latum reges suis leonis.*

---

1. 4명 또는 8명이 한 조가 되어 추는 프랑스 궁정 무용.

제69장   알타몽
                 4

시릴 알타몽의 서재. 정성스럽게 왁스칠이 된 갈매기 무늬 마루와 붉은
색과 금색의 포도나무 가지 무늬 벽지, 묵직하면서도 화려한 레장스 양
식을 멋지게 만들어낸 몇몇 가구. 즉 아홉 개의 서랍이 달리고 어두운색
모조 피혁을 씌운 사무용 고급 마호가니 책상, 속을 넣어 가죽으로 누빈
U자형의 흑단 회전의자, 레카미에 스타일에 다리 끝에는 맹수 발톱 모
양의 놋쇠 장식이 달린 작고 긴 휴식용 장미목 의자 등이다. 오른쪽 벽에
는 S자 형태의 코니스가 있고, 유리문 달린 서가가 놓여 있다. 그리고 책
장 맞은편에는 리넨 종이로 된 커다란 항만해안 지도 한 장이 가는 나무
액자에 끼워져 걸려 있는데, 그것은 약간 누르스름한 복사판으로서 다
음과 같은 글이 씌어 있다.

441

CARTEPARTICVLLÏERᴇ [1]
DE LAMER MEDÏTERRANEE ·
FAÏCTE PAR MOY
FRANÇOÏS OLLÏVE
·A· MARSEÏLLE ·
EN LANNEE 1664

1. 특수 용도의 / 지중해 지도 / 1664년 /
마르세유에서 / 프랑수아 올리브 / 제작.

현관을 향해 나 있는 문 왼쪽의 구석 벽에는 크기가 거의 똑같은 그림이 세 점 걸려 있다. 첫번째 그림은 19세기의 영국 화가 모렐 독스빌이 도싯의 성공회 목사인 던 형제를 그린 초상화인데, 이 두 사람은 난해한 분야인 고대 토양학과 에올리언 하프[1]의 전문가이다. 그림에서 왼쪽에 있는 인물이 에올리언 하프의 전문가인 허버트 던이다. 그는 키가 크고 마른 체격이며, 볼에서 턱까지 짧은 반원형 수염을 길렀고, 검은 플란넬 양복에 타원형 무테 안경을 쓰고 있다. 고대 토양학자인 제러미 던은 키가 작고 통통한 체격이며, 군인 배낭을 메고 토양 탐사 기구를 갖춘 작업복 차림이다. 그는 측량용 사슬과 줄, 집게, 나침반, 망치 세 개를 허리 벨트에 찔러 넣었고, 자신의 키보다 더 크고 끝부분이 길쭉한 철로 된 등산용 지팡이의 손잡이를 손을 높이 들어 움켜쥐고 있다.

두번째 그림은 미국 화가 오건 트랩의 작품이다. 그는 십여 년 전 코르푸에서 위팅이 알타몽에게 소개한 인물이다. 그림은 미국 와이오밍 주 셰리든의 한 주유소를 아주 상세히 묘사하고 있다. 초록색 쓰레기통, 측면은 새하얗고 전체는 새까만 판매용 타이어, 번쩍이는 양철 기름통, 각종 음료수가 구색을 갖춰 들어차 있는 주홍색 냉장고 등이 보인다.

세번째 그림은 '프리우'라는 서명이 있고 〈샹드마르스 거리의 고급 가구 제조인〉이라는 제목이 붙은 데생인데, 알록달록한 두꺼운 스웨터에 멜빵바지를 입은 스무 살가량의 청년이 톱밥을 태워 지핀 불을 쪼이고 있는 모습을 그렸다.

오건 트랩의 그림 아래쪽에는 선반이 두 칸 달린 작은 탁자가 놓여 있다. 아래 선반에는 체스판이 놓여 있는데, 체스판의 말들은 1852년 베를린에서 안데르센과 뒤프렌 사이에 벌어졌던 게임의 열여덟번째 묘수 이후의 상황을 그대로 재현하고 있다. 즉 훗날 이 게임에 '영원한 신화'라는 별명을 남기게 되는, 안데르센이 상대를 꼼짝 못하게 몰아붙이는 그 기막힌 말들의 조합을 시도하기 바로 직전의 상황이 나타나 있다.

---

1. 바람을 받으면 저절로 울리는 하프.

19. Ta1d1!!　　DxCf3

20. TxCe7+!!　CxTe7

21. Dxd7+!!　RxDd7

22. Ff5+ 그리고 체크메이트

　　윗선반에는 흰색 전화기 그리고 글라디올러스와 국화꽃이 넘칠 듯 담긴 사다리꼴 모양의 꽃병이 놓여 있다.

　시릴 알타몽이 자신에게 필요하거나 자신이 좋아하는 책과 물건을 모두 제네바 관저로 가져가버렸기 때문에 이 서재는 사실상 사용되지 않는다. 거의 비어 있는 이 서재에는 고정되거나 죽은 것처럼 보이는 물건들, 말끔히 치워진 서랍이 달린 가구들만 남아 있다. 열쇠로 잠근 책장에는 결코 펼쳐본 적이 없는 책이 꽂혀 있다. 그중에는 초록색 모로코 가죽으로 제본된 19세기판 『라루스 대백과사전』과 라퐁텐, 뮈세, 플레이아드 시인들, 모파상 등의 작품 전집, 『프뢰브』, 『인카운터』, 『메르쿠르』, 『라 네프』, 『이카루스』, 『디오젠』, 『메르퀴르 드 프랑스』 등과 같은 품위 있는 잡지의 영인본, 몇 권의 예술 서적과 호화판 서적 등이 있다. 호화판 서적으로는 헬레나 리슈몽의 강철 판화가 들어 있는 로맨틱한 『한여름 밤의 꿈』, 뚜껑에 제목을 낙인한 흔적이 보이는 유리 상자 안에 보관된 자허마조흐의 『모피를 입은 비너스』, 상아와 뼈를 붙여 장식한 물소 가죽으로 제본된, 목소리와 타악기를 위한 피에르 블로크의 작품 74 〈인세르툼〉의 육필 악보 등이 있다.

443

　연회를 위해 서재를 꾸미는 일이 끝나가고 있다. 검은 제복 차림의 두 급사장이 책상 위에 넓은 흰색 식탁보를 깔고 있다. 셔츠 차림의 웨이터는 급사장들이 일을 마치는 즉시 두 개의 바구니에 든 음식물을 그 위에 차려놓기 위해 문가에 서서 기다리고 있다. 바구니에는 병에 든 과일 주스와 푸른색의 팔면체 사기그릇 두 개가 들어 있으며, 이 그릇에는 올리브, 절인 멸치, 삶은 계란, 토마토, 작은 새우 등으로 장식한 '쌀 샐러드'가 가득 담겨 있다.

제70장 　　　　　 바틀부스
　　　　　　　　　　　2

바틀부스의 식당은 이제 사실상 사용되고 있지 않다. 이곳은 직사각형의 검소한 방인데, 어두운 색깔의 쪽마루가 깔려 있고 올이 촘촘한 벨벳 커튼이 높게 달려 있으며, 커다란 자단 식탁에는 양각 꽃무늬를 넣어 짠 리넨 식탁보가 덮여 있다. 식당 구석의 기다란 식기대 위에는 원통형 상자 여덟 개가 진열되어 있는데, 상자마다 파루크 왕의 초상이 들어가 있다.

　바틀부스는 긴 아프리카 일주 여행을 시작하기 직전 포르투갈 남쪽의 상비센테 곶 근처에 체류했고, 그때 리스본에서 온 수입업자 한 사람을 알게 되었다. 그 수입업자는 영국인 바틀부스가 가까운 시일 안에 알렉산드리아로 갈 계획이라는 것을 알게 되자, 그에게 전기 난방기구 한 대를 맡기면서 자신의 이집트 대리인인 파리드 아부 탈리프라는 사람에게 그것을 전해달라고 부탁했다. 바틀부스는 그 상인에 관한 참고 사항을 수첩에 꼼꼼하게 적어두었다. 1938년 봄이 끝날 무렵 이집트에 도착하자마자 그는 그 유명한 상인을 수소문해서 포르투갈인의 선물을 전달했다. 그 전기 난방기구의 필요성을 실감하기에는 날씨가 이미 많이 더워져 있었지만, 파리드 아부 탈리프는 그 선물에 몹시 만족해했고, 그 역시 바틀부스에게 '이온화 처리'된 커피 여덟 통을 전문적인 감정도 받을 겸 그 포르투갈 수입업자에게 전해달라고 부탁했다. 그의 설명에 따르면, 이온화 처리란 커피 향이 거의 무한정 지속될 수 있게 만드는 것이라고 했다. 바틀부스는 아마도 17년 정도의 세월이 흐르기 전에는 그 수입업자를 다시 만날 기회가 없을 것이라고 잘라 말했지만 아무 소용이 없었다. 이집트인 상인은 막무가내로 부탁하면서, 만약 그 오랜 세월 동안 커피가 여전히 맛을 간직하고 있다면 그것은 이온화 처리 방식의 가장 확실한 증거가 될 것이라고 덧붙였다.

그 후 몇 년 동안 그 커피 통들은 아무런 쓸모없이 말썽만 일으키는 물건이 되었다. 국경을 통과할 때마다 바틀부스와 스모프는 그 원통형 상자를 열어보여야 했고, 세관원이 의심스러운 눈길로 냄새를 맡고, 혀 끝으로 맛을 보고, 새로운 마약 종류는 아닌지 확인하기 위해 때때로 직접 커피를 끓여보도록 내버려둘 수밖에 없었다. 1943년 말경, 온통 찌그러진 커피 통들은 빈 통이 되어 있었다. 그러나 스모프는 바틀부스에게 그 통들을 버리지 말아달라고 했고, 그것들을 갖가지 동전이나 해변에서 우연히 발견한 희귀한 조개껍질을 담아두는 용기로 사용했다. 마침내 프랑스에 돌아왔을 때, 스모프는 그들의 긴 여행의 기념품으로 그 통들을 식당의 식기대 위에 진열해놓았고, 바틀부스는 그렇게 하도록 내버려두었다.

윙클레가 만드는 퍼즐 하나하나는 바틀부스에게는 새롭고 유일하며 다른 어떤 것과도 바꿀 수 없는 일종의 모험이었다. 우르카드 부인이 밀봉해놓은 검은 상자의 봉인을 뜯고 자신의 수채화를 해체해 만든 750개의 작은 나뭇조각을 꺼내어 그림자가 생기지 않는 조명 아래의 식탁보 위에 진열해놓을 때면, 그는 매번 5년이나 10년 혹은 15년 전부터 축적해온 모든 경험이 그에게는 아무 쓸모가 없을 것이라는 느낌, 그리고 매번 그렇듯 자신이 너무나 분명한 어떤 어려움에 부딪히게 될 것이라는 느낌을 받곤 했다.

매번 그는 어떤 규율과 질서에 따라 그 일을 진행하겠다고, 성급하게 퍼즐 조각을 집어들지 않겠다고, 또 자신의 수채화에서 스스로 선명하게 기억하고 있다고 생각하는 이런저런 부분을 금방 찾아내려 하지 않겠다고 결심하곤 했다. 이번에는 열정이나 꿈, 초조감 등에 말려들지 않을 것이며, 데카르트적인 엄격함에 입각해 퍼즐을 맞출 것이다. 문제를 좀더 잘 해결하기 위해 문제를 분류할 것이고, 이치에 맞게 문제에 접근할 것이며, 불확실한 조합은 제거할 것이고, 또 불가피하고 필수적인 전략을 철저하게 세워놓는 체스 선수처럼 조각을 맞춰갈 것이다. 그는 우선 모든 조각을 뒤집힌 것 없이 똑바로 늘어놓는 데서부터 시작할 것이다. 그런 다음, 한쪽 가장자리가 직선으로 된 조각을 모두 골라낼 것이며 그것으로 퍼즐 전체의 틀을 만들 것이다. 그리고 나서 나머지 모든 조각을 하나하나 체계적으로 검사할 것이며, 그것을 손에 들고 모든 방향으로 몇 번이고 돌려볼 것이다. 그리고 어떤 데생이나 어떤 세부가 다른 것들보다 더 분명하게 눈에 띄는 조각을 모두 골라낼 것이며, 남아 있는 것들을 색깔에 따라 그리고 같은 색깔 내에서 농담에 따라 분류할 것이다. 그림의 중심이 되는 조각을 늘어놓는 것을 시작하기도 전에 이미 윙클레가 만들어놓은 함정의 4분의 3은 격파한 셈이 될 것이다. 나머지는 인내심만 발휘하면 해결되는 단순한 작업이 될 것이다.

이후 가장 중요한 문제는 무감각하게, 객관적으로, 특히 편견 없이 마음의 여유를 가지는 것이었다. 그러니 기스파르 윙클레가 덫을 놓아둔 곳은 바로 그 부분이다. 바틀부스는 작은 나뭇조각에 친숙해지면서 그것을 하나의 특별한 기준에 따라 지각하기 시작했다. 마치 저항할 수 없는 어떤 유혹의 힘으로 모든 것을 친숙한 이미지나 형태, 윤곽과 동일시하는 어떤 지각 양식이 이 조각들을 모으고 연결하고 고정하는 것 같았다. 그 친숙한 이미지란, 예를 들면 어떤 모자, 어떤 물고기 또는 그가 오스트레일리아에서 본 적 있는, 꽁지와 부리가 길고 부리 밑쪽에 돌기가 있는 어떤 새에 대한 놀라울 만큼 정확한 이미지. 혹은 부채꼴 모양의 오스트레일리아나 아프리카, 영국, 이베리아 반도, 장화 모양의 이탈리아 등의 형상. 또한 가스파르 윙클레는 큼직한 어린이용 나뭇조각 퍼즐에서 찾아볼 수 있을 만한 조각을 일부러 섞어 넣었다. 그래서 바틀부스는 때때로 왕뱀이나 마르모트, 코끼리 두 마리—한 마리는 긴 귀를 가진 아프리카산이고 다른 한 마리는 아시아산—같은 수많은 동물을 찾아냈고, 나아가 채플린(실크해트, 가는 지팡이, 활 모양으로 구부린 두 다리), 시라노의 얼굴, 난쟁이, 요술쟁이 여자, 원뿔 모자를 쓴 여자, 색소폰, 커피 테이블, 통닭, 바닷가재, 샴페인, 지탄 담뱃갑에 그려진 무희, 골루아 담뱃갑에 그려진 날개 달린 헬멧, 사람의 손, 정강이뼈, 백합 한 송이, 여러 가지 과일, 혹은 여러 조각에 의해 완벽한 형태를 갖춘 J, K, L, M, W, Z, X, Y, T 같은 알파벳을 찾아내곤 했다.

이따금 세 개, 네 개 혹은 다섯 개의 퍼즐 조각이 당혹스러울 만큼 쉽게 연결되는 경우가 있었다. 그러고는 곧바로 모든 것이 정지되었다. 일례로, 언젠가 바틀부스는 퍼즐 조각을 찾지 못해 비어 있는 한 부분을 보고 아마도 실론 섬이 독립하지 않았을 때의 인도 영토 모양의 검은색 조각일 것이라고 생각했었다.(마침 그 수채화는 바로 코로만델 해안의 한 작은 항구를 그린 것이었다.) 하지만 며칠 혹은 적어도 몇 시간이 지나고 나서야 바틀부스는 그 빈자리에 들어가야 할 조각이 검은색이 아니라 밝은 회색이라는 것을 알아차리게 되었다—이 색깔의 불연속성은 만약 바틀부스가 그런 식으로 불필요한 비약에 빠지지 않았더라면 예측할 수도 있을 만한 것이었다. 그리고 그 올바른 조각은, 그가 시계 방향으로 90도 회전시키자, 그 자신이 퍼즐의 시작부터 '배신자 알비옹'[1]이라고 고집스레 불렀던 작은 영국 땅의 형태를 정확하게 취한다는 것도 알게 되었다. 분명 그 빈자리는, 그것을 채우게 될 조각이 영국을 닮지 않은 것처럼 인도도 닮지 않았을 것이다. 따라서 중요한 것은, 바틀부스가 계속해서 이러저러한 조각 안에서 어떤 새나 호인, 가문家紋, 뾰족한 헬멧, 온순한 개, 혹은 윈스턴 처칠 등의 형상을 보는 한 그에게는 조각들의 관계를 찾는 것이 요원할 수밖에 없다는 것이었다. 즉 어떤 한 조각이 아직 전복되어 있거나 돌려져 있거나 중심을 벗어나 있거나 탈상징화되어 있지 않아도, 다시 말해 '탈-형태화'되어 있지 않아도, 이미 그 조각과 다른 조각 사이의 연결 관계를 발견하는 일이 그에게는 불가능해지는 것이다.

1. 알비옹은 영국의 옛 이름.

가스파르 윙클레의 속임수의 본질은 다음과 같은 원칙을 토대로 하고 있다. 즉 바틀부스로 하여금 언뜻 보아 평범하고 분명하고 쉽사리 묘사할 수 있는 형태—가령, 그 외형이 어떠하든 간에 두 면이 틀림없이 하나의 직각을 형성하는 조각—로 빈 공간을 둘러싸게 만들고, 동시에 그 공간을 채울 조각들을 전혀 다른 방향에서 식별하게 만드는 것이다. 예를 들면 젊은 여자와 노파를 '동시에' 나타내는 W. E. 힐의 그 유명한 캐리커처처럼 말이다. 이 캐리커처에서 젊은 여자의 귀, 뺨, 목걸이는 각각 노파의 한쪽 눈, 코, 입이 되고, 노파가 전면에 옆모습을 보이며 나타나는 반면 젊은 여자는 어깨의 중간쯤에 해당되는 등의 4분의 3까지를 보이고 있는 것이다. 이 캐리커처처럼, 바틀부스는 정확히 말해 완전한 직각은 아니지만 거의 직각인 것을 찾기 위해 그 각을 삼각형의 정점으로 간주하는 생각을 버려야 했다. 다시 말해, 자신의 지각을 뒤엎어보고, 상대가 속임수를 통해 그에게 볼거리로 준 것을 '다른 식으로' 보아야 했다. 예를 들어 그가 어디에 놓아야 할지 결정하지 못하고 만지작거리는 노란 아프리카 모양의 조각이, 그가 퇴색한 연보라색 네 잎 클로버 조각—그가 사방에서 찾고 있지만 발견하지 못한—으로 채워야겠다고 믿는 그 공간에 들어가야 할 것을 알아채야만 했다. 해결 과정은 분명했다. 마찬가지로 어떤 문제를 해결하지 못하는 한 그 문제가 해결 불가능한 것처럼 보이는 것 역시 분명했다. 십자말풀이 퍼즐에서 어떤 정의—열한 사로 된 어떤 단어에 내한 로베르 시괴옹의 정의 '새것과 함께 옛것으로'가 잘 나타내는 것처럼—가 정의 자체에 분명한 힌트를 담고 있지 않은 경우 각 글자와 단어에 의미를 주면서 동시에 모든 설명을 불필요하고 무용한 것으로 만드는 어떤 '이동'을 사방으로 수행해야 하는 것이나 마찬가지다.

바틀부스의 경우 퍼즐의 밑그림인 수채화를 그린 사람이 바로 자신이라는 사실에서부터 문제가 복잡해졌다. 그는 수채화의 초안과 초벌 그림을 용의주도하게 폐기했었고, 그에 관한 사진이나 메모도 가지고 있지 않았다. 그러나 그는 수채화를 그리기에 앞서 대상이 되는 바닷가의 경치를 매우 집중해 바라보았기 때문에, 20년이 지난 후 가스파르 윙클레가 상자 안에 붙여놓은 사소한 메모들—가령 '스코틀랜드 스카이 섬, 1936년 3월', '튀니지 하마메트, 1938년 2월' 등—을 읽기만 해도 샛노란 재킷을 입고 머리에 태머샌터[2]를 쓴 선원이나, 바닷가에서 모직물을 세탁하는 어떤 베르베르 여인의 원피스에서 보이던 황금색과 붉은색이 섞인 얼룩, 혹은 마치 한 마리 새처럼 언덕 위 멀리에 가볍게 떠 있던 구름 등이 곧 떠올랐다. 그런데 사실 그것은 기억 그 자체가 아니라—너무 자명한 사실이지만, 그 기억은 단지 수채화가 되기 위해서, 그 후에는 퍼즐, 더 나중에는 무無 자체가 되기 위해 존재할 뿐이기 때문이다—그러한 기억에 얽힌 채 남아 있는 연필 선과 데생에 대한 기억, 고무지우개의 움직임과 붓의 터치에 대한 기억이었다.

바틀부스는 거의 매번 퍼즐의 그림 속에서 이렇듯 특별한 표시를 찾곤 했다. 그러나 그 표시에 의존하려는 것은 허망한 일이었다. 때때로 가스파르 윙클레가 그것을 완전히 사라지게 해놓았기 때문이다. 예를 들어 그는 바틀부스가 기억하고 있는 그 붉고 노란 작은 얼룩을 수많은 조각으로 분절했다. 이에 따라 붉은색과 노란색은 미세하게 삐져나온 색칠, 물감의 아주 미세하고도 미시적인 튀김, 그리고 그림을 전체적으로 바라볼 때는 결코 식별할 수 없지만 윙클레의 끈기 있는 톱질 덕분에 눈에 띄게 된 화필과 헝겊의 작은 얼룩 속에서 설명할 길 없이 존재를 드러내지 못한 채 가라앉고 녹아든 것처럼 보였다. 그리고 흔히 훨씬 더 불성실하게, 마치 그 정확한 형태가 바틀부스의 기억 속에 각인되어 있다는 것을 짐작하는 듯 윙클레는 그 구름, 그 실루엣, 그 채색된 얼룩이 하나의 조각에 다 담기도록 그대로 내버려두었다. 그러면 이것들은 가장자리 선이 또렷함에도 불구하고 쓸모없는 것이 되고 단색, 단조의 독립적인 분할이 되어, 결국 그 주변에 어떤 것이 있는지 전혀 파악할 수 없게 만들었다.

사실 윙클레의 속임수는 이미 진행된 이러한 단계 훨씬 이전에, 가장자리 면에서부터 시작되었다. 고전적인 퍼즐들과 마찬가지로 그의 퍼즐은 가늘고 흰 네 개의 가장자리 직선을 가지고 있었고 마치 바둑게임처럼 가장자리에서 시작하려는 관습과 논리를 따르는 것 같았다.

반면, 자신의 첫번째 바둑알을 바둑판 한가운데 놓아 줄곧 상대방

2. 스코틀랜드 농부들이 쓰는 큼직한 베레모.

을 어리둥절하게 만들다가 쉽게 승리를 낚아챈 어느 바둑 기사처럼, 어느 날 바틀부스는 어떤 갑작스러운 직감에 사로잡혀 그의 퍼즐 중 하나를 중심에서, 즉 태평양 위로 눈부시게 빛나는 석양의 노란 얼룩에서 시작했고(1948년 11월, 아발론에서 멀지 않은 캘리포니아의 산타카탈리나 섬을 그린 퍼즐이다), 2주 아닌 단 3일 만에 조립에 성공했다. 그러나 나중에 그가 이 전략을 다시 사용했을 때, 거의 한 달을 그냥 허비해버리고 말았다.

가스파르 윙클레가 사용했던 푸른색 풀은 때로는 미미하게 푸르스름한 가장자리 술을 남겼고, 퍼즐 그림과 나무판 사이의 흰색 간지가 절단면에서 약간 삐져나오기도 했다. 몇 년 동안 바틀부스는 그 가장자리 술을 일종의 보증처럼 이용했다. 예를 들어, 일단 그의 눈에 완벽하게 병렬되는 것처럼 보이는 두 개의 조각이 서로 일치하지 않는 가장자리 술을 갖고 있다면, 그는 그것들을 끼워 맞추는 것을 주저했다. 반대로, 두 조각이 첫눈에는 결코 서로 근접하지 않을 것처럼 보일지라도 그 푸르스름한 가장자리 술이 완벽하게 연속성을 이루면 그 두 조각을 결합하고 싶은 유혹을 느꼈으며 대개는 얼마 지나지 않아 그 조각들이 실제로 아주 잘 들어맞는다는 것을 확인할 수 있었다.

그러나 이러한 습관이 자리를 잡고 그것에서 벗어나는 것이 불쾌하게 느껴질 만큼 분명한 하나의 기술로 고정되자 바틀부스는 그 '행복한 우연'이 그 사체로 완벽한 함정이 될 수 있음을 깨달았다. 그리고 퍼즐 제작자 윙클레가 단지 그를 좀더 쉽게 혼란에 빠뜨리기 위해 100여 개의 퍼즐에 그 미세한 흔적이 지표—아니 오히려 미끼—로 사용되도록 해놓았다는 것을 알아차렸다.

이것은 가스파르 윙클레 쪽에서 보면 거의 초보적인 속임수이자 퍼즐 분야의 간단한 입문 과정에 불과했다. 이 계략은 두세 번 바틀부스를 몇 시간씩 혼란에 빠뜨렸지만 효과가 그리 오래가지는 않았다. 하지만 이 속임수는, 가스파르 윙클레가 바틀부스에게 매번 어떤 새로운 혼란을 야기시키면서 퍼즐을 구상해내는 방식을 그런대로 잘 특징짓는 것이었다. 750개의 조각을 카드에 기입한다거나 컴퓨터 혹은 그 밖의 다른 과학적·객관적 시스템들을 사용하는 방법은 이 경우 별로 도움이 되지 않을 것이다. 분명 가스파르 윙클레는 총 500개에 달하는 퍼즐 제작을 하나의 전체처럼, 마치 500개의 조각을 가진 또 하나의 거대한 퍼즐처럼 여겼을 것이다. 즉 이 거대한 퍼즐을 이루는 500개의 조각은 각각 750개의 하위 조각으로 이루어진 하나의 퍼즐인 것이다. 그러므로 500개의 퍼즐 각각이 조립에 있어 각기 다른 공략, 다른 지략, 다른 방법, 다른 시스템을 요구하는 것은 당연한 일일 것이다.

때때로 바틀부스는 별다른 이유 없이 퍼즐의 중심에서 시작하다가 본능적으로 해결책을 발견하기도 했다. 또 가끔은 이전에 조립했던 퍼즐에서 해결책을 끌어내기도 했다. 그러나 대개는 완전히 바보가 되었다는 느낌에 집요하게 시달리면서 사흘 동안 해결책을 찾으려 애쓰는 경우가 반복되곤 했다. 예를 들어, 심지어 가장자리 조립도 아직 끝나지 않았고, 또 시작하자마자 조립해놓은 열다섯 개의 작은 '스칸디나비아 모양' 조각이 서로 모여 소매 없는 망토를 입은 한 남자가 화가 쪽으로 반쯤 몸을 돌린 채 방파제로 이어지는 계단의 세번째 층계를 올라가는 모습의 윤곽을 나타내고 있는데도(1952년 10월, 태즈메이니아, 론서스턴) 몇 시간 동안 그는 단 하나의 조각도 맞추지 못했다.

바틀부스는 이렇듯 막다른 골목에 부딪힌 것 같은 느낌 속에서 자기 열정의 본질을 재발견하곤 했다. 그것은 일종의 무감각 상태이고, 추억의 반추이며, 비정형의 어떤 것을 추구하는 답답한 우둔함 같은 것이었다. 그리고 이 비정형의 어떤 것에 대해 그는 단지 불특정한 윤곽만을 더듬어낼 수 있을 뿐이었다. 오목하게 패인 작은 상처와 흡사한 새의 주둥이, 어떤 멋진 물건, 누런 낚싯줄의 끝, 약간 무뎌진 톱니 모양의 조각, 작은 오렌지색 점, 아프리카의 어느 작은 부분, 아드리아 해안의 끝, 어수선한 중얼거림, 광기 어리고 허탈하며 불행한 어떤 몽상에서 들려오는 소음 같은 것들.

이따금 바틀부스는 이 우울한 무기력 상태를 몇 시간씩 지속하다가 갑자기 극심한 분노의 상태에 빠지기도 했다. 그 상태는, 가스파르 윙클레가 리리 식당에서 모렐레와 주사위 놀이를 하다가 보여준 감정 상태

만큼이나 끔찍하고 설명할 수 없는 것이었다. 그는 이 건물의 모든 주민들에게 영국식 침착함과 신중함, 예절바름, 친절, 세련미의 상징인 인물이었고 단 한마디도 다른 사람보다 더 큰 소리로 말한 적이 없는 인물이었다. 그러한 그도 이러한 순간에는 마치 몇 년 동안 자신의 내부에 농축시켜온 듯한 난폭함에 휘말리는 것 같았다. 어느 날 저녁 그는 단 한 번의 주먹질로 조그만 대리석 원탁 하나를 두 동강 내버렸다. 또 언젠가는 스모프가 매일 아침 하던 대로 아침식사—반숙 달걀 두 개, 오렌지주스 한 컵, 토스트 세 조각, 우유를 탄 홍차 한 잔—와 몇 통의 편지, 『르 몽드』, 『타임스』, 『헤럴드』 등의 조간신문을 쟁반에 들고 경솔하게 그의 방에 들어오자 그 쟁반을 거칠게 내던진 적도 있었다. 너무나 힘껏 내던졌기 때문에, 트랩볼과 같은 속도로 거의 수직으로 날아오른 차 그릇은 그림자 없는 조명기구의 두꺼운 유리를 박살냈고, 다시 퍼즐판(1951년 10월, 일본 오키나와) 위로 떨어져 수천 개의 조각으로 산산이 부서졌다. 가스파르 윙클레의 니스 보호제 덕분에 뜨거운 홍차로부터 750개의 퍼즐을 간신히 구해낼 수 있었고, 바틀부스는 그것을 다시 조립하느라 일주일을 바쳐야 했다. 그때의 그의 분노는 아마도 완전히 무용한 것은 아니었을 것이다. 그는 퍼즐 조각을 다시 배열하는 도중에 마침내 그것을 어떻게 맞추어야 할지 알아냈기 때문이다.

　　그러나 다행히 몇 시간 동안의 기다림을 참아내고 또 절제와 조절을 통해 불인과 격노의 모든 단계를 이겨낸 경우, 바틀부스는 자주 일종의 제2상태[3], 일종의 정지 상태, 어쩌면 궁수弓手가 추구하는 것과 유사한 아시아적 몰아의 상태에 다다르곤 했다. 그것은 이루어야 할 목표와 육체에 대한 일종의 깊은 망각, 완벽하게 텅 비고 열린 자유로운 정신, 그리고 실존의 고뇌와 퍼즐 조립의 우연성, 퍼즐 장인匠人의 함정 너머로 자유롭게 떠다니는 순수한 집중의 상태 같은 것이었다. 이러한 순간이면 바틀부스는 퍼즐 조각을 보지 않고도 각각의 섬세한 나무 절단면이 아주 정확하게 들어맞는 것을 보았으며, 그가 전혀 관심을 기울이지 않았던, 어쩌면 몇 시간 동안 물질적으로 도저히 결합될 수 없다고 확신한 두 개의 조각을 집어들고 단 한 번의 동작으로 조립할 수 있었다.

453

---

3. 몽유병자 등의 의식분리 상태나 무의식
상태를 일컬음.

이 은총의 느낌은 때때로 몇 분 동안이나 지속되었다. 그럴 때면 바틀부스는 일종의 견자見者가 된 듯한 기분을 느꼈다. 그는 모든 것을 식별할 수 있었고, 모든 것을 이해했고, 풀이 움트는 것도 볼 수 있었으며, 나무에 번개가 내리치거나 혹은 마치 피라미드가 그 위를 스쳐 지나가는 한 마리 새의 날갯짓으로 아주 서서히 모양이 일그러지듯 거대한 산이 침식작용으로 깎여 내리는 것도 볼 수 있었다. 그러고 나서 그는 실수 없이 전속력으로 퍼즐 조각을 맞추었고, 또 위장을 위해 도입된 모든 꾸며진 기교와 세부 장치 너머의 미세한 특징, 지각할 수 없는 붉은 선, 그리고 그가 제대로 신경 써서 보았다면 언제라도 그 해결책을 알아냈을 검은 테두리의 홈 등을 발견했다. 이러한 흥분과 확신에 찬 취기 속에서는 몇 시간 혹은 며칠 전부터 꼼짝도 않던, 더이상 그 결말을 파악할 수 없었던 상황이 잠깐 사이에 완전히 딴판으로 바뀌는 것이었다. 모든 공간이 서로 결합되고, 하늘과 바다가 제 위치를 되찾고, 나무줄기는 다시 가지가 되고, 새들은 파도가, 그림자는 해초가 되었다.

하지만 이러한 은총의 순간은 너무나 드물기 때문에 황홀했고, 너무나 순간적이기 때문에 효과적이었다. 이 순간이 지나면 바틀부스는 자신이 무엇을 기다리는지 이해하지 못한 채 몇 시간이고 기다리면서, 마치 무슨 모래 자루, 탁자에 붙은 무기력한 덩어리, 아무것도 보지 못하는 텅 빈 시선의 우둔한 인간이 되었다.

이 시점이 되면 그는 배가 고프지도, 목이 마르지도, 덥지도, 춥지도 않았다. 그는 잠들지 않은 채 40시간 이상을 그대로 앉아 있을 수도 있었다. 또 어떤 시도를 해도 결국엔 가차 없이 실패할 수밖에 없다는 듯 퍼즐 조각을 배치하는 노력조차 하지 않았고, 그저 아직 조립하지 못한 조각을 하나하나 집어들어 바라보고, 뒤집어보고, 밀어놓는 것 외에는 아무것도 하지 않은 채 그냥 있었다. 한번은 내리 62시간 동안—수요일 아침 8시부터 금요일 저녁 10시까지—을 회색빛 바다와 회색빛 하늘 사이에 놓인 회색빛 긴 줄인 엘스뇌르의 모래톱을 나타내는 미완성 퍼즐 앞에 앉아 있었던 적도 있었다.

또 1966년에는 이런 일도 있었다. 그는 겨우 세 시간 만에 보름 동안 맞추어야 할 퍼즐의 3분의 2 이상을 조립했다. 그것은 플로리다에 있는 리플선이라는 작은 해수욕장이었다. 그러고 나서 그는 이어지는 2주일 동안 그것을 끝마치려고 했으나 허사였다. 그의 앞에 놓인 퍼즐의 그림은 황량한 해변의 작은 한 부분을 나타내는 것이었는데, 한쪽에는 산책길 끝에 레스토랑이 있었고, 다른 쪽 끝에는 화강암 바위가 있었다. 멀리 왼쪽에서는 세 명의 어부가 대형 보트에 갈색 해조海漢 그물을 싣고 있었고, 그림 중앙에서는 물방울무늬 원피스를 입고 종이로 만든 경찰 모자 같은 것을 쓴 중년의 여인이 자갈 깔린 해변에 앉아 뜨개질을 하고 있었다. 그 여자 곁에는 조개목걸이를 한 소녀가 식물성 섬유로 된 양탄자 위에 엎드려 말린 바나나 조각을 먹고 있었다. 또 오른쪽 끝에서는 낡은 미군 군복을 걸친 해변의 심부름꾼 소년이 비치파라솔과 긴 의자를 거두어들이고 있었고, 가장 먼 곳에서는 사다리꼴의 돛단배 한 척과 두 개의 검은 작은 섬이 수평선 위에 걸쳐 있었다. 이 퍼즐에서 빠져 있는 부분은, 굽이치는 약간의 파도에 속하는 조각 몇 개와 흰 구름의 물결이 이는 하늘에 속하는 조각 한 개였다. 즉 흰색의 극히 미미한 변화가 고작인 동일한 푸른색 조각 200개 각각에 알맞은 자리를 발견하기 위해, 그는 각 조각마다 두 시간 이상의 탐색을 해야만 했던 것이다.

그러나 한 판의 퍼즐을 완성하는 데 2주일로 충분하지 않은 경우는 드물었다. 도취에서 낙담으로, 열광에서 절망으로, 열에 들뜬 기다림에서 순간적인 확신으로 오락가락하면서도, 대개 퍼즐은 예정된 기간 인에 완성되곤 했다. 모든 문제가 해결되면 항상 다소 교과서적인 표현 양식으로 항구를 그린 하나의 정직한 수채화만 남게 되는, 그 불가피한 끝을 향해 나갔던 것이다. 낙담 속에서건 흥분 속에서건, 그의 욕망이 충족되면서 그 욕망은 진정되었고, 이제 남은 탈출구는 새로운 검은 상자를 개봉한다는 사실뿐이었다.

제71장   모로
                         4

모로 부인의 요리사가 기존의 초현대식 개량 설비를 급히 몰아내고 만
든 재래식 부엌과 대조적으로, 앙리 플뢰리는 호화로운 대식당을 기하
학적인 엄격함과 완벽한 형식주의에 의거한, 철저하게 아방가르드적인
스타일과 연회 대만찬 고유의 의전양식에 어울릴 만한 차갑고 정교한
모델로 꾸미고자 했다.

    그때까지만 해도 식당은 둔중한 가구로 가득 차 있었으며, 복잡한
무늬의 쪽판 마루가 깔려 있고 푸른 자기로 만든 커다란 난로가 놓여 있
었다. 또 벽에는 코니스와 쇠시리가 잔뜩 있었고, 결이 보이는 대리석 모
조품으로 만든 굽도리널, 그리고 81개의 유리 장식과 아홉 개의 가지가
달린 벽걸이용 촛대 하나가 있었다. 그밖에도, 수놓인 벨벳을 씌운 열두
개의 의자와 장방형의 떡갈나무 탁자 하나, X자 형으로 투조세공한 등
받이가 달린 마호가니 안락의자 두 개, 브르타뉴 스타일의 식기장 하나
가 있었으며, 그 식기장 안에는 지점토로 만든 나폴레옹 3세 술잔 한 세
트와 끽연도구(세잔의 그림 〈도박사들〉이 그려진 담배 상자, 기름램프
와 유사한 형태의 가솔린 라이터 한 개, 각각 클로버, 다이아몬드, 하트,
스페이스 모양으로 장식된 네 개의 재떨이), 그리고 오렌지가 담긴 은제
정과 그릇 하나가 항상 나란히 놓여 있었다. 한편 이 가구들 위에는, 아
라비아 기병의 기예가 그려진 태피스트리가 걸려 있었다. 창문과 창문
사이에는 코코 웨델리아나라는 잎이 무성한 아파트용 종려나무가 놓여

있었고, 그 위로는 법복을 입고 높은 의자에 앉아 있는 한 남자를 그린 어두운 색깔의 커다란 유화가 걸려 있었는데, 그림 전체가 의자의 화려한 금빛으로 빛나고 있었다.

앙리 플뢰리는 미감味感이란 먹고 있는 음식의 독특한 색깔뿐 아니라 그것이 놓인 주위 환경에도 좌우된다는, 널리 알려진 이야기에 동의하는 쪽이었다. 그는 여러 가지 연구와 경험을 시도한 끝에, 흰색이 그 중립성과 '비어 있음' 그리고 빛으로 인해 음식의 맛을 가장 잘 강조하는 색이라는 확신을 갖게 되었다.

이러한 자료를 토대로 그는 모로 부인의 식당을 완전히 뜯어고쳤다. 그는 우선 가구를 치워버렸고 샹들리에를 떼어냈고 굽도리널을 내려놓았다. 또한 쇠시리와 천장의 장미꽃 모양 장식을 눈부신 백색의 밝은 널빤지로 가렸으며, 식당 중앙으로 집중되도록 방향을 조정한 무색의 스포트라이트를 널빤지 곳곳에 설치했다. 벽에는 반짝거리는 흰색 래커 칠을 했고, 낡은 쪽판 마루는 역시 하얀 비닐 장판으로 덮어씌웠다. 식당의 여러 문은 입구 하나만 남겨두고 모두 폐쇄했다. 유리가 끼워져 있던 문짝 두 개 달린 문은 눈에 보이지 않는 광전지로 통제되는 수동식 미닫이문으로 바뀌었다. 창문은 흰색 스카이 천을 입힌 커다란 합판으로 가려졌다.

식당에는 식탁과 의자 외에는 어떤 가구도, 어떤 기구도, 심지어 스위치나 전깃줄 하나도 들여놓지 않았다. 식기류나 테이블보는 식당 밖 입구에 내놓은 식기장 안에 진열하게 했고, 접시 데우는 기구와 조리대 딸린 서비스 테이블도 그곳에 두었다.

플뢰리는 어떤 얼룩도, 어떤 그림자도, 어떤 거슬림도 퇴색시킬 수 없는 이 백색의 공간 한가운데에 자신이 만든 식탁을 배치했다. 그것은 팔각형으로 재단해 가장자리를 둥글게 다듬은 완벽한 백색의 거대한 대리석 판을 직경 1미터가량의 원통형 다리와 가로대 위에 올려놓은 것이었다. 그리고 플라스틱으로 주조한, 마찬가지로 백색인 의자 여덟 개가 식탁과 앙상블을 이루고 있었다.

백색에 대한 그의 고집은 거기서 멈추었다. 이탈리아의 응용미술가 티토렐리가 디자인한 식기는 파스텔 톤—상아색, 연한 노란색, 연한 초록색, 연한 장미색, 연보라색, 분홍색, 밝은 회색, 청록색 등—으로 이루어져 있었고, 음식의 특성에 따라 식기의 색깔을 선택할 수 있었다. 음식 역시 하나의 원색을 중심으로 준비되었으며, 식탁보와 시중드는 사람의 복장 색도 그 원색과 조화를 이루게 했다.

계속 사람들을 초대해도 괜찮을 만큼 건강이 좋았던 10년 동안, 모로 부인은 대개 한 달에 한 번 꼴로 만찬을 베풀었다. 첫번째 만찬은 노란색 계열의 식사였다. 식사는 부르고뉴식 치즈가 든 파이, 네덜란드식 곤들매기 고기 완자, 사프란 가루를 뿌린 구운 메추리 고기 스튜, 옥수수 샐러드, 레몬과 석류 잼을 곁들인 셔벗, 헤레스산 셰리주, 샤토살롱과 샤토카르보뇌의 포도주, 소테른산 백포도주를 가미한 차가운 펀치 등으로 차려졌다. 한편 1970년의 마지막 만찬은 윤나는 청회색 석반석 접시에 담긴 검은색 계열의 식사였다. 그 만찬에는 캐비어, 타라고나산 오징어, 컴벌랜드의 새끼 멧돼지 갈비 요리, 버섯 샐러드, 월귤나무 열매를 곁들인 푸딩이 나왔다. 최고급 식사에 어울리는 음료는 선택하기가 더욱 어려웠다. 캐비어에는 검은 유약을 칠한 도자기 술잔에 따른 보드카가, 오징어 요리에는 송진으로 풍미를 돋운 검붉은 포도주가 곁들여졌다. 그리고 새끼 멧돼지 갈비 요리가 나왔을 때는, 두 명의 급사장이 1955년산 샤토뒤크뤼보카유 포도주 두 병을 전체 분위기에 어울릴 만큼 충분히 검은색을 띤 보헤미아식 크리스털 경사기傾斜器[1]에 옮겨 담아 손님들에게 돌렸다.

모로 부인 자신은 손님들에게 대접하는 요리에 거의 손도 대지 않았다. 그녀는 점점 더 엄격한 식이요법을 따르고 있었는데, 그 처방에 따라 날생선의 이리와 닭고기 흰 살, 건조시킨 에담 치즈, 말린 무화과 밖에는 먹을 수가 없었다. 대개 그녀는 혼자 혹은 트레뱅 부인과 함께 손님들보다 먼저 식사를 했다. 어쨌든 이런 습관이, 그녀가 낮에 일할 때 보여주는 것과 똑같은 정력으로 만찬에 활기를 불어넣는 것에 방해가 되지는 않았

1. 맑은 윗물을 따라내기 위해 혹은 침전물을
없애고 포도주의 맑은 부분만 떠옮기기 위해
사용하는 기구.

다. 게다가 그녀는 그 만찬을 사업상 필수적인 연장 행사로 받아들였다. 그녀는 마치 전투 계획을 세우는 사람처럼 초대 손님 명단을 짰고, 세심한 주의를 기울여 만찬을 준비했다. 그녀는 만찬 때마다 항상 일곱 사람을 초청했는데, 일반적으로 공직에 속하는 직업을 가진 사람들(장관이나 도지사의 비서실장, 회계감사국의 주임 감사관, 참사원의 심의관 대리, 시민단체장 등), 예술가나 문인, 동료 한두 사람—그러나 트레뱅 부인은 이러한 종류의 연회를 싫어했고 만찬이 있는 날 저녁이면 방에 틀어박혀 책을 읽는 편을 선호했기 때문에 단 한 번도 초대되지 않았다—그녀와 사업상 관련이 있고 또 만찬을 마련하는 주된 동기로 작용하는 프랑스인 실업가나 외국인 실업가 같은 인물들이었다. 그리고 물론, 교묘하게 선택한 두세 명의 부인이 동반해 식탁의 나머지 자리를 채워주었다.

가장 기억에 남는 식사 중 하나는, 이 건물에 여러 번 와본 적 있는 헤르만 푸거라는 사람을 위해 마련된 것이었다. 독일 사업가인 그는 알타몽과 위팅의 친구였고, 모로 부인은 그가 만든 캠핑 도구를 프랑스에 유통시키는 입장에 있었다. 요리에 관한 푸거의 숨겨진 열정을 알고 있는 모로 부인은 그날 저녁, 장밋빛 식사—베르투스 햄의 젤리, 황금색 소스를 친 연어 쿨리비아크, 포도 복숭아²를 곁들인 야생 오리 고기, 분홍색 샴페인 등—를 준비하도록 일렀다. 그리고 자신이 경영하는 '하이퍼마켓'의 한 지점을 운영하는 최측근 동업자 한 명과 신문의 요리 담당기자 한 명, 즉석 요리사업으로 전업한 제분업자 한 명, 모젤 포도주 제조업자 한 명을 각각 초대했다. 제분업자와 포도주 제조업자는 부인을 동반했는데, 이들은 남편과 마찬가지로 탐식가들이었다. 이 만찬만큼은 예외이어서, 초대객들은 식사가 시작되기 전에 풀루랑스의 돼지 조각물이나 진귀한 물건에 관심을 보이는 일 없이, 오직 식탁에서의 즐거움이나 오래된 요리법, 사라진 주방장, 클레망스 부인의 흰 버터, 그 밖의 다른 먹거리에 관한 화제로 줄곧 수다를 떨었다.

앙리 플뢰리가 꾸민 이 식당은 물론 오로지 그 사치스러운 만찬을 위해서만 사용되었다. 이외에, 모로 부인은 여전히 건강하고 왕성한 식

459

2. 포도나무에 포도 알이 열리는 시기에 노지
재배한 복숭아나무에서 나는 것.

욕이 있던 시절에도 트레뱅 부인과 함께 자기 방이나 트레뱅 부인의 방에서 저녁을 먹었다. 그때가 두 여인에게는 하루 일과 중 유일한 휴식 시간이었다. 두 여인은 생무지에 대해 끊임없이 이야기했고, 그곳에 관한 추억을 되씹기에 지칠 줄 몰랐다.

모로 부인은, 벨이라고 불렸던 검은 어린 암말에 붉은 구리증류기를 싣고 뷔장세에서 돌아오는 늙은 브랜디 증류공의 모습을 떠올렸다. 그리고 붉은색 챙 없는 모자를 쓰고 알록달록한 선전용 팸플릿을 나눠주던 이 뽑아주는 사람과 그를 따라다니며 불쌍한 환자들의 고함소리를 덮기 위해 지독하게 형편없는 솜씨로, 그러나 최대한 큰 소리로 백파이프를 불어대던 연주가의 모습을 떠올렸다. 또 선생님—여선생—한테 나쁜 점수를 받아 사흘 동안 디저트가 금지되고 오직 마른 빵과 물로만 지내야 했던 때의 그 끔찍한 감정을 다시 느끼기도 했다. 그리고 어머니가 닦아놓으라고 한 냄비 속에서 커다란 검은 거미를 발견했을 때 느꼈던 공포, 혹은 1915년 어느 날 아침 그녀가 난생처음 비행기를 보았을 때, 안개 속에서 불쑥 나타나 들판에 착륙한 그 복엽기를 보았을 때의 강렬한 충격이 되살아나곤 했다. 그 비행기에서 마치 신처럼 잘생긴 젊은이가 내렸는데, 그는 가죽점퍼를 입고 있었으며, 엷은 색깔의 커다란 두 눈과 양가죽으로 만든 이중 장갑 아래로 드러나 보이는 섬세하고 긴 두 손이 무척 인상적이었다. 그는 웨일스의 조종사였고, 코르브니크 성으로 가려다 안개 때문에 길을 잃은 것이다. 비행기 안에는 그가 검토해보았지만 쓸모없었던 지도가 여러 장 있었다. 그녀는 그를 도와줄 수 없었다. 마을 사람들에게 데려갔지만 그들도 마찬가지였다.

그밖에 그녀가 기억할 수 있는 가장 오래된 추억으로, 아주 어렸을 때 할아버지가 수염을 깎는 것을 바라보면서 매번 느낀 그 매혹이 다시 떠오르곤 했다. 간소한 아침식사를 한 뒤, 보통 아침 7시경이면 할아버지는 쭈그리고 앉아 아주 부드러운 면도솔을 가지고 뜨거운 물이 담긴 사발 속에 진지하게 비누 거품을 만들곤 했다. 그 거품은 너무나 하얗고 농밀하고 미세해서 75년이 지난 지금도 그녀는 입안에 군침이 도는 것을 느끼는 것이었다.

제72장　　　　　　지하 창고
　　　　　　　　　　3

지하 창고. 바틀부스의 창고.

　바틀부스의 지하 창고에는 석탄 부스러기가 남아 있고, 그 위에는
긴 나무 관籍과 철사로 이루어진 손잡이가 달리고 검은색 에나멜 칠을 한
들통이 놓여 있다. 그 옆에는 정육점 갈고리에 자전거 한 대가 매달려 있
고, 빈 술병이 담긴 바구니와 여행용 가방 네 개가 있다. 가운데가 불룩
한 그 가방에는 방수포가 씌워져 있고 오리목이 둘러져 있으며, 가방의
세모꼴 모서리에는 구리 철물이 박혀 있고 액체나 기체가 새지 않도록
내부 전체를 함석판으로 덧대었다.

　바틀부스는 이 가방을 런던에 있는 애스프레이 상점에 주문했었다.
그리고 그의 긴 세계 일주 여행 동안 사용할 필수품, 유용하거나 원기 회
복에 도움이 될 만한 것, 아니면 단순한 오락거리로 가방을 가득 채웠다.
　첫번째 가방은 열면 바로 옷을 걸어놓을 수 있는 장치와 공간이 나
타났는데, 모든 종류의 기후와 다양한 사교계 상황에 맞추어 입을 수 있
는 한 무더기의 옷가지가 담겨 있었다. 그것은 마치 그림 인형에 마분지
로 만들어진 의상을 오려서 덧씌우며 놀게 되어 있는, 유행하는 어린이
용 그림 인형 컬렉션처럼 보이기도 했다. 이 가방에는 또한 모피 장화와
광택이 나는 구두, 방수복과 연미복, 등산복과 나비넥타이, 열대지방용
방수모와 실크 모자도 들어 있었다.

두번째 가방에는 수채화를 그릴 때 필요한 회화 및 데생을 위한 도구들이 여러 종류 담겨 있었다. 그리고 가스파르 윙클레에게 보내는 소포를 위해 완벽하게 준비해놓은 포장용품, 다양한 지도와 안내서, 때때로 지구 반대편에서는 구입하기 어려울 것으로 여겨지는 세면도구와 생활필수품, 구급약품, 문제의 '이온화 처리'된 커피 통틀, 몇 가지 물건—사진기, 쌍안경, 휴대용 타이프라이터 등—도 있었다.

세번째 가방에는 폭풍우나 태풍, 해일, 회오리바람, 선원들의 반란 등으로 배가 침몰해 바틀부스와 스모프가 난파선 잔해를 타고 표류하지 않으면 안 되는 상황이나, 무인도에 상륙해 그곳에 얼마간 살지 않으면 안 되는 상황에 봉착했을 때 필요할 모든 필수품이 담겨 있었다. 여기 담긴 내용물은 네모 선장[1]이 링컨 섬의 선량한 토착민을 위해 해변에 내려놓았던, 텅 빈 통들을 개조해 만든 가방 안에 들어 있던 물건들을 그대로 본떠 단순하게 현대화시킨 것들이었다. 제데옹 스필레트의 수첩 한 페이지에 기록되어 있다고 설명되는 네모 선장의 가방 속 내용물에 대한 정확한 목록은, 페이지 거의 전면을 차지하는 두 개의 삽화와 함께 『신비의 섬』(혜첼 출판사)의 223페이지에서 226페이지에 걸쳐 서술되어 있다.

네번째 가방은 사소한 재난에 대비한 물건을 담고 있었는데, 부피는 얄팍해도 다음의 물건을 기적적으로 담아 완벽하게 보존했다. 모든 부품과 소도구—전형적인 캠핑용 가죽 물부대에서부터 최근 레핀 콩쿠르에서 상으로 받은 최신식 서랍장에 이르기까지—가 구비된 6인용 텐트, 발로 작동하는 공기 펌프, 방수 깔개, 이중 지붕, 녹슬지 않는 말뚝, 예비용 조임 장치, 새털 이불, 압축공기 매트리스, 방수 램프, 고무 패치가 부착된 버너, 보온병, 통에 쏙 들어가는 식기 세트, 여행용 다리미, 자명종, 애연가가 옆 사람을 괴롭히지 않고 흡연을 즐길 수 있는 특허품 '후각 상실용' 재떨이, 완전히 접을 수 있지만 조립하거나 해체하려면 두 사람이 작은 팔면체형 열쇠를 사용해 거의 두 시간씩 달라붙어야 하는 탁자 등이었다.

462

1. 쥘 베른의 소설 『해저 2만리』와 『신비의 섬』
에 나오는 등장인물.

세번째와 네번째 가방은 거의 한 번도 사용된 적이 없었다. 바틀부스의 영국인다운 안락함에 대한 취향과 마음대로 쓸 수 있는 무한한 재산 때문이었는데, 그는 매번 설비가 잘 되어 있는 편리한 거처—대형 호텔, 대사관, 부유층 별장 등—를 선택하곤 했다. 그러한 거처에서는 그가 즐기는 헤레스산 셰리주가 은쟁반에 담겨 나왔고, 면도할 때 쓰는 물도 화씨 84도가 아닌 86도로 제공되었다.

하지만 보름 동안 수채화를 그리기 위해 선택한 장소 근방에서 마음에 드는 거처를 끝내 찾지 못했을 때는 캠핑을 감수했다. 그런 일은 모두 합해 단 20여 회에 그쳤는데, 그중 앙골라의 모사메드스 근처나 페루의 람바예케 근처, 캘리포니아 반도의 최남단 지역(즉 멕시코), 태평양이나 오세아니아 대륙의 여러 섬에서는 굳이 가엾은 스모프에게 캠핑 장비를 설치하게 하지 않고도 그냥 야외에서 잘 수 있었다. 사실 장비를 설치하게 되면, 며칠 후 스모프는 다시 그것을 해체해 물건 하나하나를 다시 접어야 했고, 여행 가방에 부착된 사용법에 따라 그 안에 재배치해 놓아야 했다. 그렇게 하지 않으면 가방은 결코 닫히지 않았기 때문이다.

바틀부스는 자신의 여행에 관해 별로 이야기하지 않았다. 그리고 몇 년 전부터는 여행에 대한 이야기를 전혀 하지 않았다. 반대로 스모프는 그 여행을 즐겨 떠올리곤 했는데, 그의 기억은 점점 틀리기 시작했다. 긴 여행 내내 그는 수첩 하나를 가지고 다녔다. 거기에는 이제 무엇을 계산했는지조차 기억이 나지 않는 굉장히 긴 계산이 적혀 있었고, 그 옆에는 그날그날의 일과가 메모되어 있었다. 그의 글씨체는 아주 이상해서, t자의 가로줄은 그 윗줄의 단어에 밑줄을 그은 것처럼 보였고, i자의 점은 윗줄의 문장을 끊는 것처럼 보였다. 반면, 그는 아랍어 같은 단어나 꼬리가 있는 단어는 아랫줄까지 내려가 겹쳐질 정도로 이상하게 필기했다. 한때 스모프는 마치 한 부분이 생각나면 단숨에 떠오르기 시작하는 꿈들처럼, 먼 훗날 당시의 장면 전체를 완벽하게 요약하는 한 단어를 다시 읽는 것만으로도 추억을 총체적으로 되살릴 수 있을 것이라고 확신했었다. 그러나 오늘날 꼭 그렇지는 못하다. 게다가 그는 여러 가지 일을 다

소 불분명하게 기록해놓았다. 예를 들어 1939년 8월 10일 케냐의 타카
웅구에서 쓴 메모에는 다음과 같은 내용이 적혀 있다.

마부 없이 선두에서 가는 삯마차 말들.
구리 동전이 종이 속에 놓여 있다.
여인숙의 열려 있는 방들.
당신은 원하십니까…… 나를?
송아지족足 젤리
아이들을 다루는 방식.
매클린 씨 댁에서의 저녁식사.

스모프는 이런 식으로 추억하고자 했던 것이 무엇인지 이제는 알
지 못한다. 그의 머리에 떠오르는 것—그가 전혀 메모해두지 않았던 것
이지만—은 매클린 씨가 예순 살이 좀 넘은 식물학자였다는 것과, 그가
20년 동안 대영박물관의 지하실에서 나비와 고사리의 카탈로그를 만들
다가 케냐의 식물상植物相에 관한 체계적인 목록을 만들기 위해 현지로
찾아온 사람이었다는 것이 전부였다. 언젠가 그 식물학자의 집에 저녁
식사 초대를 받아 갔을 때—그날 저녁 바틀부스는 그 지방 도지사에게
초청받아 몸바사에 가고 없었다—스모프는 그 학자가 거실에 무릎 꿇고
앉아 박하 비슷한 식물(영능향)과 선인장의 표본을 직사각형의 작은 상
자 안에 정리하고 있는 것을 보았다. 그 선인장 중 하나는 상아색 꽃을 피
우고 있었지만 분명히 '에피필룸 트룬카툼' 종류는 아니었는데, 그 학자
는 떨리는 목소리로 그것이 어쩌면 언젠가 '에피필룸 파우키폴리움 매
클린'이라고 불리게 될지도 모른다고 말했다.(그는 오히려 그것이 '에피
필룸 마클리네움'이라고 불리기를 원했을지 모르지만, 그런 바람은 이
루어지지 않았다.) 사실 그 노인은 20년 전부터 선인장과의 한 종 혹은
그 지방 특산 다람쥐 한 종에 자신의 이름을 붙이는 것을 꿈꿔왔다. 그
는 그 다람쥐 종에 대해 점점 더 상세하게 기술해 계속해서 박물관 책임
자들에게 보냈지만, 그들은 그러한 변종은 아프리카의 다른 다람쥐과科

동물('크세루스 게텔루스', '크세루스 카펜시스' 등)과 완전히 다른 것이 아니기 때문에 따로 명명할 필요가 없다는 답장만을 보내왔다.

그런데 이 이야기에서 더욱 놀라운 것은, 그로부터 12년 6개월이 지난 후 스모프가 솔로몬 제도에서 식물학자 매클린보다 약간 젊은 또다른 매클린을 만났는데 그가 바로 그 식물학자의 조카였다는 사실이다. 그의 이름은 코벳이었고, 직업은 선교사였다. 그는 뾰족한 얼굴에 피부가 잿빛이었으며, 오로지 우유와 흰 치즈만을 먹고 살았다. 버니라는 이름의 그의 아내는 맵시 있고 키가 작았으며, 그 촌락의 소녀들에게 관심을 기울였다. 그녀는 섬의 해변에서 소녀들에게 체조를 가르쳤는데, 토요일 아침마다 사람들은 축음기에서 흘러나오는 헨델의 성가 연주 리듬에 맞추어 짧은 스커트를 입고 머리에는 수놓은 리본, 손목에는 산호 팔찌를 한 소녀들이 몸을 좌우로 흔들어대는 것을 볼 수 있었다. 그 모습은 아내에게 계속해서 눈총이나 받고 있던 한가한 영국 병사들에게는 더할 나위 없는 큰 기쁨이었다.

제73장　　　　　　　마르시아
　　　　　　　　　　　　5

마르시아 부인의 아들 다비드가 맡아 관리하는 골동품상의 첫번째 방은
온통 소형 가구로 가득 차 있다. 발 하나에 윗면에 대리석을 깐 원형의
차 탁자, 조립식 탁자, 불룩한 쿠션 의자, 발판 달린 의자, 매사추세츠 주
의 옛 우즈홀 우체국 휴게소에서 가져온 초기 미국 정착민들이 사용했
던 등 없는 걸상, 기도대, 꼬인 다리에 X자형으로 천을 댄 접는 의자 등
이다. 그리고 갈색 생마포가 늘어뜨려진 벽에는 폭과 높이가 각각 다른
여러 개의 선반이 붙어 있다. 초록색 천으로 싸고 붉은 가죽 리본으로 테
를 두른 후 대가리 큰 구리 못으로 고정시킨 그 선반들에는 온갖 종류의
골동품이 세심하게 정리되어 있다. 크리스털 본체에 다리와 뚜껑은 섬
세한 금세공으로 이루어진 당과 그릇 하나, 흰색 마분지로 된 여러 개의
좁다란 원기둥 위에 진열된 골동품 반지, 금으로 된 환전상 저울, 기술자
안드루소프가 트란스카스피아 지방 횡단철도 개척공사 당시 발견한, 어
떤 초상도 그려져 있지 않은 화폐 몇 개, 예수를 안고 있는 성모의 세밀화
가 펼쳐져 있는 컬러판 책 한 권, 시라즈의 터키 언월도 한 개, 동으로 만
든 거울 한 개, 부르보두앵에서의 장 마리 롤랑 드 라 플라티에르의 자살
을 묘사한 판화(연보랏빛 짧은 바지에 줄무늬 상의를 입은 그 국민의회
의원은 무릎을 꿇고 앉아 자신의 행위를 설명하는 짧은 편지를 급히 쓰
고 있다. 또 살짝 열린 문틈으로는 카르마뇰 복장[1]에 프리지아 모자를 쓰
고 긴 창을 든 한 남자가 증오로 가득한 표정으로 그를 바라보고 있다),

1. 1792~1795년 프랑스 혁명가들이 입었던 복장.

그리고 하나는 악마를, 다른 하나는 신전을 나타내는 뱀보의 타로카드 두 장 등이다. 또 그 옆에는, 알루미늄으로 만든 탑 네 개와 용수철 달린 개폐식 다리 일곱 개가 있고 아주 작은 납 인형 병사들이 배치된 미니어처 성채가 놓여 있다. 이 작품에 속한 좀더 큰 또다른 납 인형 병사들은 제1차 세계대전 당시의 프랑스 병사들의 모습을 하고 있는데, 한 장교는 쌍안경으로 정찰하고 있고, 다른 장교는 화약통 위에 앉아서 무릎 위에 펼쳐놓은 지도를 검토하고 있다. 또 어느 기병 전령은 망토를 걸친 장군에게 경례를 하면서 봉인한 편지를 내밀고, 어느 병사는 총검을 손질하며, 작업복을 입은 어느 병사는 조마용 끈으로 말 한 마리를 훈련시키고, 어느 병사는 도화선을 담은 것으로 보이는 두루마리 하나를 풀고 있다. 그리고 성채 옆에는 자개 틀 안에 끼워진 팔각형 거울 하나와, 영화 〈미녀와 야수〉에서 어떤 특별한 밤이면 생명을 얻었던 팔들과 유사하게 생긴 사람 팔이 두 개의 횃불 도롱을 흔드는 형태의 램프, 환약 상자나 코담뱃갑을 숨기고 있는 나무로 조각한 소형 구두 모형, 채색된 밀랍으로 만든 여자의 두상 등이 놓여 있다. 이 두상은 머리카락을 한 올씩 심어 진짜 머리카락을 만들어놓았기 때문에 빗질을 할 수도 있고, 미용실 광고에 사용되기도 한다. 끝으로 어린이용 인쇄 기구인 '꼬마 구텐베르크' 한 대가 있는데, 1920년대에 만들어진 이 기계에는 고무 활자가 가득 담긴 활자 케이스와 스탬프, 핀셋, 스탬프 패드 등이 설치되어 있을 뿐만 아니라, 다양한 장식 컷이 들어가는 책에 사용되는, 정사각형 리놀륨에 돋을새김된 그림이 있다. 가령 꽃잎 장식이라든가 열매 무늬, 포도나무 가지 무늬, 일각수, 곤돌라, 커다란 피라미드, 작은 전나무, 작은 새우, 남아메리카의 목동 등이 그것이다.

다비드 마르시아가 낮 동안 일하는 작은 사무용 책상 위에는, 고전학古錢學 분야의 권위 있는 저서인 쇼두아르 남작의 『중국, 일본 등지의 화폐』가 놓여 있다. 그리고 옥타브 코펠의 신작 〈12음 조곡 94〉의 세계적인 발표회 초청장이 놓여 있다.

Histoire du bourrelier
de sa sœur et de son beau-frère [2]

이 골동품 가게 자리에 처음 거주했던 인물은 상점 설비 일을 했던 한 유리 조각사였다. 1950년대 초반까지도 사람들은 카페 리리의 반투명 유리창에 그가 새겨놓은 섬세한 아라베스크 무늬를 감탄하며 바라보곤 했었다. 그러나 이후 리리 씨는 시대의 유행에 따라 그 유리창을 포마이카 간판과 황저포 벽지로 바꾸어버렸다. 여하튼 이 유리 조각사의 뒤를 이어 여러 명의 세입자가 이 가게 터를 거쳐갔는데, 종묘업자, 늙은 시계방 주인—어느 날 아침, 그는 상점의 모든 시계가 멈춰버린 가운데 죽은 채 발견되었다—자물쇠 상인, 석판공, 소파 제조업자, 낚시용품 상인, 그리고 1930년대 말경에 입주한 알베르 마시라는 마구 제조인 등이다.

468　　　생캉탱의 한 양어장 주인의 아들인 마시는 처음부터 마구 제조인은 아니었다. 그는 르발루아에서 견습생으로 일하던 열여섯 살 때 한 스포츠클럽에 등록했는데, 단숨에 뛰어난 자전거 경주자로 두각을 나타냈다. 언덕을 오르는 데 능하고, 단거리 레이스에 빠르고, 페이스 조절이 뛰어나며, 체력 회복이 놀라울 만큼 빨랐던 그는 공격해야 할 순간과 상대를 본능적으로 파악할 수 있었다. 그래서 여러 가지 기록이 자전거 경주의 황금기를 이끌었던 그 시대에, 이미 '도로의 거인들' 중 한 명이 될 자질이 엿보였다. 스무 살의 나이에 프로선수가 되자마자 그는 눈부신 재능을 드러냈다. 우선 1924년 '이탈리아 일주 경주' 당시 끝에서 두번

2. 마구 제조인과 그의 누이와 처남의 이야기.

째 코스, 즉 안코네-볼로냐 간 코스에서 그는 포를리와 파엔차 사이에서 갑자기 앞으로 돌진하기 시작했는데, 너무 빠른 속도여서 겨우 알프레도 빈다와 엔리치만이 그를 따라잡을 수 있었다. 결국 그 경주에서 엔리치가 우승을 차지했고, 마시는 신인으로서는 영예로운 5위를 기록했다.

한 달 후, 처음이자 마지막으로 참가한 '프랑스 일주 경주'에서 마시는 훨씬 더 성공적으로 자신의 기록을 갱신할 뻔했는데, 그르노블-브리앙송 간 난코스에서 경기 첫날부터 그를 앞지르던 보테치아의 '마요 존'[3]을 빼앗아올 수 있는 기회를 끝끝내 놓치고 말았다. 마시, 그리고 마찬가지로 처음으로 프랑스 일주 경기에 참가한 르뒤크, 마뉴, 이 세 선수는 아베나의 다리에서 다른 주자들을 제치고 달려나왔고, 로슈타예를 빠져나오자마자 선두 그룹에 끼었다. 그들은 이어진 50킬로미터 동안 속력을 멈추지 않고 계속 가속을 했다. 부르두아장까지 30초, 도팽까지 1분, 로타레 고개 발치에 있는 빌라르다렌까지 2분. 마침내 프랑스 선수들이 무적의 보테치아를 위협하는 것을 보고 관중들은 환호하며 열광했고, 이에 고무된 세 젊은 선수는 3분 정도 앞질러서 언덕 코스를 돌파했다. 이제 그들에게는 당당하게 브리앙송까지 내려가는 일만 남아 있었다. 이 코스가 몇 번째 단계이건 간에, 마시는 보테치아를 3분 앞지른 기록만 유지한다면 전체 순위에서 선두를 차지하기에 충분했다. 그런데 도착점에서 겨우 20킬로미터 정도를 남겨두고, 즉 모네티에레뱅 부근의 커브 지점에서 미끄러져 떨어지고 말았다. 그가 입은 부싱은 별게 아니었으나 자전거는 엉망으로 망가졌다. 자전거의 가로대 부분이 완전히 부러져버렸던 것이다. 경기 규칙상 한 코스 중간에 경기자가 자전거를 바꿀 수 없게 되어 있기 때문에, 결국 그 젊은 챔피언 후보는 경기를 포기하지 않을 수 없었다.

그의 시즌 막바지는 고통스러웠다. 그 사건 이후 줄곧 마시는 자전거 경주를 완전히 포기하겠다고 말하고 다녔지만, 신예 마시의 잠재력을 무한히 신뢰하던 감독은 프랑스 일주 경기에서의 불운이 그의 마음속에 일종의 도로 공포증을 불러일으켰기 때문이라고 그를 달랬고, 대신 트랙 경기로 전향하도록 그를 설득하는 데 성공했다.

마시는 우선 '6일 경주'에 도전하고자 했다. 이를 위해 그는 오스트

469

---

3. '프랑스 일주 자전거 경주'의 선두 주자가 입는 셔츠.

리아 출신의 늙은 경륜 선수 페터 몬트와 접촉했다. 그의 팀의 한스 고틀리프 선수가 얼마 전에 은퇴했기 때문이다. 그러나 몬트는 바로 직전에 아르놀트 아우겐리히트와 계약한 터였다. 결국 마시는 토토 그라생의 조언에 따라 중거리로 전환하기로 결심했다. 자전거 경주에서 중거리는 가장 대중적인 종목이었고, 이 경주의 챔피언들인 브뤼니에, 조르주 왐스트, 세레스, 파야르, 미국인 월수어 등은 벨디브, 뷔팔로, 라 크루아 드 베르니, 르 파르크 데 프랭스 경기장을 꽉 메운 일요일의 관중들에게 문자 그대로 열렬한 사랑의 대상이었다.

마시의 젊음과 열정은 하나의 기적을 만들어냈다. 1925년 10월 15일, 중거리 경주에 데뷔한 지 1년이 채 못 되어 이 신인은 몽레리에서 비상용 바람받이를 장치한 대형 오토바이를 타고 그를 인도하는 감독 바레르의 뒤를 쫓아 달리면서 주행 시속 1만 1,875킬로미터를 돌파함으로써 세계 기록을 갱신했다. 그보다 보름 전, 벨기에 선수 레옹 반데르스튀프트는 같은 트랙에서 좀더 나은 바람받이를 장치한 들리에주의 인도에 따라 달렸지만 시속 11만 5,098킬로미터의 기록을 세웠을 뿐이다.

그러나 그가 다른 상황에 처해 있었다면 중거리 자전거 경주자로서의 영예로운 경력이 되었을 그 기록은 불행하게도 미래가 없는 슬픈 최고 영예에 지나지 않았다. 마시는 그 경기 6주 전부터 뱅센 지역에 위치한 보급부대 제1대대의 이등병 신분이 되었기 때문이다. 그래서 비록 그가 특별허가를 얻어 경기에 참가했음에도 불구하고, 국제자전거경기협회가 의뢰한 세 명의 심의관 중 한 명이 예정된 날짜보다 이틀 일찍 취소를 통보하면서 그의 기록은 유효한 것이 될 수 없었다.

따라서 그의 기록은 공인되지 못했다. 마시는 할 수 있는 한 최선을 다해 항의했다. 그러나 그의 내무반 동료들—그들에게 마시는 우상과도 같았다—은 물론이고 상관들과 주둔부대의 연대장인 대령까지 자발적으로 합세해 그를 돕고자 애썼음에도 불구하고 병영에 묶인 그로서는 해결하기 쉽지 않은 일이었다. 심지어 대령은 육군성 장관—바로 폴 팽르베—에게 하원에서 이 문제를 조정해달라는 탄원까지 했다.

국제기록공인위원회는 완강했다. 마시가 겨우 얻어낼 수 있었던 것은, 규정에 맞는 조건하에서 다시 한번 도전해볼 기회였다. 그는 확신을 가지고 다시 열심히 훈련했다. 그리고 12월, 두번째 도전에서 바레르의 완벽한 인도를 받으며 시속 11만 9,851킬로미터로 코스를 주파하면서 자신의 기록을 갱신했다. 그러나 그는 고개를 저으며 씁쓸하게 자전거에서 내려오지 않을 수 없었다. 그보다 보름 전에 이미 장 브뤼니에가 로티에의 오토바이의 인도를 받으며 시속 12만 958킬로미터의 기록을 세운 터였고, 마시는 그를 이기지 못했음을 알게 된 것이다.

이처럼 운명의 불공평함으로 그는 1925년 10월 15에서 11월 14일까지 세계 신기록 보유자였음에도 불구하고, 우승자로 자기 이름이 명단에 오르는 것을 영원히 볼 수 없었다. 결국 마시는 이러한 운명에 너무나 낙담했고, 마침내 자전거 경주를 완전히 포기하기로 결심했다. 그러나 그때 중대한 과오를 저지르고 말았다. 군복무를 마치자마자, 자전거 경기에 열광하는 관중을 멀리할 수 있는 직업을 찾는 대신 피카르디 지방 출신의 고집 세고 강인한 청소년 중거리 경주자 리노 마르게의 페이스메이커가 되었던 것이다. 리노는 마시의 영웅적 사례에 감탄해 특기 종목으로 중거리 경주를 선택했고, 자발적으로 마시의 지도를 받고자 찾아왔다.

페이스메이커란 보람 없는 직업이다. 대형 오토바이에 타 몸을 한껏 구부리고 두 다리는 정확히 수직으로 두고 아래팔은 몸에 찰싹 붙인 채, 자기 선수를 인도해 힘을 최소화시키는 코스로 이끌어야 한다. 동시에 이러저러한 직수들에게 도전하기 유리한 상황에 놓이도록 애써야 한다. 육체의 거의 모든 힘을 왼쪽 발끝에 실어야 하고, 한 시간 혹은 한 시간 반 동안 팔 하나, 다리 하나 움직이면 안 되는 엄청나게 피곤한 자세를 취한 가운데 자신의 선수를 가까스로 볼 수 있을 뿐이고, 기계의 윙윙거리는 소리 때문에 선수가 보내는 메시지는 사실상 받을 수 없다. 기껏해야 미리 약속해놓은 간단한 고갯짓 신호를 통해 선수에게 속력을 내라든가, 천천히 달리라든가, 난간 위로 올라가라든가, 커브 안쪽을 돌라든가, 또는 어떤 적수를 추월하라든가 하는 등의 소통을 할 수 있을 뿐이다. 그 나머지 것들, 즉 경주자의 체력 상태, 투쟁 의지, 마음 상태 등은 알아서 미루어 짐작해야 한다. 결국 경주자와 페이스메이커는 일심동체가 되어야 하고, 함께 생각하고 행동해야 하며, 동시에 코스에 대한 똑같은 분석을 내려서 그 분석으로부터 한순간에 똑같은 결과를 끌어내야 한다. 즉 흥적인 생각은 실패한다. 또 경쟁자의 오토바이가 다가와 재빨리 자리를 바꾸도록 내버려두는 페이스메이커는 자신의 선수가 상대와 부딪치는 것을 막을 수 없을 것이다. 그리고 커브에서 페이스메이커가 경쟁자를 공격하기 위해 속력을 낼 때, 페이스메이커를 따르지 않는 경주자는 다시 롤러에 밀착하려고 애쓰느라 질식할 것이다. 이 두 경우, 경주자는 불과 몇 초 안에 승리할 수 있는 모든 기회를 잃는 것이다.

두 사람이 손을 잡은 것이 알려지자마자, 모든 사람들이 마시와 마르게가 모범적인 쌍두마차를 이루게 될 것이라고 단언했다. 중거리 경주의 전성시대인 1920년대와 1930년대의 그 유명한 커플들—레나르와 파스키에, 드 위드와 비스로 혹은 스위스 출신의 스탕플리와 당트르부아—처럼 완벽한 일체감으로 아직도 훌륭한 모범으로 언급되는 그런 팀들 중 하나가 될 것이라고 했다.

몇 년 동안 마시는 유럽의 모든 대규모 자전거 경주에서 리노 마르게를 승리로 이끌었다. 그 시기에 한동안은, 리노가 보라색 밴드를 두른 하얀 선수복을 입고 트랙에 모습을 나타내는 순간 관객석이나 잔디밭의 관중들이 일어서서 박자에 맞추어 그의 이름을 부르며 장내가 떠나갈 듯이 박수를 보내는 것을 들을 때마다, 혹은 우승자 리노가 메달과 꽃다발을 받기 위해 시상대에 올라가는 것을 볼 때마다 마시 자신도 오로지 자부심과 환희를 느끼곤 했다.

그러나 얼마 지나지 않아, 자신을 위한 것이 아닌 그 환호와 또 자신의 몫이었을 수도 있었는데 운명의 장난으로 빼앗기고만 그 명예들이 그의 마음속에서 점점 집요한 어떤 반감을 불러일으키기 시작했다. 그는 자신의 존재를 모른 채 오직 그날의 영웅만을 멍청하게 찬미하며 고함을 질러대는 관중들을 증오하기 시작했다. 그 영웅의 승리야말로 바로 자신의 경험, 의지, 경기 테크닉, 그리고 희생의 결과인데도 말이다. 그래서 마치 자신의 그러한 증오와 또 자신의 선수가 우승 기록을 쌓아가는 것을 보는 것에 대한 경멸을 확실히 나타내려는 것처럼, 그는 출발부터 공격을 시도한다거나 극단을 넘나드는 지옥훈련을 시키면서 리노에게 점점 더 많은 노력을 요구했다. 어떤 승리, 어떤 수훈, 어떤 기록에도 결코 만족을 보이지 않는 마시의 굽힐 줄 모르는 정력에 자극받은 마르게는 변함없이 그의 지도를 따랐다. 그러던 어느 날 마시는, 비록 알려지지 않았으나 자신이 이루어낸 그 세계 신기록에 이 젊은 챔피언을 도전시키고자 밀라노에 있는 비고렐리의 험악한 트랙에서 그에게 지나치게 강한 페이스와 지나치게 빠른 주행 시간을 강요했다. 그리고 결국 피할 수 없는 사고가 일어나고 말았다. 시속 100킬로미터 이상으로 달리던 마르게가 커브에서 벗어나버렸고, 군중의 소란 속에 균형을 잃고 50미터 이상 날아가 떨어지고 만 것이다.

다행히 그는 죽지는 않았다. 그러나 6개월 후 병원에서 퇴원할 때 그의 얼굴은 흉측하게 망가져 있었다. 트랙의 나무에 부딪혀 얼굴의 오른쪽 반이 잘려나갔던 것이다. 그에게는 단지 한쪽 귀, 한쪽 눈만이 남아 있었고, 코도 치아도 아래턱도 없었다. 얼굴 아래쪽 전체는 장밋빛의 끔찍한 점착성 물질로 만들어 달았기 때문에, 억제할 수 없는 떨림으로 흔들거리거나, 아니면 반대로 불쾌하게 입을 비죽거리는 표정으로 굳어 있기 일쑤였다.

그 사건이 있은 후 마시는 마침내 자전거 경기에서 완전히 손을 떼 있다. 그리고 그가 아마추어였던 시절에 배워서 실제 직업도 해보았던 마구 제조업을 다시 시작했다. 그는 시몽크뤼벨리에 거리에 있는 상점을 사들였다. 이전 주인은 낚싯대 상인이었는데, 인민전선 덕택에 부자가 되어 주프루아 거리에 있는 네 배 정도 더 큰 가게로 이사하게 되었다. 마시는 누이동생 조제트와 함께 1층의 아파트를 사용했다. 매일 아침 6시, 그는 라리부아지에르 병원에 있는 리노 마르게를 보러갔고, 리노가 퇴원하자 그를 자기 집에서 살게 했다. 억누를 길 없는 죄의식에 사로잡힌 그는 그로부터 몇 달 후 이 과거의 챔피언이 조제트에게 청혼하고 싶다는 말을 하자 최선을 다해 누이동생을 설득했고 마침내 그녀가 이 애벌레 같은 괴물과 결혼하도록 만들었다.

473

그 젊은 부부는 앙쟁에 있는 호숫가 주택에 살림을 차렸다. 마르게는 수영객과 온천 요양자에게 긴 의자, 보트, 페달 보트 따위를 대여하는 일을 했다. 그는 얼굴 아랫부분을 흰색의 넓고 얇은 모직 목도리로 감싸 끔찍하고 흉측한 모습을 그럭저럭 숨길 수 있었다. 조제트는 집으로 손님을 맞고, 장을 보고 가사를 돌보았으며, 또 내의 판매점에 나가 재봉질을 했다. 물론 마르게에게는 절대로 그 상점에 들어오지 말 것을 부탁하면서.

하지만 이러한 생활은 1년 반 이상을 넘기지 못했다. 1939년 어느 날 저녁, 조제트는 오빠 집에 찾아와 제발 그 벌레 같은 얼굴을 한 남자로부터 자기를 해방시켜달라고 간청했다. 그 남자는 매순간 악몽 같다는 것이었다. 마르게는 조제트를 찾으려 하지도, 다시 만나려 하지도 않았고, 그녀를 데리러 오지도 않았다. 그로부터 며칠 후, 마구 제조인의 집에 편지 한 통이 도착했다. 그 편지에서 마르게는 조제트가 자신을 위해 희생한 후 얼마나 많은 고통을 받았는지 너무 잘 이해하고 있다는 것, 그래서 그녀에게 용서를 구한다는 것, 하지만 차마 자기에게 돌아와달라고 부탁할 수는 없으며 그렇다고 그녀 없이 산다는 것도 불가능하기 때문에 차라리 자신을 해방시켜줄 죽음과 맞닥뜨리기를 기대하면서 어디든 먼 곳으로 떠나기로 결심했다는 것을 털어놓았다.

전쟁이 터졌다. 마시는 강제노동국에 의해 징집되어 독일로 떠났고, 구두 공장에서 일하게 되었다. 마구 제조 상점 자리에는 조제트가 바느질 가게를 열었다. 당시는, 구두 속에 신문지나 폐품이 된 펠트 제품 조각을 깔아 튼튼하게 만들어 신고 또 낡은 스웨터 실을 풀어 새 스웨터를 만들어 입어야 했던 물자 부족의 시기였다. 따라서 헌 옷을 다시 재단해 새 옷을 만드는 것은 당연한 일이었으며, 덕분에 조제트에게는 일감이 떨어지지 않았다. 창문가에 앉아서 겉옷의 어깨를 다시 달거나 안감을 대거나 외투천을 뒤집어 다시 옷을 만들거나 혹은 낡은 수단 천을 가지고 긴 옷옷을 재단하곤 하는 그녀의 모습을 늘 볼 수 있었고, 보몽 부인의 발치에 무릎을 꿇고 앉아 부인의 작고한 남편이 입었던 트위드 천 바지를 개조한 일종의 치마-바지의 단을 연필로 표시하는 모습 등도 이따금 볼 수 있었다.

마르그리트와 크레스피 양은 때때로 그녀의 가게에 들러 일을 도와주었다. 이 세 여인은 장작을 때는 작은 난로, 그러나 당시에는 오직 톱밥과 종이만 땔감으로 쓸 수 있던 그 작은 난로 주위에 모여 앉아 푸르스름한 램프의 희미한 불빛 아래에서 몇 시간 동안이나 말없이 바느질을 하곤 했다.

1944년 말경에 마시가 돌아왔다. 남매는 다시 공동생활을 시작했다. 두 사람은 절대로 예전의 그 자전거 경주 선수의 이름을 입 밖에 내지 않았다. 그러던 어느 날 저녁, 마구 제조인은 우연히 눈물에 젖은 누이동생의 얼굴을 보았다. 그녀는 결국 마르게와 헤어진 이래 하루도 그를 생각하지 않은 날이 없었다는 것을 오빠에게 고백하고 말았다. 그동안 그녀가 고통스러웠던 것은 그에 대한 동정이나 후회가 아니라 사랑, 그의 얼굴이 그녀에게 불러일으켰던 혐오감보다 천 배나 더 강한 사랑 때문이었다는 것이다.

다음날 누군가가 가게 초인종을 눌렀다. 그리고 기막히게 잘생긴 한 남자가 입구에 나타났다. 그는 마르게, 괴물에서 부활한 마르게였다.

리노 마르게는 미남이 되었을 뿐만 아니라 부자가 되어 있었다. 고국을 떠나기로 결심한 후 그는 최종 목적지의 선택을 우연에 맡기기로 했다. 그래서 세계 지도를 펼쳐놓고는 보지도 않고 아무 데나 핀을 꽂았다. 그 핀은 몇 번이나 바다 한가운데 꽂히다가 마침내 남아메리카 위에 꽂혔다. 그래서 마르게는 부에노스아이레스로 떠나는 그리스 화물선 스테파노티스 호에 석탄 담당 선원으로 승선했다. 길고 긴 항해 중에 그는 평소엔 페리 르 리탈이라 불리는 이탈리아 출신의 늙은 선원 마리오 페리와 깊은 우정을 나누게 되었다.

제1차 세계대전이 일어나기 전 페리 르 리탈은 파리의 아카시아 거리 94번지에 있는 소규모 나이트클럽 '르 셰옵스'를 운영했었다. 그 나이트클럽에는 '팔각대'라는 이름의 불법 도박장이 몰래 마련되어 있었는데, 그곳에서 사용하는 팔각형 계산패 때문에 그런 이름으로 불렸다. 그러나 페리의 진짜 활동은 전혀 다른 분야에 속해 있었다. 그는 '레 파나르시스트'[4]라고 불렸던 정치 선동가 단체의 지도자 중 한 사람이었다. 경찰은 르 셰옵스가 팔각대라는 이름으로 알려진 도박장을 숨기고 있다는 사실은 확실하게 알고 있었지만, 그 팔각대가 실상 레 파나르시스트의 사령부라는 사실은 알지 못했다. 1911년 1월 21일 밤 이후 그 운동이 궤멸되어 세 명의 역사적 지도자 푸르킨제, 마르티노티, 바르브누아르를 포함해 가장 활동적이던 투사 200명이 모두 투옥되었는데, 페리 르 리탈은 경찰의 대량 검거에서 빠져나간 몇 안 되는 지도자 중 한 사람이었다. 그러나 그는 경찰에 의해 고발되었고 경찰의 표적이 되어 추적당했으며, 몇 달 동안 보스에 있는 지하 굴속에 숨어 있다가 방랑 생활을 시작했다. 그는 지구의 한끝에서 다른 끝으로 쉼 없이 떠돌았고, 생존을 위해 애견 미용사, 선거운동가, 등산안내원, 제분업자 등 다양한 직업을 전전했다. 당시 마르게는 확실한 계획을 갖고 있지 않았다. 반면에 페리는 이미 오래전에 오십을 넘긴 나이임에도 불구하고 두 사람을 위한 하나의 계획을 세웠다. 그가 부에노스아이레스에서 친교를 맺은 바 있는, '강타자'라는 별명의 유명한 갱 로젠도 후아레스에게 모든 기대를 걸기로 한 것이다. 강타자 로젠도는, 산타 리타 빌라에 있는 고지대 도로를 장악하고 있는 자들 중 한 사람이었다. 그는 단검술에 탁월했고 그 때문에 돈 니콜라스 파레데스의 부하가 되었으며, 또 파레데스 자신은 그 시대의 매우 중요한 인물이라 할 수 있는 모렐의 수하에 있었다. 페리와 마르게는 배에서 내리자마자 강타자를 만나러 갔다. 그리고 그의 밑에서 일하기 시작했는데, 불운이 그들을 덮쳤다. 그가 맡긴 첫번째 일―간단한 마약 배달―을 하던 중에 체포된 것이다. 아마 강타자의 밀고에 따라 그렇게 되었을 것이다. 페리 르 리탈은 10년 형을 선고받아 투옥된 지 몇 달 후에 감옥에서 죽었다. 리노 마르게는 몸에 무기를 소지하지 않았기 때문에 3년 형을 선고받았다.

형무소에서 리노 마르게―당시 사람들은 그를 '침 흘리는 리노' 혹

476

은 '붕대머리 리노'라고 불렸다—는 자신의 끔찍하고 추악한 모습이 경찰이건 건달이건 주위 모든 사람들에게 동정심과 신뢰감을 불러일으킨다는 사실을 깨닫게 되었다. 대부분의 사람들은 그를 보면서 그의 과거지사를 알고 싶어했다. 그래서 그가 자신의 과거를 이야기하면, 이번에는 그들이 그들 자신의 과거를 이야기해주었다. 그러한 기회를 통해 리노는 자신이 놀라운 기억력을 소유하고 있다는 사실을 깨달았다. 1942년 6월 마침내 출감하게 되었을 때, 그는 남아메리카 도둑 집단의 4분의 3에 해당하는 족보를 줄줄이 꿸 정도가 되었다. 그는 그들의 형법상의 범죄 기록은 물론이거니와 사소한 취향, 결점, 선호하는 무기, 특기, 몸값, 은신처, 접촉 방법 등 모든 것을 알고 있었다. 한마디로 그가 라틴 아메리카 최하층 인간들의 매니저가 될 수 있을 정도로 모든 자료를 아주 정확히 갖추었던 것이다.

그는 멕시코에 정착해 코리엔테스와 탈카후아노 거리가 만나는 지점의 옛 서점 자리에 자리를 잡았다. 공식적으로 그는 전당포 주인이었지만, 페리 르 리탈이 가르쳐주었던 바로 그 이중 위장의 효과를 확신하고 있었기 때문에, 오히려 자신이 장물아비라는 것을 굳이 감추려 하지 않았다. 실제로 그에게 귀중품을 맡기러 오는 사람들은 드물었고, 대신 점점 세력을 확장하고 있는 갱들이 아메리카 전역에서 그에게 자문을 구하러 찾아오곤 했다. 그때부터 '엘 피체로'(카드함)라는 존경 어린 별명으로 더 길게 알려지게 된 리노 미르게는 신대륙 강도들의 『후즈 후』사전 같은 존재가 되었다. 그는 그들 각자에 관해 훤히 알고 있었다. 누가 언제, 어디서, 누구를 위해 무엇을 하고 있는지 알고 있었다. 가령, 어떤 쿠바 밀수업자가 경호원을 구하고 있다는 것, 리마의 어떤 갱이 쓸모 있는 정보제공자를 필요로 하고 있다는 것, 배럿이 경쟁자 라몬을 끌어내리기 위해 라사라는 살인청부업자를 고용했었다는 것, 혹은 포르토프랭스에 있는 시에라 벨라 호텔 금고에 약 50만 달러를 호가하는 다이아몬드 목걸이가 들어 있고 그 목걸이를 어떤 텍사스 사람에게 가져다주면 30만 달러를 받게 되어 있다는 것 등등.

그의 신중함은 모범적이었고, 그의 쓸모는 믿을 만했으며, 그가 원하는 수수료도 적당했다. 최종 수입에서 2% 내지 5% 정도를 원했기 때문이다.

리노 마르게는 빠른 시일 안에 재산을 모았다. 1944년 말, 충분한 돈을 모은 그는 미국으로 건너가 수술을 받았다. 그는 캘리포니아 패서디나의 한 외과의사가 얼마 전 단백질 분해를 일으키는 이식 수술 기술을 개발했다는 이야기를 들었던 것이다. 그 이식 수술은 상처의 세포조직이 아무런 흔적을 남기지 않고 재생할 수 있게 해주는 것이었지만, 불행히도 아주 작은 동물들에게만 혹은 인간의 경우 신경이 분포되어 있지 않은 피부의 몇몇 부위에만 그 실험이 만족스러웠을 뿐이었다. 즉 마르게의 얼굴처럼 엄청나게 망가진—게다가 아주 오래전부터—넓은 부위에 대해 시술된 적은 단 한 번도 없었던 것이다. 따라서 긍정적인 결과를 기대한다는 것은 부질없었고, 의사는 수술 시도조차 거부했다. 그러나 마르게는 더이상 잃을 것이 없었다. 결국 기관총으로 무장한 네 명의 경호원이 위협하는 가운데 의사는 옛 챔피언의 얼굴을 수술하지 않을 수 없었다.

수술은 기적적으로 성공했다. 리노 마르게는 마침내 프랑스로 돌아왔고, 그가 단 한 순간도 잊지 못하고 사랑했던 여자를 되찾았다. 며칠 후 그는 그녀를 코페 근처의 제네바 호숫가에 새로 건축한 웅장한 대저택으로 데려갔다. 그리고 그곳의 모든 사람들은 그가 그 수입 좋은 전당포 일을 이번에는 아마도 좀더 큰 규모로 계속할 것이라고 믿어 의심치 않았다.

마시는 그들이 떠난 뒤 몇 주 정도 더 파리에 남아 있었다. 그런 다음 마구 가게를 팔았고, 남은 여생을 평화롭게 마치기 위해 생캉탱으로 돌아갔다.

제74장   엘리베이터 기계실
                      2

그는 가끔 이 건물이 한 덩어리의 빙산 같다는 상상을 하곤 했다. 수면 위에 떠올라 있는 부분은, 아마도 각 층의 아파트와 다락방에 해당할지도 모른다. 그리고 수면 아래 잠긴 거대한 덩어리는 바로 지하 1층의 창고들 밑에서부터 시작될지도 모른다. 그 지하의 땅 어딘가에는 다음과 같은 것들이 있을 것이다. 나선형을 이루며 내려가는, 발을 디딜 때마다 삐걱거리는 계단, 금속 격자망으로 보호한 전구들이 빛을 밝혀주는 타일 벽의 복도, 해골 그림과 스텐실 글자로 표시된 철문, 리벳으로 내벽면을 고정시킨 화물 승강기, 움직이지 않는 거대한 환풍기가 설치된 환기창, 직경 1미터의 노란색 원판 위에 감겨 있는, 나무 기둥만큼이나 굵은 금속 피복의 소방 호스, 안서에 그대로 옴푹 피놓은 원통형의 우물, 무광택 유리의 채광창이 군데군데 뚫려 있고 콘크리트로 벽을 세운 좁고 긴 복도, 은거지, 화물 적재소, 지하 감방, 도난 방지용 문이 장착된 금고 보관실.

479

　더 내려가면 숨가쁘게 돌아가고 있는 기계 소리가 들리고, 순간순간 비치는 불그스름하고 희미한 빛에 바닥이 언뜻언뜻 보일 것이다. 그곳에서는 좁다란 관이 여러 칸의 널따란 기계실로 이어져 있을 것이다. 대성당처럼 높은 그 기계실에는 둥근 천장에 사슬, 도르래, 굵은 밧줄, 도관, 철근 장선이 장치돼 있고, 또 윤활유로 번들거리는 강철 손기중기에 고정되어 있는 이동식 발판, 튜브와 금속 막대로 이루어진 기둥이 있을 것이다. 기둥 꼭대기에서는 석면 의상을 걸친 사람들이 큼직한 사다리꼴 마스크로 얼굴을 가린 채 번쩍번쩍 아크 방전을 일으키고 있을 것이다.

좀더 내려가면 미사일 지하 격납고, 기관차 차고, 냉동실, 훈증 창고, 우편물 분류실이 있을 것이다. 또한 신호탑이 있는 연결 역, 트럭을 끄는 증기 기관차, 승강대, 컨테이너, 액체 수송차, 쌓아올린 상품으로 가득 찬 플랫폼, 열대지방 목재 더미, 홍차 봇짐, 쌀 포대, 피라미드를 이룬 벽돌과 콘크리트 블록, 롤러처럼 만든 철사 덩어리, 앵글철, 금속 철사, 지금地金, 시멘트 포대, 작은 통, 큰 통, 밧줄류, 네모난 휘발유 통, 아가리가 좁고 몸체는 둥근 커다란 부탄가스 통이 있을 것이다.

좀더 내려가면 산을 이룬 모래 더미, 자갈, 코크스, 광재鑛滓, 콘크리트 믹서, 쇠찌꺼기, 오렌지빛 투광기가 비추는 갱坑, 지하 저수지, 가스 공장, 에너지 센터, 기중기, 펌프, 견고한 시멘트 기둥, 변환기, 저장용 탱크, 배관이 덤불처럼 덮고 있는 보일러, 손잡이, 계량기가 있을 것이다.

그리고 디딤판과 회전식 다리와 크레인이 뒤섞인 도크, 벽 마감재를 수송하는, 힘줄처럼 팽팽한 로프가 달린 윈치, 비행기 모터, 연주용 피아노, 비료 포대, 가축 사료 주머니, 당구대, 탈곡기, 볼 베어링, 비누 상자, 타르 통, 사무용 가구, 타이프라이터, 자전거가 있을 것이다.

480 　좀더 내려가면 수문과 물탱크 장치, 보리와 밀을 잔뜩 실은 수송 열차들의 운행 통로, 화물 트럭이 지나간 흔적이 있는 도로변의 역, 앞발로 땅을 걷어차고 있는 검은 말들이 가득한 가축우리, 음메 하고 울고 있는 암양과 살찐 암소가 있는 목장, 과일과 채소가 풍성하게 담긴 바구니 무더기, 그뤼에르산産 치즈와 마엔산 치즈 더미가 쌓여 이룬 기둥, 푸줏간 갈고리에 걸린 채 열 지어 늘어선 흐릿한 눈의 반쪽짜리 짐승, 항아리와 단지와 버들가지 발을 두른 길쭉한 술병 더미, 쌓아놓은 수박, 올리브유가 담긴 양철통, 소금물이 담긴 통, 흰 바지를 입고 상반신을 벗은 조수들이 수천 개의 건포도빵이 담긴 뜨거운 판을 꺼내고 있는 거대한 빵가

게, 증기기관 같은 큼직한 냄비를 갖추고 수백 명 분의 기름진 스튜를 장방형의 큰 접시에 담아 파는 초대형 주방이 있을 것이다.

좀더 내려가면 늙고 눈먼 말들이 광석 운반차를 끌고 있는 갱도, 철모를 쓰고 천천히 작업하는 광부들, 물에 불은 두꺼운 널빤지 위에 놓인 물 새는 호스가 있을 것이고, 그 널빤지는 거무스레한 물이 철벅대는 번들거리는 계단으로 이어질 것이다. 또 바닥이 평평한 보트와 빈 통을 개조해 만든 작은 보트는 한쪽 물가에서 다른 쪽 물가로 더러운 속옷 바구니, 수많은 식기, 배낭, 끈으로 묶은 마분지 상자를 끊임없이 운반하는 인광체를 가득 실은 채 그 빛 없는 호수 위를 떠다닐 것이다. 퇴색한 초록색 나무로 가득 찬 나룻배, 얇게 돈을새김한 흰 대리석, 베토벤 주형물들, 루이 13세 스타일의 안락의자, 중국산 대형 도자기들, 앙리 3세와 그의 애인들이 빌보케 놀이를 하는 모습을 담은 태피스트리 상자, 파리 잡는 끈끈이가 달려 있는 매다는 촛대, 정원용 가구, 커다란 오렌지 광주리, 빈 새장, 침대 밑 깔개, 보온병이 있을 것이다.

더 내려가면 파이프와 통, 여러 가지 받침이 뒤섞여 있을 것이다. 그리고 하수도, 간선, 좁은 길로 이루어진 미로가 있을 것이며, 가장자리에 검은 돌멩이가 박힌 좁은 수로, 허공에 불쑥 튀어나온 난간 없는 층세가 있을 것이다. 또 노점, 뒤뜰, 현관, 인노, 낙나른 꼴목, 통로로 구성된 미로 같은 지역이 있을 것이고, 지역과 구區와 거리가 조성된 수직 구도의 지하 도시 조직이 있을 것이다. 악취를 풍기는 아틀리에들, 낡은 가죽 벨트가 달린 성능이 약화된 기계, 가죽 제품과 피혁 더미, 갈색의 물질로 가득 찬 커다란 나무통이 들어서 있는 피혁 제조인들의 도시가 있을 것이며, 반면 대리석과 화장 회반죽으로 만든 굴뚝, 국부 세척기, 욕조, 녹슨 라디에이터, 경계하는 요정의 조각상, 높은 가로등, 긴 공용 의자가 놓인 철거인의 창고가 있을 것이다. 또한 고철장수와 넝마장수, 벼룩시장 상인들의 도시가 있을 터인데, 그곳에는 그들의 누더기 더미들, 부서진 어린이용 자동차, 미군 군복, 해진 셔츠, 벨트, 옷걸이 등이 담긴 봇짐과 치과용 안락의자, 오래된 신문, 안경테, 열쇠고리, 멜빵, 음악이 나오는 접시받침, 전구, 후두경, 증류기, 측면 배관이 달리고 다양한 유리 종류로 만들어진 작은 병이 있을 것이다. 아가리가 좁고 몸체가 둥근 병과 깨진 병, 무너진 큰 통, 저수통, 양조통, 칸막이 정리함 등이 산더미처럼 쌓여 있는 포도주 도매시장이 있을 것이며, 한편으로는 뒤집힌 쓰레기통에서 나온 치즈 부스러기와 기름 묻은 종이, 생선뼈, 설거지물, 스파게티 찌꺼기, 낡은 붕대가 있고, 또 끈질긴 불도저가 끊임없이 운반하는 오물 더미, 세탁기 잔해, 수력 펌프, 음극관, 낡은 무선전신 기구, 장식용 털이 떨어져나간 소파가 널린 청소부들의 도시가 있을 것이다. 나아가 행정 도시가 있을 것이다. 그 중심가는 완벽하게 다림질한 와이셔츠를 입고 세계 지도 위의 작은 깃발들을 움직이는 군인들로 붐비고 있을 것이며, 타일을 깐 영안실은 커다랗게 눈을 뜨고 있는 희끄무레한 익사자들과 향수에 젖은 갱 단원들로 우글거릴 것이고, 자료실은 하루 종일 민원서류를 조사하는 회색 와이셔츠 차림의 공무원들로 가득할 것이다. 또 이 도시에는 여러 언어를 구사하는 교환원들이 수 킬로미터에 이르도록 한 줄로 앉아 있는 전화국이 있을 것이고, 따닥따닥 소리를 내는 텔레타이프와 매초마다 여러 묶음의 송신문, 지불 증서, 재고 전표, 결산서, 계산서, 영수증, 빈 보고서 용지를 처리하는 컴퓨터가 놓인 기계실이 있을 것이며, 시효가 지난 서식집 더미, 갈색 서류덮개 안에 쌓여 있는 절취한 신문기사, 겉장에 보랏빛의 날렵한 글씨체로 글씨가 씌어 있는 검은 천으로 제본된 규정집들 등을 끊임없이 삼키는 대형 휴지통과 소각로가 있을 것이다.

그리고 맨 아래에는, 시커멓게 그을린 칸막이가 쳐 있는 동굴의 세계가 있을 것이다. 그곳은 시궁창과 흙탕의 세계일 것이며, 유충과 짐승의 세계일 것이다. 또한 그곳은 동물의 해골을 끌어가는 눈 없는 생물체와 새나 돼지나 물고기의 몸체를 가진 악마적 괴물의 세계일 것이며, 살아 있는 사람들의 포즈를 취한 채 굳어 있는 노르께한 피부의 해골과 바짝 마른 시체의 세계일 것이고, 검은 가죽 앞치마를 두르고 원래는 금속의 한 부분에 박아넣는 푸른 유리 세공품이 박힌 외눈을 부라리며 청동 쇠망치로 번쩍이는 방패를 두드리는 얼빠진 키클롭스[1]들이 빽빽하게 모여 있는 대장간의 세계일 것이다.

---

1. 그리스 신화에 나오는 외눈 거인.

제75장 　　　　　마르시아
6

다비드 마르시아는 자기 방에 있다. 그는 30세가량 된 다소 기름진 얼굴의 남자다. 마르시아는 구두만 벗고 옷은 그냥 입은 채 침대에 누워 있다. 그는 스코틀랜드 무늬가 있는 캐시미어 상의와 암청색 개버딘 바지를 입고, 검은 양말을 신고 있다. 그리고 오른팔에는 은으로 된 사슬 팔찌를 하고 있다. 그는 『파리스코프』[1] 특별호를 뒤적이고 있는데, 그 표지에는 파리 앙바사되르 극장에서 영화 〈새〉가 처음 상영되었을 당시의 앨프레드 히치콕의 사진이 실려 있다. 히치콕은 한쪽 눈을 살짝 뜨고 자기 어깨 위에 앉아 있는 까마귀를 쳐다보고 있으며, 금방이라도 웃음을 터뜨릴 듯한 모습이다.

484

　자그마한 이 방에는 침대와 머리맡 탁자, 가죽 안락의자 하나가 놓여 있다. 침실용 탁자 위에는 포켓판으로 출간된 윌리엄 사로얀의 작품 『공중그네를 탄 용감한 젊은이』와 과일 주스 한 병, 램프 스탠드가 놓여 있다. 램프의 받침은 두꺼운 유리로 된 원통형인데, 안에는 여러 색깔의 자갈이 반쯤 차 있고, 자갈 틈에 약간의 알로에 덤불이 심어져 있다. 안쪽 벽에는 커다란 거울이 걸려 있고 그 아래에는 사기로 만든 벽난로가 있으며, 벽난로 위에는 풀을 베고 있는 소녀의 모습을 표현한 작은 조각이 놓여 있다. 오른쪽 벽에는 옆방에서 오는 소음을 차단하기 위한 코르크판이 덮여 있다. 옆방은 레옹 마르시아의 방인데, 그는 불면증 때문에 밤마다 끊임없이 방을 돌아다녔다. 왼쪽 벽은 장정용 종이로 도배되어 있고,

---

1. 연극, 영화, 전시, 공연 등 한 주 동안 파리 지역에서 열리는 모든 볼거리를 소개하는 주간잡지.

액자에 넣은 판화 두 점이 걸려 있다. 그중 하나는 나뮈르의 도시와 성채, 그리고 그 주변을 그린 커다란 지도인데, 1746년 포위 공격 때 착수했던 요새화 공사들이 표시되어 있다. 다른 하나는 보포르 공작의 도피를 그린 『20년 후』라는 작품 속 한 삽화이다. 공작이 방금 껍질이 딱딱한 가짜 파이에서 단검 두 개와 줄사다리, 배船 모양의 쇠로 된 재갈을 꺼냈고, 그리모라는 자가 그 재갈을 라 라메의 입에 처박고 있는 장면이다.

다비드 마르시아가 부모 집에 돌아와 살기 시작한 것은 얼마 전의 일이다. 그는 직업적인 오토바이 선수가 되자 부모를 떠났었다. 뱅센 숲 근처의 임대주택으로 이사한 그는, 그 집에 딸린 커다란 차고에서 자신의 오토바이 기계를 수리하며 시간을 보내곤 했다. 당시 그는 건실하고 사려 깊은 청년이었고, 오토바이 경주에 온 정열을 쏟고 있었다. 그러나 사고를 당한 후 공상적인 계획에 의지해 살아가는 우유부단한 몽상가로 변했고, 보험회사에서 받은 1억 프랑에 가까운 보상금 전부를 자신의 비현실적인 계획을 위해 쏟아부었다.

마침내 그는 자동차 경주로 전환하기로 결심했고 여러 시합에 참가했다. 그러던 어느 날 생시르 근처에서 건널목 감시 초소에서 달려 나오는 두 어린아이를 쳤고, 그 때문에 자동차 운전면허를 영구적으로 박탈당했다.

그 후 그는 음반제조업자가 되었다. 그가 병원에 입원해 있을 때 '구구'라고 불리는 마르셀 구겐하임이라는 독학 음악가를 만난 데서 비롯된 일이었다. 마르셀의 야망은, 레이 벤추라, 알릭스 콩벨, 자크 엘리앙이 인기를 끌던 시절에 프랑스에서 유행했던 대형 재즈 오케스트라를 다시 만드는 것이었다. 물론 다비드 마르시아는 대형 오케스트라를 가지고 돈을 벌겠다는 것은 환상임을 잘 알고 있었다. 이미 유흥업소에서는 솔리스트만을 채용해 자기 녹음테이프 반주에 따라 연주하게 하고 있었기 때문에, 소그룹 악단마저도 카지노 드 파리나 폴리베르제르 같은 업소에서 살아남기가 점점 더 어려워지고 있는 형편이었다. 그러나 마르시아는 음반이라면 성공할 수 있으리라고 판단했고, 음반 작업을 재정적으로 지원하기로 마음먹었다. 구구는 40여 명의 재즈인으로 악단을 만들어 교외의 한 극장에서 연습을 시작했다. 그 오케스트라의 연주는, 구구의 우디 허먼 스타일의 편곡이 환상적인 소리를 이끌어낸 덕분에 탁월한 음색을 가지게 되었다. 그러나 구구에게는 끔찍한 결점이 하나 있었다. 그는 만성적인 완벽주의자였기 때문에, 한 악장 연주가 끝날 때마다 극히 미미한 잘못된 부분을 한 군데씩—거의 알아채기 힘든 지연이라든가 별것 아닌 사소한 실수 등—발견하곤 했다. 그래서 3주로 예정되었던 연습 기간이 9주로 연장되었고, 다비드 마르시아가 결국 경비 지원을 중단하기로 결심했다.

그다음 그가 관심을 가진 것은 튀니지의 케르케나 섬에 있는 휴양촌이었다. 그의 모든 시도 중에서 그 휴양촌은 성공할 수도 있었을 유일한 사업이었다. 케르케나 섬은 제르바보다는 인기가 덜했지만 같은 종류의 볼거리를 관광객들에게 제공할 수 있었고, 휴양촌 시설이 잘 되어 있었다. 관광객들은 그곳에서 승마, 보트 놀이, 수상 스키, 해저 사냥, 바다낚시, 낙타 산책 등을 즐길 수 있었고 또 도기 제조, 직조, 에스파르트 섬유 가공, 신체 표현 훈련, 자가수련 등의 강습을 받을 수도 있었다. 다비드 마르시아는 1년에 8개월 가량 고객을 유치해주는 관광 회사와 제휴해 그 휴양촌을 운영하게 되었다. 처음 몇 달 동안에는 모든 것이 순조롭게 진행되었다. 그러나 연극 강습을 위해 보리스 코시치우슈코라는 배우를 채용한 후 사정은 달라졌다.

보리스 코시치우슈코는 50세가량의 키가 크고 비쩍 마른 남자였는데, 각이 진 얼굴에 광대뼈가 튀어나오고 두 눈은 이글거렸다. 그의 이론에 따르면 라신, 코르네유, 몰리에르, 셰익스피어는 상상력 없고 맹종할 줄밖에 모르는 연출가들이 부당하게 천재의 반열에 올려놓은 보잘것없는 작가들이었다. 그가 주장하는 바에 따르면, 진정한 연극은 로트루의 〈방셸라스〉, 라포스의 〈만리우스 카피톨리누스〉, 메종뇌브의 〈록슬란과 무스타파〉, 롱샹의 〈사랑에 빠진 바람둥이〉 등이며, 진정한 극작가들은 콜랭 다를빌, 뒤프레니, 피카르, 로티에, 파바르, 데투슈 등이었다. 그는 그 계열의 극작가를 수십 명 더 알고 있었고, 기몽 드 라 투슈의 작품 〈이피게네이아〉와 네포뮈센 르메르시에의 〈아가멤논〉, 알피에리의 〈오레스테스〉, 르프랑 드 퐁피냥의 〈디도〉에 숨겨진 아름다움 앞에서는 조용히 황홀경에 빠지곤 했다. 그리고 그는 소위 '고전극'이 위의 작품들과 같거나 비슷한 주제를 가지고 만들어내는 무거움을 지겹도록 강조했다. 또한 스탕달을 위시한 프랑스 대혁명 시대와 제정 시대의 교양 있는 관객들은 볼테르의 『자이르』에 등장하는 오로스만과 셰익스피어의 오셀로, 크레비용의 『라다만티스』와 『르 시드』를 같은 차원으로 보면서도 그것들을 혼동하지 않았다고 했다. 그래서 19세기 중엽까지 두 명의 코르네유[2]의 작품이 함께 출간되었으며, 토마의 작품은 피에르의 작품과 마찬가지로 높은 평가를 받았다는 것이었다. 그런데 세속적인 의무교육과 관료적인 중앙집권주의가 제2제정과 제3공화국 때부터 이 중요하고 야성적인 극작가들을 말살했고, 고전주의의 화려한 세례를 받은 편협하고 나약한 질서만을 강요했다고 설명했다.

보리스 코시치우슈코의 열정은 일단은 다비드에게 전파되었던 것 같다. 몇 주 후 다비드 마르시아가 '무대에서 되찾은 보물들을 보호하고 육성하기 위한' 케르케나 페스티벌을 개최한다는 광고를 신문에 냈기 때문이다. 그 광고에는 네 작품의 상연이 예고되었는데, 그중 세 작품—일렉싱드르 아르디의 〈자쿵〉, 라모트 우다르의 〈이네스 드 카스트로〉, 부아시의 운문으로 된 단막극 〈수다쟁이〉—은 보리스 코시치우슈코 연출이었다. 그리고 탈마를 불후의 인물로 만든 레몽 드 기로의 비극 〈폴리시 영주〉는 스위스 연출가인 앙리 아귀스토니가 맡게 되었다. 그 밖에도 다른 다양한 행사가 예정되었는데, 그중에서 '삼일치 법칙의 신화'라는 주제로 열리는 국제 심포지엄은 그 자체가 하나의 충격적인 선언에 해당하는 것이었다.

다비드 마르시아는 페스티벌의 성공이 휴양촌의 명성을 높일 것이라고 예상해 경비 조달에 인색하게 굴지 않았다. 그는 몇몇 기관과 단체의 지원을 받아 800석짜리 야외극장을 건립했고, 배우들과 관객들의

2. 토마 코르네유와 피에르 코르네유를 일컬음.

숙박시설을 확보하기 위해 기존 규모의 세 배 정도 되는 방갈로를 신축했다.

배우들이 무더기로 도착했고—〈자종〉 공연에만도 스무 명이나 되는 배우가 동원되었다—뒤이어 엄청난 수의 무대장치가, 의상 담당자, 조명 기사, 비평가, 대학 연극학자가 모여들었다. 그러나 그에 반해 돈을 내는 관객의 수는 극히 적었다. 게다가 몇몇 공연은 한여름이면 그 지방에 흔히 내리는 폭우 때문에 취소될 수밖에 없었다. 페스티벌이 폐막하고 다비드 마르시아가 결산해본 결과, 수입은 98디나르인 데 반해 행사 비용으로 지출된 금액은 3만 디나르 정도에 달했다.

다비드 마르시아는 3년 동안 이런 식으로 얼마 안 되는 재산을 모두 탕진해버렸다. 그리고 결국 시몽크뤼벨리에 거리에 있는 집으로 돌아왔다. 처음에 그는 다시 시작하는 이 생활을 단지 일시적인 것으로 생각했고, 새로운 직업과 아파트를 별 열의 없이 찾아보았다. 그러다가 결국 그를 동정한 어머니가 그에게 가게의 절반을 맡기고, 그 수익이 그에게 배당되도록 해주었다. 이것은 그에게 별로 힘든 일이 아니다. 게다가 수입은 그의 새로운 열정인 도박, 특히 룰렛 도박을 실컷 하게 해준다. 그는 거의 매일 저녁 도박에서 350 내지 1,000 프랑을 잃고 있다.

제76장 지하 창고

4

지하 창고. 보몽 부인의 창고.

　낡은 물건들이 널려 있다. 받침대가 구리로 되어 있고 여기저기 이 빠진 밝은 초록 계통의 오팔색 반구형 전등갓이 씌워진 오래된 책상용 램프, 깨진 약탕관 잔해, 외투걸이 등. 또 말린 불가사리와 세르비아인 복장을 한 소형 커플 인형, 에트르타[1]의 풍경을 장식한 작은 화병 등 여행과 바캉스에서 가져온 기념품이 있으며, 우편엽서로 가득 찬 구두 상자와 이제는 늘어져버린 고무줄로 묶여 있는 연애편지 묶음, 그리고 다음과 같은 약품 설명서가 있다.

ORABASE®
ORAL PROTECTIVE PASTE

■ strong adhesive properties hold the protective "bandage" at the site of application for up to two hours

■ helps protect oral tissues against further irritation from chewing, swallowing, and other normal mouth activity

■ easy to apply, convenient to use

■ contains no antibiotic — harmless when swallowed

Dab, do not rub, Orabase onto the affected area until the paste adheres well (rubbing this preparation on may result in a granular, gritty sensation). After application, a smooth, slippery film develops. Reapply as needed, particularly after eating; or as directed by your dentist or physician.

NOTE: Orabase is not intended for use in the presence of infection. If an infection is suspected, or if any mouth irritation does not heal within 7 days, consult your dentist or physician. If irritation is from dentures that do not fit properly, consult your dentist.

Available in 0.17 oz. (5 Gram) and ½ oz. (15 Gram) tubes. Also available as ORABASE® with Benzocaine for protection and relief of pain associated with minor irritations of the mouth and gums.

　또 여러 페이지가 없어지고 표지가 떨어져 나간 아동 도서가 있다. 『할머니가 들려주는 초록색 동화들』, 『그림 수수께끼로 보는 프랑스의

---

1. 프랑스 북동부의 해안 마을로 깎아내린 듯한 절벽 경치로 유명한 곳.

역사』등. 두번째 책은 외과용 메스처럼 생긴 것과 샐러드 한 접시, 생쥐 한 마리가 그려진 페이지에서 펼쳐져 있다. 그 그림 수수께끼의 열쇠는 다음과 같다. 프랑스 공화력 7년은 그들(메스, 상추 샐러드, 생쥐)을 죽일 것이고 또한 집정 내각을 겨냥하고 있다. 실제로 집정 내각은 프랑스 공화력 8년 브뤼메르 18일[2]에 전복되었지만 말이다. 그밖에 초등학생용 노트, 수첩, 사진첩이 있는데, 사진첩은 돋을새김한 것, 검은색 펠트 모직물 커버를 씌운 것, 초록색 명주 커버를 씌운 것 등으로 나누어진다. 이 사진첩의 거의 모든 페이지에는 이미 오래전에 떼어낸 삼각형 종잇조각의 흔적이 있는데, 이제는 각 페이지마다 빈 사변형을 이루고 있을 뿐이다. 사진첩 안에는 귀가 접혀 있거나 누렇게 변질되었거나 금이 간 사진들이 있다. 그중에는 엘리자베트가 열여섯 살 때 레디냥에서 찍은 사진이 있는데, 당시 이미 90세 가까이 된 할머니 보몽 부인과 함께 털이 긴 조랑말이 끄는 작은 수레를 타고 산책하는 모습이다. 또다른 사진에서는 어린 엘리자베트가 핀트가 잘 안 맞아 흐릿한 모습으로, 화부火夫의 작업복을 입고 식탁에 모여 앉은 사람들 한가운데서 프랑수아 브레델에게 바싹 붙어 앉아 있다. 또 안과 베아트리스가 함께 찍은 사진들이 있는데, 그중 한 장은 안이 여덟 살, 베아트리스가 일곱 살 때 찍은 것이다. 두 소녀는 초원의 전나무 발치에 앉아 있다. 베아트리스는 털이 곱슬곱슬하고 작고 검은 개 한 마리를 가슴에 꼭 껴안고 있고, 그 옆에서 안은 아르망 브레델 삼촌의 모자를 쓰고 아주 심각한 표정으로 앉아 있다. 그해 방학 때 두 소녀는 브레델 삼촌 집에 놀러가 지냈던 것이다. 같은 시기의 또다른 사진에서 안은 화병에 들꽃을 꽂고 있고, 베아트리스는 달아맨 그물 침대에 길게 누워 『바바르 왕의 모험』을 읽고 있다. 앞의 사진에 나왔던 작은 개는 보이지 않는다. 훨씬 후에 찍은 세번째 사진에서는 두 소녀 모두 변장을 하고 있다. 두 소녀는 알타몽 부인이 아름다운 떡갈나무 세공 판자로 장식한 자신의 안방에서 베푼 딸의 생일잔치에 다른 소녀들과 함께 참석해 있다. 그런데 보몽 부인과 알타몽 부인은 서로 싫어하는 사이였다. 보몽 부인은 시릴 알타몽을 형편없는 이중인격자로 간주했고, 그가 자기 남편을 떠올리게 한다고 말하곤 했다. 또한 그가 야

490

망만 품으면 지성인이 되는 것으로 착각하는 그런 남자들 중 하나일 뿐
이라고 여겼다. 그러나 동갑내기인 베로니크 알타몽과 베아트리스 브레
델은 굉장히 친한 사이였기 때문에, 알타몽 부인은 브레델 자매를 초대
하지 않을 수 없었다. 안은 외제니 드 몽티조로 변장했고, 베아트리스는
양치기 여자로 변장했다. 또다른 소녀는 거기에 모인 네 명의 소녀들 중
가장 나이 어린 이자벨 그라티올레인데, 인디언 여자로 변장한 모습이
다. 마지막으로 베로니크 알타몽은 어린 후작 복장으로 아주 멋지게 변
장했다. 머리카락에 분을 발라 머리끝을 리본으로 묶었으며, 레이스 넥
타이에 초록색 연미복과 연보라색 짧은 바지를 입고, 옆구리에 칼을 차
고, 다리에는 허벅지 중간까지 올라오는 긴 흰색 가죽 각반을 하고 있다.
한편, 1926년 11월 26일 크리옹 호텔 살롱에서 열린 페르낭 드 보몽과
베라 오를로브스카의 결혼식 사진도 보인다. 가족과 친지를 포함한 우
아한 모습의 하객―오르파니크 백작, 이반 부닌, 플로랑 슈미트, 아르투
어 슈나벨 등―, 데코레이션 케이크, 그리고 신랑 신부. 신랑은 여기저
기 푸른 장식을 박아 넣은 고급 양탄자 위에서 신부가 내민 손을 붙잡고
흐드러진 장미꽃 다발 앞에 서 있다. 또 오비에도에서 발굴 작업을 하던
당시의 사진이 있는데, 그중 페르낭 드 보몽 자신이 찍었음에 틀림없어
보이는 사진 한 장은 작업팀의 낮잠 시간 모습을 담고 있다. 햇빛에 그
을리고 비쩍 마른 열 명의 대학생이 온통 수염으로 뒤덮인 얼굴을 하고
무릎까지 오는 바지에 몸에 찰싹 달라붙은 희색 편물 상의를 걸치고 있
다. 그들은 그늘이 있긴 하나 더위를 막아주지는 못하는 포목 차일 아래
서 쉬고 있다. 그중 네 명은 브리지 게임을 하고 있고, 세 명은 자고 있으
며, 한 명은 편지를 쓰고 있다. 또 한 명은 토막 연필로 십자말풀이 퍼즐
을 풀고 있으며, 마지막 한 명은 여기저기 조각을 대 기운 헐렁한 상의에
단추를 달고 있다. 또다른 사진은 페르낭 드 보몽과 바틀부스가 함께 있
는 모습을 보여주는데, 1935년 1월에 바틀부스가 그 고고학자를 방문했
을 때 찍은 것이다. 두 사람은 햇빛 때문에 눈을 찡그리면서도 미소를 머
금은 채, 나란히 서서 포즈를 취하고 있다. 바틀부스는 골프용 바지에 바
둑판무늬 재킷을 입고 머플러를 하고 있다. 그의 옆에 있어 아주 작아 보

이는 보몽은 적당히 구겨진 회색 플란넬 양복을 입고 검은 넥타이를 맸으며, 능직으로 된 조끼 위에 은시계 줄을 장신구처럼 늘어뜨리고 있다. 그 사진을 찍은 사람은 스모프가 아니다. 사진의 배경에 포세트와 함께 두 가지 색깔의 커다란 '체나드 & 워커' 자동차를 씻고 있는 스모프의 모습이 보이기 때문이다.

　　두 사람은 나이 차이에도 불구하고—당시 바틀부스는 서른다섯 살이었고, 고고학자는 예순 살이 다 되어 있었다—아주 친한 사이였다. 그들은 영국대사관의 한 연회에서 만나 통성명을 했고, 대화를 나누다가 우선 그들이 같은 건물에 살고 있다는 것을 알게 되었다—그러나 사실 보몽은 그 건물에 거의 들르지 않았고, 바틀부스는 고작 몇 주 전에 그곳으로 이사한 터였다. 그리고 특히 그들은 하인리히 핑크, 브라이텐가서, 아그리콜라 등 독일 고전음악을 선호하는 공통의 취향을 갖고 있었다. 그밖에도 두 사람이 공유하는 성향이 한 가지 더 있었다. 다른 모든 동료들은 이 고고학자가 단언하는 가설을 세상에서 가장 불확실한 것으로 판단하는 반면, 바틀부스는 그 단호한 자신감 속에서 자신을 매혹시키는 어떤 자연스러운 것, 그리고 자신의 계획과 관련해 용기를 주는 그 무엇을 발견했던 것이다. 아무튼 바틀부스는 페르낭 드 보몽이 오비에도에 있다는 사실만으로 첫 해양화를 그릴 장소로 히혼 근처의 항구를 택하기로 결심했다.

492　　1935년 11월 12일 페르낭 드 보몽이 자살했을 때 바틀부스는 지중해에 있었고, 프로프리아노의 작은 코르시카 항구에서 스물한번째 수채화를 막 끝낸 참이었다. 그는 그 소식을 라디오에서 들었다. 곧바로 그는 대륙으로 건너가 레디냥에서 거행된 그 불행한 친구의 장례식에 참석했다.

제77장　　　　　　　　　루베
　　　　　　　　　　　　　2

루베 부부의 방. 필리핀에서 가져온 섬유 매트, 전체가 작은 거울들의 합으로 이루어진 1930년대식 소형 화장대, 그리고 날염 천을 덮어둔 커다란 침대로 이루어져 있다. 낭만주의풍의 그 침대 덮개는 요정 이오가 메르쿠리우스의 보호를 받으며 아들 에파포스에게 젖을 먹이고 있는 고전적이고 전원적인 장면을 담고 있다.

　침실용 탁자 위에는 소위 '파인애플'이라고 불리는 램프 스탠드가 놓여 있다.(그 과일 형태의 몸체는 푸른 대리석—가짜 대리석이라는 것이 더 정확할 것이다—으로 된 달걀형이고, 잎과 받침의 나머지 부분은 은 도금한 금속으로 되어 있다.) 그 옆에는 자동응답기가 달린 회색 전화기와 루베의 사진이 담긴 대나무 사진틀이 있다. 사진에서 루베는 맨발에 회색 리넨 바지와 앞이 넓게 트여 털투성이 상반신이 다 드러난 새빨간 셔츠를 입었고, 『노인과 바다』에 나오는 것과 거의 똑같은 커다란 모터보트에 올라타 있다. 그는 등을 뒤로 젖히고 두 다리로 굳건히 버티면서, 보기에도 굉장히 큰 다랑어를 물에서 끌어올리려고 안간힘을 쓰고 있다.

　벽에는 네 개의 그림이 붙어 있고 수집품용 장식장 하나가 놓여 있는데, 그 안에는 고대 전쟁 병기의 미니어처가 진열되어 있다. 알렉산드로스 대왕이 티르 군대를 포위 공격하기 위해 일꾼들에게 장치하도록 명했던 줄사다리와 파성추, 백보 떨어진 거리에서 엄청난 크기의 돌멩이를 던질 수 있게 한 고대 시리아의 투석기, 박격포, 불화살, 그리고 동시에 수천 개의 투창을 쏠 수 있는 '전갈'이라는 이름의 기구, 아르키메데스가 선박 전부를 단숨에 불태워버릴 때 사용했던 것과 유사한 뜨겁게 달구는 반사경, 광폭한 코끼리들이 떠받치고 있는 가짜 군사용 망루 등.

네 개의 그림 중 첫번째 것은 금세기 초에 나온 것으로 보이는 어떤 광고 포스터의 복사본이다. 세 사람이 반원형 아치 아래서 쉬고 있는데, 그중 한 젊은 남자는 흰 바지에 헐렁한 푸른색 상의를 입었고, 밀짚모자를 쓰고 있으며, 손잡이가 은으로 된 지팡이를 겨드랑이에 낀 채 시가 상자를 손에 들고 있다. 자개가 박힌 그 예쁜 상자에는 지구전도全圖와 많은 메달, 금으로 장식된 펄럭이는 깃발로 둘러싸인 전시관 모형 같은 장식품이 달려 있다. 역시 같은 스타일의 옷차림을 한 또다른 젊은 남자는 버들가지로 만든 쿠션 의자에 앉아 있다. 상의 주머니에 두 손을 찌르고 검은 양말을 신은 두 발을 앞으로 쭉 뻗은 채 광택 없는 긴 회색 시가를 입에 물고 있다. 그는 아직 연소 초기 단계에 있는, 다시 말해 아직 재를 떨지 않은 시가를 떨어뜨릴 듯이 살짝 물고 있다. 그의 옆에는 물방울무늬 천이 덮인 원탁이 있고, 그 위에는 접어놓은 몇 장의 신문과 경건하게 귀를 기울여야 할 것만 같은 커다란 나팔 모양의 확성기가 달린 축음기, 금빛 마개의 작은 술병 다섯 개가 든 세트 하나가 놓여 있다. 세번째 사람은 매우 신비스러운 금발 머리에 하늘거리는 얇은 원피스를 입고 있는 젊은 여자인데, 짙은 갈색 액체가 가득한 여섯번째 술병을 기울여 구형 유리잔 세 개에 술을 따르고 있다. 그림 맨 아래쪽에는, 지난 세기에 널리 사용된 '오리올 샹르베'라는 서체로 노란색 굵은 글씨가 씌어 있는데, 다음과 같은 단어들이다.

POR LARRANAGA 89 cts[1]

두번째 그림은 생울타리의 으아리[2] 꽃 한 다발을 그린 것이다. 그 꽃은 거지들이 피부에 일종의 피부 궤양을 만들기 위해 사용했던 것이어서 '거지풀'이라는 이름으로도 알려져 있다.

---

1. 포르 라라냐가(시가의 일종) 89센트.　　2. 미나리아재빗과의 낙엽 활엽 덩굴나무.

마지막 두 그림은 지루한 표현 방식과 몹시 진부한 유머로 이루어진 풍자만화다. 첫번째 그림에는 〈돈이 없으면 스위스도 없다〉라는 제목이 붙어 있다. 이 만화는 산에서 조난당했다가 봉사단원에게 구조되는 한 등반가를 그리고 있는데, 봉사단원은 적십자 표시가 있는 원기 회복용 작은 럼주 통을 메고 있고, 등반가는 그 작은 통 안에 럼주가 전혀 없음을 발견하고 얼떨떨한 표정이다. 그 통은 실은 하나의 나무기둥이고, 그 위 갈라진 틈에는 이렇게 씌어 있다. "앙리 뒤낭을 도와주세요!"

또다른 만화의 제목은 〈좋은 요리법〉이다. 뒤부의 작품인데, 어떤 식당에서 손님이 수프 속에서 끈 비슷한 것을 발견해 분개하고 있다. 역시 화가 난 호텔 지배인이 주방장을 불러 해명하게 한다. 그런데 주방장은 얼굴을 찌푸리면서 태연히 말한다. "모든 요리사는 각자의 '끈'[3]을 가지고 있는 법이지요!"

495

제78장　　　　　계단
10

피아노 조율사는 40년 전부터 1년에 두 번, 6월과 12월에 보몽 부인의
아파트를 방문해왔다. 그가 손자를 데려온 것은 벌써 다섯번째인데, 아
직 열 살도 채 안 된 그의 손자는 그동안 안내자로서의 역할을 아주 성실
하게 했다. 그런데 바로 지난번 이 꼬마는 디펜바키아[1] 화분을 엎는 실
수를 했고, 그 후 라튀앙트 부인은 이 아이가 집 안에 들어오는 것을 금
지시켰다.

　　조율사의 어린 손자는 지금 층계 계단에 앉아 할아버지를 기다리고
있다. 꼬마는 감색 반바지와 낙하산용 인조 실크, 즉 번쩍이는 나일론 천
으로 된 푸른색 셔츠를 입고 있는데 셔츠는 온통 기발한 배지로 장식되
어 있다. 네 모서리에서 섬광이 번쩍이고 안에는 동심원이 그려져 있는,
무선 전신의 상징인 사각탑을 나타낸 배지. 또 컴퍼스, 나침반, 크로노
미터 등 지리학자나 측량사나 탐험가의 제복에 달았음 직한 표장. 한가
운데 빨간색으로 77이라는 숫자가 씌어 있는 노란색 삼각형 배지. 커다
란 등산화를 수선하는 구두수선공의 옆모습 모양의 배지. 술을 가득 채
운 잔과 그것을 밀어내는 손과 '안 돼요, 지금 운전 중입니다'라는 문자
판으로 이루어진 배지.

　　이 꼬마는 지금 '황제의 사자使者'라는 제목으로 『탱탱의 일기』에 실
린 카렐 반 로렌스의 전기를 읽고 있다.

496

---

1. 중앙아메리카와 남아메리카가 원산지인
잎이 넓은 관엽식물.

카렐 반 로렌스는 당대의 가장 기이한 지성인 중 한 사람이었다. 네덜란드인이지만 프랑스 철학자들에게 매료되어 프랑스에 귀화한 그는 페르시아, 아라비아, 중국, 미국 등지에서 살았고 적어도 열두 가지 언어를 유창하게 구사할 줄 알았다. 의심할 여지없는 탁월한 지성의 소유자였지만 모든 것에 흥미를 느끼고 손을 댔기 때문에 한 분야에 2년 이상 몰두하지 못했고, 일생 동안 갖가지 상이한 활동을 벌였다. 그는 외과의사에서 기하학자로 직업을 바꾸면서도 동일한 정도의 행복과 희열을 느꼈고, 라호르에 대포를 설치하는가 하면 시라즈에 수의獸醫 학교를 설립했고, 볼로냐에서 생리학을 가르치는가 하면 할레에서는 수학을, 바르셀로나에서는 천문학을 가르쳤다.(특히 바르셀로나에서는 메생이 미터 계산법과 관련해 오류를 범했다는 대담한 가설을 발표하기도 했다.) 또한 울프 톤을 위해 소총을 수송해주기도 하고, 발 건반의 음역을 시소형 건반으로 대체하려는 생각에서 오르간 제조업에 손을 대기도 했다. 오르간에 관한 이러한 착상은 한 세기가 지나서야 실현될 정도로 시대를 앞선 것이었다. 카렐 반 로렌스는 일생 동안 여러 가지 흥미로운 문제를 제기했고 또 그에 대해 정교하면서도 때로는 독창적인 해결책의 초안을 수차례 내놓았으나, 연구 결과를 사람들이 어느 정도 이해할 수 있을 만한 논문으로 만드는 일은 하지 않았다. 그것은 철저하게 그의 변덕 때문이었다. 그가 죽은 후 그의 서재에서는 대부분 읽을 수 없는 필적으로 씌어진 다양한 방면의 글이 빌견되있다. 예를 들번 천문학, 이십트학, 활판 인쇄(즉 세계 공용 알파벳에 관한 계획), 언어학(우아르세니스 사람들의 말투에 관해 훔볼트 씨에게 보낸 편지. 그러나 이 편지는 초고에 불과한 것으로 보였으며 훔볼트는 이에 관해 아무 언급도 하지 않았다), 의학, 정치학(민주주의 정부에 관한 제안으로 상당히 충격적인 예언이라 볼 수 있는데, 단지 입법, 행정, 사법이라는 삼권의 분리 뿐 아니라 그가 광고 영역[광고업자, 언론인]이라고 명명한 제4의 권력인 '언론'에 관해서도 고려해야 한다는 제안), 수리대수학(모든 수數 n은 기본수들인 K의 총합일 수 있다고 가정하면서 골드바흐의 문제에 관해 메모한 것), 생리학(마르모트의 겨울잠에 관한 가설, 새의 압축 공기 동체와 하마의 의도적 호흡 정지 등에 관한 가설), 광학, 물리학, 화학(산酸에 관한 라부아지에의 이론에 대한 비판, 원소 분류에 대한 초안) 등에 관한 글이었다. 그밖에도 다수의 발명 계획서가 있었는데, 그 대부분에서 그는 거의 완벽한 결론에 도달했던 것으로 보인다. 가령, 드레식 자전거[2]와 흡사하지만 그 자전거보다 20년 앞질러 고안된 방향 전환이 가능한 초기 형태의 자전거, '펠레트'라고 명명된 직물(천의 질긴 짜임으로 만들어지고, 분말 코르크와 아마인 기름, 아교, 수지 혼합물로 밑칠을 한 일종의 인조 가죽), 또는 마치 중심의 한 화덕을 향해 거울들을 집중시키듯 광택 있는 금속판을 조합해 만든 '태양열 대장간'도 있었다.

1805년, 반 로렌스는 나일 강 원류까지 거슬러 올라가는 탐험을 위해 자금을 구하고 있었다. 그 탐험은 이전에도 여러 차례 계획되었지만 실현시킨 사람은 없었다. 그는 몇 년 전 만난 적이 있는 나폴레옹 1세에게 의사를 타진했다. 당시 혁명 집정정부는 나폴레옹을 대중적 인기가 너무 높은 장군으로 주시하고 있었고, 그를 멀리 쫓아내기 위해 이집트로 보낼 방안을 궁리하고 있었다. 따라서 이 미래의 프랑스 황제는 자신의 원정에 함께 데려갈 당대의 가장 탁월한 학자들 몇몇을 주변으로 끌어들이고 있었다.

그 무렵 나폴레옹은 어려운 외교 문제에 직면한 상태였다. 대부분의 프랑스 함대가 트라팔가르에서 파손된 직후였으므로, 영국군의 강력한 해양 장악력에 저항할 방법을 찾느라 고심하고 있었던 것이다. 따라서 미래의 황제는 악명 높은 바르바리아 민간 무장선들, 특히 '날쌘 독수리'라는 별명의 호캅 엘 우악트의 함대에 도움을 청할 생각을 하고 있었다.

호캅 엘 우악트는 열한 척의 어선으로 구성된 진짜 함대를 지휘했으며 완벽하게 일사불란한 함대 활동 덕택에 지중해 한 해역에서 지배자로 행세하고 있었다. 그는 특히 영국인을 좋아하지 않았다. 약 한 세기 전부터 지브롤터의 지배자로 군림해온 영국인들이 점점 바르바리아인들의 해상 활동을 위협하더니, 5년 전부터는 몰타 해역도 장악해버렸기 때문이다. 그렇다고 해서 물론 프랑스인을 좋아한 것도 아니었는데, 스

2. 드레가 발명한 원시적 형태의 자전거.

페인, 네덜란드, 제노바, 베네치아의 함대들과 마찬가지로 프랑스 함대 역시 주저 없이 알제를 폭격했기 때문이다.

여하튼, 우선은 이 '독수리'와 접촉하는 것 자체가 골치 아픈 문제로 떠올랐다. 그는 테러 행위로부터 자신을 보호하기 위해 벙어리이자 귀머거리인 호위병 열여덟 명을 스물네 시간 곁에 두었고, 이들이 받은 유일한 명령은 누구든 주인으로부터 세 발자국 떨어진 거리 안에 접근할 경우 가차 없이 죽이는 것이었다.

그런데 예비 교섭 자체도 이미 실패로 끝나버린 이 어려운 협상을 잘 성사시킬 만한 남다른 인물을 어디에서 찾을까 궁리하던 바로 그때, 미래의 프랑스 황제는 카렐 반 로렌스를 접견하게 되었다. 그를 만나자 미래의 황제는 다시 한번 행운의 여신이 자기 편이 되었다고 생각했다. 그는 반 로렌스를 이미 알고 있었다. 로렌스는 아랍어를 완벽하게 구사했고 그의 지성이나 순발력, 외교 감각, 용기 등이 이집트에서 크게 도움이 될 것으로 판단되었다. 그래서 나폴레옹은 주저하지 않고, 만약 로렌스가 알제리에 있는 호캅 엘 우악트에게 자신의 메시지를 전하는 임무를 맡아준다면 나일 강 원류 탐험에 드는 경비를 전액 지원해주겠다고 약속했다.

몇 주 후, 카렐 반 로렌스는 페르시아 민의 부유한 상인으로 변상하고 이름도 하지 압둘라지즈 아부 바크르로 바꾸어 알제리로 들어갔다. 그는 긴 낙타 행렬의 선두에 섰고, 나폴레옹 호위대의 기마 친위대원 중 가장 용맹이 뛰어난 스무 명의 호위를 받았다. 그는 양탄자, 무기, 진주, 타월, 피륙, 향신료 등과 최고 품질의 상품을 가지고 갔다. 당시 부유한 도시였던 알제는 바르바리아 해적들이 약탈한 것들을 빼돌려 풀어놓은 탓에 전 세계에서 온 엄청난 양의 물건이 유통되는 곳이었음에도 불구하고, 로렌스가 가져온 물건들을 사려는 사람들이 금방 나타났다. 하지만 로렌스는 유독 커다란 철제 상자 세 개만은 꼭 간직하고 있었고, 그 안에 무엇이 들었냐고 묻는 사람들에게 한결같이 이렇게 대답했다. "당신

499

들 중 누구도 이 상자들 속에 들어 있는 보물을 볼 자격이 없어요. 호캅 엘 우악트라면 몰라도."

그가 도착한 지 나흘째 되던 날, '독수리'의 부하 세 명이 로렌스가 묵고 있는 여관으로 와서 그를 기다렸다. 그들은 그에게 따라오라는 신호를 보냈다. 그는 따랐고, 그들은 가죽 커튼으로 완전히 밀폐된 한 가마에 그를 태웠다. 그런 다음, 도시 밖 외딴 곳에 있는 어느 회교 성자의 무덤으로 데려가 꼼꼼하게 그의 몸을 수색한 후 무덤 안에 가둬버렸다. 몇 시간이 지나 마침내 밤이 되었을 때, 호캅이 호위병들을 앞세우고 나타났다.

"너의 상자들을 열어보라고 시켰다. 그런데 전부 비어 있었어."

"제가 여기에 온 것은, 그 상자들에 담을 수 있는 것보다 네 배나 더 많은 금을 당신께 선사하기 위해서입니다!"

"왜 나한테 너의 금이 필요하겠느냐? 제일 작은 스페인 보물선 하나만 습격하더라도 일곱 배의 금을 얻을 수 있는데!"

"당신이 마지막으로 보물선을 습격한 것이 언제쯤이었습니까? 영국인들이 당신 배들을 침몰시키고 있는데, 당신은 감히 영국인들을 공격도 못하고 있습니다. 그들의 대형 삼각범선에 비하면 당신의 보물선은 단지 쪽배에 불과해요!"

"누가 너를 보냈지?"

"당신은 한 마리 독수리이지요. 그러니 오직 또다른 독수리만이 당신의 상대가 될 수 있습니다! 저는 당신에게 프랑스 황제 나폴레옹 1세의 메시지를 전하기 위해 왔습니다!"

물론 호캅 엘 우악트는 나폴레옹 1세가 누구인지 알고 있었다. 또한 아마도 나폴레옹을 깊이 존경하고 있었던 것 같다. 왜냐하면 로렌스가 내놓은 제안에 대해 분명한 대답은 하지 않으면서도, 그 순간부터 카렐 반 로렌스를 상당한 예우를 갖추어 마치 대사처럼 대접했기 때문이다. 그는 로렌스를 자기 성에 머무르게 했다. 바다 위로 불쑥 솟아 있는 광대한 요새와도 같은 그의 성에는 무성히 자란 대추나무, 캐롭나무, 협죽도 사이로 잘 길들여진 영양들이 뛰어다니는 환상적인 정원이 있었다. 호

칸은 로렌스를 위해 몇 차례 호화로운 연회를 베풀었고, 그에게 아메리카와 아시아에서 가져온 희귀한 음식을 대접했다. 로렌스는 감사의 표시로 호칸에게 아라비아에서 겪은 무용담과 자신이 체류했던 전설적인 도시들에 대한 이야기를 오후 내내 들려주었다. 예를 들면, 은으로 만든 60개의 둥근 지붕이 있는 도시 디오미라와 100개의 우물이 있는 도시 이조라, 물 위의 도시 스메랄딘. 또한 햇빛을 받으면 투명해지는 흰 대리석으로 만든 성문과 뱀 장식을 박아 넣은 아치형 박공을 떠받치는 산호 기둥이 있고, 은빛 조가비를 걸친 무희들의 실루엣이 메두사 모양의 큰 촛대 아래서 헤엄치는, 마치 어항과도 같은 유리 집들이 모여 있는 도시 모리안.

그렇게 '독수리'의 손님으로 일주일가량 머물고 있던 어느 날 저녁 로렌스는 자신의 거처에 딸린 정원에서 홀로 쉬고 있었다. 그는 장미향이 나는 호박색 물파이프를 이따금씩 빨면서 기막힌 모카커피를 마시고 있었다. 바로 그때 밤의 대기 속으로 울려퍼지는 감미로운 노랫소리가 들렸다. 그것은 공기처럼 가벼우면서도 우수에 찬 여인의 목소리였다. 그녀가 부르는 곡이 너무나 친근하게 느껴진 로렌스는 멜로디와 가사에 좀더 신경을 쓰면서 들었고, 그 노래가 바로 아드리앙 빌라르의 전원시라는 것을 알아채고는 깜짝 놀랐다.

> 간미로운 계절이 지니기면
> 차가운 겨울이 다가오리
> 꽃들과 나무들은 고개를 숙이리
> 새들은 숲에서 노래하지 않고
> 날지도 않으리
> 노래하면서 마치 나처럼
> 길 잃은 나처럼

501

로렌스는 일어나 노랫소리가 나는 쪽으로 걸어갔다. 그리고 자신의 숙소에서 십여 미터 떨어진 언덕의 암초 위에 수직으로 솟은 요새의 움푹 들어간 부분 너머에서, 철책으로 완전히 폐쇄되고 송진 횃불의 부드러운 빛으로 어둠을 밝힌 한 테라스에 기막히게 아름다운 여인이 나와 있는 것을 발견했다. 그는 조심성을 잃고 자신이 서 있던 테라스의 난간을 뛰어넘었고, 건물의 좁다란 수평 돌출부를 따라 기어가 마침내 요새의 반대편 날개에 다다랐다. 그러고는 암벽의 거칠거칠한 표면을 이용해 그 젊은 여인의 머리 위 지점까지 올라갔다. 그는 낮은 소리로 그녀를 불렀다. 그의 목소리를 듣는 순간 그녀는 도망치려 했다. 그러나 다시 돌아와 그에게 다가오더니 숨죽인 목소리로 자신의 비통한 이야기를 들려주었다.

그녀의 이름은 우르술라 폰 리타우였다. 프리드리히 빌헬름 2세의 옛 부관이었던 리타우 백작의 딸로, 열다섯의 나이에 포츠담 주재 스페인 대사인 알베로 산체스 델 에스테로의 아들과 결혼하게 되었다. 그런데 미래의 신랑을 만나러 말라가로 가기 위해 탔던 작은 군함이 바르바리아인의 공격을 받았다. 다행히 그녀는 미모 덕분에 생명을 보전했고, 10년 전부터 별채에서 '날쌘 독수리'의 또다른 아내 열다섯 명과 함께 권태로운 나날을 보내고 있었다.

카렐 반 로렌스는 눈물을 가득 머금은 채, 허공에 반쯤 떠 있는 상태로 우르술라 폰 리타우의 이야기를 들었다. 그녀가 말을 마치자 그는 다음날 즉시 그녀를 구해주겠다고 맹세했다. 그리고 약속의 징표로 그녀의 손가락에 가문家紋이 새겨진 자신의 반지를 끼워주었는데, 오팔 빛깔의 타원형 광옥석이 박히고 8이라는 숫자가 가로로 새겨진 반지였다. "옛날 사람들에게 이 보석은 기억의 상징이었소. 그리고 일단 이 반지를 본 사람은 결코 잊어버리지 않는다는 전설이 있지요." 로렌스가 말했다.

그로부터 스물네 시간이 채 지나기 전에, 로렌스는 황제가 일임한 임무를 완전히 저버리고 우르술라 폰 리타우를 탈출시키는 일을 감행했다. 다음날 온종일 그는 필요한 물건을 구했고, 저녁이 되자 하렘의 테라스 아래로 돌아왔다. 그러고는 주머니에서 어두운 색깔의 유리로 된 무거운 작은 병을 꺼낸 뒤 철책의 여러 접합 부분에 그 액체를 몇 방울씩 뿌리자 모락모락 연기가 피어올랐다. 산의 부식 작용으로 인해 철로 된 빗장이 해체되기 시작하자, 로렌스는 그 사이에 작은 틈을 만들어 나중에 젊은 프로이센 여인이 교묘하게 빠져나올 수 있도록 해놓았다.

그녀는 자정쯤에야 도착했다. 칠흑 같은 밤이었다. 저 멀리, 보초들이 '독수리'의 거처 앞을 무심하게 오가는 것이 보였다. 로렌스는 요새 아래로 25미터 떨어진 지점에 있는, 보일 듯 말 듯한 암초와 바위로 둘러싸인 우묵한 모래밭까지 비단을 엮어 만든 사다리를 내렸다. 그리고 우르술라를 먼저 내려보낸 다음 자신도 그것을 타고 밑으로 내려갔다.

그를 호위했던 기마 친위대원 두 명이 빛이 새어나가지 않게 만든 등불을 들고 모래톱에서 그들을 기다리고 있었다. 그들은 절벽 아래 층층이 쌓인 자갈 더미와 여기저기 솟아 있는 바위 사이로 두 사람을 안내해, 물 없이 땅속으로 깊숙이 파인 어느 강의 하구로 데려갔다. 그곳에서는 나머지 기마 친위대원들이 그들을 기다리고 있었다. 그들은 우르술라 폰 리타우를 보통 여자들이 타는 '아타티치'라는 가마, 즉 낙타들이 끄는 둥근 텐트 모양의 가마에 태웠다. 그리고 대열은 출발했다.

로렌스는 그때까지 스페인의 영향력 아래 있던 오랑으로 갈 계획이었다. 그러나 기회가 돌아오지 않았다. 동이 틀 무렵 그들이 알제에서 벗어나 간신히 몇 시간쯤 갔을 때 '독수리'의 수하들이 그들을 뒤쫓아와 공격했던 것이다. 전투는 금방 끝이 났고, 기마 친위대는 참패했다. 로렌스 자신은 그 진투를 기의 목격하지 못했다. 머리를 완전히 밀어버린 헤라클레스 같은 전사가 단 한 방의 주먹으로 그를 때려눕혔기 때문이다.

통증을 느끼며 깨어난 카렐 반 로렌스는 자신이 감옥처럼 생긴 어떤 방 안에 갇혀 있음을 알게 되었다. 방은 철제 고리와 아무것도 걸려 있지 않은 칙칙한 색깔의 벽, 커다란 포석으로 이루어져 있었다. 매우 공들여 단단하게 만든 쇠창살이 박힌 작고 둥근 창으로 햇빛이 들어오고 있었다. 로렌스는 창가로 다가갔다. 그리고 감옥이 중앙에 우물 하나를 두고 서너 채의 오두막이 옹기종기 모여 있는, 아주 작은 종려나무 숲으로 둘러싸인 조그만 촌락 안에 있다는 사실을 깨닫게 되었다. 야외에서는 야영 중인 '독수리'의 병졸들이 칼을 갈거나 화살촉을 날카롭게 다듬고 있었고, 한편에서는 기마 훈련도 하고 있었다.

순간 갑자기 감옥 문이 열리며 세 사람이 들어왔다. 그들은 로렌스를 꼼짝 못하게 붙들고 밖으로 끌고 나가더니, 모래 언덕을 넘어 촌락에서 몇백미터 떨어진 곳까지 데리고 갔다. 죽은 종려나무가 주변에 서 있는, 사막의 모래로 다시 뒤덮인 옛 오아시스 자리였다. 그곳에서 그들은 군용 침대와 작전용 탁자에서 떼어내 만든 한 나무틀 위에 로렌스를 눕힌 후, 상반신과 사지를 가죽끈으로 여러 겹 둘러 단단히 묶었다. 그러고는 급히 말을 몰아 사라졌다.

저녁이 다가오고 있었다. 로렌스는 자신이 밤새 추위로 얼어 죽든가, 아니면 다음날 아침에 용광로처럼 뜨거운 태양볕에 타죽게 될 것을 알고 있었다. 그는 자신이 이러한 살인 방법을 호캅에게 묘사했던 일, 또 그 아랍인이 사막의 태양은 거울을 필요로 하지 않는다고 중얼거리며 생각에 잠긴 듯 머리를 설레설레 흔들던 일을 기억해냈다. 그리고 로렌스는 '독수리' 호캅이 자신을 죽이는 데 그런 식의 처형 방법을 선택함으로써, 그 말이 무슨 뜻이었는지 이해시키려 했다는 것을 알아차렸다.

그리고 몇 년 후, 나폴레옹이 더이상 그를 체포할 수도 없고, 마찬가지로 그의 실수 때문에 20명의 동료가 학살당한 것에 대해 복수를 맹세한 루스탕이 더이상 그를 암살할 수도 없으리라는 것이 확실해졌을 때, 504 카렐 반 로렌스는 자신의 모험에 관한 짧은 기록을 프로이센 왕에게 보냈다. 편지를 받은 프로이센 왕이 선왕의 옛 부관의 딸을 구하려 했던 자신의 모험에 대한 보상으로 거처를 마련해주기를 바라는 속셈에서였다. 그 편지에서 그는 '독수리'의 부하들이 그를 묶기 위해 긴 가죽끈을 사용했는데, 이 우연한 선택이 다행히 그에게 유리하게 작용해 결국 그의 목숨을 구하게 된 경위를 이야기했다. 만약 그들이 아프리카 나래새로 된 끈이나 대마 끈 혹은 질긴 삼베 끈을 사용했더라면 그는 결코 풀려나지 못했을 것이다. 누구나 알다시피, 가죽은 땀이 배면 부드러워지고 늘어난다. 경련을 일으키고, 온몸을 비틀고, 숨을 헐떡이고, 울화통을 터뜨리다가 단말마의 고통으로 전신을 부르르 떨어야 했던 몇 시간이 흐른 후, 로렌스는 문득 몸부림을 칠 때마다 자신의 살 속으로 더욱 깊이 파고들었던 가는 가죽끈이 감지될 듯 말 듯 약간씩 느슨해지는 것을 느꼈다. 그러나 그는 너무나 기진맥진해 있었기 때문에, 목을 조이는 불안에도 불구하고 고열과 악몽에 시달리며 잠에 빠져버렸다. 악몽 속에서 그는 수많은 쥐의 행렬이 사방에서 그를 공격해오고, 또 쥐의 이빨이 그의 몸을 물어뜯으며 살 조각을 생으로 떼어내는 것을 보았다. 그는 온몸이 땀에 젖은 채 숨이 막혀 잠에서 깨어났다. 그리고 그 순간, 부풀어오른 한쪽 발이 마음대로 움직일 수 있을 정도로 가죽끈이 헐렁해진 것을 느꼈다.

몇 시간 후 그는 모든 끈을 풀어냈다. 밤공기는 얼음처럼 차가웠고, 매서운 바람이 모래 회오리를 일으키며 온통 타박상을 입은 그의 피부를 갈기갈기 찢고 있었다. 로렌스는 절망 속에서도 온 힘을 다해 모래 속에 구덩이를 팠다. 그리고 그가 묶여 있던 묵직한 나무틀을 뚜껑처럼 덮고 그 안에 가능한 최상의 상태로 몸을 숨겼다.

다시 잠을 청했으나 허사였다. 오랫동안 추위와 싸우면서, 그리고 눈과 입 속으로 마구 들어오고 또 손목과 발목의 상처에 박혀드는 모래를 뿌리치면서, 그는 자신의 현 상황에 대해 냉철하게 판단해보려고 애썼다. 상황은 별로 좋지 않았다. 물론 그는 자유롭게 움직일 수 있었고, 어쩌면 이 끔찍한 밤을 견뎌내 살아남을 수도 있었다. 그러나 그는 먹을 것도 없고 물도 없는 최악의 상태에 처해 있었고, 지금 자신이 있는 곳이 어디인지도 알지 못했다. 어쩌면 그를 처형하고자 한 자들이 야영하고 있던 바로 그 오아시스 마을에서 불과 몇백미터 떨어진 곳에 있는 것인지도 몰랐다.

그렇다면 목숨을 구할 가능성은 전혀 없는 셈이었다. 그런 확신이 오히려 그를 명랑하게 만들었다. 왜냐하면 이제 그의 구원은, 그의 용기나 지성이나 힘에 달린 것이 아니라 오직 운명에 달린 문제였기 때문이다. 마침내 날이 밝았다. 로렌스는 구멍에서 빠져나왔다. 그리고 똑바로 서서 몇 발자국 걷는 데 성공했다. 그의 앞에 펼쳐진 모래 언덕 너머로 종려나무의 꼭대기 부분이 뚜렷하게 보였다. 하지만 오아시스에서는 아무 소리도 들리지 않는 것 같았다. 로렌스는 다시 희망이 솟아나는 것을 느꼈다. '독수리'의 부하들이 소임을 완수한 후 임시 소굴을 떠나 알제로 돌아갔는지도 모를 일이었다. 이는 한편으로는 해안이 가깝다는 사실을 의미했고, 또한 '독수리'의 부하들이 떠나고 없는 오아시스로 가서 물과 식량을 구할 수 있으리라는 희망을 주는 것이었다. 이러한 희망에 힘입어 그는 거의 기어서 종려나무 숲까지 갔다.

그의 추리는 잘못된 것이었다. 아니, 기껏해야 추측에 그친 것이었다. 그러나 적어도 한 가지 사실은 확인할 수 있었다. 오아시스는 존재했지만, 황폐한 상태였다. 반쯤 허물어진 오두막집은 수년 전부터 버려져 있었던 것 같았고, 우물은 말라붙은 채 전갈이 우글거리고 있었으며, 종려나무는 거의 다 시들어 죽어가고 있었다.

로렌스는 몇 시간 동안 휴식을 취했고, 종려나무 잎으로 상처를 싸맸다. 그러고는 북쪽을 향해 출발했다. 그는 오랜 시간 동안 거의 기계적이고 환각에 빠진 듯한 흔들거리는 걸음으로 걷고 또 걸어, 모래사막을 넘고 자갈과 회색 빛깔의 물체로 뒤덮인 사막을 통과했다. 주위에는 누런색의 뾰족하고 날카로운 줄기가 뒤엉킨 가느다란 잡초 덤불과, 목동의 은신처로 쓰였음 직한 반쯤 허물어진 돌무더기가 드문드문 널려 있었고, 가끔 바싹 마른 하얀 당나귀 해골이 발끝에 채이기도 했다. 다시 석양이 내려앉을 때쯤, 그의 앞에 펼쳐진 메마른 고원의 지평선 저 멀리에서, 지면에 온통 균열이 가 있고 여기저기 융기해 있는 땅의 저 끝에서 드디어 낙타와 염소, 텐트의 모습이 보이는 것 같았다.

그것은 북아프리카 베르베르인들의 야영지였다. 그가 간신히 그곳에 다다랐을 때는 이미 캄캄한 밤이었고, 그는 그 부족 남자들이 둥그렇게 모여 앉은 화톳불 앞에 쓰러지듯 주저앉았다.

그는 일주일 이상을 그들과 함께 머물렀다. 그들은 아라비아어를 단 몇 마디밖에 알지 못해 제대로 의사소통도 할 수 없었지만, 그를 간호해주었고 옷을 수선해주었으며, 그가 떠날 때는 음식과 물, 그리고 단도 하나를 마련해주었다. 단도의 손잡이는 반질반질한 돌멩이로 만들어져 있었고, 손잡이 둘레에는 아름다운 아라베스크 무늬의 얇은 구리 조각이 덮여 있었다. 또한 자갈투성이 땅바닥을 맨발로 걷는 데 익숙하지 않은 그의 발을 보호하기 위해, 가늘고 긴 가죽끈으로 발목에 묶어 신는 나막신 한 켤레를 만들어주었다. 그는 그 나막신에 너무나 익숙해져, 그 후 다시는 유럽산 구두를 신을 수 없게 되었다.

몇 주 후, 카렐 반 로렌스는 오랑에서 안정을 되찾았다. 그는 우르술라 폰 리타우가 어떻게 되었는지 알아내지 못했다. 그 젊은 여인을 해방시킬 토벌대를 조직했지만 허사였다. 결국, 1816년 8월 27일 영국과 네덜란드 연합 함대의 알제 폭격으로 '날쌘 독수리'가 사망한 후에야 그의 하렘의 여자들을 통해 그 불쌍한 프로이센 여인 역시 바람난 아내에게 예정된 운명을 따랐다는 것을 알게 되었다. 가죽 부대에 넣어져 밀봉된 채 요새 꼭대기에서 바다로 내던져졌던 것이다.

카벨 반 로렌스는 그 후 40년 가까이 더 살았다. 그는 존 로스라는 가명으로 셉타 총독의 도서관 관장이 되었고, 그곳에서 코르도바 궁정 시인들의 작품을 옮겨 쓰거나 혹은 도서관 장서의 간지에 '헛되이 살지 마라'라는 자랑스러운 금언이 새겨진 화석 암모나이트 모습의 장서표를 붙이는 일 등을 하며 여생을 보냈다.

로르샤슈의 아파트 현관문은 활짝 열려 있다. 큰 여행용 가방 두 개가 층계참 위에 나와 있는데, 배편으로 보낼 그 가방들은 징을 박은 가죽으로 단단하게 묶여 있고 수많은 스티커로 뒤덮여 있다. 현관에 세번째 가방이 보인다. 쪽마루를 깔고 사람 키 높이까지 나무판자를 붙여 어두워 보이는 현관에는, 루트비히스하펜의 작은 맥주집에서와 같은 사슴뿔 형태의 '투박하고 밝은' 양복걸이가 달려 있다. 그리고 삼각형 무늬가 상감 세공된, 두툼한 반구형 유리 수반같이 생긴 아르누보 스타일의 샹들리에에서 희미한 빛이 비치고 있다.

올리비아 로르샤슈는 56번째 세계 일주 여행을 떠나기 위해 오늘 자정에 생라자르 역에서 기차를 탈 것이다. 처음으로 그녀와 함께 여행을 떠나게 된 조카가 네 명의 용달업자와 함께 그녀를 데리러 왔다. 열여섯 살 청소년인 조카는 검은 곱슬머리가 어깨까지 내려오는 모습에 키가 아주 크며, 가슴을 넓게 열어젖힌 하얀 와이셔츠, 스코틀랜드 조끼, 가죽점퍼, 살구색 머플러, 텍사스 스타일의 긴 장화 속에 집어넣은 황갈색 진 바지 등 나이에 걸맞지 않게 맵시를 부린 옷차림을 하고 있다. 그는 여행 가방 하나에 걸터앉아, 여행사가 만든 관광 홍보용 소책자『프랑스인을 위한 뉴욕 안내서』를 열심히 읽으며 코카콜라 병에 꽂은 빨대를 조금씩 빨고 있다.

1930년 시드니에서 태어난 올리비아 노벨은, 여덟 살 때 왕립극장에서 공연된 〈군대의 마스코트〉라는 번안극에서 셜리 템플이 영화에서 맡았던 바로 그 역을 맡아 연기하면서 일약 가장 인기 있는 오스트레일리아 소녀로 떠올랐다. 그녀의 뛰어난 연기력 덕분에 이 작품은 2년 동안이나 왕립극장에서 공연될 수 있었다. 게다가 교묘하게 전파된 소문을 통해, 루이스 캐럴의 추종자이자 일부러 올리비아를 위해 멜버른에 온 것으로 알려진 한 극작가가 쓴 〈앨리스의 꿈〉에서 올리비아가 앨리스 역할을 맡았다는 사실과 곧바로 연습에 들어갔다는 사실이 알려지자, 일차로 예정된 200회 공연의 입장권이 첫 공연 6개월 전에 다 팔려버렸다. 극장 측에서는 임시 연장 공연에 대비해 관람 대기자 명단을 따로 만들어두어야 할 정도였다.

능란한 사업가인 그녀의 어머니 엘리너 노벨은 딸이 이처럼 전설적인 성공 가도를 달리도록 내버려두었고, 능력 있는 한 매니저의 권유에 따라 소녀의 폭넓은 대중적 인기를 철저히 이용해 딸을 전국에서 가장 출연료가 높은 모델로 만들었다. 오스트레일리아 전역의 작은 신문과 광고 포스터에 여러 포즈를 취한 올리비아의 모습이 앞다투어 실리기 시작했다. 장난감 곰을 어루만지는 모습, 자기보다 더 큰 백과사전("당신의 아이를 지식의 세계로 보내세요!") 한 권을 들고 감동한 표정으로 부모를 향해 프로다운 시선으로 권하는 모습, 또는 오스트레일리아 최초의 교통사고 방지 포스터에서 삼각모를 쓰고 멜빵 달린 바지를 입은 몽마르트르 언덕의 어린 거지 차림으로 인도변에 앉아 똑같이 생긴 세 아이 핌, 팜, 품과 함께 놀이용 양뼈를 가지고 놀고 있는 모습 등이었다.

그녀의 어머니와 매니저는 이 살아 있는 작은 인형이 성년이 되거나 혹은 그보다 먼저 사춘기에 이르기만 해도 치명적인 영향을 받게 될 것이라고 끊임없이 걱정했지만, 올리비아는 변함없는 인기를 누리며 열여섯의 나이를 맞이했다. 심지어 서쪽 해안의 몇몇 고장에서 폭동이 일어난 와중에도 그녀의 사진에 대한 독점권을 갖고 있던 어느 광고지에 가까운 주간지가 예정된 우편수송기와 접선하려다 실패한 일까지 있었다. 바로 그 무렵, 그녀는 제러미 비숍과 결혼하면서 최고의 성공을 거두게 된다.

사실 오스트레일리아의 모든 소녀 및 성인 여자와 마찬가지로 올리비아 역시 1940년과 1945년 사이에는 여러 병사들의 일종의 전시戰時 대모代母 역할을 했다. 그래서 모든 연대의 장병들에게 서명한 자신의 사진을 보내야 했고, 다소 영웅적인 무훈을 세운 졸병이나 하사관에게 한 달에 한 번씩 짧은 편지를 보내야 했다.

그런데 (마치 벼락을 맞은 것처럼 얼굴을 가로질러 난 가늘고 흰 상처 자국 때문에 '벼락 노인'이라는 별명이 붙은 그 유명한 아넘 파머스턴 대령의) 해병대 28연대에 자진 입대한 이등병 제러미 비숍은 바로 그 선택받은 행복한 사람들 가운데 한 명이었다. 1942년 산호해에서 벌어진 치열한 전투에서 바다에 떨어진 소대장을 구조한 공로로 그는 빅토리아 훈장과 함께 올리비아 노벨의 친필 편지를 받았다. 그 편지에는 "온 마음을 다해 당신께 키스를 보냅니다"라는 맺음말과 더불어 약 열 개의 십자가가 그려져 있었는데, 십자가 하나하나가 한 번의 입맞춤을 나타냈다.

비숍은 그 편지를 마치 부적처럼 몸에 지니고 다니면서 그녀의 편지를 한 번 더 받아내고야 말겠다고 다짐했다. 이를 위해 그는 혁혁한 무공을 세웠다. 과달카날에서 오키나와에 이르기까지, 즉 타라와, 길버트 제도, 마셜 제도, 괌, 바탄, 마리아나 제도, 이오 섬을 통과하면서 엄청난 무훈을 세웠고, 전쟁이 끝났을 때는 오세아니아 지역에서 가장 훈장을 많이 받은 일등병이 되어 있었다.

젊은이들의 우상인 이 두 사람 사이에 결혼은 불가항력적인 것이었고, 오스트레일리아 국경일인 1946년 1월 26일 호화로운 결혼식이 거행되었다. 당시 오스트랄라시아[1]와 남극 대륙 전역 대교구의 교구장이었던 프링길리 추기경의 집전으로 멜버른의 대경기장에서 열린 결혼축성식에는 약 4만 5,000여 명이 참석했다. 이어, 하객들은 1인당 오스트레일리아 달러로 10달러—약 70프랑—의 입장료를 내면 이 신혼부부의 보금자리인 저택에 들어가 전 세계 오대륙에서 보내온 선물을 구경하는 대열에 낄 수 있었다. 미국 대통령은 물소 가죽 장정의 너대니얼 호손 전집을 선물했고, 브리즈번 출신의 타이피스트 플래트너 부인은 타자기의 글자만 사용해 두 부부를 그린 그림을 선물했으며, 태즈메이니아의 올

510

---

1. 오스트레일리아, 뉴기니, 뉴질랜드의 총칭.

리비아 팬클럽은 올리비아의 이름을 쓰도록 매스 게임 훈련을 받은 흰 생쥐 일흔한 마리를 보내왔고, 오스트레일리아 국방부 장관은 마틴 프로비셔 경이 래브라도 반도에서 귀국하면서 엘리자베스 여왕에게 증정했던 것보다 더 긴 돌고래 뿔 하나를 선사했다. 또 10달러를 더 내면 신혼부부의 침실에까지 들어가 세쿼이아 나무줄기에 조각해 만든 부부 침대를 감상할 수 있었다. 그것은 '목재 및 관련 산업 국제전문인협회'와 '전국 삼림 벌목업자조합'의 공동 선물이었다. 그리고 그날 밤 열린 성대한 파티에서는, 특별기편으로 할리우드에서 초대되어 온 빙 크로스비가 이 젊은 신혼부부를 위해 에른스트 크레네크의 가장 탁월한 학생 중 하나가 작곡한 〈결혼 행진곡〉을 번안해 불렀다.

이것은 그녀의 첫번째 결혼이었고, 결혼 생활은 12년간 계속되었다. 로르샤슈는 그녀의 다섯번째 남편이었다. 그녀는 코밑수염을 기르고 늑골 모양 장식의 군복을 입고 오스트리아 장교 역을 맡았던 배우와 두번째 결혼을 했는데, 4개월 후 브뤼헤의 어느 식당에서 그들에게 장미 한 송이를 팔기 위해 접근한 이탈리아 청년 때문에 헤어지게 되었다. 세번째 남편은 '스크램블드 에그스'라는 별명을 가진 곱슬곱슬한 털의 오리 사냥개를 항상 데리고 다니는 영국인 귀족이었고, 네번째 남편은 래신[2]에 사는 중풍 걸린 사업가였는데, 그는 자신의 별장 테라스에서 흔들의사에 앉아 아침 우편으로 받은 전 세계 신문을 두 다리를 덮을 징도로 쌓아놓고 보면서 제련소들을 경영하는 인물이었다.

511

네번째 이혼 후 몇 주 지난 1958년 2월의 어느 날 다보스에서, 그녀는 미국의 고전적인 희극에나 나올 법한 상황에서 레미 로르샤슈를 만났다. 그날 그녀는 서점에서 전날 밤 텔레비전 방송에서 본 프로그램 〈베리 공작의 가장 부유했던 시절〉에 관한 어떤 책을 찾고 있었다. 불행히도 단 한 권 남아 있던 책이 막 팔린 참이었고, 행운의 구매자인 꽤 건장한 중년의 남자가 계산대에서 책값을 치르고 있었다. 올리비아는 서슴지 않고 그에게 다가가 자신을 소개했고 그에게서 책을 사겠다고 제

2. 시카고와 밀워키 사이에 위치한 미국
위스콘신 주의 도시.

안했다. 그 남자, 즉 로르샤슈는 거절했으나 결국 이들은 그 책을 공유하기로 합의했다.

제80장   바틀부스
            3

1887년 10월, 왕립 역사학회와 영국 과학진흥협회 후원으로 에든버러에서 열린 국제역사학회의 제3차 학술대회 때 발표된 두 편의 논문은 국제과학단체에 대단한 파문을 불러일으켰고, 여론도 몇 주에 걸쳐 여러 갈래 반응을 보였다.

첫번째 논문은 스트라스부르 대학의 차펜슈페 교수가 독일어로 발표한 것으로, 제목은 「미국 영세식에 관한 연구」였다. 그는 생디에 주교구의 지하 서고에서 1495년 제르맹 뤼드가 설립한 그 유명한 인쇄소에서 찍어낸 것임이 틀림없어 보이는 상당량의 고서古書를 발견했고, 그 고문서를 소급해 검토했다. 그 고서들 중에는 지도地圖 책도 한 권 있었는데, 그것은 16세기의 수많은 문헌의 참고사료가 되었음에도 불구하고 실제로는 단 한 권도 눈에 띄지 않았던 책이었다. 바로, 생디에 학파의 지도 제작자들 중 가장 명성이 자자했던, 힐라코밀루스라고도 불렸던 마르틴 발트제뮐러가 제작한 그 유명한 『천지학 입문 관련 기하학 및 천문학의 원리, 그리고 아메리키우스 베스푸키우스의 4회에 걸친 항해기』였다. 이 심장 모양의 지도서에 크리스토퍼 콜럼버스가 발견한 신대륙, 즉 당시에는 서인도라는 명칭으로 불렸던 신대륙의 모습이 '테라 아메리키 벨 아메리카TERRA AMERICI VEL AMERICA'라는 이름으로 최초로 실렸다. 그리고 이 지도서에 씌어진 날짜—1507년—는 약 3세기 전부터 아메리고 베스푸치에 관해 오갔던 치열한 논쟁을 마침내 종결시키는 것이었다.

513

일군의 학자는 아메리고 베스푸치를 한 진지한 인간이자 총체적 안목을 지닌 빈틈없는 탐험가로 여겼다. 또 이들은, 베스푸치가 훗날 하나의 대륙에 자기 이름을 주는 영광을 누리리라고는 결코 생각하지 못했으며 적어도 생전에는 알지 못했거나 임종 시에 겨우 알게 되었을지도 모른다고 판단했다.(낭만주의 시대의 몇몇 판화—그중에서도 토니 조하노의 판화—는 이 늙은 탐험가가 1512년 세비야에서 가족들이 지켜보는 가운데 숨을 거두는 모습을 보여준다. 거기서 탐험가는, 한 남자가 눈물을 흘리며 그의 침대 머리에 무릎을 꿇고 앉아 마치 그가 죽기 전에 마지막으로 똑똑히 보게 하려는 듯 그에게 내민 펼쳐진 지도책에 손을 얹고 있으며, 그 지도에는 '아메리카'라는 단어가 신대륙을 가로지르며 커다랗게 씌어 있다.) 그러나 그를 '핀존 형제' 계열의 모험가로 간주하는 또다른 학자들은 사제단이 그러했듯 콜럼버스를 합법적으로 추방했고 또 콜럼버스가 발견한 것들에 대한 모든 공을 자신의 것으로 삼기 위해 온갖 짓을 다 한 인물이라고 생각했다. 그런데 차펜슈페 교수 덕분에 베스푸치의 생존 당시 이미 신대륙을 '아메리카'로 부르는 관례가 정착되어 있었다는 사실이 증명된 것이다. 베스푸치의 일기나 서한에는 이 사실에 대한 어떤 암시도 없지만, 베스푸치 자신도 이러한 사실을 알고 있었을 것이다. 왜냐하면 사람들에게 반박당하는 일 없이 아메리카라는 명칭이 계속 사용되었다는 것은, 결국 콜럼버스라는 한 제노바인보다 훨씬 더 많은 것을 '발견했다'고 스스로 확신하던 그가 미지의 대륙에 자신의 이름이 붙는 것에 대해 불쾌해하지 않았음을 입증하기 때문이다. 당시 그 제노바인은 몇몇 섬을 탐험하는 데 그쳤고, 그보다 훨씬 뒤인 1498년에서 1500년까지의 세번째 여행이 끝나고서야 그 섬들이 엄밀히 말해 대륙이라는 것을 깨닫게 되었다. 그때 콜럼버스가 탐험한 곳은 바로 남아메리카의 오리노코 강 하구였는데, 그 수로 체계의 방대함을 보고 마침내 그곳이 명백하게 미지의 어떤 대륙임을 알아차렸던 것이다.

그런데 학회에서 발표된 두번째 논문은 더욱 충격적이었다. 제목은 「아메리카의 초기 명칭 부여에 관한 새로운 통찰」이었고, 발표자는 스페인의 고문서학자 후안 마리아나 데 자카리아였다. 그는 아바나와 마에스트란차에서 수집한 거의 2만여 점의 지도를 검토하며 연구했는데, 그중 상당수가 산타카탈리나의 요새에서 발견되었다. 그는 특히 이 요새에서 '1503'이라는 연도가 새겨진 평면 구형도球形圖 하나를 발견했는데, 바로 이 지도에서 신대륙은 명백하게 '테라 콜룸비아TERRA COLUMBIA'라는 이름으로 명명되어 있었던 것이다!

학술대회 사회자이자 칼레도니아 학회의 종신이사인 다로슈 출신의 원로학자 스미가르트 콜크훈 경은 올드 칼리지의 계단식 대강당의 장중한 둥근 천장을 울리게 하는 놀라움, 의혹, 경탄, 기쁨 등의 엄청난 소란을 진정시키는 데 성공했다. 그의 냉정하고 침착한 태도가 그 어느 때보다 빛을 발하는 순간이었다. 마침내 진정한 학자라면 결코 잃어서는 안 될 객관성과 위엄, 공정함으로 장내가 어느 정도 평온을 되찾자 자카리아는 다시 발표를 계속했고, 흥분한 청중들에게 평면 구형도 전체를 찍은 사진과 훼손이 심한 어떤 한 부분을 확대한 사진 한 장을 돌려보게 했다. 그 지도 조각의 가장자리에는 불과 몇 센티미터에 지나지 않는 다음과 같은 글자가 새겨져 있었고,

TE RA COI B J A

그 지도는 매우 간략하지만 신대륙의 넓은 한 부분, 즉 중앙아메리카와 서인도 제도, 베네수엘라 해안, 기아나 등이 분명하게 식별되었다. 515

자카리아는 그날의 영웅이었다. 『스코츠맨』, 『스코티시 데일리 메일』, 글래스고의 『스코티시 데일리 익스프레스』, 애버딘의 『프레스 앤드 저널』, 나아가 『타임스』와 『데일리 메일』의 특파원들은 전 세계에 이 소식을 전했다. 그런데 몇 주 후, 아바나에서 돌아온 자카리아는 그 소중한 자료를 확대 복사해 광고 간지 형식으로 싣기로 약속한 『아메리칸 저널 오브 카토그라피』의 기사를 마지막으로 손질하고 있던 중에 편지 한 통을 받는다. 프랑스 디에프 박물관 관장 플로랑탱 질레뷔르나슈라

는 사람이 보낸 것이었다. 그는 우연히 『모니퇴르 위니베르셀』을 뒤적이다가 학술대회에 관한 기사를 읽게 되었는데, 특히 자카리아가 발표한 내용을, 그중에서도 신대륙이 1503년에 '콜룸비아'라고 불렸음을 증명하는 근거로 사용한 그 훼손된 지도 조각에 관한 기사를 주시해 읽었다고 했다.

플로랑탱 질레뷔르나슈는 편지에서 "열광은 역사학자다운 정신 상태가 아니다"라는 드 퀴베르빌이라는 사람의 말을 인용했고, 자카리아의 발표의 탁월함을 높이 평가하지만 한편으로는 그 폭로(혁명이라고까지는 말하기 힘들므로)를 준엄한 비판의 체로 걸러보아야 하는 것이 아닐까 하는 생각이 들었다고 밝혔다. 물론 누구나

COI   B J A

라는 글자를

COLUMB I A

로 해독하고 싶은 강한 유혹을 느꼈을 것이다. 그리고 그러한 해석에는 어떤 보편적 감정 상태가 반영되었을 것이다. 서인도가 '콜룸비아'로 명명된 한 장의 지도를 발견하면 지리학자들이나 역사학자들은 일종의 역사적 오류를 바로잡는 심정이 될 것이기 때문이다. 사실 수세기 전부터 서구 세계는, 크리스토퍼 콜럼버스가 자신이 최초로 탐험한 대륙에 부여할 수 있었던 이름을 아메리고 베스푸치에게 부당하게 빼앗겼다며 베스푸치를 비난해왔다. 따라서 학술대회는 자카리아에게 환호를 보내면서 제노바 출신의 항해사 콜럼버스의 명예를 회복시키고 거의 4세기 동안 지속된 부당한 처사에 종지부를 찍게 되었다고 믿었을 것이다.

그러나 디에프 박물관장은, 15세기의 마지막 사반세기 동안 카보토 일가와 카브랄 일가, 고메스, 베라차노 등 약 십여 명의 항해사가 인도양 항로를 찾아 서쪽 바다를 항해했다는 사실을 상기시켰다. 그리고—바

로 이 점을 그가 주장하고 싶었던 것인데—18세기 말까지 매우 왕성하게 이어져온 디에프의 굳건한 항해 전통 속에서, 디에프의 항해사 장 쿠쟁('쿠쟁 르 아르디'라고도 불린다)이 '아메리카'를 발견했다는 사실 또한 상기시켰다. 장 쿠쟁은 아마도 제노바 사람 콜럼버스보다 5년 앞선 1487~1488년에 서인도 제도를 찾아갔었던 것이다. 디에프 박물관은 데슬리에르 및 니콜라 데슬리앙과 함께 당시 최고 지도제작 학교의 하나인 디에프 지도제작 학교의 공동건립자였던 선주船主 장 앙고의 지시에 따라 작성된 지도들의 상당 부분을 상속받았고, 그중에서도 확실하게 1521년이라는 연도가 기입된 지도 한 장을 소장하고 있었다. 다시 말해, 문제의 마에스트란차의 지도보다 나중 것인데, 이 지도상에서 온두라스만灣—크리스토퍼 콜럼버스의 '깊은 만'—은 '마레 콘소브리니아MARE CONSO-BRINIA'의 약자임에 틀림없는 '마레 콘소'로 명명되어 있고, 이는 '쿠쟁의 바다' 혹은 '쿠쟁 바다'를 뜻하는 것이다.(따라서 르브룅 브레틸의 어리석은 주장처럼 '마레 콘솔라트릭스MARE CONSOLATRIX'가 될 수는 없다.)

플로랑탱 질레뷔르나슈는 끈질기게 물고 늘어졌다. 즉 이러한 사실들을 고려할 때, 자카리아가

COLUMB I A

라고 읽었던

517

COI B J A

는 마지막 세 글자의 벌어진 간격을 고려할 때 오히려

CONSOBRINIA

라고 읽힐 수 있다는 것이었다. 결국 박물관장은 자카리아에게 '1503'이라는 숫자가 새겨진 지도의 출처를 다시 한번 세심하게 확인해볼 것을

넌지시 권했다. 만약 그 지도가 포르투갈, 스페인, 제노바, 베네치아에서
통용된 방식으로 만들어졌다면, 이

COI B J A

라는 글자는 확실히 콜럼버스를 지칭할 것이다. 비록 콜럼버스가 '인디
아INDIA'라는 말을 붙이려 했었다 할지라도 말이다. 아무튼 그런 지역에
서 통용되는 것이라면 이 글자가 장 쿠쟁을 지칭할 수는 없다. 무엇보다
그의 명성은 디에프에서만 알려져 있었기 때문이다. 그가 용감무쌍한 선
원들과 대립하며 앞다투어 새 항로를 개척했던 인물로 알려진 것은 프랑
스 북부의 르 트레포르에서부터 생발레리앙코, 페캉, 에트르타, 옹플뢰르
에 이르는 지역까지다. 하지만 반대로 만일 그 지도가 앞서 말한 디에프
학교에서 만들어진 것이라면, 그것은 분명 '테라 콘소브리니아'를 나타
내는 것일 테다. 그 사실 여부는 방위표시도의 중심에 소문자 d를 이용해
만든 모노그램의 존재 여부에 따라 어렵지 않게 증명될 수 있을 것이다.

질레뷔르나슈는 추신에 이렇게 덧붙였다. 만약 이 d자 모노그램의
전체 형태가 서로 짜맞춘 두 개의 R자로 구성되어 있다면, 이는 문제의
평면 구형도가 르노 레니에의 작품임을 의미한다. 그는 디에프 학교 출
신의 최초의 지도 제작자 중 한 사람인데, 실제로 장 쿠쟁이 수행한 수차
례의 탐험 여행 중 하나에 동참한 것으로 알려져 있다. 바로 그 르노 레니
에가 몇 년이 지난 1520년경 북아메리카 해안 지도를 한 장 만들었고 또
놀라운 우연의 일치로서 그 땅을 '테라 마리아TERRA MARIA'라고 명명했
는데, 그로부터 한 세기가 지난 후 그곳은 프랑스 앙리 4세의 딸이자 영
국 찰스 1세의 왕비인 '앙리에트 마리 드 프랑스'의 이름을 본떠 '메릴랜
드MARYLAND'라고 불리게 되었던 것이다.

자카리아는 정직한 지리학자였다. 그는 질레뷔르나슈의 편지를 얼
마든지 무시해버릴 수도 있었고, 혹은 질레뷔르나슈가 평면 구형도의
훼손 상태를 이용해 문제의 글자를 자기주장에 도움이 되는 쪽으로 끌

고나갈 가능성을 전면 차단해버릴 수도 있었다. 다시 말해, 디에프의 박물관장에게 이 구형도는 스페인 지도이기 때문에 그의 논박이 효력을 갖지 못한다고 단언할 수도 있었던 것이다. 그러나 그는 편지에 담긴 정보를 자료 삼아 세심하게 지도를 검토했고, 그 결과 그것이 르노 레니에의 지도와 관련이 있음을 확인했다. 따라서 이 까다로운 지명학 문제에 종지부를 찍기 위해, 그는 두 사람이 공동으로 작성하고 서명한 수정본을 학회에 제출했다. 그 논문은 1888년 잡지 『오노마스티카』에 실렸다. 그러나 그 논문은 제3차 학술대회 때 그의 발표가 불러일으켰던 반향과는 비교도 안 될 만큼 별다른 관심을 끌지 못했다.

이제 이 1503년의 평면 구형도는, 오늘날 아메리카라는 이름으로 불리는 대륙이 '쿠지니'로 명명된 유일한 지도라는 정도로만 알려진 채 남아 있을 뿐이다. 제임스 셔우드는 우연히 이 기이한 이야기를 듣게 되었고, 그로부터 1년에 걸쳐 수소문한 끝에 드디어 아바나 대학 총장에게서 이 지도를 샀는데 그 가격은 정확히 알려지지 않았다. 어쨌든 그렇게 해서 이 지도는 현재 바틀부스의 방 한쪽 벽에 걸려 있다.

바틀부스가 이 지도에 애착을 가지는 것은, 이것이 세상에서 유일한 것이기 때문이거나 또 아주 어린 시절부터 그가 자란 저택의 중앙 홀에 걸려 있는 것을 보아왔기 때문이 아니다. 그보다는, 이 지도에는 북쪽이 위쪽에 위치하지 않고 아래쪽에 위치하는 또다른 특징이 있기 때문이다. 이러한 방향의 뒤바뀜은 사람들이 일반적으로 생각하는 것과는 달리 당시에는 흔히 있던 일이지만, 바틀부스에게는 언제나 더할 나위 없이 매혹적인 일로 여겨졌다. 물론 이와 같은 위치 전복은 항상 180도로 일어나지는 않고 때로는 90도나 45도로 일어나기도 하지만, 여하튼 매번 공간에 대한 통념을 파괴하는 것이었다. 예를 들어 만약 이 지도를 오른쪽으로 90도 회전시켜 서쪽이 위쪽에 오게 만든다면, 적어도 초등학교를 나온 사람이라면 누구에게나 친숙한 유럽 대륙의 윤곽이 덴마크 땅의 윤곽과 닮아 보일 것이다. 이 사소한 전복에는 퍼즐을 조립하는 사람으로서 그가 행하는 활동의 이미지가 숨겨져 있다.

519

바틀부스는 엄밀히 말해 한 번도 수집가였던 적이 없었다. 그러나 1930년대 초반, 그는 이와 유사한 지도를 찾아다니거나 사람들을 시켜 찾게 한 적이 있었다. 그 결과 그의 방에는 현재 두 개의 지도가 더 걸려 있다. 그중 하나는 드루오 호텔에서 발견한 것으로, 암스테르담의 '레이니르 오텐 지도'의 일부를 이루는 〈하드리아노 레일란도의 일본 제국……묘사〉를 근사하게 찍어낸 것이다. 전문가들은 그 지도를 매우 소중히 여기는데, 북쪽이 오른쪽에 있어서가 아니라 일본 제국의 66개 지방 도시의 이름이 최초로 일본의 표의문자와 라틴어로 함께 씌어진 것이기 때문이다.

다른 하나는 더욱 흥미로운 것이다. 그것은 태평양 지도로, 파푸아만灣의 해안 부족이 사용했던 것처럼 대나무 줄기로 만들어졌고 매우 섬세한 조직망을 통해 조류와 탁월풍을 표시하고 있다. 또한 섬과 암초를 나타내는 조개껍질은 우연처럼 여기저기 배치되어 있다. 오늘날 지도 제작자들이 채택한 규범에 비추어 본다면 이 '지도'는 일종의 착오처럼 보인다. 방위, 비율, 거리, 지형 윤곽 등이 전혀 표시되어 있지 않기 때문이다. 하지만 이 지도는 비할 데 없는 사용상의 효율성을 지니고 있는데, 그것은 언젠가 바틀부스가 런던 지하철 지도에 대해 설명했던 것과 똑같은 방법이라고 볼 수 있다. 즉 런던 지하철 지도는 사람들이 한 장소에서 다른 장소로 이동하고자 할 때 별문제 없이 사용할 수 있도록 사용 방법이 아주 간결하고 명확하게 되어 있기 때문에, 런던이라는 도시를 나타내는 지도와는 절대 겹쳐질 수 없다는 이야기였다.

본래 이 태평양 지도는 지난 세기 말 트로브리안드인의 '쿨라'를 어느 정도 상기시키는 것으로, 뉴기니 포토모즈비에 거주하는 모투족의 대항해를 연구했던 바턴 선장이 가져왔다. 바턴은 런던으로 돌아온 후, 이 습득물을 자신의 탐험 경비 일부를 지원해준 오스트레일리아 은행에 선사했다. 은행은 이 지도를 얼마 동안 본사의 한 접견실에 걸어놓았다. 그러다가 뉴질랜드와 오스트레일리아행 이민 모집을 주 업무로 하는, 반은 사설 단체인 '국립 남반구 개발재단'에 이 지도를 선물했다. 그런데 재단이 1920년대 말 파산하면서 이 태평양 지도는 재판소가 선임한 파산 청산인에 의해 경매에 붙여졌고, 그 소식을 들은 바틀부스가 그것을 샀던 것이다.

방의 나머지 부분은 별다른 가구 없이 거의 비어 있다. 하얀 칠을 한 밝은 느낌의 방에는 올이 고운 면직물로 된 두툼한 커튼이 드리워져 있고, 중앙에는 침대가 놓여 있다. 이 영국식 침대의 다리는 청동으로 되어 있고 꽃무늬가 날염된 인도 옥양목 침대보가 전체를 덮고 있으며, 프랑스 제1제정 시대풍의 침실용 탁자가 침대 양옆에 하나씩 놓여 있다. 왼쪽 탁자 위에는 아티초크 모양의 받침대가 달린 램프가 있고, 그 옆에는 설탕 두 조각, 유리컵 하나, 스푼 하나, 솔방울 모양의 마개가 달린 크리스털 물병 하나가 놓인 팔각형의 주석 접시가 있다. 오른쪽 탁자 위에는 직사각형의 소형 추시계가 놓여 있는데, 나무결이 드러나 보이는 마호가니 케이스는 흑단과 금 도금한 금속으로 세공되어 있다. 또 그 옆에는 모노그램이 새겨진 은제 물컵 하나와 타원형 사진틀이 놓여 있다. 사진은 바틀부스의 세 명의 조상, 즉 제임스의 동생인 윌리엄 셔우드, 그의 아내 에밀리, 그리고 제임스 엘로이시어스 바틀부스를 찍은 것이다. 세 사람 모두 예복을 차려입은 모습으로 서 있고, 그들 앞에는 리본으로 요란하게 장식된 많은 꽃바구니들 한가운데 신혼부부인 프리실라와 조너선이 나란히 앉아 있다. 테이블 아래 선반에는 검은 가죽으로 장정된 커다란 비망록이 한 권 놓여 있다. 비망록 표지에는 'DESK DIARY 1952'와 'ALLIANCE BUILDING SOCIETY(주택연합조합)'이라는 대문자로 된 금박 글자가 돋을새김 되어 있고, 그 아래에는 V자를 거꾸로 한 무늬와 꿀벌, 작은 금색 원으로 이루어진 가문家紋이 그려져 있다. 그리고 가문 밑에는 양피지 조각이 붙어 있는데, 거기에 'DOMUS ARX CERTISSIMA'라는 글씨가 씌어 있으며 그 아래에 영어로 'The surest stronghold is the home'(가장 확실한 성채는 가정이다)이라고 번역되어 있다.

521

바틀부스의 연구 계획에 나타나는 모순과 일관성이 결여된 사례에 관한 리스트를 작성하는 것은 지루한 일일지도 모른다. 결국 곧 알게 될 일이지만, 만약 이 영국인이 짜놓은 프로그램이 베상드르의 과감한 공격이나 가스파르 윙클레의 좀더 은밀하고 교묘한 공격에 무너진다면, 그 실패의 책임은 무엇보다 그러한 공격에 대응할 수 없는 바틀부스 자신의 무능력에 있을 것이다.

그러나 아직은, 바틀부스가 구축하고자 했던 체계를 결코 위험에 처하게 만들지 않는 이 사소한 일관성 결여가 큰 문제는 아니다. 비록 이러한 결여가 때때로 그의 체계의 지나치게 독선적이며 짜증나는 일면을 강조하고 있기는 하지만 말이다. 예를 들어 바틀부스가 20년 동안 500개의 수채화를 그리겠다고 결심했을 때, 그는 끝수를 없앤다는 이유로 이 숫자를 선택했다. 그러나 차라리 480개를 선택하는 것이 더 나았을 것이다. 그랬더라면 매달 두 개의 수채화를 그리면 되었을 것이기 때문이다. 혹은 좀더 엄격하게 520개였더라면 2주일에 한 점씩 그리면 되었을 것이다. 그러나 정확히 500개의 수채화를 그리기 위해서는 매달 두 점씩 그리되 가끔 어느 한 달에는 세 점을 그려야 했고, 혹은 대략 2주와 4분의 1 단위로 한 점씩 그려야 했다. 또한 이렇게 부정확한 주기에 여행에서 발생하는 여러 우연이 겹쳐지면서 당초 계획했던 진행을 조금씩 위태롭게 만들었다. 어쨌든 가스파르 윙클레는 대략 2주에 한 점씩 수채화를 받았다. '대략'이라 함은, 세부 일정에서 며칠씩, 때로는 몇 주일씩 변동이 있었기 때문이다. 그리고 그의 수채화가 그것이 처음 그려진 바로 그 장소에서 '지워졌을' 때, 지우는 행위는 정확히 20년 후가 아니라 '대략' 20년 후이거나 혹은 20년하고도 며칠 후에 행해졌다. 여하튼 수채화를 비롯한 퍼즐 제작과정에서의 사소한 일관성 결여가 바틀부스가 구상한 전체적인 계획에 전혀 문제가 되지 않았던 것처럼, 퍼즐 조립과정에서 때때로 예정보다 조금씩 지체했던 것도 전체 계획에는 아무런 문제가 되지 않았다.

따라서 만약 바틀부스의 계획이 총체적으로 실패했다고 말할 수 있다면, 그것은 위와 같은 사소한 시간적 오차 때문이 아니라 바틀부스가 스스로에게 부과했던 규칙들을 존중하면서도 결국은 자신의 시도를 완수하지 못했다는 실제적이고도 구체적인 이유 때문일 것이다. 그는 그의 계획 전체가 어떤 흔적도 남기지 않고 다시 출발점으로 되돌아오기를 원했다. 마치 바다가 사람을 덮쳐 익사시키고 다시 잔잔해지듯 그의 계획으로부터 아무것도, 결코 아무것도 남지 않기를 원했다. 그래서 그것으로부터 오직 무無, 아무것도 없음의 순결한 백색, 무용지물의 무상적無常的 완벽함이 나오기를 원했다. 그러나 그가 20년 동안 500점의 해양화를 그렸고 가스파르 윙클레가 이 모든 해양화를 750조각짜리 퍼즐로 만들었지만, 그 퍼즐 조각이 모두 재구성되지는 못했고 또 재구성된 퍼즐조차 대략 20년 전 수채화가 그려진 바로 그 장소에서 모두 다 해체되지는 못했다.

사실 이 계획이 실현 가능한 것이었는지, 그리고 내적 모순의 무게나 어떤 구성요소의 훼손으로 그 계획 체계가 와르르 무너져내리는 일 없이 그가 이 계획을 잘 완성시킬 수 있었을지에 대해서는 단정하기 어렵다. 어쩌면 시력을 잃지 않았다 해도 바틀부스는 평생을 바치기로 결심한 그 집요한 모험을 완수하지 못했을지도 모른다.

1972년의 마지막 몇 달 동안, 바틀부스는 자신이 장님이 되어가고 있다는 것을 깨달았다. 그것은 몇 주 전부터 계속된 여러 차례의 두통과 목의 통증, 그리고 온종일 퍼즐 작업을 하고 나면 시야가 흐릿해지면서 사물의 윤곽이 안개 같은 것으로 둘러싸인 듯 보이는 시각적 장애들에서 시작되었다. 처음에는 그냥 몇 분 동안 어둠 속에 가만히 누워 통증이 사라지기를 기다리면 됐었다. 그러나 이러한 장애는 곧 점점 심각해져 더 자주 그리고 더 강도 높게 나타났으며, 심지어 어슴푸레한 빛 속에서도 사물이 이중으로 보이기 시작했다. 항상 술에 취해 있는 것만 같았다. 의사들은 수술을 받으면 치료할 수 있는 이중백내장이라고 진단했다. 의사들은 그에게 두툼한 콘택트렌즈를 착용하라고 했고, 눈을 피로하게 해서는 안 된다는 주의를 주었다. 신문에서도 큰 활자의 제목만 읽고, 밤에는 운전을 피하고, 텔레비전을 너무 오랫동안 보면 안 된다는 뜻이었다. 의사들은 바틀부스가 단 한 순간이라도 퍼즐 조각 맞추기를 다시 시작하는 무모한 시도를 하리라고는 생각하지 못했다. 그런데 겨우 한 달 후 바틀부스는 다시 책상 앞에 앉았고, 그동안 놓친 시간을 만회하려 애썼다.

곧 시각 장애가 다시 발생했다. 이번에는 파리 한 마리가 왼쪽 눈 옆 어디에선가 끊임없이 왕왕거리며 날아다니는 것이 보이는 듯한 느낌이었다. 그때마다 그는 자기도 모르게 손을 들어 파리를 쫓으려 했다. 이어서 그의 시야가 점점 좁아지기 시작하더니, 마침내 어둠 속에서 문이 약간 열려 있을 때처럼 가느다란 균열 틈으로 한 줄기 청록색 햇빛이 꿰뚫고 들어올 뿐이었다.

왕진온 의사들은 그의 침대 머리에서 부정적으로 고개를 저었다. 어떤 의사들은 흑내장이라 했고, 어떤 의사들은 색소망막염이라고 했다. 어느 경우건 더이상 어떤 치료도 할 수 없었고, 그의 병은 실명을 향해 급속도로 진행되었다.

바틀부스가 두 손 안에 조그만 퍼즐 조각을 쥐고 지낸 지 이미 18년째였고, 촉각은 그에게 거의 시각과도 같은 중요한 역할을 해주었다. 그는 황홀감 같은 것을 느끼며, 자신이 작업을 계속할 수 있으리라고 생각했다. 이제부터는 마치 무채색의 수채화를 재구성하는 것과 같은 작업이 될 것이었다. 사실, 그때까지만 해도 그의 눈은 형태 정도는 식별할 수 있었다. 그런데 1975년 초, 먼 거리에서 움직임이 느껴지는, 가볍게 떨리는 미세하고 어렴풋한 빛 외에는 아무것도 판별할 수 없게 되자 그는 다른 사람의 도움을 받아 진행 중인 퍼즐 조각을 주요 색깔, 색조, 형태 등에 따라 분류하기로 결심했다. 윙클레는 이미 사망한 뒤였지만, 살아 있었더라도 틀림없이 그의 요청을 거절했을 것이다. 스모프와 발렌은 너무 늙었고, 클레베와 엘렌에게 시켜보았지만 별로 만족스럽지 못했다. 결국 바틀부스는 베로니크 알타몽에게 부탁했는데, 노셰르 부인에게 이야기를 전해들은 스모프로부터 베로니크가 수채화를 공부했고 퍼즐 애호가라는 정보를 얻었기 때문이었다. 그때부터 이 연약한 소녀는 거의 날마다 늙은 영국인 바틀부스의 집에 와, 그와 함께 한두 시간을 보낸다. 지각할 수 없는 그에게 그녀는 퍼즐 조각의 색깔 변화를 아주 작은 목소리로 묘사해주고 또 나무로 된 퍼즐 조각들을 하나하나 만져보게 해준다.

제81장   로르샤슈
                  4

올리비아 로르샤슈의 방은 일본식 장식이 있는 밝고 연한 푸른색 벽지
가 발라져 있고 밝은 빛깔의 나무로 된 가구가 쾌적하게 진열되어 있어
환하고 기분 좋은 느낌을 준다. 인도풍 패치워크 침대보가 널린 침대가
쪽판을 깐 널찍한 단상 위에 놓여 있고, 그 단상의 양 측면이 침대머리
를 대신하고 있다. 오른쪽 침대머리 위에는 노란 장미꽃이 가득 담긴 커
다란 흰 대리석 꽃병이 놓여 있고, 왼쪽 침대머리에는 정육면체의 검은
색 금속 받침대가 붙어 있는 조그마한 야등夜燈과 어젯밤 알리그르 광장
의 벼룩시장에서 15상팀을 주고 산 잭 런던의 『달빛 계곡』 중고책, 그리
고 스무 살 시절의 올리비아의 사진 한 장이 놓여 있다. 사진 속에서 그녀
는 체크무늬 블라우스, 술 달린 가죽조끼, 승마용 바지, 굽 높은 장화, 카
우보이모자 차림으로 나무울타리에 걸터앉아 한 손에 코카콜라병을 들
고 있다. 그녀 뒤에서는 근육질의 한 행상인이, 가지각색의 과일이 넘칠
듯 담긴 쟁반을 들고 흔들고 있다. 그것은 그녀가 출연한 마지막에서 두
번째 장편영화인 〈용감한 사나이들〉의 한 장면을 찍은 사진이다. 그 영
화는 그녀가 제러미 비숍과의 파경으로 큰 물의를 빚은 후 오스트레일
리아를 떠나 미국에서 대담한 새 출발을 시도했던 1949년의 작품으로,
그녀가 주연을 맡았었다. 그러나 〈용감한 사나이들〉은 흥행에 성공하지
못했다. 가혹한 우연의 일치라고 할 수 있는데, 뒤이어 찍은 영화의 제목
은 〈계속 공연하세요, 내 사랑!〉이었다. 이 영화에서 그녀는 타오르는 횃

불을 가지고 곡예를 하는 열일곱 살짜리 줄타기 광대를 사랑하는 여자 곡예사(아름다운 아망딘) 역을 맡았다. 그러나 이 영화는 제작자들이 마지막 부분을 보고 별로 승산이 없다고 판단하는 바람에 아예 상영되지도 못했다. 그 후 올리비아는 텔레비전에서 일종의 관광 프로그램의 스타가 되었다. 이 프로에서 그녀는 좋은 가문 출신에 선량한 생각으로 가득 찬 젊은 미국 처녀로 등장했다. 그녀는 에버글레이즈로 수상 스키를 타러 가고, 바하마나 카리브 해나 카나리아 제도에서 일광욕을 하고, 리오의 카니발에서 마음껏 즐기고, 바르셀로나 투우 경기에서 환호성을 지르고, 에스코리알에서 교양을 쌓고, 바티칸에서 명상에 잠기고, 물랭루즈에서 샴페인을 실컷 마시고, 뮌헨의 '시월 축제'에서 맥주를 마시는 등등의 역할을 했다. 이 때문에 그녀에게 여행 취미가 붙게 되었다. 그녀가 두번째 남편을 만난 것은 58번째 단편영화 〈잊을 수 없는 빈……〉을 찍고 있을 때였고, 59번째 단편영화 〈브뤼헤, 여자 마법사〉의 촬영 도중에 그와 헤어졌다.

올리비아 로르샤슈는 지금 그녀의 방에 있다. 그녀는 머리카락이 곱슬곱슬하고 약간 통통하며 자그마한 여인이다. 그녀는 몸에 꼭 끼는 맵시 있는 흰 리넨 투피스에 생사生絲 재킷을 걸치고, 넓은 넥타이로 멋을 냈다. 그녀는 침대 곁에 앉아 있다. 그녀 옆에는 이제 곧 들고나갈 핸드백과 화장품 케이스, 가녀린 외두, 용을 때려눕히는 대천사를 표현한 오래된 생미셸 훈장으로 장식된 베레모, 그리고 『타임 매거진』, 『르 필름 프랑세』, 『왓츠 온 인 런던』 등의 잡지가 놓여 있다. 그녀는 제인 서턴에게 남길 지시 사항 메모를 다시 읽고 있다.

— 코카콜라를 배달시킬 것.
— 이틀에 한 번씩 화병의 물을 갈아주되 매번 아스피린 반 개를 물에 넣고, 꽃이 시들면 치워버릴 것.
— 큰 크리스털 샹들리에의 청소를 맡길 것.(살몽 회사 사람을 부를 것.)

— 시립도서관에 책을 반납할 것. 이미 보름간 연체됐음. 특히 『클라라 슈만의 연애편지』, 피에르 자네의 『불안에서 황홀경으로』, 피에르 불의 『콰이 강의 다리』를 잊지 말 것.

— 폴로니우스*에게 먹일, 건조시킨 에담 치즈를 살 것. 그리고 잊지 말고 일주일에 한 번씩 폴로니우스를 르페브르 씨 댁에 데려가 도미노 레슨을 받게 할 것.

— 피치카뇰리네 아이들이 현관에 있는 유리공에 꽃송이를 깨트리지 않았는지 매일 확인할 것.

이번 56번째 세계 일주의 구실은, 멜버른에서 열리는 〈옛날 옛적에 올리비아 노벨이 살았네〉라는 영화의 세계 최초 시사회에 초청된 일이다. 이 영화는 그녀의 명장면을 모아 편집한 것으로, 대성공을 거둔 연극 장면을 필름으로 옮겨놓은 것까지 포함되었다. 그녀는 우선 런던에서부터 서인도 제도까지 유람선 여행을 한 다음, 비행기를 이용해 뉴욕, 멕시코, 리마, 타이티, 누메아에 들러 며칠씩 묵을 것이고, 그후 멜버른으로 갈 것이다.

* 폴로니우스는 레미 로르샤슈가 그녀와 사귀게 된 직후 그녀에게 선물했던 애완용 햄스터 한 쌍의 43번째 후손이다. 그들은 슈투트가르트의 뮤직홀에서 한 동물 흥행사를 만났고, 둥근 통과 고정 틀 뛰어넘기, 평행봉 경기, 그네뛰기 등을 자유자재로 해내는 뤼도비크라는 햄스터의 스포츠 묘기를 보고 대단한 감동을 받았다. 그들은 뤼도비크를 사겠다고 제안했으나 흥행사 르페브르 씨는 거절했고, 대신 자신이 도미노 놀이를 가르친 햄스터 한 쌍―제르트뤼드와 시지스몽―을 그들에게 팔았다. 이 한 쌍으로부터 시작된 전통은 대대로 계속 전해져 내려갔다. 부모 햄스터가 자식 햄스터에게 게임하는 것을 자연스럽게 가르쳤기 때문이다. 그런데 불행히도 지난 겨울 전염병이 돌아 이 햄스터 가족을 거의 전멸시켰고, 유일하게 살아남은 폴로니우스는 혼자여서 게임을 할 수 없게 되었다. 게다가 이 녀석은 자신이 좋아하는 소일거리를 계속해서 하지 못하면 쇠약해지는 습성을 갖고 있었다. 따라서 로르샤슈 부부는 일주일에 한 번씩 뫼동에 있는 동물 흥행사의 집에 폴로니우스를 데리고 가야만 했다. 흥행사 르페브르 씨는 이미 은퇴했지만 재미삼아 작고 영리한 짐승들을 계속 사육했기 때문이다.

제82장   그라티올레
                                  2

이자벨 그라티올레의 방. 오렌지색과 노란색 줄무늬의 벽지를 바른 어린이 방이다. 이 방에는 스누피 모양의 베개가 놓인 튜브 형태의 좁은 침대, 가장자리가 너덜너덜한 천으로 씌워져 있고 양쪽 팔걸이에도 술 장식이 늘어뜨려져 있는 낮은 안락의자 하나가 놓여 있다. 그리고 두 개의 흰색 나무문에 촌스러운 타일 바닥(델프트 양식: 미세하게 골이 나 있는 밝은 푸른색 바둑판무늬에 풍차 방앗간, 압착기, 해시계판이 차례로 묘사되어 있는 양식)을 연상시키는 접착용 비닐 가공 천을 붙인 작은 옷장, 가느다란 연필 자국이 있는 학생용 책상, 책 정리함 세 개가 있다. 책상 위에는 전통 의상을 입고 백파이프를 부는 스코틀랜드인들의 여러 모습이 도안된 스텐실 필통이 놓여 있고, 그 옆에 강철로 된 자가 있으며, 또 에나멜 칠을 한 금속으로 만들어졌고 약간 울퉁불퉁한 표면에 '과일조림ÉPICES'이라는 글자가 씌어 있으며 안에는 볼펜과 수성 볼펜이 가득한 상자가 놓여 있다. 또 그 옆에는 오렌지 한 개, 제본공들이 사용하는 노트처럼 대리석무늬 종이로 겉장을 씌운 여러 권의 노트, 워터맨 잉크병, 그리고 경쟁자인 레미 플라세르에 비하면 훨씬 덜 심각한 수준이지만 이자벨 역시 수집하고 있는 압지장 네 장이 놓여 있다.

529

> — '프티 바토'표 반바지를 입고 굴렁쇠를 굴리고 있는 아기('용감한 코르볼의 아들 플뢰레 문구점' 제공)
> — 꿀벌(아피스 멜리피카 L.) 한 마리(쥐방티아 실험실 제공)

— 중국 산둥지방제製 붉은 비단 잠옷을 입고 바다표범 가죽 신발에 은 장식끈이 달린 하늘빛 캐시미어 실내복을 걸친 남자가 인쇄되어 있는 패션 사진 한 장('네스퀵NESQUIK': "두번째 옷도 사게 될 것입니다!")

— 마지막으로, 『라 스멘 드 쉬제트』지가 제공한 '프랑스 역사를 장식한 위대한 여인' 시리즈 제24편으로 마담 레카미에의 모습을 나타낸 압지장. 프랑스 제2제정 시대풍의 살롱에서 검은 제복을 입은 몇 사람이 소파에 앉아 이야기를 듣고 있고, 미네르바가 받치고 있는 큰 거울 옆에서 마치 요람처럼 안쪽으로 휘어진 긴 의자에 한 젊은 여인이 길게 누워 있다. 그녀의 나른한 포즈는 연분홍빛 두툼한 새틴 드레스가 발하는 황홀한 빛과 대조를 이룬다.

침대 위에는 십대 청소년의 방에서는 보기 힘든 물건인 타원형 몸체의 현악기 테오르보가 걸려 있다. 이중 손잡이가 있는 류트 중 하나인 이 악기는 16세기에 일시적으로 유행하기 시작해 루이 14세 시대에 절정의 인기를 누렸고—니농 드 랑클로가 가장 뛰어난 연주자로 알려져 있다—곧 저음 기타와 첼로에 밀려 인기가 시들해졌다. 이 테오르보는 올리비에 그라티올레가 아내가 살해되고 장인이 자살한 후 종마사육장에서 가져온 유일한 물건이다. 이 물건은 전부터 항상 집 안에 있었지만 그 출처에 대해서는 아무도 알지 못하는 것 같았다. 어느 날 드디어 올리비에가 이 악기를 레옹 마르시아에게 보여주자 레옹은 어렵지 않게 그것을 감정해냈다. 그것은 십중팔구 마지막으로 제작된 테오르보 중 하나였다. 이 악기는 티롤에 있는 스테이너 가家의 아틀리에에서 제작된 것으로 한 번도 연주된 적이 없었다. 그러나 이것은 자크 스테이너의 바이올린이 아마티의 바이올린에 견주어질 정도로 융성했던 전성기에 제작된 것은 분명 아니고, 아마도 18세기 중엽 스테이너 아틀리에가 사양길로 접어들었을 때, 그리고 류트나 테오르보가 이제 악기라기보다는 수집가들의 호기심을 자극하는 물건이 되어가던 무렵에 만들어진 것으로 추정되었다.

530

학교에서는 아무도 이자벨을 좋아하지 않고, 그녀 역시 특별히 사랑받을 만한 행동을 하지 않는다. 같은 반 친구들은 그녀에 대해 완전히 머리가 돈 아이라고 수군댄다. 게다가 벌써 수차례에 걸쳐 학부모들이 올리비에 그라티올레를 찾아와, 그의 딸 이자벨이 같은 반 아이들에게, 또 때로는 운동장에서 만난 자기보다 훨씬 어린 아이들에게 무서운 이야기들을 들려줘 겁먹게 한다고 항의하곤 했다. 예를 들어, 이자벨은 미술 시간에 자기 블라우스에 검정색 잉크를 엎지른 루이제트 게르네에게 복수하기 위해, 자기가 학교에서 나가기만 하면 길에서 줄곧 자기를 뒤쫓아오는 어떤 늙은 '색마'가 있는데 어느 날엔가 그가 자기를 덮쳐 옷을 홀랑 벗겨버리고 성폭행할 거라고 말했다. 그리고 열 살밖에 안 된 도미니크 크로즈에게는, 환상이나 유령 같은 것들이 정말로 존재하며, 자신도 어느 날 자기 아빠가 마을 창으로 무장한 겁먹은 경비병 무리 가운데 중세의 기사처럼 갑옷을 입고 나타난 것을 보았다고 말했다. 또한 '방학 중에 가장 아름다웠던 추억을 이야기해보시오'라는 작문 주제를 받고서 길고 긴 엉뚱한 연애 이야기를 써낸 적도 있었다. 그 이야기 속에서 그녀는 금실 섞인 수단 옷을 입은 채 그녀 자신이 결코 그의 얼굴을 보지 않겠다고 맹세한 어느 가면 쓴 왕자에게 쫓겨다녔다. 그러면서 그녀는 송진이 타는 횃불을 든 시동 부대와 진홍빛 큰 술잔에 가득 담긴 독한 술을 그녀에게 붓고 있는 난쟁이 부대의 호위를 받으며, 결이 드러나 보이는 대리석이 깔린 현관을 건너뛰듯 통과했다.

　이자벨을 맡고 있는 프랑스어 선생은 어찌할 바를 몰라 그 작문을 교장에게 보였다. 교장은 상담 교사에게 문의한 후, 올리비에 그라티올레에게 딸을 심리치료 의사에게 보여 검사를 받을 것을 당부하는 내용의 편지를 보냈다. 아울러, 다음해에 그녀를 교육심리 학교에 입학시킨다면 그녀의 지적, 심리적 발달이 정상을 찾게 될 수도 있을 것이라고 권고했다. 그러나 올리비에는 냉담하게 답장을 보냈다. 그는 일단 자신의 딸이 남다른 상상력을 가지고 있다는 것을 전제하고서, 만일 자신의 딸을 비정상이나 심리 불안정이라고 간주해야 한다면, 이는 혹시 같은 또래의 초등학생들 거의 전부가 우는 암양 새끼들처럼 그저 "농부의 아내는 암탉에게 먹을 것을 주어요, 농부는 쟁기로 밭을 갈아요" 등을 입을 모아 반복할 수 있기 때문은 아닌지 의심스럽다고 했다.

제83장   위팅

                          3

커다란 아틀리에의 로지아에 꾸며져 있는 위팅의 방은 대략, 오노레 부
부라고 불리던 노부부가 1949년 말까지 살았던 옛 12호 다락방에 해당
한다. '오노레'는 사실 그 남편의 성姓이 아니라 이름이었다. 그러나 클
라보 부인과 그라티올레 집안 사람들을 제외하고는 아무도 이 부부의
성—마르시옹—을 알지 못했고, 그 부인의 이름도 부르지 않았다. 모두
가 그저 '오노레 부인'이라고 불렀을 뿐이다.
    1926년까지 오노레 부부는 당글라르 씨 집에서 일했다. 오노레는
그 집 식당의 급사장이었고, 오노레 부인은 요리사, 특히 옛날 스타일의
요리사였다. 그녀는 계절을 가리지 않고 항상 등에 인도식 손수건을 핀
으로 고정시켜 달고, 헝겊 모자로 머리카락을 감추고, 회색 스타킹을 신
고, 짧은 뻘긴색 스기드를 입고, 가슴까지 올라오는 앞치마를 하고 있었
다. 이 부부 외에 또다른 하녀가 당글라르 씨 가족의 식사 시중을 들었는   533
데, 그녀의 이름은 셀리아 크레스피였고 1926년 당시 그 집에서 몇 달 전
부터 가정부로 일하고 있었다.

    당글라르 부인의 안방을 잿더미로 만든 화재가 발생하고 십여 일이
지난 후인 1926년 1월 3일, 셀리아 크레스피는 여느 때처럼 아침 7시경
에 일을 하러 왔고 아파트가 비어 있음을 알게 되었다. 당글라르 부부가
꼭 필요한 물건만 여행 가방 세 개에 황급히 쑤셔넣은 후, 아무 예고 없
이 떠나버린 것이다.

상고법원 부법원장의 행방불명이 대수롭지 않은 일이 될 수는 없었을 것이다. 다음날 소문이 퍼져나갔고, 이 일은 '당글라르 사건'이라고 불리게 되었다. 이 대법관이 협박을 받았다는 것이 사실일까? 두 달도 더 넘게 사복 경찰들에게 추적당하고 있었다는 것이 사실일까? 법무장관이 직접 공식적인 금지 지시를 내렸음에도 불구하고 경찰청이 법원 내 그의 사무실을 수색했다는 것이 사실일까? 풍자적 경향의 신문들을 필두로, 주요 일반 매체에서도 이러한 수많은 의문과 함께 여러 스캔들과 추문이 쏟아져나왔다.

그런데 이에 대한 대답은 일주일 후에 나왔다. 내무부 장관이 담화를 통해, 베르트와 막시밀리앙 당글라르가 스위스로 불법 출국하려다 1월 5일 체포되었다고 발표한 것이다. 그리고 대법관과 그의 아내가 제1차 대전이 끝난 이래 30여 차례에 걸쳐 뻔뻔스러운 도둑질을 범했다는 사실이 알려지자 사람들은 경악했다.

당글라르 부부가 도둑질을 한 것은 물론 돈이 궁해서가 아니었다. 그보다는 정신병리학 소설에 나오는 세세한 범죄 묘사를 그대로 모방한 것이라 볼 수 있다. 왜냐하면 절도행위를 하면서 맞닥뜨리게 되는 위험이 그들에게 일종의 열정과 그야말로 성적 쾌감, 그리고 고도의 긴장감에서 비롯되는 희열을 안겨주었기 때문이었다. 항상 고티에 샌디에서 부부관계를 가졌던(막시밀리앙 당글라르는 일주일에 한 번씩 시계태엽을 감은 다음 부부로서의 의무를 완수하곤 했다) 엄격한 대부르주아 출신인 이 부부는 값비싼 물건을 공공연하게 훔치는 행위가 두 사람 모두에게 일종의 리비도적 도취감을 일으키면서 이내 그들의 삶의 이유가 되었다는 것을 깨달았다.

그들은 자신들의 공통된 충동을 전혀 뜻밖의 방식으로 아주 우연히 알게 되었다. 어느 날 당글라르 부인은 담배 케이스를 하나 고르려는 남편을 따라 클르레 상점에 갔다가, 어떤 감동과 뿌리칠 수 없는 두려움에 사로잡혀 그들을 상대하는 여점원의 두 눈을 똑바로 응시하면서 조가비로 만든 허리띠 버클 하나를 훔쳤다. 그녀는 단지 사치스러운 좀도둑에 불과했다. 그러나 바로 그날 저녁 그녀가 전혀 눈치채지 못했던 남편에게 그 사실을 고백했을 때, 이 범법행위 이야기는 평소 이들의 포옹에 부재했던 뭔가 관능적이고 강렬한 쾌감을 두 사람의 내면에 불러일으켰다.

그들의 유희의 규칙은 상당히 빠른 속도로 다듬어졌다. 이 유희에서 중요한 것은, 둘 중 한 사람이 다른 사람에게 이러저러한 절도행위를 요구하면 그 사람 면전에서 그 행위를 완수하는 것이었다. 내기—일반적으로 에로틱한 것이었다—의 방식은 도둑질하는 사람이 성공하느냐 실패하느냐에 따라 상을 주거나 벌을 주는 것이었다.

많은 사람들을 초대하거나 수많은 초대를 받게 되는 당글라르 부부는 대사관저의 살롱이나 파리의 연회장에서 먹잇감을 찾곤 했다. 예를 들어 베르트 당글라르가 남편에게 그날 저녁 보프로 공작부인이 어깨에 걸친 모피 스톨을 자기에게 가져다줄 수는 없을 거라고 말하면, 남편 막시밀리앙은 내기를 걸면서 그 대가로 아내에게 그들을 초청한 인사의 살롱에 걸려 있는 페르낭 코르몽의 데생(〈들소 사냥〉)을 훔칠 것을 요구하는 식이었다. 탐내는 물건에 접근하기가 어려운 경우에 도둑질하기로 되어 있는 쪽이 다소의 유예기간을 요구할 수도 있고, 더 복잡한 경우에는 서로 공모하거나 배우자를 보호하는 역할을 하기도 했다.

그들이 시도한 44회 도전 중에서 32회가 성공을 거두었다. 그들이 훔친 것은 아주 많지만, 그중에서도 물랑 백작부인 저택에서 훔친 은으로 된 사모바르와 교황청 대사관저에서 훔친 이딜리아 페루자 지방의 초벌 그림 한 장, 에노 은행 총재의 넥타이핀, 교육부장관 사무장 집에서 훔친 『장 라신의 생애에 관한 회고록』 등이 대표적이며, 특히 라신에 관한 이 책은 라신의 아들 루이가 쓴 것으로 거의 완벽한 초고 상태였다.

다른 사람이라면 벌써 발각되거나 즉시 체포되었을 일이었다. 하지만 심지어 범행 현장에서 붙잡히는 경우에도 그들은 거의 힘들이지 않고 무죄를 증명할 수 있었다. 대법관과 그의 아내가 절도죄로 의심받기는 거의 불가능한 일이었고, 증인들은 한 재판관의 유죄를 인정하는 것보다 차라리 자신들의 눈으로 본 것을 의심하는 쪽을 택했기 때문이다. 가령 올리베 예술품 상점의 별관 층계에서 붙잡혔을 때, 막시밀리앙 당

535

글라르는 사드 후작을 뱅센 감옥과 바스티유 감옥에 투옥하라는 명령이 담긴, 루이 16세가 직접 서명 날인한 문서 세 통을 훔쳐가는 중이었는데, 그때 그는 세상 그 누구보다도 침착하게, 자신이 어떤 남자에게 그 명령문을 48시간 동안 빌려달라고 방금 요청한 참이며 그 남자가 문서의 주인인줄 알았다고 설명했다. 그리고 이의를 제기할 수 없는 이 완벽한 해명을 주인 올리베는 물론 전혀 의심 없이 받아들였다.

형벌이 면죄된 것과 같은 그러한 지위 덕분에 이 부부는 터무니없이 뻔뻔스러워졌고, 마침내 그들을 사회적으로 매장시키게 된 그 사건에까지 이르게 되었다. 마큐아트, 클로보니, 샌던이 공동출자한 마큐아트 산업은행의 대표이자 현학자이면서 수염이 나지 않는 남색가인 앵글로색슨계 노인 티모시 클로보니는 어느 날 가장무도회를 개최했다. 그날 그는 헐렁한 옷에 안경을 쓰고 중국의 학자 공자로 변장했다. 베르트 당글라르는 스키타이의 왕관 하나를 훔쳤다. 그러나 이 절도사건은 야회가 진행되는 도중에 발각되고 말았다. 즉시 호출된 경찰이 모든 손님을 수색했고, 보물은 스코틀랜드 여자로 변장한 대법관 아내의 가짜 백파이프 속에서 발견되었다.

베르트 당글라르는 자신이 그 왕관이 보관되어 있던 유리 진열장의 자물쇠를 부수었으며, 그것은 남편이 시킨 일이었다고 침착하게 자백했다. 막시밀리앙은 그 자리에서 상태 감옥 소장의 편지를 제시하면서 그녀의 자백을 시인했다. 소장의 편지에는—극비 사항이지만—가장 믿을 만한 제보자가 알려온 바에 따르면 그날 저녁 가장무도회 도중에 샬리아 라라핀이 왕관을 훔칠 것이니 그 황금 왕관에서 눈을 떼지 말아달라고 부탁하는 내용이 씌어 있었다. '라 라핀'(암토끼)이란, 그 방약무인한 강도가 〈보리스 고두노프〉 공연 때 오페라극장에서 범한 최초의 가증스러운 범죄 때문에 붙은 별명이었다. 사실 샬리아 라 라핀은 여전히 신화적인 도둑으로 남아 있었다. 나중에 밝혀진 사실이지만, 그에게 뒤집어씌운 서른세 건의 강도사건 중 열여덟 건은 당글라르 부부가 저지른 것이다.

그의 설명은 잘 믿기지 않는 것이었지만 이번에도 역시 모든 사람에게 받아들여졌다. 물론 경찰까지 포함해서. 하지만 신중한 젊은 수사관

롤랑 블랑셰는 오르페브르의 사무실로 돌아와, 사교계 파티가 있었던 날 파리에서 발생했던 모든 절도사건, 특히 아직 미해결 상태인 사건의 서류를 전부 가져오게 했다. 그리고 그는 서른네 개의 초청자 명단 중 스물아홉 개의 명단에 당글라르 부부의 이름이 적혀 있는 것을 확인하고는 끔찍한 전율을 느꼈다. 그의 생각으로는 이 사실이 여러 증거들 중에서도 가장 명백한 증거였다. 그는 경찰국장에게 자신이 생각한 바를 밝히고 그 사건을 맡겨달라고 부탁했지만 국장은 그 사실을 단순한 우연의 일치로 보려고 했다. 한편 법무부에서는 모든 동료에게 존경받는 한 대법관의 언행과 명예를 일개 경관이 감히 의심한 사실에 분개했다. 그래서 국장은 조심스럽게 법무부에 결정을 떠맡긴 후, 부하 수사관에게 그 사건에서 손을 떼라고 지시했다. 블랑셰가 고집을 부리자 국장은 그를 알제리로 전속시키겠다고 위협하기까지 했다.

분노한 블랑셰는 사표를 내던지며, 맹세코 당글라르 부부의 유죄를 입증할 증거를 가져오겠다고 장담했다.

몇 주 동안 블랑셰는 직접 나서거나 사람을 시켜 당글라르 부부의 뒤를 밟았지만 모두 허사였다. 또 막시밀리앙이 자유자재로 사용할 수 있는 법원 집무실에 불법으로 잠입했지만 역시 아무 소득이 없었다. 그가 찾는 증거는 어딘가 실재하는 것인지는 몰라도 어쨌든 그곳에서는 발견되지 않았다. 그러나 다행히도 블랑셰는 당글라르 부부가 훔친 물건 중 몇 가지를 자택에 보관하고 있다는 사실을 알아냈다. 1925년 크리스마스 저녁, 당글라르 부부가 저녁을 먹으러 시내로 나갔고, 오노레 부부는 잠자리에 들었으며, 젊은 가정부가 세 친구(세르주 발렌, 프랑수아 그라티올레, 플로라 샹피니)와 프레넬의 레스토랑에서 밤참을 먹고 있음을 알게 된 블랑셰는 마침내 4층 왼쪽에 있는 아파트에 성공적으로 침입했다. 그곳에서 그는 파니 모스카의 사파이어가 박힌 부채나 펠릭스 발로통이 그린 앙브루아즈 볼라르의 초상화(서머힐 경이 구입한 다음 날 도둑맞은 그림)를 발견하지는 못했다. 그러나 휴전 협정 직후 제부스카 공주의 저택에서 도둑맞은 것이 틀림없는 진주목걸이와 드 기토 부인의 저택에서 도난당한 것과 상당 부분 일치하는 파베르제의 계란형 보석을 찾아냈다. 블랑셰는 그의 옛 상사들이 끝까지 정당성을 주장할 만한 이런 증거들보다 훨씬 더 명백하게 당글라르 부부를 위험에 빠뜨릴 수 있는 증거품을 압류하는 데 성공했다. 그것은 회계용 줄이 그어져 있는 한 대형 노트인데, 그 안에는 당글라르 부부가 범했거나 범행을 계획했던 좀도둑질에 관한 간결하면서도 정확한 기록이 적혀 있었다. 그리고 이 부부가 각 절도행위마다 서로에게 부과했던 내기 물건도 함께 열거되어 있었다.

복도 끝에서 아파트의 문이 열리는 소리가 들리자, 블랑셰는 진실을 폭로할 수 있는 그 노트를 가지고 그곳을 빠져나왔다. 문소리의 주인공은 바로 셀리아 크레스피였는데, 그녀는 오노레가 그녀에게 잠자러 올라가기 전에 해놓으라고 시켰던, 당글라르 부인의 규방에 벽난로를 지피는 일을 깜빡 잊었던 것이다. 그녀는 뒤늦게 그녀의 임무를 완수하러 돌아오는 길이었고, 기왕 돌아온 김에 밤을 함께 샐 친구들에게 맛보게 할 리쾨르 주 작은 병 하나와 은혜를 입은 어떤 관할구 사람이 대법관에게 보내온, 설탕을 입은 최고급 밤과자를 챙겼다. 커튼 뒤에 몸을 숨긴 블랑셰는 손목시계를 보고 거의 새벽 1시가 되었음을 깨달았다. 틀림없이 당글라르 부부는 늦게 귀가하기로 예정되어 있었다. 하지만 매분이 지나갈 때마다 불미스러운 맞닥뜨림이 일어날 위험이 증가하고 있었다. 그러나 블랑셰는 셀리아가 손님들을 대접하고 있는 곳, 즉 식당의 큰 유리문 앞을 통과하지 않고는 그곳에서 빠져나갈 수가 없었다. 그때 그의 눈에 한 다발의 조화가 보였고, 작은 화재를 일으킨 다음 당글라르 부부의 방으로 숨어들어야겠다는 생각이 퍼뜩 떠올랐다. 불은 순식간에 미친 듯이 번졌다. 너무 급속히 번져서, 셀리아 크레스피와 다른 사람들이 아파트 안쪽이 불길에 휩싸인 것을 알아챘을 때 블랑셰는 혹시 자신이 파놓은 함정에 자기가 빠지는 것은 아닐까 하는 불안감을 느끼기 시작했다. 그러나 화재경보가 울렸고, 몰려든 소방관들과 이웃 사람들 사이에 섞여 도망가는 것은 전직 경관에게 그리 어려운 일이 아니었다.

538

며칠 동안 블랑셰는 죽은 듯이 조용히 지냈다. 그는 당글라르 부부로 하여금 그들을 고발할 근거가 되는 그 노트—그들은 반쯤 불에 타 버린 집으로 돌아와 그 노트를 미친 듯이 찾았다—가 안방에 있던 다른 모든 물건과 함께 타버렸다고 믿게 했다. 그러고 나서 전직 경관은 당글라르 부부에게 전화를 했다. 그런데 이제 그를 흥분시키고 고무시키는 것은 정의의 승리와 진실의 회복이 아니었다. 만약 그의 요구가 덜 강력했더라면 어쩌면 그 사건은 공개되지 않았을 수도 있고, 상고법원의 부법원장과 그의 아내는 오랫동안 자유롭게 그들의 리비도적 변태 행위에 탐닉했을지 모른다. 그러나 블랑셰가 요구한 50만 프랑은 당글라르 부부의 재정 능력을 훨씬 초과하는 것이었다. "그 돈을 훔치시지요." 그렇게 냉소적으로 협박하면서 블랑셰는 전화를 끊었다. 당글라르 부부는 그 엄청난 돈을 훔친다는 것은 절대 불가능하다는 것을 알고 있었다. 그래서 '있는 돈을 다 걸고 내기하는 심정으로' 야반도주를 선택했다.

법원 측에서는, 선정된 변호인들이 법원을 우롱하고 배심원들이 엄벌을 내린 것을 존중하지 않았다. 베르트 당글라르에게는 30년의 금고형이, 막시밀리앙에게는 무기징역이 선고되었다. 막시밀리앙은 곧 생로랑뒤마로니 감옥으로 호송되었고, 얼마 지나지 않아 그곳에서 사망했다.

몇 년 전, 파리의 거리를 산책하던 크레스피 양은 라 폴리레뇨 거리에서 벤치에 앉아 있는 이가 다 빠진 여자 거지를 보고는 그녀가 자신의 옛날 여주인임을 알아차렸다. 그 여자 거지는 황록색 실내복을 길지고 갖가지 누더기가 가득한 유모차를 밀고 다녔는데, '남작부인'이라고 부르면 대답을 했다.

이 사건 당시 오노레 부부는 둘 다 일흔 살이었다. 남편은 리옹 출신의 안색이 창백한 노인으로 여행을 많이 다녔고 갖가지 일을 경험한 사람이었다. 그는 뷜레름 극단과 로랑 조스랑 극단에서 꼭두각시 흥행사 노릇을 했고, 마술사 조수, 마빌 댄스 홀 종업원, 그리고 끝이 뾰족한 오차를 쓰고 어깨에 어린 원숭이를 앉히고 다니는 바르바리아[1] 오르간 연주자 등의 직업을 전전했다. 그 후 몇몇 부르주아 집안에 하인으로 들어

1. 모로코, 알제리, 튀니지 등의 북아프리카 지방을 일컫는 이름.

가 살았는데, 영국인보다 더 영국인다운 침착함 덕분에 이 분야에서 누구와도 견줄 수 없는 유능한 인물이 되었다. 그의 아내 코린은 노르망디 출신의 건장한 농촌 여자로 무슨 일이든 척척 해낼 수 있었다. 주문만 떨어지면 금방 빵을 맛있게 구워냈고, 새끼 돼지의 목도 딸 줄 알았다. 그녀는 1871년 말 열다섯 살의 나이에 파리에 올라와 한 가정 숙박업소에 식모로 취직했다. 클리시 광장 근처의 다르세 거리 22번지에 있는 '비엔나 스쿨 앤드 패밀리 호텔'이라는 숙박업소로, 체구가 작고 막대기처럼 비쩍 마른 그리스 여인 시삼펠로스 부인이 경영하는 곳이었다. 당시 그녀는 피아노 건반을 만드는 데 쓰인다는 우스갯소리조차 있을 정도로 마치 무슨 영적인 물건과 같은 끔찍한 앞니를 가진 영국인 처녀들에게 예절을 가르치는 일을 하고 있었다.

30년 후 코린은 그 하숙집의 주방장이 되었지만 월급은 여전히 25프랑이었다. 그 시기에 그녀는 오노레를 사귀게 되었다. 그들은 파리 만국박람회에서 자동인형 연극 〈선량한 기욤 가족〉을 관람하다가 만났다. 소형무대에서는 50센티미터밖에 안 되는 인형들이 최신 유행 의상을 입고 춤을 추며 수다를 떨고 있었다. 그녀가 경탄하는 것을 보고 오노레는 그녀에게 여러 가지 기술적인 설명을 해주었고 그 뒤 함께 박람회장 이곳저곳을 관람했다. 먼저 창문이 거꾸로 되어 있고 가구는 천장에 매달려 있으며 굴뚝이 아래로 나 있는 해묵은 고딕 양식의 성城인 '뒤집힌 영주의 저택'을 구경했고, 모든 것—가구, 벽지, 양탄자, 꽃다발들—이 유리로 만들어져 있는, 유리세공의 거장 퐁생이 건축한—그는 완공을 보지 못하고 사망했다—환상의 집 '반짝거리는 궁전'을 관람했다. 또 '천구天球'와 '의상 전시관'을 구경했으며, 달을 1미터 크기로 볼 수 있게 해주는 대형 렌즈가 있는 '광학 전시관'과 '알펭 클럽의 투시화', 대서양 횡단 파노라마, '파리의 베네치아' 및 열 개가량의 다른 전시관들을 차례로 관람했다. 그녀를 가장 감동시킨 것은 '보스니아 관'의 인공 무지개였고, 그를 사로잡은 것은 600미터짜리 펌프 호스가 전기 철도를 따라 사방으로 연결되어 있고 그 호스의 끝이 진짜 흑인들이 일하는 황금 광산에 가닿게 만들어진 지하 광산 전시장이었다. 그리고 프루힌솔리츠

씨가 만든, 약 54개의 가두판매대가 포함된 4층짜리 실제 건물과 같은 거대한 통에는 세상의 모든 음료수가 진열되어 팔리고 있었다.

두 사람은 식민지관 옆에 있는 '아름다운 방앗간 여주인의 카바레'에서 저녁식사를 했다. 그들은 샤블리 술 한 병을 마셨고 양배추 수프와 양의 넓적다리 고기를 먹었는데, 코린은 고기가 잘 구워지지 않았다고 평했다.

오노레는 그때 막 당글라르의 부친 집에서 1년 동안 일하기로 계약을 맺은 참이었다. 당글라르의 부친은 지롱드 지방의 포도재배자이자 포도주협회의 보르도지부 회장이었고, 포도주 박람회 기간 동안 파리에 체류하기 위해 쥐스트 그라티올레 소유의 아파트에 세든 상태였다. 몇 주 후 파리를 떠나면서 그는 그 아파트 급사장의 서비스에 대단히 만족해 선물까지 선사했으며, 얼마 전 배석판사로 임명되었고 곧 결혼을 앞둔 아들 막시밀리앙에게 자신이 머물렀던 아파트를 선물로 주었다. 그리고 얼마 지나지 않아 그 젊은 아들 부부는 급사장의 권고에 따라 코린을 주방장으로 고용했다.

당글라르 사건이 있고 난 후, 다시 일자리를 구하기에는 너무 늙은 오노레 부부에게 에밀 그라티올레는 그들이 쓰던 방에 그냥 계속 살게 해주었다. 그곳에서 그들은 몇 푼 안 되는 저축과 이따금 사소한 보조 일을 하며 얻는 품삯을 가지고 근근이 살아갔다. 예를 들어, 유모들이 기슬랭 프레넬을 돌볼 수 없을 때 대신 그 아이를 맡아준다든가, 초등학교 교문으로 폴 에베르를 데리러간다든가, 혹은 어느 세입자들의 저녁식사를 위해 작은 피자와 설탕 절인 오렌지에 초콜릿을 입힌 과자를 만들어주는 일 따위였다. 그런 식으로 그들은 허름한 아파트를 세심하게 관리하고, 마름모꼴 타일 바닥에 윤을 내고, 붉은 구리 단지에 담긴 도금양 화초에 조금씩 물을 주면서 20년을 더 살았다. 그녀는 점점 더 오그라들고 그는 점점 더 길쭉하게 말라가면서 두 사람 모두 93세를 맞이했다. 그리고 1949년 11월의 어느 날 그는 식탁에서 일어서다가 쓰러져 한 시간 만에 죽었다. 그녀는 그보다 단지 몇 주일을 더 살았다.

셀리아 크레스피에게는 그 가정부 일이 첫번째 일자리였는데, 주인 내외가 갑자기 사라져버리자 오노레 부부보다도 더 당황스러워했다. 그러나 다행히도 그녀는 이내 당글라르 부부의 뒤를 이어 그곳에 들어와 살게 된 사람의 가정부로 일할 수 있게 되었다. 1년 동안 그 집에 살았던 그 세입자는 라틴 아메리카 출신의 사업가로, 수위와 이웃 사람들은 그를 라스타쿠에르라고 불렀다. 그는 콧수염을 반들거리게 하고 넥타이 핀처럼 만든 커다란 다이아몬드를 달고 다녔으며, 긴 아바나산 담배를 피우고, 금으로 만든 이쑤시개로 입을 청소했다. 보몽 부인이 결혼하면서 시몽크뤼벨리에 거리로 이사하자, 크레스피는 다시 그 집에 채용되었다. 얼마 지나지 않아 딸을 출산한 그 여가수가 미국 장기 순회공연을 위해 프랑스를 떠난 다음에는 바틀부스의 집에 세탁 담당 하녀로 들어갔다. 그녀는 그 영국인이 장기간의 세계 일주 여행을 떠날 때까지 그 집에 머물렀다. 그 후 그녀는 곧바로 그 동네에서 가장 평판이 좋은 제과점 겸 찻집인 '루이 15세의 낙원'에 점원으로 취직했다. 그리고 퇴직할 때까지 그 찻집에서 일했다.

사람들이 그녀를 항상 크레스피 양이라고 부르기는 했지만, 사실 그녀에게는 아들이 하나 있었다. 1936년에 그녀는 남몰래 그 아이를 낳았다. 그때까지 그녀가 임신했다는 것을 눈치챈 사람은 없었다. 곧 이 건물의 모든 주민이 아이의 아버지가 누구인지 궁금해했고, 건물에 사는 15세에서 75세까지의 모든 남자들의 이름이 거론되었다. 그러나 출생의 비밀은 결코 밝혀지지 않았다. 사생아로 출생 신고된 그녀의 아이는 파리의 교외 어디에선가 자랐고, 건물 주민 누구도 그 아이를 보지 못했다.

그런데 바로 몇 년 전, 사람들은 그 아이가 파리 해방 전쟁 중에 사살되었다는 사실을 알게 되었다. 당시 그 애는 한 독일 장교가 사이드카에 샴페인 박스를 싣는 것을 도와주고 있었다고 했다.

크레스피 양은 아작시오 위쪽의 어느 마을에서 태어났다. 그녀는 열두 살이 되던 해에 코르시카를 떠났고, 다시는 그곳에 돌아가지 못했다. 때때로 그녀는 두 눈을 감고, 그 옛날 모든 식구들이 함께 쓰던 방의 창문 앞에 펼쳐졌던 경치를 다시 떠올리곤 했다. 분꽃이 뒤덮고 있는 벽,

바르바리아 무화과나무로 만든 울타리, 풍접초 울타리 등. 그러나 그 이상은 기억하지 못했다.

오늘날 위팅의 방은 어쩌다 가끔씩 사용된다. 합성 모피가 덮여 있고 그 위에 약 서른 개의 알록달록한 쿠션이 놓인 침대 겸 의자 위쪽에는 사마르칸트에서 제조된 이슬람교도의 기도용 실크 휴대 양탄자가 걸려 있는데, 양탄자는 검은 가장자리 술과 빛바랜 장미 문양 하나로 장식되어 있다. 오른쪽에 놓인 노란 실크 커버를 씌운 낮은 안락의자는 침대머리 대용으로 사용된다. 그 의자 위에는 비스듬한 원기둥 형태의 연철 자명종 시계와 다이얼 대신 버튼이 달려 있는 전화기, 그리고 아방가르드 잡지 『라 베트 누아르』가 놓여 있다. 벽에는 아무 그림도 걸려 있지 않지만, 침대 왼쪽에는 흉측한 병풍 같은 움직이는 강철판 위에 이탈리아 주지주의主知主義 미술가 마르티보니의 작품 하나가 놓여 있다. 그것은 세로 2미터, 가로 1미터, 두께가 10센티미터인 폴리스티렌 덩어리인데, 그 안에는 낡은 코르셋, 오래된 무도회 수첩 다발, 마른 꽃, 허리끈까지 해진 실크 드레스, 좀이 슨 모피 조각, 털이 모두 뽑힌 오리 발가락처럼 보이는 벌레 먹은 부채, 뒷굽도 밑창도 없는 은제銀製 구두, 연회장의 먹다 남은 음식, 두세 마리의 밀짚 강아지 인형 등이 아무렇게나 담겨 있다.

제4부
끝

543

제84장　　　　　　　시노크
　　　　　　　　　　　　2

시노크의 방. 쪽판 마루는 온통 얼룩투성이이고, 벽에는 자개 그림이 하나 걸려 있으며, 전체적으로 곰팡이가 핀 것 같은 인상을 주는 이곳은 도리 없이 더러운 방이다. 방문 손잡이의 장식틀 위에는 일종의 집 지키는 부적 같은 '메주자'[1]가 꽂혀 있는데, 다음과 같은 세 글자로 장식되어 있고

שדי

덧붙여 토라의 몇 구절이 적혀 있다. 방 안쪽에는 삼각형 나뭇잎 무늬 천을 덮어놓은 침대 겸 긴 의자가 있고, 그 위쪽 벽에 붙어 있는 작은 선반에는 제본된 책들과 가제본된 책들이 비스듬히 꽂혀 있다. 사람 키 높이의 열린 천창 옆에는 대충 만든 듯한 학생용 책상이 하나 있고, 그 앞에는 겨우 한 사람 정도가 서 있을 만한 펠트 양탄자가 깔려 있다. 선반 오른쪽 벽에는 〈재주넘기〉라는 제목의 판화가 핀으로 고정되어 있는데, 다섯 명의 벌거숭이 아기들이 재주를 넘는 모습을 표현한 것으로 다음과 같은 6행시도 곁들여 적혀 있다.

544

---

1. 유대인들이 신에 대한 의무를 잊지 않기 위해 성서 신명기의 몇 절을 기록해놓은 양피지 조각.

아이들의 우스꽝스러운 수직 도약 무용을
보고 있는 자는 저 인형 같은
아이들이 머리가 돌았다고 말할 것이다
하지만 아이들의 몸은 똑바로 세워져 있다
피타고라스에 따르면
인간은 한 그루 뒤집힌 나무인 것을

판화 아래, 초록빛 양탄자가 덮인 발 하나짜리 조그만 원탁 위에는 주둥이에 유리컵을 엎어놓은 물병이 있고, 몇 권의 책이 흩어져 있다. 그 책들 가운데 다음과 같은 몇 가지 제목이 보인다.

『아바쿨의 라스콜니키에서 스텐카 라진의 반란까지. 알렉시스 1세의 통치에 관한 연구의 참고서지』, 위베르 코르넬리우스, 릴: 티윌 출판사, 1954.

『로마인 이야기』, G. 데 상크티스(제3권).

『발티스탄 여행기』, P. O. 박스, 봄베이, 1894.

『내가 한 마리 생쥐였던 시절. 유년기와 청년기의 추억』, 마리아 페오도로브나 비키스카바, 파리, 1948.

『광부와 노동의 시초』, 어윈 월, 『레자날』지 별책 부록.

『인긴 척수의 미세 해부학에 관한 기고』, 드 골, 겐트, 1860.

잡지 『루스티카』 세 권.

545

『흰 대리석과 석고의 피라미드식 재단에 관하여』, 오토 리덴브로크(함부르크 요하나움 대학의 교수이자 러시아 대사 M. 스트루브의 '광물학 박물관'의 박물관장). 『광물학과 결정학을 위한 잡지』, 제12권, 부록 147에서 발췌.

『한 고전학자의 회고록』, 플로랑 바야르제(오트마른 도청의 전 내무국장), 샬랭드레: 리브레리 르 솜리에 출판사, 연도 미상.

엘렌 브로댕은 1947년 이 방에서 죽었다. 그녀는 이 방에서 거의 12년 동안 조심스럽고 은밀하게 살았다. 그녀가 사망한 후 조카 프랑수아 그라티올레는 한 장의 편지를 발견했는데, 거기에는 그녀의 미국 체류가 어떻게 끝났는지에 대해 상세하게 씌어 있었다.

1935년 9월 11일 오후 경찰이 그녀를 찾아왔다. 그리고 그녀의 남편의 사체 확인을 위해 그녀를 제마이마 크리크로 데려갔다. 앙투안 브로댕은 머리가 부서지고 두 팔을 X자형으로 모은 상태로, 경마장 안쪽의 완전히 물에 잠긴 진흙투성이 땅바닥에 누워 있었다. 경관들이 그의 머리에 초록색 손수건 한 장을 덮어놓았다. 또 누군가 그의 바지와 구두를 훔쳐갔지만, 며칠 전 엘렌이 세인트피터즈버그에서 사준 가는 회색 줄무늬 와이셔츠는 여전히 입고 있었다.

엘렌은 앙투안을 살해한 자들을 한 번도 본 적이 없었다. 단지 이틀 전 그들이 남편에게 침착한 목소리로 그를 죽이러 다시 오겠다고 선언할 때 그 목소리를 들었을 뿐이었다. 하지만 그들의 신분을 알아내는 것은 전혀 어렵지 않았다. 그들은 바로 닉 퍼터사노라는 난쟁이를 언제나 대동하고 다니는 제레미아 애시비와 루빈 애시비 형제였던 것이다. 그 난쟁이는 음험하고 잔혹한 인물로 이마에 지워지지 않는 잿빛 십자가형 반점을 가지고 있었고, 두 형제의 악한 영혼이자 영원한 놀림감이었다. 두 형제는 성서에 나오는 '애시비'라는 온순한 이름을 가지고 있음에도 불구하고, 그 지역 모든 사람들이 두려워하는 못된 깡패들이었다. 예를 들면 그들은 니켈화 몇 푼에 음식을 먹을 수 있는, 객차를 개조한 식당 '살룬'이나 '디너스'를 습격해 금품을 강탈했다. 게다가, 엘렌에게 불리하게도 그들은 콩테지역 보안관의 조카였다. 보안관은 그 살인범들을 체포하지 않았을 뿐만 아니라 두 부하에게 엘렌을 모빌까지 호위해갈 것을 명령했고, 그녀에게 그 지역에 다시는 발을 들여놓지 말라고 엄포를 놓았다. 그러나 엘렌은 그의 부하들로부터 몰래 도망치는 데 성공해 도청 소재지인 탤러해시까지 갔고, 도지사에게 그들을 고소했다. 하지만 바로 그날 저녁 그녀가 묵고 있는 호텔 방의 유리창 하나를 박살내면서 돌멩이 한 개가 날아들었고, 거기에는 죽여버리겠다고 협박하는 쪽지가 묶여 있었다.

도지사의 명령에 따라 보안관은 어쨌든 조사하는 시늉을 했다. 그리고 신중을 기하기 위해 조카들에게는 얼마 동안 멀리 떠나 있으라고 충고했고, 그에 따라 두 깡패와 난쟁이는 서로 헤어지게 되었다. 엘렌은 이 사실을 알게 되었으며, 이때야말로 복수할 유일한 기회라고 판단했다. 그녀는 신속하게 행동을 개시해야 했다. 즉 그들이 자신들에게 무슨 일이 일어난 것인지 미처 알아차리기도 전에 한 명씩 차례로 죽여야 했다.

그녀가 제일 먼저 죽인 인물은 난쟁이였다. 그 일은 가장 쉬웠다. 그녀는 난쟁이가 미시시피 강을 거슬러 올라가는 한 외륜선에서 접시닦이로 일하고 있다는 정보를 얻었다. 그 배에서는 1년 내내 프로 도박꾼들이 판을 벌리고 있었는데, 그들 중 한 사람이 다행히 엘렌을 돕겠다고 나섰다. 그녀는 어린 소년으로 변장했고, 그는 그녀를 자신의 조수라고 소개하며 배에 태웠다.

한밤중, 잠들지 않은 모든 사람들이 끝날 것 같지 않은 파라오 게임이나 크랩 게임에 열을 올리고 있을 때, 엘렌은 어렵지 않게 주방으로 가는 길을 찾아냈다. 기대한 양고기 스튜 냄비가 약한 불에 오랫동안 끓고 있었고, 난쟁이는 그 화덕 곁에 달아맨 그물 침대에서 반쯤 취한 상태로 졸고 있었다. 그녀는 그에게 다가가 미처 그가 저항하기도 전에 목과 바지 멜빵을 휘어잡고 그를 거대한 냄비 속에 빠뜨려버렸다.

그녀는 다음날 아침, 자신의 범죄가 발각되기 전에 신속하게 배튼 루즈에서 그 배를 떠났다. 여전히 소년으로 변장한 채 그녀는 뗏목을 타고 강을 따라 내려갔는데, 그 뗏목이야말로 수십 명의 남자들이 자기 멋대로 살고 있는 진짜 물 위의 도시였다. 그 가운데 폴 마셜이라는 프랑스 태생의 행상인이 있었는데 그녀는 그에게 자신의 이야기를 들려주었고, 그는 자청해서 그녀를 돕겠다고 나섰다. 그들은 뉴올리언스에서 트럭을

547

빌려 타고 루이지애나와 플로리다 전역을 돌아다니며 휴게소와 간이역, 길가의 술집을 모두 뒤졌다. 폴 마셜은 큰 북과 방돌레옹, 하모니카, 트라이앵글, 심벌즈, 방울을 장착한 일종의 인간 오케스트라 기구를 끌고 다녔다. 그리고 그녀는 베일을 쓴 동양 여자로 분장해 배꼽춤을 춘 다음 구경꾼들에게 카드를 뽑으라고 권하는 일을 했다. 즉 구경꾼들 앞에 세 줄로 세 장씩 카드를 진열해 놓고, 합이 열한 점이 되는 두 장의 카드와 다른 세 장의 그림패를 뒤집어놓는 것이었다. 이것은 그녀가 아주 어렸을 때 배운, 그녀가 알고 있는 유일한 카드점이었고, 그녀는 여러 가지 언어를 뒤섞어가며 가장 비현실적인 일들을 예언하는 데 이 점을 사용했다.

그들이 두 형제의 자취를 찾아내는 데는 겨우 열흘밖에 걸리지 않았다. 아폽카 호숫가에 정박해놓은 뗏목에서 살고 있는 세미놀 가족이 며칠 전부터 어떤 남자가 탬파에서 약 30미터쯤 떨어진 스톤스힐이라는 곳 근처의 한 폐쇄된 거대한 우물 속에 살고 있다고 알려준 것이다.

그는 바로 루빈이었다. 그들이 그를 찾아냈을 때, 그는 통 위에 앉아 이빨로 통조림을 따려고 애쓰고 있었다. 그는 너무나 배가 고픈 나머지 제정신이 아니었고 그들이 다가오는 소리도 듣지 못했다. 단 한 방의 총알로 그의 목덜미를 쏘아 죽이기에 앞서, 엘렌은 그에게 제레미아가 숨어 있는 곳을 밝히라고 협박했다. 그러나 루빈은 그들이 헤어지기 전 앞으로 어디로 갈 것인가에 대해 그저 막연하게 의논했을 뿐이라고 대답했다. 난쟁이는 시골을 보고 싶다고 말했으며, 루빈은 힘들지 않은 장소를 원했고, 제레미아는 대도시보다 더 숨기 좋은 곳은 없다고 단언했다는 것이다.

닉은 난쟁이에 불과했고, 루빈은 나약한 인간이었다. 그러나 제레미아는 엘렌에게 무서운 인물이었다. 어찌됐건 그녀는 이틀 만에 힘들이지 않고 그를 찾아냈다. 그는 마이애미 하이엘리아 경마장 근처의 한 싸구려 식당에서, 계산대 앞에 선 채 15센트짜리 빵가루 묻힌 송아지 고기 한 조각을 기계적으로 씹으며 경마 신문을 뒤적이고 있었다.

그녀는 그 후 사흘 동안 그의 뒤를 밟았다. 그는 한심한 일을 하며 살고 있었다. 경마 팬들의 호주머니를 털거나, 아니면 예전에 와이어트 어프와 닥 할리데이가 애리조나의 툼스톤에 세웠던 그 유명한 카지노를 본떠 '오리엔탈 바, 도박장'이라고 거만하게 명명한 한 도박장에서 주인의 명령에 따라 손님들을 짐승처럼 몰아내주는 일을 하기도 했다. 그 도박장은 창고를 개조한 곳이었는데, 널빤지를 붙인 사면 벽에는 에나멜을 칠한 상업용, 광고용, 선거용 광고판이 그야말로 천장에서 바닥까지 못박혀 있었다. QUALITY ECONOMY AMOCO MOTOR OIL, GROVE'S BROMOQUININE STOPS COLD, ZENO CHEWING-GUM, ARMOUR'S CLOVERBLOOM BUTTER, RINSO SOAKS CLOTHES WHLTER, THALCO PINE DEODORANT, CLABBERGIRL BAKING POWDER, TOWER'S FISH BRAND, ARCADIA, GOODYEAR TIRES, QUAKER STATE, PENNZOIL SAFE LUBRICATION, 100% PURE PENNSYLVANIA, BASE-BALL TOURNAMENT, SELMA AMERICAN LEGION JRS VS. MOBILE, PETER'S SHOE'S, CHEW MAIL POUCH TOBACCO, BROTHER-IN-LAW BARBER SHOP, HAIRCUT 25 C, SILAS GREEN SHOW FROM NEW ORLEANS, DRINK COCA COLA DELICIOUS REFRESHING, POSTAL TELEGRAPH HERE, DID YOU KNOW? J. W. MCDONALD FURN'CO CAN FURNISH YOUR HOME COMPLETE, CONGOLEUM RUGS, GRUNO REFRIGERATORS, PETE JARMAN FOR CONGRESS, CAPUDINE LIQUID AND TABLETS, AMERICAN ETHYL GASOLINE, GRANGER ROUGH CUT MADE FOR PIPES, JOHN DEERE FARM IMPLEMENTS, FINDLAY'S 등.

나흘째 되던 날 아침, 엘렌은 사람을 시켜 제레미아에게 봉투를 보냈다. 그 봉투에는 두 형제를 찍은 사진 한 장—루빈의 지갑에서 빌견한 것—이 담겨 있었고, 또 제레미아가 버뱅크스 모텔 31호 방갈로에 있는 그녀를 감히 찾아온다면 그의 앞에 어떤 운명이 기다리고 있을지를 알리는 쪽지가 들어 있었다.

온종일 엘렌은 옆 방갈로의 샤워실에 숨어서 기다렸다. 그녀는 제레미아가 자신의 편지를 받았다는 사실, 또 그가 한 여자에게 도전받았다는 사실을 결코 참지 못하리라는 것을 알고 있었다. 하지만 그것만으로는 그를 선동하기에 충분하지 않을지도 몰랐다. 어쩌면 그로 하여금 자신이 여자보다 훨씬 더 강하다고 확신하도록 만들어야 했는지도 모르는 일이었다.

그러나 저녁 7시경, 그녀는 자신의 직감이 적중했다는 것을 깨달았다. 제레미아가 무장한 네 명의 망나니를 거느리고, 찌그러지고 연기 나는 T자형 버킷 시트를 타고 근처에 도착한 것이다. 그들은 행동 수칙에 따라 경계망을 좁히며 주위를 조사했고, 31호 방갈로를 포위했다.

그 방은 아주 밝지는 않았지만, 제레미아가 편물 커튼 사이로 두 눈을 크게 뜨고 두 팔을 X자형으로 가슴에 모은 채 트윈 침대 중 하나에 누워 있는 동생 루빈을 알아보기에는 충분했다. 갑자기 야수의 포효 같은 소리를 내지르면서 제레미아 애시비가 방 안으로 뛰어들었고, 그와 동시에 엘렌이 미리 그곳에 설치했던 수류탄이 폭발했다.

그날 저녁 엘렌은 스쿠너²를 타고 쿠바로 갔고, 거기서 정기선으로 바꾸어 타고 프랑스로 돌아왔다. 죽을 때까지 그녀는 경찰이 자기를 체포하러 오는 날을 기다렸다. 그러나 미국 법원은 이 여리고 자그마한 여인이 세 명의 깡패를 남편의 살인범이라고 판단해 침착하게 죽일 수 있었으리라는 생각은 끝까지 하지 못했다.

550

2. 서양식 돛단배의 일종.

제85장　　　　　　　베르제
　　　　　　　　　　　2

베르제 부모의 방. 바닥에 쪽판을 깐 이 방에는 공간이 별로 없어 보이며, 가느다란 노란 줄무늬가 있는 밝은 푸른색 벽지로 도배되어 있다. 방문 왼편의 안쪽 벽에는 운동선수나 챔피언들을 위한 강장제 '비타믹스'가 제공한 대형 크기의 1975년 '투르 드 프랑스' 자전거 경기 지도가 핀으로 꽂혀 있다. 경기의 구간을 형성하는 각 도시 옆에는, 관람자가 경기 진행에 따라 각 구간의 선두주자 여섯 명과 또다른 여러 등급('마요 존', '마요 베르', '그랑 프리 드 라 몽타뉴')의 선두주자 세 명을 표시 할 수 있도록 공간이 적절하게 비어 있다.

　　방에는 아무도 없고, 두 개의 쌍둥이 침실용 탁자 옆에 놓인 침대용 소파 위에서 도둑고양이 포커 다이스가 몸을 동그랗게 말고 하늘색 플러시 천 담요 위에 엎드려 졸고 있다. 오른쪽 탁자 위에는 램프가 달린 구식 라디오가 놓여 있다.(레올 부인이 항상 지나치다고 불평하고 있듯 베르제 부부는 아침마다 바로 이 라디오를 크게 틀어놓으며, 이것은 그들이 밖에서 쌓아올린 친분 관계에 악영향을 미치고 있다.) 탁자의 덮개를 들어올리면 약식 전축이 드러나는데, 덮개 위에는 트럼프 카드의 네 가지 상징과 색깔로 장식된 원추형 전등갓을 씌운 램프 스탠드와 45회전짜리 레코드 몇 장이 놓여 있다. 그중 첫번째 재킷에는 부아에와 발본의 유명한 곡으로, 비비안 말레오가 뤼카 드라스나의 아코디언 반주에 맞추어 노래한 〈한잔 하는 건 유쾌해〉의 화보가 실려 있다. 그 화보에는 열여섯 살가량 된 어린 처녀가 뚱뚱하고 쾌활한 돼지고기 장수들과 함께 건배하는 장면이 나타나 있는데, 돼지고기 장수들은 반토막이 난 채 갈고리에 매달려 있는 돼지들을 배경으로 한 손으로는 다양한 돼지고기 요리—다진 파슬리를 뿌린 햄, 순대, 주둥이, 비르산^産 소시지, 진홍색 혓바닥, 돼지 다리, 돼지 머리, 돼지 머리로 만든 치즈 등—가 듬뿍 담긴 커다란 사기그릇을 보여주고 다른 한 손으로는 거품이 이는 술잔을 흔들고 있다.

왼쪽 탁자 위에는, 몸체가 이탈리아 포도주 발폴리첼라의 병처럼 생긴 램프 스탠드와 느와르 시리즈의 하나인 레이먼드 챈들러의 추리소설 『호수의 여인』이 놓여 있다.

바로 이 아파트에 강아지를 끌고 다니는 부인과 사제직 소명을 받은 그녀의 아들이 1965년까지 살았다. 그전에는 한 늙은 신사가 오랫동안 세들어 살았는데, 항상 모피로 만든 챙 없는 모자를 쓰고 다녔기 때문에 모두가 그를 '러시아 사람'이라고 불렀다. 하지만 모자만 빼면 그의 옷차림은 확실하게 서유럽식이었다. 탄력 있는 멜빵, 허리띠로 조여 매어 흉골 부분까지 올라오는 바지를 포함한 검은 양복, 순백색 와이셔츠, 나비넥타이 스타일의 크고 검은 넥타이, 당구공 모양의 둥그스름한 손잡이가 달린 지팡이 등.

그 '러시아 사람'의 이름은 사실 아벨 스페이스였다. 그는 감상적인 알자스 지방 사람으로 전직 군대 수의사였고, 신문에 난 사소한 퀴즈를 풀며 소일했다. 그는 아래와 같은 여러 종류의 수수께끼를 놀라울 정도로 쉽게 풀어내곤 했다.

세 명의 러시아인에게 한 명의 동생이 있다. 이 동생은 죽을 때 형제들을 남기지 않았다. 어떻게 이것이 가능할까?

혹은 역사 문제로

존 릴랜드의 친구는 누구인가?

철도 개통으로 협박을 받은 사람은 누구인가?

셰러턴은 누구인가?

노인의 수염을 깎은 사람은 누구인가?

'낱말 잇기' 문제로

VIN	HOMME	POÈME
VAN	COMME	POÈTE
VAU	GEMME	PRÊTE
EAU	FEMME	PROTE
		PROSE

수학 문제로

프뤼당스는 24세이다. 그녀의 나이는, 그녀가 남편의 현재 나이와 같은 나이였을 때의 남편 나이의 두 배다. 그녀의 남편은 현재 몇 살일까?

'8'을 네 번 사용해 120이라는 수를 만들어보시오.

553

글자 수수께끼로

MARIE = AIMER
SPARTE = TRÉPAS
NICOMÈDE = COMÉDIEN

논리 문제로

U D T Q C S S H 다음에 오는 것은 무엇인가?

다음에 열거된 것 중 잘못 끼어 있는 것은 무엇인가? français, court, polysyllabique, écrit, visible, imprimé, masculin, mot, singulier, américain, intrus.

그 밖에 정사각형이나 삼각형 낱말그림 맞추기, 십자말풀이 퍼즐, 낱말 덧붙이기(예를 들면 a, ai, mai, mari, marin, marine, martine, martinet), 여러 말로 이어진 단어 만들기 등의 문제와 모든 애호가에게 공포의 대상인 '부대 질문 사항들'도 있다.

　그러나 무엇보다 그의 전공 분야는 암호문 풀기였다. 그는 『빈과 로마의 기상起林』지가 주최하고 3,000프랑의 상금이 걸린 전국 대大경연대회에서 아래의 메시지에 프랑스 국가 〈라 마르세예즈〉 첫 구절이 숨겨져 있음을 밝혀 상금을 탔다.

aeeeil	ihnalz	ruiopn
toeedt	zaemen	eeuart
odxhnp	trvree	noupvg
eedgnc	estlev	artuee
arnuro	ennios	ouitse
spesdr	erssur	mtqssl

그러나 『르 시앙 프랑세(프랑스의 개)』지가 제시한 다음 수수께끼는 그도 결코 해독하지 못했다.

t' cea uc tsel rs
n neo rt aluot
ia ouna s ilel-
-rc oal ei ntoi

유일한 위안은, 다른 누구도 그것을 풀지 못했고 그 잡지는 결국 일등상을 수여하지 않기로 결정해야만 했다는 것이었다.

이 '러시아 사람'은 이러한 그림 수수께끼와 글자 수수께끼 외에 또 다른 열정을 품고 살았다. 그는 같은 건물에 사는, 마르세유 출신의 올리브기름 도매상의 아내인 아르디 부인을 열렬히 사랑하고 있었다. 그녀는 부드러운 얼굴에 윗입술 언저리에는 희미하게 수염자국이 보이는 품위 있는 중년 부인이었다. 그는 건물 주민들에게 조언을 구했다. 그러나 모두가 그에게 기꺼이 용기를 주었음에도 불구하고, 그는—스스로 밝혔듯이—결코 '자신의 뜨거운 사랑을 고백할' 엄두를 내지 못했다.

제86장   로르샤슈

5

로르샤슈의 욕실은 당시로서는 일종의 사치품이었다. 구석 벽에는 위생 도구, 지관支管이 보기 좋게 얽힌 채 드러난 금속 및 납 도관, 그리고 별로 쓸모없이 오직 과시를 위해 갖추어놓은 듯한 동일한 종류의 기구들이 복잡하게 교차하면서 배치되어 있다. 예를 들면 압력계, 온도계, 물 유량계, 습도계, 밸브, 제동장치, 손잡이, 냉온수 조절 수도꼭지, 펌프 손잡이, 온갖 종류의 열쇠 등으로, 이 모든 것들이 일종의 기계실과 같은 모습을 만들어낸다. 이 장치들은 또한 세련된 실내장식과 인상적인 대조를 이룬다. 즉 돌의 결이 드러나 보이는 대리석 욕조, 세면대로 쓰이는 중세의 성수반, 지난 세기 말에 유행했던 수건걸이, 불붙는 태양이나 사자 머리나 백조 등의 형태로 조각된 청동 수도꼭지가 그것이다. 그 밖에 몇 가지 예술품과 귀중품도 놓여 있다. 먼저 크리스털 덩어리가 눈에 띄는데, 과거 댄스홀 천장에 매달려 있던 것으로 파리 눈처럼 생겨 수백 개의 작은 거울을 만들면서 빛을 굴절시키던 것이다. 그리고 의례용 일본 단도 두 개와 말린 수국꽃을 감싸 안고 있는 듯한 유리판으로 된 병풍 두 개가 있다. 이 병풍 안에 루이 15세풍의, 발 하나 달린 조그만 채색 목제 탁자가 놓여 있고, 그 위에 한 무더기의 말린 수국꽃이 있으며 목욕 소금, 향수, 밀크 로션이 담긴 목이 긴 유리병 세 개가 놓여 있는 것도 보인다. 이 유리병들은 거칠게 주조되기는 했지만 아마도 골동품인 듯한 세 개의 자그마한 조각품을 복제한 것이다. 즉 왼쪽 어깨에 축소된 형태의 지구를

556

짊어지고 있는 젊은 아틀라스상, 발기한 목신牧神상, 이미 반은 갈대가 되어 있는 겁먹은 시링크스상이다.

이 욕실에서 특히 눈길을 끄는 것은 네 개의 예술 작품이다. 첫번째 것은 틀림없이 19세기 전반에 제작된 것으로 보이는 목판화인데, 제목은 〈고독한 섬에 가능한 한 편안하게 정착하려고 애쓰는 로빈슨〉이다. 흰색의 작은 대문자로 씌어진 두 줄의 제목 위에 다분히 순진하게 표현된 로빈슨 크루소의 모습이 보인다. 삼각모를 쓰고 짧은 양털 윗옷을 걸친 채 돌멩이 위에 앉아 있다. 그는 시간의 흐름을 측정하는 데 사용되는 나무 위에 일요일에 해당하는 표시 선을 긋고 있다.

두번째와 세번째 작품은 둘 다 판화인데, 비슷한 두 소재가 상이한 방식으로 다루어지고 있다. 그중 하나는 〈도둑맞은 편지〉라는 수수께끼 같은 제목이 붙은 것으로, 한 우아한 살롱의 모습을 보여준다. 벽에 투알드주이를 바르고 마루에는 헝가리식 쪽판을 깐 살롱에서, 한 젊은 여인이 큰 정원 쪽으로 난 창문가에 앉아 하얗고 결이 고운 리넨 천 이불 귀퉁이에 수를 놓고 있다. 그리고 그녀로부터 멀지 않은 곳에서는 유별나게 영국인스러운 모습을 한 상당히 늙은 남자가 버지널[1]을 연주하고 있다. 또다른 판화는 초현실주의의 영향을 받은 듯한데, 레이스로 만든 슬립을 입고 있는 열네 살 혹은 열다섯 살가량의 소녀를 표현한 것이나. 그녀의 스타킹에 붙어 있는 구멍이 숭숭 뚫린 끈장식들은, 끝부분에 가서는 창槍 끝 모양의 철 장식으로 바뀐다. 그녀의 목에는 작은 십자가가 매달려 있는데, 십자가의 네 갈래는 각각 한 개의 손가락이고, 그 네 개의 손톱 밑에서는 가늘게 피가 흐르고 있다. 그녀는 창문 근처에 있는 재봉틀 앞에 앉아 있다. 열린 창문으로는 라인 강의 경치와 겹겹이 쌓인 바위들의 모습이 보인다. 그녀가 박음질하고 있는 내의에는 다음과 같은 구절이 독일식 고딕체로 수놓여 있다.

557

Verstörung
das hübsche Ghulmädchen

네번째 작품은 욕조의 널찍한 가장자리 위에 놓인 주조물이다. 그것은 서 있는 한 여인의 모습을 표현한 것인데, 그녀는 자기 몸의 3분의 1 정도를 앞으로 내밀고 걷고 있다. 20세가량 된 로마의 성처녀이다. 몸은 꼿꼿하면서 날씬하고, 부드럽게 굽이치는 머리카락은 대부분 베일에 가려져 있다. 머리를 가볍게 숙인 그녀는 목덜미에서 발뒤꿈치까지 쭉 늘어진 근사하게 주름잡힌 드레스의 한 자락을 왼손으로 거머쥐었고, 따라서 샌들 신은 두 발이 드러나 있다. 왼발은 앞으로 내딛고 있고, 그 발을 막 따라가려는 오른발은 단지 발톱 끝으로 땅을 스치고 있다. 그리고 이 오른발 발바닥과 발뒤꿈치는 거의 수직으로 들어올려져 있다. 이러한 움직임은 걷고 있는 젊은 여인의 민첩한 자유로움과 확신에 찬 편안함을 동시에 표현하며, 굳건해 보이는 자세에 일종의 유예된 비상을 조합하면서 그녀만의 독특한 매력을 보여준다.

올리비아 로르샤슈는 빈틈없는 여자로, 그녀가 부재하는 몇 달 동안 아파트를 세놓기로 했다. 전세 계약은—제인 서턴이 매일 집안일을 해준다는 것까지 포함해서—부유한 외국인에게 임시 주택을 알선해주는 특수 부동산 회사의 중개로 이루어졌다. 이번에 세든 사람은 제네바에 거주하는 한 국제기구의 관리인 조반 피치카놀리다. 그는 에너지 문제로 열리게 된 유네스코의 특별회기 동안에 진행될 예산심의회를 6주 동안 주재하기 위해 파리에 왔다. 이 외교관은 부동산 회사의 스위스 지사에서 아파트의 조건을 듣고 불과 몇 분 안에 결정을 내렸다. 그런데 그는 이틀 후에야 프랑스에 올 수 있었고, 대신 그의 아내와 어린 아들이 먼저 파리에 도착했다. 그는 프랑스인들은 모두 도둑놈이라고 생각하고 있었기 때문에 40세가량 된 베른 태생의 풍채 좋은 아내에게 모든 것이 약속된 내용과 일치하는지 현장에서 직접 살펴보라고 지시했던 것이다.

그 가족이 집을 보러 왔을 때 올리비아 로르샤슈는 계속 옆에 붙어 있어줄 필요가 없다고 판단했다. 그래서 인사가 끝나자, 곧바로 출발해야 한다는 핑계를 대고 매력적인 미소를 지으며 그 자리를 떠났다. 피치카놀리 부인에게 그녀의 아이가 식당에 장식해놓은 접시와 현관에 있는 유리공예 꽃송이를 깨지 않도록 조심해달라고 부탁했을 뿐이다.

부동산 회사의 여직원은 가구와 여러 부속품을 열거하면서 가져온 명세서와 대강 대조했고, 고객과 함께 계속해서 집안을 둘러보았다. 그런데 처음에는 단지 관례적으로 시작된 그 방문은 이내 심각한 문제에 봉착하게 되었다. 왜냐하면 집안의 안전 문제에 몹시 신경이 쓰인 듯한 그 스위스 여자가, 모든 가전제품의 사용법을 설명해줄 것과 안전 차단기, 퓨즈, 전기 안전판의 보관 장소를 보여줄 것을 요구했기 때문이다. 부엌 검사는 별문제 없이 지나갔다. 그러나 욕실에 들어서자마자 일은 어긋나기 시작했다. 일이 복잡해지자 수습이 어려웠던 부동산 회사 여직원은 담당 부장에게 구조를 요청했다. 사태가 심각하다고 판단한 부장은—그 아파트는 6주에 2만 프랑이었다—무엇이든 행동을 취하지 않을 수 없었다. 그러나 그 역시 제대로 서류를 검토할 시간이 없었기 때문에, 이번에는 그가 다른 여러 사람들에게 도움을 청했다. 우선 로르샤슈 부인, 그러나 그녀는 그 설치물들을 맡아 처리한 사람은 남편이었다는 핑계를 대면서 책임을 회피했다. 다음은 과거에 그 집의 주인이었던 올리비에 그라티올레, 그는 이미 15년 전부디 그 집 문제는 자신과는 아무 관계가 없다고 대답했다. 또한 건물 관리인인 로마네는 오히려 실내장식가에게 물어보는 것이 어떻겠느냐는 제안을 했다. 하지만 실내장식가는 자기 하청업자의 이름을 알려주는 정도의 호의를 보였을 뿐이고, 늦은 시간이라는 이유로 자동응답기를 통해서만 의견을 표명했다.

여러 시도 끝에 결국 현재 로르샤슈 부인의 욕실에는 여섯 사람이 모여 있다.

피치카놀리 부인은 손에 아주 작은 사전 하나를 들고서, 분노로 떨리는 날카로운 목소리로 끊임없이 여러 나라 말로 소리를 지르고 있다. "이오 논 비 카피스코! 우나 스탄차 아모블리리아타! 이히 베르스 체 지니히! 아이 엠 인 어 허리! 무아, 느 콩프랑드르! 오, 프레타! 주 프레세!
이히 하베 아일레! 게벤 지 미어 아이네 플라셰 트링크바세르!"

알파카 털로 된 맞춤옷을 입은 부동산 회사의 젊은 여직원은 자기의
풀솜실 장갑으로 연신 부채질을 하고 있다.

회사의 부장은 몹시 흥분해, 4분의 3정도를 질겅질겅 씹어버린 시
가를 내버리기 위해 재떨이 비슷한 물건을 사방에서 찾고 있다.

건물 관리인은 욕실의 온수기와 관련된 안전수칙이 어느 부분에 거
론되어 있었던가 기억하려 애쓰면서, 공동소유법에 대한 책자를 한 장
씩 넘기고 있다.

누가, 왜 불렀는지는 모르지만 아무튼 배관공사 응급수리공이 급히
호출되어 왔고 사람들이 가도 된다는 말을 해주기를 기다리면서 손목시
계 태엽을 감고 있다.

피치카뇰리 부인의 어린 아들은 세일러복을 입은 네 살 난 장난꾸러
기인데, 주위의 소동에도 아랑곳없이 대리석 타일 바닥에 무릎을 꿇고
앉아 지칠 줄 모르고 토끼 로봇을 작동시키고 있다. 토끼 로봇은 북을 치
면서 동시에 작은 나팔로 영화 〈콰이 강의 다리〉의 주제가를 불고 있다.

제87장   바틀부스
                4

바틀부스의 아파트의 커다란 거실은 엷은 색 벽지를 바른 거대한 정사
각형의 방으로, 자질구레한 가구와 물건, 골동품이 가득 들어차 있다. 이
골동품들은 프리실라가 말제르브 대로 65번지에 있는 자신의 특별 저택
에 놓아두고 늘 그 속에 파묻혀 지내며 즐거워했던 것들이다. 예를 들면
긴 소파 하나와 네 개의 커다란 안락의자가 있다. 이 안락의자는 조각을
새기고 금물을 입힌 나무로 만들어졌고, 그 위로 노란색 바탕에 격자무
늬가 있고 잎사귀와 과일과 꽃으로 장식되었으며 가장자리로 비둘기나
앵무새 같은 새들이 날아다니는 아라베스크 무늬가 있는 고블랭家의
옛날 장식 융단이 덮여 있다. 그밖에도 아라베스크 무늬의 보베 태피스
트리로 만들어졌고 안쪽에는 질로풍의 옷차림을 한 원숭이들이 있는 네
쪽짜리 병풍과, 루이 16세 시대의 제품으로 쇠시리를 박은 마호가니 몸
체에 채색한 나무 선반으로 마감한 일곱 개의 서랍이 달린 커다란 정리
장이 있으며, 돌결이 드러나 보이는 흰 대리석으로 마감한 정리장 윗면
에는 열 개의 가지가 달린 촛대 두 개, 은제 고기 도마, 금 마개가 달린 그
림물감 접시 두 개, 펜대, 학습용 칼과 금으로 만든 칼 모양의 주걱, 조각
이 새겨진 크리스털 도장이 딸린, 상어가죽을 씌운 포켓용 작은 필통, 푸
른색 에나멜을 칠하고 사선의 금빛 줄무늬가 있는 아주 작은 직사각형
의 상자 등이 놓여 있다. 그리고 검은 돌로 된 벽난로 위에는 흰 대리석
재질에 청동으로 세공된 벽시계가 있는데, '파리에서 오게 제작'이라고

표시된 문자반을 무릎을 꿇은 두 명의 털보 남자가 받치고 있는 형태다. 벽시계 양쪽에는 샹티산産 연고를 담은 약 단지 두 개가 있는데, 오른쪽 것에는 '테르 비에유', 왼쪽 것에는 '곰므 구트'라는 글자가 씌어 있다. 밑면에 흰 대리석을 댄 타원형의 작은 장미나무 탁자 위에는 작센 도자기 접시 세 개가 놓여 있는데, 그중 하나에는 세 마리 백조가 끄는 꽃마차에 비너스와 그녀의 애인이 앉아 있는 그림이 그려져 있다. 다른 두 접시의 그림은, 아프리카와 아메리카 대륙을 형상화한 알레고리다. 아프리카 대륙은 잠든 사자 위에 올라앉은 흑인 어린이로 의인화되어 있고, 아메리카 대륙은 깃털 장식을 한 여인이 두 다리를 한쪽으로 모은 자세로 악어 위에 걸터앉아 풍요의 뿔을 왼쪽 젖가슴에 꼭 껴안고 있는 모습이다. 그리고 그녀의 오른손에는 앵무새 한 마리가 앉아 있다.

벽에는 여러 그림이 걸려 있다. 그중 가장 압도적인 것은 벽난로 오른편에 걸려 있는 것으로, 그로치아노가 그린 〈십자가에서 내려오다〉라는 어둡고 엄격한 분위기의 작품이다. 그 왼쪽으로 F. H. 만스의 해양화 〈네덜란드의 작은 해변에 도착하는 고깃배들〉이라는 그림이 걸려 있고, 안쪽 벽에는 커다란 긴 의자 위쪽에 마분지에 스케치한 작품인 토머스 게인즈버러의 〈푸른 옷의 소년〉이 있으며, 샤르댕의 작품 〈육각팽이를 돌리는 아이〉와 〈여인숙의 하인〉을 각각 재구성해놓은 르 바의 판화 두 점이 걸려 있다. 또 그 옆에는 만족과 오만으로 가득 찬 수도사의 얼굴을 표현한 세밀화, 바쿠스와 목신 판화, 실레노스[1]가 한 무리의 반인반수의 숲의 신들, 즉 반半목신, 목신, 숲의 수호신, 망령, 조상신, 작은 요정, 반수신半獸神 및 요정에 둘러싸여 있는 장면을 그린 외젠 라미의 신화 그림이 있다. 그리고 나머지 벽에 두 개의 그림이 더 걸려 있다. 하나는 'L. N. 몽탈레스코'라는 서명이 있는 〈신비의 섬〉이라는 풍경화로 어느 강가를 그린 것인데, 왼쪽에는 해변과 숲으로 이루어진 쾌적한 해안이 있고 오른쪽에는 마치 탑처럼 생겨 한 면만 트여 있고 어떤 공격에도 끄떡없을 하나의 성채를 연상시키는 바위 암벽이 있다. 다른 하나는 웨인라이트의 수채화다. 토머스 로렌스 경의 친구인 그는 화가이자 수집가이고

562

---

1. 주신酒神 바쿠스의 양아버지.

비평가이며, 당시 세상을 떠들썩하게 했던 유명한 '사자獅子들' 중 한 사람이었다. 웨인라이트가 죽은 후 사람들은 그가 취미 삼아 여덟 사람을 살해했다는 것을 알게 되었다. 그의 수채화의 제목은 〈짐마차꾼〉이다. 이 그림에서 짐마차꾼은 석회로 초벽을 바른 어느 벽 앞 벤치에 앉아 있다. 그는 크고 딱 벌어진 체격이며, 텐트용 천으로 만든 갈색 바지를 입고 밑단은 금이 간 장화 속에 집어넣었다. 그리고 회색 와이셔츠를 가슴이 다 드러나게 열어젖히고 얼룩덜룩한 머플러를 목에 두르고 있다. 오른쪽 손목에는 구리 징이 박힌 가죽 밴드를 둘렀고, 왼쪽 어깨에는 융단으로 만든 가방을 메고 있다. 그의 오른쪽에는 끝이 갈라져 까칠까칠한 가는 줄로 풀어진 노끈 회초리가 놓여 있으며, 그 옆에는 물 항아리와 빵한 덩어리가 있다.

등 없는 긴 의자와 안락의자에는 투명한 나일론 커버가 씌워져 있다. 적어도 10년 전부터 이 방은 특별한 경우가 아니면 사용되지 않는다. 바틀부스가 마지막으로 이 방을 사용한 것은 네 달 전의 일인데, 그때 그는 베상드르 사건과 관련해 레미 로르샤슈에게 도움을 청하지 않을 수 없는 상황이었다.

1970년대 초 두 대형 관광호텔 기업—마블 하우스 주식회사와 인디내셔널 호텔 싱사—은, 새롭게 부상해 호황을 누리고 있는 거대한 두호텔 체인 홀리데이 인과 셰러턴에 좀더 효과적으로 대항하기 위해 서로 연합하기로 결정했다. 마블 하우스 주식회사는 북아메리카의 기업으로 카리브 해안과 남아메리카에 굳건히 뿌리를 내리고 있었고, 인터내셔널 호텔 상사는 아랍 수장국들의 투자회사로 취리히에 본사를 두고 있었다.

두 기업의 수뇌부는 1970년 2월 바하마의 낫소에서 처음으로 모임을 가졌다. 전 세계 호텔업 상황에 관해 공동으로 검토한 결과, 그들은 새로 등장한 두 경쟁 기업의 부상을 저지할 유일한 방법은 유례없이 독창적인 관광호텔 경영 스타일을 창출하는 것이라고 판단했다. 마블 하우스의 회장은 다음과 같이 선언했다. "호텔 경영이란 어린아이들의 문화에만 온 신경을 써 투자하는 식으로 이루어지는 것이 아닙니다.(박수) 그리고 계산서의 수익을 높여주는 방탕한 놀이의 개발에 그치는 것은 더더욱 아닙니다.(박수) 그보다는 세 가지 기본 가치, 즉 여가, 휴식, 문화라는 가치에 대한 존중을 기초로 하는 것입니다.(계속되는 박수)"

그 후 몇 달 동안 두 기업의 본사에서 교대로 행해진 여러 차례의 회동에서 마블 하우스의 회장이 탁월하게 틀을 잡은 목표가 구체화되었다. 인터내셔널 호텔 상사의 사장들 중 한 사람은 일종의 재담으로 두 기업의 회사명(MARVEL HOUSES INCORPORATED, INTERNATIONAL HOSTELLERIE)이 각각 24개의 알파벳으로 이루어졌음을 지적했고, 두 기업의 광고부는 이를 하나의 아이디어로 채택해, 24개의 나라에서 완전히 새로운 스타일의 종합 호텔 24개를 설립할 수 있는 24개의 전략적인 장소 물색을 제안했다. 그리고 극도로 세련된 전략에 따라 선택된 24개의 장소는 각 이름을 세로 방향으로 읽으면 독창적인 두 회사의 이름이 드러날 수 있도록 했다.(〈표 1〉 참조)

1970년 11월, 두 기업의 회장은 쿠웨이트에서 다시 만났다. 그들은 마블 하우스 주식회사와 인터내셔널 호텔 상사가 공동으로 두 개의 자회사를 창업한다는 데 합의하고 계약서에 서명했다. 그 자회사 중 하나는 '인터내셔널 마블 하우스사'로 호텔 경영개발 회사였고, 다른 하나는 '인코퍼레이티드 호텔 상사'로 호텔 재정금융 회사였다. 이 두 회사는 두 본사의 지원에 의해 모든 필수 요소를 정식으로 공급받아, 앞에서 밝힌 장소에 24개의 호텔을 구상·설계하고, 건설하고, 올바로 경영하는 일을 책임지게 될 것이다. 인터내셔널 호텔 상사의 회장은 인터내셔널 마블 하우스사의 회장 겸 인코퍼레이티드 호텔 상사의 부회장이 되었고, 마블 하우스 주식회사의 회장은 인코퍼레이티드 호텔 상사의 회장 겸 인터내셔널 마블 하우스사의 부회장이 되었다. 이 사업의 재무 경영을 전담하게 될 인코퍼레이티드 호텔 상사는 쿠웨이트에 설립되었고, 사업 계획의 실행 및 업무 추진을 책임질 인터내셔널 마블 하우스 본사는 세무 관계상 푸에르토리코에 자리를 잡게 되었다.

*MI*RAJ	인도
*A*NAF*I*	그리스(키클라데스 제도)
ART*I*GAS	우루과이
VE*N*CE	프랑스
ERB*I*L	이라크
AL*N*WICK	영국
*H*ALLE	벨기에
OT*T*OK	오스트리아(일리리아)
HU*I*XTLA	멕시코
SOR*I*A	스페인(옛 카스티야 지방)
E*N*NIS	아일랜드
S*A*FAD	이스라엘
*I*L*I*ON	터키(트로이)
I*N*HAKEA	모잠비크
CO*I*RE	스위스
OS*A*KA	일본
ARTES*I*A	미국(뉴멕시코)
*PE*MBA	탄자니아
OL*A*ND	스웨덴
OR*L*ANDO	미국(디즈니월드*)
*AE*ROE	덴마크
TRO*U*T	캐나다
E*I*MEO	타이티
DE*L*FT	네덜란드

〈표 1〉 인터내셔널 마블 하우스사와 인코퍼레이티드 호텔 상사가 추진하는 24개 종합 호텔 소재지

* 24개 국가의 24개 장소에 호텔을 짓겠다는 결정과 달리, 미국은 두 곳—아티저와 올랜도—이 선정되었다. 그러나 마블 하우스사의 한 간부가 마지못해 지적한 대로, 올랜도는 피상적으로만 미국에 위치할 뿐이다. 디즈니월드는 그 자체로 하나의 세계이고, 마블 하우스와 인터내셔널 호텔 상사는 그 세계에 마땅히 지부를 둘 의무가 있기 때문이다.

이 사업계획의 총예산은 10억 달러를 훨씬 초과했다. 호텔 객실 하나당 50만 프랑 이상의 경비가 드는 셈이었다. 그리고 호텔 내에 세울 상업 지구는 호화롭고 독립적으로 꾸며질 것이었다. 이 사업의 자본주들이 가지고 있는 기본 개념은 한마디로 다음과 같았다. 즉 호텔이 호텔의 주 역할이 될 휴식, 여가, 문화에 가장 부합하는 장소는 물론 특수한 요구에 꼭 들어맞는 특별한 기후를 가진 지역(가령, 다른 지방이 추울 때 덥거나, 공기가 맑거나, 눈이 있든가, 요오드가 풍부한 지역 등)에 위치하거나 특정한 관광활동에 활용될 수 있는 장소(해수욕장, 스키장, 온천장, 예술촌, 다른 곳에서는 보기 드문 아름다운 자연 경관[자연 공원] 등)나 인공적으로 만들어진 장소(베네치아, 레 마트마타, 디즈니월드 등) 부근에 위치하는 것이 유리하기는 하지만, 반드시 그럴 필요는 없다는 것이었다. 정말로 좋은 호텔이란, 손님이 외출하고 싶을 때 쉽게 외출할 수 있어야 하고 반대로 '외출하는 것이 일종의 고역일 경우 외출하지 않고 편히 있을 수 있는' 호텔이어야 한다. 요컨대 인터내셔널 마블 하우스가 만들고자 하는 호텔의 가장 중요한 특징은, 부유하고 까다롭고 게으른 고객이 외출하지 않고도 무언가를 보고 싶다는 마음이 들고 무언가를 하고 싶다는 생각이 들게끔 각 호텔이 모든 것을 호텔 내에 갖추는 것이라 할 수 있었다. 대부분의 손님이 북아메리카나 일본이나 아랍의 여행객일 터인데, 이들은 유럽과 유럽 문화유산을 철저하게 섭렵해야 한다고 느끼면서도, 박물관을 찾아 이리저리 긴 시간을 걸어다니거나 생쉴피스 혹은 생질 광장의 매연 가득한 교통 혼잡 속에서 불편하게 자동차를 타고 다닐 마음은 별로 없는 사람들이었기 때문이다.

이와 같은 생각은 사실 오래전부터 현대 관광호텔 경영의 기초였다. 그 결과 전용 해변을 개발하고 인조 바다와 스키장을 점점 더 사기업화하는 현상이 나타났고, 인간적·지형적 환경과 무관한 클럽과 완전히 인공적인 레저 타운 및 레저 센터가 급속히 발달했다. 그러나 앞서 언급한 계획에서 이 개념은 놀라울 만큼 체계화되었다. 새로운 '마블 호텔' 중하나에 투숙한 손님은, 우선 다른 별 네 개짜리 고급 호텔에서와 마찬가지로 호텔 부대시설에 속하는 모래사장, 테니스 코트, 온천, 18홀 골프

장, 승마장, 사우나, 바닷가, 카지노, 나이트클럽, 쇼핑몰, 레스토랑, 바, 가두 판매대, 담배 가게, 여행사, 은행 등을 마음대로 이용하게 될 것이었다. 그뿐 아니라 스키장과 스키장의 케이블 카, 스케이트장, 해저 탐험, 파도타기, 사파리, 거대 수족관, 고대 미술관, 로마 유적지, 전쟁터, 피라미드, 고딕 건축양식의 교회, 아라비아의 시장, 보로지[2], 캉티나[3], 토로스 광장, 유적지, 비어슈투베[4], 발라조[5] 댄스홀, 발리무용극장 등등을 마음대로 선택해 즐길 수 있게 될 것이었다.

　　인터내셔널 마블 하우스는 손님들에게 예고된 비용에 합당한, 어지러울 정도로 자유분방한 선택을 보장하기 위해 세 가지 부차적 전략을 이용했다. 첫째는, 힘을 들이지 않고도 손님들에게 미개척 상태의 풍부한 관광자원을 제공해줄 수 있는, 외부와 차단된 장소나 그러기에 쉬운 부지를 찾는 것이었다. 이러한 의도는, 우선 이미 예정된 스물네 곳 중 다섯 군데가 자연 공원—애니크, 에니스, 오토크, 소리아, 방스의 자연 공원—에 매우 인접해 있으며, 또다른 다섯 군데는 섬—에로에, 아나피, 에이메오, 올란드, 펨바—이라는 사실에서 명확히 나타난다. 같은 의도로 두 개의 인공 섬을 조성할 계획을 세웠는데, 하나는 오사카의 먼 바다에 만드는 것이었고, 다른 하나는 모잠비크 해안의 인하키아 해변 건너편에 만드는 것이었다. 또한 온타리오에 일종의 복합 호수인 트루트 호수를 개발해 전적으로 수중에서 생활하는 휴양지 건설을 계획하고 있었다.

　　두번째 전략은, 인터내셔널 마블 하우스가 호텔을 짓고자 하는 지역의 지방, 도 또는 국가의 책임자들에게, 80년 후 양도한다는 조건으로 마블 하우스가 건축비 전액을 부담해 '문화 공원' 조성을 제안하는 것이었다.(일차 예상 견적 결과, 일반적으로 공사비용은 5년 3개월 안에 감가상각될 것이고, 이후 75년 동안의 순이익 발생이 증명되었다.) 이 '문화 공원'은 모든 세부 공간을 새로 건립할 수도 있고 기존의 유적이나 건축물을 포함할 수도 있었다. 예를 들어, 아일랜드의 새넌 국제공항에서 몇킬로미터 떨어진 곳에 위치한 에니스의 경우, 13세기 수도원 건물의 유적이 호텔 구역 안에 포함되었다. 또다른 방법으로, 델프트의 경우처럼

567

2. 북아프리카의 방새防塞.
3. 스낵 코너.
4. 맥주 살롱.

5. 본래 bal-à-Jo는 프랑스의 유명한 아코디언 연주자 조 프리바가 연주한 대중 댄스홀 Balajo의 이름에서 유래함.

이미 존재하는 구조에 호텔을 편입하는 방법도 있었는데, 마블 하우스는 델프트 시청에 그 도시의 오래된 거리 하나를 전체적으로 복원하고, 동시에 그곳에서 도기陶器 장수, 직조공, 화가, 금은세공사, 철공예가가 옛날 복장을 하고 촛불을 밝히며 생활하게 하여 '과거의 델프트 시가市街'를 되살리겠다고 제안했다.

　　인터내셔널 마블 하우스의 세번째 전략은, 적어도 자본주들의 투자 계획과 자금회전 가능성의 50퍼센트를 좌우하는 유럽에서 어쨌든 고객들에게 제시한 오락 및 유흥거리의 수익성을 확보하는 것이었다. 그런데 이러한 전략은 처음에는 단지 출연자들—발리의 무희, 발라조의 아파치 인디언 춤꾼, 티롤 지방 출신 여종업원, 투우사, 투우 애호가, 스포츠 모니터, 독사毒蛇 조련사, 누워서 발로 곡예하는 곡예사 등—에 대한 투자만을 고려한 것이었다. 그러나 전략은 이내 시설물에도 적용되었고, 곧이어 기업 전체의 진정한 독창성으로 확장되었다. 한마디로, 공간의 순수하고 단순한 부정을 시도해보자는 것이었다.

　　그런데 시설비 예산과 경영 예산을 비교해본 결과, 피라미드 형태를 이루는 24개의 호텔에 피라미드, 해저 오락장, 산, 튼튼한 성城, 계곡, 암석 동굴 등을 건축하는 것은, 파리 한복판에 있는 레알 지구에 살면서 8월 15일에 스키를 타고 싶어하는 사람이나 스페인 중부 지역에 살면서 호랑이를 사냥하고 싶어하는 사람을 원하는 장소에 수송하는 것보다 훨씬 더 경비가 많이 드는 일이라는 것이 곧 증명되었다.

　　이렇게 해서 결국 '표준 계약'이라는 아이디어가 등장했다. 그것은 4일 이상 체류하는 손님의 경우 그 기간 중에는 추가 비용을 더 내지 않고도 마블 하우스 체인의 다른 호텔에서 묵을 수 있다는 내용을 골자로 하는 것이었다. 즉 새로 도착한 손님에게는 일종의 달력이 배부되며, 달력에는 대략 750가지의 문화 및 관광 행사와 각 행사에 소요되는 시간 정보가 적혀 있게 된다. 그리고 손님은 예약한 마블 하우스 체류 기간 범위 내에서, 달력에 자신이 원하는 만큼의 행사 참여 표시를 할 수 있다. 그러면 호텔 본부에서는 추가 비용을 받지 않고 그 희망 사항의 80퍼센트를 책임지고 충족시켜줄 것이다. 간단한 예를 하나 들자면, 제파트에 도착한 한 손님은 대강 다음과 같은 행사에 표시를 한다. 스키, 철분이 함유된 목욕, 우아르자자르트에 있는 카스바 성채 방문, 스위스산 포도주와 치즈 시식, 카나스타 카드놀이, 에르미타주 박물관 관람, 알자스식 만찬, 샹쉬르마른 성 관광, 라슬로 비른바움이 이끄는 '데 무안' 필하모닉 오케스트라의 콘서트, 베타람 동굴 관광("4,500개 전기 램프의 환상적 조명을 받으며 동굴 속 산 하나를 완전 정복! 종유석의 장관과 기막히게 다양한 장식, 아름다운 베네치아의 환상적인 모습을 상기시키는 곤돌라 유람! 대자연이 만든 유일무이한 곳!") 등등. 그러면 호텔 본부에서는 회사의 거대한 컴퓨터를 통해 정보망과 접촉한 후, 즉시 쿠아르(스위스)로 가는 교통편을 마련한다. 그곳에서는 빙판에서의 스키 강습, 스위스 포도주(발틀린 포도주)와 치즈 시식, 철분이 함유된 목욕, 카나스타 카드놀이 등을 즐길 수 있다. 그다음, 베타람 동굴 관광("환상적 조명을 받으며 동굴 속 산 하나를 완전 정복" 등등)을 위해 쿠아르에서 방스로 옮기는 교통편을 이용하게 된다. 제파트에서는 알자스식 만찬을 들고 박물관과 성을 방문하게 된다. 이 방문에는 여행자들이 클럽 의자에 편안하게 앉아 모든 시대, 모든 나라의 훌륭한 예술품을 그 가치에 대한 진지한 설명을 들으며 감상할 수 있게 해주는 시청각적 설명회가 따른다. 반면, 우아르자자르트에 있는 카스바 성채를 근사하게 복제해 만들어놓은 아테시아나 혹은 '데 무안' 필하모닉 오케스트라가 시즌 계약을 맺고 연주하는 올랜도의 디즈니월드로 가는 교통편은 손님이 추가로 일주일을 더 예약할 경우에만 관리부에서 책임지게 되어 있었다. 또한 제파트의 진짜 시나고그[6] 방문, (방스에서 열린) 몽고메리가 지휘하는 브레겐츠 실내악단과 솔리스트 버지니아 프레더릭스버그의 협연(코렐리, 비발디, 가브리엘 피에르네의 곡들), 쿠아르에서 열리는 '마셜 맥루한과 제3의 코페르니쿠스 혁명'에 대한 스트로시 교수(클레르몽페랑 대학)의 강연 같은 프로그램이 임시로 대체될 수도 있다.

마블 하우스의 간부들이 스물네 곳의 문화공원과 관련해 약속된 모든 시설을 제공하고자 항상 노력할 것임은 두말할 나위도 없는 사실이었다. 따라서 상당 부분 실현이 불가능할 경우, 그들은 차라리 훌륭한 위조

6. 유태교 성전.

물로 대체할 수 있는 이러저러한 오락 및 관광 상품을 한 장소에 모아놓는 방법을 택할 수도 있었다. 예를 들어 베타람 동굴은 세계에 단 한 곳뿐이지만, 그 밖의 다른 곳에도 구경거리로서는 좀 약할지 모르나 동일한 수준의 안내 설명과 감동을 주도록 준비된 '라스코' 동굴 혹은 '레제지' 동굴 등과 같은 관광지가 있기 때문이다. 무엇보다 마블 하우스의 유연하고 실용적인 정책이 그 의욕적이면서도 방대한 계획을 실현 가능한 것으로 만들 것이며, 1971년 말에는 이미 건축가들과 도시 설계사들이 거의 기적에 가까운 공사를 설계상으로 완성해놓은 상태였다. 돌멩이 하나하나를 수송해 옥스퍼드의 세인트 페트루안 수도원을 모잠비크에 재건축하고, 오사카에 프랑스의 샹보르 성을 재건축하고, 아테시아에 우아르자자트의 구시가지를 옮겨놓고, 펨바에 세계 7대 불가사의를 15분의 1 크기로 만들어놓고, 트루트 호수에 런던 브리지를 재건축하고, 멕시코에 있는 휴익스틀라에 페르세폴리스의 다리오스 궁을 재건축하는 것 등이었다. 특히 다리오스 궁의 경우, 노예나 사륜마차, 말, 별궁의 수와 왕의 후궁들의 아름다움, 왕실 음악회의 호화로움 등 아주 미세한 세부 사항까지 그대로 복원되어 페르시아 왕궁의 웅장함을 마음껏 드러낼 수 있게 될 것이다. 그러나 마블 하우스사의 이러한 독창적인 시스템은 어디까지나 경이로운 건축물의 지형적 특수성을 통해 부유한 손님들에게 그것을 자유롭게 이용할 수 있는 즉각적 즐거움을 선사하려는 데서 유래한 것인 만큼, 그 걸작품을 복제하겠다는 생각은 유감스러운 일이었는지도 모른다.

570 　 여하튼 동기 조사와 시장에 관한 연구는 아주 충분한 잠재 고객층이 존재한다는 것을 확실하게 증명했고, 총 공사비도 최초의 계산에서 예상된 5년 3개월이 아닌 4년 8개월 안에 무리 없이 상환될 것이라고 전망이 나와 출자자들의 주저와 망설임을 불식시켰다. 자본금이 모아졌고, 1972년 초에 드디어 이 계획은 실행에 옮겨졌다. 그리고 트루트와 펨바에서 두 종합 호텔의 건설공사가 시작되었다.

　 푸에르토리코의 법 규정에 따라, 인터내셔널 마블 하우스사는 전체 예산의 1퍼센트를 현대 예술 작품 구입에 할애해야 했다. 호텔업계에서는 대부분의 경우 이런 종류의 의무조항을, 각 방에 사블도르레팽이나 생장드몽의 풍경을 그린 수묵화를 한 장씩 걸거나 호텔 정문 입구 앞에 보잘것없는 커다란 조각품을 하나 세우는 식으로 이행하기 마련이다. 그러나 인터내셔널 마블 하우스사의 경우 좀더 독창적인 해결책을 고안해야만 했다. 그래서 서너 가지 아이디어가 나왔는데, 즉 복합 호텔들 중 하나에 국제적인 현대 미술관을 만드는 것, 현존하는 작가들 중 가장 뛰어난 24명의 작가의 걸작품 24점을 구입하거나 그들에게 그림을 주문하는 것, 젊은 작가들에게 창작 지원금을 주는 마블 하우스 재단을 창설하는 것 등이었다. 마블 하우스의 간부들은 자신들에게는 부차적인 업무에 속하는 이 일로부터 벗어나려고, 그것을 한 미술비평가에게 일임하기로 했다.

그들이 선택한 인물은 프랑스어권 스위스의 미술비평가 샤를 알베르 베상드르였다. 그는 『라 퇴유 다비 프리부르』지와 『라 가제트 드 주네브』지에 정기적으로 예술 시평을 쓰고 있었으며, 프랑스어, 벨기에어, 이탈리아어로 된 총 여섯 종류의 일간지 및 정기간행물의 취리히 통신원으로 활동하고 있었다. 인터내셔널 호텔 상사의 회장—결국 인터내셔널 마블 하우스사의 회장인 셈이다—은 그의 평론의 애독자 중 한 사람이었고, 예술품의 설치를 위해 여러 차례 그에게 자문을 구한 바 있었다.

샤를 알베르 베상드르는 이미 이 계획에 대해 이야기를 들은 바 있었기 때문에, 마블 하우스사의 초청으로 참석한 전체 운영회의에서 회사의 기발한 정책에 가장 합당한 해결책은 소수의 걸작품을 수집하는 것이라고 주장했고, 어렵지 않게 자본주들을 설득할 수 있었다. 그의 주장은 이러했다. 미술관을 만들거나 단순히 작품을 모아놓는 것은 효과적이지 못하고, 특히 각 방 침대 위에 착색 판화 한 장을 거는 일 따위는 쓸데없는 짓이다. 대신, 소수의 걸작품을 단 하나의 장소에 모아놓아, 미술애호가들이 일생에 단 한 번만이라도 직접 가보기를 꿈꾸는 선망의 장소로 만들어야 한다. 이러한 생각에 감탄한 마블 하우스의 간부들은 샤를 알베르 베상드르에게 향후 5년 안에 그러한 희귀한 작품을 수집하라는 임무를 맡겼다.

이렇게 해서 베상드르는 일종의 명목 예산, 구화폐로 약 50억 프랑이나 되는 대규모 예산의 책임자가 되었다. 그 자신이 받는 3퍼센트의 커미션을 포함한 최종 결제는 1976년에나 이루어지게 될 것이었다. 그 돈이면 세계에서 가장 비싼 그림을 세 점 살 수 있었다. 처음에 그가 재미삼아 계산해본 바에 따르면, 그 돈으로는 클레의 작품 50여 점이나 모란디의 작품 거의 전부 또는 베이컨의 거의 모든 작품이나 마그리트의 전 작품, 뒤뷔페의 작품 150점, 피카소의 걸작 20여 점, 스타엘의 작품 100여 점, 프랭크 스텔라의 거의 모든 작품, 클라인의 거의 모든 작품 등을 살 수 있었다. 또는 록펠러 컬렉션의 마크 로스코의 전 작품과 함께 덤으로 피치윈더가 증여한 허핑의 전 작품 및 위팅의 '안개의 시기'의 전 작품까지 구입할 수 있는 액수였다.(위팅의 작품에 대해 베상드르는 보잘것없는 작품이라고 평가하고 있었다.)

하지만 이와 같은 계산이 야기한 다소 유치한 흥분은 금방 사그라들었다. 그리고 베상드르는 자신의 임무가 생각했던 것보다 훨씬 더 어려운 것임을 이내 알아차리게 되었다.

베상드르는 미술과 화가를 사랑하는 양심적이고 주의 깊고 진지하고 개방된 의식의 소유자였다. 또 아틀리에나 화랑에서 몇 시간을 보내면서 한 순간 찾아오는 어떤 그림의 변질되지 않은 현전에 자신을 내맡겼을 때 행복감을 느끼는 그런 인물이었다. 한 그림의 미묘하면서도 평온한 실존과 고밀한 자명성은 점점 살아 숨 쉬는 충만한 것이 되고, 그곳에 실재하면서 단순하고도 복잡한 것이 되며, 구불구불하고 어쩌면 곡해되기까지 하는 어려운 과정을 넘어 마침내 어떤 역사, 어떤 작업, 어떤 지식을 가리키는 기호가 되는 것이다. 바로 그런 느낌이 그를 휘감을 때 그는 행복했다. 마블 하우스의 간부들이 그에게 맡긴 임무는 물론 상업주의적인 것이었다. 하지만 이 임무는 적어도 그에게 당시의 예술을 검토하면서 그러한 '마술적 순간들'—이 표현은 파리 태생인 그의 동료 에스베리가 사용한 것이다—을 증가시킬 수 있을 것처럼 보였다. 그래서 그는 열광적으로 그 일에 착수했다.

그러나 이 소식은 예술계 전반에 급속히 번져나갔고 함부로 왜곡되었다. 샤를 알베르 베상드르가 어떤 거물급 후원자의 중개업자가 되어 현존하는 화가들의 가장 값지고 특별한 작품을 수집하는 임무를 맡았다고 알려진 것이다. 몇 주가 지난 후, 베상드르는 자신의 실제 영향력보다도 훨씬 더 막강한 힘을 자유롭게 사용할 수 있다는 사실을 깨달았다. 이 미술비평가가 미래의 어느 순간 자신의 백만장자 고객을 위해 우연히 어떤 작품의 구입을 고려할 수 있다는 생각만으로도 미술품 상인들은 그에게 미친 듯 달라붙었고, 별로 주목을 끌지 못했던 작가들도 어느 날 갑자기 세잔이나 무리요 다음 수준으로까지 평가가 올라갔다. 언제든지 원하는 대로 사용할 수 있는 100만 파운드짜리 지폐를 지니고 있고 또 한 달 정도는 그것을 사용하지 않고도 여유 있게 살 수 있게 된 베상드르의 이야기가 퍼지자, 모든 예술 행사의 결과도 단지 이 비평가가 참석하느냐 불참하느냐에 따라 크게 달라지게 되었다. 그가 경매장에 도착하면 경매가는 상승하기 시작했고, 만약 그가 급히 경매장 안을 둘러본 뒤 떠나버리면 시세는 주춤거리며 떨어지다가 급기야 곤두박질쳤다. 마찬가지로 그의 미술 시평들은 투자가들이 점점 더 뜨거운 관심을 가지고 기다리는 하나의 사건이 되어갔다. 그가 어떤 화가의 첫 개인전에 관해 언급하면 그 화가는 단 하루 만에 모든 작품을 팔 수 있었다. 그리고 어떤 유명한 화가의 상설 전시회에 대해 그가 아무런 언급도 하지 않으면, 수집가들은 갑자기 그 화가의 작품을 멀리히기니 손해를 봐가면시까지 되팔았고, 혹시라도 자기 집 거실에 걸어둔 경우 그것을 떼어내 다시 가치가 올라갈 때를 기다리며 밀폐된 상자 속에 감추어버렸다.

그러나 곧 정신적인 압박이 베상드르를 억누르기 시작했다. 사람들은 그에게 샴페인과 푸아그라를 넘치도록 보냈고, 그를 모시기 위해 제복 입은 운전사가 딸린 검은 리무진을 보냈다. 또 미술품 상인들은 이익 배분 문제에 관해 말하기 시작했고, 유명한 여러 건축가들이 그의 집을 지어주겠다고 제안했으며, 인기 있는 여러 실내장식들이 그의 집을 꾸며주겠다고 자청했다.

몇 주 동안 베상드르는 자신의 시평이 야기하는 광기나 열광은 분명 진정될 것이라고 확신하고서 고집스럽게 시평을 발표했다. 그다음 그는 여러 가지 가명—B. 드라피에, 디트리히 크니커보커, 프레드 대니, M. B. 리, 실밴더, 에리히 바이스, 기욤 포르테 등—을 사용해보았다. 그러나 그 방법은 상황을 더 악화시켰다. 왜냐하면 상인들은 이제 모든 특이한 서명을 그의 것이라고 믿었고, 이에 따라 설명할 수 없는 혼란이 예술품 시장을 동요시켰기 때문이다. 그러한 동요는 베상드르가 글쓰기를 완전히 멈추고 그가 글을 썼던 모든 매체에 한 면 전체를 할애해 사실의 전모를 밝히고 난 후에도 오랫동안 계속되었다.

그 후 몇 달은 그에게 매우 고통스러운 기간이었다. 그는 경매장 출입이나 미술전시회 기념 파티에 참석하는 것을 자제해야 했다. 또한 일반 화랑을 방문할 때도 극도로 조심했는데, 그럼에도 불구하고 익명인 그의 실체가 밝혀질 때면 엄청난 반향이 야기되곤 했다. 결국 그는 모든 공개적인 예술 행사의 관람을 포기하기에 이르렀고, 그 후 오직 개인 아틀리에만 방문했다. 각 아틀리에에서 그는 화가에게 스스로 자신의 가장 좋은 작품이라고 생각하는 것 다섯 작품을 보여달라고 요청했고, 그 작품을 바라볼 수 있게 적어도 한 시간 동안 그를 홀로 있게 해달라고 부탁했다.

2년이 지나자 그가 방문한 아틀리에는 2,000개가 넘었으며, 모두 23개국 91개 도시에 분산되어 있었다. 이제 그에게 남은 문제는 그동안 적어놓은 메모를 다시 읽고 선택하는 것이었다. 인터내셔널 호텔 상사의 간부들이 그가 마음대로 사용할 수 있도록 준비한 그리종의 별장에서, 베상드르는 자신에게 맡겨진 특별한 임무와 뒤따라 일어난 기묘한 결과에 관해서 곰곰이 생각하기 시작했다. 바틀부스의 모험에 관한 소식이 그에게 전해진 것은 대강 이 무렵이었다. 당시 그는 목에 무거운 방울을 단 암소들의 행렬만 눈에 들어오는 빙하 지대의 경치를 마주한 채 예술의 의미가 무엇인지를 스스로에게 묻고 있었다.

어느 날『생모리츠의 최근 소식』이라는 이미 2년이 지난 낡은 신문 한 부를 가지고 불을 지피려던 그는 우연히 그 사건에 관한 기사를 읽게 되었다. 그 신문은 그가 머물고 있던 곳의 지역 신문으로 겨울 시즌 동안 일주일에 두 번씩 스키장 소식을 알려주는 것이었다. 그 신문에는 올리비아와 레미 로르샤슈가 열흘 정도 묵기 위해 이 지역 랑가디네 호텔에 투숙했다는 소식과 함께 이들과의 인터뷰 내용이 아래와 같이 실려 있었다.

"레미 로르샤슈 씨, 요즘 계획하고 계신 일이 무엇인지 말씀해주시겠습니까?"

"사람들이 나에게 어떤 남자의 이야기를 해주었습니다. 그는 그림을 그리기 위해 세계 일주를 하고, 그다음에는 그 그림을 과학적으로 파괴했다는군요. 그래서 그 이야기를 영화로 만들고 싶습니다……."

이 요약 부분은 빈약하고 알쏭달쏭했다. 하지만 베상드르의 관심을 불러일으키기에 충분했다. 그리고 그 사건에 대해 좀더 많은 세부 내용을 알게 되면서 이 비평가는 그 영국인의 계획에 대해 흥분하기 시작했다. 바로 그 순간, 순식간에 베상드르의 마음이 정해졌다. 그는 작가가 반드시 없애고자 하는 그 작품들이야말로 세상에서 가장 희귀한 컬렉션을 가능하게 할 가장 귀중한 보배가 될 것이라고 생각했다.

바틀부스가 베상드르의 첫번째 편지를 받은 것은 1974년 4월 초였다. 당시 그는 이미 신문의 큰 표제 외에는 읽을 수 없는 상태였다. 그래서 스모프가 그에게 베상드르의 편지를 읽어주었다. 이 비평가는 자신의 이야기를 자세히 전했고, 또 그가 퍼즐 조각으로 분해된 수채화를 선택해 화가가 거부한 예술 작품으로서의 가치를 부여하게 된 경위를 설명했다. 그리고 오래전부터 전 세계의 예술가들과 미술품 상인들이 마블 하우스의 전설적인 컬렉션에 자기 작품이 하나라도 포함되기를 꿈꾸어왔음에도 불구하고, 비평가는 자신의 작품을 보여주는 것도, 보존하는 것도 원치 않는 이 독특한 인물에게 남아 있는 그의 작품을 1,000만 달러에 사겠다고 제안했다!

바틀부스는 스모프에게 그 편지를 찢어버리라고 부탁했다. 그리고

575

만약 또 편지가 오면 뜯어보지도 말고 그대로 돌려보내고 혹시 편지를 쓴 사람이 찾아온다면 그를 집안에 들이지 말 것을 부탁했다.

3개월 동안 베상드르는 편지를 보내고, 전화를 하고, 마침내 찾아가기까지 했지만 모두 허사였다. 그래서 7월 11일, 마침내 그는 스모프의 방으로 쳐들어갔고 자신이 전쟁을 선포했음을 주인에게 알리게 했다. 바틀부스에게 있어 예술이 자신이 만든 작품을 파괴하는 것이라면, 베상드르에게 있어 예술은 어떤 대가를 치르더라도 그 작품들 중 몇 개를, 혹은 최소한 하나만이라도 보존하는 것이었다. 그래서 그는 이 고집쟁이 영국인의 파괴 행위를 막는 것에 도전했다.

바틀부스는 '열정'이라는 것이 가장 분별력 있는 사람에게도 정신적 혼란을 초래할 수 있다는 것을 경험상 잘 알고 있었고, 따라서 그 비평가가 분명 과장해서 말하는 것이 아니라는 것도 알고 있었다. 무엇보다 주의해야 할 것은 복원된 수채화에 일어날 수 있는 모든 위험을 피하는 것이었는데, 이를 위해서는 과거에 작품이 그려진 장소에서 그것을 파괴하는 작업을 중단해야 할지도 모를 일이었다. 그러나 그것은 바틀부스를 잘못 알고 하는 소리였다. 도전을 받자 그는 자신도 도전하기로 마음먹었다. 항상 그래 왔던 것처럼, 수채화는 최초의 무無 상태가 지녔던 백색을 되찾기 위해 그것이 그려진 처음의 그 장소로 변함없이 운반될 것이다.

그런데 이 위대한 계획의 최종 단계는 이전 단계들에 비해 그나마 훨씬 덜 까다로운 의전에 따라 이행되고 있었다. 처음 몇 해 동안에는 대부분 바틀부스 자신이 직접 비행기나 기차를 두 번씩 바꾸어 타면서 그 일을 했다. 하지만 얼마 지나지 않아 스모프가 그 일을 대신하게 되었고, 장소가 점점 멀어지면서 바틀부스가 그림을 그리던 당시 일찍이 계약해 둔 현지 통신원이나 후임자에게 수채화를 우송하는 방식으로 바뀌었다. 수채화를 담은 각 상자에는 특수 용해액 유리병 하나와 작업이 이행될 장소를 정확히 지시하는 세부 지도 하나, 그리고 설명서 한 통이 첨부되었다. 또한 설명서에 적혀 있는 지시사항에 따라 동봉한 수채화를 파괴하고 그 작업이 끝나면 원래의 상태로 돌아간 백색 종이를 자신에게 다시 보내달라고 통신원에게 부탁하는, 바틀부스가 서명한 편지도 첨부되었다. 그때까지 그 작업은 예정대로 진행되어 바틀부스는 열흘 혹은 보름 후면 백색 종이를 받았다. 누군가 그 수채화를 파괴한 척하면서 그에게 다른 종이를 보낼 수도 있으리라는 생각은 결코 하지 않았다. 왜냐하면 그는 모든 종이—특별히 그를 위해 제작되었던 종이—가 그 자체의 투명무늬와 윙클레의 절단 흔적을 미세하게나마 간직하고 있는지 살펴봄으로써 그것이 다른 종이가 아님을 확인했기 때문이다.

베상드르의 공격에 대응하기 위해 바틀부스는 여러 가지 해결책을 검토했다. 가장 효과적인 것은 물론 믿을 만한 사람에게 수채화 파괴를 일임하고 몇 명의 경호원을 그에게 붙이는 것이다. 그러나 어디서 믿을 만한 사람을 구한단 말인가? 그 비평가가 사용하는 거의 무제한에 가까운 힘과 맞선 바틀부스에게 믿을 만한 사람은 오직 스모프밖에 없었는데, 스모프는 이미 너무 늙었다. 게다가 자신의 계획을 성공시키기 위해 이미 50세 때부터 자신의 상속재산을 사업가들에게 조금씩 넘겨주었기 때문에 이 백만장자는 이제 늙은 하인에게 엄청난 경비가 드는 경호를 약속할 수도 없었다.

오랫동안 주저한 끝에 바틀부스는 로르샤슈에게 면담을 요청했다. 어떻게 바틀부스가 그의 협조를 얻어냈는지에 대해서는 아무도 알지 못했다. 어쨌든 그는 이 프로듀서의 중개로, 인도양, 홍해, 혹은 페르시아 만으로 촬영을 떠나는 텔레비전 촬영기사들에게 관례대로 그의 수채화를 파괴하고 파괴 작업 촬영을 부탁했다.

몇 달 동안 이 시스템은 별다른 방해 없이 진행되었다. 촬영 기사는 출발 전날, 파괴해야 할 수채화와 함께 거꾸로 감을 수 없는 120미터짜리 필름, 즉 네거티브 단계를 거치지 않고 곧바로 원본을 현상할 수 있는 필름을 바틀부스에게 건네받았다. 그리고 촬영 여행이 끝나면 스모프와 클레베가 공항으로 가서 촬영기사의 귀국을 기다렸고, 촬영 기사에게 백지가 된 수채화와 감광시킨 필름을 돌려받아 즉시 현상실로 가져갔다. 같은 날 저녁 혹은 늦어도 그 다음날이면 바틀부스는 거실에 자리를 잡고 앉아 16mm 영사기로 그 필름을 볼 수 있었다. 그런 다음 그는 그 필름을 불태워버렸다.

그러나 이와 같은 대응에도 불구하고, 우연의 일치로 간주하기에는 석연치 않은 여러 가지 작은 사건이 베상드르가 여전히 포기하지 않았음을 입증해주었다. 1960년 모렐레의 사건 이후 그를 대신해서 퍼즐들의 수채화 복원 작업을 맡고 있던 화학약품 배합사 로베르 크라베나의 아파트에서 발생한 절도사건과, 기요마르의 아틀리에를 초토화시킬 뻔했던 방화 가능성이 농후한 화재사건은 틀림없이 그의 짓이었다. 첫번째 사건의 경우, 시력이 점점 나빠지던 바틀부스가 점점 더 작업을 지체한 탓에 절도사건이 일어났던 그 보름 동안에는 크라베나의 집에 다행히 단 하나의 퍼즐도 없었다. 두번째 기요마르 사건의 경우, 불을 지른 자들이 화재를 이용해 그가 방금 받은 수채화를 훔치기 전에 그 스스로 벽난로에 있던, 석유에 흠뻑 젖은 헝겊 조각의 불을 끌 수 있었다.

하지만 바틀부스의 용기를 꺾기 위해서는 그보다 더한 사건이 필요했다. 그리고 지금으로부터 두 달쯤 전인 1975년 4월 25일, 바틀부스가 완전히 시력을 상실한 바로 그 주에 불가피한 사건이 발생하고 말았다. 터키에 갔던 기록영화 팀이 돌아오지 않았던 것이다. 그 팀의 촬영기사는 바틀부스의 438번째 수채화를 파괴하기 위해 트레비존드에 들르기로 되어 있었다.(당시 이 영국인의 일정은 예정보다 6개월이나 늦은 상태였다.) 이틀 후, 그 팀의 일원 네 명이 불가해한 자동차 사고로 죽었다는 소식이 전해졌다.

바틀부스는 결국 자신의 제의적인 파괴 작업을 포기하기로 결심했다. 앞으로 그가 완성하게 될 퍼즐은 더이상 다시 붙여져 나무받침대에서 떼어내지지 않을 것이며, 원판 그림을 완벽하게 백색 종이로 만들어내는 용해액 속에 적셔지지도 않을 것이다. 대신 그것들은 우르카드 부인의 검은 상자 속에 담겨 곧바로 소각로에 던져지게 될 것이다. 하지만 이러한 결심은 이미 뒤늦은 것이자 동시에 쓸데없는 것이기도 했다. 왜냐하면 바틀부스는 그 주에 시작한 퍼즐을 그 후 결코 완성하지 못했기 때문이다.

　사고가 있었던 날로부터 며칠이 지난 후, 스모프는 신문에서 마블 하우스 주식회사와 인터내셔널 호텔 상사의 계열사인 인터내셔널 마블 하우스사의 결산 보고서를 읽었다. 건축비의 증가를 고려해 수정한 계산에 따르면 스물네 개의 문화공원의 부채를 상환하는 데는 4년 8개월이나 5년 3개월이 아니라 6년 2개월이 걸린다는 결과가 나왔다. 이에 놀란 공동출자자들은 자본을 회수해 빙산 견인이라는 또다른 대규모 계획에 투자해버렸다. 마블 하우스의 프로그램은 그러므로 '무한정' 유예되었다. 그리고 그 후 아무도 베상드르의 소식을 듣지 못했다.

제88장　　　　　알타몽
　　　　　　　　 5

　알타몽의 커다란 거실에서는 하인 두 명이 연회를 위한 마지막 손질을 하고 있다. 한 사람은 건장한 흑인으로, 루이 15세 시대의 제복—초록색 줄무늬가 있는 재킷과 짧은 바지, 초록색 면양말, 은빛 고리가 달린 구두 등—을 단정치 못하고 무성의하게 입고 있다. 그는 좌석이 셋 달린 긴 의자를 별로 힘들이지 않고 들어올린다. 짙은 붉은색 옻칠을 하고 양식화된 잎사귀 무늬를 넣고 자개를 박은 그 의자에는 사라사 무명으로 만든 쿠션이 놓여 있다. 또 한 사람은, 누런 피부에 목울대가 튀어나와 있고 약간 헐렁해 보이는 검은 양복을 입은 급사장이다. 그는 오른쪽 벽에 붙어 있는, 돌결이 드러난 대리석이 깔린 긴 식기대 위에 영국제 금속으로 만든 여러 개의 커다란 접시를 배치하고 있다. 접시에는 작은 샌드위치, 진홍색 혀 요리, 연어알, 그리종 고기, 훈제 뱀장어, 아스파라거스 잎이 담겨 있다.

　식기대 위의 벽에는 'J. T. 매스턴'이라는 서명이 있는 그림 두 점이 걸려 있다. 매스턴은 영국 태생의 장르 화가로, 오랫동안 중앙아메리카에서 살았고 20세기 초에 명성을 얻었다. 〈약제사〉라는 제목이 붙은 첫번째 그림에는, 큰 원통형 유리병이 가득 찬 어두운 상점 구석에서 초록색이 감도는 프록코트를 입고 코안경을 걸친 한 대머리 남자가 이마에 끼운 커다란 확대경 때문에 힘들어하면서 진단서를 해독하려고 몹시 애쓰는 모습이 묘사되어 있다. 두번째 그림은 〈자연주의자〉라는 제목인

데, 정력적인 표정에 비쩍 마르고 미국식으로 수염을 길러 턱 아래로 부풀어오르게 한 남자가 보인다. 남자는 팔짱을 끼고 서서, 기다란 다리에 비둘기알 만큼 통통한 몸통의 흉측스러운 거미가 커다란 튤립나무 두 그루 사이에 쳐놓은 거미줄에 걸린 작은 다람쥐 한 마리가 벗어나려고 발버둥치는 것을 바라보고 있다.

왼쪽 벽에는 돌결이 드러난 대리석 벽난로가 있고, 벽난로의 작은 선반 위에는 노란 구리 포탄의 탄피로 만든 받침대를 가진 두 개의 램프가 길쭉한 유리 뚜껑 하나를 사이에 두고 놓여 있다. 유리 뚜껑 안에는 꽃잎 하나하나가 금으로 섬세하게 조각된 꽃다발이 있다.

안쪽 벽에는 색이 완전히 바래고 매우 낡은 태피스트리가 전면을 거의 다 덮다시피 걸려 있다. 태피스트리의 그림은 분명 세 명의 동방박사를 표현한 듯한데, 그중 한 사람은 무릎을 꿇고 있고 나머지 둘은 서 있다. 서 있는 사람 중 한 사람의 모습은 거의 원형 그대로 손상되지 않은 상태인데, 소매 끝이 넓게 터진 긴 드레스형 옷을 입은 그는 자신의 키와 비슷한 길이의 검을 차고 있으며 왼손에 당과 그릇 같은 물건을 들고 있다. 검은 머리에 큰 메달 한 개로 장식한 야릇한 모자를 쓰고 있는데, 베레모 같기도 하고 혹은 삼각모, 왕관, 챙 없는 모자 같기도 하다.

방의 전면에서 약간 오른쪽, 창문에서 비스듬한 위치에 베로니크 알타몽이 황금빛 아라베스크 무늬 장식의 가죽을 덮은 탁자 앞에 앉아 있다. 탁자에는 여러 권의 책이 펼쳐져 있는데, 그중에는 조르주 베르나노스의 소설 『환희』와 어린이 책 『소인국 마을』이 있다. 『소인국 마을』의 표지에는 작은 집 몇 채와 소방서, 커다란 시계가 걸려 있는 시청, 붉은 주근깨로 뒤덮인 얼굴에 깜짝 놀란 표정의 장난꾸러기들, 또 그들에게 버터 바른 빵과 우유가 담긴 큰 컵을 내미는 긴 수염의 난쟁이들이 그려져 있다. 또한 에스팽골의 『중세 프랑스어와 라틴어의 약어 사전』, 투스탱과 타생이 쓴 『중세 고문서학과 외교학 사례집』이 있다. 이 사례집은 중세의 원문을 복사해 수록한 두 면에서 펼쳐져 있는데, 왼쪽 변에는 다음과 같은 임대 계약서가 적혀 있다.

이 문서는 메노알빌 씨 가족이 레글리즈 도트리 씨로부터 세 칸 짜리 집을 빌리며 매년 상기된 기간에 돌려준다는 것을 공증한다.

오른쪽 면에는 가랭 드 가를랑드가 쓴 『필레몬과 바우키스의 실사(實史)』의 발췌문이 있다. 이것은 오비디우스가 쓴 전설을 12세기 발랑시엔 출신의 성직자였던 작가가 자유롭게 각색한 것이다. 작가는 이 이야기를, 제우스와 메르쿠리우스가 신들을 환대하지 않았던 프리기아인들을 침수시키기 위해 대홍수를 일으킨 것만으로 만족하지 못하고 그들에게 수많은 야수의 무리까지 보낸 것으로 꾸며놓았다. 따라서 필레몬은 이제는 신전이 된 자신의 오두막집에서 바우키스에게 그때의 상황을 다음과 같이 묘사한다.

나는 그때 309마리의 펠리컨을 보았고, 밀밭의 메뚜기를 닥치는 대로 먹어치우며 질서정연하게 걸어오는 6,016마리의 극락조를 보았다. 즉 시나몰로구스, 아르가틸루스, 카프리물구스, 티눈쿨루스, 크로테노테루스, 다시 보니 커다란 식도를 지닌 오노크로탈루스 들도 있었다. 즉 스팀팔로스, 하르피아이, 판테라, 도르카스, 세마드, 시누세팔루스, 사티로스, 카르타손, 타란두스, 우루스, 모노피스, 페파구스, 세푸스, 네아루스, 스테루스, 세르코피테쿠스, 비손, 무시몬, 비투루스, 오피루스, 스트리구스, 그리핀 들이 보였다.

582

이 책들 사이에는 두 개의 고무 끈으로 묶이고 직사각형의 자동접착식 명찰표가 붙은 두꺼운 회갈색 천의 서류 가방이 놓여 있는데, 표에는 다음과 같은 제목이 매우 공들여 씌어 있다.

Mémoires
pour servir à l'Histoire de ma propre [1]
Enfance
par Véronique Marceline Gilberte Gardel+Allamont

1. 회고록 / 나의 어린 시절 / 이야기 / 베로니크 마르셀린 질베르트 가르델 알타몽.

베로니크는 열여섯 살 된 소녀로, 나이에 비해 키가 아주 크고 얼굴색이 매우 창백하며 샛노란 금발 머리와 볼품없는 얼굴에 약간 우울한 표정을 지니고 있다. 그녀는 소매 끝에 레이스 장식이 달린 긴 흰색 원피스를 입고 있는데, 넓게 패인 깃을 통해 불쑥 튀어나온 쇄골이 들여다보인다. 그녀는 가는 흠집이 있는, 손상된 작은 사진 한 장을 주의 깊게 들여다보고 있다. 그 사진은 두 명의 무용수를 찍은 것인데, 그중 한 여자는 바로 알타몽 부인으로 당시 나이인 스물다섯 살보다 훨씬 더 젊어 보인다. 사진 속의 두 발레리나는 교수의 지도에 따라 보조대를 붙잡고 연습을 하고 있다. 교수는 마르고 경박해 보이는 인상에 눈에는 열기가 넘치고, 야윈 목과 뼈마디가 튀어나온 손을 갖고 있으며, 맨발에 상반신은 벌거벗고 있다. 그는 단지 긴 팬츠만 입은 채 커다란 편물 숄을 어깨에 두르고 있으며, 왼손에는 은 손잡이가 달린 긴 지팡이를 쥐고 있다.

　　결혼 전 이름이 블랑슈 가르델이었던 알타몽 부인은 열아홉 살 때 프레르 발레단의 발레리나가 되었다. 그 무용단은 실제로 형제가 아니라[2] 사촌간인 두 사람이 창단해서 이끌고 있었는데, 장 자크 프레르는 영업 업무를 맡아 계약을 맺고 순회공연을 조직하는 일을 했으며, 막시밀리앙 리세티(본명은 막스 리케)는 예술 감독이자 안무가이며 동시에 인기 있는 발레리노였다. 이들은 고전적인 순수 무용 전통에 매우 집착했었으며—튀튀[3], 도, 잉드르사, 교차비약, 〈지젤〉, 〈백조의 호수〉, 2인무와 발레 블랑[4]—샤투의 '음악의 밤', 라 아키니에르의 '토요 예술무대', 아르파종의 '빛과 소리 페스티벌', 리브리가르강의 페스티벌 등 교외 페스티벌에서 주로 공연을 했다. 또 프레르 발레단이 보잘것없지만 교육부 장려금을 받은 단체라는 이유로 여러 고등학교의 체육관이나 구내식당에서 무용 예술에 관한 특강을 했는데, 그때마다 장 자크 프레르는 구태의연한 말장난이나 노골적인 함축어를 틈틈이 삽입하곤 했다.

　　장 자크 프레르는 배가 불룩 나온 자그마한 남자로 곧잘 우스갯소리를 했고, 무용단 발레리나들의 엉덩이를 꼬집거나 여고생들을 탐욕스러운 눈초리로 훔쳐보는 재미를 막지만 않는다면 이 평범한 생활에 기

583

---

2. 프랑스어의 '프레르frère'는 형제라는 뜻.
3. 발레용 스커트.

4. 낭만주의 미학에 속하는 발레 기법으로 순수의 절대미를 추구하는 것.

꺼이 만족하며 살 수 있는 인물이었다. 그러나 리세티는 그런 것들에는 관심이 없었고, 자신의 탁월한 재능을 세상에 알리려는 열망에 사로잡혀 있었다. 그래서 때때로 그는 자기 자신만큼이나 뜨겁게 사랑하고 있는 블랑슈에게 자기들 두 사람이 언젠가는 합당한 영광을 누리게 될 것이며 일찍이 없었던 가장 아름다운 무용가 부부가 될 수 있을 것이라고 말하곤 했다.

1949년 11월 어느 날, 그토록 갈망했던 기회가 왔다. 발레에 빠진 후원자인 베네치아의 델라 마르사 백작이 다가오는 생장드뤼즈 국제 페스티벌에 출품할 예정인 륄리와 르네 베케를루 식의 환상 익살극 〈프시케의 착란〉의 제작을 지원하기로 한 것이었다.(소문에 따르면 르네 베케를루는 백작 자신의 가명이라고 했다.) 백작은 1년 전 모레쉬르루앵의 '위대한 시절' 축제에서 감탄해 마지않으며 주목했던 프레르 발레단에게 그 공연을 맡겼다.

그로부터 몇 주 후 블랑슈는 자신이 임신했음을 알게 되었다. 그리고 출산 예정일과 페스티벌 개막시점이 고작 며칠의 간격이 있을 뿐 거의 같은 시기임을 알게 되었다. 해결책은 낙태뿐이었다. 그러나 이 사실을 리세티에게 알리자, 그는 형언할 수 없는 분노로 펄쩍 뛰며 하룻밤의 영광을 위해 그가 잉태시킨, 세상 그 무엇과도 바꿀 수 없는 생명을 희생시켜서는 안 된다고 윽박질렀다.

블랑슈는 주저했다. 그녀는 이 남자 무용수에게 열렬한 애정을 느끼고 있었으나, 사실 그들의 사랑은 영광을 향한 두 사람의 공통된 꿈을 먹고 자라난 것이었다. 따라서 그녀가 결코 원하지 않았던 아기, 언제라도 원하면 다시 낳을 수 있는 아기와 그녀가 오래전부터 기다려왔던 배역 사이에서 그녀의 선택은 자명한 것이었다. 그녀는 장 자크 프레르와 이 문제를 상의했다. 그녀는 장 자크 프레르의 천박한 취향에도 불구하고 그에게 현실적인 친근감을 느끼고 있었고, 그 역시 자신을 좋아한다는 사실을 알고 있었다. 무용단 책임자인 그는 그녀의 잘잘못을 따지지 않은 채, 낙태 전문 산파들은 체크무늬 방수포가 덮인 식탁 위에서 파슬리 끝줄기나 뜨개질 바늘로 일을 처리한다는 외설스러운 농담 몇 마디를 내뱉었다. 그러고는 그녀에게 여하튼 스위스나 영국이나 덴마크로 가보라고 권했다. 그런 나라에서는 특정한 몇몇 사설 개인병원에서 조금 덜 충격적인 방법으로 낙태수술을 한다는 것이다. 그렇게 해서 블랑슈는 영국에 살고 있는 한 소꿉친구에게 조언과 도움을 청하기 위해 떠났다. 그는 바로 시릴 알타몽이었는데, 얼마 전에 프랑스 국립 행정학교를 졸업하고 런던 주재 프랑스 대사관에서 연수 중이었다.

시릴은 블랑슈보다 열 살 위였다. 이들의 부모가 모두 노플르샤토에 별장을 가지고 있었기 때문에, 전쟁 전 어린아이였던 블랑슈와 시릴은 그곳에서 두 집안의 많은 남녀 사촌과 함께 즐거운 여름방학을 보내곤 했다. 머리를 단정하게 빗은 모범생이었던 두 파리 아이는 나무를 기어오르는 법이나 날계란을 한입에 삼키는 법, 농장에 가서 우유와 갓 응고된 흰 치즈를 가져오는 법 등을 익히곤 했다.

블랑슈는 가장 어린 축에 속했고, 시릴은 가장 큰 애들 중 하나였다. 9월 말, 새 학기를 위해 서로 헤어지기 전날 밤이면 아이들은 어른들에게 절대 비밀로 하면서 보름에 걸쳐 준비했던 축제를 열었다. 그때 보통 블랑슈는 어린 발레리나가 되어 춤을 추었으며, 시릴은 바이올린으로 반주를 해주었다.

전쟁은 이 어린이들의 연례행사를 중단시키고 말았다. 블랑슈와 시릴이 다시 만났을 때, 그녀는 이제는 김히 땋아내린 머리채를 잡아당길 수 없는 열여섯 살의 근사한 아가씨가 되어 있었고, 그는 일시적이기는 하지만 멋지고 영예로운 육군 중위가 되어 있었다. 그는 아르덴의 전투에 참가했고, 얼마 전 국립 이공과대학과 국립 행정학교의 입학시험에 동시에 합격한 상태였다. 그 후 3년 동안 그는 여러 차례 그녀를 무도회에 데려갔고, 끈질기게 구애했으나 늘 허사로 돌아갔다. 왜냐하면 그녀는 파리 발레단의 인기 있는 세 명의 남자 무용수—장 바빌레, 장 겔리, 롤랑 프티—를 남몰래 짝사랑하다가 마침내는 막시밀리앙 리세티와 사랑에 빠져버렸기 때문이었다.

시릴 알타몽은 블랑슈가 낙태를 원하는 것이 당연하다고 금방 인정했다. 그리고 그녀를 돕겠다고 나섰다. 다음날 아침, 시릴은 블랑슈를 할리 가의 한 의사에게 데려가 남편 행세를 하면서 정상적인 진찰을 받게했다. 그런 다음 이 젊은 고위 관리는 런던 북쪽 교외에 있는 어떤 개인병원으로, 그 건물 주위에 흩어져 있는 작은 별장들과 다를 게 없어 보이는 개인병원으로 발레리나를 데려갔다. 그리고 약속대로 다음날 아침에 그녀를 데리러왔고 빅토리아 역까지 그녀를 배웅했다. 거기서 그녀는 '플레슈 다르장' 기차를 탔다.

그러나 그녀는 한밤중에 런던에 있는 그에게 전화해 도와달라고 애원해야만 했다. 돌아와 집에 들어서던 그녀는 장 자크 프레르와 경관 두 명이 식탁 앞에 앉아서 칼바도스 술병을 비우고 있는 것을 발견했는데, 그들로부터 막시밀리앙이 그 전날 목을 매 자살했다는 말을 들었던 것이다. 자신의 행위를 설명하기 위해 남긴 쪽지에서, 그는 블랑슈가 자신의 아이를 거부했다는 것을 생각하니 도저히 견딜 수 없었다고 짤막하게 적고 있을 뿐이었다.

1년 반 후인 1951년 4월, 블랑슈 가르델은 시릴 알타몽과 결혼했다. 그리고 5월에 이 시몽크뤼벨리에 거리로 이사왔다. 하지만 시릴은 실제로는 이곳에 전혀 거주하지 못했다. 몇 주 후 제네바로 발령이 나 그곳에 정착했기 때문이었다. 그때부터 그는 파리에는 잠깐씩만 머물렀고, 그나마 대부분 호텔에서 지냈다.

586

베로니크는 1959년에 태어났다. 그녀가 자신의 부모에 관해 조사하기 시작한 것은 여덟 살 혹은 아홉 살 때부터였는데, 처음에는 자기 자신이 어떻게 태어났는지를 설명하기 위해서였다. 자신이 주워온 아이는 아닌지, 원래는 왕의 아들이나 딸인데 요람에서 뒤바뀐 것은 아닌지, 대문 밑에 버려진 아기를 행상인들이나 집시들이 주워다 기른 것은 아닌지 흔히 궁금해할 나이였다. 그녀는 왜 어머니가 평생 왼손과 손목 주위에 가느다란 검은 거즈를 감고 있는지, 그리고 자신의 아버지라고 불리면서도 항상 부재하는 그 남자가 누구인지를 설명하기 위해 황당한 이야기들을 수없이 많이 지어냈다. 그녀는 이 부재하는 남자를 너무나 증오했기 때문에 몇 년 동안 자신의 학생증과 모든 노트에서 철저하게 알타몽이라는 이름을 지워버리고 대신 그 자리에 어머니의 성을 적어 넣기도 했다.

그래서 거의 마력에 가까운 필사적인 열정으로, 그리고 고통스러우면서도 광기 어린 치밀함으로 그녀는 가족의 역사를 재구성하고자 했다. 어느 날 그녀의 질문에 견디다 못한 어머니는 마침내 자신이 거즈 밴드를 감고 있는 것은 예전에 그녀를 몹시 소중하게 생각해주었던 한 남자를 위한 애도의 표시라고 설명했다. 따라서 베로니크는 자신이 그 남자의 딸이고, 알타몽은 자기 이전에 다른 남자를 사랑했다는 사실 때문에 어머니를 벌주고 있다고 믿게 되었다. 얼마 후 그녀는 『이성의 시대』라는 책 73페이지에서 어머니의 사진을 발견했는데, 막시밀리앙의 지도하에 다른 발레리나와 함께 보조대를 잡고 연습하는 모습이었다. 그때부터 그녀는 자신의 진짜 아버지가 바로 그 남자라고 믿었다. 그리고 바로 그날, 그녀는 새로운 파일을 하나 만들어 자신의 이야기와 부모의 이야기에 관한 모든 것을 은밀하게 기록해보기로 결심했다. 그 후 그녀는 어머니의 벽장과 서랍을 철저하게 뒤지기 시작했다. 모든 것이 너무나 잘 정돈되어 있었고, 어머니의 발레리나 시절에 관한 어떤 흔적도 남아 있지 않은 것처럼 보였다. 그러던 어느 날 베로니크는 고지서와 계산서가 잔뜩 쌓여 있는 서류 뭉치 밑에서 마침내 오래된 편지 몇 장을 발견했다. 그 편지들은 급우들이나 남녀 사촌들, 몇 년 동안 못 만난 친구들에게서 온 것으로, 방학 동안의 추억과 자전거 소풍, 시음식, 해수욕, 가장무도회, 프티몽드 극장의 공연 등에 관해 이야기하고 있었다. 또 어느 날에는 베르사유의 오슈 고등학교 학부형들을 위한 축제 때의 공연 프로그램을 찾아냈는데, 거기에는 막시밀리앙 리세티와 블랑슈 가르델이 춤춘 〈코펠리아〉를 요약한 글도 들어 있었다. 또 오래전에 팔아치운 노플의 외할머니 집이 아니라 코트다쥐르 지방의 그리모에 새로이 마련된 외할머니 집에서 방학을 보내던 어느 날, 베로니크는 다락방에서 '어린 발레리나'라는 딱지가 붙은 상자를 찾아냈다. 그 상자에는 '파테 베이비' 사에서 촬영한 60미터짜리 필름 하나가 담겨 있었다. 이 필름을 영사막에 비추는 데 성공한 베로니크는 발레용 스커트를 입은 아주 어린 발레리나의 모습인 어머니와 옆에서 반주하고 있는 여드름투성이 얼간이를 보았는데, 그 소년이 바로 시릴 알타몽임을 알아낼 수 있었다. 그런데 지금으로부터 몇 달 전인 1974년 11월 어느 날, 그녀는 종이로 만든 어머니의 바구니 속에서 시릴이 보낸 편지 한 통을 발견했다. 그 편지를 읽으면서 베로니크는 막시밀리앙이 자신이 태어나기 10년 전에 죽었으며 진실은 그녀가 믿어왔던 것과는 정반대였음을 알게 되었다.

"나는 며칠 전에 런던에 갔었어. 그런데 나도 모르게 지금으로부터 거의 25년 전 바로 그날 당신을 데려다준 그 먼 교외의 마을로 차를 달리게 되었어. 그 개인병원은 여전히 그 자리, 크리센트 가든 130번지에 있었지만, 이제는 현대적인 3층 건물로 바뀌어 있더군. 그것만 빼면 경치는 내 추억 속에 간직된 것과 다르지 않았어. 그때, 당신이 수술을 받고 있는 동안 교외 마을에서 보냈던 그 하루를 다시 체험하는 것 같았어. 그 하루 동안의 일을 당신에게 결코 말한 적이 없었지. 그날 오후가 지나 당신이 마취에서 깨어날 때쯤 당신을 보러가고 싶었어. 굳이 런던에 돌아갈 필요 없이, 술집이나 영화관에서 몇 시간 어슬렁거리는 한이 있더라도 근처에 남아 있는 게 낫다고 생각했었어. 내가 당신 곁을 떠난 것은 기껏해야 아침 10시쯤이었고, 30분가량을 작은 별장들이 반쯤은 서로 붙은 채 늘어선 거리를 배회했어. 그 별장들은 너무나 똑같이 생겨서, 마치 그곳에는 단 한 채의 작은 별장만 있고 나머지는 커다란 거울에 비친 모습처럼 보였지. 우중충한 초록색 페인트를 칠한 똑같은 문들, 구리로 만든 윤나는 노커들, 현관 앞에 놓인 신발털개들, 창문에 늘어뜨려진 똑같은 기계 레이스 커튼들, 각 층 창문마다 놓인 똑같은 엽란 화분들. 마침내 난 쇼핑센터처럼 생긴 건물을 찾아냈어. 그곳에는 황폐해 보이는 몇몇 상점이 있었는데, 울워스 상점과 분명 '디 오디온'이라는 이름을 가진 영화관, '유니콘 앤드 캐슬'이라는 자랑스러운 이름을 가졌지만 불행히도 문이 닫혀 있는 술집 등이 보였지. 난 생명의 흔적이 존재하는 듯한 유일한 장소로 가서 자리를 잡고 앉았어. 그곳은 나무로 된 길고 큰 마차를 개조해 만든 일종의 밀크 바였는데, 세 명의 늙은 여자가 운영하고 있었지. 그중 한 여자가 곧 형편없는 홍차와 버터를 바르지 않은 토스트를 내왔는데—마가린은 내가 거절했지—양철 냄새가 나는 오렌지 마멀레이드도 곁들여져 있었어.

그 가게에서 나와 난 신문을 샀고, 조그만 광장에 있는 어떤 동상 옆에 앉아 신문을 읽었어. 동상은 냉소적인 표정을 지은 채 두 발을 꼬고 앉아 왼손에는 양쪽 끝이 깊숙하게 말려 올라간 종이 한 장—물론 돌이지만—을, 오른손에는 거위 깃털 펜 하나를 든 남자의 모습이었어. 볼테르처럼 생겼다는 생각을 하다가, 이내 포프일 거라고 혼자 단정지었지. 그러나 받침대 위에 새겨진 글귀를 읽어보니, 윌리엄 워버턴(1698-1779)이라는 인물로 인문주의자이자 고위 성직자, 작가였고, 그 동상의 이름은 〈모세의 성스러운 임무의 증명〉이었어.

정오가 되자 드디어 술집이 문을 열었고, 그곳에서 난 멸치 소스를 뿌린 샌드위치와 체스터 치즈를 먹으며 맥주 몇 잔을 마셨어. 그러고는 오후 2시까지 그 가게의 바에 앉아 술잔에 코를 박고 시간을 보냈지. 내 옆에는 시청 관리—한 사람은 가스공사의 회계 보조원이고, 다른 사람은 연금공단의 사무과장—두 명이 앉아 있었어. 그들은 지독한 런던 사투리로 끝없이 가족 이야기를 주고받았고, 역한 냄새가 나는 후추를 듬뿍 친 스튜를 게걸스럽게 먹고 있었어. 그들의 수다 속에는 캐나다에 정착한 여동생, 이집트에서 간호원 생활을 하는 조카딸, 노팅엄에 사는 결혼한 조카딸, 성은 오브라이언이고 이름은 보비라고 하는 어떤 수수께끼 같은 인물, 템스 강 하구에 위치한 마게이트에서 하숙집을 운영하는 브리짓 부인 등이 등장했어.

오후 2시, 난 술집에서 나와 영화관에 갔어. 내 기억으로, 당

589

시 두 편의 장편영화와 여러 편의 다큐멘터리 영화, 시사 영화, 만화 영화가 상영 중이었던 것 같아. 그 장편영화의 제목은 생각나지 않지만, 둘 다 따분한 작품이었지. 첫번째 영화는 영국 공군장교들이 터널을 파서 포로수용소를 탈출하는 이야기가 되풀이되는 작품이었고, 두번째 영화는 코미디인 듯했어. 19세기가 배경이었고, 영화의 첫 부분에 통풍성 관절염으로 고통받는 어떤 부유한 뚱보 남자가 등장하는데, 그 남자가 한 착한 청년과 딸의 결혼을 반대하는 이야기였지. 청년이 가난하고 장래성이 없어 보인다는 이유로 말이야. 난 그 착한 청년이 부자가 되기 위해 어떻게 했는지, 또 자신이 보기보다 머리가 좋은 사람이라는 것을 미래의 장인에게 증명하기 위해 어떻게 했는지 아직도 모르고 있어. 영화가 시작되고 15분쯤 지났을 때부터 잠들어버렸거든. 난 두 여종업원이 거칠게 흔들어대는 바람에 잠에서 깨어났어. 영화관에는 불이 환하게 들어와 있었고 나만 남아 있었는데, 너무 당황해서 여종업원들이 나에게 뭐라고 소리를 지르는지도 알지 못했어. 거리로 뛰쳐나와서야 비로소 외투와 우산, 장갑, 신문을 안에 두고 나왔음을 알게 되었지. 다행히도 여종업원 하나가 뒤쫓아와 그것들을 건네주더군.

밖은 이미 캄캄한 밤이었어. 오후 5시 반. 가는 비가 내리고 있었지. 난 그 개인병원으로 돌아갔지만 사람들이 당신을 만나게 해주지 않았어. 모든 것이 잘 처리되었고 당신은 잠들었으니, 다음날 11시에 당신을 데리러오라고 말할 뿐이었어.

난 런던으로 돌아가는 버스를 탔어. 버스는 교외의 넓고 적막한 들판을 가로질러 갔지. 들판에는 수천, 정말 수천의 '홈 스위트 홈'이 늘어서 있었고, 그 수많은 집안에서는 아마도 방금 사무실이나 작업장에서 퇴근한 수천의 남자들과 여자들이 동시에 주전자의 뚜껑을 들어올려 찻잔에 홍차를 따르고 그 위에 뽀얀 우유를 붓고 있었을 거야. 또 전기 토스터에서 막 빠져나온 토스트를 손가락 끝으로 잡고 그 위에 보브릴[5]을 바르고 있

5. 쇠고기 엑기스의 한 상표.

었을 거야. 난 그때 완전히 비현실적인 감정을 느꼈어. 마치 내가 다른 별에, 솜같이 부드럽고 안개가 자욱하며 오렌지색 불빛이 점점이 박힌 축축한 어떤 세계에 내가 서 있는 것만 같았어. 그리고 갑자기 당신 생각을 하기 시작했어. 당신에게 일어난 일을. 내 아이가 아닌 그의 아기를 지워버리기 위해 당신을 도와야 했던 그 잔혹한 아이러니, 단 몇 시간 동안이지만 우리가 남편과 아내 행세를 했던, 하지만 당신이 알타몽 부인이 된 것이 아니라 반대로 내가 가르델 씨가 되어 부부 행세를 했던 그 잔혹한 아이러니에 대해서 생각했어.

버스가 종착지인 채링 크로스에 도착했을 때는 저녁 7시 반이었어. 난 '더 그린스'라는 술집에서 위스키 한 잔을 마시고, 다시 영화관에 갔어. 이번에는 당신이 이야기했던 그 영화, 모이라 시어러 주연에 레오니드 마신이 안무를 맡았던 마이클 파웰 감독의 〈빨간 신발〉을 보았지. 그 영화의 줄거리는 더이상 기억할 수 없지만, 어느 발레 장면에서 땅바닥에 떨어진 신문 한 장이 바람에 날아가 무시무시한 무용수로 변하던 것만은 생각이 나. 밤 10시경 난 극장에서 나왔어. 평소에는 전혀 술을 마시지 않고, 한 잔만 마셔도 금방 힘들어하는 체질이지만 그날은 만취하고 싶은 강한 욕구가 일었지.

그래서 '바지 입은 딩나귀'라는 술집에 들어갔어. 그 집 간판에는, 네 다리에 빨간 물방울무늬가 있는 하얀 각반 같은 것을 두른 당나귀가 그려져 있었어. 그런 것은 프랑스의 일 드 레 지역에만 존재한다고 생각했는데, 영국 어딘가에도 비슷한 관습이 있었나봐. 당나귀의 꼬리는 가느다란 엮음 끈이었는데, 그 꼬리가 기압계 역할을 한다는 전설이 있었어.

591

꼬리가 말라 있으면	좋은 날씨
꼬리가 젖어 있으면	비
꼬리가 움직이면	바람

꼬리가 보이지 않으면	짙은 안개
꼬리가 얼어 있으면	한파
꼬리가 떨어져 있으면	지진

그 술집은 사람들로 꽉 차 있었어. 난 야릇한 한 쌍의 남녀가 있는 테이블 한 귀퉁이에 간신히 자리를 얻었지. 남자는 훤칠한 이마와 숱 많은 백발에 힘 있는 얼굴과 거대한 체구를 가진 중늙은이였고, 서른 살쯤 되어 보이는 여자는 슬라브계 같기도 하고 아시아계 같기도 한 인상에 광대뼈가 넓고 눈이 가느다랬으며 갈색 섞인 금발 머리를 한 줄로 땋아 목 주위로 내려뜨리고 있었어. 그녀는 말이 없었지만, 마치 그 남자가 화를 내지 않게 하려는 듯 이따금 그의 손 위에 자신의 손을 얹곤 했어. 그 남자는 나도 잘 모르는 가벼운 악센트를 섞어가며 쉬지 않고 떠들어댔어. 연신 "요컨대", "좋아", "완벽해", "훌륭해" 등의 표현을 반복하며 끊임없이 얘기했고, 동시에 엄청난 양의 음식과 음료수를 먹어댔지. 그는 5분마다 한 번씩 일어나 사람들 틈을 비집고 뷔페식 바로 가서는 접시에 담긴 샌드위치, 사과 칩 한 봉지, 소시지, 작고 따끈한 파이, 피클, 애플파이 조각, 그리고 몇 파인트⁶의 갈색 맥주 등을 가져와 단숨에 먹어치우곤 했어.

잠시 후 그 남자가 나에게 말을 걸어왔어. 우리는 함께 마시면서 온갖 것에 관해, 어쩌면 아무것도 아닌 것들에 관해 한담을 늘어놓기 시작했지. 전쟁과 죽음에 관해, 파리와 런던에 관해, 맥주와 음악과 밤기차에 관해, 아름다움에 관해, 춤과 안개와 인생에 관해 말이야. 내가 그에게 당신 이야기를 했던 것 같아. 그녀는 가끔씩 그에게 미소를 지어 보일 뿐, 아무 말이 없었지. 나머지 시간 동안 그녀는 분홍빛 진을 조금씩 마시면서, 금빛 물부리를 끼운 담배를 연달아 물었다가 이내 앤티쿼리언 위스키 선전용 재떨이에 비벼 끄면서 연기 자욱한 바 안을 여기저기 둘러보곤 했어.

592

---

6. 액체의 단위를 나타내는 고어. 파리에서는
0.93리터를 가리킴.

난 이내 장소와 시간에 대한 의식을 잃어버렸던 것 같아. 모든 것이 불투명한 웅성거림이 되어 들려왔고, 그 사이로 간간이 둔탁한 소리와 고함소리, 웃음소리, 속삭이는 소리가 들릴 뿐이었어. 갑자기 다시 눈을 떴을 때는 사람들이 나를 일으켜 세우고 있었고, 내 어깨에 외투가 걸쳐져 있고 손에는 우산이 들려 있었어. 술집은 거의 텅 비어 있었지. 주인은 문 앞에서 담배를 피우고 있었고, 여종업원 하나가 바닥에 톱밥을 뿌리고 있었어. 여자는 이미 두툼한 모피 외투를 입고 있었고, 남자는 종업원의 도움을 받으며 수달 모피 칼라가 달린 넓은 망토를 걸치는 중이었어. 그가 갑자기 나에게 몸을 획 돌리더니, 우레 같은 목소리로 이렇게 말했어. "인생이란 말이야 젊은이, 누워 있는 여자와도 같은 거야. 부풀어오른 채 모아진 젖가슴과 잘록한 허리, 매끄럽고 부드러운 통통한 배, 날씬한 팔, 통통하게 살찐 허벅지, 반쯤 감은 눈, 그렇게 황홀하게 조롱하듯이 유혹하면서 우리의 가장 뜨거운 열정을 요구하는 여자와 같아."

어떻게 집으로 돌아왔는지, 어떻게 옷을 벗고 어떻게 침대 속에 누웠는지 기억이 전혀 안 나. 몇 시간 후 당신을 데리러가기 위해 일어나니 방 안의 전등이 켜져 있고, 욕실 샤워기에서 밤새 물이 흐르고 있었다는 것을 알 수 있었지. 하지만 그 남녀, 특히 그 남자가 내게 던진 마지막 말에 대해선 아직도 고스란히 기억하고 있어. 그리고 지금도 그의 눈의 섬광이 다시 떠오를 때면, 나는 그다음 몇 시간 후에 일어났던 모든 일과 우리 두 사람의 인생을 변하게 한 그 악몽을 생각해.

그때부터 당신은 증오와 환상 속에서, 이미 희생된 당신의 행복을 되씹는 인생을 살아왔어. 앞으로도 당신은 평생 동안 당신이 원했던 일을, 내 도움이 없었더라도 기어코 당신이 하고야 말았을 일을 하도록 내가 당신을 도왔다는 이유로 계속 날 벌하려 하겠지. 평생 동안 당신은 그 사랑의 실패를 내 탓으로 돌릴 테지. 야망으로 가득 찬 그 남자 무용수가 자신의 초라한 자

593

존심을 위해 자기 인생을 그렇게 가차없이 망쳐놓은 건지도 모르는데, 당신은 그의 인생의 실패를 내 탓으로 돌리겠지. 그리고 평생 동안 당신은 내 앞에서 회한의 연극을, 자신이 자살로 몰아붙인 남자 때문에 악몽에 시달리는 여자의 연극을 연기하겠지. 마찬가지로 당신 자신에게는, 바람기 있는 고급 관리에게 버림받은 아내, 그 고통스러운 삶을 사는 여자의 전형적이고도 그럴듯한 모습을 펼칠 테고. 그리고 또 딸에게는, 아버지의 해로운 영향을 받지 않도록 주의를 기울이면서 동시에 딸을 아주 훌륭하게 잘 키워낸 나무랄 데 없는 어머니라는 감동적인 모습도 연기하겠지. 하지만 당신은 다른 남자를 죽이는 데 협조했다는 죄목으로 나를 비난하기 위해, 오직 그 이유 때문에 그 아이를 내게 낳아주었어. 그리고 당신은 나에 대한 증오 속에서 그 애를 키웠고, 내가 그 애를 보거나 그 애에게 말하거나 그 애를 사랑하는 것을 금지시켰어.

난 당신을 아내로 원했어. 그리고 당신과 아이를 모두 갖고 싶었어. 하지만 지금 내게는 아내도 아이도 없고, 이러한 상태가 너무 오랫동안 계속되어왔지. 그래서 난, 그동안 우리 두 사람으로 하여금 이 위선적인 삶을 지속할 수 있게 해주었던 힘, 우리가 여전히 괴로워하면서도 희망을 가질 수 있게 해주었던 그 놀라운 힘이 도대체 어디에서 나오는 것인지, 증오인지 아니면 사랑인지를 자문하는 것을 이제 그만두려 해."

제89장   모로
                           5

모로 부인은 손발이 부자유스러워지자 트레뱅 부인에게 자기 집에 와
서 함께 살자고 부탁했다. 그리고 실내장식가 플뢰리가 로코코 스타일
의 규방처럼 꾸며놓은 이 방에 기거하게 했다. 방에는 주름이 너울거리
는 천, 커다란 나뭇잎이 그려진 보랏빛 비단, 작은 레이스 상보, 나뭇가
지 모양의 크고 화려한 촛대, 아주 작은 오렌지나무가 있고, 전원의 목동
같은 차림을 한 꼬마가 양손으로 새 한 마리를 쥐고 있는 모습을 표현한
작고 흰 대리석 동상도 있다.
    이러한 사치스러운 장식들 말고도, 이 방에는 탁자 위에 놓인 류트
를 그린 정물화 한 점이 걸려 있다. 그림 속에서 류트는 햇살이 화창한
하늘을 향해 놓여 있고, 탁자 아래 이둠 속에는 검은 류드 케이스가 뒤집
힌 채 놓여 있다. 또 16세기 디종 출신의 건축가이자 고급 가구 제조인
인 위그 상뱅의 금물을 입힌 매우 정교한 목제 악보대가 놓여 있는데, 이
것의 검인檢印은 논쟁의 여지가 있다. 그리고 노일전쟁 당시에 찍은 것으
로 기록된, 손으로 채색한 커다란 사진 세 장이 걸려 있다. 첫번째 사진
은 러시아 함대의 자존심인 장갑함 '포비에다' 호를 찍은 것인데, 그 배
는 1904년 4월 13일 뤼순 항구 앞에서 일본의 어뢰에 맞아 전투 능력을
상실하고 말았다. 이 사진 한쪽에는 꽃무늬 틀장식이 있고 그 안에 러시
아군 수뇌부 4인의 얼굴이 들어가 있다. 극동 아시아 러시아 함대장인
해군대장 마카로프, 극동지역 러시아 군대 총사령관인 쿠로파트킨 장

군, 뤼순 항의 총사령관인 스토셀 장군, 극동 아시아 러시아 군대 총참모본부장인 플러그 장군이다. 첫번째 것과 똑같은 형식의 두번째 사진은 암스트롱 조선소에서 건조된 일본 장갑순양함 아사마호를 찍은 것이다. 역시 꽃무늬 틀장식 안에는 해군성 장관인 해군대장 야마모토, '일본의 넬슨'이자 뤼순 항 주둔 일본 함대의 총지휘관이었던 해군대장 토고, '일본의 키치너'이자 일본 군대의 총사령관인 코다마 장군, 국무총리이자 장군인 타조 카추라 자작의 얼굴이 담겨 있다. 세번째 사진은 무크덴 근교에 있는 러시아 군대의 야영지를 찍은 것이다. 저녁 무렵이고, 군인들은 각 텐트 앞에서 미지근한 물이 담긴 대야에 발을 담그고 앉아 있다. 야영지 중앙에 정자처럼 높이 세워 올린, 두 명의 카사크 기병이 지키고 있는 텐트 안에서는 분명 높은 계급으로 보이는 한 장교가 여기저기 핀이 꽂혀 있는 참모본부 지도를 보면서 다가올 전투의 지형을 검토하고 있다.

나머지 공간에는 현대적 스타일의 가구가 배치되어 있다. 검은색 스카이 천 커버를 씌워 단상 위에 올려놓은 스펀지 매트리스가 침대로 사용된다. 또 어두운색 나무와 강철로 만든, 서랍 달린 낮은 가구가 정리장과 침실용 탁자를 대신하고 있다. 이 가구 위에는 완벽한 원형의 침대용 스탠드, 디지털 손목시계, 가스가 빠져나가지 못하도록 특수 마개로 막은 '비시' 생수병, '시계 제조와 보석세공 재료를 위한 아프노르 규정집'이라는 제목의 21×27 사이즈 복사물 한 권, 『사주와 노동자, 대화는 언제나 가능하다』라는 제목의 '기업' 총서 시리즈인 작은 책자, 그리고 바림 채색한 종이로 겉장을 씌운 약 400페이지 분량의 책 등이 놓여 있다. 그 책은 셀레스틴 뒤랑 타유페가 쓴 『트레뱅 자매들의 일생』[자비 출판, 리에주(벨기에) 에닝가衛]이다.

트레뱅 자매들은 트레뱅 부인의 다섯 조카, 즉 그녀의 남동생 다니엘의 딸들이었을 수도 있다. 그 다섯 여자의 일생이 그만한 두께의 전기로 씌어질 만한 가치가 있는지 자문하는 독자는 첫 페이지를 펼치자마자 안심하게 될 것이다. 이들 자매는 다섯 쌍둥이인데, 1943년 7월 14일

아비장에서 18분에 걸쳐 태어났다. 이 신생아들은 4개월 동안 인큐베이터에서 양육되었지만, 그 후로는 결코 아픈 적이 없었다.

그런데 이 다섯 쌍둥이의 운명은 단순한 탄생의 기적을 훨씬 초월하는 것이었다. 아델라이드는 열 살 때 이미 어린이부 60미터 평지 달리기에서 프랑스 기록을 깼고, 열두 살이 되자마자 서커스에 미쳐서 다른 네 자매를 공중곡예 프로그램에 끌고 들어갔다. 이 자매들의 곡예는 즉시 전 유럽에 이름을 날리게 되었다. '불의 딸들'이라 불리게 된 자매들은 불붙은 굴렁쇠를 통과하는 묘기, 횃불을 가지고 곡예하면서 동시에 공중그네를 바꾸어 타는 묘기, 지상으로부터 4미터 높이에 매단 줄 위에서 홀라후프 놀이를 하는 묘기 등을 보여주었다. 그러나 함부르크의 페어리랜드에서 발생한 화재는 이들의 빠른 성공을 망쳐놓고 말았다. 보험회사들이 그 참사의 원인이 불의 딸들이라고 주장하면서 이후 그들의 곡예를 공연하는 극장에 대해서는 보험 서비스를 하지 않겠다고 공언한 것이다. 법정에 선 다섯 처녀가 자신들이 사용한 횃불은 서커스 곡예사들과 영화 스턴트맨들을 위해 특수하게 제조되어 뤼지에리 상점에서 '잼'이라는 이름으로 팔리는 완전히 무해한 인공 불이었다고 증언했지만 사정은 달라지지 않았다.

그래서 마리 테레즈와 오딜은 카바레 댄서가 되었다. 두 자매는 흠잡을 데 없는 몸매와 완전히 똑같은 모습으로 순식간에 폭발적인 인기를 누리게 되었다. 그녀들은 '크레이지 시스터스'라는 이름으로 파리의 리도, 스톡홀름의 카발리에스, 밀라노의 노티스, 라스베이거스의 비 앤드 에이, 탕제의 팡시옹 마카담, 베이루트의 스타, 런던의 앰배서더스, 아카풀코의 브라 도르, 베를린의 니르바나, 마이애미의 몽키 정글, 뉴포트의 트웰브 톤스, 라 바르바드의 캐리비언스 등에서 활약했다. 두 여자가 세계적으로 유명한 두 인사를 만난 것은 라 바르바드의 캐리비언스에서였는데, 두 남자는 그들에게 완전히 반해 공연 기간 도중에 그들과 결혼식을 올렸다. 마리 테레즈는 뒤몽 뒤르빌의 한 불행한 경쟁자의 증손자인 캐나다인 선주船主 마이클 윌커와 결혼했고, 오딜은 다이어트 돼지고기 제품의 황제인 페이버 매코크라는 미국 실업가와 결혼했다.

두 자매는 모두 그 다음해에 이혼했다. 캐나다인이 된 마리 테레즈는 사업과 정치에 투신했고, 당시의 대대적인 자연보호운동과 자급자족 추세에 발맞추어 '자연으로 돌아가기'와 '과거 원시공동체의 장수 식이요법에 따른 건강한 삶과 자연으로 돌아가기' 개념을 적용시킨 모든 종류의 제품을 만들어 유통시켰다. 예를 들어 소가죽으로 만든 여행 가방이나 요구르트 만드는 기구, 텐트 천, 풍력 발동기(조립용 부품 세트), 빵 굽는 화덕 등이었다. 또한 그녀는 대규모 소비자 보호 운동을 결성하고 후원했다. 한편 오딜은 프랑스로 돌아왔다. 문헌사연구소에 타이피스트로 취직한 그녀는 비록 독학이긴 했지만 자신이 중세 라틴어에 적성을 갖고 있음을 깨닫게 되었다. 그래서 그 후 10년 동안, 삭소 그라마티쿠스의 『다노룸 레굼 헤로움케 히스토리아』의 결정판을 만들기 위해 매일 저녁 퇴근 후 네 시간씩 학교에 남아 무보수로 작업했다. 그 후 그 책은 그 분야의 권위서가 되었다. 그녀는 영국인 판사와 재혼했고, 제롬 볼프와 포터스가 제작한, 수이다스의 『렉시크』의 라틴어판 개정작업에 착수했다. 그녀의 생애에 관한 이야기가 씌어졌을 때도 그녀는 여전히 그 작업을 하고 있는 중이었다.

다른 세 명의 자매들 역시 마찬가지로 감동적인 삶을 살았다. 노엘은 강철업계의 독일인 거물 베르너 앙스트의 오른팔이 되었고, 로즐린은 11미터짜리 요트—'세시보'—를 타고 단독으로 항해해 세계 일주에 성공한 최초의 여성이 되었다. 한편 아델라이드는 화학자가 되어 촉매 작용 억제 효소를 분리하는 방법을 발견해냈다. 이 발견 덕분에 그녀는 세척제, 래커, 도료 등의 산업에서 풍부하게 사용될 일련의 특허권을 얻어냈다. 백만장자가 된 아델라이드는 그때부터 피아노와 신체장애인들이라는 두 대상에 온 관심을 쏟고 있다.

그런데 위에서 언급한 다섯 명의 트레뱅 자매들의 교훈적인 전기는, 더 철저히 검증하고자 들면 불행히도 많은 허점을 드러낼 것이다. 그리고 우화에 가까운 이 모험에 의심을 품는 독자가 있다면, 자신의 의심이 옳았음을 금방 확인하게 될 수도 있다. 왜냐하면 트레뱅 부인(크레스피

양과는 정반대로 그녀는 처녀로 늙었지만 사람들은 그녀를 항상 '부인'
이라고 불렀다)에게는 사실 남동생이 없고, 따라서 그녀와 같은 성姓을
갖고 있는 조카딸들도 없다. 또 저자인 셀레스틴 뒤랑 타유페는 리에주
의 에냉 거리에 거주할 수 없다. 리에주에는 '에냉'이라는 거리가 없기
때문이다. 반면, 트레뱅 부인에게는 아를레트라는 여동생이 있었는데,
그녀는 루이 코민 씨와 결혼해 뤼세트라는 딸을 하나 낳았다. 그 딸은 로
베르 에냉이라는 사람과 결혼했는데, 그는 파리 8구에 있는 리에주 거리
에서 우편엽서를 팔고 있다.

상상으로 만들어진 이 다섯 자매의 생애에 대해 좀더 주의를 기울인
독자라면 그 이야기들에서 어떤 열쇠를 발견하게 될지도 모른다. 지금
우리가 들여다보고 있는 이 건물의 역사를 이루는 사건들 중 어떤 것들,
혹은 이 건물에 사는 이런저런 사람과 관련해 떠도는 전설적인 혹은 반
쯤 전설적인 몇 가지 이야기들, 그리고 그들을 연결시키는 몇 가지 일화
등이 어떻게 그 전기의 이야기 속에 들어가 있으며, 어떻게 그 뼈대를 이
루고 있는지 알아차릴 수도 있을 것이다. 예를 들어 뛰어난 성공을 거둔
여자 사업가 마리 테레즈는 모로 부인을 나타내고(게다가 모로 부인의
이름 역시 마리 테레즈이다), 베르너 앙스트는 알타몽의 친구이자 독일
인 실업가이며 위팅의 고객이자 모로 부인의 동료이기도 한 헤르만 푸
거를 가리키며, 또한 명확히 파악할 수 있는 변형으로, 베르니의 오른팔
로 등장하는 노엘이 트레뱅 부인 자신을 그리고 있다는 사실이 그것이

다. 나머지 세 자매가 암시하고 있는 인물이 누구인지를 밝혀내기는 어
렵지만, 신체장애인들의 친구인 아델라이드에게서 불운의 실험을 하다
가 세 손가락을 잃은 모렐레의 모습을 떠올릴 수 있고, 독학자 오딜에게
서는 레옹 마르시아를 연상해볼 수도 있을 것이다. 또 단독 항해가인 로
즐린에게서는, 물론 상당히 차이가 있기는 하지만 바틀부스와 올리비아
로르샤슈의 모습을 찾아볼 수 있다.

트레뱅 부인은 모로 부인이 허락한 얼마 안 되는 휴가 기간을 이용

해 여러 해에 걸쳐 이 이야기를 써냈다. 그녀는 특히 자신의 가명 선택에 세심한 주의를 기울였다. 이름은 문화적인 어떤 것을 가볍게 환기시키는 것으로 했고, 성姓은 이중의 의미를 가진 것, 즉 흔히 있는 성이면서 동시에 유명 인사를 연상시킬 수 있는 것을 선택했다. 그러나 그것만으로는 85세의 노처녀가 쓴 최초의 소설 발간을 꺼리는 출판인들을 설득할 수 없었다. 사실 트레뱅 부인은 82세였지만, 출판인들에게 그 차이는 아무 의미가 없었다. 낙심한 트레뱅 부인은 자신의 소설을 단 한 권만 자비 출판하기에 이르렀고, 그 작품을 자기 자신에게 헌정했다.

제90장 로비

2

로비의 오른쪽 부분. 안쪽으로 계단이 시작되는 부분이 보인다. 전면 오른쪽에는 마르시아네 아파트의 문이 있다. 그리고 뒤편에는 금빛 쇠시리로 틀을 댄 커다란 거울 아래 덮개가 노란 벨벳 쿠션으로 된 커다란 나무 상자 하나가 놓여 있는데, 이것은 의자로도 사용된다. 거울에는 수위실 앞에 서 있는 우르술라 소비에스키의 뒷모습이 불분명하게 비치고 있다. 세 여자가 그 상자 위에 앉아 있다. 라 퓌앙트 부인, 알뱅 부인 그리고 전에 모로 부인의 요리사였던 제르트뤼드.

　우리의 시각에서 가장 오른쪽에 보이는 여자가 라퓌앙트 부인이다. 저녁 8시가 다 되었으나 보몽 부인의 파출부인 그녀는 아직 하루 일과를 끝내지 못했다. 그녀는 조율사가 도착하면 퇴근하려고 했었다. 그런데 그때 안은 체조를 하는 중이었고, 베아트리스는 위층에 있었으며, 보몽 부인은 저녁식사에 앞서 휴식을 취하는 중이었다. 따라서 라퓌앙트 부인이 직접 조율사를 자리에 앉혀야 했고, 그의 손자는 다시 말썽을 피우지 않도록 그림책을 가지고 층계에 앉아 있게 해야 했다. 그런 다음 그녀는 냉장고를 열었다. 그러나 안이 이미 저녁식사의 주재료인 닭고기와 남은 구운 고기와 과일을 훔쳐가버렸기 때문에, 냉장고 안에는 저녁식사 감으로 가는 허리를 유지하게 해주는 '불가리아식' 요구르트 세 개만이 남아 있을 뿐이었다. 너무 늦은 시간이었고, 또 단골 가게를 포함한 동네의 거의 모든 가게가 월요일에는 문을 닫는다는 것을 알면서도, 그녀는 서둘러 달걀과 햄 조각, 버찌 1킬로그램 등을 사기 위해 샤젤 거리에 있는 상점 '라 파리지엔'으로 갔다. 장바구니를 들고 돌아오는 길에 그녀는 매일의 일과대로 남편의 무덤에 갔다가 귀가한 알뱅 부인이 로비에서 제르트뤼드와 열심히 이야기를 나누고 있는 것을 보았다. 그녀 역시 몇 달 동안 제르트뤼드를 보지 못한 터였으므로 간단히 인사를 나누기 위해 잠시 멈춰 섰다. 제르트뤼드는 10년 동안 모로 부인의 충실한 요리사로서 부인의 식이요법을 위한 단색單色 식사를 도맡았고, 그 때문에 파리 유명 인사들이 부인을 부러워했다. 그러나 제르트뤼드는 여기저기서 들어오는 제의에 마침내 굴복하고 말았다. 모로 부인은 그 훌륭한 저녁식사를 포기하고 그녀를 보내주었다. 제르트뤼드는 지금 영국에서 일하고 있다. 그녀의 새 주인 애시트레이 경은 비철금속의 재활용으로 엄청난 돈을 벌어들인 인물로, 지금은 런던 근교의 거대한 대저택 '해머 홀'에서 대귀족과 같은 호화로운 생활을 하며 돈을 물 쓰듯 쓰고 있다.

많은 방문객들과 가십난 기자들은 그의 집에 들어서는 순간 장미목으로 만든 레장스 양식의 가구와 진짜 귀족 가문에서 8대에 걸쳐 사용했다는 고색창연한 긴 가죽 의자, 정교하게 세분된 쪽판 마루, 노란 제복을 입은 97명의 하인, 그리고 그의 평생의 활동과 관련된 독특한 문장紋章을 여기저기 반복해 그려놓은 격자 천장을 보고 입을 딱 벌리게 된다. 그 문장은, 빨간 사과 속 여기저기를 긴 벌레 한 마리가 꿰뚫고 지나가고 작은 불꽃들이 그 사과를 둘러싼 채 타오르는 모습이다.

애시트레이 경에 관해서는 너무나 황당한 통계들이 나돌고 있다. 그가 40명의 정원사를 하루 종일 고용하고 있다는 것, 그의 대저택에는 엄청난 크기의 창문과 문, 유리창, 거울이 있어 오직 그것들만 관리하는 하인이 네 명이라는 것, 그리고 여기저기 깨진 창유리를 바꿔 끼우는 것이 번거로워 아예 가장 가까운 거울제조소를 사들였다는 것 등등이다.

어떤 사람들은 그가 1만 1,000개의 넥타이와 813개의 지팡이를 가지고 있다고 했다. 또 그가 전 세계의 영어판 신문을 모두 구독하고 있는데, 그것은 신문을 읽기 위해서가 아니라—신문을 읽는 것은 여덟 명의 자료정리 직원이 할 일이다—그가 몹시 좋아하는 신문의 십자말풀이 퍼즐을 풀기 위해서라고 했다. 그리고 보름에 한 번씩 그의 침실에, 그가 최고로 평가하는 『오클랜드 가제트 앤드 헤미스피어』지의 십자말풀이 퍼즐제공자인 바턴 오브라이언이 그를 위해 특별히 구상한 바둑판무늬 벽지를 새로 바른다고 했다. 그는 또한 열렬한 럭비 팬이기도 해서 개인 럭비팀을 구성해 몇 달 전부터 비밀리에 훈련을 시키고 있는데, 그것은 그의 팀이 5개국 선수권 대회의 차기 우승팀에게 당당하게 도전하는 것을 보려는 야심 때문이라고 했다.

또 어떤 사람들은 이러한 광적인 취미와 수집품이 사실은 애시트레이 경이 가진 세 가지 진짜 열정을 보호하기 위한 것이라고도 했다. 그 중 하나는 권투다. 따라서 플라이급 세계 타이틀 도전자인 멜잭 월은 앞으로 그의 집에서 훈련을 하게 될 것이라고 했다. 다른 하나는 입체기하학에 대한 열정이다. 그는 20년 전부터 '다면체에 관한 이론'에 전념하고 있고 아직도 써야 할 책이 스물다섯 권이나 되는 어떤 교수의 연구 작업을 지원하고 있다는 것이었다. 세번째 열정의 대상은 아메리카 인디언들의 말안장이다. 그가 그동안 모아 놓은 말안장이 218개라는 설이 있고, 그 모두가 가장 훌륭한 부족, 가장 뛰어난 전사들의 안장일 것이라고 했다. 예를 들면, 크로족의 화이트-맨-런스-힘과 레인-인-더-페이스, 모호크족의 후커 짐, 네페르세 족의 루킹 글래스와 야슨과 앨리커트, 파이우트족의 치프 위니무카와 우레이-디-애로, 카이오아족의 블랙 비버와 화이트 호스, 아파치족의 가장 뛰어난 추장인 코치스, 카이리카추이족의 제로니모와 카-에-텐-아, 샤이엔족의 슬리핑 래빗과 레프트 핸드와 덜 나이프, 새라토 가족의 레스트룸 바머버, 케치나족의 빅 마이크, 퍼지족의 크레이지 턴파이크, 그루브족의 새치 마우스 등의 말안장이라는 것이었다. 그리고 열 개가량의 수족 말안장이 있는데, 그중에는 시팅 불과 그의 두 아내 신-바이-허-네이션과 포 타임스의 말안장이 있고, 또 올드-맨-어프레이드-오브-히즈-호스, 영-맨-어프레이드-오브-히즈-호스, 크레이지 호스, 아메리칸 호스, 아이언 호스, 빅 마우스, 롱 헤어, 로먼 노즈, 론 혼, 팩스-히즈-드럼 등의 말안장이 있다고 했다.

아마도 사람들은, 이와 같은 인물이 제르트뤼드에게는 어마어마한 위압감을 주었겠다고 생각하기 쉬울 것이다. 그러나 모로 부인의 이 건장한 요리사에게 그 정도는 아무것도 아니었고, 그녀의 혈관에 흐르는 부르기뇽 사람의 피 또한 만만찮은 것이었다. 그녀는 일을 시작한 지 사흘 후, 그녀가 도착하던 날 애시트레이 경의 수석 비서가 일러준 매우 엄격한 규율을 어기고 새 주인을 만나러 갔다. 그는 자신의 음악실에서 오페라 최종 연습의 한 장면을 참관 중이었다. 그는 그다음 주에 초청할 손님들 앞에서 몽푸(이폴리트)가 재발견한 작품 〈아하수에로 왕〉의 초연을 가질 계획이었던 것이다. 주인공 에스테르와 왠지 등산복 차림을 한 열다섯 명의 코러스가 제2막을 끝내는 합창을 막 시작하는데,

이스라엘이 이집트 밖으로 쫓겨갈 때

제르트뤼드가 느닷없이 끼어들었다. 그녀는 자신이 야기한 소란에 대해서는 아랑곳하지 않고 애시트레이 경의 면전에 앞치마를 집어던지며 말했다. 그 집에서 마련해주는 재료들은 더러워서 그것들로는 더이상 요리를 할 수 없노라고.

애시트레이 경은 그녀의 요리를 아직 실제로 먹어본 적이 없었던 만큼, 그 요리사에게 더욱 관심이 있었다. 그녀를 집에 붙들어두기 위해, 그는 주저 없이 그녀가 원하는 곳에서 직접 장을 볼 수 있도록 허락했다.

604

그렇게 해서 제르트뤼드는 일주일에 한 번씩, 수요일마다 파리의 르 장드르 거리에 왔고, 소형 트럭에 버터와 그날 낳은 달걀, 우유, 신선한 크림, 싱싱한 채소, 가금류, 여러 가지 조미료 등을 잔뜩 실어 가곤 했다. 이때 잠시 짬이 나면 이전 주인의 집을 방문하거나 트레뱅 부인과 차를 한 잔 마시기도 했다.

그런데 오늘 그녀가 프랑스에 온 것은 장을 보기 위해서가 아니다—더욱이 월요일은 그녀가 시장에 오는 날이 아니다. 오늘 그녀는 보르도에서 계량기 검침 보조원과 결혼하는 손녀의 결혼식에 참석하기 위해서 왔다.

제르트뤼드는 옛 이웃인 두 여자 사이에 앉아 있다. 50대의 뚱뚱한 여인인 그녀의 얼굴은 붉고 두 손도 통통하게 살이 쪘다. 그녀는 물결무늬의 검은 실크 블라우스에 그녀에게는 전혀 어울리지 않는 초록색 트위드 앙상블을 입고 있다. 그리고 왼쪽 단추 구멍에는 옆모습이 날씬한 어린 처녀가 돋을새김된 옥석 브로치를 달았다. 그 브로치는 한 소련 무역부 차관이 자기 구미에 딱 맞는 특별한 요리를 만들어준 것에 대한 감사의 표시로 그녀에게 선물한 것이었다. 그 요리의 메뉴는 다음과 같았다.

연어알
차게 식힌 보르치[1]
가재 파이
카르파초 소의 안심 고기
베로나 샐러드
찐 에담 치즈
빨간 과일 세 개를 곁들인 샐러드
카시스 술을 첨가한 샤를로트[2]

고추 넣은 보드키
붉은 부지 샴페인

---

1. 당근즙을 넣은 러시아식 수프의 일종.　　2. 과일, 비스킷, 크림으로 만든 푸딩.

제91장 지하 창고
5

지하 창고. 마르키조네 창고.

정면에는 금속 각기둥으로 칸막이를 한 가구에 샴페인 상자가 진열된 것이 보인다. 상자마다 붙어 있는 얼룩덜룩한 라벨에는, 루이 16세풍 복장을 하고 많은 시동을 거느린 어떤 귀족에게 늙은 수도사가 가느다란 술잔을 건네는 장면이 그려져 있다. 그 아래에는 작은 글씨로 그 그림에 얽힌 이야기가 씌어 있는데, 에페르네 근교에 있는 오빌레르 수도원의 동 페리뇽이라는 식료품 담당 수사가 샹파뉴산産 포도주에 거품을 가미하는 방법을 발견한 후 당시의 재상 콜베르에게 자신의 발명 결과를 시음해보도록 권하는 장면을 그린 것이라는 설명이다. 샴페인 상자들 위로는 '스탠리스 딜라이트' 위스키 상자가 놓여 있다. 이 라벨에는 열대 지방용 방서모를 쓰고 스코틀랜드 민속의상을 입은 어느 백인 탐험가의 모습이 담겨 있다. 그는 노란색과 붉은색이 주조를 이루는 킬트[1]를 입고 넓은 캐시미어 숄을 둘렀으며, 징 박힌 허리띠에는 술 달린 주머니 하나를 매달고 있고, 또 장딴지까지 올라온 양말 속에 작은 단도를 찔러넣었다. 그는 스탠리스 딜라이트 상자를 하나씩 머리에 이고 가는 아홉 명의 흑인 대열 맨 앞에서 걸어가고 있는데, 그 상자들 각각에도 백인 탐험가와 아홉 명의 흑인을 그린 똑같은 장면의 라벨이 붙어 있다.

뒤편 구석에는 에샤르 부모 소유의 가구와 물건이 뒤죽박죽 쌓여 있다. 녹슨 새장, 접이식 비데, 토파즈 한 개를 박아넣고 조각된 잠금쇠 달

---

1. 스코틀랜드 산악민들이 입는 스커트 모양의 남자 옷.

린 낡은 핸드백, 발 하나짜리 조그만 원탁, 주트[2]로 만든 가방 등이다. 주트 가방은 여러 권의 초등학생용 노트, 바둑판무늬의 리포트 용지, 색인 카드, 서류 용지, 나선형 제본의 수첩, 크라프트 종이로 만든 서류 커버, 오려낸 신문 기사들을 풀로 붙여놓은 종잇장, 우편엽서(그중 한 장에는 멜버른 주재 독일 영사관이 나타나 있다), 편지, 다음과 같은 표제가 붙은 약 60권가량의 얇은 등사본 별책 등으로 꽉 차 있다.

비평서 서지
1945년 4월 30일,
자신의 벙커에서 사망한
아돌프 히틀러의 죽음과
관련된 자료들
＊＊
제1부: 프랑스편
＊
마르슬랭 에샤르 저
파리 18구 중앙도서관
전前 창고 계장

마르슬랭 에샤르가 말년의 15년 동안 이루어낸 기대한 작업과 관련해 출판된 것은 오직 위의 별책 한 권뿐이다. 이 책에서 저자는 히틀러의 자살 상황을 언급하는 프랑스어로 된 모든 신문 광고, 성명서 발표문, 저서 등을 철저하게 검토해 이 모든 자료가 기실 출처가 분명치 않은 어떤 공문서들에 대한 암묵적인 믿음에 근거하고 있음을 보여준다. 색인 카드 상태로만 남아 있는 다른 여섯 권의 별책에서도 아마 똑같은 비판적 시각으로 영국, 미국, 러시아, 독일, 이탈리아, 그 밖의 다른 나라에 존재하는 자료를 면밀히 조사했을 것이다. 이렇게 해서 아돌프 히틀러가 (에바 브라운과 함께) 1945년 4월 30일 자신의 벙커에서 죽었다는 것이 증명되지 않은 사실임을 증명하고 난 후, 저자는 첫번째 것과 마찬가지로

607

2. 황마의 일종.

완벽하게 구성한 두번째 참고문헌—히틀러의 생존을 증명해주는 자료만 모은 것—작성을 계획했는지도 모른다. 그리고 나서는 아마도 '히틀러의 징벌. 그 철학적·정치적·이념적 분석'이라는 표제가 붙은 최종판에서, 저자는 역사학자의 자유로운 시각을 갖기 위해 서지학자의 엄격한 객관성을 버리고 1945년부터 현재까지의 세계 역사에 그의 생존이 미친 결정적인 영향을 연구했을 것이다. 또 나치의 이념에 동의하거나 히틀러의 조종을 받았던 인물들(그중 몇 명만 열거해 본다면, 포스터 덜러스, 캐벗 로지, 그로미코, 트리그베 리, 이승만, 애틀리, 티토, 베리아, 스태퍼드 크립스 경, 바오 다이, 맥아더, 쿠데 뒤 포레스토, 슈만, 베르나도트, 에비타 페론, 게리 데이비스, 아인슈타인, 험프리, 모리스 토레즈 등)이 어떻게 국가적·초국가적 집단의 최상부에 침투해 얄타 회담에서 명시된 화해적·평화주의적 정신을 고의로 파괴할 수 있었는지, 나아가 네 강대국의 냉정한 판단 덕택에 1951년 2월 간신히 피하기는 했으나 하마터면 제3차 세계대전의 서막이 될 뻔한 국제적 위기를 어떻게 선동할 수 있었는지를 증명해 보였을지도 모른다.

지하 창고. 마르시아 부인의 창고.

이곳에는 가구와 물건, 헌책이 정신없이 뒤섞여 있다. 외견상으로는 그녀의 골동품 가게 뒷방보다도 더 복잡하게 뒤얽힌 어지러운 상태다.

정체를 알아볼 수 있을 만한 몇 가지 물건이 이 뒤죽박죽 상태에서 드문드문 삐져나와 있다. 우선, 천문학자 니콜라스 크라처의 소유였다고 전해지는 분절식 나무 측량분도기의 한 종류인 각도계가 있고, 또한 물이 반쯤 차 있는 유리통 안에 뱃사람의 동반자인 나침반이 두 개의 지푸라기로 고정되어 있으며 그것의 자기 바늘은 북쪽을 가리키고 있다. 이 나침반은 방위표시도가 부착되어 제조되는 진짜 나침반이 출현하기 3세기 전에 나온, 나침반의 선조격에 해당하는 초기 기구다. 또 크고 작은 서랍이 달려 있고 전체가 조립식인 영국제 선박용 책상, 유리판으로 보호된 여러 조팝나물류 표본(앵초 조팝나물류, 히에라키움 필로셀라, 히에라키움 아우란티아키움 등)을 보여주는 낡은 식물도감의 한 페이지, 그리고 유리로 된 몸체에 '미식가의 즐거움을 보장하는 최고의 맛'이라는 글씨가 씌어 있고 아직까지 땅콩이 반 정도 담겨 있는 낡은 땅콩 판매기가 보인다. 그밖에 여러 대의 커피 가는 기구, 산스크리트 광고문이 새겨져 있고 금으로 만들어진 열일곱 개의 작은 물고기, 한 무더기의 지팡이와 우산, 사이펀, 적당히 녹슨 수탉의 머리 위에 삐쭉 나와 있는 바람개비, 공동세탁장을 나타내는 금속 깃발, 옛 담배 가게의 간판, 페인트를 칠한 여러 개의 직사각형 비스킷 상자가 있다. 이 상자들 중 하나에는 제라르의 〈아모르와 프시케〉의 모조화가 그려져 있고, 다른 하나에는 베네치아 축제가 그려져 있다. 축제 그림은 대낮같이 밝은 한 왕궁의 테라스에서 화려하게 장식된 곤돌라에 박수를 보내는 사람들을 보여주는데, 이들은 모두 후작과 후작 부인 의상으로 꾸미고 있다. 또 전면에는 작은 배들이 정박해 있는 채색 말뚝 하나에 올라앉아 그 광경을 바라보는 조그만 원숭이 한 마리가 그려져 있다. 세번째 비스킷 상자의 그림에는 '몽상'이라는 제목이 붙어 있는데, 커다란 나무와 잔디가 펼쳐진 풍경 속에서 돌의자에 앉아 있는 젊은 남녀를 보여준다. 젊은 여자는 흰 드레스를 입고 커다란 분홍색 모자를 쓰고 있으며, 남자의 어깨에 머리를 기대고 있다. 기가 크고 우수에 잠긴 듯한 표정의 젊은 남자는 쥐색 양복에 가슴 장식이 달린 와이셔츠를 입고 있다. 마지막으로, 이 창고의 한 선반 위에는 장난감이 한 무더기 쌓여 있다. 색소폰, 비브라폰, 톰과 하이해트로 이루어진 타악기 등 어린이용 음악 기구와 블록쌓기 장난감, 노란색 난쟁이와 작은 말로 구성된 일곱 가족 놀이 세트, 인형의 빵집 등이다. 인형의 빵집 안에는 흰색 양철로 된 계산대가 있고, 왕관 모양의 작은 빵과 둥근 빵, 바게트가 놓인 놋쇠로 된 진열대가 있다. 계산대 뒤에 서 있는 빵집 여주인은 크루아상을 베어 문 소녀와 동행한 한 부인에게 잔돈을 건네고 있다. 왼쪽으로는 빵집 주인과 조수가 물감으로 그린 불길이 빠져나오는 화덕 속에 둥근 빵들을 밀어넣는 게 보인다.

609

제92장 　　　　　　　 루베
　　　　　　　　　　　　 3

루베 부부의 부엌. 바닥에는 대리석 무늬가 있는 초록색 리놀륨이 깔려 있고, 모든 벽에는 비닐 가공된 꽃무늬 벽지가 발라져 있다. 오른쪽 벽 전체에는 작업 내용에 따라 분리해놓은 '공간 절약' 기구가 설치되어 있다. 분쇄기 딸린 개수대, 조리판, 오븐, 냉장고 겸 냉동고, 세탁기, 식기 세척기 등. 그리고 열을 지어 걸어놓은 냄비와 선반, 벽장이 다른 모든 것과 함께 모범적인 배치를 이루고 있다. 부엌 중앙에는 철물로 장식된 스페인 시골풍의 타원형 탁자가 있고, 그 둘레에는 짚으로 만든 의자 네 개가 놓여 있다. 탁자 위에는 사기로 만든 받침접시 한 개가 있는데, 그 표면에는 마르세유에서 돌아오는 '앙리에트'라는 돛대 범선 세 척과 루이 기옹 선장의 모습이 그려져 있다.(이것은 1818년 앙투안 루 페르가 그린 수채화를 모방한 것이다.) 또 사진 두 장을 담은 이중 가죽 액자가 놓여 있다. 그중 한 장은 늙은 추기경이 자신의 발 아래 무릎을 꿇은 매우 아름다운 여인에게 축복해주는 장면으로, 여인은 그뢰즈 지방 농부의 복장을 하고 있다. 다른 한 장은 조그만 암갈색 네거티브 사진인데, 아메리카 에스파냐 전쟁 당시의 제복을 입고 있는 젊은 장교의 모습을 보여준다. 장교는 훤칠한 키와 섬세한 눈썹, 심각하면서도 순진한 눈빛, 윤기 흐르는 검은 콧수염, 통통하고 육감적인 입술을 가지고 있다.

몇 년 전 루베 가족이 집에서 큰 파티를 열어 몹시 소란을 피운 적이 있었다. 그래서 평상시에는 그런 일에 별로 신경을 쓰지 않던 트레뱅 부인과 알타몽 부인, 보봉 부인, 마르시아 부인까지 합세해 새벽 3시경에 파티가 한창인 그 집의 문을 두드렸다. 그것이 아무 소용없자, 그들은 결국 경찰에 신고해버렸다. 곧 두 명의 경관이 급히 출동했고, 뒤이어 합법적인 열쇠전문가가 합세해 문을 열어 그들은 안으로 들어갈 수 있었다.

그들이 약 열두 명의 손님을 발견한 것은 바로 부엌 안에서였는데, 손님들은 집주인의 지휘 아래 현대 음악 콘서트를 열고 있었다. 집주인은 회색과 초록색 줄무늬가 있는 실내복 차림에 가죽 덧신을 신고 원뿔 전등갓을 모자 대신 쓰고 있었으며, 짚으로 만든 의자 위에 걸터앉아 박자를 맞추고 있었다. 그는 연신 웃음을 터뜨리면서, 왼팔을 들고 오른손 검지 손가락을 입술에 붙였다 떼기를 반복하며 대략 1초 반마다 "자, 자, 피아노는 사노로 해, 사노는 피아노로 하고, 피아노 다음에 사노, 사노 다음에 피아노……" 식의 말을 되풀이하고 있었다.

연주자들은 전혀 엉뚱하게도 그곳에 놓인 긴 소파에 주저앉아 있거나 쿠션 위에 배를 깔고 엎드려 있었으며, 갖가지 조리 기구, 포크, 국자, 칼을 두드려대거나 크고 작은 고함을 내지르면서 오케스트라 지휘자의 몸짓을 따르고 있었다. 가장 신경에 거슬리는 소리는 루베 부인이 내는 소리였다. 그녀는 진짜 늪과 같은 상태의 한가운데 앉아 능금주병 두 개를 서로 부딪치며 소리를 냈는데, 병마개 중 하나가 저절로 튕겨나 갈 때까지 두드러댔다. 또 겉으로 보기에 루베의 지휘에 관심이 없는 듯한 어떤 두 손님은 각자 나름대로 그 콘서트에 참여하고 있었다. 한 사람은 '악마'라고 불리는 장난감—나무상자 속에 압축되어 있다가 불쑥 튀어나오는 강력한 용수철 위에 폴리치넬라[1]의 머리가 달려 있다—하나를 쉴 새 없이 작동시키고 있었고, 다른 한 사람은 '카뉘[2]의 골수'라고 불리는 신선한 치즈가 듬뿍 담겨 있는 움푹 패인 접시 하나를 가능한 한 시끄럽게 핥아대고 있었다.

이 아파트의 나머지 공간은 거의 비어 있었다. 아무도 없는 거실에서는 프랑수아즈 아르디의 음반 〈난 사랑을 생각하고 있어〉가 전축에서 마냥 돌아가고 있었고, 현관 부근에서는 열 살쯤 된 한 어린아이가 한 무

611

---

1. 이탈리아 소극의 어릿광대.　　2. 리옹 견직공장의 종업원을 가리키는 말.

더기의 외투와 레인코트 속에 몸을 웅크린 채 깊이 잠들어 있었다. 아이의 두 손에는 콩타와 리발카의 『사르트르의 글쓰기』라는 두툼한 에세이집 한 권이 들려 있었는데, 펼쳐진 88페이지에는 1943년 6월 3일 사라베르나르 극장(당시에는 '테아트르 드 라 시테'라고 불렸다)에서 초연된 〈파리떼〉에 관한 글이 씌어 있었다. 욕실에서는 두 남자가 말없이 게임에 열중하고 있었는데, 그것은 초등학생들이 '조무래기'라고 부르고 일본 사람들은 '고모쿠'³라고 부르는 놀이였다. 두 사람에게 종이나 연필이 없었기 때문에, 한 사람은 재떨이에 수북이 쌓인 헝가리 담배꽁초를, 다른 한 사람은 붉은 튤립 다발에서 뜯어낸 시든 꽃잎을 이용해 각자 자기 차례가 되면 타일 바닥에 하나씩 놓으면서 게임에 몰두하고 있었다.

　이 한밤중의 소란을 제외하면, 루베 부부는 별다른 이야깃거리를 만들지 않았다. 루베는 보크사이트나 텅스텐 관련 사업을 하고, 이들 부부는 매우 자주 집을 비운다.

제5부

끝

---

3. 오목.

제6부

제93장　　　4층 오른쪽 아파트
3

아무도 살지 않는 이 유령 아파트의 세번째 방은 비어 있다. 벽과 천장, 마룻바닥, 문설주, 문은 모두 검은색 래커로 칠해져 있다. 방에는 단 하나의 가구도 없다.

　안쪽 벽에는 똑같이 까만색 무광택 금속 액자에 담긴 똑같은 크기의 강철 판화 스물한 점이 걸려 있다. 판화들은 일곱 개씩 세 줄로 층층이 엇갈리게 배치되어 있다. 첫번째 것인 맨 왼쪽 위의 판화에는 향료를 뿌린 커다란 빵조각을 옮기는 개미들이 있고, 마지막 것인 맨 오른쪽 아래의 판화에는 자갈 깔린 해변에 쭈그리고 앉아 화석의 흔적이 남은 자갈 하니를 살펴보는 어떤 젊은 여자가 있다. 그 둘 사이에 배열된 나머지 열아홉 개의 판화는 차례로 다음과 같은 내용들을 담고 있다.

　코르크 마개에 실을 꿰어 커튼을 만들려고 하는 어린 소녀.
　바닥에 무릎을 꿇고 미터 줄자로 길이를 재고 있는 양탄자 까는 사람.
　'흰 파도'라는 제목이 씌어 있는 오페라를 지붕 밑 방에서 열에 들뜬 듯 작곡하는 허기진 얼굴의 작곡가.
　인버네스[1]를 입은 어떤 부르주아 남자 앞에서 기쁨에 들뜬 애교머리를 살짝 내린 백금색 금발의 여자.

613

---

1. 소매 없는 남자용 겉옷.

회색의 거친 모직물 망토로 거의 온몸을 감싸고 낡은 펠트 모자를 눈까지 눌러쓴 채 쭈그리고 앉아 코카[2]를 씹는 세 명의 페루 인디언.

영화 〈이탈리아의 밀짚모자〉에서 직접 빌려온 듯한 침실용 헝겊 모자를 쓰고, 오도공 철도 회사의 1969년 회계 보고서 책장을 넘기며 겨자 가루로 족욕을 하고 있는 남자.

법정 증인석의 세 여인. 첫번째 여인은 가슴과 등을 드러낸 오팔색 야회복에 열두 개의 단추가 달린 상아색 장갑을 끼고 있으며, 퀼팅 천으로 안을 댄 검은색 모피 망토를 걸쳤고, 머리에는 한 뭉치의 깃털 장식과 반짝이는 장식의 머리빗을 꽂고 있다. 두번째 여인은 목까지 깃을 올려 세운 토끼털 망토를 입고 챙 없는 모자를 썼으며, 조가비 모양의 손안경을 통해 탐색하는 듯한 시선을 굴리고 있다. 세번째 여인은 승마복에 조끼를 걸치고 삼각모자를 썼으며, 박차를 단 장화를 신고 줄무늬가 수놓인 스웨덴 근위기병식 장갑을 낀 채 팔에는 긴 그물망과 사냥 채찍을 감고 있다.

『르 포퓔레르』지의 창간인이자 『이카리아로의 여행』[3]의 저자인 에티엔 카베의 초상화. 그는 아이오와에 공산주의 식민지 수립을 시도했다가 실패했으며, 1856년에 사망했다.

좁고 기다란 탁자에 앉아서 카드놀이를 하는 연미복 차림의 두 남자. 자세히 들여다보면 카드 위에는 이 스물한 개의 판화에 나타난 것과 똑같은 장면이 그려져 있음을 알 수 있다.

614

회반죽으로 뒤덮인 넓고 둥근 쟁반 하나를 사다리 꼭대기로 끌어올리고 있는 긴 꼬리를 가진 일종의 악마.

검은 물방울무늬 기모노를 감싸듯 입은 한 요부와 그녀의 발치에 앉아 있는 알바니아 강도.

작업용 사다리 꼭대기에 걸터앉아 커다란 크리스털 샹들리에를 닦는 노동자.

뾰족한 모자를 쓰고 은박지 별이 점점이 붙어 있는 검고 긴 드레스를 입은 채, 속이 텅 비어 보이는 실린더를 통해 허공을 바라보는 흉내를 내는 점성가.

---

2. 흥분제가 들어 있는 남아메리카산 관목의 이파리.

3. 이카리아는 그리스의 섬으로 현재는 니카리아라고 불린다.

은사로 수놓은 긴 흰색 망토에 경기병 대령의 제복을 입고 멧돼지 털로 만든 작은 가방을 허리에 찬 군주와 그 앞에서 정중하게 절을 하는 어느 발레단.

마흔일곱 살 생일을 맞아 학생들에게 금시계를 받고 있는 생리학자 클로드 베르나르.

가죽띠에 규정판을 매단 채 선박용 트렁크 두 개를 나르고 있는 작업복 차림의 용달업자.

레이스 모자와 벙어리장갑 등 1880년대에 유행했던 옷차림을 한 채, 커다란 타원형 버들가지 채반 위에 먹음직스러운 연회색 사과를 놓고 파는 노파.

주변에 홍합 양식업자들의 오두막이 들어선 좁다란 수로의 위쪽 한 작은 다리에 이젤을 세운 수채화가.

어느 카페의 테라스에 앉아 있는 유일한 손님에게 싸구려 점괘 종이를 내밀고 있는 팔다리 없는 거지. 종이의 상단에는 '라일락'이라는 제목이 인쇄되어 있고, 그 아래쪽에 두 개의 원을 만드는 라일락 가지 하나가 그려져 있는데, 그중 한 원 속에는 숫양 한 마리가, 다른 원 속에는 양 끝이 오른쪽을 향하는 초승달이 있다.

제94장   계단
                            12

오랜 세월 동안 건물 계단에서 발견된 물건들 중
몇몇에 관한 임시 목록
(후편이자 마지막 편)

푸아투샤랑트 지역의 유제품 제조회사와 관련된 '전문적인 카드' 한 벌.
　　런던의 '헤밍 & 콘델' 회사에서 만든, 캘리번이라는 상표가 붙어 있
는 레인코트.
　　니스 칠한 코르크로 만든 유리컵 받침 여섯 개. 각 받침에는 파리의
명소인 엘리제 궁, 하원 의사당, 상원 의사당, 노트르담 성당, 법원, 앵 발
리드 기념관이 그려져 있다.

　　청어의 척추골로 만든 목걸이.
　　무명의 직업 사진사가 찍은 어떤 아기의 사진. 아기는 발가벗은 채
술 장식이 달린 하늘색 나일론 쿠션 위에 엎드려 있다.
　　명함 형식으로 만들어진 정사각형의 고급 판지 한 장. 한쪽에는 영
어로 "나이트캡을 쓴 악마를 본 적이 있나요?"라는 글이 찍혀 있고, 반
대쪽에는 "아뇨! 난 한 번도 나이트캡을 쓴 악마를 본 적이 없어요!"라
고 씌어 있다.
　　파리 16구 아송프시옹 거리 70번지에 위치한 '르 카메라' 극장의
1960년 2월의 영화 프로그램.

3일부터 9일까지: 루이스 부뉴엘의 〈아르시발
　　드 드 라 크뤼즈의 범죄 생활〉
10일부터 16일까지: 자크 드미 페스티벌: 장 콕
　　토 원작의 〈무관심한 미남자〉와 아누크 에
　　메 출연의 〈롤라〉
17일부터 23일까지: 고든 더글라스 감독, 제리
　　루이스 출연의 〈저항해, 제리!〉
24일부터 3월 1일까지: 헝가리 영화제: 매일 다
　　른 작품을 상영하며, 26일 가보르 펠로스의
　　〈넴 스주크 세주스, 호기 킬레피 아 하자볼〉
　　상영 시 작가가 직접 무대인사를 함.

안전핀 한 상자.

장 폴 그루세가 쓴 3,000개의 동음이의어 맞히기 놀이 선집. 완전히 색이 바랜 이 책의 제목은 『기분 좋을 땐 웃으렴』이고, '인쇄소에서'라는 항목의 다음과 같은 페이지가 펼쳐져 있다.

안녕하시오, 인쇄소 감독님들!
초판 활자 케이스 칸막이 하나
활자 케이스용 장 하나
대형 장식 대문자의 힘든 작업
이탤릭체 찾기
모라스의 제자 한 사람

617

보몽 부인 집의 문고리에 매달려 있던, 반쯤 물이 차 있는 비닐 주머니 속 금붕어 한 마리.

'파리 순환도로'(PC) 전용 버스에 사용되는 일주일짜리 버스 쿠폰 한 장.

휜 물방울무늬의 검은 베이클라이트[1]로 만든 정사각형의 작은 콤팩트. 그 안에는 거울은 전혀 손상되지 않은 채 그대로 붙어 있었지만 분이나 분첩은 없었다.

'위대한 미국 작가들' 시리즈의 제57호 우편엽서. 마크 트웨인 편으로 아래와 같은 내용이 실려 있다.

마크 트웨인의 본명은 새뮤얼 랭혼 클레멘스이고, 1835년 미주리주 플로리다에서 태어났다. 열 살 때 아버지를 여읜 뒤 인쇄소에서 견습공으로 일했고, 그 후 미시시피 강의 수로 안내인이 되었는데 그 때문에 '마크 트웨인'이라는 별명을 얻게 되었다.(이 표현은 글자 그대로 '두 번 표시하기'를 의미하며, 또 선원에게 바다 깊이를 재는 측심선을 이용해 흘수吃水를 측정하도록 권하는 것을 뜻하기도 한다.) 그다음 그는 군인, 네바다의 광부, 금광맥 탐사자, 기자 등의 직업을 전전했다. 이어 폴리네시아, 유럽, 지중해를 여행했고, 성지를 순례했으며, 아프가니스탄인으로 변장해 몇몇 아라비아의 성을 방문하기도 했다. 그는 1910년 코네티컷의 레딩에서 사망했다. 그의 사망일에는 우연의 일치인지 또다시 핼리 혜성이 나타났는데, 그가 태어난 날에도 같은 혜성이 나타났었다. 그 몇 년 전에는 신문에 그가 죽었다는 오보 기사가 난 적이 있는데, 그때 그는 즉각 그 신문 편집장에게 다음과 같은 전보를 타전했다. 내 사망기사는 너무 과장된 것이오! 여하튼 경제적인 문제, 아내의 죽음, 한 딸의 죽음과 또다른 딸의 광기 등으로 이 유머 넘치는 작가의 말년은 우울했고, 그의 마지막 작품들에는 평상시와는 다른 무거운 분위기가 감돌았다. 그의 대표작으로는 『캘리베러스의 명물 높이뛰기 개구리』(1867), 『철부지의 해외 여행기』(1869), 『고난을 넘어』(1872), 『황금시대』(1873), 『톰 소여의 모험』(1875), 『왕자와 거지』(1882), 『미시시피 강의 생활』(1883), 『허클베리 핀의 모험』(1885), 『아서 왕 궁전의 코네티컷 양키』(1889), 『잔

618

---

1. 합성수지의 한 상표.

다르크』(1896), 『인간이라는 존재』(1906), 『신비의 이방인』
(1916) 등이 있다.

4층 층계참에 놓여 있던 대리석 무늬 사탕 일곱 개. 그중 네 개는 검
은색이고 세 개는 흰색인데, 바둑에서 보통 '고' 혹은 '영원'이라고 불리
는 형상으로 놓여 있었다.

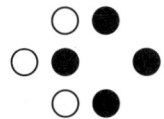

파리의 프리에들랑 거리 95-2번지에 위치한 놀이기구 및 장난감 상
점 '유쾌한 삼총사'에서 사용하는 포장지로 싸인 원통형 상자. 당연히 포
장지에는 검劍을 높이 들어 서로 교차시키면서 흔들고 있는 아라미스,
달타냥, 아토스, 포르토스의 모습이 그려져 있었다.("모두를 위한 하나,
하나를 위한 모두!") 훗날 주느비에브가 살게 되는 아파트 문 앞 신발털
개 위에 놓여 있던 것을 노셰르 부인이 발견했는데, 당시에는 비어 있었
고 상자 위에는 수취인에 관해 알려주는 어떤 표시도 없었다. 노셰르 부
인은 일단 이 정체불명의 꾸러미에 수상한 총기들이 들어 있지 않나 확
인한 다음 열어보았는데, 그 안에는 금물을 입힌 나뭇조가가 조개 모양
의 플라스틱 조각이 수백 개나 담겨 있었다. 그녀가 이 조각을 적절히 조   619
립해보니 마치 하룬 알라시드가 샤를마뉴 대제에게 선물했던 물시계를
실물의 3분의 1 크기로 충실하게 복제해놓은 것 같았다. 건물 주민 중에
는 그 물건의 임자라고 나선 사람이 없었다. 따라서 노셰르 부인은 그것
을 '유쾌한 삼총사' 상점으로 직접 가져갔다. 점원들은 열 살쯤 되는 어
린아이에게 그 희귀하고 비싼 모델을 판 것으로 기억했다. 당시 그 아이
가 100프랑짜리 지폐로 물건 값을 치르는 것을 보고 매우 놀랐다고 했
다. 결국 이 물건에 관한 조사는 더이상 진척되지 않았고, 수수께끼는 해
결되지 않은 채 남아 있다.

제95장   로르샤슈
                            6

레미 로르샤슈의 침실에 있는 침대 머리맡 탁자 위에는 백금 양초꽂이
가 달린 골동품 램프 스탠드와 원통형 라이터, 반짝이는 강철로 된 매우
조그마한 자명종 시계, 올리비아 노벨의 사진 네 장이 끼워진 홈 패인 나
무 사진틀 하나가 놓여 있다.

　　첫번째 사진은 올리비아의 첫 결혼 시절에 찍은 것이다. 사진 속 그
녀는 무릎까지 꼭 끼는 짧은 바지에 아마도 푸른색과 흰색으로 되어 있
을 가로 줄무늬의 선원용 셔츠를 입고 있으며, 배가 그려진 선원용 챙 모
자를 쓰고 손에는 대걸레를 들고 있다. 물론 그녀가 사용할 것은 아니겠
지만.

620　　두번째 사진에서는 어떤 젊은 여자와 나란히 풀밭에 엎드려 있다.
올리비아는 꽃무늬 원피스 차림에 커다란 밀짚모자를 쓰고 있으며, 옆
의 여자는 무릎까지 내려오는 반바지를 입고 두툼한 선글라스를 쓰고
있는데 선글라스의 테가 과꽃을 연상시킨다. 사진 하단에는 '애팔래치
아 산맥에서 보내는 인사'라는 글귀가 적혀 있고, 바로 그 위에 '베아Bea'
라는 서명이 있다.

　　세번째 사진은 르네상스 시대의 공주 복장을 한 올리비아를 찍은 것
이다. 그녀는 수단 드레스와 백합꽃 장식의 넓은 망토를 입고 왕관을 쓰
고 있다. 그녀는 카메라 설치대 앞에 서 있는데, 설치대 위에서는 기술자

들이 여러 문장紋章으로 장식된 번쩍이는 판들을 두툼한 호치키스를 사용해 고정시키고 있다. 이 사진은 올리비아가 영화 출연은 물론 흔하지 않던 광고 출연마저 완전히 포기하고 연극배우가 되기를 희망했던 시기에 찍은 것이다. 당시 그녀는 두번째 남편이 주는 생활비를 자신이 주인공을 맡을 만한 연극작품을 무대에 올리는 데 쓰기로 결심했다. 그녀는 〈사랑의 헛수고〉라는 작품을 선택했고, 프랑스 왕의 딸 역을 맡았다. 그리고 어느 청년에게 연출을 일임했는데, 그녀가 런던에서 알게 된 비비안 벨트라는 인물로 여러 가지 아이디어와 창의력이 넘치는 낭만적인 분위기의 젊은이였다. 그러나 그 공연에 대한 비평계의 반응은 시들했다. 함부로 글을 쓰는 한 시시한 가십난 기자가 의자들이 삐걱대는 소리도 음향효과의 일부였냐고 물었을 뿐이었다. 그 작품은 3회 공연에 그쳤다. 하지만 그사이에 올리비아는 비비안이 귀족 가문 출신에 부자라는 사실을 알게 되었고, 그와 결혼하는 것으로 위안을 삼았다. 그때까지만 해도 그녀는 비비안이 곱슬곱슬한 털을 가진 오리 사냥개와 함께 목욕하고 함께 잔다는 사실을 모르고 있었다.

네번째 사진은 어느 여름날 정오에 로마의 스타치오네 테르미니 역 앞에서 찍은 것이다. 레미 로르샤슈와 올리비아는 '베스파' 스쿠터에 올라타 있다. 레미는 얇은 반소매 와이셔츠에 흰 바지, 흰 에스파드리유[1] 차림으로, 미군 장교들이 쓰는 금테의 검은 선글라스로 눈을 보호한 채 운전하고 있다. 그녀는 수놓인 블라우스에 반바지, 맨발 차림이며, 오른 팔로는 레미의 허리를 껴안고 왼손으로는 사진에 나타나 있지 않은 팬들에게 인사를 하는 큰 제스처를 취하고 있다.

621

레미 로르샤슈의 침실은 마치 방주인이 그날 밤 자러 오기라도 할 것처럼 완전무결하게 정돈되어 있다. 그러나 이 방은 여전히 비어 있을 것이다. 그리고 더이상 아무도 그 안에 들어오지 못할 것이며, 오직 매일 아침 단 몇 초 동안만 제인 서턴이 들어와 잠시 통풍을 시키고, 망치로 두드려 만든 모로코산 큰 쟁반에 이 텔레비전 영화 제작자의 우편물과 그가 정기 구독하는 전문지—『라 시네마토그라피 프랑세즈』,『르 테

---

1. 끈을 발목에 감아 신는 즈크 재질의 신발.

크니시앙 뒤 필름』, 『필름 앤드 사운드』, 『TV 뉴스』, 『르 누보 필름 프랑세』, 『르 쿼티디앙 뒤 필름』, 『이마주 에 송』 등—를 던져놓고 갈 것이다. 그 모든 간행물은 그가 아침식사 때마다 투덜거리며 그저 몇 장씩 넘겨볼 뿐 전혀 좋아하지 않는 것들이었다. 그리고 이제는 포장 밴드도 뜯기지 않은 채, 부록인 지나간 흥행 순위표와 함께 쌓여가고 있을 뿐이다. 이곳은 이미 죽은 사람의 방처럼 적막하다. 모든 가구와 물건, 자질구레한 실내장식품이 다가올 그들 주인의 죽음을 기다리고 있는 것처럼 보인다. 잘 정돈된 채, 아주 깨끗한 채, 그리고 비인간적인 침묵 속에 영원히 고정된 채 모두 그 죽음을 기다리고 있는 것처럼 보인다. 완벽하게 손질된 침대보, 다리에 갈퀴 발톱이 달린 제1제정 시대풍의 작은 탁자, 외국 동전—페니히, 그로셴, 페니 등—몇 개가 여전히 담겨 있는 올리브나무로 만든 술잔, 런던 SW1 헤이마켓 34번지에 있는 담배·시가 상점 '프리부어그 앤드 트레이어'에서 선물한 성냥 케이스, 정교하게 세공된 매우 아름다운 크리스털 술잔, 잘 다듬어진 목제 옷걸이에 걸린 짙은 커피색 타월 가운. 그리고 침대 오른쪽에 있는, 중간이 불룩하고 마호가니와 구리로 만들어진 아치형의 옷상자. 이 상자는 특허를 받은 것으로, 바지의 주름이 언제까지나 그대로 유지되게 해주는 내부 구조를 갖고 있으며 또 벨트 걸이와 접이식 넥타이 걸이, 벌집 모양의 휴대품 보관용 작은 상자가 그 안에 장착되어 있다. 레미 로르샤슈는 이 작은 상자 안에 저녁마다 착실하게 열쇠 꾸러미, 잔돈 지갑, 커프스단추, 손수건, 장지갑, 비망록, 크로노미터 손목시계, 만년필을 정리해두곤 했었다.

622

오늘날 죽은 것처럼 생기가 없는 이 방을 예전에는 그라티올레 집안 사람들이 거의 4대에 걸쳐 식당 겸 거실로 사용했었다. 그러니까 쥐스트, 에밀, 프랑수아, 올리비에 그라티올레가 1880년대 말부터 1950년대 초까지 이 아파트에서 살았다.

시몽크뤼벨리에 거리는 1875년, 절반은 목재상 사뮈엘 시몽 소유이고 나머지 절반은 렌터카 업자 노르베르 크뤼벨리에 소유인 대지가 분양되면서 조성되기 시작했다. 그 바로 근처에 살던 세 사람, 즉 기요 루셀과 동물 화가인 고드프루아 자댕, 라부아지에의 미망인인 드 룅포르 부인의 조카이자 상속인인 드 샤젤은 이미 오래전에 몽소 공원 부근의 토지 분양을 활용해 건축 일을 하고 있었다. 그들이 만들어가는 동네는 당대 화가들과 예술가들이 선호하는 장소가 되었다. 하지만 그때까지만 해도 시몽과 크뤼벨리에가 가지고 있던 땅은 샤젤 거리 25번지에 있는 '몽뒤 에 베셰' 제련소처럼 주로 하찮은 사업을 위한 용도로 쓰이고 있어서 세탁소, 염색 공장, 작업장, 헛간, 모든 종류의 물건 하치장, 제조업체, 작은 공장이 밀집해 있었다. 그리고 사실 시몽과 크뤼벨리에는 이 도시 변두리의 땅이 미래에 주택가가 되리라고는 생각지도 못하고 있었다. 물론 과거에 이 땅에 '방돔' 원기둥 탑이 복원되었고, 또 1883년부터는 바르톨디의 거대한 자유의 여신상이 차례로 한 부분씩 만들어져 1년이 조금 지난 후에는 머리와 팔 부분이 주변 모든 건물의 지붕보다 훨씬 더 높이 솟아오르게 되었지만 말이다. 어쨌든 시몽은 필요할 때 언제라도 분양하면 된다고 생각하며 자신의 땅에 울타리를 쳐두는 데 만족했고, 크뤼벨리에는 자신의 땅에 판잣집을 몇 채 지은 후 그 안에서 자신의 망가진 삯마차를 대충 수리하는 일을 했다. 그러나 결국 두 땅주인은 자신들이 얻을 수 있는 이익에 눈을 떠 이 지역을 개방하기로 했고, 거리의 대부분에 주택이 들어서게 되었다. 그리고 이때부터 이 거리에는 이들 두 땅주인의 이름이 붙게 되었다.

쥐스트 그라티올레는 오래전부터 시몽과 거래를 하던 사이여서 즉시 땅의 한 부분을 분양받을 수 있었다. 역시 건축가이자 로마상 수상자인 뤼뱅 오제르가 이 거리의 한편을 이루는 모든 홀수 번지 건물을 설계했고, 맞은편 짝수 건물은 그의 아들인 노엘이 맡았다. 이들 부자는 모두 정직하지만 창의력이 없는 건축가여서 거의 똑같은 모양의 건물들을 만들어냈다. 건물의 정면은 건축용 석재를 이용해 올리고 뒷면에는 목골재(木骨材)을 사용했으며, 3층과 6층에 발코니를 설치했고, 다락방 두 층 중 위층은 망사르드 지붕으로 처리했다.

정작 쥐스트 그라티올레 자신은 이 건물에 거의 살지 않았다. 그는 베리에 있는 농장을 더 좋아했고, 파리에 체류하는 동안에도 르발루아에 있는 1년 계약으로 빌린 작은 주택에서 살았다. 그럼에도 불구하고 그는 자신과 자식들을 위해 이 건물의 아파트 몇 채를 확보해두었다. 그는 자신의 집을 극도로 단순하게 꾸며놓았다. 알코브가 마련된 침실, 벽난로가 있는 식당 겸 거실—그는 직접 발명해 특허를 얻은, 가느다랗게 홈 파는 기계를 이용해 이 두 방의 바닥을 영국식 쪽판으로 깔았다—그리고 두 가지 다른 각도에서 정육면체의 형상을 만드는 육각형 타일이 깔린 커다란 부엌. 부엌에는 수도가 있었지만, 전기와 가스 설비는 훨씬 뒤에야 이루어졌다.

이 건물에 사는 사람들은 아무도 쥐스트 그라티올레를 알지 못했다. 그러나 몇몇 세입자—크레스피 양, 알뱅 부인, 발렌—는 그의 아들 에밀에 관한 아주 또렷한 기억을 하나 간직하고 있다. 에밀은 엄격한 모습에 근심 어린 표정을 지닌 사람이었는데, 그가 그라티올레의 네 자식 중 장남이라는 점을 생각하면 그리 놀랄 일도 아니다. 그에게는 오직 두 가지 즐거움만 있는 것처럼 보였다. 하나는 피리를 부는 것이고—그는 한때 르발루아 시립군악대의 일원이기도 했지만 언젠가부터 오직 〈유쾌한 농부〉밖에 연주할 줄 모르게 되었고, 그나마도 청중의 귀에 거슬리는 솜씨였다—다른 하나는 라디오를 듣는 것이었다. 그가 평생 동안 자신을 위해 사치를 부린 것이 있다면 오직 최신식 라디오를 샀다는 것뿐이었다. 그 라디오에는 이국적이고 신비한 이름을 가진 방송국—가령 힐베르숨, 소텐스, 알루이스, 바티칸, 케르겔랑, 몬테 세네리, 베르겐, 트롬소, 바리, 탕제, 팔룬, 호비, 베로뮌스터, 푸촐레스, 마스카트, 아마라—을 가리키는 문자반이 있고 그 옆에는 원이 있었는데, 원에 불이 들어오면 반짝이는 한 점에 의해 네 개의 직교하는 전파 빔이 방출되었고, 이것들은 청취자가 원하는 파장을 점점 정확하게 포착함에 따라 좁혀지다가 마침내 극도로 가느다란 십자형이 되었다.

에밀과 잔 그라티올레의 아들인 프랑수아 역시 아주 명랑한 인물

은 아니었다. 그는 팔다리가 길고 코가 좁은 근시였다. 또한 때 이른 탈
모 증상을 보였고, 때로는 비통해 보이기까지 하는 우울한 인상을 풍겼
다. 건물에서 나오는 수입만으로는 살 수 없었기 때문에 그는 가축 내장
을 전문으로 취급하는 도매상에서 회계 일을 했다. 그는 상점 위로 불쑥
튀어나온, 유리를 끼운 사무실에 앉아 푸줏간 주인들이 피 묻은 와이셔
츠를 입고 암소 머리와 허파, 비장, 송아지 장간막, 혀, 밥통을 무더기로
파는 광경을 바라보았고, 그것 외에는 다른 기분전환 거리 없이 숫자열
을 나열했다. 그는 사실 허드레 고기를 혐오했고 그것이 너무도 악취를
풍겼기 때문에, 매일 아침 사무실에 오기 위해 넓은 매장을 통과할 때면
거의 기절할 지경이었다. 날마다 겪는 그러한 시련은 그의 기분을 북돋
우는 데 전혀 도움이 되지 않았지만, 돼지의 콩팥이나 간, 암소의 가슴살
등을 즐겨 먹는 같은 건물 주민들은 그 덕분에 몇 년 동안 다른 상점과
는 비교가 되지 않는 싼값으로 당당하게 그것들을 공급받을 수 있었다.

올리비에가 딸과 함께 살기 위해 마련한 이 건물 8층의 방 두 개짜
리 아파트에는 그라티올레 집안의 가구는 전혀 남아 있지 않다. 우선은
공간이 비좁아서, 다음엔 돈이 필요해서 올리비에는 가구와 양탄자, 식
기, 하찮은 실내장식품을 하나씩 팔아넘겼던 것이다. 그가 팔아치운 마
지막 물건은 프랑수아의 아내 마르트가 수완 좋은 먼 스위스인 친척에
게서 물려받은 키 더린 그림 네 점이었다. 그 친척은 제1차 세계대진 중
에 트럭 여러 대 분량의 마늘과 배 여러 척 분량의 연유를 구입하고 또
여러 대의 열차에 나누어 실은 양파와 여러 척의 화물선에 실은 다량의
그뤼예르 치즈 크림, 오렌지 과육, 조제약품을 되팔아서 재산을 모은 인
물이었다.

첫번째 그림에는 페르피냐니라는 서명과 함께 〈금화 한가운데의 무
희〉라는 제목이 붙어 있다. 베르베르 여자인 무희는 오른팔 아래에 뱀
모양의 문신을 했으며, 얼룩덜룩한 옷을 입은 주변의 군중들이 그녀에
게 던지는 금화들 한가운데서 춤을 추고 있다.

두번째 그림은 〈십자군의 콘스탄티노플 입성〉의 정교한 모사화인

데, 플로랑탱 뒤페라고 서명되어 있다. 플로랑탱은 한동안 들라크루아의 아틀리에에 드나들었던 인물로 알려져 있으며, 극소수의 작품만을 남겼다.

세번째 그림은 위베르 로베르의 취향을 따른 대형 풍경화다. 안쪽으로 로마의 폐허가 보이고, 전면 오른쪽에 있는 두 여자 중 한 사람은 자두가 가득한 널찍하고 편편한 바구니를 머리에 이고 있다.

마지막 네번째 그림은 베포라는 바이올린 연주자의 초상화를 위한 조제프 뒤크뢰의 파스텔화 습작이다. 이탈리아 출신의 거장 베포는, 루이 16세 재위 초기부터 프랑스에 혁명이 일어난 기간까지 대단한 인기를 누렸다.(그는 공포정치 시절에 어떻게 국가에 봉사하겠느냐는 질문을 받자 "난 바이올린을 연주하겠소"라고 대답했다고 한다.) 그는 왕의 바이올린 연주자로 임명되려는 야망을 가지고 있었다. 그러나 선택된 인물은 루이 게네였고, 질투심에 사로잡힌 베포는 그 경쟁자를 파멸시키고자 했다. 그는 프랑수아 뒤몽이 게네의 세밀 초상화를 상아에 그렸다는 소식을 듣고, 조제프 뒤크뢰에게 달려가 자신의 초상화도 그려달라고 요청했다. 화가는 제안을 받아들였는데, 곧 그 연주자가 분노로 흥분한 나머지 몇 초 이상 포즈를 유지하지 못한다는 사실이 드러났다. 그래도 세밀화가 뒤크뢰는 수다스럽고 흥분한 모델을 앞에 놓고 작업을 해보려고 애썼지만 모델이 번번이 그의 작업을 중단시키는 바람에 실패했고, 결국 포기하고 말았다. 그래서 베포가 주문했던 그림은 단지 초벌 그림으로만 남아 있다. 이 그림에서 베포는 단정치 못한 차림으로 시선을 허공에 둔 채 손에 바이올린을 들고 있고, 금방이라도 활을 들어 연주를 시작할 듯한 모습이며, 자신의 경쟁자보다 훨씬 더 영감에 넘치는 표정을 지으려 애쓰고 있다.

제96장   댕트빌
                              3

댕트빌 의사의 침실에 붙어 있는 욕실. 반쯤 열려 있는 문을 통해 보이는
침실 안쪽에는 스코틀랜드식 체크무늬 담요가 덮인 침대와 래커 칠을
한 검은색 목재 정리장, 악보대 위에 악보가 펼쳐져 있는 업라이트 피아
노가 보인다. 악보는 한스 노이지들러의 〈무곡〉을 편곡한 것이다. 침대
발치에는 나무창을 댄 굽 높은 여성용 실내 슬리퍼가 놓여 있다. 그리고
검은색 정리장 위에는 백색 가죽으로 제본한 두툼한 책 한 권이 놓여 있
는데, 알렉상드르 뒤마의『요리 대백과사전』이다. 그 옆에는 유리 술잔
하나가 있는데, 그 속에는 결정結晶 체계의 완면상完面像과 반면상半面像의
몇 가지 형태를 보여주는, 섬세하게 깎아서 만든 나뭇조각들인 결정학
結晶學 표본 몇 개가 들어 있다. 기저基底가 육각형인 직각기둥, 기저가 마
름모꼴인 빗각기둥, 끝이 무디어진 정육면체, 정팔면체, 정십이면체, 사
방 십이면체, 피라미드형으로 구성된 육각형 직각기둥 등이다. 침대 위
쪽에는 D. 비두라는 서명이 있는 그림 한 장이 걸려 있다. 초원에 엎드려
있는 소녀를 그린 것으로, 소녀는 완두콩 껍질을 까고 있다. 그녀 옆에는
귀가 길고 입부분이 길쭉한 아르투아산産 작은 사냥개 한 마리가 혀를 늘
어뜨린 채 온순한 눈빛으로 얌전히 앉아 있다.
   욕실 바닥에는 장식용 육각기와가 깔려 있고, 벽에는 중간까지 백색
타일이 붙어 있으며, 나머지 부분은 푸른 물빛의 가는 줄무늬가 있는 밝
은 노란색 종이(세탁 가능한 종이)로 발라져 있다. 약간 더러운 흰색 나

627

일론 커튼이 부분적으로 가려주는 욕조 옆에는 쇠를 벼려서 만든 화분 하나가 놓여 있는데, 그 안에는 가늘고 노란 잎맥의 이파리를 가진 관엽식물의 생기 없는 덤불이 심어져 있다. 세면대 선반 위에는 여러 가지 액세서리와 세면용품이 있다. 상어가죽 커버를 씌운 단검 모양의 면도기, 손톱손질용 솔, 속돌, 탈모방지용 로션 병 등이다. 로션 병에 붙은 상표에는, 코르셋의 느슨한 끈 사이로 풍만한 젖가슴이 삐져나온 쾌활한 두 아낙네가 재미있어하기보다 놀라워하며 바라보는 가운데 배가 튀어나온 명랑한 표정의 털투성이 폴스태프[1]가 지나치게 풍성한 붉은 갈색 수염을 과장되게 펼쳐 보이는 모습이 나타나 있다. 세면대 옆의 수건걸이에는 푸른색 잠옷 바지가 아무렇게나 구겨진 채 걸려 있다.

댕트빌 의사는 매우 전형적인 성장 과정을 거쳤다. 세심한 배려 속에서 권태로웠던 어린 시절, 음울한 일과 뉘우치게 된 일, 캉 대학에서의 공부, 의과대학생다운 방탕함, 툴롱 해군 병원에서의 군복무, 값싼 급료를 주고 대학생들을 시켜 황급하게 박사논문 「팔로의 테트랄로지에서의 호흡곤란의 빈번한 출현. 일곱 가지 관찰 기록에 대한 병인학病因學적 고찰」을 정리한 일, 선임자가 47년 동안 줄곧 근무했던 일반 의원에서 여러 차례 대리 진료를 하다가 1950년대 말경 정식 의사가 된 일 등.

댕트빌은 야심 있는 인물이 아니었다. 그는 단지 훌륭한 시골 의사가 되겠다고 생각했을 뿐이다. 그의 전임자를 '훌륭한 라팽 선생님'이라 불렀듯 그 작은 도시의 주민들이 자신을 '훌륭한 댕트빌 선생님'이라고 부르고 자신은 환자들에게 "33이라고 말해 보세요"라고 말하면서 그들을 안심시키는 법을 배우게 된다면, 그것으로 족했다. 그런데 라보르에 정착한 지 2년쯤 지났을 때 일어났던 어떤 우연한 발견이 그의 인생의 평온한 흐름을 바꾸어놓고 말았다. 어느 날 그 '훌륭한 라팽 선생'이 간직하는 것이 좋겠다고 판단했고 댕트빌 자신도 1920~1930년대에 출간된 해진 제본들 속에서 마치 아직도 무언가 배울 만한 것이 있을 것처럼 차마 내버리고 싶지 않았던 『라 프레스 메디칼(의학 정기간행물)』이라는 낡은 책 몇 권을 다락방으로 옮기던 중, 댕트빌은 자기 가족과 관련된

---

1. 셰익스피어의 희곡 『헨리 4세』에 나오는 인물. 술을 좋아하고 기지가 있는 몸집 큰 쾌남.

낡은 서류가 든 한 가방 안에서 16절판의 책자 하나를 발견했다. 『데 스트룩투라 레눔』이라는 제목의 그 논문은 보기 좋게 제본되어 있었고, 저자는 바로 그의 선조인 리고 드 댕트빌이었다. 리고는 팔라틴 공주의 외과 주치의였으며, 직접 발명한 작은 무딘 칼을 사용해 결석 환자들을 수술하는 능란한 의술로 명성이 높았다. 댕트빌은 고등학교 시절에 배운 짧은 라틴어 지식을 모아 논문 전체를 대강 훑어보았고, 거기서 발견한 사실에 무척 흥미를 느끼면서 낡은 가피오와 함께 그 논문을 자기 서재로 다시 가져왔다.

『데 스트룩투라 레눔』은, 당시로서는 매우 획기적인 착색 기술과 관련된 해부술을 토대로 '신장 해부생리학'에 관해 쓴 것이었다. 리고 드 댕트빌은 먹물과 섞은 에틸알코올의 검은 액체를 신장 동맥에 주입함으로써, 그가 '둑타이 레눔'이라고 불렀던 동맥의 분맥들, 즉 세관細管들의 모든 조직이 마찬가지로 그가 '글란둘라이 레날레스'라고 명명한 것에 이르러 착색되는 것을 보았다. 같은 시기에 피렌체의 로렌초 벨리니, 볼로냐의 마르첼로 말피기, 레이덴의 프레데리크 뢰이스가 발견했던 것과는 무관한 이 발견은 신장 기능의 기초로서의 사구체에 관한 이론을 예시해주었고, 유기체의 소화 흡수 및 배설과 관련해 기관器官들이 끌어들이거나 배척하는 체액의 존재를 근거로 확립된 분비 메커니즘에 대한 설명을 수반하고 있었다. 또 신랄하고 기끔 기킬기끼지 한 한 논의에서는 '생명력'에 관한 갈레노스의 이론을 '해부학자들', '유물론자들'에게서 영감 받은 위험한 개념들에 대립되는 것으로 보았다. 이 개념들은 봄바스티누스라는 별명을 가진 자가 옹호했던 것들로, 댕트빌은 마침내 이 인물이 바로 부르기뇽의 의사이자 일종의 연금술사이고 파라셀수스의 옹호자인 라자르 메소니에임을 확인하게 되었다. 지금으로서는 갈레노스의 이론을 그저 어렴풋이 상상할 수 있을 뿐이고 '해부학자'나 '유물론자' 같은 용어가 먼 선조들에게 그랬던 것과는 달리 더이상 대단하게 여겨지지 않는 만큼, 20세기를 사는 독자 댕트빌은 당시 그 같은 논쟁의 근거가 명료하다고 생각하지는 않았다. 그럼에도 불구하고 댕트빌은 자신의 상상력을 증폭시키고 나아가 자신 안에 숨겨져 있던 연구자로서의 성향을 일깨워준 이 발견에 열중하게 되었다. 그래서 그는, 비록 그의 선조의 글 안에 진짜 핵심적인 것은 아무것도 포함되어 있지 않다 할지라도 적어도 근대를 여는 시기의 의학 사상에 관한 하나의 탁월한 본보기가 되는 이 논문에 대한 원전 대조본을 준비해야겠다고 결심했다.

한 스승의 조언에 따라, 댕트빌은 르브랑 샤스텔 교수를 찾아가 자신의 계획을 제안했다. 르브랑 샤스텔 교수는 파리 시립병원의 공익업무 부장이자 의학아카데미 회원이며, 의사회 이사이자 국제적인 명성을 지닌 여러 잡지의 집행부 임원이었다. 의료 및 교수 활동과는 별도로 르브랑 샤스텔 교수는 과학사에도 열중했지만, 댕트빌을 맞이하는 모습에는 친절과 회의가 뒤섞여 있었다. 그는 『데 스트룩투라 레눔』에 대해서 모르고 있었다. 그러나 댕트빌이 세상에 알리려고 하는 한 잊혀진 의학 문서가 어떤 관심을 불러일으킬 수 있으리라고는 생각하지 않았다. 갈레노스에서 베살리우스에 이르기까지, 또한 바르톨로메오 유스타키오에서 보면에 이르기까지 모든 것이 이미 넘칠 만큼 출간되었고, 번역되었으며, 해설되었기 때문이다. 게다가 말피기의 육필 원고를 소장하고 있는 볼로냐 의과대학의 사서장 파올로 체네리는 1901년 오직 비뇨泌尿와 검뇨檢尿의 이론적 문제들만을 다룬 약 400페이지 분량의 참고문헌 목록을 발간하기도 했다. 물론 최근 댕트빌에게 일어났던 것처럼, 발간되지 않은 텍스트를 입수할 가능성은 언제나 존재하고 고전 의학 이론에 대한 일반인들의 이해를 돕기 위해 좀더 폭넓게 탐구해볼 수도 있었다. 또 지난 세기에 자신들이 부르짖었던 과학적 실증주의의 정점에서 단지 경험적 접근에만 가치를 부여하고 비합리적으로 여겨지는 모든 것은 경멸과 함께 제거해버렸던 인식론자들의 경직된 주장을 바로잡으려고 계획할 수도 있었다. 그러나 이러한 연구는 장기적이고 실속 없고 어려우며 여기저기 함정이 도사리고 있는 작업이었다. 르브랑 샤스텔 교수는, 옛날 의사들의 중세식 특수 용어와 그들의 해석자들이 가끔 범했던 이상한 착오에 거의 숙달돼 있지 않은 이 젊은 의사가 과연 효과적으로 목적을 달성할 수 있을지 의심스러웠다. 그럼에도 불구하고 그는 댕트빌에게 협조하겠다고 약속했고, 외국의 동료들에게 그를 추천하는 편지를 써주었다. 그리고 필요하면 출판 전에 댕트빌의 작업을 검토해주겠다는 약속도 했다.

이 첫번째 면담에 용기를 얻은 댕트빌은 매일 저녁 시간과 매주 토요일과 일요일을 전부 바쳐 그 작업에 전념했다. 그리고 환자들을 지나치게 방치하지 않는 한도 내에서 자신에게 허용된 짧은 휴가를 이용해 외국의 이런저런 도서관에 가보았다. 볼로냐 대학의 도서관은 물론이고(그곳에서 그는 파올로 체네리가 작성한 참고문헌 목록의 절반 이상이 틀린 것임을 알게 되었다) 옥스퍼드 보들리안 도서관, 오르후스 도서관, 살라망카 도서관, 프라하 도서관, 드레스덴 도서관, 바젤 도서관 등에도 가보았다. 그는 정기적으로 르브랑 샤스텔 교수에게 작업 진행 상황을 알렸고, 교수는 이따금 간단히 몇 자 적어 회신했다. 그 짧은 글 속에서 교수는, 댕트빌의 '사소한 의외의 발견'이라고 부르는 그것이 무슨 득이 될지 여전히 회의적인 것처럼 보였다. 그렇지만 이 젊은 의사는 낙담하지 않았다. 그의 연구의 좀스러운 복잡함을 넘어, 그의 미세한 발견들—불분명한 흔적, 불확실한 지표, 불충분한 증거—각각이 그에게는 유일하고 통합적인 그리고 웅대한 계획의 일부를 이루는 것처럼 여겨졌기 때문이다. 그래서 그는 매번 열광적으로 뒤지기 작업을 다시 시작하곤 했다. 그는 양피지 제본이 가득 들어 있는 서가 사이를 더듬으며 다녔고, 사라진 알파벳들의 알파벳 배열을 추적했으며, 끈으로 묶인 신문지 뭉치와 고문서 상자, 좀벌레가 거의 전체를 갉아먹은 듯한 책 묶음이 뒤섞여 있는 통로와 계단을 지나 층마다 오르락내리락했다.

그가 작업을 완성하는 데는 거의 4년이 걸렸다. 300페이지도 넘는 원고 중에서, 『데 스트룩투라 레눔』 원문과 번역문은 엄밀히 말해 60페이지에 불과했다. 이 원고의 나머지를 구성하는 고증 자료는 약 40페이지의 주석과 이본異本들, 60페이지의 참고문헌(그중 약 3분의 1은 체네리의 작업에 대한 정오표이다), 그리고 거의 150페이지에 달하는 서문이었다. 서문에서 댕트빌은 소설적인 열정을 가지고 갈레노스와 아스클레피아데스 사이의 오랜 경쟁을 묘사했다. 그는 어떻게 갈레노스라는 페르가몬 출신의 한 의사가, 그보다 3세기 전에 아스클레피아데스가 로마에 도입했고 그 후 소위 '방법론자'라고 불렸던 아스클레피아데스의 계승자들이 어쩌면 다소 지나치게 학구적인 방식으로 발전시킨 원자이론을 조롱감으로 만들려고 애쓰면서 변형시켜버렸는지를 밝혔다. 갈레노스가 실험이라는 명목과 '자연의 힘'의 신성불가침 원칙이라는 명목을 내세움으로써 그의 의학사상의 토대는 기계론적이고 궤변적이라는 오명을 쓰게 되었지만, 실제로 그는 일종의 인과론·통시성·동질성의 사조를 창시했고 생리학과 의학에 있어서 고전주의 시대의 모든 결함을 보여준 인물이다. 또한 갈레노스는 그 모든 시각을 통해 프로이트의 억압 이론과 유사한 어떤 진정한 검열을 처음으로 만들어낸 인물이기도 하다. 한편 댕트빌은 여러 가지 유類 개념, 즉 기관/유기체, 교감성/공감성, 체액/유체流體, 체계/구조 등의 형태적 대립에 관해 연구함으로써 아스클레피아데스의 개념들, 그리고 그보다 앞선 학자로는 마케도니아의 에라시스트라토스와 리코스의 개념들의 정확성과 타당성을 분명하게 드러냈다. 그리고 그 개념들에 인도-아랍 의학의 주요한 경향을 결부시켰고, 유대인의 영성신학, 비법祕法, 연금술과 그것들의 관계를 강조했다. 마지막으로 그는 공식 의학이 어떻게 그러한 개념들의 전파를 조직적으로 억압했는지를 밝혔다. 이러한 억압은, 골드스타인, 그로데크, 킹 드리 같은 인물들이 파라셀수스에서부터 푸리에에 이르기까지 끊임없이 과학계에 퍼져왔던 그 은밀한 사조를 재발견하고 이해하게 되면서 생리학과 징후학의 기초를 전면적으로 재검토하고 나설 때까지 계속되었다.

툴루즈에서 특별히 초청한 타이피스트가 삽입기호와 페이지 하단의 주석, 그리고 그리스어가 마구 뒤섞인 그의 텍스트의 타자 작업을 간신히 끝내자마자, 댕트빌은 먼저 한 권을 르브랑 샤스텔에게 우송했다.

632

교수는 한 달 후 그것을 돌려보냈다. 그는 편견이나 악의 없이 의사 댕트빌의 연구서를 신경 써서 검토했지만 결론은 부정적이라고 했다. 즉 리고 드 댕트빌의 원고는 매우 세심하게 작성된 것이어서 후손이 영광스럽게 생각할 만하나 팔라틴 공주의 일반외과 주치의로서 그가 쓴 개론은 유스타키오의 『트락타티오 데 레니부스』, 로렌초 벨리니의 『데 스트룩투라 에드 우수 레눔』, 에티엔 블랑카르의 『데 나투라 레눔』, 말피기의 『데 레니부스』 같은 논문에 비해 확실하게 새로운 것을 전혀 제공하지 못하며, 따라서 굳이 출판할 만한 가치가 있다고 여겨지지 않는다는 것이었다. 고증 자료는 젊은 연구자의 미숙함을 그대로 증명해주는 것인데, 연구자는 너무 잘해보려는 욕심에서 오히려 텍스트 전체를 지나치게 무겁게 만드는 결과를 낳았다고 했다. 또 체네리와 관련된 정오표는 핵심을 벗어난 것이고 그보다는 차라리 저자가 자신이 작성한 주석과 참조 내용을 검사하고 확인하는 것이 더 나았을 뻔했다고 했다.(이어 자비롭게도, 르브랑 샤스텔이 발견한 열다섯 개의 오류 혹은 누락에 관한 목록이 첨부되었다. 가령, 댕트빌이 인용문 10번[맥킨토시 뮐러 & 반 슬리케]에서 J. clin. Invest라고 쓰지 않고 J. Clin. Invest라고 썼다든가, 혹은 1951년 『헬베티카 피지올로지카 에트 파르마콜로지카 악타』 9권 196쪽에 실린 히트기타이 비르츠 & 쿤의 작업을 참조하지 않고 1960년 『모데르네 프로블레메 데어 페디아트리』 6권 86쪽에 실린 H. 비르츠의 논문을 인용했다는 것 등) 역사적·철학적 서문에 관해서는, 댕트빌 스스로가 그 글에 대해 전적으로 책임을 지는 것이 좋겠다고 했다. 결론적으로, 교수는 자신의 입장에서는 어떤 방식으로든 그 책의 출판을 도울 생각이 없다는 것이었다.

댕트빌은 모든 것을 각오했었지만 그와 같은 반응은 전혀 의외였다. 그는 자기 연구작업의 타당성에 대해 확신을 갖고 있긴 했지만, 감히 르브랑 샤스텔 교수의 능력과 지적 성실성을 의심하지는 못했다. 몇 주 동안 주저한 끝에 그는 한 인물, 어쨌든 자신의 지도교수도 아니었던 한 인물의 적대적 의견 때문에 단념하지는 않을 것이며, 스스로 나서서 자신의 원고를 출판하고야 말겠다고 결심했다. 그러고는 원고에서 아주 작은 오류까지 교정한 후 완성본을 여러 전문지에 보냈다. 그러나 모든 잡지사가 그 원고를 거절했다. 결국 댕트빌은 연구자로서의 야망을 단념하고 원고 출판을 포기하지 않을 수 없었다.

그가 의사로서의 일상 업무를 희생해가면서까지 연구에 바쳤던 지나친 열정은 그에게 상당한 피해를 가져다주었다. 두 명의 개업의가 댕트빌 이후 라보르에 정착했는데, 여러 달 여러 해가 지나는 사이 그의 환자들을 사실상 빼앗기고 말았던 것이다. 도와주는 사람도 없이 경멸당하고 버림받은 댕트빌은 마침내 자신의 병원을 포기하기에 이르렀다. 그는 이제 오직 동네 의사로 남겠다고 결심하고, 파리로 올라와 정착했다. 동네 의사라는 무해한 꿈은 그를 더이상 명망 높은 세계, 학자들과 전문가들로 구성된 그 무서운 세계와 맞서지 않도록 해주었지만, 대신 솔페주²나 요리 같은 일상적 즐거움에 가둬놓고 말았다.

그로부터 몇 년 후, 의학 아카데미의 르브랑 샤스텔 교수는 다음과 같은 연구 업적들을 잇달아 발표했다.
— 리고 드 댕트빌의 생애와 저술에 관한 논문.(「루이 14세 궁정의 프랑스인 비뇨기과 의사: 리고 드 댕트빌」,『아르시브 앵테르나시오날 디스투아 데 시앙스』11권, 343, 1962)
— 『데 스트룩투라 레눔』에 관한 비평서, 복사본, 번역, 주석, 용어집 포함.(S. 카르거, 바젤. 1963)
— 『비블리오그라피아 우로로지카 데 케네리』에 관한 비판적 보충.(『인터나치오날레 차이트슈리프트 퓌어 우롤로기』부록 9, 1964)
— 「아스클레피아데스부터 윌리엄 보먼에 이르는 신장 이론의 역사에 관한 초고」라는 인식론적 논문. 이 논문은 『악투엘레 프로블레메 아우스 데어 게쉬흐테 데어 메디신』(바젤, 1966)에 발표되었는데, 1964년 바젤에서 열린 제19차 의학사 국제학술대회에서 개막 발표논문으로 선정되어 대단한 반향을 불러일으켰다.

634

2. 성악 훈련을 위해 악보를 모음이나 계명으로 부르는 것.

『데 스트룩투라』의 원전 대조본과 체네리의 참고문헌 목록에 대한
부록판은 순전히, 그리고 아주 단순하게, 댕트빌의 원고를 쉼표 하나까
지 베껴 쓴 것이었다. 다른 두 논문은 댕트빌의 연구의 핵심 내용을 편취
한 것이었는데, 독자의 비위를 맞추는 말재주를 동원해 그 내용이 두드
러지지 않게 만들었다. 그리고 단 한 번, 그것도 아주 작은 글자로 씌어
진 주석에서 인용 사실을 밝혔을 뿐이었는데, 거기서 르브랑 샤스텔 교
수는 "베르나르 댕트빌 의사가 자신의 선조의 작품을 기꺼이 보여준 것
에 대해" 감사를 표했다.

제97장 위팅
4

위팅은 이미 오래전부터 자신의 대형 아틀리에를 사용하지 않았다. 그가 초상화 작업을 위해 로지아에 개조해놓은 작은 방의 아늑함을 더 선호했기 때문이며, 그에게는 각각 다른 장르의 작품을 각각 다른 아틀리에에서 작업하는 습관이 있었기 때문이다. 가령 대형 유화는 니스의 북쪽에 위치한 가티에르에서, 거대한 조각은 도르도뉴에서, 데생과 판화는 뉴욕에서 작업하는 식이었다.

그럼에도 불구하고, 파리에 있는 그의 살롱은 한동안은 열렬한 예술활동 장소였다. 1955년에서 1960년에 이르는 기간에 그 유명한 '위팅의 화요회' 모임이 열렸던 곳이 바로 그 살롱이다. 포스터 도안가 펠리시앙 콘, 벨기에의 바리톤 성악가 레오 판 데르크스, 이탈리아인 마르티보니, 스페인의 언어 연구가 토르토사, 사진작가 아르파 드 사라피안, 색소폰 연주가 에스텔 티에라르슈 등 다양한 예술가들이 그곳에서 자신들의 주장을 펴곤 했다. 이 모임은 현대 예술의 몇몇 주요 흐름에 커다란 영향을 미쳤으며, 지금도 여전히 영향력을 행사하고 있다.

화요회에 대한 아이디어를 낸 사람은 위팅 자신이 아니라, 그의 캐나다인 친구 그릴너였다. 그릴너는 제2차 세계대전이 끝난 직후 위니펙에서 그와 유사한 모임을 성공적으로 조직했던 인물이다. 모임의 원칙은, 예술가들을 자유롭게 대면시키고 그들이 어떻게 서로에게 영향을 미치는가를 살펴보는 것이었다. 그래서 '화요회'의 첫번째 모임에서, 그릴너와 위팅은 주의 깊게 바라보고 있는 열다섯 명의 관객 앞에서 마치 장기를 두듯 3분마다 교대로 하나의 화폭에 번갈아 그림을 그렸다. 이 모임의 규정은 곧 훨씬 더 정교해졌고, 두 사람은 다양한 영역에서 활동하는 예술가들에게 도움을 청하기 시작했다. 예를 들어 한 화가가 그림을 그리는 동안 한 재즈 음악가가 즉흥곡을 만든다든가, 또는 어떤 조각가나 어떤 의상 디자이너가 제공한 작품을 시인, 음악가, 무용가가 각각 자기 예술의 고유한 문법으로 해설한다든가 하는 식이었다.

초기의 모임은 조용하고 성실한 분위기였으며 다소 지루하기까지 했다. 그러나 얼마 후, 화가 블라디슬라브가 입회하면서 이 모임은 훨씬 생기를 띠게 되었다.

블라디슬라브는 1930년대 말경에 전성기를 누렸던 화가였다. 그는 러시아 농민의 차림으로 위팅의 '화요회'에 처음 모습을 나타냈다. 머리에는 소모직 재질에 모피로 테두리를 두르고, 이마 부분에 10센티미터 가량의 하늘색 바탕에 가볍게 수를 놓은 진홍색 챙 없는 모자를 쓰고 있었다. 그는 파이프 담배를 피웠는데, 담뱃대는 금실로 장식된 모로코 스타일이었고 담배통은 흑단에 은을 박아 만든 터키 스타일이었다. 비바람이 심하게 불던 어느 날, 그는 자신이 브르타뉴에서 시간屍姦을 체험한 일부터 시작해, 어떻게 자기가 압생트 술에 젖은 손수건의 냄새를 맡으면서 오직 맨밥만을 그리게 되었는지, 그리고 어떻게 훈죽처럼 고기를 연하게 날로 먹게 되었으며 그 고기가 얼마나 기막히게 맛있는지를 이야기했다. 그런 다음 캔버스 뒤판에 깨끗한 새 화폭 두루마리를 펼치고 스무 개 정도의 못을 서둘러 박아 화폭을 고정시키더니, 모인 사람들에게 다 같이 그 위를 쿵쿵 밟으며 걸어달라고 했다. 화폭에 얼룩진 불명확한 회색 흔적이 로렌스 해피의 말기 작품 〈디퓨즈 그레이스〉를 상기시키는 그 결과물에는 즉각 '구둣발로 내딛는 사람'이라는 제목이 붙었다. 이에 현혹된 참석자들은 이제부터 블라디슬라브가 모든 의식儀式을 이끌어야 한다고 의견을 모았고, 참석자 각자는 한 편의 걸작을 잉태하는 데 기여했다는 확신을 가지고 헤어졌다.

그다음 주 화요일, 블라디슬라브가 이미 사람들을 잘 구워삶은 듯했다. 그는 파리 전체를 선동했고 그날만 150명 이상이 아틀리에로 밀어닥쳤다. 이번에는 거대한 화폭 하나가 커다란 작업장의 삼면 벽에 꺾쇠로 고정되었고(작업장의 네번째 벽은 위쪽이 넓은 유리벽으로 되어 있다), 페인트공이 사용하는 큼직한 붓이 담긴 열 개가량의 들통이 작업장 한가운데 놓여졌다. 블라디슬라브의 지시에 따라 초청객들은 유리벽을 따라 일렬로 늘어섰다. 그리고 그의 신호가 떨어지자 모두들 항아리로 달려들어 붓을 쥐고 최대한 빨리 그 내용물을 화폭 위에 칠했다. 그렇게 만들어진 작품에 대해 흥미롭다는 평가가 나오긴 했지만, 즉흥예술가들의 일치된 동의는 끌어내지 못했다. 매주 그가 보여주는 새로운 시도에도 불구하고 블라디슬라브의 인기는 짧은 시간 반짝하다가 곧 수그러들고 말았다.

그 후 몇 달 동안 이 모임에서 블라디슬라브를 대신한 인물은 어떤 비범한 어린아이였다. 열두 살쯤 된 소년이었는데, 곱슬곱슬한 머리칼에 넓은 레이스 깃과 진주모 단추가 달린 검은 벨벳 조끼를 입고 있는 모습이 당시 유행하던 어떤 판화의 모습과 꼭 닮아 있었다. 아이는 '형이상학적 시'를 즉흥적으로 지었는데, 다음과 같은 시 제목만으로도 청중들을 몽상가로 만들었다.

638 「상황의 평가」

「주행 중 길을 잃은 존재들과 사물들의 열거」

「현상을 명확히하는 방식」

「안장을 푼 말들이 어둠 속에서 풀을 뜯어먹으며 부딪치는 소리」

「야외 캠프파이어의 붉고 어렴풋한 빛」

하지만 유감스럽게도 어느 날 모임의 사람들은 그 시들을 쓴—게다가 대부분은 베낀 것이지만—사람이 바로 그 아이의 어머니라는 사실을 알게 되었다. 또한 어머니가 아들에게 그 시들을 외우라고 강요했다는 사실도.

이어서 여러 인물이 차례로 모임의 중심 자리를 차지했다. 정체를 알 수 없는 어떤 노동자를 필두로 스트립쇼의 인기 배우, 넥타이 장수, 또 네오르네상스 파派임을 자처하며 몇 달 동안 대리석 덩어리로 '키메라'라는 제목의 작품을 만들어내려고 했던 어떤 조각가(이 조각가가 등장하고 몇 주일이 지났을 때 아래층 아파트에 불안스러운 균열이 일어나 위팅은 그 아파트를 수리해주고 자기 아파트의 쪽판 마루도 교체해야 했다), 미술 잡지의 사장, 나일론 주머니 속에 살아 있는 아주 작은 동물을 넣고 다니던 자칭 그리스도의 경쟁자, 모든 사람을 '나의 갈색 애인'이라고 부르던 카페콩세르[1]의 여가수, 라디오 가요 콩쿠르 프로그램의 사회자, 불규칙한 바둑판무늬 조끼를 걸치고 짧은 구레나룻을 기르고 가문 반지를 여러 개 끼고 또 재미있는 자그마한 장신구를 달고 다니던 건장한 소년—그는 독특한 목소리와 제스처 및 스포츠 해설자 같은 몸짓과 악센트로 모임의 무용수들이나 음악가들의 연기 효과를 증폭시키는 일을 도맡았다—, 또 결국 수포로 돌아갔지만 3주 동안 자신의 예술에 초대된 사람들을 별도로 모아 큰 아틀리에 한가운데서 백련꽃 포즈를 취하게 하려 했던 요가 애호가이자 광고 카피라이터, 그리고 기막히게 맛있는 소스를 얹은 스파게티를 나르면서 부드러운 목소리로 베르디의 가곡을 완벽하게 노래했던 이탈리아 출신의 피자식당 여주인, 마지막으로 폭스테리어 개들이 몸을 뒤로 젖혀 아슬아슬하게 뛰어오르고 오리들이 원을 그리며 뛰어가는 묘기를 연출해 보였던 시골 어느 작은 동물원의 전前 원장—그는 곡예하는 물개 한 마리를 데리고 아틀리에에 왔었는데, 그 물개는 엄청나게 많은 양의 물고기를 단번에 먹어치웠다.

그러나 1950년대 말경 파리 전역을 휩쓸기 시작한 '즉흥극'의 유행은 위팅의 아틀리에의 사교 모임이 주던 흥미를 조금씩 제거했다. 그곳에 끊임없이 드나들던 기자들과 사진작가들은 드디어 이 모임의 행위가 약간은 낡은 유희라고 생각하기에 이르렀고, 좀더 거친 소동에 관심을

1. 식사와 음료를 들면서 음악, 쇼 따위를 즐길
수 있는 장소.

보였다. 예를 들면, '아무개'라는 자가 아무렇지도 않게 전구를 버적버적 씹고 있는 동안 '기계'라는 이름을 가진 사람이 중앙난방의 배관을 체계적으로 분해한다든가, '사물'이라 불리는 사람이 자신의 피로 시를 쓰기 위해 팔목의 혈관을 잘라버리는 소동 등. 위팅은 그들을 저지하려 나서지 않았다. 하지만 마침내 그는 그러한 축제가 지겹고 자신에게 전혀 도움이 안 된다고 생각하게 되었다. 1961년, 그는 평소보다 더 오랫동안 뉴욕에 체류했다가 귀국했다. 그러고는 화요회 모임의 행위가 이미 누구나 예상할 수 있는 지루한 것이 되어버렸으므로 이제 모임을 포기하고 다른 것을 창안하는 것이 바람직하다고 친구들에게 통보했다.

그 이후로 그의 커다란 아틀리에는 대부분 비어 있다. 그러나 위팅은 맹목적인 애착 때문인지 그곳에 아직도 많은 재료를 남겨두었다. 천장에서 늘어뜨려진 네 대의 조명기가 빛을 밝히는 강철 이젤 위에는 '에우리디케'라는 제목이 붙은 커다란 캔버스가 놓여 있는데, 그는 이 캔버스가 미완성인 채 그냥 그대로 남아 있게 될 것이라고 즐겨 말한다.

캔버스에는 가구가 거의 없고 회색 페인트가 칠해진 텅 빈 방 하나가 그려져 있다. 방 한가운데 있는 회색 철제 책상 위에는 핸드백, 우유병, 비망록, 라신과 셰익스피어의 초상화가 실린 페이지가 펼쳐진 책*이 놓여 있다. 구석 벽에는 노을 지는 풍경을 담은 그림이 걸려 있다. 그 옆으로 문이 반쯤 열려 있는데, 아마도 그 문을 통해 방금 에우리디케가 영원히 사라졌으리라 상상할 수도 있을 것이다.

---

* 이와 관련해, 코펜하겐 대학 프랑스 문학과 교수였던 프란츠 위팅의 외증조부 요하네스 마르텐센이 스탕달의 『라신과 셰익스피어』(코펜하겐, 기외루프 출판사, 1860)의 덴마크어 번역자라는 사실을 상기하는 것도 무용한 일은 아닐 것이다.

제98장   레올
                         2

시몽크뤼벨리에 거리로 이사온 지 얼마 지나지 않았을 때 레올 부부는,
부인인 루이즈 레올이 송장 담당자로 일하는 백화점에서 우연히 한 현
대식 침실 세트를 보고는 완전히 반해버렸다. 침대 하나만 해도 3,234프
랑을 호가했다. 침대 커버, 침실용 탁자, 소형 경대와 그에 딸린 쿠션 의
자, 거울 달린 장롱 등을 합치면 약 1만 1,000프랑이 넘었다. 백화점 측
에서는 예외적으로 당사 여직원 레올에게 선불금 없이 24개월 특별 할
부 판매를 허용했다. 이자는 13.65%였다. 그러나 서류 작성 비용과 생활
보험료, 상각 계산비 등을 고려하면 레올 가족은 매달 941프랑 32상팀
을 불입해야 했고, 그것은 루이즈 레올의 봉급에서 자동적으로 공제되
었다. 그 금액은 가계 수입의 3분의 1에 해당했고, 얼마 지나지 않아 이
부부는 그러한 조건에서는 상식적인 수준을 유지하며 살아가기가 어렵
다는 것을 깨달았다. 그래서 카트마CATMA(해상운송 보험회사)의 기안
작성 보조원으로 일하던 남편 모리스 레올은 자기 부서의 과장에게 임
금 인상을 요구해보기로 결심했다.

    카트마는 비정상적인 비대화 추세의 영향을 받은 회사로, 해상운송
보험회사라는 회사명은 점점 더 복수화, 다양화되어가는 업종들과 단지
부분적으로 일치할 뿐이었다. 레올의 업무는 프랑스 북부지역의 단체들
이 신청한 보험 증권의 숫자와 총액에 관해 매달 비교 보고서를 작성하

는 것이었다. 레올의 보고서는 그와 같은 직위의 동료들이 경제적으로
나 지리적으로 다른 구역들(중서부, 론알프스 지역, 브르타뉴 지방 등의
농업 경영자들과 상인들, 자유직종인들이 신청한 보험들)을 대상으로
작성한 보고서와 함께 '통계와 예산국'의 3개월분 서류에 합쳐졌고, 이
부서의 과장인 아르망 포시옹은 이를 전부 모아 3월, 6월, 9월, 12월의
둘째 화요일마다 본사 집행부에 제출했다.

　　레올은 원칙적으로 매일 11시에서 11시 반 사이에 열리는 소위 기
안 작성자 회의에서 과장을 만날 수 있었다. 그러나 그 회의는 그가 자
신의 문제를 상의하기 위해 과장에게 접근할 수 있을 만한 기회는 분명
아니었다. 게다가 과장은 대부분의 경우 본인 대신 계장에게 회의 진행
을 위임했고, 단지 3개월에 한 번씩 제출하는 서류의 작성 문제가 급박
하다고 느낄 때만, 즉 3월, 6월, 9월, 12월 월요일에만 직접 기안 작성자
회의를 주관했다.

　　그런데 예외적으로 아르망 포시옹이 기안 작성자 회의에 참석한 어
느 날 아침, 레올은 그에게 면담을 요청하기로 결심했다. 과장은 아주 친
절하게 대답했다. "욜랑드 양과 상의하시오." 욜랑드 양은 과장과의 면
담과 관련된 수첩을 두 권 가지고 있었는데, 그중 한 권은 과장의 사적
면담 일정을 기록하는 소형 비망록이고, 다른 한 권은 공적 면담을 기록
하는 사무용 주간 일지였다. 욜랑드 양의 가장 까다로운 업무 중 하나는,
그 수첩들을 혼동하지 않는 것이며 또 두 가지 면담 일정을 겹치지 않게
해야 하는 것이었다.

　　확실히 아르망 포시옹은 매우 바쁜 인물이었다. 욜랑드 양이 향후
6주 이내에는 레올에게 면담 일자를 잡아줄 수 없었기 때문이다. 그 사
이에 과장은 북부 지역 과장들의 연례 모임에 참석하기 위해 마를 리르
루아에 다녀와야 했고, 돌아오는 즉시 3월분 서류의 교정과 수정 작업에
매달려야 했다. 그런 다음, 3월 둘째 목요일에 이사회에 참석하고, 바로
다음날 매년 그래왔듯 산으로 열흘간의 휴가를 떠날 것이다. 그래서 면
담은 3월 30일 화요일, 기안 작성자 회의가 끝나는 시간인 11시 30분으
로 정해졌다. 꽤 좋은 날, 좋은 시간이 선택된 셈이었다. 왜냐하면 부서

의 모든 사람들이 알고 있다시피 포시옹에게는 기분 좋은 시간, 기분 좋은 날이 정해져 있기 때문이었다. 월요일에 그는 누구나 그러하듯 기분이 안 좋았다. 또 금요일에는 누구나 그러하듯 그 역시 멍한 상태로 하루를 보냈다. 그리고 매주 목요일에는 통계 센터의 기술자들이 조직한 '컴퓨터와 기업 관리'에 관한 세미나에 참석해야 했는데, 이를 위해 그 전주의 세미나에서 어렵게 받아적은 것을 하루 종일 다시 읽어야만 했다. 게다가 당연한 일이지만, 오전 10시 이전과 오후 4시 이후에는 무슨 일이든 간에 그에게 말하는 것을 생각도 할 수 없었다.

그러나 레올에게는 불행하게도, 포시옹 과장이 겨울 스포츠를 즐기다가 다리를 다치는 바람에 4월 8일에야 회사로 돌아왔다. 그사이 본부에서는 그를 노사조정위원회 위원으로 임명했고, 그는 회사와 알제리의 옛 거래 회사들 사이에 존속하던 소송 문제를 검토하기 위해 북아프리카로 떠나야 했다. 4월 28일에 돌아온 과장은 즉시 취소 가능한 모든 면담을 취소했고, 사흘 동안 사무실에 틀어박혀 욜랑드 양과 함께 사하라에서 가져온 슬라이드('수천 가지 색깔의 므잡 계곡. 우아르글라, 투구르트, 가르다이아') 상영이 곁들여질 회의 문안을 작성했다. 그리고 나서 그는 주말을 맞았는데, 그 주말은 평소보다 길었다. 토요일이 노동절이었고, 그런 경우 관례에 따라 임원들은 금요일이나 월요일까지 쉴 수 있었기 때문이다. 그래서 과장은 5월 4일 화요일에 다시 출근했다. 그는 기안 작성자 히익에 잠시 얼굴을 비쳤는데, 그것은 다음날 저녁 8시 42호실에서 열리는, 그가 주관하고 진행 및 해설을 맡을 슬라이드 상영회에 부서의 모든 직원과 조수를 초대하기 위해서였다. 다행히 그는 레올에게 만나기로 했던 일을 상기시키며 친절하게 말 한마디를 건넸다. 레올은 즉각 욜랑드 양의 사무실로 가서 그 다음다음 날인 목요일의 면담을 얻어냈다.(통계센터의 기술자가 맨체스터에서 연수 중이었기 때문에 정보통신 세미나는 잠정적으로 연기되었다.)

슬라이드 상영은 성공적이라고는 볼 수 없었다. 관객들은 드문드문 앉아 있었고, 설명하는 동안 내내 불분명했던 강연자의 목소리를 영사기의 소리가 덮어버렸다. 그리고 과장이 어떤 종려나무 숲을 보여준 후

곧이어 모래 언덕과 낙타들이 나타날 것이라고 예고했으나, 사람들은 스크린에서 사샤 기트리의 〈꿈을 만들자〉라는 영화에 나오는 로베르 라무뢰의 사진 한 장을 보았고, 뒤이어 〈존경할 만한 P……〉의 제작 당시 엘레나 보시의 모습과 〈초록 연미복〉을 맹목적으로 따라 만든 1920년대의 통속 코미디 〈불멸의 인간들〉에서 아카데미 회원 정장을 하고 등장했던 쥘 베리와 이브 드니오, 사튀르냉 파브르의 모습을 보았다. 격노한 과장은 영사실 불을 켜게 했다. 알고 보니, 영사 기술자는 포시옹의 강연과 그 다음날 '프랑스 무대의 영광과 빈곤'이라는 주제로 열리는 한 유명한 연극 강연회의 영사를 동시에 맡고 있었다. 사고는 재빨리 수습되었다. 그러나 그 자리에 참석했던 유일한 고위 간부인 국제부 부장은 그 기회를 틈타 사업상의 저녁식사를 핑계로 빠져나갔다. 아무튼 다음날 과장은 침울해 있었다. 그래서 레올이 그를 만나 자신의 문제를 설명하자, 과장은 봉급 인상 건은 인사과에서 지난해 11월에 검토되었기 때문에 기한이 다 되기 전에 그 문제를 고려한다는 것은 말도 안 된다고 냉정하게 잘라 말했다.

그 문제에 대해 여러 각도에서 이모저모 곱씹어 재검토한 끝에 레올은 자기가 큰 실수를 저질렀다는 결론에 도달했다. 정면으로 봉급 인상을 요청할 것이 아니라 차라리 회사 후생복지부에 가서 내 집 마련 혹은 주거지의 개·보수 시설물 구입 등의 명목으로 젊은 부부들에게 주는 보조금을 받게 해달라고 부탁하는 것이 나았을 것이라는 데 생각이 미쳤던 것이다. 레올은 5월 12일에 후생복지부 부장을 만났는데, 레올 부부가 법적으로 결혼한 상태라면 그 보조금은 충분히 생각해볼 만하다는 답변을 들었다. 그런데 레올 부부는 벌써 4년 이상 함께 살고 있었지만 정식으로 결혼한 상태가 아니었고, 아들이 태어난 후에도 한 번도 그런 생각을 해본 적이 없었다.

그래서 그들은 6월 초에 가능한 한 가장 간소하게 결혼식을 올렸다. 그사이에도 그들의 경제 상황은 점점 나빠져가고 있었기 때문이었다. 결혼식 피로연은 유일한 하객인 두 명의 증인과 함께 그랑 거리에 있는 한 셀프서비스 식당에서 치러졌다. 그리고 놋쇠 반지를 결혼반지로 삼았다.

644

6월 둘째 주 목요일의 이사회 준비는 레올을 무척 바쁘게 만들었다. 그래서 후생 보조금 신청서류에 첨부해야 하는 수많은 자료 준비에 어려움이 있었다. 신청서류는 7월 7일 수요일에야 모두 구비되었다. 그런데 7월 16일 금요일 정오부터 8월 16일 월요일 아침 8시 45분까지 카트마 회사는 여름휴가를 위해 문을 닫았다. 레올에 대해서는 아무것도 결정하지 않은 채.

레올 가족에게 바캉스를 떠난다는 것은 생각도 할 수 없는 일이었다. 어린 아들이 라발에 있는 외할아버지 집에서 여름 내내 지내는 동안, 레올 부부는 옆집에 사는 베르제가 자신의 동업자 중 한 사람에게 소개해준 덕택에 한 달간 일을 할 수 있었다. 남편은 접시닦이로, 아내는 '르네상스'라는 이름의 상점에서 파리의 기념품(재떨이, 에펠탑과 물랭루즈가 그려진 스카프, 프렌치 캉캉을 추는 작은 인형, '라페 거리'라는 표시가 되어 있는 가로등 모양의 라이터, 눈 덮인 사크레쾨르 성당 등)과 담배를 파는 점원으로 일했다. 그 상점은 불가리아 중국계 가족이 운영하는 일종의 레스토랑으로 피갈 거리와 몽마르트르 언덕 사이에 있었는데, '밤의 파리'라는 파리 관광 프로그램에 파리의 야경과 르네상스 레스토랑에서의 저녁식사까지 포함해 총 75프랑으로 제공하는 코스가 있었기 때문에, 하룻밤에 세 차례씩 관광객들이 몰려들었다.(르네상스 식당의 선전 구호는 '보헤미안풍의 매력, 이국적인 요리'였다.) 관광객들은 그곳에서 도보로 네 군데 카바레에 들를 수 있었다. '두 개의 반구'¹ 카바레('스트립쇼와 만남, 파리에서 맛보는 갈리아의 에스프리'), '탠저린 드림' 카바레(이곳에는 배꼽춤을 추는 두 명의 무희 자주아와 아지자가 있다), '방셀라스 왕' 카바레('둥근 천장의 지하실, 중세의 분위기, 음유시인들, 음탕한 옛 샹송들'), 마지막으로 '서부의 별장' 카바레('우아한 타락의 쇼. 스페인 귀족들, 러시아 거물 장군들, 그리고 방방곡곡의 플레이보이들이 산 넘고 물 건너 찾아오는 곳'). 관광객들은 이런 곳들을 거치며 달착지근한 샴페인과 정체를 알 수 없는 술, 회색에 가까운 러시아식 전채요리 등으로 토할 지경이 되어 각자의 호텔로 돌아오곤 했다.

645

---

1. '반구半球'라는 프랑스어에는 익살스러운
속어로 '궁둥이'라는 뜻도 있다.

카트마의 업무가 시작되어 직장에 돌아오니 뜻밖에도 좋지 못한 소식이 레올을 기다리고 있었다. 보조금 신청서가 너무 많이 접수되어, 이후로는 신청자가 속한 부서의 과장과 부장의 배서裏書를 동봉하고 공식 수속을 거쳐 제출된 서류만 검토하겠다고 결정한 것이다. 레올은 자신의 서류를 욜랑드 양의 사무실에 제출하면서, 그녀에게 부디 과장이 세 줄 정도로 긍정적인 평가 의견을 써주고 간단히 서명하게끔 최대한 협조해달라고 부탁했다.

그러나 과장은 절대로 가볍게 서명하는 인물이 아니었다. 더구나, 이따금 그가 자신에 관해 농담처럼 이야기하는 바에 따르면 그의 만년필에 자주 경련이 일어난다고 했다. 그 시점에서 중요한 것은 9월의 3분기 보고서 준비였는데, 오직 과장만이 알고 있는 여러 정보에 따르면 그 보고서는 특별히 중요한 것이었다. 과장은 레올에게 세 번이나 보고서를 재작성하도록 지시했다. 그때마다 그는 레올이 통계 숫자를 상황이 호전되었다는 결과로 부각시키지 않고 자꾸 부정적인 방향으로 해석한다고 비난했다.

레올은 분개한 나머지 2, 3주 더 기다리는 것을 포기했다. 그의 가정 형편은 점점 더 불안정해지고 있었고, 아파트 월세도 6개월이나 밀렸으며, 구멍가게 외상값이 400프랑이나 되었다. 다행스럽게도 루이즈는 2년 동안 기다린 끝에 아들을 시립 유아원에 등록시킬 수 있었는데, 그 덕택에 그나마 날마다 아이 보는 사람에게 지불했던 30~40프랑의 비용을 절약할 수 있었다.

과장은 10월 내내 자리를 비웠다. 그는 독일, 스웨덴, 덴마크, 네덜란드의 조사 여행에 참여했던 것이다. 또 11월에는 바이러스성 이염耳炎 때문에 어쩔 수 없이 3주간 쉬어야 했다.

절망한 레올은 자신의 모든 교섭이 언젠가는 성공할 수도 있다는 기대를 버리고 말았다. 과장은 3월 1일부터 11월 30일 사이에 약 4개월 정도 완전히 부재한 셈이었다. 게다가 레올이 계산해보니 연장된 주말, 일요일과 휴일 사이 혹은 휴일과 휴일 사이에 끼어 쉰 날, 대리 업무를 시킨 날, 출장, 출장에서 돌아온 날의 휴식, 연수, 세미나, 그 밖의 다른 외근 등을 모두 합치면 과장은 이 9개월 동안 자신의 사무실에 총 백 번도 들르지 않은 셈이었다. 물론 그가 점심식사에 할애하는 세 시간과, 오후 6시 3분 기차를 놓치지 않기 위해 6시 20분 전에 퇴근하는 것 등을 포함하지 않고서도 말이다. 앞으로 그러한 일이 없으리라는 법도 없었다. 그러나 12월 6일 월요일에 과장은 해외 업무 차장으로 임명되었고, 승진 때문에 기분이 좋았던 그는 마침내 호의적인 의견서를 첨부해 레올의 서류를 올려보냈다. 그리고 그로부터 보름 후 레올에게 후생 보조금이 주어졌다.

그런데 바로 그 시점에 회사 경리과는 레올 가족이 침실 세트 구입을 위해 지불한 상환금의 총액이 가계 대부금으로 허용된 한도—즉 기초 생활비에 귀속하는 경비를 공제한 후, 자산의 25%—를 초과했음을 알게 되었다. 레올 가족에게 허가된 신용대출은 그러므로 위법이었고, 회사는 그를 보증할 권리가 없었다!

결국 침대 세트를 사들인 해 연말까지 레올은 봉급 인상도, 후생 보조금도 얻지 못했다. 모든 것을 새로 부임한 과장을 상대로 다시 시작해야만 했다. 신임 과장은 일류 학교를 갓 졸업하고 정보학과 미래학에 심취해 있는 인물이었는데, 취임 첫날 부서의 모든 직원을 소집했다. 그리고는 '통계·예산'과의 업무가 매우 낡은 방식으로 진행되고 있다고—실은 시대에 뒤떨어졌다고 말하고 싶었지만—지적했다. 또 기껏해야 3분 기마다 입수되는 정보를 토대로 중기 정책 혹은 장기 정책을 수립하는 것은 효과 없는 일이며, 이제부터는 자신의 지휘하에 회사 업무의 발전을 촉진시키는 하나의 모델에 근거해 일을 처리해나갈 것이고 동시에 정확한 사회·경제적 추출 표본을 토대로 그날그날의 수치를 추정하게 될 것이라고 밝혔다. 통계 센터에서 일하는 두 명의 프로그램 편성자가 필요한 일들을 처리했고, 사무기기들이 무더기로 들어왔다. 그리고 몇 주 후, 노르망디 지방의 농부들 중 17%가 A형식을 선택했고, 중부 피레네 지역의 상인들 중 48.4%가 B형식에 만족했다는 통계가 어느 정도 명확하게 나타나자 레올과 동료들은 모임을 가졌다. 지금까지 계약이 성사되거나 해약된 보험 건수를 작대기를 그려서 합산하는 고전적인 방법

647

(가령 네 개의 수직 작대기와 그 네 개를 가로지르는 다섯번째 수평 작대기)에 익숙해 있는 통계 예산과 직원들은, 완전히 도태되고 싶지 않다면 무언가 방책을 강구해야 한다는 사실을 재빨리 간파했던 것이다. 그래서 그런대로 적절한 문제들을 가지고, 신임 과장과 두 명의 정보처리 기술자, 컴퓨터 기술자를 괴롭히는 준법투쟁을 시도하기로 했다. 정보처리 기술자들과 컴퓨터 기술자들은 잘 버텨냈다. 그러나 신임 과장은 정신적·육체적으로 견디지 못해 쓰러졌고, 7주 후에는 전속을 요청했다.

회사 내에서 '신구 논쟁'[2]이라고 불리게 된 이 유명한 일화는 레올의 문제를 해결하는 데는 전혀 도움이 되지 못했다. 그는 밀린 월세를 갚기 위해 장인, 장모에게 2,000프랑을 빌리기는 했지만, 여러 방향에서 빚이 자꾸만 쌓여갔고 해결책은 점점 사라졌다. 루이즈와 모리스는 초과 근무 시간을 늘리고 일요일이나 휴일에도 전일 근무를 계속했으며, 또 집에서 할 수 있는 일감도 맡아왔지만(편지 봉투 작성하기, 물품 카드 정서, 뜨개질 옷 마무리 등) 별 소용이 없었다. 그들의 수입과 지출 사이의 간격은 점점 더 커져가기만 했다. 2월에서 3월 사이에, 그들은 손목시계와 루이즈의 패물, 텔레비전, 그리고 모리스의 사진기를 몽드피에테 상점으로 가져가 저당잡혔다. 그 코니카 사진기는 망원 렌즈와 전기 플래시가 장착된 자동반사 카메라로, 그가 눈에 넣어도 아프지 않을 만큼 아끼던 물건이었다. 4월에는, 관리인이 다시 집을 비우라고 협박하는 바람에 사채를 쓰지 않을 수 없었다. 그들의 부모와 그들의 가장 절친한 친구들조차 그들의 문제를 외면했는데, 그 극한 상황에서 다행히도 크레스피 양이 자신의 장례비용으로 저축해놓았던 돈 3,000프랑을 케스 데파르뉴 은행에서 인출해 빌려주는 덕분에 그들은 구제받을 수 있었다.

하지만 문제는 해결되지 않았으며, 결국엔 후생복지과의 결정에 이의를 제기할 방책도, 다시 한번 봉급 인상을 부탁해볼 과장도 없었다. 그 사이에 과장 대리 직무를 수행하고 있던 전임 계장은 사소한 일이라도 자기 책임하에 처리했다가는 직위를 잃게 될까봐 매우 두려워했기 때문이다. 레올은 이제 기대할 게 아무것도 없었다. 7월 15일, 루이즈와 그는 마침내 결심했다. 이제 할 만큼 다 했으니 더이상 빚을 갚지 않을 것

---

2. 17세기 말, 프랑스 문학계에서 보수주의자들과 급진주의자들 사이에 벌어졌던 문학 이념적 투쟁. 여기서 급진주의자들이 승리함으로써 17세기 고전주의가 막을 내리고 18세기 합리주의가 등장하게 된다.

이다, 사람들이 원하는 대로 물건을 차압하도록 내버려둘 것이다, 어떤 방어 태세도 취하지 않을 것이다. 그리고 그들은 유고슬라비아로 바캉스를 떠나버렸다.

그들이 집에 돌아왔을 때 집행 영장과 최후통첩이 아파트 문 앞 신발털개 밑에 수북이 쌓여 있었다. 그들의 아파트에는 가스와 전기 공급이 끊겼고, 관리인의 요청에 따라 경매인들이 그들의 가구에 대한 경매 준비에 들어갔다.

바로 그때 도저히 믿을 수 없는 일이 일어났다. 레올 부부의 집기들(멋진 현대식 침실 세트, 추가 달린 커다란 벽시계, 루이 13세 시대 스타일의 시골풍 식기장 등)에 대한 경매가 나흘 후에 열릴 것이라는 노란 통지서가 건물 현관에 나붙던 날, 회사에 출근한 레올은 자신이 방금 계장으로 임명되었고 월급이 1,900프랑에서 2,700프랑으로 인상되었다는 소식을 들은 것이다. 레올 부부의 월 상환금 총액은 단숨에 그의 수입의 4분의 1보다 적은 액수가 되었고, 카트마 회사의 경리과는 그날로 당장 총 5,000프랑의 이례적인 보조금을 합법적으로 내줄 수 있었다. 비록 차압을 피하기 위해 집행인들과 경매인들에게 상당한 액수의 커미션을 지불해야 했지만, 이틀 후 레올은 아파트 관리인, 전력공사, 가스공사 관련 채무 관계를 정리할 수 있었다.

3개월 후 그들은 침실 세트의 마지막 할부금을 냈다. 그리고 이듬해에는 루이즈의 **부모**와 크레스피 양에게 빌린 돈을 별로 힘들이지 않고 갚을 수 있었다. 물론 손목시계와 보석, 텔레비전, 사진기 등도 찾아왔다.

그로부터 3년이 더 지난 지금 레올은 과장이다. 그리고 그토록 어렵게 얻은 그들의 침실 세트는 아직도 그 화려함을 전혀 잃지 않고 있다. 안쪽 벽 한가운데 보랏빛 나일론 양탄자 위에 놓여 있는 침대는 나지막한 조가비 모양을 하고 있으며, 호박색의 모조 스웨이드 천이 씌워져 있고, 구리 벨트와 고리로 마감되었으며, 흰색 아크릴산 모피가 덮여 있다. 또 표면이 매끈한 철제 침실용 탁자 두 개와 방향을 바꿀 수 있는 스포트라이트, 그리고 침대에 부착된 중파-장파 라디오 겸 자명종 등이 양쪽에서 침대를 돋보이게 하고 있다. 오른쪽 벽에는 정리장 겸 화장대가 금속으로 만든 반￦타원형 가로대 위에 놓여 있는데, 스웨이드 가죽을 입힌 이 정리장 겸 화장대에는 두 개의 서랍과 플라스크를 정리하기 위한 칸막이 하나, 78센티미터짜리 커다란 거울이 달려 있고, 한 쌍의 쿠션 의자가 딸려 있다. 왼쪽 벽에는 유리가 달리고 문이 네 짝인 커다란 장롱이 자리잡고 있는데, 산화피막 처리한 무광택 알루미늄으로 만든 받침대와 번쩍거리는 박공, 방의 나머지 부분과 조화를 이루면서 몸체 전체를 두르고 있는 직물띠 등으로 장식되어 있다.

이 최초의 가구와 함께, 이 방에는 최근에 구입한 네 가지 물건이 있다. 첫번째 물건은 두 개의 침실용 탁자 중 하나 위에 놓여 있는 흰색 전화기이고, 두번째 물건은 침대 위쪽에 걸려 있는, 초록색 가죽 액자에 담긴 커다란 직사각형의 판화이다. 판화는 바닷가의 작은 광장을 표현한 작품인데, 두 어린아이가 방파제 위에 앉아서 주사위 놀이를 하고 있고, 한 남자가 검을 휘두르는 영웅의 그림자로 그늘이 드리워진 어떤 기념비 아래 층계에서 신문을 읽고 있다. 또 한쪽의 샘물가에서는 젊은 여자가 물동이에 물을 담고 있고, 과일 장수가 저울 옆에 누워 있으며, 카바레의 활짝 열린 창문과 약간 열린 출입문을 통해 실내에 두 남자가 포도주병이 놓인 탁자 앞에 앉아 있는 것이 보인다.

세번째 물건은 화장대와 방문 사이에 있는 요람이다. 그 안에는 갓난아기가 엎드려 두 주먹을 꼭 쥔 채 잠들어 있다.

그리고 마지막 물건은 출입문의 나무판 위에 네 개의 압정으로 고정된 확대 사진 한 장이다. 그 사진은 레올의 네 식구를 찍은 것이다. 꽃무늬 원피스를 입은 루이즈는 팔에 큰아들을 안고 있고, 흰 와이셔츠의 소매를 팔뚝까지 걷어올린 모리스는 두 팔을 뻗어 발가숭이 아기를 카메라 쪽으로 내밀고 있다. 마치 그 아기의 몸 전체가 정상이라는 것을 보여주고 싶은 것처럼.

제99장   바틀부스
5

나는 순간과 동시에
영원을 쫓았노라.

바틀부스의 서재는 직사각형이고, 벽에는 어두운 색깔의 나무 선반이
붙어 있다. 오늘날 그 선반들은 대부분 비어 있지만, 61개의 검은 상자는
아직도 그대로 남아 있다. 상자는 모두 한결같이 닫혀 있고, 밀랍으로 봉
인돼 회색 리본을 달고 있으며, 쿠션을 댄 방문—널따란 현관으로 통하
게 되어 있다—의 오른쪽 구석 벽에 있는 마지막 세 줄의 선반 위에 전부
놓여 있다. 또한 방안에는 커다란 나무 머리가 달린 인도 인형 하나가 아
주 오래전부터 걸려 있다. 인형온 끝이 가늘면서도 커다란 두 눈으로 이
엄격하고 생동감 없는 공간을 감시하고 있는 것처럼 보인다. 마치 신비
스럽고도 무시무시한 문지기 같다.

    서재의 중앙에는 그림자가 생기지 않는 조명 장치 하나가 삼밧줄과
도르래를 이용해 매달려 있고, 그것의 거대한 역광이 천장 표면 거의 전
부를 덮고 있다. 이 조명 장치가 발하는, 절대로 오류를 범하지 않을 것
같은 빛은 검은 천으로 덮인 커다란 정사각형의 탁자를 비추고 있는데,
탁자 한가운데에는 거의 완성된 퍼즐 하나가 놓여 있다. 이 퍼즐은 고대
인들이 마이안드로스라고 불렀던 메앙드르 강의 하구 근처, 즉 다르다
넬스 해협의 한 작은 항구를 나타낸 것이다.

항구의 해안에는, 어쩌다 금작화와 키 작은 나무가 보일 뿐, 흰 분필 가루처럼 바싹 마른 모래밭이 띠를 두르듯 펼쳐져 있다. 전면 왼쪽에서 해안의 입구가 나팔 모양으로 작은 만을 이루며 넓어지는데, 거기에는 검은 선체의 작은 배들이 수십 척 떠 있고, 그 홀쭉한 돛대들이 수직선과 사선으로 마구 뒤얽혀 도저히 풀 수 없을 듯한 망을 이루고 있다. 그 뒤로는 마치 여러 색깔의 얼룩처럼 포도나무, 모종, 노란 겨자밭, 음산한 목련 정원, 붉은 채석장 등이 전혀 가파르지 않은 언덕배기에 펼쳐져 있다. 그 너머로, 이 퍼즐 수채화의 오른쪽 부분 전체에는 어떤 고대 도시의 폐허가 놀라울 만큼 정확하게 나타나 있다. 굽이치는 강물이 운반해놓은 충적토의 지층 밑에서 수많은 세월이 흐르는 동안 기적적으로 보존되었다가 최근에 드러난 돌과 대리석 포석이, 길과 집과 사원의 형태를 나타내며 땅 위에 도시의 정확한 윤곽을 그려놓는 것이다. 그 윤곽은 폭이 몹시 좁은 골목길이 서로 교차하는 형태이고, 그 규모로 본다면 어떤 전형적인 미궁迷宮의 도면과도 같다. 막다른 골목과 뒤뜰, 교차로, 건널목으로 구축된 이 미궁은 원기둥의 잔해와 허물어진 홍예문, 그리고 함몰된 테라스로 나 있는 넓은 계단 등으로 둘러싸인 거대하고 화려한 어떤 고대 도시의 유적을 껴안고 있는 형상이다. 동양의 설화에는, 밤마다 한 인물이 누군가에 의해 궁전으로 이끌려왔다가 날이 새기 전에 다시 집으로 돌려보내지는데 그는 도저히 그 마법의 장소를 찾아낼 수 없어서 마침내 자신이 꿈속에서 그곳에 갔던 거라고 믿게 된다는 이야기가 있다. 그런데 바로 이 미궁의 중심부에 선명하게 나타나 있는 광장은, 마치 그 동양 설화에 나오는 궁전의 이미지처럼 일부러 숨겨져 있었던 것 같다. 짙은 붉은빛의 구름이 가로지르는 황혼녘의 험상궂은 하늘이, 모든 삶이 추방되어버린 것처럼 보이는 이 부동 상태의 으스러진 풍경 위로 불쑥 나와 있다.

바틀부스는 탁자를 마주한 채, 그의 종조부인 셔우드의 안락의자에 앉아 있다. 연보랏빛 가죽과 마호가니로 이루어진 그 안락의자는 나폴레옹 3세 시대 스타일로, 앞뒤로 움직일 수도 있고 회전도 된다. 그의 오른쪽에 있는 작은 서랍장 위에는 래커 칠을 한 짙은 초록색 쟁반이 놓여 있고, 쟁반 위에는 금이 가도록 구운 도자기 찻주전자와 받침 딸린 찻잔, 밀크 포트, 날계란을 담는 은제 그릇 등이 놓여 있다. 그리고 가우디가 생트테레즈 예수회학교 구내식당을 위해 디자인했다고 알려진, 굴곡이 많은 형태의 냅킨 걸이가 하얀 냅킨을 감은 채 역시 쟁반 위에 놓여 있다. 그의 왼쪽에는 예전에 셔우드가 그 옆에서 사진을 찍은 적이 있는 회전식 책장이 있는데, 거기에는 책과 물건이 아무렇게나 진열된 채 쌓여 있다. 베르크하우스의 대형 지도책, 메사스와 미슐로가 쓴 『지리학 사전』, 통풍이 잘되는 빙하용 안경을 끼고 등산용 지팡이를 쥐고 양모 벙어리장갑을 끼고 양모 모자를 귀까지 눌러쓴 채 스위스에서 등반하고 있는 30대의 바틀부스의 모습을 찍은 사진, 『개 같은 날들』이라는 추리소설, 자개 상감 틀 속에 끼워진 팔각형 거울, 나무로 만들어진 별 모양의 십이면체 지혜의 판, 검은 라벨 위에 금박 글자로 제목이 인쇄되어 있고 고운 회색 천으로 제본된 두 권짜리 『마의 산』, 반짝이는 장식이 박힌 시계가 보이도록 비밀 장치가 된 둥그스름한 지팡이 손잡이, 가늘고 뾰족한 얼굴에 챙 넓은 모자를 쓰고 긴 모피 망토를 걸친 채 상아로 만든 당구공을 들고 있는 르네상스 시대의 한 남자의 극소형 전신 초상화, 치솜 일족의 무기를 표현한 마크가 있고 훌륭하게 제본된 월터 스콧의 영어판 작품 시리즈 중 일부를 제외한 책 몇 권, 에피날 판화 두 점 등이다. 두 개의 판화 중 하나는 1806년 오베르캉프의 수공업 공장을 방문 중인 나폴레옹 1세가 자신의 레지옹 도뇌르 훈장을 떼이 제사공의 가슴에 달아주는 모습을 표현한 것이고, 다른 하나는 〈엠스에서의 전보〉를 대강 묘사한 작품이다. 이 두번째 판화에서 작가는 동일한 배경을 취하면서도 사실성은 완전히 무시하는 방식으로, 그 역사적 사건의 주요 인물들을 한 곳에 모아 보여주고 있다. 비스마르크는 아베켄 영사가 가져다 바친 전갈을 읽기 위해 가위로 개봉하고 있으며, 그의 발치에서 그의 몰로스 종 개들이 잠을 자고 있다. 한편 그 홀의 다른 쪽 끝에서는 빌헬름 1세 황제가 입가에 뻔뻔한 미소를 띤 채 베네데티 대사와의 알현이 끝났다는 표시를 하고 있고, 대사는 치욕을 참으며 고개를 숙이고 있다.

바틀부스는 자신의 퍼즐 앞에 앉아 있다. 그는 머리가 벗어지고 앙상하고 밀랍 같은 낯빛에 생기가 사라진 눈을 가진 노인으로, 퇴색한 푸른 양모 실내복을 걸치고 회색 끈으로 허리를 맸다. 두 발은 염소 가죽으로 만든 굽 높은 실내용 슬리퍼를 신은 채, 가장자리가 해져서 너덜거리는 실크 양탄자 위에 놓여 있다. 머리가 약간 뒤로 젖혀지고 입이 반쯤 벌어진 채 그는 오른손으로 안락의자의 팔걸이를 움켜쥐고 있다. 반면, 탁자 위에 부자연스러운 자세로 거의 뒤틀리기 직전의 상태로 놓인 왼손의 집게손가락과 엄지손가락 사이에는 최후의 퍼즐 조각이 끼어 있다.

지금은 1975년 6월 23일이고, 저녁 8시가 얼마 남지 않은 시각이다. 무료 진료소에서 귀가한 베르제 부인이 식사 준비를 하고 있고, 고양이 포커 다이스는 하늘색 플러시 천으로 만든 침대 커버 위에서 졸고 있다. 알타몽 부인은 제네바에서 방금 도착한 남편 앞에 앉아 화장을 하고 있다. 레올 가족은 막 저녁식사를 마쳤고, 올리비아 노벨은 56번째 세계 여행을 떠날 채비를 하고 있다. 클레베는 카드 점을 치고 있고, 엘렌은 스모프의 양복 상의 오른쪽 소매를 꿰매고 있다. 베로니크 알타몽은 어머니의 옛날 사진 한 장을 바라보고 있고, 트레뱅 부인은 모로 부인에게 고향에서 온 그림엽서 한 장을 보여주고 있다.

지금은 1975년 6월 23일이고, 조금 있으면 저녁 8시가 될 것이다. 시노크는 부엌에서 그의 사어死語 카드를 보면서 향료가 가미된 청어 통조림을 열고 있고, 댕트빌 의사는 한 늙은 여인의 진찰을 마친다. 두 명의 급사가 시릴 알타몽의 빈 책상 위에 하얀 보를 깔고 있다. 배달 문으로 통하는 복도에서는 다섯 명의 배달원이 고양이를 찾아 나선 한 부인과 엇갈리며 지나가고 있다. 이자벨 그라티올레는 인체 해부학 논문을 뒤지는 아버지 곁에서 카드로 무너지기 쉬운 성을 쌓고 있다.

지금은 1975년 6월 23일이고, 저녁 8시가 가까워오고 있다. 크레스피 양은 자고 있다. 댕트빌 의사의 거실에는 두 명의 환자가 대기 중이다. 수위실에서는 수위 아주머니가 건물 현관의 전등에 연결된 퓨즈 하나를 갈아 끼우고 있다. 가스 검침원 한 명과 노동자 한 명이 중앙난방장치 시설을 점검하고 있다. 위팅은 건물 맨 꼭대기에 있는 자신의 로지아에서 일본인 사업가의 초상화를 그리고 있다. 양쪽 눈의 빛깔이 다른 하얀 고양이 한 마리가 스모프의 방에서 자고 있다. 제인 서턴은 초조하게 기다려왔던 편지를 거듭 읽고 있으며, 오를로브스카 부인은 그녀의 자그마한 방에 걸어놓는 구리 촛대를 닦고 있다.

지금은 1975년 6월 23일이고, 저녁 8시가 거의 다 되었다. 조제프 니에토와 에텔 로헤르스는 알타몽의 집으로 내려갈 준비를 하고 있다. 용달인들이 올리비아 노벨의 여행 가방을 가지러 계단을 올라오고 있다. 부동산 중개소의 여직원이 가스파르 윙클레가 살았던 아파트를 뒤늦게 방문하러 왔다. 불만에 찬 헤르만 푸거가 알타몽의 집에서 뛰쳐나오고, 똑같은 복장의 두 방문 판매원이 5층 층계참에서 서로 마주쳐 지나간다. 맹인 조율사의 손자는 층계에서 카렐 반 로렌스의 모험담을 읽으며 할아버지를 기다리고 있다. 질베르 베르제는 그의 신문 연재소설의 얽히고설킨 수수께끼를 어떻게 풀어야 할지 골똘히 생각하면서 휴지통을 비우러 내려가고 있다. 건물 현관에서는 우르술라 소비에스키가 세입자들의 명단을 들여다보며 바틀부스의 이름을 찾고 있다. 또 옛 주인을 방문하러 온 세르트뒤르는 잠시 멈춰 서서 보뭉 부인 댁의 파출부와 알뱅 부인과 인사를 나누고 있다. 맨 위층의 플라세르 부부는 계산을 하고 있고, 그들의 아들은 삽화가 있는 압지장 컬렉션을 다시 한번 분류하고 있다. 주느비에브 폴로는 수위 아주머니에게 맡겨놓은 아기를 찾으러 가기에 앞서 목욕을 하고 있다. '호르텐스'는 마르키조 부부가 나오기를 기다리면서 헤드폰으로 음악을 듣고 있다. 마르시아 부인은 자기 방에서 러시아산 작은 오이 단지를 열고 있고, 베아트리스 브레델은 같은 반 친구들을 불러서 놀고 있으며, 그녀의 언니 안은 또다른 다이어트 요법을 시도하고 있다.

655

지금은 1975년 6월 23일이고, 잠시 후면 저녁 8시가 될 것이다. 전에 모렐레가 쓰던 방을 수리하는 일꾼들도 하루 일과를 마쳤다. 보몽 부인은 저녁식사를 하기에 앞서 침대에 누워 쉬고 있다. 레옹 마르시아는 장 리슈팽이 옛날에 요양소에서 했던 강연을 되새겨보고 있다. 모로 부인의 거실에서는 두 마리의 어린 고양이가 포식한 후 깊이 잠들어 있다.

지금은 1975년 6월 23일이고, 이제 저녁 8시가 되려고 한다. 바틀부스는 자신의 퍼즐 앞에 앉은 채 막 숨을 거두었다. 테이블보 위에는 439번째 퍼즐이 놓여 있다. 이 퍼즐의 황혼녘 하늘에 해당하는 한 부분에는 아직 채워지지 않은 단 하나의 퍼즐 조각으로 인한 검은 구멍이 거의 완벽한 X자 형태를 형성하고 있다. 그러나 죽은 바틀부스의 손가락 사이에 끼어 있는 조각은, 오래전부터 그의 아이러니한 삶을 통해 예상할 수 있었던 것처럼 W자 형태를 취하고 있다.

마지막 제6부

끝

에필로그

세르주 발렌은 그로부터 몇 주 후, 8월 15일의 축제 기간 중에 죽었다. 그가 사실상 자기 방에서 한 발자국도 나가지 않고 지낸 지 거의 한 달이 된 시점에서 일어난 일이었다. 옛 제자의 죽음과 스모프의 실종—스모프는 바틀부스가 죽은 다음날 바로 이 건물을 떠났다—은 그의 마음에 엄청난 충격을 주었다. 그는 더이상 먹는 것에 신경 쓰지 않았고, 서서히 말을 잃었으며, 문장을 끝맺지 못한 채 말을 중단하곤 했다. 노셰르 부인과 엘즈비에타 오를로브스카, 크레스피 양이 교대로 그를 간호했는데, 하루에 두세 번씩 들러서 뜨거운 국물을 만들거나 이불과 베개의 먼지를 털고 내의를 세탁해주었으며, 얼굴을 씻거나 옷을 갈아입는 것을 도와주었다. 그리고 그를 복도 끝에 있는 화장실까지 데리고가주었다.

그 무렵 이 건물은 거의 비어 있었다. 휴가 여행을 잘 다니지 않던 사람들이나 휴가 여행을 중단했던 사람들까지도 그해에는 많이들 떠나고 없었다. 보몽 부인은 베를린에서 열리는 알반 베르크 페스티벌에 명예위원장 자격으로 초청받았는데, 그 작곡가의 탄생 90주년과 사망 40주기(그리고 〈어느 천사를 기리는 콘체르토〉의 발표 40주년), 또 오페라 〈보이체크〉의 세계 초연 50주년을 동시에 기념하는 페스티벌이었다. 시노크는 비행기에 대한 거부감, 또 그가 뉴욕 부근의 엘리스 섬에 아직도 존재한다고 믿던 미국 이민국에 대한 강박관념을 마침내 극복하고, 네브래스카 주 템플도프에 나이트클럽(클럽 네모)을 소유한 닉 린하우스와 캘리포니아 주 산타모니카에 사는 법의학자 보비 할로웰이라는 두 명의 먼 친척 형제가 몇 해 전부터 그를 초청한 것에 응했다. 레옹 마르시아는 아내와 아들에게 이끌려 디본레뱅 근처에 빌린 시골 별장으로 떠났다. 또 올리비에 그라티올레는 다리의 상태가 매우 나빴으면서도 딸과 함께 올레롱 섬에서 3주간의 휴가를 보내고 싶어했고, 결국은 떠났다. 8월 중에도 여전히 시몽크뤼벨리에 거리에 남아 있던 사람들조차 이 무렵에는 8월 15일이 긴 징검다리 휴일을 이용해 3일 동안 파리를 떠나 있었다. 피치카뇰리 가족은 제인 서턴을 데리고 도빌에 갔다. 엘즈비에타 오를로브스카는 니빌레르로 아들을 만나러 갔고, 노셰르 부인은 딸의 결혼식에 참석하기 위해 아미앵으로 떠났다.

8월 14일 목요일 저녁, 이 건물에는 모로 부인과 그녀를 밤낮으로 간호하던 간호사와 트레뱅 부인, 그리고 크레스피 양과 알뱅 부인, 발렌만이 남아 있었다. 그리고 이튿날 오전 늦게 이 늙은 화가에게 반숙 달걀 두 개와 홍차 한 잔을 가져간 크레스피 양은 그가 죽어 있는 것을 발견했다.

그는 옷을 그대로 입은 채, 평온하면서도 부은 얼굴로 가슴에 두 손을 교차해 얹고 침대 위에 누워 있었다. 그리고 폭이 2미터가 넘는 커다란 정사각형의 화폭이, 그가 생애의 대부분을 보냈던 그 다락방의 좁은 공간을 절반쯤 차지하면서 창문 옆에 놓여 있었다. 그 화폭은 전혀 손대지 않은 것이나 마찬가지였다. 목탄으로 정성스럽게 그린 몇 개의 선이 화폭을 여러 개의 일정한 사각형으로 나누고 있었는데, 그것은 이후로는 어느 누구도 거주하러 오지 않을지 모르는 어느 건물의 단면을 스케치한 것이었다.

끝

1969~1978, 파리

오노레

모렐레　생송　트루아양　트로케

스모프　서턴　오클로브 스카　알뱅

플라세르

제롬　프레넬

위팅　그라티올레　크레스피　니에토와 로헤르스

브레델　발렌

브로댕 그라티올레

제롬

시노크　댕트빌 박사

윙클레

우르카드　그라티올레

에베르

레올　로르샤슈

폴로

스페이스　그리팔코니

에샤르

베르제

마르키조

당글라르

콜롱브

계단

바틀부스

푸로

아펜첼

알타몽

보몽 박사

모로

루베

클라보

마시

배달 문 입구　마르시아　마르시아 부인의 골동품 가게　수위실 노세르　건물 현관　마르시아

지하 창고　지하 창고　기관실　지하 창고　엘리베이터 기계실　지하 창고　지하 창고　지하 창고

시몽크뤼벨리에 거리 11번지 배치도

예전 입주자 이름은 고딕체로 표기

부록

찾아보기

669

671

673

677

679

683

685

688

690

연표

1833 제임스 셔우드 출생.

1856 드 보몽 백작부인 출생.

　　　 코린 마르시옹 출생.

1870 그레이스 트윙커 출생.

　　　 '셔우드의 호흡기 질환용 젤리' 대성공.

1871 코린 마르시옹 파리 정착.

1875 시몽크뤼벨리에 거리 분양 시작.

1876 페르낭 드 보몽 출생.

1885 뤼뱅 오제르, 아파트 건물 완공.

1887 제3차 국제 역사학회 개최.

1891 위트레흐트 고문화재박물관에서 '성배' 도난.

1892 마리 테레즈 모로 출생.

1896 제임스 셔우드, '성배' 구매.

1898 아르헨티나에서 위조지폐 조직 검거.

1900 파리 만국박람회에서 코린과 오노레 마르시옹 만남.

　　　 제임스 셔우드 사망.

　　　 베라 오를로바 출생.

　　　 시노크 출생.

　　　 퍼시벌 바틀부스 출생.

1902 레옹 마르시아 출생.

1903 메트로폴리탄 오페라에서 카루소 데뷔.

1904 6월 16일: 블룸스 데이.

알베르 마시 출생.

1909 마르셀 아펜첼 출생.

1910 가스파르 웡클레 출생.

1911 마르그리트 웡클레 출생.

1월 21일: 범무정부주의 단체의 지도자들 검거.

1914 9월 26일: 페르테레즈위클뤼에서 올리비에 그라티올레 사망.

1916 에르베 노셰르 출생.

1917 클라라 리히텐펠트 출생.

쥐스트 그라티올레 사망.

5월 19일: 오거스터스 B. 클리퍼드와 베르나르 르아모, 총사령부
폭격으로 오른팔을 잃음.

1918 오를로프 집안의 모든 남성이 즉결 처형됨. 베라 오를로바와
그녀의 어머니만 크림 반도로 탈출해 빈으로 도피.

1919 레미 로르샤슈, 다양한 이름으로 뮤직홀 활동 시도.

아르디 씨, 파리에 레스토랑을 열고 앙리 프레넬을 요리사로
고용.

10월: 세르주 발렌, 시몽크뤼벨리에 거리로 이사옴.

694 1920 올리비에 그라티올레(2세) 출생.

시릴 알타몽 출생.

오부반지다 광산 개발 착수.

1922 가스파르 웡클레, 구트망씨 밑에서 견습 시작.

1923 5월 8일: 페르디낭 그라티올레, 가루아에 도착.

레옹 마르시아, 병고 시작.

1924 앙리 프레넬과 알리스 결혼.

알베르 마시, 이탈리아와 프랑스의 자전거 경주대회에 연달아
참가.

7월: 아드리앙 제롬, 역사 교수 자격시험 통과. 파스퇴르
　　고등학교에 부임한 후 10월에 시몽크뤼벨리에 거리로
　　이사옴.
1925 폴 에베르 출생.
　　건물 엘리베이터 고장.
　　바틀부스, 발렌에게 수채화를 배우기 시작.
　　10월 15일: 마시, 오토바이 동반 종목에서 세계 신기록을
　　　　수립하나 공인받지 못함.
　　11월 14일: 두번째 시도 실패.
　　12월 24일: 당글라르 부부의 아파트에 화재 발생
1926 1월 3일: 당글라르 부부 돌연 실종. 일주일 후 스위스 국경에서
　　　　체포됨.
　　페르디낭 그라티올레, 아프리카에서 돌아와 외국산 피혁 제품
　　　　유통 회사 설립.
　　피슈터호프에서 장 리슈팽 강연.
　　11월 26일: 페르낭 드 보몽과 베라 오를로바 결혼.
1927 피슈터호프의 요양자들, 레옹 마르시아의 연구를 지원하기 위해
　　　　후원금 각출.
1928 레미 로르샤슈, 아프리카 일주 시작.
1929 구드밍 사망.
　　블랑슈 가르델 출생.　　　　　　　　　　　　　　　695
　　엘리자베트 드 보몽 출생. 베라 오를로바, 북아메리카지역
　　　　순회공연.
　　캣 스페이드, 군인 권투 시합에서 우승.
　　3월: 가스파르 윙클레, 파리 도착. 5월에 군에 지원해 모로코로
　　　　출국.
　　10월: 앙리 프레넬, 레스토랑 사업 포기.
1930 페르낭 드 보몽, 오비에도 발굴 착수.
　　레옹 마르시아, 첫 작품 출간.

1월: 기슬랭 프레넬 출생.

노셰르 부인 출생.

올리비아 노벨 출생.

11월: 가스파르 윙클레, 군에서 제대하고 마르세유에서
　　　마르그리트를 만남.

1931 4월: 페르디낭 그라티올레의 외국산 피혁 제품 창고에 화재 발생.

5월: 마르크 그라티올레, 철학 교수 자격시험 통과.

1932 마르셀 아펜첼, 수마트라로 출국.

레미 로르샤슈의 소설 『아프리카의 황금』 출간.

페르디낭 그라티올레, 아르헨티나에서 사망.

가스파르와 마르그리트 윙클레 부부, 시몽크뤼벨리에 거리로
　　　이사옴.

앙리 프레넬의 극단 해체.

1934 우르카드 부인, 바틀부스의 퍼즐을 담을 검은색 상자 500개 제조.

조제프 니에토 출생.

3월: 에밀 그라티올레 사망.

9월 3일: 제라르 그라티올레 사망.

1935 에베르 부인 사망.

1월: 바틀부스, 히혼에서 첫번째 수채화 완성.

8월: 오비에도 발굴 종료.

9월 11일: 앙투안 브로댕, 플로리다에서 피살. 엘렌 브로댕
　　　그라티올레, 그로부터 몇 주 후 세 명의 살인자를 찾아내
　　　살해.

11월 12일: 페르낭 드 보몽 자살. 16일 코르시카에서 특별히
　　　올라온 바틀부스가 참석한 가운데 레디냥에 묻힘.

1936 바틀부스, 유럽 일주. 3월에는 스코틀랜드 여행.(스카이 섬)

미셸 클라보 출생.

셀리아 크레스피의 아들 출생.

1937 바틀부스, 유럽 일주. 7월에는 세르주 발렌, 마르그리트·
가스파르 윙클레 부부와 함께 자신의 요트 '알시옹' 호를
타고 트리에스테에서 두브로브니크에 이르는 유고슬라비아
연안 여행. 12월에 상비센테 곶(포르투갈)에 도착.

4월: 앙리 프레넬, 브라질로 출국.

리노 마르게와 조제트 마시 결혼.

1938 바틀부스, 아프리카 일주. 2월에 하마메트, 6월에 알렉산드리아
여행.

3월 15일: 독일과 오스트리아 합병.

앙리 그라티올레 사망.

마르셀 아펜첼, 파리 도착.

1939 1월: 스모프, 아가디르의 벼룩시장에서 삼두三頭의 그리스도
수난상 구매.

3월: 마르셀 아펜첼, 수마트라로 재출국.

4월: 조제트 마르게, 오빠 집으로 돌아와 거주. 리노 마르게,
남미로 향하는 배 안에서 페리 르 리탈과 조우.

8월: 바틀부스, 케냐 여행. 10일 스모프는 매클린 씨 집에서
저녁식사.

1940 바틀부스. 아프리카 일주.

프랑수아 피에르 라주아, 의사 협회에서 제명됨.

4월: 앙리 프레넬, 뉴욕에 도착한 후 그레이스 트윙커의 요리사로 **697**
발탁됨.

5월 20일: 올리비에 그라티올레, 포로로 수감됨.

6월 6일: 마리 테레즈 모로의 남편 사망.

1941 바틀부스, 아프리카 일주.

12월 7일: 진주만 폭격.

1942 바틀부스, 아프리카 일주.

노르망디 '키클로프스' 군사 작전.

산호해 전투.

가스파르 윙클레의 여동생 안 볼티망 사망.

4월 18일: 마르크 그라티올레, 페르낭 드 브리뇽의 비서로
　　　임명됨. 5월에 올리비아 그라티올레의 석방에 관여.

6월: 리노 마르게 출감.

1943 바틀부스, 남아메리카 일주.

루이 그라티올레 사망.

6월 23일: 페르들라이히터 독일 공병 장성에 대한 테러.

7월 14일: 다섯 명의 트레뱅 자매 이야기 탄생.

10월 7일: 폴 에베르 체포.

11월: 마르그리트 윙클레 사망.

1944 바틀부스, 남아메리카 여행.

5월: 그레구아르 볼티망, 라릴리아노에서 사망.

6월: 아펜첼 부인, 바시외장베르코르 부근에서 피살.

6월: 마르크 그라티올레, 리옹에서 피살.

7월: 알베르 마시, 강제 노동국에서 돌아옴.

8월: 파리 해방. 셀리아 크레스피의 아들 사망.

9월: 트루아양, 파리로 돌아옴.

1945 바틀부스, 중앙아메리카 일주.

엘리자베트 드 보몽, 어머니 집에서 가출.

엘즈비에타 오를로브스카 출생.

폴 에베르 석방.

다마스쿠스에서 반프랑스 폭동. 르네 알뱅 사망.

화학자 베잘, '페이퍼 클립' 공작에 따라 미국에 협력하기로 전향.

리노 마르게, 성형수술 후 조제트를 찾아 귀향.

레옹와 클라라 마르시아, 시몽크뤼벨리에 거리로 이사옴.
　　　클라라는 마시의 마구상을 매입해 골동품 가게로 개조.

1946 바틀부스, 북아메리카 일주.

다비드 마르시아 출생.

카롤린 에샤르 출생.

플로라 알뱅 본국 송환.

1월 26일: 올리비아 노벨과 제러미 비숍 결혼.

2월 7일: 올리비아는 비숍과 헤어진 후 미국으로 떠남.

1947 엘렌 브로댕 사망.

시노크, 시몽크뤼벨리에 거리로 이사옴.

1948 바틀부스, 북아메리카 일주. 11월 캘리포니아 여행.(샌타
　　　캐틀리나 섬)

뤼유 팔라스 화재 사건 발생. 프랑수아와 마르트 그라티올레
　　　부부가 희생자에 포함됨.

잉게보르 스크리프터와 블런트 스탠리의 만남.

1949 바틀부스, 아시아 일주.

에텔 로헤르스 출생.

11월: 오노레 부부 사망.

11월: 델라 마르사 백작, 프레르 발레단 지원.

12월: 블랑슈 가르델이 낙태 수술을 받으러 런던으로 떠나고,
　　　막시밀리앙 리세티 자살.

1950 바틀부스, 아시아 일주.

발랑탱 콜로 출생. 꼬마 '리리'라 불림.

올리비아 노벨, 그녀의 마지막 두 장편영화에 출현.

7월: 블런트 스탠리, 한국으로 출국. 몇 주 후 탈영.

1951 바틀부스, 아시아 일주. 10월 오키나와 체류.　　　　　　　699

그레이스 트윙커 사망.

4월: 시릴 알타몽과 블랑슈 가르델 결혼, 5월 시몽크뤼벨리에
　　　거리로 이사옴. 시릴 알타몽은 곧바로 '광산과 에너지 자원
　　　발전을 위한 국제 기금BIDREM'에 입사해 제네바로 떠남.

1952 바틀부스, 오세아니아 일주. 2월 솔로몬 제도 여행. 10월
　　　태즈메이니아 여행.

잉게보르와 블런트와 카를로스, 파리 도착.

폴 에베르, 요양소 생활을 마친 후 시몽크뤼벨리에 거리로
돌아와 라에티치아 그리팔코니를 만남.

1953 바틀부스, 인도양 일주. 스모프, 세이셸에서 그리스도 수난상을
삼두 성모상과 교환.

6월 11일: 에리크 에릭손 사망.(사고사 혹은 계획적 살인)
엘리자베트 드 보몽 도주. 에바 에릭손 자살.

6월 13일: 스벤 에릭손, 아내와 아들의 시체를 발견. 같은 시기에
프랑수아 브레델은 아를롱을 떠남.

7월 27일: 판문점 휴전 협정.

1954 바틀부스와 스모프, 터키와 흑해와 소비에트 연방을 거쳐
북극권까지 여행한 후 노르웨이 해안을 따라 남하.

12월 21일: 바틀부스, 브라우베르스하번에서 마지막 해양화를
그리고 24일에 파리로 돌아옴.

스벤 에릭손, 엘리자베트 드 보몽의 신원 확인.

4월: 잉게보르 스탠리와 아우렐리오 로페스 피살.

1955 바틀부스, 가스파르 윙클레가 제작한 퍼즐 조립에 착수.

미셸 클라보 사망.

클레베, 바틀부스의 운전사로 취직.

엘리자베트 드 보몽, 세벤 지방에 은신.

에르베 노셰르, 알제리에서 사망.

700 10월: 폴 에베르, 마자메로 전근 발령.

1956 클라보 부부의 뒤를 이어 노셰르 부인이 수위가 됨.

리즈와 샤를 베르제, 질베르 베코의 공연장에서 만남.

올리비에 그라티올레, 알제리 전쟁에 소집되어 지뢰를 밟음.

7월: 잡지 『레트르 누벨』 제49호에 루이지 피란델로의 〈심연
속에서〉 게재.

7월: 파르세레팽 여름학교에서 엘즈비에타 오를로브스카와
부바케가 만남.

1957 2월: 드 보몽 백작 부인 101세로 사망.

6월: 엘리자베트 드 보몽과 프랑수아 브레델 만남. 8월
　　발랑스에서 결혼.

1958　올리비아 노벨과 레미 로르사슈, 다보스에서 만남.
　　　베르나르 댕트빌, 연구 시작.
　　　7월 27일: 안 브레델 출생. 8월 8일: 엘리자베트 브레델, 스벤
　　　　에릭손에게 첫번째 편지를 보냄.

1959　9월 7일: 베아트리스 브레덴 출생. 엘리자베트, 스벤 에릭손에게
　　　　두번째 편지를 보냄. 9월 14일: 프랑수아와 엘리자베트
　　　　브레델 부부 피살.
　　　9월 17일: 스벤 에릭손 자살.
　　　10월: 베로니크 알타몽 출생.

1960　사이비 교단 '세 명의 자유인'교 발족.
　　　레미 로르샤슈, 올리비에 그라티올레로부터 그라티올레 가
　　　　소유의 마지막 아파트 두 채 매입.
　　　질베르 베르제 출생.
　　　올리비에 그라티올레, 자신의 간호사였던 아를레트 크리올라와
　　　　결혼.
　　　2월: 모렐레, 왼손 손가락 세 개 잃음.
　　　5월: 그레구아르 생송, 오페라 도사관의 일자리 잃음.
　　　5월: '겔리리 22' 회랑에서 위팅외 '안개' 시리즈 전시회 개막
　　　　행사.
　　　5월 7일: 레옹 살리니, 브레델 부부 살해 사건에 대한 수사 종결.
　　　12월 19일: 슈메틸링의 〈말라키테스〉 초연.

1961　그레구아르 생송 실종.
　　　베르제 가족, 시몽크뤼벨리에 거리로 이사옴.
　　　댕트빌, 연구를 끝냄.

1962　플라세르 부부, 시몽크뤼벨리에 거리로 이사옴.
　　　이자벨 그라티올레 출생.
　　　르브랑 샤르텔 교수, '도용' 논문 발표 시작.

1963 레미 플라세르 출생.

1964 카롤린 에샤르, 다비드 마르시아와 이별.

1965 윙클레, '마녀의 거울' 제작 착수.

12월 24일: 아를레트 크리올라의 아버지, 그녀를 교살한 후 자살.

1966 카롤린 에샤르와 필리프 마르키조 결혼.

엘즈비에타 오를로브스카, 마침내 튀니지에 도착.

1967 '실버 글렌 오브 알바'호 조난.

마흐무드 오를로브스키 출생.

1968 에샤르 부인 사망.

마르키조 씨 사망.

5월: 엘즈비에타 오를로브스카, 튀니지를 탈출해 파리에 도착.
바틀부스의 세탁 담당 하녀 제르멘이 은퇴해 귀향하고,
엘즈비에타가 그 방에 입주.

1969 위팅, 어느 미국인 그림 수집가에게 게뤼사크 거리의
〈바리케이드〉 작품 판매.

1970 '꼬마 리리', 바르르뒤크 지역에서 우연히 폴 에베르를 만남.

우르카드 부인 은퇴. 레올 부부, 그녀가 살던 아파트에 입주.
이들은 사치스러운 침실 가구 세트를 경솔하게 구매해 몇 달
후 정식 부부가 됨.

앙리 프레넬이 알리스를 만나러 돌아오나, 알리스는 아들네와
702   함께 살기 위해 곧바로 누칼벨레도니로 떠남.

2월: 마블 하우스 주식회사와 인터네셔널 호텔 상사의 첫번째
공동 회의 개최.

11월: 인터내셔널 마블 하우스사와 인코퍼레이티드 호텔 상사
설립.

1971 알리스 프레넬, 크리스피 양에게 편지를 보냄.

6월 4일: 제35회 '볼 도르' 오토바이 대회에서 다비드 마르시아가
사고를 당함.

12월: 로르샤슈, 생모리츠에 체류.

1972 베상드르, 인터네셔널 마블 하우스사에 고용됨.

아델 부인 은퇴.

에밀리오 그리팔코니 사망.

세르주 발렌, 마지막으로 바틀부스를 만남.

1973 바틀부스, 이중 백내장 수술.

샘 호튼, 성전환 수술.

베상드르, 바틀부스의 계획을 알게 됨.

10월 29일: 가스파르 윙클레 사망.

1974 레미 로르샤슈의 『어느 투사의 회고록』 출간.

4월: 베상드르, 바틀부스에게 첫번째 편지를 보냄.

7월 11일: 베상드르, 스모프를 찾아가 바틀부스를 상대로

도전장을 냄.

8월: 케르케나 페스티벌 사업으로 파산한 다비드 마르시아,

시몽크뤼벨리에 거리로 돌아옴.

11월: 모렐레, 강제 구금.

1975 4월 25일: 바틀부스, 438번째 퍼즐 파괴 장면의 촬영을 맡은 촬영

기사의 사망 소식 접함.

5월: 마블 하우스사, 사업 계획 포기.

6월 23일: 퍼시벌 바틀부스 사망.

8월 15일: 세르주 발렌 사망.

703

작품에 서술된 이야기 목록

(말미의 숫자는 해당 이야기가 처음으로 서술된 장章을 가리킨다.)

706

707

추신

이 작품은 다음 작가들의 작품을 차용하면서 경우에 따라 약간 변형시켰다. 르네 벨레토, 한스 벨머, 호르헤 루이스 보르헤스, 미셸 뷔토르, 이탈로 칼비노, 애거사 크리스티, 귀스타브 플로베르, 지크문트 프로이트, 알프레드 자리, 제임스 조이스, 프란츠 카프카, 미셸 레리스, 맬컴 라우리, 토마스 만, 가브리엘 가르시아 마르케스, 해리 매튜스, 허먼 멜빌, 블라디미르 나보코프, 조르주 페렉, 로저 프라이스, 마르셀 프루스트, 레몽크노, 프랑수아 라블레, 자크 루보, 레몽 루셀, 스탕달, 로렌스 스턴, 시어도어 스터전, 쥘 베른, 우니카 취른.

조르주 페렉 연보

1936 3월 7일 저녁 9시경 파리 19구 아틀라스 거리에 있는
산부인과에서 폴란드 출신 유대인 이섹 유드코 페렉Icek Judko
Perec과 시를라 페렉Cyrla Perec 사이에서 태어남.

1940 6월 16일 프랑스 국적이 없어 군사 징집이 되지 않았던
아버지 이섹 페렉이 자발적으로 참전한 노장쉬르셴 외인부대
전장에서 사망.

1941 유대인 박해를 피해 일가 전체가 이제르 지방의
비야르드랑스로 떠남. 페렉은 잠시 레지스탕스 종교인들이
운영하는 비야르드랑스의 가톨릭 기숙사에 머물다 나중에
가족과 합류함. 이후 이미니는 적십자 단체를 통해 페렉을
자유 구역인 그르노블까지 보냄.

711

1942-43 파리를 떠나지 못했던 어머니 시를라가 12월 말경
나치군에게 체포돼 43년 1월경 드랑시에 수감되며, 2월
11일 아우슈비츠로 압송된 후 소식 끊김. 이듬해 아우슈비츠
수용소에서 사망했을 것으로 추정.

1945 베르코르에서 가족들과 망명해 당시 그르노블에 정착해
있던 고모 에스테르 비넨펠트Esther Bienenfeld가 페렉의 양육을
맡음. 고모 부부와 함께 파리로 돌아와 부유층 동네인 16구
아송시옹 가街에서 학창생활 시작. 샹젤리제 등을 배회하며
유년기와 청소년기를 보냄.

1946~54 파리의 클로드베르나르 고등학교와 에탕프의 조프루아
생틸레르 고등학교(49년 10월~52년 6월)에서 수학. 53년과
54년 에탕프의 고등학교에서 그에게 문학, 연극, 미술에 대한
열정을 일깨워준 철학 선생 장 뒤비뇨Jean Duvignaud를 만나
친분을 쌓았고, 동급생인 자크 르데레Jacques Lederer와 누레딘
메크리Noureddine Mechri를 만남.

1949 전 생애에 걸쳐 세 차례의 정신과 치료를 받는데, 처음으로
프랑수아즈 돌토Françoise Dolto에게 치료받음. 이때의 경험은
영화 〈배회의 장소들Les lieux d'une fugue〉에 상세히 기록됨.

1954 파리의 앙리4세 고등학교의 고등사범학교 수험준비반 1년차
수료.

1955 소르본에서 역사학 공부를 시작하다가 그의 철학 선생이었던
장 뒤비뇨와 작가이자 53년 『레 레트르 누벨Les lettres nouvelles』을
창간한 모리스 나도Maurice Nadeau의 추천으로 잡지 『N.R.F.』
지와 『레 레트르 누벨』지에 독서 노트를 실으면서 문학적
첫발을 내딛음. 분실된 원고인 첫번째 소설 『유랑하는 자들Les
Errants』을 집필함.

1956 정신과 의사 미셸 드 뮈잔Michel de M'Uzan과 상담 시작. 아버지
무덤에 찾아감. 문서계 기록원으로 첫 직업생활을 시작함.

1957 아르스날 도서관에서 아르바이트를 함. 문서화 작업과 항목
분류작업 체계는 그의 작품 주제에 대한 영감을 제공함.
결정적으로 이해에 학업을 포기함. 미출간 소설이자
분실되었다가 다시 되찾은 원고인 『사라예보의 음모L'Attentat
de Sarajevo』를 써서 작가 모리스 나도에게 보여주어 호평을
받음. 57년부터 60년 사이, 에드가 모랭이 56년에 창간한
잡지 『아르귀망Arguments』을 위주로 형성된 몇몇 그룹 회의에
참석함.

1958~59 58년 1월에서부터 59년 12월까지 프랑스 남부 도시
포Pau에서 낙하산병으로 복무함. 전몰병사의 아들이라는

712

사유로 알제리 전투에 징집되지 않음. 59년에 『가스파르
Gaspard』를 집필하나 갈리마르 출판사로부터 출간을 거절당함.
이후 『용병대장*Le Condottière*』으로 출간됨.

1959~63 몇몇 동료들과 함께 잡지 『총전선*La Ligne générale*』을 기획.
마르크스주의에 입각한 이 잡지는 비록 출간되지는
못했지만 이후 페렉의 문학적 사상과 실천에 깊은 영향을
미침. 이 과정에서 준비한 원고들을 이후 정치문화 잡지인
『파르티장*Partisans*』에 연재함.

1960~61 60년 9월 폴레트 페트라*Paulette Pétras*와 결혼해 튀니지
스팍스에 머물다, 61년 파리로 돌아와 카르티에라탱 지구의
카트르파주 가에 정착함.

1961 자서전적 글인 『나는 마스크를 쓴 채 전진한다*J'avance masqué*』를
집필했으나 갈리마르 출판사로부터 출간을 거절당함.
이 원고는 이후 『그라두스 아드 파르나숨*Gradus ad Parnassum*』으로
다시 재구성되나 분실됨.

1962 61년부터 국립과학연구센터*CNRS*에서 신경생리학
자료조사원으로 일하기 시작. 또 파리 생탕투안 병원의
문헌조사원으로도 일함. 78년 아셰트 출판사의 집필지원금을
받기 전까지 생계유지를 위해 이 두 가지 일을 계속함.

1962~63 프랑수아 마스페로*François Maspero*가 61년에 창간한
『파르티장』에 여러 글을 발표함.

1963~65 스물아홉의 나이에 『사물들*Les Choses*』을 출간하며 문단의
커다란 주목을 받음. 그해 르노도 상 수상.

1966 중편소설 『마당 구석의 어떤 크롬 자전거를 말하는 거니?*Quel
petit vélo à guidon chrome au fond de la cour?*』 출간. 『사물들』의 시나리오
작업을 위해 장 맬랑, 레몽 벨루와 함께 스팍스에 체류.

1967 3월 수학자, 과학자, 문학인 등이 모인 실험문학 모임
'울리포*OuLiPo*'에 정식 가입. '잠재문학 작업실'이라는 뜻을
지닌 울리포 그룹은 작가 레몽 크노*Raymond Queneau*와 수학자

713

프랑수아 르 리오네François le Lionnais가 결성했는데, 훗날 페렉은 자신의 소설 『인생사용법』을 크노에게 헌정함. 9월, 장편소설 『잠자는 남자Un homme qui dort』 출간.

1968 파리를 떠나 노르망디 지방의 물랭 당데에 체류. 자크 루보 Jacques Roubaud를 비롯한 울리포 그룹 일원들과 친분을 돈독히 함. 5월에 68혁명이 일어나자 물랭 당데에 계속 머물며 알파벳 'e'를 뺀 리포그람 장편소설 『실종La Disparition』을 집필함.

1969 비평계와 독자들을 모두 당황하게 한 『실종』 출간. 피에르 뤼송, 자크 루보와 함께 바둑 소개서인 『오묘한 바둑기술 발견을 위한 소고Petit traité invitant à la découverte de l'art subtil du go』 출간. 68혁명의 실패를 목도한 페렉은 이데올로기의 실천에 절망하며 이후 약 삼 년간 형식적 실험과 언어 탐구에만 몰두함. 『W 또는 유년의 기억W ou le souvenir d'enfance』을 『캥젠느 리테레르Quinzaine littéraire』지에 이듬해까지 연재함.

1970 페렉이 집필한 희곡 『임금 인상L'Augmentation』가 연출가 마르셀 튀블리에의 연출로 파리의 게테–몽파르나스 극장에서 초연됨. 울리포 그룹에 가입한 첫 미국 작가 해리 매튜스Harry Mathews와 친분을 맺음.

1971~75 정신과 의사 장베르트랑 퐁탈리스Jean-Bertrand Pontalis와 정기적으로 상담함.

1972 『실종』과 대조를 이루는 장편소설 『돌아온 사람들Les Revenentes』 출간. 이 소설에서는 모음으로 알파벳 'e'만 사용함. 고등학교 시절 스승인 장 뒤비뇨와 함께 잡지 『코즈 코뮌Cause Commune』 의 창간에 참여함.

1973 꿈의 세계를 기록한 에세이 『어렴풋한 부티크La Boutique obscure』 출간. 울리포 그룹의 공동 저서 『잠재 문학. 창조, 재창조, 오락La littérature potentielle. Création, Re-créations, Récréations』이 출간됨. 페렉은 이 책에 「리포그람의 역사Histoire du lipogramme」를 비롯한 짧은 글들을 게재. 『일상 하위의 것L'infra-ordinaire』을 집필함.

1973-74 영화감독 베르나르 케이잔과 함께 흑백영화 〈잠자는 남자〉
　　　　 공동 연출. 이 영화로 매년 최고의 신진 영화인에게 수여하는
　　　　 장 비고 상을 수상함.

1974 　공간에 대한 명상을 담은 에세이 『공간의 종류들Espèces
　　　　 d'espaces』 출간. 페렉의 희곡 『시골파이 자루La Poche Parmentier』가
　　　　 니스 극장에서 초연되고 베르나르 케이잔이 영화로도
　　　　 만듦. 해리 매튜스의 소설 『아프가니스탄의 녹색 겨자 밭
　　　　 Les Verts Champs de moutarde de l'Afganistan』 번역, 출간. 플로베르의
　　　　 작업을 다룬 케이잔 감독의 영화 〈귀스타브 플로베르Gustave
　　　　 Flaubert〉의 텍스트를 씀. 파리의 린네 가에 정착, 본격적으로
　　　　 『인생사용법』 집필에 몰두함.

1975 　픽션과 논픽션을 결합한 자서전 『W 또는 유년의 기억』
　　　　 출간. 잡지 『코즈 코뮌』에 「파리의 어느 장소에 대한 완벽한
　　　　 묘사 시도Tentative d'épuisement d'un lieu parisien」 게재, 이후 이 글은
　　　　 소책자로 82년에 출간됨. 6월부터 여성 시네아스트 카트린
　　　　 비네Catherine Binet와 교제 시작. 이후 비네는 페렉과 동거하며
　　　　 그의 임종까지 함께함.

1976 　화가 다도Dado가 흑백 삽화를 그린 시집 『알파벳Alphabets』 출간.
　　　　 크리스틴 리핀스카Christine Lipinska의 17개의 사진과 더불어
　　　　 17개의 시가 실린 『종결La Clôture』을 비매품 100부 한정판으로
　　　　 제작함. 레몽 크노의 『혹독한 겨울Un rude hiver』에 소개글을
　　　　 실음. 파리 16구에서 보냈던 유년기와 청소년기의 방황을
　　　　 추적하는 단편 기록영화 〈배회의 장소들〉 촬영. 주간지 『르
　　　　 푸앵Le Point』에 『십자말풀이Les Mots Croisés』 연재 시작. 페렉이
　　　　 시나리오를 쓴 케이잔 감독의 영화 〈타자의 시선L'œil de
　　　　 l'autre〉이 소개됨.

1977 　「계략의 장소들Les lieux d'une ruse」(이후 『생각하기/분류하기』에
　　　　 포함됨)을 집필함.

1978 　에세이 『나는 기억한다Je me souviens』 출간. 9월에 장편소설

715

『인생사용법』출간. 이 작품으로 프랑스 대표 문학상 중
하나인 메디치 상을 수상하고 아셰트 출판사의 집필지원금을
받아 전업작가가 됨.

1979 아셰트에서 발간한 비매품 소책자 『세종Saisons』에 처음으로
「겨울 여행Le Voyage d'hiver」이 발표됨. 이후 1993년 단행본으로
쇠유에서 출간. 『어느 미술애호가의 방Un Cabinet d'amateur』 출간.
크로스워드 퍼즐 문제를 엮은 『십자말풀이』가 출간되고,
이 1권에는 어휘 배열의 기술과 방법에 대한 저자의 의견이
선행되어 실려 있음. 86년에 2권이 출간됨. 로베르 보베르와
함께 미국을 여행하면서, 20세기 초 미국에 건너온 유대인
이민자들의 삶을 다룬 기록영화 〈엘리스 아일랜드 이야기.
방랑과 희망의 역사Récits d'Ellis Island. Histoires d'errance et d'espoir〉 제작.
이 영화 1부의 대본과 내레이션, 2부의 이민자들 인터뷰를
페렉이 맡음. 알랭 코르노 감독의 〈세리 누아르Série noire〉
(원작은 짐 톰슨Jim Thompson의 소설 『여자의 지옥A Hell of a
Woman』)를 각색함.

1980 영화의 1부에 해당하는 에세이 『엘리스 아일랜드 이야기.
방랑과 희망의 역사』 출간. 시집 『종결, 그리고 다른 시들
La Clôture et autres poèmes』 출간.

1981 시집 『영원L'Éternité』과 희곡집 『연극 I Théâtre I』 출간. 해리
매튜스의 소설 『오드라데크 경기장의 붕괴Le Naufrage du stade
Odradek』 번역, 출간. 로베르 보베르의 영화 〈개막식Inaugura-
tion〉의 대본을 씀. 카트린 비네의 영화 〈돌랭장 드 그라츠
백작부인의 장난Les Jeux de la comtesse Dolingen de Gratz〉 공동 제작. 이
영화는 81년 베니스 영화제에 초청되며, 같은 해 플로리다
영화비평가협회FFCC 상을 수상. 화가 쿠치 화이트Cuchi White가
그림을 그리고 페렉이 글을 쓴 『눈먼 시선L'Œil ébloui』 출간.
호주 퀸스 대학의 초청으로 호주를 방문해 약 두 달간 체류.
그해 12월 기관지암 발병.

716

1982 잡지『르 장르 위맹*Le Genre humain*』2호에 그가 생전에 발표한
마지막 원고「생각하기/분류하기」가 실림. 이 책은 사후 3년
뒤인 85년에 출간됨. 3월 3일 파리 근교 이브리 병원에서
마흔여섯번째 생일을 나흘 앞두고 기관지암으로 사망.
그의 유언에 따라 파리의 페르라셰즈 묘지에서 화장함.
미완성 소설『53일*Cinquante-trois Jours*』을 남김. 카트린 비네의
영화〈눈속임*Trompe l'oeil*〉에서 쿠치의 사진과 미셸 뷔토르의
시「멍한 시선」과 더불어 페렉의 산문「눈부신 시선」과 시
「눈속임」이 대본으로 쓰임.

* 1982년에 발견된 2817번 소행성에 '조르주 페렉'이라는
이름이 붙여졌으며, 1994년 파리 20구에 '조르주 페렉 거리rue
de Georeges Perec'가 조성되었다.

717

주요 저술 목록

저서(초판)

『사물들』

    Les Choses
    Paris: Julliard, collection "Les Lettres Nouvelles," 1965, 96p.

『마당 구석의 어떤 크롬 도금 자전거를 말하는 거니?』

    Quel petit vélo à guidon chromé au fond de la cour?
    Paris: Denoël, collection "Les Lettres Nouvelles," 1966, 104p.

『잠자는 남자』

    Un homme qui dort
    Paris: Denoël, collection "Les Lettres Nouvelles," 1967, 163p.

『임금 인상을 요청하기 위해 과장에게 접근하는 기술과 방법』

    L'art et la manière d'aborder son chef de service pour lui demander une augumentation
    L'Enseignement programmé, décembre, 1968, n° 4, p.45~66

『실종』

    La Disparition
    Paris: Denoël, collection "Les Lettres Nouvelles," 1969, 319p.

『돌아온 사람들』

    Les Revenentes
    Paris: Julliard, collection "Idée fixe," 1972, 127p.

『어렴풋한 부티크』
La Boutique obscure
Paris: Denoël-Gonthier, collection "Cause commune," 1973, non paginé, postface de Roger Bastide.

『공간의 종류들』
Espèces d'espaces
Paris: Galilée, collection "L'Espace critique," 1974, 128p.

『파리의 어느 장소에 대한 완벽한 묘사 시도』
Tentative d'epuisement d'un lieu parisien
Le Pourrissement des société, Cause commune, 1975/1, Paris: 10/18 (n° 936), 1975, p.59–108. Réédition en plaquette, Christian Bourgois Éditeur, 1982, 60p.

『W 또는 유년의 기억』
W ou le souvenir d'enfance
Paris: Denoël, collection "Les Lettres Nouvelles," 1975, 220p.

『알파벳』
Alphabets
Paris: Galilée, 1976, illustrations de Dado en noir et blanc, 188p.

『나는 기억한다: 공동의 사물들 I』
Je me souviens. Les choses communes I
Paris: Hachette, collection "P.O.L.," 1978, 152p.

『십자말풀이』
Les Mots croisés
Paris: Mazarine, 1979, avant-propos 15p., le reste non paginé.

719

『인생사용법』
La Vie mode d'emploi
Paris: Hachette, collection "P.O.L.," 1978, 700p.

『어느 미술애호가의 방』
Un Cabinet d'amateur, histoire d'un tableau
Paris: Balland, collection "L'instant romanesque," 1979, 90p.

『종결, 그리고 다른 시들』
La Clôture et autres poèmes
Paris: Hachette, collection "P.O.L.," 1980, 93p.

『영원』

L'Éternité

Paris: Orange Export LTD, 1981.

『연극 I』

Théâtre I, La Poche Parmentier précédé de L'Augmentation
Paris: Hachette, collection "P.O.L.," 1981, 133p.

『생각하기/분류하기』

Penser/Classer

Paris: Hachette, collection "Textes du 20 siècle," 1985, 185p.

『십자말풀이 II』

Les Mots croisés II

Paris: P.O.L. et Mazarine, 1986. avant-propos 23p., le reste non
paginé.

『53일』

Cinquante-trois Jours

Texte édité par Harry Mathews et Jacques Roubaud, Paris: P.O.L.,
1989, 335p.

『일상 하위의 것』

L'infra-ordinaire

Paris: Seuil, collection "La librairie du 20 siècle," 1989, 128p.

『기원』

Vœux

Paris: Seuil, collection "La librairie du 20 siècle," 1989, 191p.

720 『나는 태어났다』

Je suis né

Paris: Seuil, collection "La librairie du 20 siècle," 1990, 120p.

『소프라노 성악가, 그리고 다른 과학적 글들』

Cantatrix sopranica L. et autres écrits scientifiques
Paris: Seuil, collection "La librairie du 20 siècle," 1991, 123p.

『총전선. 60년대의 모험』

L. G. Une aventure des années soixante

Recueil de textes avec une préface de Claude Burgelin, Paris: Seuil,
collection "La librairie du 20 siècle," 1992, 180p.

『인생사용법 작업 노트』
  Cahier des charges de La vie mode d'emploi
  Edition en facsimiél, transcription et présentation de Hans Hartke,
  Bernard Magné et Jacques Neefs, Paris: CNRS/Zulma, 1993.

『겨울 여행』
  Le Voyage d'hiver
  Paris: Seuil, collection "La librairie du 20 siècle," 1993.

『아름다운 실재, 아름다운 부재』
  Beaux présents belles absentes
  Paris: Seuil, 1994.

『엘리스 아일랜드』
  Ellis Island
  Paris: P.O.L., 1995.

『페렉/리나시옹』
  Perec/rinations
  Paris: Zulma, 1997.

공저

『오묘한 바둑기술 발견을 위한 소고』, 피에르 뤼송, 자크 루보와 공저
  Petit traité invitant à la découverte de l'art subtil du go
  Paris: Christian Bourgois, 1969, 152p.

『잠재 문학. 창조, 재창조, 오락』, 울리포
  La Littérature potentielle. Créations, Recréations, Récréations
  Paris: Gallimard/Idées, n° 289, 1973, 308p.

『엘리스 아일랜드 이야기. 방랑과 희망의 역사』, 로베르 보베르와 공저
  Récit d'Ellis Island. Histoires d'errance et d'espoir
  Paris: Sorbier/INA, 1980, 149p.

『눈먼 시선』, 쿠치 화이트와 공저
  L'Œil ébloui
  Paris: Chêne/Hachette, 1981.

『잠재 문학의 지형도』, 울리포
  Atlas de littérature potentielle
  Paris: Gallimard/Idées, n° 439, 1981, 432p.

721

『울리포 총서』
La Bibliothèque oulipienne
Paris: Ramsay, 1987.

『사제관과 프롤레타리아. PALF보고서』, 마르셀 베나부와 공저
Presbytère et Prolétaires. Le dossier PALF
Cahiers Georges Perec no 3, Paris: Limon, 1989, 118p.

『파브리치오 클레리치를 위한 사천여 편의 산문시들』,
파브리치오 클레리치와 공저
Un petit peu plus de quatre mille poèmes en prose pour Fabrizio Clerici
Paris: Les Impressions Nouvelles, 1996.

역서

해리 매튜스, 『아프가니스탄의 녹색 겨자 밭』
Les verts champs de moutarde de l'Afganistan
Paris: Denoël, collection "Les Lettres Nouvelles," 1974, 188p.

—, 『오드라데크 경기장의 붕괴』
Le Naufrage du stade Odradek
Paris: Hachette, collection "P.O.L.," 1981, 343p.

김호영

작품 해설　　　　페렉과 그의
『인생사용법』을 위한
몇 개의 퍼즐 또는 몇 가지 매뉴얼

들어가는 말

『인생사용법』은 아마도 20세기 후반 프랑스에서 발표된 소설 중에서 가장 복잡한 과정을 거쳐 탄생된 작품일 것이다. 이 작품보다 더 방대한 분량의 소설들이 더러 있겠지만, 이만큼 정교한 구조와 다양한 글쓰기 규칙들을 기반으로 축조된 소설은 없다고 해도 과언이 아니다. 또한 페렉은 이 작품에서 건조하면서도 집요한 그만의 독특한 '묘사의 글쓰기'를 선보이며, 수많은 작가의 작품들로부터 차용한 인용구들로 소설의 문장을 만들어내는 놀라운 '인용의 글쓰기'도 시도한다. 그리고 시대와 장소를 초월하여 끝없이 이어지는 수많은 이야기들을 통해 하나의 거대하고 독자적인 허구의 세계를 만들어내기도 한다.

『인생사용법』의 이러한 종합적인 면모는 그전까지의 페렉의 작품 여정에 이미 새겨져 있었다고 할 수 있다. 사실 페렉이 작가로서 활동한 기간은 1965년에서 1981년에 이르기까지 약 15년 남짓이며, 그 사이에 단행본으로 출간된 문학작품은 장르에 관계없이 12편 정도에 불과하다. 하지만 그는 긴 시간이라 할 수 없는 이 기간 동안 실로 다양한 문학 경향을 편력하고 갖가지 글쓰기 실험들을 시도한다. 첫 작품 『사물들Les Choses』(1965)에서는 1960년대 프랑스 소비 사회를 날카롭게 묘사하는 비판적인 사회의식을 보여주었고, 『잠자는 남자Un homme qui dort』(1967)

723

에서는 방황하는 청춘의 의식세계를 독특한 2인칭 소설의 형식으로 진술했다. 또 『실종La Disparition』(1969)에서는 당대 대표 실험문학 그룹인 울리포Oulipo의 영향 아래 기발한 언어유희와 형식적 실험을 시도하며, 『W 혹은 유년기의 추억W ou le souvenir d'enfance』(1975)에서는 자신의 삶 속을 떠돌고 있던, 유리조각처럼 날카로운 자전적 요소들을 독특한 픽션/논픽션의 형태로 승화시켜 이야기해준다. 그리고 에세이 『공간의 종류들Espèces d'espaces』(1974)과 『나는 기억한다: 공동의 사물들 I Je me souviens. Les choses communes I』(1978) 등에서는 우리의 삶을 이루는 온갖 사소한 요소들을 세밀하게 묘사함으로써 인생 자체에 대한 깊은 통찰과 사유를 전달하는 특별한 능력을 선보이기도 한다. 그리하여 마침내 이 모든 경향과 시도들이 『인생사용법』이라는 '총체적 소설' 안에서 한데 어우러져 종합적인 하나의 양식으로 구현된 것이다.

『인생사용법』을 위해 고안된 복잡다단한 구조와 규칙 들은 단지 형식의 차원에만 머물지 않고 소설 내용과 조우하면서 작품의 의미를 더욱 풍요롭게 만드는 기능을 한다. 그가 시도한 다양한 글쓰기 양식과 실험은 다각도의 세심한 고찰을 요구하는 지난한 작업의 결과물이다. 여기서는 지면상 몇 가지 주요 측면들을 중점적으로 살펴보면서 작품에 좀더 가까이 다가가보기로 하자.

1   묘사의 글쓰기, 그리고 일상의 사회학: 사물에서 삶으로

소설의 공간은 파리 서북쪽 어느 가상의 거리(17구 시몽크뤼벨리에 거리)에 위치한 지상 8층, 지하 2층의 한 건물이다. 그리고 소설의 시간은 1975년 6월 23일 저녁 8시 무렵이란 잠깐의 시간에 고정되어 있다. 그러나 막상 소설이 시작되면 이 일차적인 시공간은 완전히 무시된다. 파리의 한 건물을 매개로 진행되는 수많은 이야기들은 현재 시점으로부터 100년 전의 먼 과거로까지 거슬러 올라가고 그 무대는 전 세계를 아우른다. 이 광활한 시간과 공간을 배경으로, 일상의 주변에서 흔히 볼 수 있는 평범한 삶의 이야기들과 욕망, 성공, 좌절 등으로 점철되는 파란만장한 삶의 이야기들이 99개의 장을 따라 펼쳐지고, 서로 평행하거나 교차하면서 복잡하고도 섬세하게 짜여 하나의 그물을 이룬다.

이때 각각의 이야기들이 시작되는 것은 대개 사물들, 바로 우리의 방 한구석에 무심하게 놓여 있는 사물들을 통해서이다. 작가는 카메라 렌즈와도 같은 면밀한 시선으로 부엌이라든가, 식당, 방구석, 책꽂이 선반 같은 일상의 공간들을 하나하나 천천히 묘사해간다. 그러다가 어느 사물에 시선을 고정시키면서, 그 사물에 얽힌 이야기들을 마치 매듭을 풀 듯 하나씩 풀어낸다. 움직이지 않는 사물이 늘어놓는 길고 때론 장대한 이야기들. 작가는 그렇게 생명 없는 사물들 속에 기록된 우리의 생동하는 삶의 역사를 되살려낸다. 시간의 흐름이라는 거대한 힘에 눌려 굳어진 우리의 삶을, 파리 어느 건물의 좁은 방들을 옮겨 다니며 하나씩 되살려 펼쳐보이는 것이다.

따라서 이 작품에서 가장 두드러진 특징은 '묘사'이다. 작품을 가득 채우고 있는 사물에 대한 묘사가 이처럼 수많은 이야기들을 이끌어내는 역할을 하면서 기존의 서사형식을 뒤집고 있는 셈이다. 전통적인 소설 양식에서는 이야기 중심으로 작품을 전개하며 필요한 부분에 묘사를 삽입하는 것이 상례인데, 이 작품에서는 한마디로 '이야기'와 '묘사'의 역할이 뒤바뀌어 있다.

한편, 사물에 대한 이러한 세심한 묘사는 페렉이 말하는 '일상의 사회학'의 근간이 되기도 한다. 그는 이 일상의 사회학을 가리켜 "분석이 아닌 일종의 묘사 시도"라고 강조했다. 일상 사물에 대한 그의 집요한 묘사는 "우리가 살면서 너무 익숙해 보지 못하는 것, 바로 곁에 있기 때문에 보지 못하는 것에 대한 진술"을 목표로 한다. 일상 속에서 일상에 의해 눈멀어가는 우리의 맹목성을 고발하려는 것이다. 이 작품에 빈번하게 등장하는 목록들이나 암시와 주장이 일절 배제된 단순한 묘사들에도, 우리의 일상과 그 속에서 일어나고 있는 것들에 대한 놀라운 증언이 담겨 있을 수 있다. 작가는 지극히 일상적인 공간과 사물을 묘사함으로써, 우리 삶을 지배하는 필연성과 시선의 사각지대, 나아가 우리 의식의 사각지대까지 드러내 보이고 있다.

725

아울러 페렉의 이러한 글쓰기 방식은 우리의 삶을 쓸어가고 그 기억마저 앗아가는 시간의 폭력성에 대한 일종의 저항이다. 왜냐하면 그의 글쓰기에서 묘사는 이야기를 가동시키는 역할과 일상의 맹목성을 드러내는 역할 외에도, 시간의 절대성에 맞서 무언가를 남기는 역할도 수행하기 때문이다. 페렉은 공간에 대한 명상들을 모아놓은 『공간의 종류들』이라는 작품에서 다음과 같이 얘기한다. "일상의 친숙한 오브제들을 묘사하려 애쓰는 것은 무엇보다 그것들을 추억하기 위해서이며, 그것들을 더 오래 머물러 있게 하고 살아남게 하기 위해서"라고. 또한 그것들을 "잊지 않기 위해서"라고. 요컨대 그에게는 글쓰기 자체가 "무언가를 붙잡아두고 살아남게 하려는 시도"이며, 텅 빈 일상으로부터 "하나의 선, 흔적, 표시, 신호라도 구해내려는 노력"이다. 그런 이유에서 페렉은 『인생사용법』의 가장 중요한 인물 중 하나가 바로 "잃어버린 단어들의 사전"을 만드는 시노크라고 말하기도 한다.

롤랑 바르트Roland Barthes의 '중성의 글쓰기' 또는 '백색의 글쓰기'가 수행하는 것과 같은, 모든 의미와 뉘앙스가 제거된 페렉의 집요하고 건조한 사물 묘사는 어쩌면 삶을 향한 '화해'의 모색일 수도 있다. 그리고 이렇게 묘사되는 빈 공간과 생기 없는 사물들은 오히려 그 텅 빈 상태로 인해 모든 의미의 가능성을 내포할 뿐 아니라, 모든 과거의 시간들이 중첩되는 밀도 높은 영역이 될 수 있다. 어쩌면 바로 그곳에서, 작가와 독자들은 그들의 기억 또는 상상들이 겹쳐지고 만나는 일종의 '공동 영역'을 발견할지도 모르는 것이다.

726

2   작품의 구성방식

페렉은 평소에 "글쓰기란 작가와 독자 사이의 놀이다"라고 이야기하곤 했다. 독자로 하여금 자신이 만들어놓은 작품의 내용과 형식의 모든 측면들을 살펴본 후 작품을 다시 읽고 재구성하기를 권하는 것이다. 한마디로 독자들이 적극적으로 놀이에 참여하기를 원한다. 물론 이것은 그저 가벼운 유희만 추구하라는 뜻이 아니다. 제라르 주네트Gérard Genette의 말처럼, "모든 놀이에는 진지함과 유희성이 항상 공존"하기 때문이다. 어쨌든 페렉은 이 책에서 참으로 다양한 형식적, 구조적 놀이를 선보인 다. 따라서 놀이에 참여를 원하는 독자는 일단 작품의 기본 구성방식들 을 이해해야 한다.

페렉은 이 작품을 발표한 직후, 문학잡지 『라르크L'Arc』지에 작품의 구성원리를 설명하는 짧은 글 「인생사용법을 위한 네 개의 형상들Quatre figures pour La Vie mode d'emploi」(1979)을 실었다. 이 글에서 그는 작품의 주요 구성방식을 네 개의 그림 또는 도표를 이용해 설명한다. 또한 그의 사후 에는, 『인생사용법』의 집필을 위해 그가 10여 년 동안 공들여 작성한 노 트들과 자료들을 모아 엮은 『인생사용법 작업 노트Cahier des charges de La vie mode d'emploi』가 출간되었다. 방대한 양의 기록과 자료로 채워진 이 책에 는 「인생사용법을 위한 네 개의 형상들」에서 언급된 바 있는 구성방식 들 외에도 작품을 창작하는 동안 실제로 활용했던 온갖 글쓰기의 규칙 과 재료 들이 체계적으로 정리되어 있다. 그러면 이제 이 두 자료를 바탕 으로 작품의 구성원리를 간략하게 밝혀보기로 하자.

99개의 방과 99개의 장章, chapitre

이 작품은 앞서 이야기한 대로 지상 8층, 지하 2층의 한 건물에 얽혀 있 는 삶을 다룬다. 그런데 이 건물은 각 층마다 10칸의 방으로 나눌 수 있 어, 실제로 작품은 총 100칸의 방에서 일어나거나 일어났던 이야기들이 다. 페렉은 이와 같은 구상을 앞 벽면이 떨어져나간 건물의 모습을 그린, 그래서 각 방에서 일어나고 있는 사람들의 모습이 한눈에 다 들어오는 한 그림에서 얻어왔다고 말한다.[그림 1]

727

그런데 이 100개의 방들은 저마다 99개로 이루어진(원래는 100개 로 예정되어 있던) 작품의 각 장에 상응하도록 계획된다. 즉 작품의 각 장은 중복되지 않고 건물의 어느 방 하나를 묘사해야만 하는 것이다. 이 것이 이 작품의 구성과 관련된 첫번째 규칙이다.

그림 1. 솔 스타인버그의 데생 〈생활의 기술 *The Art of Living*〉의
일부. 페렉이 영감을 받은 배경 작품 중 하나.

체스판과 행마법

이 첫번째 규칙을 수행하기 위해 가장 좋은 방법은, 건물의 맨 위층 끝 방
이나 맨 아래 지하 2층 끝 방에서 소설의 첫 장을 시작해 마지막까지 순
서대로 방 하나하나를 묘사해가는 것이다. 그렇게 하면 건물의 각 방이
중복되지 않고 소설의 각 장에서 차례로 한 번씩 다루어질 수 있다. 하지
만 페렉은 이 손쉬운 방법을 거부한다. 그는 소설의 각 장이 중복되지 않
고 건물의 어느 방 하나를 묘사하기를 바랐고, 동시에 그 순서가 전적으
로 '임의적'이기를 원했다. 따라서 페렉은 작품의 각 장이 건물의 각 방

을 묘사하는 순서를 순전히 우연한 것으로 만들기 위해, 그리고 그 과정에서 중복을 피하기 위해 체스의 '행마법'을 도입한다. 이것이 작품의 구성과 관련된 두번째 규칙이다.

행마법의 이용은 울리포 그룹의 동료인 프랑수아 르 리오네François Le Lionnais의 『체스 사전Dictionnaire des échecs』과 블라디미르 나보코프Vladimir Nabokov의 『세바스찬 나이트의 참 인생The real life of Sebastian Knight』에서 직간접적으로 영향받은 것이다. 페렉은 이 행마법에 따라 건물의 단면도를 마치 10×10의 체스판처럼 간주하면서, '기사Knight'가 건물의 방 한 칸을 중

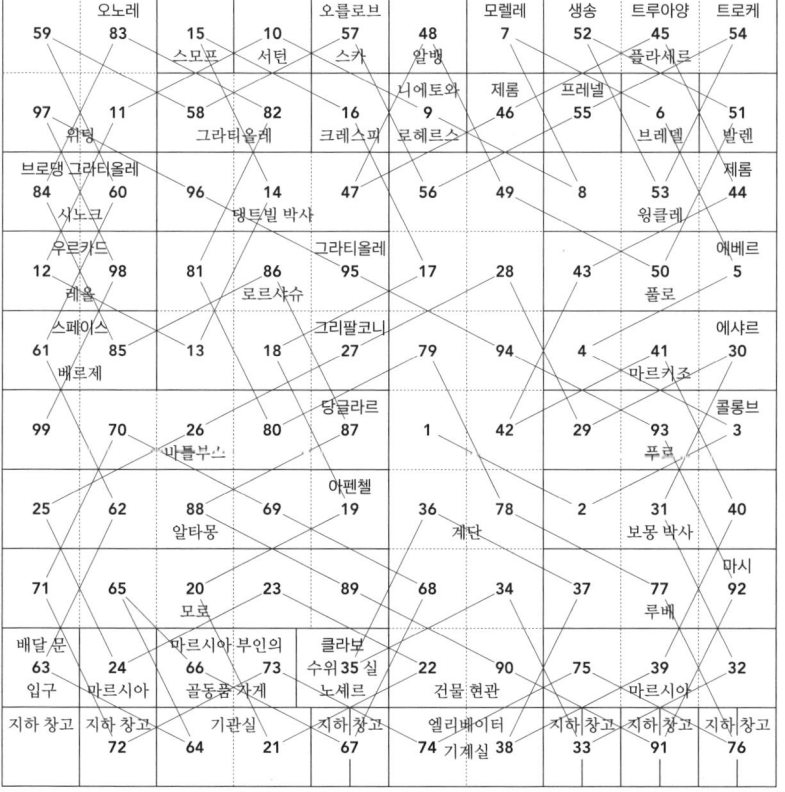

그림 2. 건물의 인물 배치도를 배경으로
체스판 기사의 행마법에 따른 이야기 서술 경로.

작품 해설

복을 피하면서 단 한 번만 지나갈 수 있는 방법을 고안해낸다.[그림 2]
이에 따라 작품의 각 장은 순전히 우연한 순서로 그리고 중복을 피하며
건물의 각기 다른 방을 묘사할 수 있게 되었다.

라틴제곱방진
건물의 단면도와 행마법이 『인생사용법』의 전체적인 거시구조를 결정
짓는 규칙들이라면, '라틴제곱방진'이라는 수학 방정식은 작품의 미시
구조를 결정짓는 세번째 규칙이라 할 수 있다. 즉 작품의 각 장에 들어
갈 소소한 내용들의 분배방식에 간여한다. 좀더 자세히 말하면 페렉은
작품의 각 장에 들어갈 인물, 가구, 소품 등을 역시 순수하게 우연적인
방식으로 결정하고 배분하기 위해 '10차 직교그레코라틴제곱방진'이라
는 수학 모델을 적용한다. '10차 직교그레코라틴제곱방진'이란, 서로 다
른 10개의 숫자가 가로축을, 서로 다른 10개의 문자가 세로축을 이루며

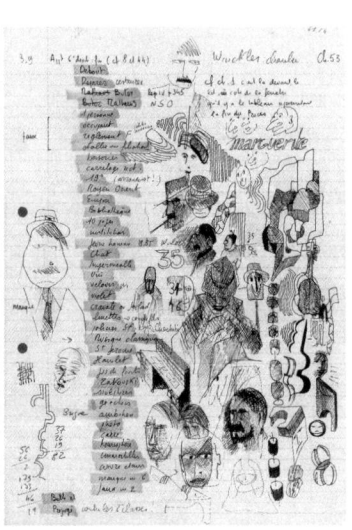

그림 3, 4. 라틴제곱방진 도표와 배분할 묘사 항목들을 적은 페렉의 육필 노트.
오른쪽 노트에는 작가의 고민과 상상이 담긴 낙서와 그림이 보인다. 페렉은 인용할 저서의
작가들, 배경 시대, 각 방에 놓일 가구 양식, 책, 벽지의 색, 천장, 등장인물의 성별과
나이와 옷차림새 등을 정해놓고 하나하나 항목을 확인하면서 각 장을 써나갔다.

작품 해설

10×10의 형식을 만들어내는 일종의 표와도 같다. 페렉은 이 수학적 모델에 의거해 『인생사용법』의 각 장에 들어갈 요소들을 10행×10열의 요소들로 치환하며 그에 따라 100개의 장에, 즉 100개의 방에 삽입할 서로 다른 요소들을 얻게 된다. 하지만 그는 여기에 변칙을 적용해 10열을 다시 42개의 열로 분할하고, 이를 통해 각 장마다 서로 다른 42개의 요소를 다룰 수 있는 독특한 제약을 만들어낸다.

3   인용의 글쓰기

페렉은 소설가 활동 초기에 가졌던 한 강연회(1967년, 영국 워릭 대학)에서 "새로운 실험 문학이란 인용citation의 문학이 될 것"이라고 예견한 바 있다. 작가가 더이상 스스로를 창조자라고 생각하기를 멈추는 날, 더이상 자신의 영감에 의지하고 글쓰기의 특권에 의존하는 것을 멈추는 날, 문학은 다름 아닌 인용의 문학에 이를 것이라고 주장한 것이다. 물론 인용의 문학은 자신의 생산수단에 대한 일정 수준 이상의 지식과 통제 능력을 통해서만 접근가능하다.

    이처럼 기존의 텍스트들을 독서, 분해, 재구성하는 필연적인 과정을 거쳐 이루어지는 '인용의 글쓰기' 또는 '다시 쓰기'는 페렉 글쓰기의 가장 중요한 방식 중 하나라 할 수 있다. 그러나 페렉의 다시 쓰기는 미셸 두르니에Michel Tournler가 『방드르디 혹은 태평양의 끝』을 통해 시도한 다시 쓰기나 호르헤 루이스 보르헤스Jorge Luis Borges의 소설 「피에르 메나르, 『돈키호테』의 저자」 속에서 주인공 피에르 메나르가 실천하는 다시 쓰기와는 분명한 차이를 보인다. 그의 다시 쓰기는 어떤 특정한 작품의 개작을 통한 다시 쓰기라기보다, 가능한 한 다수의 작품에서 가져온 조각들을 조합하고 변형하는 데 중점을 두는 다시 쓰기에 더 가깝기 때문이다. 즉 각각의 조각들이 모여 만들어내는 의미에, 조합과 구성의 생산적 힘에 더욱 중점을 두는 글쓰기를 지향한다.

    『인생사용법』역시 이러한 인용의 글쓰기, 즉 다시 쓰기 작업을 바탕으로 완성되었다. 작품의 양이 워낙 방대한 터라 그 작업의 실상을 쉽

731

게 상상하기는 어렵지만, 이 작품은 실로 수많은 작가와 작품의 조각들을 모아 쌓아올린 거대한 집적물이라 할 수 있다. 페렉은 소설의 맨 끝에, 작품에 차용된 30여 명의 작가들 이름을 명시해놓았다. 라블레, 로렌스 스턴, 쥘 베른, 플로베르, 레몽 크노, 프루스트, 카프카, 뷔토르, 나보코프, 보르헤스, 조이스, 페렉 자신 등등. 그리고 앞서 언급한 『인생사용법 작업 노트』에서 각 작가의 작품들에서 가져온 구절들이 어떻게 『인생사용법』의 각 장에 삽입되었는지 상세히 기록하고 있다. 예를 들어 『인생사용법』의 제36장에는 제임스 조이스의 『율리시스』의 한 구절이 차용돼 삽입되어 있고, 제46장에는 플로베르의 『감정교육』의 일부분이 나타나 있다. 앞서 말한 '10차 직교그레코라틴제곱방진'의 배분 법칙에 따라 각 장에는 평균 두 작가의 작품이 직간접적인 차용의 형식으로 들어가 있는 것이다. 그밖에도 페렉이 선정한 특정한 미술 작품과 여타 소설 작품에 대한 '암시'도 각 장에 역시 두 번씩 나타나 있으며, 이에 대한 자세한 설명 역시 『인생사용법 작업 노트』에 정리되어 있다.

요컨대 페렉에게 인용의 글쓰기란 기존의 모든 문학 텍스트들을 새로운 작품 생산을 위한 비옥한 토양으로 여기고 재검토하는 면밀한 탐사작업이자, 차후의 무한한 변형과 일탈의 유희를 준비하는 기꺼운 구속의 작업이다. 또 글쓰기 과정에서 '자르기découper'와 '붙이기coller'라는 상반된 행위의 순수한 재미를 한꺼번에 맛보게 해주는 유희적 작업이자, 한 작품에 통일성과 분열성을 동시에 부여하는 역설적 작업이기도 하다. 나아가 이러한 인용의 글쓰기는 그 자체로 이미 방대한 양의 '책읽기' 행위이자 엄청난 노고를 요하는 '글쓰기' 행위이다. 문학에 대한 무한한 애정 없이는 불가능한 작업인 것이다.

4   계열적 글쓰기와 일탈하는 요소들

'계열série'이라는 개념에 대한 인식과 탐구는 페렉을 넘어 현대 서구 인문학 및 예술의 주요한 한 흐름이라 할 수 있다. 물론 서로 차이를 갖는 유사한 요소들이 이어져 전체를 구성하는 계열은 현대에 와서 발견되고 설

732

정된 새로운 개념이 아니다. 그 기원은 서구의 사상사만 보아도 '자기동일성'과 '자기타자성'을 바탕으로 이데아들의 관계가 성립된다고 주장한 플라톤까지 거슬러 올라간다. 하지만 '반복'과 '차이' 그리고 '연속성'이라는 원리에 기반을 두고 있는 이러한 계열의 개념은 미셸 푸코Michel Foucault와 질 들뢰즈Gilles Deleuze 등 20세기 후반 프랑스 인문학자들에 의해 특별히 더 강조되어 논의되면서 현대 사상의 중요한 사안으로 부상했다. 그리고 다른 한편에서 이미 프루스트로부터 뷔토르, 페렉에 이르는 많은 현대 작가들의 작품을 통해 다양한 양식으로 구현되고 있었다.

페렉은 이러한 계열의 텍스트적 구축에 있어 가장 철저하고 실험적이었던 작가 중 하나이다. 그는 소설, 시, 영화 등 여러 장르의 텍스트들을 넘나들며 다양한 유형의 계열을 구현해내는데, 특히 『인생사용법』에서는 '반복과 차이로 이루어지는 계열'이라는 테마가 작품의 내용뿐 아니라 작품의 구조 그리고 창작 과정에서 고루 재현되고 있다. 먼저 작품의 '내용'과 관련된 일례로, 주인공 바틀부스가 평생에 걸쳐 이루어내는 퍼즐의 계열, 즉 439개의 '퍼즐 계열'에 대해 살펴보자.

동질적 계열

『인생사용법』에 등장하는 수많은 이야기들 중 가장 중심이 되는 이야기는 바로 '퍼즐 맞추기'라는 무상한 일에 일생을 바치는 영국인 바틀부스와 그에게 500개의 퍼즐을 제작해주는 퍼즐 장인匠人 윙클레의 이야기다. 상속받은 재산으로 평생을 부유하게 지낼 수 있었던 바틀부스는 어느 날 자신의 일생을 퍼즐 맞추는 일에 바치기로 결심한다. 그는 먼저 같은 건물에 사는 화가 발렌에게 10년 동안 수채화를 배우며, 그 후 20년간 전 세계를 돌아다니면서 500개의 항구를 수채화로 그린다. 그리고 나서 약 20년 가까이 자신의 방에 틀어박혀 윙클레가 그의 수채화를 그대로 붙여 제작한 퍼즐들을 맞춘다. 그러나 점점 쇠약해진 그는 439번째 퍼즐을 맞추던 중 윙클레가 만들어놓은 속임수를 풀지 못하고 결국 죽음에 이른다. 이 이야기를 어떻게 받아들여야 할까? 바틀부스의 죽음은 무엇을 의미하는 것일까? 작가의 의도를 결코 완전하게 파악할 수는 없겠지

733

만, 바틀부스와 윙클레의 이야기에는 작품의 구조적 원리라 할 수 있는 '계열'에 대한 암시가 분명하게 새겨져 있다.

먼저 반복과 차이라는 계열의 원칙을 고려해볼 때, 『인생사용법』에서 서술되는 주인공 바틀부스의 퍼즐 계열은 어떤 오차와 변칙도 허용하지 않는 철저하게 '동질적'인 계열이다. 물론 외관상으로는 이질적인 계열에 더 가깝다. 윙클레가 제작한 500개의 퍼즐 계열은 바틀부스가 20년 동안 세계 각지의 항구를 돌아다니며 그린 해양화 500점을 바탕으로 하는 것으로, 그림의 내용이나 퍼즐 조각들의 절단방식에서 그 어느 것도 서로 일치하지 않는, 완벽하게 이질적인 계열이다.

그러나 이러한 외관상의 이질성에도 불구하고 이 퍼즐 계열의 내적인 형성과정에는 단 한 번의 '일탈'도 '불규칙'도 일어나지 않는다. 각각의 퍼즐은 어떤 결여나 초과의 요소도 허용하지 않고 완전하게 짜맞춰진 후 흰색의 삼종이만 남긴 채 사라지기 때문이다. 바틀부스 자신이 의도한 것처럼 이 퍼즐 계열은 "진행되어가고 연결되어가면서 동시에 말소되는" 무상의 계열이다. 일탈하는 요소가 없으므로 439개의 퍼즐은 각각은 닫힌 구조 속에 갇히는 한정된 행위가 되어가고, 이들이 이루는 전체 계열은 내적으로 진정한 차이를 만들어내지 못하는 본질상 동질적인 계열이 되어간다. 결국 바틀부스의 퍼즐 계열은 개별 퍼즐들이 각각 닫힌 구조 속에서 완성과 함께 끝나 서로 연결되지 못하는 일종의 '단절적' 계열인 것이다.

734

계열의 가장 근본적인 특성이 내외적 연결에 의한 '지속성'에 있다는 사실을 상기한다면, 바틀부스의 이 단절적 계열은 외적으로 계열을 이루면서 내적으로는 계열을 파괴해가는 하나의 '반反계열'임을 알 수 있다. 우리가 계열을 삶의 양태로 간주한다면, 다시 말해 매순간 반복과 차이를 이어가는 인간의 존재양식으로 인정한다면, 바틀부스의 반계열은 일종의 반인생적, 반인간적 계열이라 할 수 있다. 이 점에서 생의 절대적 무無에 대항하여 스스로의 삶 또한 완벽하게 무상한 것으로 만들고자 했던 바틀부스의 무화anéantissement는 퍼즐을 통한 계열의 파괴 또는 반계열의 형성으로써 어느 정도 성공을 거둔 셈이다.

결국 바틀부스의 거의 마지막 단계에 개입하는 퍼즐 제작자 윙클레의 속임수는 이처럼 차이 없는 반복으로만 점철되는 바틀부스의 계열에 하나의 일탈을 제시하는 것이라 할 수 있다. 반계열에서 계열로의 전환을 제안하는 것이다. 750개 조각들로 이루어지는 439번째 퍼즐의 마지막 순간에 제 조각을 찾지 못하는 X자형의 검은 '빈 자리'와 제자리가 없는 W자형의 '조각'만을 남겨두었기 때문이다. 검은 빈자리와 조각은 바로 계열의 진정한 구성요소라 할 수 있는 '결여'와 '초과'를 상징하는 것으로, 이러한 일탈의 상황을 받아들이지 못하는 바틀부스는 결국 자신의 무상한 반계열을 끝맺지 못하고 죽음을 맞이한다. 『인생사용법』의 긴 여정을 끝내는 99장의 마지막 장면을 상기해보라.

이질적 계열과 일탈

한편 작품의 형식 혹은 구조와 관련해 앞서 언급한 모든 구성방식들은 각각 하나의 계열로 간주될 수 있다. 특히 이 작품은 크게 세 계열을 주 골격으로 삼아 이루어지는데, '건물의 100개의 방이 이루는 계열'과 '작품의 100(99)개의 장이 만드는 계열' 그리고 '체스판에서 기사騎士의 이동이 만들어내는 계열'이 그것이다. 이 세 계열은 모두 100개의 요소들로 이루어졌다는 공통점을 가지며, 이들을 도면화하면 모두 10×10의 바둑판 형태로 재현될 수 있고 구조상 서로 완벽하게 일치한다.

그러나 100개의 작은 사각형들로 구성되는 이 세 계열은 작품의 구조를 형성해가는 실제 과정에서 내부에 한 가지씩 '일탈'하는 요소를 갖게 된다. 바둑판 형태의 평면도상으로 볼 때, 건물의 방들로 구성되는 계열에는 왼쪽 맨 하단에 위치하는 '방' 하나가 제거되어 있지만, 기사의 이동으로 이루어지는 체스판 계열에서는 이 방의 위치에 해당하는 곳을 '기사'가 그대로 이동하며 지나간다. 다시 말해 건물의 평면도 위에는 주인 없이 비어 있는 '결여'의 요소(방)가 존재하고, 동일한 구조의 체스판 위에는 제자리 없이 이동중인 '초과'의 요소(기사)가 존재하는 것이다. 그러므로 100개의 사각형들로 이루어진 10×10 형태의 도면에서 왼쪽 맨 하단의 100분의 1의 공간에 해당하는 사각형은 한 계열에서는 '결여'

735

59	84	15	10	57	48	7	52	45	54
59	**83**	**15**	**10**	**57**	**48**	**7**	**52**	**45**	**54**
98	11	58	83	16	9	46	55	6	51
97	**11**	**58**	**82**	**16**	**9**	**46**	**55**	**6**	**51**
85	60	97	14	47	56	49	8	53	44
84	**60**	**96**	**14**	**47**	**56**	**49**	**8**	**53**	**44**
12	99	82	87	96	17	28	43	50	5
12	**98**	**81**	**86**	**95**	**17**	**28**	**43**	**50**	**5**
61	86	13	18	27	80	95	4	41	30
61	**85**	**13**	**18**	**27**	**79**	**94**	**4**	**41**	**30**
100	71	26	81	88	1	42	29	94	3
99	**70**	**26**	**80**	**87**	**1**	**42**	**29**	**93**	**3**
25	62	89	70	19	36	79	2	31	40
25	**62**	**88**	**69**	**19**	**36**	**78**	**2**	**31**	**40**
72	65	20	23	90	69	34	37	78	93
71	**65**	**20**	**23**	**89**	**68**	**34**	**37**	**77**	**92**
63	24	67	74	35	22	91	76	39	32
63	**24**	**66**	**73**	**35**	**22**	**90**	**75**	**39**	**32**
66	73	64	21	68	75	38	33	92	77
	72	**64**	**21**	**67**	**74**	**38**	**33**	**91**	**76**

그림 5

로, 다른 한 계열에서는 '초과'로 나타나는 모순적 양태를 갖는다. 아울러 작품의 실제 글쓰기에서는 이 모순적 요소에 해당하는 66번째 장이 탈락되고, 초기의 규칙상 100개의 장으로 구성되어야 할 작품은 99개의 장으로 끝나며 영원히 열린 구조로 남게 된다.

그림 5에서 각 칸의 왼쪽 상단의 숫자는 체스에서 '기사'의 이동을 나타내는 것이고, 오른쪽 하단의 볼드체 숫자는 『인생사용법』의 99개의 '장'들의 서술 순서를 나타낸다. 요컨대, 도면 왼쪽 맨 하단의 '66번째 이동-제66장'의 칸에서부터 두 계열의 불일치가 시작되며, 두 계열은 도표에서도 확인할 수 있는 것처럼, 왼쪽 맨 끝 열의 중간부분에서 각각 100과 99라는 숫자로 끝난다.

이처럼 페렉의 계열적 글쓰기에 나타나는 '일탈'은 『인생사용법』이라는 작품의 구조화 과정 초기부터 나타나는 작품의 기본 구성원리이다. 결여이건 초과이건, 모든 일탈하는 요소들은 작품의 구조를 불완전하고 미완의 것으로 만들어놓으면서, 동시에 불완전함과 미완의 상태가 작품 구조의 본질적 성격임을 명시한다. 또한 작품의 구조 자체를 여러 계열들의 합으로 구성하고자 했던 페렉의 글쓰기 실험에 비추어볼 때, 일탈은 계열의 시작부터 존재하는, 어쩌면 계열 자체를 가능케 하는 계

736

열의 근본적 요소라 할 수 있다. 일탈은 계열의 내부 또는 계열과 계열 사이에서 끊임없이 위반과 차이를 만들어내며, 계열적 글쓰기를 완결이 아닌 미완의 글쓰기로, 끊임없이 진행중인 현재진행형의 작업으로 만들어놓는 것이다. 따라서 『인생사용법』이란 텍스트 자체도 이미 완성된 대상이나 종결된 사건이 아니라 무한한 생성으로 나아가는 하나의 '유동체'이자 계속해서 진행중인 하나의 '현재'가 된다.

다시 정리해보면, 100개의 장으로 이루어졌어야 할 작품은 99개의 장으로 끝나고, 건물 왼쪽 맨 하단의 방 한 칸(지하 창고)에 대한 묘사가 없으며, 주인공 바틀부스는 439번째 퍼즐의 마지막 조각이 퍼즐판에 남아 있는 빈자리에 들어맞지 않아 고민하다가 죽는다. 계획대로라면 완벽하게 축조되었어야 할 작품의 각 영역이 이렇듯 일탈하는 내부 요소에 의해 끝내 미완으로 남게 되는 것이다.

5   빈자리가 호명한 삶에서부터 위반의 글쓰기까지

그렇다면 결국 작가가 오랜 시간 공들여 계획하고 꾸며놓은 모든 복잡한 구성방식, 수많은 이야기들, 무수한 인용과 암시들은 다 무용한 것인가? 파괴를 위한 축조, 그야말로 공空을 위한 색色인가?

앞서도 잠깐 언급했지만, 이 미완의 상태는 작가 페렉에게 결코 절망이나 부정, 자소를 의미하지 않는다. 원초적이고 근본적인 결여니 일탈은 오히려 그에게 생을 더욱 역동적으로 만들어주고 열정과 의지를 갖게 해주는 긍정의 요소다. 이는, 어린 나이에 전쟁으로 부모를 잃고 홀로 세상에 내던져졌던 페렉이 자신의 태생적 결여를 극복해가면서 깨달은 결론이다. 페렉은 자신을 공포와 고독 속으로 몰아넣었지만 결국 삶을 추동하고 매순간 삶에 애정을 갖게 해준 '결여'를 마침내 글쓰기의 방식으로 채택한 것이다. 이미 장편소설 『실종La Disparition』(1969)에서 프랑스어 모음 중 가장 많이 쓰이는 알파벳 'e'를 배제한 글쓰기를 시도했고, 『인생사용법』에 이르러서는 더욱 복잡하고 정교한 결여의 글쓰기를 실행에 옮긴다.

737

이 결여 또는 일탈을 내포한 글쓰기는 서구 지성의 한 흐름인 후기구조주의 사고의 충실한 실천이라고도 볼 수 있다. 현대 사회와 문명을 '구조'의 전지전능을 전제로 해석했던 구조주의와 달리, 후기구조주의는 결여나 일탈을 내포하는 구조가 현대성을 설명하는 진정한 구조라고 주장했기 때문이다. 『인생사용법』을 처음 구상했을 때부터 계획된 불규칙적인 요소들이 작품의 의미를 더욱 풍부하게 해주었듯이, 후기구조주의가 말하는 결여와 일탈 역시 전체의 의미와 성격을 특징짓는 생산적이고 능동적인 요소이다.

그런데 여기에 한 가지 사실을 덧붙여야 할 듯하다. 『인생사용법』에는 이처럼 처음부터 계획된 결여와 일탈만 존재하는 게 아니라는 것이다. 페렉이 준비하고 계획했던 모든 구성방식, 모든 텍스트 재료들은 실제 집필 과정에서 빈번히, 아니 수없이 '우발적으로' 제거되거나 변형되었다. 미리 계획하지 않은 무수한 일탈들이 작품의 창작과정에서 발생한 것이다. 실제로 우리는 페렉이 남긴 『인생사용법 작업 노트』에서 그 같은 우발적인 일탈과 변형들을 직접 확인할 수 있다.

결국 페렉에게 글쓰기란 위반 그 자체라고 할 수 있다. 반복되고 있는 것에 차이를 만들어내는 위반이며, 고정되어 있는 것에 변화를 일으키는 위반이다. 어떤 식으로든 위반하지 않는 글쓰기란 정체停滯의 다른 이름일 뿐이며, '움직이는' 혹은 '변화하는' 삶에 대한 거부이자 기만이다. 페렉은 이처럼 글쓰기란 끝없는 위반이라는 것을, 어쩌면 인생도 그렇다는 것을 『인생사용법』이라는 거대한 소설의 모든 차원을 통해 전면적으로 보여주고 있다.

738

김호영

옮긴이의 말

『인생사용법』(1978)은 작가 조르주 페렉의 모든 것을 담고 있는 명실 상부한 그의 대표작이다. 20세기 후반 프랑스 작가들 중에서도 가장 다 양한 스타일과 형식을 추구했던 페렉의 문학 세계를 집약적으로 보여주 는 총체적 성격의 소설이라 할 수 있다. 앞의 「작품 해설」에서 자세히 소 개했지만, 이 작품에는 그의 다양한 문학적 경향이 골고루 새겨져 있으 며 그가 치열하게 탐구해온 문학적 형식들과 글쓰기 실험들이 모두 녹 아들어 있다. 페렉은 이 작품에서 당대 프랑스 실험 문학을 대표하던 울 리포 그룹의 열렬한 참여자답게 수학공식과 체스게임 등에서 빌린 여러 규칙들을 기상천외한 소설의 형식으로 뒤바꿔놓는다. 또 단순한 혼성모 방 수준을 넘어서는 엄청난 분량의 인용 작업을 통해, 수많은 기존 작품 들에서 가져온 구절들을 자신의 문장으로 매끈하게 바꾸어놓는다. 그리 고 20세기를 살아간 프랑스인들이라면 누구나 한번쯤 기억을 떠올리며 미소를 지을 만한, 일상의 소소한 사물들에 대한 묘사를 각 장마다 하염 없이 늘어놓기도 한다.

739

그러나 이러한 종합적인 면모만으로는 페렉의 『인생사용법』이 지 니는 의의를 제대로 설명할 수 없다. 이 작품을 위해 계산되고 축조된 복 잡다단한 형식들, 작품 속에 끼어들어 있는 수많은 타인의 문장들, 지칠 줄 모르고 이어지는 세밀한 묘사들은 모두 '삶'을 향한 작가의 애정 어린 시선을 거쳐야 비로소 진정한 의미를 얻을 수 있기 때문이다. 사실, 마흔두 살의 나이에 『인생사용법』을 발표하기 전까지 페렉은 날카로운 사회의식을 가진 작가로 간주되었고, 천재적인 언어감각이 있는 작가로도 불렸으며, 섬세한 감성을 지닌 작가로 소개되기도 했다. 하지만 그 어느 경우에도 그는 다양한 차원을 포괄하는 종합적 능력의 작가로 고려되지 않았다. 또 그 어느 경우에도 삶을 바라보는 깊이를 갖추고 삶의 다양한 측면을 감싸안을 수 있는 포용력 있는 작가로 불리지 않았다. 늘 새로웠고 늘 한발 앞서갔지만 인생 자체를 돌아볼 여유가 없는, 어쩌면 극도의 절망과 불안을 감춘 젊은 작가로 남아 있었던 것이다.

그런 그가 삶에 대한 화해와 포용을 시작한 것은 자전적 픽션/논픽션인 『W 또는 유년의 기억』(1975)을 발표하면서부터다. 전쟁으로 부모를 모두 잃고 세상에 홀로 던져졌던 자신의 유년기를 한편으로는 담담하게(논픽션), 한편으로는 유희적으로(픽션) 돌아보면서 마침내 삶을 향하여 주저하던 화해의 손길을 내민다. 투철한 사회변혁의 의지에 불타오르기도 하고, 변혁의 불가능성에 좌절하기도 하며, 또 그 때문에 형식적 탐구와 언어유희 속으로 도피하기도 했던 청년 페렉이 마침내 긴 방황의 터널에서 빠져나온 것이다. 실제로 『W 또는 유년의 기억』을 발표한 바로 그해, 그는 오랫동안 지속해온 정신과 치료를 중단하며 예술적 동지이자 평생 동반자(비록 그의 죽음으로 짧게 끝났지만)인 카트린 비네를 만난다. 본격적으로 『인생사용법』의 집필에 몰두하게 되는 시점 또한 『W 또는 유년의 기억』을 출간을 준비하던 1974년 말경이다. 요컨대, 이 무렵부터 페렉은 불행하고 고독했던 유년기의 기억에서 벗어나 담담하고 편안한 마음으로 삶과 마주할 수 있게 되었고 그만큼 자신의 문학적 지평을 더 넓혀갈 수 있었다.

소설 『인생사용법』에 진정한 가치를 불어넣는 것은 그러므로 어디까지나 삶에 대한 작가 페렉의 깊고 넓은 통찰과 삶 자체를 향한 그의 무한한 애정이다. 이 작품을 위해 그가 고안하거나 준비한 무수한 규칙들, 인용구들, 묘사들은 (작품 맨 뒤에 부록으로도 정리되어 있는) 이런저런 '삶의 이야기들'을 통해서만 제 역할을 부여받고 본래의 의미를 얻는다. 작가는 '인생'이란 단어를 제목에 삽입할 만큼 시작부터 독자에게 거창한 화두를 던지지만, 정작 작품 속에서는 20세기 프랑스 사회를 이루었던 다양한 사람들의 삶을 하나씩 풀어놓기만 한다. 거창한 화두에 어울릴만한 심오한 사유나 장황한 설명을 제시하는 대신 수많은 인간 군상의 파란만장한 인생들을, 모험과 좌절과 열정과 고독과 집착 등으로 점철되는 삶의 이야기들을 담담히 묘사하고 들려주는 것이다. 공중그네에서 내려오기를 거부했던 천재 곡예사 이야기, 사기꾼들에 속아 가짜 그리스도 수난 성배를 산 부자 이야기, 퍼즐을 조립하는 일에 평생을 바치며 인생을 무화無化시키고자 했던 남자 이야기, 아름다운 유부녀와의 사랑의 도피 끝에 가난한 농부로 늙은 화학 선생 이야기, 절도범이 된 대법관 이야기기 등등……. 하지만 바로 이 수많은 이야기들이 모여 이루어내는 거대한 벽화야말로 바로 작품의 제목이 던지는 거창한 화두의 답일지도 모른다. 또 작품의 진정한 구조를 상징하는 것은 작가가 설계한 복잡한 공식들이 아니라 작품 속 바틀부스의 이야기에도 등장하는 단순한 '퍼즐'일지도 모른다. 소설은 끝내 아무런 결론도 내놓지 않지만, 대신 그 어떤 기구하거나 고통스럽거나 혹독한 삶도 한 시대와 사회를 이루는 조각일 뿐임을, 반대로 작은 퍼즐 조각 같은 평범한 삶도 나름의 의미와 이유가 있음을 조용히, 그러나 힘주어 이야기하고 있기 때문이다.

관조하듯 일정한 거리를 두면서도 각 인물의 삶 하나하나에, 나아가 소소한 일상의 사물 하나하나에 나름의 이야기와 열정과 의미를 부여하는 작가의 손길에는 인생에 대한 아련한 애착과 따뜻한 애정이 묻어 있다. 마흔두 살의 나이에 이처럼 대가의 경지에 오른 작가가 이후 불과 4년 만에 생을 마감한 것은 너무나 안타까운 일이다. 그의 절친한 울리포 동료였던 자크 루보의 회고처럼, "그는 이제 막 수많은 걸작들의 시작에 와 있었던" 것이다.

이번에 문학동네 조르주 페렉 선집의 두번째 작품으로 출간되는 『인생사용법』은 2000년에 출판되었던 번역본을 수정하고 보완한 것이다. 과거 판본에서와 달리, 이번 판본에서는 특히 편집 차원에서 많은 부분을 보완하고 다듬었다. 우선, 생소한 단어들 위주로 '옮긴이 주'를 삽입해 독자의 이해를 도왔다. 사실, 실제와 허구의 경계를 빈번하게 넘나

741

드는 페렉의 소설에서 모든 낯선 인물과 사건, 용어들에 대해 일일이 주석을 다는 것은 무의미한 일에 더 가깝다. 하지만 역자와 편집자는 작품에 등장하는 이국적인 음식명이나 미술기법, 특정 사물 등에는 주석을 달아 독서의 진행을 원활하게 해주는 것이 더 적절하다고 판단했다. 또한 원서에 삽입되어 있는 다양한 타이포그래피typography는 페렉의 유희적 측면과 작가 의도가 최대한 반영되도록 그대로 실었다. 문자이기도 하고 이미지이기도 한 페렉의 타이포그래피들은 국내 독자들에게는 다소 낯선 그림일 수 있지만 서구 독자들, 특히 프랑스 독자들에게는 그 자체로 다양한 문화적, 시대적 암시를 내포하고 있는 의미심장한 기호들이다. 아울러, 꼼꼼하게 검토되고 보완된 작품의 '부록들'에 독자가 한번 더 주목해주기를 바란다. 이 부록들 중 작가가 직접 구성한 「연표」, 「작품에 서술된 이야기 목록」, 「찾아보기」는 소설의 이야기에 포함되는 내러티브적 요소들은 아니지만, 소설이 이루어내는 허구세계와 교묘하게 연관되는 일종의 '디제시스diegesis적' 요소들이다. 소설의 이야기 바로 다음에 나오는 「연표」는 소설 속에서 서술된 수많은 등장인물들의 일생을 작가가 마치 실존 인물들의 그것처럼 재구성한 것이고, 「작품에 서술된 이야기 목록」은 소설을 이루고 있는 크고 작은 이야기들의 내용을 독자가 한눈에 알아볼 수 있도록 일목요연하게 정리해놓은 것이다. 특히 「찾아보기」는 여느 소설에서 '찾아보기' 힘든 그야말로 독특하고 진귀한 부록이라 할 수 있는데, 페렉은 자신의 소설에 등장했던 온갖 사소하고 잡다한 이름들을 여기서 다시 불러내고 나열한다. 여기서는 소설 속 등장인물들을 비롯해 실제 인물들과 심지어 소설 속 등장인물이 키우는 개까지 호명되며, 부족명, 상품명, 사물명, 작품명, 도시명, 섬 이름, 여타 장소명—공원, 나이트클럽, 뮤직홀 등 페렉 소설의 인물들이 한두 번 걸거나 살거나 지나쳤던 곳들까지 포함해—음반명, 곡명 등 모든 소설 속 이름들이 지리멸렬할 정도로 끝없이 나열된다. 이처럼 작가가 소설의 이야기를 끝내고 소설 속 모든 존재들을 다시 하나하나 호명하며 재구성한 「찾아보기」는 그 자체로 한 편의 또 다른 '소설적 지도'라 할 수 있으며 작가의 영혼이 실린 한 편의 '시적 산물'이라 할 수 있다.

742

젊은 시절, 그러니까 서른이 조금 넘은 나이에 처음 이 작품의 번역을 시작해 서른 중반 즈음에 마쳤다. 페렉은 역자가 문학박사 논문을 위해 연구했던 작가이고, 『인생사용법』은 당연히 가장 많은 시간을 할애했던 작품이다. 이번 재출간을 위해 10여 년 전 번역을 처음부터 끝까지 면밀히 재검토하면서 어색한 표현을 고치고 번역을 더 정확히 가다듬었다. 덧붙여 말하자면 이 작품과 더불어 살아온 지난 시간 속에서, 역자 개인적으로는 비로소 작가와 약간의 소통을 시작하게 된 것 같다. 세월을 보내고 다시 작품과 마주하면서 작품과 작가를 조금이나마 더 이해하게 된 것이다. 장난기와 웃음 가득한 표정 속에 감춰져 있던 작가의 오랜 고독과 절망과 두려움이 어렴풋이 보이는 듯하고, 그 모든 고통을 이겨가며 쌓아올린 작가의 치열했던 삶이 조금은 눈에 들어오는 듯하다. 또 세상의 모든 삶을 향한, 특히 무목無目의 열정으로 삶의 공허와 맞서는 모든 이들을 향한 작가의 깊은 연민이 좀더 가깝게 다가오기도 한다. 처음 번역을 시작했던 서른 즈음에도 지금과 별 다를 게 없는 번역문을 만들어냈지만 그때는 거의, 어쩌면 아무것도 몰랐다.

이번 『인생사용법』의 재출간에는 누구보다 문학동네 고원효 편집장님의 공과 노가 컸다. 다채로운(?) 이유로 번역을 미루던 역자를 끝까지 이끌어줘 진심으로 감사드린다. 또 역자보다 더 깊은 열정으로 번역의 완성도를 높여주고 역서의 수준을 격상시켜준 송지선 편집자님께도 깊은 감사의 마음을 전한다. 그리고 원고를 꼼꼼히 검토해주고 다듬어준 이정옥 선생님께도 감사의 마음을 전하며, 조르주 페렉 선집의 출간을 열렬히 지지해주고 바쁜 시간을 쪼개어 번역 작업에 기꺼이 참여해준 친구 조재룡 교수에게도 이 지면을 통해서나마 고마운 마음을 전한다. 아울러, 작품의 내용과 의미를 단 하나의 이미지(표지 디자인)로 표현해주고 작품 속 이미지들을 원형 그대로 되살려준 디자이너 그룹 '슬기와 민'에게도 감사의 마음을 전한다.

743

옮긴이의 말

조르주 페렉 선집 2
인생사용법

1판 1쇄	2012년 6월 29일
1판 7쇄	2024년 2월 3일
지은이	조르주 페렉
옮긴이	김호영
기획	고원효
책임편집	송지선
편집	허정은 김영옥 고원효 이희연
디자인	슬기와 민
저작권	박지영 형소진 최은진 서연주 오서영
마케팅	정민호 서지화 한민아 이민경 안남영 왕지경 황승현 김혜원 김하연 김예진
브랜딩	함유지 함근아 고보미 박민재 김희숙 박다솔 조다현 정승민 배진성
제작	강신은 김동욱 이순호
제작처	영신사(인쇄) 신안제책사(제본)
펴낸곳	(주)문학동네
펴낸이	김소영
출판등록	1993년 10월 22일 제2003-000045호
주소	10881 경기도 파주시 회동길 210
전자우편	editor@munhak.com
대표전화	031-955-8888
팩스	031-955-8855
문의전화	031-955-1927(마케팅) 031-955-2685(편집)
문학동네카페	http://cafe.naver.com/mhdn
인스타그램	@munhakdongne
트위터	@munhakdongne
북클럽문학동네	http://bookclubmunhak.com

ISBN	978-89-546-1854-0 03860

지은이 조르주 페렉 Georges Perec

1936년 파리에서 태어났고 노동자계급 거주지에서 어린 시절을 보냈다. 이차대전에서 부모를 잃고 고모 손에서 자랐다. 소르본대학에서 역사와 사회학을 공부하던 시절 『라 누벨 르뷔 프랑세즈』 등의 문학잡지에 기사와 비평을 기고하면서 글쓰기를 시작했고, 국립과학연구소의 신경생리학 자료조사원으로 일하며 글쓰기를 병행했다. 1965년 첫 소설 『사물들』로 르노도 상을 받고, 1978년 『인생사용법』으로 메디치 상을 수상하면서 전업 작가의 길로 들어섰으나, 1982년 45세의 이른 나이에 기관지암으로 작고했다. 길지 않은 생애 동안 『잠자는 남자』『어렴풋한 부티크』『공간의 종류들』『W 또는 유년의 기억』『나는 기억한다』『어느 미술애호가의 방』『생각하기/분류하기』『겨울 여행』 등 다양한 작품을 남기며 독자적인 문학세계를 구축했으며, 오늘날 20세기 프랑스 문학의 실험정신을 대표하는 작가로 꼽힌다.

옮긴이 김호영

서강대학교를 졸업하고 프랑스 파리8대학에서 조르주 페렉 연구로 문학 박사학위를, 고등사회과학연구원EHESS에서 영화학 박사학위를 받았다. 현재 한양대학교 프랑스학과 교수로 재직중이다. 지은 책으로 『프레임의 수사학』(2022), 『아무튼, 로드무비』(2018), 『영화관을 나오면 다시 시작되는 영화가 있다』(2017), 『영화이미지학』(2014), 『패러디와 문화』(공저, 2005), 『유럽 영화예술』(공저, 2003), 『프랑스 영화의 이해』(2003) 등이 있고, 옮긴 책으로 『공간의 종류들』(2019), 『미지의 걸작』(2019), 『겨울 여행 / 어제 여행』(2014), 『어느 미술애호가의 방』(2012), 『시점: 시네아스트의 시선에서 관객의 시선으로』(2007), 『영화 속의 얼굴』(2006), 『프랑스 영화』(2000) 등이 있다.